U0477892

红色小上海

革命故事集

康模生 著

海峡出版发行集团 | 福建教育出版社

图书在版编目（CIP）数据

红色小上海革命故事集/康模生著. —福州：福建教育出版社，2023.12（2025.6重印）
ISBN 978-7-5334-9895-5

Ⅰ.①红… Ⅱ.①康… Ⅲ.①革命故事－作品集－中国－当代 Ⅳ.①I247.81

中国国家版本馆 CIP 数据核字（2024）第 002768 号

Hongse Xiao Shanghai Geming Gushi Ji
红色小上海革命故事集
康模生 著

出版发行	福建教育出版社
	（福州市梦山路 27 号　邮编：350025　网址：www.fep.com.cn
	编辑部电话：0591-83726971
	发行部电话：0591-83721876　87115073　010-62024258）
出 版 人	江金辉
印　　刷	福州万达印刷有限公司
	（福州市闽侯县荆溪镇徐家村 166-1 号　邮编：350101）
开　　本	710 毫米×1000 毫米　1/16
印　　张	30
字　　数	443 千字
插　　页	2
版　　次	2023 年 12 月第 1 版　2025 年 6 月第 2 次印刷
书　　号	ISBN 978-7-5334-9895-5
定　　价	68.00 元

如发现本书印装质量问题，请向本社出版科（电话：0591-83726019）调换。

序

长汀史称汀州,自唐开元二十四年(公元726年)置汀州起,至民国,是州、郡、路、府、专署的所在地,成为闽西政治、军事、经济和文化中心。客家母亲河——汀江是福建四大水系之一,全长260公里,流经上杭、永定、广东韩江,注入南海。南宋长汀知县宋慈开辟汀江航道,将海盐、海鲜等各种货物从广东潮州、汕头顺韩江、汀江源源不断地运入汀州,然后转运闽西各县及江西赣南等地,赣南、闽西各地的土特产则由汀江运到潮汕、广州等城市。后来,汀州城成为土地革命时期中央苏区与周围地区的物资集散地、商业贸易中心,被誉称为"红色小上海"。1931年,中共中央机关从上海陆续秘密转移至江西苏区瑞金,因长汀毗邻瑞金,相距50公里,所以长汀是必经之地。中央机关的同志来到长汀,惊喜地发现长汀很繁荣,上海能买到的东西,这里也能买到,所以交口称赞长汀是"红色小上海"。在1931年12月25日,周恩来同志致中共中央临时政治局的信中,高度称赞道:"汀州的繁盛,简直为全国苏区之冠。"除此之外,赞誉长汀为"红色小上海"者也不乏其人。1948年7月,年中共中央香港分局书记方方在香港《正报》连载的《三年游击战争》(郭沫若作序)中写道:"一个是红色的首都——瑞金,一个是红色的上海——汀州"。1951年,中共南方老根据地访问团总团长谢觉哉在访问报告中讲道:长汀"是中华苏

维埃共和国的经济中心……在苏区有'红色的上海'之称"。（见唐铁海《中央老根据地印象记》，华东出版社，1954年版）

诚然，长汀有千年的历史积淀，但是最重要的因素是由于建立了中国共产党领导的红色政权，所以才有了"红色小上海"光荣的红色历史和故事。

1927年，八一南昌起义军入长汀，建立了中共长汀党支部，开始革命活动，直到1934年10月红军长征，长达8年时间。1931年9月，闽西和赣南根据地连成一片；10月，中共汀州市委、市苏维埃政府成立。汀州市成为中央苏区唯一的中心城市。不久，中共福建省委、省苏维埃政府、省军区和省总工会等省级机构在长汀相继成立。从此，汀州不仅成为中央苏区重要城市、中央苏区经济中心，而且成为福建苏区的政治、军事、经济和文化中心。

长汀是中国历史文化名城，世界客家首府，中国革命圣地之一，中央红军长征出发地之一。许多老一辈无产阶级革命家和革命领导人共计有200多人在长汀战斗过、工作过或生活过。他们是：毛泽东、周恩来、刘少奇、朱德、瞿秋白、邓小平、贺龙、叶挺、彭德怀、刘伯承、陈毅、恽代英、彭湃、吴玉章、项英、任弼时、叶剑英、陈云、聂荣臻、罗荣桓、张闻天、王稼祥、李维汉、何叔衡、滕代远、萧劲光、李富春、李克农、林伯渠、董必武、谢觉哉、徐特立、周以栗、伍中豪、陈正人、方志敏、李六如、王观澜、伍修权、王首道、贺诚、陈赓、郭沫若、罗炳辉、胡耀邦、杨尚昆、陆定一、萧克、周肃清、蔡树藩、郭天民、黄火青、周建屏、杨英、邓子恢、张鼎丞、谭震林、方方、罗明、邓颖超、康克清、邓六金等。还有长汀本邑涌现的革命领导人张赤男、罗化成、王仰颜、段奋夫、陈丕显、刘亚楼、杨成武、童小鹏、傅连暲、何廷一、涂通今、梁国斌、黄亚光、吴必先等。他们为创建闽西革命根据地和中央革命根据地，为中国革命的胜利不惜流血牺牲，建立了不朽的丰功伟绩。

由于中央苏区日益巩固和发展，国民党反动派除了军事上对革命根据地加紧"围剿"外，经济上的封锁也越来越残酷。从1932年开始，对接近红色苏区的"白区"实行"计口售盐、售油（煤油）"。盐"每人每天只许买三钱，购时必须凭证。火油办法亦如之，唯重量稍稍不同而已"。1933年5月，国民党南昌行营颁布《封锁办法》，专门在靠近革命根据地的县设置管理所，各水路交通要隘设管理分所或检查卡；划定靠近苏区的县为封锁区域，并设赣江、闽江、汀江水道督察处。对米谷油盐布匹、药材等必需品，"非有护照及通行证，不准放行"。还野蛮订立"五家连坐法"，规定五家中如有一家将食盐运往苏区，其余四家不报者，以"甘心赤化"罪处置。与此同时，敌人还严禁苏区的货物输往"白区"。这样就使苏区日常生活必需品食盐、布匹、药品、煤油等十分缺乏且十分昂贵。

因此，粉碎敌人的经济封锁，保证军民日常生活的急需品供应，成为中央苏区经济战线上一项重要的斗争任务。起初，中央苏区"红色小上海"在中共汀州市委、市苏维埃政府直接领导下和福建省委、省苏维埃政府及临时中央政府指导下，汀州市经济建设出现了生机勃勃的景象。

加强财政、金融、交通、邮电事业的建设。1931年9月，闽西工农银行和中华苏维埃国家银行福建分行相继迁往汀州。银行不仅印发纸币、邮票和公债券，而且办理金银兑换，组织存放款，建立金融制度，发行兑汇苏维埃纸币，推销公债等业务。在镇龙宫前周宅附设熔银厂，把银行收兑来的金银进行熔铸，成银饼后，送往瑞金中央造币厂铸银元、银角（银毫）；把金器熔成一两、二两、三两、五两、十两的金条，秘密带往国民党统治区进行贸易，购回苏区军民迫切需要的食盐、布匹、西药、棉花、印刷用品等，以打破敌人的经济封锁。

汀江航运是重中之重的革命工作。福建省苏维埃政府非常重视，由内务部主持召开县、市、区交通科长联席会议，决定组织成立汀江河道修理委员会，募集资金整修了水东桥、五通桥、车子关等处的卸货码头。在汀城桥下坝、水口村设立了造船厂、修船厂，有工人200余人，平均每天造一只木船，不但解决了本县船只需求，还可出售给武平、上杭等县。

邮电方面。1932年3月，福建省邮务管理局在汀州成立，建立了苏区各县至瑞金中央机关的邮路，基本形成了以汀州为中心的红色邮路网。同时，架设了汀州至瑞金、河田的电话线，确保了县、市、省与中央机关电话联络的快捷与畅通。

工业、商业、手工业方面。汀州原本是一个以手工业著称的城市，在苏区政府的领导下，创办了公营商业，保护和鼓励私营商业和组织发展合作社商业等为主的经济发展模式。

公营商业。公营商业有汀州市粮食调剂局、红军被服厂、中华织布厂、中华贸易公司、中华商业公司汀州分公司、中华纸业公司、汀州市小小商店、红色旅馆等。

私营商业。革命前，汀州的商品流通全靠私营商业，革命后私营商业仍然占有极为重要的地位，特别是对外贸易，私营商业起着不可替代的作用。党和苏维埃政府对私商实行保护和鼓励政策，因此，部分私营商店关闭后又开业了，还新开了部分私营商店。据1933年有关资料统计，汀州市共有367家私营商店，种类繁多，主要有京果店、洋货店（百货店）、布店、油盐店、药店、纸行店、酱果店、锡纸店、金银首饰店、小酒店、饭店、客栈等，还开设了两个红色米市场，每天从邻县和各乡村前来赶集的有1000多人，大大活跃了汀州市场。

合作社商业。为打破敌人的经济封锁，汀州市苏维埃政府掀起了大办合作社商业的高潮。可谓名目众多，形式多样，主要以生产合作社、粮食合作社、消费合作社为主。性质属于群众集资兴办，具有社会主义因素的集体所有制经济组织。

生产合作社。汀州的各类生产合作社尤为突出，据不完全统计，组织了造船、农具、铁器、织袜、铸锅、皮枕、雨伞、油纸、烟丝、染布、陶器、制糖、榨油、锡纸、理发、硝盐、樟脑、酱油、竹器、木器、砖瓦、石灰、缝衣、竹篓、豆腐等25个生产合作社，还组织了20多个纸业生产合作社，共计有50多个生产合作社，社员达5000余人。其中汀州市纸业生产合作社最为突出，在中华纸业公司的领导下，发行了纸业生产合作社股票，让社员一起办纸业，加快了纸业生产的发展。

粮食合作社。1932年春，汀州市大规模兴办粮食合作社。全市五个区

（中心区、东郊区、南郊区、西郊区、北郊区）都办有粮食合作社。社员由经营粮食的个体户入股组成，每区有社员1000余人，股金2000余元。业务上归粮食调剂局领导，行政上由区苏维埃政府指导，合作社主任由社员大会选举产生，并成立管理委员会。管委会每三个月召开一次社员大会，审查三个月的预结算，决定三个月的经营方针。其任务是调剂粮食、稳定粮价。在新谷登场时，以高于市价的价格向社员籴谷，在青黄不接时，以较市价低的价格粜谷，将收购多余的粮食运往粮价高的地方，并组织销往国民党统治区，购回苏区紧缺的盐、药、布匹等物资。

这一时期，各种类型的合作社在汀州迅速组建，先后建立的还有农具购买合作社、石灰购买合作社、纸业贩卖合作社、茶油豆油贩卖合作社、中药材贩卖合作社等等。

中央苏区"红色小上海"的商业乃至整个中央苏区的商业都是由合作社商业、公营商业和私营商业构成的。而"红色小上海"的商业特别繁荣，经营得也特别出色，为红军一至五次反"围剿"战争的给养、苏区政府人员供给、发展工农业生产、改善人民生活，尤其是为打破敌人的经济封锁，发挥了重要作用，做出了重大贡献。

中央苏区"红色小上海"——长汀，集中国历史文化名城、世界客家首府、中国革命圣地之一、中央红军长征出发地之一于一体，在全国实属罕见，独具特色。

中共长汀县委党史研究室原主任、副研究员康模生同志不辞辛劳，退而不休，老有所为，已是耄耋之年仍笔耕不辍，将他40多年来撰写的党史相关文章汇编成书，题为《红色小上海革命故事集》。该书内容丰富，语言朴实，人物形象鲜明、栩栩如生，故事情节跌宕起伏，引人入胜，真实地反映了老一辈无产阶级革命家在长汀的伟大实践，以及苏区人民可歌可泣的英雄业绩。许多史料属首次披露，是一部优秀的福建长汀地方党史教材，也是一部有关长汀历史文化名城、客家首府、革命圣地的优秀导游书。

2021年是庆祝中国共产党成立100周年的日子，中共中央决定，在全党开展党史学习教育。习近平总书记指出："历史是最好的教科书。对我们共产党人来说，中国革命历史是最好的营养剂。多重温我们党领导人民进行革命的伟大历史，心中就会增加很多正能量。"

广大读者，尤其是青少年读者，通过阅读《红色小上海革命故事集》，有助于弘扬革命历史，传承红色基因，为全面建设社会主义现代化国家，实现中华民族伟大复兴的中国梦而不懈奋斗。

黄修荣

2021年9月

黄修荣，原为中共中央党史研究室室务委员、第一研究室主任、研究员，曾兼中共党史学会国共关系研究专业委员会主任、共产国际与中国革命关系研究专业委员会主任；中国共产党党史人物研究会副会长，中国近现代史学会副会长，中国中俄关系研究会副会长。著作颇丰，享受国务院颁发的政府特殊津贴。

前　言

　　土地革命战争时期，福建长汀（史称汀州）是中央苏区的重要组成部分，堪称中央苏区的半壁江山。中共福建省委、省苏维埃政府、省军区等省级单位都设在这里，还有部分中央苏区经济贸易单位也设在这里。长汀成为福建省政治、军事、经济、文化中心，也是中央苏区经济中心，享有中央苏区"红色小上海"的盛誉。

　　本书以习近平新时代中国特色社会主义思想为方针，"讲好中国故事"。1929年，毛泽东和朱德领导的革命军入闽，立足长汀，创建革命根据地，合编中国工农红军第四军。从此，中国工农红军日益壮大，苏维埃红色政权日益增多，"红色小上海"可歌可泣的英雄人物与事迹层出不穷。

　　我从20世纪50年代入职长汀县文化馆（当时文化馆、革命纪念馆和图书馆三馆合一），开始接触中国共产党党史后，采取多种方式搜集文物史料。当时健在的老红军、老游击队员、老地下党员、老交通员、老接头户，无论城乡，比比皆是。根据工作任务需要或个别访问，或召开小型座谈会、调查会、纪念会等形式，搜集到不少鲜为人知的资料。我从20世纪60年代初开始陆续在省、市、县发表党史作品。1983年成立长汀县委党史办，我被调到县党史办工作，之后经过勤奋努力，我从一个普通党史工作者，先是获得助理研究员职务，1994年初获得副研究员职务。1998年退休后，仍退而不休，笔耕不辍，每年都在市、省以及国家级报刊上发表数篇党史研究类文章。两年前，构想结集出版一本《红色小上海革命故事集》，全书分四个部分：一、伟人故事；二、红色人物；三、汀江红旗；四、附录·红色记忆。所有故事内容均来源于真人真事，有关重要人物、重大事件或重要讲话，视情需要都注明出处。书中大部分革命故事是作者首创、首写，可以从发表刊物、发表的时间来佐证。不少作品里的人和事都是鲜为人知的，没有一篇抄袭别人或涉及侵权行为的作品。其中有近20篇作品曾被省级以上刊物或单位评为一、二、三等奖，并颁发荣誉证书和奖金。

为本书作序的中共中央党史研究室原室务委员、第一研究室主任，著名党史专家黄修荣认为，本书是一部优秀的福建长汀地方党史教材，也是一部优秀的有关长汀历史文化名城、客家首府、革命圣地的导游书。

《红色小上海革命故事集》内容丰富，故事独特，情节巧妙，引人入胜，能使广大读者，尤其是青少年读者从中认识到中国共产党、中国工农红军的伟大和艰辛，铭记革命先辈和苏区人民的不朽功勋，让大家以史为鉴，知史爱党，知史爱国，弘扬革命历史，传承红色基因，为实现中华民族伟大复兴的中国梦而不懈奋斗。

目 录

一、伟人故事

毛泽东：八到汀州创伟业 ········ 3
朱毛红军入闽第一仗
　　——长岭寨大捷 ········ 12
毛泽东辛耕别墅绘蓝图 ········ 20
毛泽东虚心"求教" ········ 23
红四军在长汀制作了第一批正规的红军军装 ········ 25
毛泽东撰写发布《告商人及知识分子书》 ········ 29
毛泽东视察红军斗笠厂 ········ 32
一次别开生面的会议 ········ 35
毛泽东关心红军连队
　　——铁坚口述 ········ 38
商人不是敌探 ········ 41
抗旱的那天 ········ 43
散沙与湖洋泥
　　——李坚真口述 ········ 46

渡荒

  ——李坚真口述 …… 48

东征漳州：获军事经济双赢 …… 50

"反罗明路线就是打击我的"

  ——毛泽东与罗明的故事 …… 55

周恩来：为巩固和扩大闽西苏区作出了卓越贡献 …… 61

周恩来与罗明做客农妇家

  ——罗明口述 …… 66

周恩来在汀州每天节省"一把米"的故事 …… 70

一次难忘的教诲 …… 72

"松江"的秘密 …… 75

朱德：挥戈汀江征腐恶 …… 77

一件棉袄 …… 80

瞿秋白在中央苏区的文化工作 …… 83

瞿秋白在汀州狱中轶事

  ——陈炎冰口述 …… 87

刘少奇在福建长汀的峥嵘岁月 …… 92

陈云在汀州指导订立劳动合同 …… 99

邓小平在长汀的足迹 …… 102

二、红色人物

陈毅燃起新桥一把"火" …… 107

功勋卓越的开国上将

  ——杨成武 …… 110

何叔衡：为苏维埃流尽最后一滴血 …… 115

浩气长存青史间

  ——段奋夫烈士 …… 118

血染战旗红
　　——王仰颜烈士 ·················· 125
宁死不屈千古扬
　　——吴必先烈士 ·················· 133
面对屠刀仍从容
　　——涂凤初烈士 ·················· 138
闽西农民运动杰出领导人
　　——张赤男烈士 ·················· 143
"苏区第一个模范"傅连暲 ·················· 146
一生为公安政法事业鞠躬尽瘁
　　——梁国斌烈士 ·················· 152
幸存者的历史功勋 ·················· 159
巾帼英烈唐义贞 ·················· 164
危难见忠诚
　　——罗化成与梁国斌的故事 ·················· 168
抗日铁骑刘云彪 ·················· 177
卓越的农民运动领导人邓子恢 ·················· 180
张鼎丞关心长汀地下党 ·················· 187
傅连暲日夜兼程救主席 ·················· 190
方方在闽西苏区 ·················· 193
永远的记忆
　　——拜访涂通今将军 ·················· 202
刘华香：松毛岭保卫战的活见证 ·················· 207
周肃清：被派到福建的第一个中央巡视员 ·················· 210
从基督徒到红色医生的傅连暲 ·················· 215
路易·艾黎与福建长汀等地的工合运动 ·················· 223

三、汀江红旗

革命者来 ······ 231
具有独特历史意义的长汀党组织 ······ 234
长汀县早期建立中央红色秘密交通线纪实 ······ 238
汀州福音医院
　　——中央苏区第一所红色医院 ······ 244
中央苏区第一个女县委书记一二事 ······ 248
最早为红军服务的石印机 ······ 252
四打苦竹山 ······ 254
受到毛泽东、朱德嘉奖的古城暴动 ······ 259
竹钉阵 ······ 266
棉被阵 ······ 270
转战闽西
　　——铁坚口述峥嵘岁月 ······ 272
苏区军民鱼水情
　　——杨成武和他的乡亲们 ······ 280
浴血鏖战松毛岭 ······ 284
红九军团金华山最后一场殊死战 ······ 290
红九军团长征前的告别大会 ······ 299
红军长征第一村
　　——钟屋村 ······ 301
艄公蓝星朗助力"红旗跃过汀江" ······ 306
长汀商人对土地革命战争的历史贡献 ······ 312
红色医生傅连暲在长征中 ······ 319
闽赣走廊的卫士 ······ 323

百鱼岭阻击战
　　——铁坚回忆红五连战斗生活片段 ……………………… 334
温坊战斗中的红二十四师 …………………………………… 342
消灭团匪李七孜 ……………………………………………… 352
兆征县抗敌大队配合留守红军后卫团开展牛岭阻击战
　　——赖荣光口述 ……………………………………… 355
活跃在闽赣边的汀瑞游击队 ………………………………… 359
俞炳辉：负责组织护送瞿秋白等人过江前后的一段往事 … 366
一面珍贵的奖旗 ……………………………………………… 370
草地茫茫八昼夜
　　——老红军胡久保等过草地的故事 ………………… 373

附录　红色记忆

南昌起义军入汀打响了闽西武装反抗国民党第一枪 ……… 381
南昌起义军进军潮汕途中几个重大政策的制定与更改 …… 387
中央红军第九军团长征从福建长汀出发始末 ……………… 393
长汀人民对红军长征胜利的突出贡献 ……………………… 406
"南阳会议"的历史作用 ……………………………………… 411
福建省苏维埃政府领导汀州市反经济封锁的历史功绩 …… 415
中华苏维埃运输管理局福建分局的往事 …………………… 422
闽西红旗不倒的启示 ………………………………………… 426
傅连暲与中华医学会 ………………………………………… 433
从历史档案看唐义贞何时入党 ……………………………… 439
"朋口战役"与"福建事变" ………………………………… 445
福建查田运动的前前后后 …………………………………… 451

后记 ……………………………………………………………… 462

一、伟人故事

毛泽东：八到汀州创伟业

土地革命战争时期，毛泽东曾先后8次来长汀，在汀江两岸留下了深深的足迹。毛泽东在长汀的革命活动，在闽西乃至中国革命史上写下了光辉的一页。

毛泽东第一次来长汀，就使长汀成为"革命发展的转折点"

1929年3月中旬，毛泽东、朱德和陈毅率领红四军从井冈山出发，转战赣南来到长汀。

毛泽东

"在长汀的意外战果，这是革命发展的转折点"。这是美国记者史沫特莱在延安访问朱德时，朱德说的一句话。（［美］艾格妮丝·史沫特莱：《伟大的道路》，东方出版社，2005年12月版，第293页）当时，红四军转战赣南，情况一直不妙。赣敌刘士毅、李文彬部围追堵截，迫使红四军在赣南艰苦奋战。不久，井冈山失守，红四军放弃"围魏救赵"回援井冈山的计划，改为变动不居的游击政策，以对付敌人的跟踪追击。

"红军并没有计划拿下长汀"，但为什么又拿下长汀呢？显然这是毛泽东随机应变的谋略。

1929年3月11日，红四军从瑞金壬田出发，沿着武夷山南端的闽沟，抵达长汀县境内的楼子坝住了一夜。这是红军首次入闽第一站。3月12日，当红四军先头部队出现在长汀一个偏僻的山镇四都乡时，乡民们大吃一惊！这天是圩天，又是佛期，抬菩萨游街的乡民们把菩萨扔在地上，跑得无影无踪。毛泽东见此情况，即令部队停止前进，派出一支宣传队进村刷标语、贴布告，召集群众大会。毛泽东对乡民们说："红军是劳苦大众的军队，是来把压迫剥削劳苦大众的土豪劣绅，从大家头上拉下来。我们不但要打倒土豪劣绅，还要消灭保护土豪劣绅的国民党军队。"毛泽东的话很快打消了乡民们的思想顾虑，他们纷纷出来欢迎红军进村。

第二天，毛泽东在四都下赖村协和店驻地召开团以上干部会。突然，远处传来一阵枪声。毛泽东走出店外，看了看，听了听，便走回来，说："离这么远就打枪，这个部队不会打仗！"

红四军原计划在四都暂住几天，歇息歇息，再做下一步打算。现在"不会打仗"的敌军紧逼上门，毛泽东灵机一动，改变原计划，利用我军进攻的特点，兵分三路，一下就击溃了福建省第二混成旅郭凤鸣部一个团，追逐15公里，追到长岭寨下的陂溪村。

当天下午，毛泽东在陂溪村召开前委扩大会议，听取中共长汀临时县委书记段奋夫和张大鹏的汇报。当机立断，进攻长岭寨，消灭郭凤鸣！

3月14日，红四军进攻长岭寨，歼灭郭凤鸣旅1000余人，击毙旅长郭凤鸣，解放了长汀城。长汀果然是中国革命历史的一个转折点。（[美]艾格妮丝·史沫特莱：《伟大的道路》，东方出版社，2005年12月版，第296页）

这时，蒋桂决裂，国民党军阀开始混战。毛泽东于3月20日在汀州辛耕别墅召开前委扩大会议，作出决策，"在国民党混战初期，以闽西赣南20余县一大区为范围，用游击战术从发动群众以至群众的公开割据，深入土地革命，建设工农政权，由此一割据与湘赣边之割据连接起来，形成一坚固势力，以为前进的根基"（《红军第四军前委致中央的信》）。

这次会议，毛泽东批准正式成立中共长汀县委，由段奋夫任县委书记，王仰颜、罗化成、张赤男、黄亚光、傅维钰（女）等为县委委员。

当天晚上，毛泽东以前委名义将上述行动方针，向中央写了书面报告，"闽西赣南一区内之由发动群众到公开割据，这一计划是决须确立，无论如何，不能放弃，因为这是前进的基础"。

为了发动群众打土豪、筹军饷,制定正确的政策和行动方针,毛泽东亲自召集老佃农、老裁缝师傅、老教书先生、老钱粮师爷、老衙役和流氓头子等六种人的调查座谈会,全面了解长汀的经济、社会、民俗方面情况,准确地制定了在长汀打土豪、筹军饷的政策和对象,所以,几天时间就筹得军饷5万余元。

为了统一红军军装,前委研究决定从筹得的军饷中拿出一部分钱,赶制了4000套灰布军衣,配上红领章、红五星、灰布绑腿。这是红军创建以来第一次统一了服装!

毛泽东、朱德和陈毅率领红四军在汀州活动17天。长汀果真成为革命发展的转折点。

第二次来长汀"红旗跃过汀江"

1929年5月,蒋桂军阀混战告一段落,粤桂军阀狼烟又起。盘踞在龙岩一带的军阀陈国辉部参加了粤桂军阀混战,闽西境内一时空虚。江西敌军则由于蒋桂战争结束,调头进攻红军。正在此时,毛泽东接到闽西特委书记邓子恢的书面报告,要求红四军利用这一有利时机,再到闽西活动。毛泽东欣然同意东进闽西。

5月19日,毛泽东、朱德挥师离开赣南,当晚抵长汀濯田镇,毛泽东住在镇上"槐盛店"。他不顾劳累,夤夜写了两封紧急指示信,派宋裕和送出,一封交闽西特委,指示邓子恢在5月22日赶到蛟洋,商讨退敌之计。另一封交上杭地方武装领导人傅柏翠,要他们在5月21日到连城庙前商量行动计划。

20日一早,红四军在濯田镇樟树下召开群众大会,宣传红军"是工人、农民的武装,是帮助穷人谋利益的队伍"。会后,部队从濯田进军水口。当时正值雨季,汀江水猛涨,江面宽阔,水流湍急,无法涉水过江。而军情相当紧急,赣敌李文彬旅紧追不舍。在这紧急关头,青年船工蓝星朗带领16人,撑着8条木船前来运载红军。毛泽东、朱德指挥部队抢渡,经过6个多小时来回紧张抢运,3000多名指战员连同战马,全部胜利渡过汀江。等到李文彬旅追至江边,红军已踪影全无!

毛泽东、朱德挥师经涂坊、南阳，深入闽西腹地。"红旗越过汀江，直下龙岩上杭。收拾金瓯一片，分田分地真忙"。就是这一如火如荼革命场景的真实写照。

第三次来长汀决定召开红四军"九大"

1929年11月23日，红四军又占领了长汀城。陈毅派一个排的战士前往苏家坡，邀请在那里养病的毛泽东回红四军主持前委工作。

26日，毛泽东在福建省委组织部部长、巡视员谢汉秋（又名谢景德）陪同下，抵达长汀城。28日，毛泽东主持召开前委扩大会议。会议认为红军如果不及时加以训练整顿，必定难于执行党的政策，因此决定前委12月份的工作，主要是准备召开红四军第九次党代表大会。（中央文献研究室编：《毛泽东年谱》（1893—1949）（修订本），中央文献出版社，2013年12月版，第288页）

当天，毛泽东在汀城写了两封信，一封给中共中央，另一封写给李立三。在给中央的信中写道："四军党内的团结，在中央正确指导下，完全不成问题。陈毅同志已到，中央的意思已完全达到，惟党员理论常识太低，赶紧进行教育。"

这时，蒋介石正在加紧部署第二次三省"会剿"。前委为了贯彻中央"九月来信"，抓紧部队整训，毛泽东、朱德和陈毅率领红四军于12月3日离开汀州，开赴连城新泉进行政治军事整训。

第四次"从汀州向长沙"进军

1930年6月初，毛泽东率领红四军从寻邬（今江西寻乌县）经上杭才溪、通贤进驻长汀南阳（今归上杭县）。自6月11日至13日，在南阳龙田书院召开了中共红四军前委与中共闽西特委联席会议，史称"南阳会议"。

会上，毛泽东结合自己在寻邬调查中了解的情况，充分肯定了闽西党组织在分配土地中创造的"抽肥补瘦"的经验，并进一步完善了土地革命政策，作出了《富农问题》和《流氓问题》决议案。

"南阳会议"开了三天，后因中央特派员涂振农前来汀州传达全国苏维埃区域代表大会及党中央的有关决议，毛泽东即与红四军前委委员和闽西特委领导赶赴汀城，主持召开了前委扩大会议，史称"汀州会议"。根据中央指示，红四军、红三军和红十二军整编为中国工农红军第一路军（不久改为红一军团）。毛泽东任红一军团政治委员，朱德任军团长。

6月19日，红一军团在长汀南寨广场召开大会正式宣告成立，毛泽东、朱德先后在会上作了重要讲话。毛泽东还给军团及下辖三个军授了军旗。

28日，毛泽东、朱德率红一军团从汀州向南昌、长沙进军。进军途中毛泽东写了一首词《蝶恋花·从汀州向长沙》："六月天兵征腐恶，万丈长缨要把鲲鹏缚……"颂扬声势浩大的工农革命运动。

第五次攻打漳州决策在汀州

中央红军久攻赣州不克后，于1932年3月，在江西召开了江口军事会议。会后，毛泽东率东路军向闽西发展。

3月下旬，毛泽东率领东路军抵达汀州后，听取了福建省委、省苏维埃领导人关于闽西、闽南的革命形势及龙岩、漳州守敌情况汇报，还对漳州易攻难守的地理条件作了周密的调查分析。毛泽东作出了攻打漳州的决策。3月30日，毛泽东致电苏区中央局书记、中革军委副主席周恩来："据调查漳州难守易攻，故我一军团及七师不论在龙岩打得着张贞与否，切拟直下漳州""政治上必须直下漳泉，方能调动敌人，求得战争，展开局面。若置于龙岩附近筹款，是保守局面，下文很不好做。"毛泽东攻打漳州的建议，得到了周恩来的同意。

毛泽东在汀城向红一军团团以上干部作东征动员时，精辟地分析了攻打漳州的有利条件和重大意义，他指出："闽南（漳州）逼近厦门，当前日寇的势力已到达厦门，我进军闽南，对日寇侵略阴谋是一个打击。我军以实际行动贯彻我党抗日主张，无论对国内、国外，都将产生极大的政治影响。同时应该看到我们中央根据地沿赣江向北没有多少发展余地，国民党'剿共'的大本营就设在南昌。如今向西发展，有赣江梗阻，大部队往返很不方便，向南发展必然会和广东部队的主力顶牛。只有向东发展最为有利。向东则一来有闽西老根据地作依托，二来闽南尚有广阔的发展余地。向东是一个最好的发展方向。"

毛泽东在汀城做好了攻打漳州周密部署后，3月31日，即亲率东路军三万余人，自长汀出发，经上杭向龙岩挺进。4月初，周恩来应毛泽东要求督守汀州，从各方面做好了配合东路军的军事行动。

第六次在福音医院疗养的日子里

1932年10月中旬，毛泽东因身体欠佳，从江西来到汀州傅连暲院长主持的福音医院老古井休养所养病。毛泽东一到医院，立即去探视半个月前来此住院分娩的妻子贺子珍。他一边养病，一边关怀着红军和苏区人民的安危，深入汀州市干部、群众中进行社会调查，历时四个月，这是毛泽东在长汀住的时间最长的一次。

当时，中共福建省委代理书记罗明因腰部跌伤，也与毛泽东住在休养所治伤。罗明伤愈出院前，毛泽东用了整整一个上午的时间与罗明谈话。毛泽东精辟地总结了三次反"围剿"斗争取得胜利的经验，然后指出，福建和江西一样，应加紧开展广泛的地方游击战争，以配合主力红军的运动战，使主力红军能集中优势兵力，选择敌人的弱点，实行各个击破，消灭敌人的有生力量，粉碎敌人的第四次"围剿"。他还指出，在杭、永、岩老区开展游击战争，牵制和打击来犯之敌，对于粉碎敌人的"围剿"，保卫中央苏区是十分重要的。［中共中央文献研究室编：《毛泽东年谱》（1893—1949年）（修订本），中央文献出版社，2013年12月版，第390页］

罗明出院后，立即召开省委会议，传达了毛泽东的指示，并积极开展游击战争，有效地打击了敌人，保卫了苏区，取得了很大的成绩，极大地鼓舞了苏区广大干部、群众的斗志。

毛泽东在休养期间，利用早晚时间，经常深入附近农家、田间和机关单位进行社会调查，然后将调查研究的结果写成文章，题为《关心群众生活，注意工作方法》（草稿），并用汀州特产毛边纸大字书写，贴在厅堂墙壁上，然后召集汀州市各级领导前来开座谈会，听取反映和意见，使许多干部受到了一次深刻而生动的教育。

后来，在中华苏维埃第二次全国代表会议结论报告中，毛泽东着重阐述了关心群众生活与注意工作方法两个问题，分析了这两个问题与夺取革命胜利的关系。他指出："苏维埃的中心任务是动员广大群众参加革命战争，以革命战争打倒帝国主义，将他们赶出中国去。"毛泽东接着指出：苏维埃要完成这一中心任务，就必须关心群众的生活问题，从土地、劳动问题，到柴米油盐问题，穿衣、住房问题、疾病卫生问题、婚姻问题，"一切群众的实际生活问题，都是苏维埃应该注意的重要问题"。"假如苏维埃政府对这些问题注意了，讨论了，解决了，满足了群众的需要"，"群众就会真正地围绕在苏维埃的周围"。毛泽东接着又指出："真正的铜墙铁壁是什么？是群众，是千百万真心实意拥护苏维埃的群众，……在苏维埃政府的周围团结起了千百万群众来，发展我们绝大规模的革命战争，我们就要消灭一切反革命，我们就要夺取全中国！"

毛泽东在结论报告中，把革命任务和工作方法形象地比喻为河与桥的关系："我们的目的是过河，但没有桥不能过，不解决桥的问题，过河就是一句空话，不解决方法问题，任务也只是瞎说一顿。""如果仅仅提出问题，而不注意对实行时候的领导、不注意工作方法，不开展反对机会主义与反对官僚主义的斗争，不抛弃空谈空喊，不采用实际具体的办法，不抛弃强迫命令，不采取耐心说服的办法，那么什么任务也是不能实现的。"毛泽东在"二苏大会"上把《关心群众生活，注意工作方法》当作大会的结论报告，足以说明这篇文章是何等重要。（注：1976年5月初，长汀县革命纪念馆馆长王其森等三人到北京访问彭儒（女）。她介绍了当年毛泽东在福音医院休养所起草《关心群众生活，注意工作方法》一文并征求意见情况。彭儒1932年担任中共汀州市委书记）

第二次土地革命战争时期，汀州斗笠成为每一个红军指战员的军用必需品，因此受到毛泽东的重视和关注。他曾抽空到斗笠厂视察，发现尖顶夹边斗笠不适应红军行军打仗，背在背上还会磨破衣服，便与工人们研究改进斗笠式样。工人们经过毛泽东的指点，很快研制出一种款式新颖、平顶缠边的新式斗笠。毛泽东看了很满意，说："这种斗笠式样新颖，经久耐用，平顶平沿，好处很多，可以避雨、遮太阳，行军休息时可垫坐，天热时可扇风，睡觉时可枕头，背起来不磨破衣服。"从此，毛泽东亲自指导改革的汀州斗笠，被中央革命根据地军民称为"红军斗笠"，受到红军指战员们的喜爱。

在汀州休养期间，傅连暲院长除了按时给毛泽东打针服药外，每天傍晚还邀请毛泽东到风景优美、空气清新的北山散步。每次散步，傅连暲都能从毛泽东那里听到他过去所不懂得的道理。

毛泽东要傅连暲注意培养红军医生，以适应革命战争的需要。傅连暲在几个月前曾经按毛泽东指示办了一所工农红军中央看护学校。这时听了毛泽东指示，接着又办了一所中央红色医务学校，为红军培养了第一批看护员和第一批医务工作者。

当毛泽东即将离开福音医院返回瑞金时，傅连暲很高兴地接受毛泽东的建议，将福音医院搬到瑞金，正式创立中央红色医院。傅连暲担任中央红色医院院长兼中央红色医务学校校长。

第七次经长汀，进行"才溪乡调查"

1933年11月下旬，为了总结苏区革命斗争和政权建设的经验，做好即将召开的中华苏维埃第二次全国代表大会的学习材料，毛泽东带了一个警卫班来到长汀，然后从长汀水东桥下汀江码头乘木船到回龙，改步行官庄到才溪。在才溪先后召开了区苏、乡苏、区工会、耕田队长等各种类型的调查会，经过十多天的亲身调查，撰写了著名的《才溪乡调查》，总结了才溪人民在生产建设、民主建设和支援革命战争等工作中取得的巨大成绩。

第八次又经长汀回瑞金

1933年12月，毛泽东离开才溪来到长汀，由于"二苏大"时间紧迫，没在长汀多逗留，只在长汀住了一晚上。第二天，就返回江西瑞金。1934年1月，他在江西瑞金召开的全国第二次苏维埃代表大会上，把《关心群众生活，注意工作方法》和《才溪乡调查》作为大会材料，发给到会代表学习讨论。这对苏区的干部领导作风和经济建设发挥了巨大的作用。

（本文原载《福建党史月刊》1993年第3期，原题目《红旗跃过汀江——毛泽东在长汀》）

朱毛红军入闽第一仗

——长岭寨大捷

在长汀县东门街横岗岭许屋大门外右边墙上，有一条用白石灰水书写的大幅革命标语："红军枪毙郭凤鸣"七个大字，落款：红军。这条红军标语犹如晴空一声春雷响，震撼了长汀，震撼了闽西，震撼了福建国民党军政当局。

红军枪毙郭凤鸣

红四军将闽西最大的军阀——福建省第二混成旅旅长郭凤鸣击毙了，红四军解放了闽西首府长汀城！平日里耀武扬威、不可一世的郭凤鸣，为何突然遭到如此悲惨的下场呢？说起来不是那么简单，还有一番令人颇感传奇，甚至不是"计划"内，又转为"计划"内的故事呢！

从没见过的好军队

1929年3月11日，红四军从江西瑞金壬田出发，沿着武夷山南端的闽沟，经木衫岭、牛犊坪、庙子前、黄鳝口，首次挺进闽西。红四军首次入闽第一站——长汀县楼子坝村，当晚在这个优美的山村住了一夜。第二天，3月12日（农历二月初二），部队一早出发。这一天，正是长汀县四都乡的传统佛期，乡民要举行迎接公太菩萨的仪式。周边四乡八寨的群众一边前往观看，一边带着山货土产到圩场交易。平日破落萧条的山村，热闹起来了。

突然间，不知谁在圩场上喊了一声："兵来了！"常言道："兵古佬入乡，老百姓遭殃"，群众都以为国民党反动军队来了，吓得四散而逃，连抬菩萨的人，也把菩萨扔在地上，拔腿就跑。

部队发现这种情况，马上停止前进，原地不动留在了村外。

既来村又不进村，这是怎么一回事？

原来，中国共产党领导的工农红军第四军在毛泽东、朱德和陈毅率领下，于1929年初，为了打破国民党对井冈山的军事"围剿"，离开井冈山，转战赣南。赣敌刘士毅、李文彬旅围追堵截，迫使红四军在赣南艰苦奋战，难以立足。不久，获悉留守井冈山的彭德怀所部失守，亦转战赣南。这样，红四军才放弃"围魏救赵"回援井冈山的原定计划，改为变动不居的游击政策，以对付敌人的跟踪追击。

2月10日，红四军在瑞金大柏地歼灭刘士毅独立第七师800余人。不久，即向闽西进军。部队悄悄绕过福建省第二混成旅郭凤鸣设置埋伏的隘岭，飞越瑞金和长汀接壤的闽沟，3月12日上午10时便来到了长汀四都乡。

当时，毛泽东发现群众慌乱情形，马上传令部队停止前进，留在村口休息。同时，派出宣传队到村子里贴布告、刷写标语，开展政治宣传。

群众看到土墙上写着"红军是为穷人翻身的军队！""天下农民是一家，穷人不打穷人！"等大字标语，才知道来的不是国民党军，而是盼望已久的"朱毛红军"。于是，群众纷纷回到圩场。随后，红军鸣锣通知召开群众大会。一时间，呼老喊幼，邀朋结友，在草坪上密密麻麻站满了好几百人。

大会开始了，毛泽东含笑登上土台，开门见山地说："红军是劳苦大众的军队，是来跟劳苦大众一起打江山的，要把压迫剥削劳苦大众的土豪劣绅，统统从劳苦大众头上拉下来。"他接着又说："我们不但要打倒土豪劣绅，还要消灭保护土豪劣绅的国民党军队。工农群众要团结起来，打土豪，分田地，建立革命政权。"［中央文献研究室编：《毛泽东年谱》（1893—1949）（修订本），中央文献出版社，2013年12月版，第265页］群众听了毛泽东的话，心里比吃了蜜糖还开心，不断地鼓掌欢呼。

会后，红四军战士打开土豪赖开甫、廖亮甫两家谷仓，把粮食分给了劳苦大众。长期过着忍饥挨冻生活的四都穷苦群众，脸上第一次绽开了笑容，一个个交口称赞："这是一支从没见过的好军队！"

正当大家兴高采烈地把粮食扛回家里去的时候，砰砰砰，从汀城方向传来枪声！

穷追猛打到陂溪

来者不善。从长汀城方向向四都放冷枪窥测红四军动向的，是郭凤鸣旅的一个团。

郭凤鸣闻讯朱毛带领红四军挥师向闽西挺进时，急得像热锅上的蚂蚁——团团转，赶忙带领盒子枪队、大炮营，扛着三挺重机枪，赶到汀瑞交界的隘岭上埋伏，妄图一口把红四军吃掉。没想到毛泽东料敌如神，悄悄绕道而过，郭凤鸣在山上苦熬一夜，连红军的影子都没见着。第二天，听说红四军早已飞越闽沟，他大吃一惊，唯恐汀城老巢有失，又急急忙忙赶回汀城。

一回汀城，郭凤鸣就听到报告，说红四军已到了四都。他连喘气都来不及，马上命钟铭清率一个团赶往四都，阻挡红四军进攻长汀。

枪声响时，毛泽东、朱德正在四都下赖村协和店驻地召开前委会，讨论研究下一步红四军该往何处去的问题。毛泽东向窗外看了看，微微一笑说："这个部队不会打仗，还离这么远就在山上打起枪来。"他一说，引得朱德军长哈哈大笑起来。

红四军自井冈山出发，转战月余，行军千里，广大指战员都十分疲劳了。部队原计划在四都暂住几天，一面休整，一面与地下党联系，以充分做好歼敌准备。现在敌军紧逼上门，毛泽东、朱德便果断地改变原定计划，以争取主动，克敌制胜。

红四军兵分三路，齐头并进，在四都北面5公里的山头上，向敌军猛烈开火。钟铭清团仓惶应战，节节败退。红军盯住逃敌，穷打猛追，一口气追到离四都近20公里的长岭寨下的陂溪村。

下午3时许，阳光暖洋洋地照耀陂溪水，杜鹃花红艳艳地开放在溪两畔。毛泽东、朱德盘腿坐在溪边草坪上，召开前委扩大会议，听取中共长汀临时县委书记段奋夫关于郭凤鸣旅的情况汇报：郭旅官兵关系恶劣，生活腐败，士气消沉，对人民残酷压榨；郭凤鸣与陈国辉、卢新铭三个军阀之间勾心斗角，各不相顾；长汀地下党已打入郭旅进行秘密活动等情况。委员们听完段奋夫的汇报，就如何克敌制胜作了充分讨论。朱德军长说"红军这次行动，本来只是为了躲避数量上占优势的敌军而进入福建，并没有计划拿下长汀。"这时，毛泽东改变了原来计划，同意委员们一致意见，做出最后决定：进攻长岭寨，消灭郭凤鸣！

抢占长岭寨

长岭寨本名胜华山，位于长汀城南8公里处。此山有"十里高山耸入云，一条小路盘山崖"之称，山高林密，地势险要，是红四军进攻长汀的必经之路。

长汀城里，郭凤鸣闻报钟铭清团进攻四都失利，吓得冷汗直流。他慌忙调兵遣将，命令营长黄松林带一营兵马，火速出发，务必于黄昏前占领长岭寨山头，凭险踞守。

黄松林长得又高又瘦，绰号"豆芽"营长。他接到命令，不敢怠慢，马上带领人马赶路。走了一程，路过乌石下他丈母娘家，正巧这天是他丈母娘生日，女婿为官难得上门，今日天赐其便，丈母娘心里万分高兴，摆好美酒佳肴，不由分说，提取锡制大酒壶，倒了一大碗"老隔冬"酒，给

长岭寨大山

"豆芽"营长灌将下去。

这时,"豆芽"营长派出去的两个探子,行至长岭寨山脚下,正好遇到朱军长派出侦察敌情的特务连二排王班长。王班长化装成上山砍柴的农民,肩上扛了根木头。

敌探问他:"山上可曾发现红军?"

王班长摇摇头说:"我连个人影子也没见到哩!"停了停,他又故意放低声音,神秘地说:"听说红军还在四都驻扎,远着呢!"

两个敌探一听,信以为真,加上本来就怕走路爬山,便调转屁股折回乌石下向"豆芽"营长报告。

"豆芽"营长已喝得醉醺醺,闻报之后,心内暗忖:红军远在四都,最快也要明天中午才能到达长岭寨,而乌石下与长岭寨近在咫尺,明日一早上山去还来得及,何苦一夜蹲在山上挨冻!

主意打定,便令队伍驻下,而他自己索性放开肚肠,大碗喝酒,大块吃肉,直喝得酩酊大醉,倒在床上如死猪一般。

"豆芽"营长做梦也没想到,红四军按照毛委员、朱军长的部署,连夜向长岭寨进发。14日凌晨5点钟,红军抢先占领了长岭寨主峰膝头脑印岭。

16

东方晨曦初露，朱德军长伫立山巅，环视群山。他凝视片刻，做了个两头包抄手势，说："在这膝头脑印岭和白叶竹子岭各埋伏一支军队，敌人就有来无回了！"

毛泽东含笑点头。一个痛歼郭旅的战斗计划更加完善了。

红军击毙郭凤鸣

清晨，"豆芽"营长正要出发时，郭凤鸣又派出一支部队前来增援，他们麇集在一起，趾高气扬地前往长岭寨。刚刚爬到半山腰，突然间，一声炮响，山顶上顿时红旗招展，杀声震天，红军犹如天兵天将骤然出现。

"豆芽"营长知道上当了，形势不妙，慌忙掉头往山下逃窜。

红军官兵乘胜占领长岭寨左右两侧高地，随即构筑工事，严阵以待。

昨日，郭凤鸣在向"豆芽"营长下达了占领长岭寨的命令后，当晚照样饮酒作乐。他有个称为嫂子的高太太是个"笑面狐"，经常给他出谋划策。她深知郭凤鸣长期克扣军饷，部下怨声载道，军心浮动，所以，她建议郭利用这次出发打仗，给士兵多发几个饷钱，好让士兵替他卖命。哪知郭凤鸣不等她说完，就拉长脸粗心恶气地说："养兵千日，用在一朝，发什么饷！"

高太太也没好声地哼道："你要人家卖命，跑路爬山，还要不要买双草鞋钱!?"

郭凤鸣沉吟许久，才勉强应道："好吧，看在你的面子上，每人发给4个毫子草鞋钱！"

此事被长汀地下党知道了，连夜派人四处传扬，敌士兵一传十，十传百，都说郭凤鸣不肯发饷，只发"草鞋钱"，个个怒气填膺，骂声不绝。这个说："郭疤佬不把我们当人，我们不干了！"那个说："老子不替他卖命，看他当个鸟官！"

这些，郭凤鸣都蒙在鼓里。第二天，他亲自打点兵马，准备倾巢出动。起先，他想骑马出发。说来奇怪，那匹大白马，平时俯首贴耳，十分驯服，今日却突然撒野，郭凤鸣刚跨上马背，马就立起前足，翘首长啸，然后猛然一个倒立，将郭凤鸣摔倒在地。

郭凤鸣哭丧着脸，只好改乘轿子。谁知刚出大门，一抬头，便见门口墙上贴着一张绿色标语，上面分明写着"打倒郭凤鸣！"5个大字。郭凤鸣气得脸上的白麻变黑麻，叉开五指上前就撕，嘴里不干不净地骂道："岂有此理，今日打得倒我，我不姓郭！"说着，他把身子往轿里一钻，恶狠狠地下令："出发！"100多名盒子枪队员前呼后拥，后面跟着教导团、大炮营，大批全副武装的人马黑压压地向长岭寨蜂拥而去。

奔至梁屋头，离长岭寨不远处，闻报长岭寨主峰及左右两侧高地已被朱德指挥红军占领，郭凤鸣气得七窍生烟，暴跳如雷。他像输红了眼的赌棍一样，命令大炮营"哐当！哐当！"向山上乱轰，然后亲自督阵，驱赶教导团和刚败下阵来的残兵败将，接二连三地反扑，妄想抢回山头。霎时间，炮声、枪声、号角声，夹杂着"给我冲，不冲就枪毙！"的咒骂声，鬼哭狼嚎，好不吵闹！

在这紧要关头，毛泽东亲率特务营和军部增援主峰阵地，给红军战士们增添了百倍勇气，他们越战越勇。冲锋号响了！红军战士们跃出阵地，以排山倒海之势，从山顶冲到山脚，冲入敌阵，在梁屋头广阔田野上，直杀得敌人人仰马翻，呼爹喊娘。顷刻间，千余敌人被红军包围，红军战士边打边喊："缴枪不杀"！敌士兵们本来就不想替郭凤鸣卖命，便纷纷丢下武器投降。

战斗尾声，三十一团一营一连连长王良（后担任红四军军长）在搜索逃敌中，来到牛斗头栗树园，发现园内有个粪寮，似乎里面有响动，他靠上前去，从门缝里瞧，看见有三个敌人挤在里头，其中有个受伤的胖家伙正和一个瘦家伙换军装穿，由于他体大衣小，套不进去，急得他直喘气。

"狗养的，还想逃！"王良一脚踢开门，一枪就将那胖家伙打死了。那瘦子扑在尸体上放声大哭："旅长呀，我的舅舅呀！"

原来在败阵中，郭凤鸣左腿中弹倒地，在他的外甥和副官搀扶下，逃到牛斗头栗树园，想涉水过一条小溪，逃往汀南，但因红军追得紧，不得不逃到粪寮里躲藏，再图脱身之机，没想到反而弄巧成拙，难逃灭顶之灾。

王良明白了刚才被他打死的正是闽西人民的死敌郭凤鸣之后，他索性再扣扳机,将郭凤鸣的外甥和副官也打死了。

红四军首次入闽,长岭寨一仗,击溃国民党福建省防军第二混成旅2000余人,缴获了步枪500余支,迫击炮三门,机枪数挺,各种弹药不计其数。这是红四军下井冈山以来最大的一次胜利,为即将创建的闽西革命根据地举行了一个奠基礼。[中央文献研究室编:《毛泽东年谱》(1893—1949)(修订本),中央文献出版社,2013年12月版,第265页]

长岭寨战斗纪念碑

当天下午,红四军迈着豪迈的步伐,长驱直入,浩浩荡荡开进汀州城。他们用木梯抬着郭凤鸣的尸体,到了城外兵分两路从汀州宝珠门和惠吉门进入,将郭尸体沿着惠吉门城墙外小路一直抬到南寨广场。

翌日上午,红四军在南寨广场召开万人群众大会。会上,毛泽东作了鼓舞人心的讲话:"我们来此地是为民除害的,今天就除了这个大害!"他接着说:"我们红军是穷人的军队,和劳苦群众团结在一起,共同推翻国民党反动统治,打倒帝国主义和封建地主阶级,实行土地革命,建立工农当家做主的革命政权。"[中央文献研究室编:《毛泽东年谱》(1893—1949)(修订本),中央文献出版社,2013年12月版,第266页]

武夷山下,汀江两岸,到处歌声飞扬,歌颂毛泽东、朱德率领红四军首次入闽,解放了长汀城。有一首民歌响遍汀江两岸:

三月里来气象新,红军浩荡入长汀,

郭逆凤鸣不量力,长岭寨下命归阴。

(本文原载《福建文艺》(今《福建文学》)1979年第3期)

毛泽东辛耕别墅绘蓝图

辛耕别墅

汀城小桥子头金沙河畔，有一座古雅别致的别墅叫辛耕别墅，红四军首次入闽后，红四军司令部、政治部就设在这座别墅里，毛泽东、朱德和陈毅同志也在这里居住。因此，这里发生了很多故事，诸如：《毛泽东虚心"求教"》《红军的第一套军装》《朱军长喜结良缘》等。最有意义的故事当属在辛耕别墅召开前委扩大会议，为创建中央革命根据地绘制宏伟蓝图。

红四军在毛泽东、朱德率领下，于1929年1月14日离开井冈山，向赣南、闽西出击以来，至3月14日占领长汀城。整整两个月时间，在赣南辗转战斗中，毛泽东同志一直都非常关心当前的时事，经常看报纸。长汀历来是汀州府治、闽西重镇，各种报纸一应俱全，所以毛泽东说："到赣南闽西以来，由于邮路极便，天天可以看到南京、上海、福州、厦门、漳州、南昌、赣州的报纸……真是拨云雾见青天；快乐真不可言状。"

毛泽东到了长汀以后，从国民党报纸上了解到由于各帝国主义国家加紧对中国的掠夺，国内各派军阀的矛盾日益尖锐。1929年2月，以桂系李宗仁为首的国民党武汉政治分会以武力相威胁，要求南京政府下令改组湖南省政府，撤免亲蒋的省主席鲁涤平。蒋介石为此极为恼怒，下令查办武汉政治分会，并调动大军进迫，蒋桂部队在九江一带彼此逼近，一场军阀混战如箭在弦，一触即发。

在此风云突变之时，毛泽东当机立断立即召开前委扩大会议。

3月20日，正是春暖花开的季节，在辛耕别墅院子里，盛开着红彤彤的宝珠茶花。大厅上，红四军前敌委员会书记毛泽东同志正在主持召开红四军前委扩大会议；长汀临时县委负责人段奋夫等也列席了此次大会。

会上，毛泽东对红四军离开井冈山以来的工作进行了总结，根据时局的变化，详细分析了闽赣两省的政治、军事、经济状况和自然条件，特别是详细分析了赣南、闽西一带党的组织、群众运动、革命武装情况和敌我双方力量的对比。

毛泽东的总结报告结束后，会议进行了深入讨论。大家异口同声地赞扬毛泽东的总结报告高瞻远瞩、分析精辟。

自从红四军在大柏地击溃刘士毅旅，在长汀击溃郭凤鸣旅之后，闽西、赣南没有强敌了，龙岩的陈国辉不过千兵之众，且多由土匪组成，战斗力不强；闽北卢兴邦部虽有7000之众，也多由土匪组成，他们远离闽西，没有远途作战的能力。

闽南的张贞师有八九千人，算是福建军阀中最强的一支劲旅，但他们由于提防桂军由闽入浙攻蒋，所以也自顾不暇。当此全国军阀大混战之时，福建的反动统治内部冲突日益激烈，明争暗斗各自扩充实力，各自巩固自己的地盘，他们没有多大的进攻能力。

赣南、闽西的群众经过长期斗争，对革命有很高的认识，在红四军的帮助下，风起云涌地行动起来。闽西地处广东、江西边界，到处崇山峻岭，地势险要，易于武装割据。

大家一致表示赞同毛泽东同志的意见。会议决定了红四军、红五军以及江西红二团、红四团今后的行动计划，即："在国民党混战的初期，以闽西、赣南20余县为范围，用游击战术发动群众以至公开苏维埃政权割据，由此割据区域，以与湘赣边界之割据区域相连接。"会议还强调"唯闽西赣南一区内之由发动群众到公开割据，这一计划是决须确立，无论如何，不能放弃，因为这是前进的基础。"

会上，红四军前委还批准中共长汀临时县委正式改为中共长汀县委，段奋夫为县委书记，王仰颜为组织委员，黄亚光为宣传委员。

当天晚上，毛泽东将会议情况写成《红四军前委关于攻克汀州及四、五军江西红二军、四团行动方针等向福建省委和中央的报告》，送交福建省委转中央。同一天，中共长汀县委也将会议内容向省委写了书面报告。

辛耕别墅红四军前委扩大会，毛泽东站在夺取全国革命胜利的高度，正确地把握了蒋桂战争爆发给红军发展与实行工农武装割据的有利时机，科学地提出了红军的战略计划和行动方针，为创建闽西、赣南革命根据地，乃至创建中央革命根据地绘制了一幅宏伟的蓝图。1931年1月，闽西、赣南革命根据地得到巩固；1931年11月，在瑞金召开了中华苏维埃第一次全国代表大会，宣告成立了中华苏维埃共和国临时中央政府，标志着中央革命根据地的正式形成。实践证明，辛耕别墅红四军前委会议制定的战略方针是完全正确的，在中国革命史上具有非常重要的意义。因而，辛耕别墅遗址被列为全国重点文物保护单位，成为广大观众瞻仰缅怀的一大景点。

毛泽东虚心"求教"

1929年3月14日,毛泽东、朱德同志指挥红四军进攻长岭寨,一举打垮了土著军阀郭凤鸣旅,击毙旅长郭凤鸣,红四军长驱直入长汀县城。司令部、政治部设在辛耕别墅内。

毛泽东在辛耕别墅刚把住房安顿好,就把长汀临时县委宣传委员黄亚光给找来了。他说要开一个"六种人"调查会,这六种人都要在本行干了20年以上时间。他们是老佃农、老裁缝师傅、老教书先生、老钱粮师爷、老衙役和流氓头子。

黄亚光怎么也没想到毛泽东会找这些人开会,心里感到纳闷,不解地问道:"毛委员,干吗挑这些人开会呀?"

毛泽东慈祥地反问道:"你知道长汀有多少土豪劣绅?他们有多少田地?收多少租?长汀又有多少佃农?他们的收入多少?纳粮缴税多少?"

这一问,可把黄亚光给问住了,好一会没答上来。

毛泽东开导他说:"找这些人来,就是要了解这些情况。"黄亚光经他这样一问一开导,心中茅塞顿开,马上高高兴兴地去把这"六种人"给请到辛耕别墅来了。

初来乍到,几个老人都不自在,尤其是老钱粮师爷、老衙役和流氓头子的心里忐忑不安。正在这个时候,毛泽东笑容可掬地走进了客厅,把这些人当作客人一样,热情地让座,请他们喝茶、抽烟。

毛泽东坦诚地说:"今天请你们来,是有事向你们求教……"

"求教?"老人们不知自己有没有听错,都屏息竖起了耳朵。

毛泽东顿了顿,继续说:"今天,一不讲行军,二不讲打仗,只讲你们熟悉的事情。长汀的土豪劣绅有哪些人?谁最会欺压人民群众?这些你们最清楚,最有发言权。"

毛泽东虔诚的态度和一席话,很快就把大家的顾虑给打消了。于是这个也说,那个也讲,他们都乐意把自己知道的情况说出来。老佃农给地主当牛做马,饱受地主老财的压迫剥削;钱粮师爷的肚里有纳税完粮的一本账;裁缝师傅了解家家户户穿衣着服的情况;教书先生知道许多人的文化程度、家庭出身;流氓头子了解社会上谁好谁坏;老衙役知道有多少豪绅勾结官府衙门。

毛泽东一边仔细地听讲,一边认真地做笔记,还不时问问这问问那。

"六种人"调查会开得圆满成功,结果使黄亚光大吃一惊。他虽然是本地人,又在本地生活、工作了许多年,但是了解的情况,还不如毛泽东这次调查得来的材料多。毛泽东虚心向群众学习,走群众路线,深入群众调查研究的革命精神和工作作风,使黄亚光和长汀临时县委的同志都受到了一次深刻而生动的教育。

毛泽东通过这次"六种人"调查会,全面了解了长汀的经济、社会、民俗等方面的情况,迅速而准确地制定了在长汀打土豪、筹军饷的政策和对象,并发动群众配合红军,打土豪,分浮财,开仓分粮,把大批的粮食、浮财分发给穷苦百姓。不到 10 天便向土豪劣绅罚得大洋两万余元,并向资本千元以上的商人筹借 3 万元,共筹得军饷 5 万余元。部队给养解决了,士气非常旺盛。

红四军在长汀制作了第一批正规的红军军装

第一批正规的红军军装：八角帽、红军衣、裤、绑腿

提起红军，人们的脑海里，便会自然而然地闪现出头戴红星八角帽，身穿缀有红领章的灰布军装，腿上打着灰布绑腿，就像电影《闪闪的红星》中的吴修竹、潘行义，以及参军后的潘冬子那样的形象。看，红军战士穿上了军装，多么英姿焕发！红军部队有了这样的装束，多么威武整齐！可是，你们知道，红军在什么时候才穿上这样的军装，红军部队第一批正规的红军军装，是怎么来的吗？

1928年4月，毛泽东和朱德带领的部队在井冈山会师，正式成立中国工农红军时,还没有统一的军装。1929年1月,红四军从井冈山向赣南、闽西进军时,战士们穿的服装仍然五花八门。有的穿着从家里带来的衣服,有的穿着从敌人那里缴获的军装。颜色、式样很不统一。那时,红军指战员,多么渴望能穿上红军自己统一整齐的军装啊!但是,当时红军处在困难时期,哪儿有钱缝制军装呢。因此,红军在创建的初期,是一支没有统一军装的军队。

红四军首次入闽,解放了长汀城之后,进行"打土豪,筹军饷"活动,筹得银元5万余元,这5万余元除了汇给上海党中央3万元,派人带上500元前往瑞金大柏地,赔偿群众在战斗中的损失,给红四军每人发军饷四元,用于购买毛巾、牙粉、袜子等日用品外,剩余的钱都拿去赶制4000套红军装。

这次赶制的红军装,不是过去有过,有样可依的红军装,而是自从建军以来,第一次从无到有统一制作的红军装,该用什么布料,什么颜色,什么样式,都得考虑周全,丝毫马虎不得。否则,就应了古话说的:"一着不慎,后悔莫及!"

为此,毛泽东考虑周全,他召开前委会集思广益进行讨论。考虑到红军经常在山地行军打仗,灰色布衣服与野草树叶近似不易暴露目标,因此红军的军装、帽子和绑腿都用灰色布做。军装式样仿照苏联红军军装,帽子式样采用世界革命领袖列宁戴过的八角帽,在八角帽前缝上红布五角星,象征工农兵学商团结一心为革命,军衣领上缝上两块红布领章,象征红旗普照全国。

红四军进驻长汀城之后,缴获了敌旅长郭凤鸣设在城内南门街镇龙宫前周氏家祠里的被服厂,这是一家专门给部队做军装的工厂。该厂拥有12台日本造的新式缝纫机,工人60多人。为了在短时间内赶制出4000套红军装,红军把汀州城内缝衣工人全部组织起来,成立了一个临时红军被服厂(后来发展为中华苏维埃被服厂)。

缝衣工人听说是给子弟兵做军装,无不兴高采烈,精神无比振奋。当时的缝纫机只有12台,机少人多,人停机不停,工人工作三班倒,夜以继日不停工。工人们细心地裁,缜密地缝,灰棉布用完了,就用白棉细布自已染，纽扣用完了，就将铜钱用灰布包起来当纽扣。

一天，毛泽东、朱德和陈毅同志来到了被服厂，工人们拿着做好的军装，征求他们的意见。他们看了以后很满意，当场提出表扬，同时叮咛他们"军装的纽扣一定要缝牢"，说"红军担负着艰巨的战斗任务，纽扣越牢越好"。工人们牢记这些话，用最快的速度，保质保量地赶制出4000套军装、4000顶八角帽和4000副绑腿。此时恰逢列宁逝世5周年，为了缅怀列宁的丰功伟绩，红四军前委决定将4000套灰色军衣的红领章上缀上黑边，以表示纪念。这是红军史上唯一红领章上缀有黑边的军装。

因为隆重纪念世界革命领袖列宁同志，所以影响所及是广泛深入的、不分城乡的。此后，在城里毛铭新印刷所印制了马克思、列宁肖像，在长汀县馆前镇云峰村，迄今还留存了四条纪念列李卢的红色标语："纪念'列李卢'拥护共产国际""纪念'列李卢'打倒帝国主义"等。"列李卢"是三个人的名字，"列"指"列宁"，"李"指"李卜克内西"，"卢"指"罗莎·卢森堡"。李卜克内西是德国马克思主义政治家，罗莎·卢森堡是德国一位马克思主义思想家、理论家。

当时，红四军正在整编，把团的建制改编为纵队的建制。整编后的红军，在长汀城南寨广场举行盛大阅兵典礼的那天，每个指战员都穿上了新军装。

那一天，风和日丽，春光明媚。南寨广场周围，桃李争妍，四处飘香。数千名红军指战员，头戴红五星的八角帽，身穿缀着红领章的灰军装，腿上扎起灰绑腿，喜气洋洋，整整齐齐地迈着坚定的步伐走过主席台，接受毛泽东、朱德和陈毅等领导人的检阅。和战士们一样装束的红四军的领导干部，神采奕奕地站在主席台上，微笑着向红军队伍频频招手致意。

从此，红四军有了统一的第一批正规的红军军装，军容焕然一新，显得更加威武雄壮了。毛泽东于1929年4月5日在瑞金代表前委致中央的信中高兴地写道："全军在汀做了整齐的服装，每人发4元零用费。给养已不成问题，士气非常振发"。红四军大队长萧克在回忆录中说："在第一次到汀州期间，印象最深的是两件事：每人发了4元零用钱，每人发了一套新军装,回江西那天,大家都穿新衣服,好神气啊!"朱德后来与美国记者史沫特莱谈到在长汀制作第一套红军军装时,面露笑容说:"我们终于有了第一批正规的红军军装。新军装的颜色是灰蓝的,每一套有一副裹腿和一顶带有红星的军帽。它们没有外国军装那么漂亮,但对于我们来说,可真是其好无比了。"

(本文原载《红旗跃过汀江》,北京燕山出版社,2003年9月版)

毛泽东撰写发布《告商人及知识分子书》

长汀（史称汀州），从盛唐至民国历来是州、郡、路、府及专署所在地。贯穿长汀至潮汕的汀江，是福建四大江之一，发挥了繁荣经济的重大作用，长汀成为联结闽粤赣周边十数县的交通枢纽和物资集散地。

1929年3月，红四军在毛泽东、朱德和陈毅率领下，在离汀城8公里的长岭寨打了一仗，打死国民党福建省防军第二混成旅旅长郭凤鸣，歼敌2000余人，解放了长汀城。

红四军司令部设在地名豆豉坝的辛耕别墅内，毛泽东和朱德一同住在这里，日夜辛勤地领导开展各项革命工作。

有一项重要工作引起了毛泽东的重视，那就是汀州商人及知识分子工作。因为汀州商人很会做生意，他们积攒了很多钱，开了很多店铺。据有关资料统计，汀州市共有367家私营商店，其中，京果店117家，洋货店（即百货店）28家，布店20家，油盐店20家，药店17家，纸行32家，酱果店9家，锡纸店27家，金银首饰店14家，小酒店46家，饭店11家，客栈20家。规模最大的私营商店王俊丰京果店，资金超过3000银元，经营品种多，每天营业时间长达15小时。

汀州知识分子人才济济，很久以来长汀就有一所著名的省立中学。外出回汀受过高等教育的人才也很多，例如1918年入北京工业专科学校就读的王仰颜，1912年进福州蚕业学校的罗化成，广州中山大学的吴炳若、胡轶环，汀州省立中学毕业生段奋夫、刘宜辉、毛钟鸣，留学日本的黄亚光，1925年考取武昌华中大学的李国玉，武汉军事政治学校的张赤男、傅维钰（女），武汉高等师范学校的阕宝兴，南昌葆灵女校的廖惠清（女）等人，他们都加入了中国共产党，并成为长汀地下党员，在隐蔽战线作出了突出贡献!

当时，红四军正在汀城开展大规模的"打土豪，筹军饷"活动，同时以党和红四军名誉，向商人及知识分子发布一项布告，阐明党和红军的政策主张，让这些人不信谣言，放下包袱，从而拥护党和红军，投身革命，支持革命。

毛泽东在汀城辛耕别墅撰写了《告商人及知识分子书》。毛委员在这篇文告中着重指出："共产党对城市的政策是：取消苛捐杂税，保护商人贸易，在革命时期对工商人士酌量筹款供给军需，但不准派到小商人身上。城市反动分子的财物要没收，乡村收租放息为富不仁的土豪搬到城市住家的，他们的财物要没收。至于普通商人及一般小资产阶级的财物，一概不没收。"

毛泽东满腔热情地指出："知识分子的出路，也只有参加工农革命。知识分子若肯参加革命，工农阶级均可收容他们，依照他们才干的大小，分派他们相当的工作。红军政治部在汀招收大批政治工作人员，那些能够刻苦耐劳勇敢奋斗的革命学生们教职员们，均可加入红军来做政治工作。"

最后，毛泽东对商人及知识分子满腔热情地发出号召：

商人起来帮助工农阶级！

学生起来帮助工农阶级！

商人要使商业发展，只有赞助土地革命增加农民生产力和购买力！

商人要使商业发展，只有打倒帝国主义，断绝洋货的来源！

商人要使商业发展，只有推翻国民党政府，拥护工农兵政府！

商人只要赞助革命，共产党就不没收他们的财产，并保护他们营业自由。

革命的知识分子加入工农革命的队伍里来！

革命的知识分子加入红军政治部！

当年，长汀城有一家毛铭新印刷所，具有石印、铅印设备，知识分子毛钟鸣是共产党地下党员，党组织派他专门与毛泽东联系，负责赶印毛泽东在汀撰写的文告等革命宣传品。毛钟鸣后来发表的回忆文章《"制造精神炮弹的兵工厂"——回忆长汀印刷工人在毛主席关怀下进行革命斗争片断》中写道:"在红四军部队第一次驻汀的十七天时间里,全体印刷工人同志日以继夜地赶印了大量宣传品,如《十大政纲》《红四军布告》《告民众书》《告商人及知识分子书》《告绿林兄弟书》等,对革命宣传起了很大的作用。"

事实确实如此,红四军在长汀通过多种革命措施,包括四处张贴《告商人及知识分子书》等布告,刷写革命标语,散发革命传单等活动,只用了10天时间,就筹到了5万银元,其中除了打土豪没收的两万余元外,其余3万元就是长汀商人借给红军的。所以,有些老一辈无产阶级革命家曾赞叹说:长汀商人对革命是有很大贡献的!

毛泽东视察红军斗笠厂

汀州斗笠在土地革命战争时期，成为每一个红军指战员的军用必需品，因此受到毛泽东的重视关心。

1931年冬，红军斗笠收购站将汀州个体斗笠工人组织起来成立红军斗笠厂。红军后勤部委主任周信彬（湖南人）担任厂长，共有工人108人，干部3人。工序分为破篾、编制和刷油。实行计件工资，每个工人每月可领到工资9至12元，高的可达15元。月产量斗笠6000顶。

1932年冬的一天，毛泽东来到红军斗笠厂视察，斗笠厂支部书记廖二子和工人师傅们正在编斗笠。当时他们编的斗笠是尖顶式样，边沿用一条竹板夹边，俗称夹边尖顶斗笠。

毛泽东随手拿起一顶夹边尖顶斗笠放到头上戴了戴，又放到背上背了背，然后拿在手上仔细观察了一番后，说："这种尖顶夹边斗笠不方便，背在背上还会磨破衣服，能不能改成能坐、能扇、不磨破衣服的斗笠呢？"

廖二子与工人师傅听了连连点头，表示要好好想一想。

毛泽东很关心红军斗笠厂的生产，他问："有多少工人？一天能生产多少斗笠？"

廖二子回答说："每天在厂里生产的工人只有一百多人，但是接料在家里干活的有几百人，每人每天平均能生产五六顶斗笠。"

毛泽东听后明确指示："斗笠要为红军服务，要使每个红军都能戴上斗笠。如今红军天天在前方打仗，红军发展很快，要想办法多生产斗笠，支援红军，保障红军的需要。"

当毛泽东听到斗笠工人扩红参军的情况时，便对陪同前来视察的红军后勤部干部说："斗笠厂的工人待遇与红军一样，可以不去参军。"事后，几个在扩红中参军到了大埔福建军区补充团的斗笠工人，果然被送回了斗笠厂。

长汀红军斗笠厂改编后生产的红军斗笠

毛泽东视察斗笠厂后，廖二子以支部为核心，带动工人师傅们精心研究技术革新，经过几天几夜试验，终于试制出了一顶款式新颖、美观实用的斗笠，原来尖尖的笠顶，改为编藤的平顶，竹夹边改为竹篾缠边。原来竹篾面大底小，改革后面小底大，这样既省工又省料。他们在新式斗笠上写上"工农红军"四个大字，一边配上一个红五星，再刷上一层桐油，一顶闪闪发光的新式斗笠制成了！

廖二子将这顶新式斗笠送到毛泽东面前时，毛泽东欣喜地拿着斗笠翻过来翻过去看，爱不释手，一会儿放到地上当坐垫，一会儿拿在手上作大扇，还背着斗笠来回走了几步，最后满意地赞扬了工人师傅的革新精神。这种斗笠尺寸统一，式样新颖，经久耐用，平顶平沿。这种制作好处很多，可以避雨、遮太阳，行军休息时可垫坐，天热时可扇风，睡觉时可枕头，背起来磨不破衣服。

从此，毛泽东亲自指导改革的斗笠，被中央革命根据地军民称为"红军斗笠"，受到了广大红军指战员的喜爱，成为了他们生活战斗的好伙伴，无论红军走到哪里，红军斗笠就伴随到哪里。

不久，汀州红军斗笠厂扩大规模，从月产上千顶，发展到月产上万顶。后来，还从南山谢屋村、童坊胡岭村招收100多名工人，使斗笠产量激增，1934年仅生产9个月，产量超过20万顶，确保了红军指战员人人都有一顶红军斗笠。

一次别开生面的会议

福音医院老古井休养所毛泽东同志旧居

夜深了，汀州老古井福音医院休养所的灯光依然在闪烁。毛泽东兴奋地放下了手中的毛笔，点燃了一支香烟，他深吸了一口，然后离开座位朝外喊了声："小陈！"

警卫员陈昌奉在外面应了一声，马上跑进房间。

毛泽东努了一下嘴，示意桌上写好的文稿，陈昌奉立刻会意，拿起文稿，高兴地问道："毛委员，全写完了？"

毛泽东轻快地说："嗯，写是写完了，不过，事情还没完，你明天一早就去把汀州市委、市苏，还有区苏、乡苏主要领导和群众代表请到我这儿来开会。"

"是！毛委员，您也该休息了。"陈昌奉应了声，就高高兴兴走到客厅把文稿张贴在墙壁上。

要问毛泽东写的是什么文章，为什么要张贴在客厅墙壁上，故事还得从头说起哩！

1932年10月，毛泽东因身体欠佳，从江西来到汀州，一方面休息养病，一方面进行社会调查。

起初，毛泽东没有惊动市委、市苏维埃政府，他和一个警卫班都住在城郊西门外的蛇王宫寺庙内。这个地方离西山下、罗坊、窑上、黄田背等村的农民很近，每天早晚，毛泽东就挨家逐户进行走访，常常深入田间地头和农民一起劳动，一块谈心，了解群众土地斗争和农业生产情况，了解群众穿衣、吃饭、住房、卫生、柴米油盐、扩红以及婚姻等实际生活问题，广泛听取群众对地方苏维埃政府的意见和要求。毛泽东和蔼可亲，平易近人，和群众打成一片，虚心听取群众的意见，通过深入调查，搜集到了大量有关群众生活和苏维埃领导的情况。

一个星期后，福建省苏维埃政府主席张鼎丞下乡回转汀城，才发现毛泽东早已来到汀州，他连忙请毛泽东住到福音医院设在老古井的休养所养病。

毛泽东的心里时时刻刻惦记着革命事业，关怀着群众的生活，所以，不仅继续时常到郊区农家访问，还深入到基层工会、商店、合作社、工厂、机关等处做调查研究。然后，将调查研究的结果写成文章，往往白天没有空写，就在晚上写。终于把这篇文章写好了，题目就叫《关心群众生活，注意工作方法》。

毛泽东对自己的每一篇文章要求都非常严格。对这篇文章，他还想广泛征求一下干部、群众的意见。

采取什么方式好呢？毛泽东想出了一个主意：用汀州当地生产的毛边纸，将长长大大的一张裁成四开，用大字书写，一张一张贴在客厅墙壁上，让前来开会的每一双眼睛都看得清清楚楚。在那没有打字机也没有复印机，不可能每人发一份文稿的年代，这无疑是一个巧妙的办法。

第二天，汀州市委、市苏维埃政府领导带领区、乡领导干部和群众代表，一起来到了休养所。他们在客厅里认真仔细地看了毛泽东贴在墙壁上的文章，心情都格外激动。虽然这篇文章极其严肃地批评了汀州市领导官僚主义的不良作风，热情地表扬了才溪乡、长冈乡和长汀县（当时长汀县设在河田，城里设汀州市）的模范工作，使汀州市领导感到十分难堪和愧疚。但是，他们明白文章一点也没有夸大事实，无论是批评，还是表扬，都是充分说理的、实事求是的。不仅如此，文章还把这些容易被干部们忽视的群众生活问题与革命战争联系起来："我们是革命战争的领导者、组织者，我们又是群众生活的领导者、组织者。组织革命战争，改良群众生活，这是我们的两大任务。"这让市领导认识到关不关心群众生活，不是小事，而是大事，直接关系到"两大任务"能不能完成。

汀州市的领导干部们都觉得《关心群众生活，注意工作方法》这篇文章写得很好，很及时，很重要，给他们敲了警钟，给大家指明了方向。

当时，毛泽东念了一段文章，停下来指着一个干部说："这几句是批评你的，有道理吗？"那个干部心悦诚服地点着头应道："您批评得对，我们一定改正。"

毛泽东认真而恳切地说："你们看了文章，如果觉得这些问题提得对，那就应该把解决这些问题的工作提到自己的议事日程上，应该讨论，应该决定，应该实行，应该检查，一定要用切实的办法来改善我们的工作，先进的再先进，落后的应该赶上先进！"

此刻，广大干部群众的心情激动得难以形容，大家一致表示，向才溪乡、长冈乡学习，更要向就在眼前只离汀城20公里的长汀县学习，决心把汀州市的群众生活各项工作做好。

这次会议开得生动活泼，别开生面，富有成效，不但明确了干部群众对这次调查研究结果的反应，而且通过自我学习和自我批评，大家受到了一次深刻而生动的思想教育。

（本文原载《福建党史月刊》2013年第10期。曾获"毛泽东在中央苏区的故事"征文三等奖）

毛泽东关心红军连队

——铁坚口述

1932年11月底。一天下午,在汀州福建省苏维埃政府会议室里端坐着红十二军一〇一团连队八位连、排、班干部,他们在静候毛泽东亲自来开会。

不一会儿,毛泽东来了!一共来了4个人,其中有一〇一团政治委员连勋,还有一个秘书和一个警卫员。

连队干部们见毛泽东走进会议室,叫了一声:"起立!"毛泽东连声说:"坐下!坐下!"

众人坐下以后,连政委先说了几句开场白,大意是毛委员很忙,但对红军部队非常关心,亲自来看望同志们。大家使劲鼓掌欢迎毛泽东讲话。毛泽东和蔼可亲地说:"同志们,辛苦了!不是请我来讲话,很久没跟部队见面,想请你们来谈谈部队情况,你们愿意说什么就说什么!"

说什么呢?好像同志们都不知道从何说起,所以还是毛泽东提问题,连队干部们回答。毛泽东问了部队里的情况,战士们的情绪,官兵之间的关系,再就是对地方政权有什么意见要求。

一个排长说:"部队这段时间,经常吃不饱饭,战士们情绪不够好。"

毛泽东听了后说:"是啊,这段时间部队很艰苦,但是以后部队还可能更艰苦。"

毛泽东一会儿问这个,一会儿问那个,轮到问三营五连政治指导员铁坚的时候,毛泽东说:"新战士不断补充到连队,多半来自工农,也有俘虏,新战士的工作好不好做?要怎么做?"

虽然连政委交代同志们见了毛泽东不要紧张，实际上同志们都有点紧张。大概毛泽东看出了铁坚的紧张心情，便又亲切而具体地说："部队出发，经过一个村口，有个一个多月前才入伍的新战士，经过他的家门……"说到这里，他用手指了指："看都看得见，他来向你请假，你准不准？"

铁坚响亮地答道："准！"

"准多久？"

"是苏区，离部队驻地不远，时间可长点。"

"多长？"

"准他半天。"

"长一点可不可以？"

"要报告团长。"

毛泽东说："作为连里政治指导员，事先就要了解，今天行军要经过什么地方？连里有几个战士的家能经过？那地方是苏区还是白区？如果是苏区，要主动让他回家去看看。"接着又问："连队会不会歧视俘虏？"

铁坚答道："不会。不过，在紧急情况下，要防止个别俘虏调转枪口来打我们。"

毛泽东又问："连里有没有打骂战士的现象？"

同志们都答："没有。"

毛泽东听了连声说："很好，很好！"接着又问："到一个地方，有无私自拿群众的东西？有无搜俘虏的腰包？"同志们又都说："没有拿群众的东西，也没有搜俘虏的腰包。"

毛泽东又说："很好，很好！"

问完，毛泽东讲了话，他说，苏维埃不断巩固发展，红军也不断发展壮大，敌人会不断"围剿"我们，封锁我们，以后，我们的环境会越来越艰苦。同志们不是说拥护共产党、拥护苏维埃吗？你们就要多打胜仗，多消灭敌人，以这样的实际行动来拥护、来保卫共产党和苏维埃政府。还说，另一个问题，就是要注意宣传群众，发动群众，红军离不开群众，群众离不开红军，所以任何时候都要注意做好群众工作。

最后，毛泽东亲切地说："谢谢同志们，回去以后，向部队问好！祝同志们多打胜仗！我们等待同志们的胜利捷报！"

同志们热烈鼓掌，毛泽东走过来和与会的每个同志握手告别。

连政委喊了声："立正！"

同志们都精神抖擞地站立着，目送毛泽东离开会议室。

（本文原载《从长征到粤东——铁坚回忆录》，中国文联出版社，2005年5月版）

商人不是敌探

商人是贩卖商品的人，敌探是来探听我党我军情报的敌人，两者风马牛不相及。那么，本文的题目不是多此一举吗？噢，亲爱的读者，看完故事，你就知道，当年，要正确认识这个问题还不太容易呢！

1932年，汀州一带已连成一片革命根据地，革命形势十分高涨，这就引起敌人更大的恐慌。国民党反动派在军事上吃了红军的败仗，就另生一计，企图在经济上搞垮红军。他们对革命根据地，发起了一场严密的大封锁，既不让白区（我们对敌占区的简称）的东西运到红区（我们对革命根据地的简称），又不许红区的东西进入白区。他们严设关卡，查抄货物。

敌人对红区的经济封锁，激起了白区商人到红区赚钱的更大欲望。因为东西越缺少，买卖越兴旺。一些商人，就用欺骗和贿赂的手段，偷偷地把白区的东西运进红区来卖，又把红区的土特产买下来偷偷地运到白区卖。在这种情况下，如能掌握我党的经济政策，利用白区商人正常的贸易往来，就能给敌人的封锁政策以有力的打击。但是我们汀州市苏维埃政府的政策，却是把白区来的商人一概当作敌探捉起来，许多商人吓得不敢再到红区做生意了。这就自己给自己找了麻烦。

自红军来汀州之后，当地已成为中央苏区的经济中心，在水东、兆征等主要街道设立了出售商品和收购本地特产的商店300多家，货源充足，市场繁荣，被军民赞誉为中央苏区的"红色小上海"，流传着"南京、北京不如瑞金，上海、广州不如汀州"的佳话。而把商人当敌探，结果使盐、药、布匹等产品奇缺，土特产无人收购，街市一片萧条，军民生活发生了极大的困难。

一天，一个大胆的商人，在白区筹了一船货物运到红区来赚钱。为了使货船能顺利地通过白区关卡，免遭国民党反动派的敲诈勒索，他用钱雇了两个民团团丁，假装押送公物。商人和团丁讲明，把货护送过敌我交界处，他们就回去。不料他们还未到达红区，就被汀州赤卫队捉住了。当赤卫队把这三人押到市苏维埃政府后，政府领导把他们当作敌探，连人带货扣押了起来。

毛泽东这时正好在汀州，他仔细地了解了这个情况，然后找市苏政府负责人谈心。他首先分析了敌人对红区进行经济封锁的情况，然后提出了要对敌人进行反封锁的问题。毛泽东说：商人不是敌探，白区的商人为了赚钱，把货物运进红区来卖，这是好事情。如果我们把商人都当作敌探捉起来，他们就不敢来了，货源就更少了，我们不是把自己的手脚捆起来了吗？通过毛泽东的分析、说理，政府负责人豁然开朗。于是，他和毛泽东一起研究了对敌人反封锁的方法。

后来，政府把商人和两个团丁释放了，一船货物也还给了他们，允许他们在红区买卖，并向他们道了歉。接着，又成立了一个对外贸易局，专门管理货物的输出和进入，还公布了一个文告，允许苏区内外商人从事自由贸易等活动。

由于汀州市苏维埃政府不再把商人当作探子捉拿，白区的商人都高兴地把货物运到红区来。他们巧妙地把船底组装成双层，把货物装在夹层里，瞒过敌人的检查，顺利地通过敌人哨卡，把白区的货物运到汀州；又把汀州的毛边纸、香菇、竹笋等土特产装在双层底中，蒙混过敌人哨卡运入白区，汀州的商品贸易又活跃起来了。这样，尽管敌人对红区经济封锁的政策丝毫没有放松，但是，汀州市场上，又出现了十分繁荣的景象。

抗旱的那天

1932年秋，汀州市郊一连20多天没下一滴雨，田地龟裂，农作物的叶子也卷了起来。

这天中午，一轮太阳像火球，烤得人火烧火燎，田野到处都冒热气。村里老老少少都来抗旱，戽斗"哗啦、哗啦"震天响，水车"吱呀、吱呀"叫得欢，挑水的你来我往似穿梭，大家正在紧张地劳动。

大路上过来两个红军，走在前面那人，身材魁梧，气宇非凡，像是个首长，后面跟着一个警卫员，那首长这边看看陂头、水圳、池塘，那边观察观察晚稻、番薯、豆子，然后走到老牛倌曾大伯面前笑着问道："大伯，你这戽斗怎么没人使呀？"曾大伯看他态度和蔼，对人热情，好像在哪儿见过，但一时想不起来。曾大伯吸了一口气，说："首长，不瞒您说，这段时间乡里村里天天开扩红会，晚上开，白天也开，开到村民田里顾不上，家里也顾不上，没时间上山砍柴，烧火煮饭都成了问题。我有两个儿子，一个参加了红军，一个又刚刚被叫去开扩红会。"

红军首长听了点头道："是呀，扩红重要，关心群众生活也重要。两头都重要，两头都要做好才好呀！大伯，今天我俩来给你戽水吧！"

大伯捋着胡子，眯起眼睛，打量一番，摇着手说："天气太热，会把您累坏的，还是我来挑水吧。"

"您这么大年纪都不怕累，我们怕什么！让我们都来跟天公比个高低！"那红军首长说着便拿起戽斗，同警卫员一起在池塘旁边戽起水来。曾大伯惊讶地问："您也作过田吗？"红军首长边戽水边答："作过一些。"

曾大伯竖起大拇指说："红军真是穷人的军队，又会打仗，又会作田。"乡亲们都围过来观看，只见他们的戽斗舞上舞下，比水车转得还快，不一会，池水就流满了一大丘田。

这时一个放牛娃骑在牛背上，自由自在地走来。

红军首长指着放牛娃问曾大伯："您看他们放牛连路都不要走，骑在牛背上多自在！您小时候放牛能像他们这样吗？"

曾大伯胡子一翘，说："别说骑，牵得不好，就要挨地主的鞭子。"

"他们为什么现在可以骑在牛背上？"

"现在是苏维埃政府领导了。"

"对！"首长满意地点着头说："过去你们放牛，不敢骑在牛背上，不是牛驮不起您，而是因为牛是地主的，地主有权有势，我们穷人是受压迫的，骑在牛背上，就像骑在地主身上一样，地主当然会打你。现在穷人翻了身，牛是自己的，要骑就可以骑，这就是苏维埃政权好！土地革命好！"

"对！说得对！"曾大伯高兴地说："要不是来了红军，建立了苏维埃政权，实行了土地革命，哪里会有今天的好日子。"

"将来全国解放了，"红军首长扬手指点山川，说，"那边山腰建一个水库，这边河里造一座大坝，又可以灌溉，又可以发电，不愁老天不下雨，家家户户还能装上电灯呢！"

说得大家心里甜滋滋的，比大热天喝了凉蜜还要痛快，人人劲头十足，很快就把一大片田都灌满了水。

天黑了！首长亲切地向乡亲们挥手告别。曾大伯看着他那远去的高大的身影，脑海里忽地一闪："啊！那不是三年前在南寨广场，号召穷人起来打土豪、分田地、闹翻身、求解放的毛泽东么！"

以前见过毛泽东的也恍然大悟，都说："不错，是毛泽东！"以前没见过的，都怪曾大伯不早讲。曾大伯激动地说："这几年，毛泽东东征西战，日夜操劳，身子累病了，面容消瘦了，没想到他还这样关心群众，抱病来抗旱。毛泽东跟群众真是心连心哪！"乡亲们的情绪都异常兴奋，争着说："我们要加紧抗旱，多打粮食，支援红军！"

没错！群众是心明眼亮的，那位红军首长就是毛泽东！今天，毛泽东与警卫员陈昌奉来抗旱，或在其他乡村干其他农活是平常事。因为这段时间毛泽东一边在福音医院老古井休养所养病，一边深入民间和基层单位做调查研究，已经有好些日子了。

这时，只见曾大伯双手捧起犀斗，翘了翘胡子，从心窝窝飞出一首山歌：

> 九月菊花向阳开，毛泽东亲自抗旱来，
> 犀水浇出丰收粮，恩情永远记心怀。

> 恩情永远记心怀，穷人拥护苏维埃，
> 跟着救星毛泽东，打出一个新世界。

（本文原载《福建日报》1978年9月9日副刊，原题目《抗旱的时候》）

散沙与湖洋泥*

——李坚真口述

1930年6月上旬,毛泽东在长汀县城主持召开"汀州会议"期间,住在老古井福音医院休养所里,白天忙于开会,晚上也不愿歇息,还忙于做调查研究工作。

这天晚上,毛泽东听说长汀第一任女县委书记李坚真在汀东一带发动群众,组织农会,进行减租、减息和剿匪斗争,便让闽西苏维埃政府主席张鼎丞带李坚真来见他。

李坚真原来在永定闽西特委负责特委妇委工作,长汀新桥成立汀东县临时县委时,特委把她调来担任汀东临时县委书记。

李坚真随张鼎丞去到毛泽东住的房间,并由她向毛泽东做了汇报。

毛泽东听说李坚真带工作组随部队到新区做群众工作,还下乡剿匪,就笑着说:"呵,你这个女同志不简单哪!"接着向她提出了一连串问题:"群众发动得怎么样呀?开起会来,他们敢不敢讲话呀?参加开会的都是些什么人?他们有些什么要求呀?"

李坚真对毛泽东的提问一一作了汇报。关于组织农会,李坚真说,有的人对此看法不同,那些穿着比较好,嘴巴能说的人,就不那么热心,说:我们几辈子没有参加农会,不是一样种田吃饭吗?开会时,这些人常常挤在前面,他们看不起衣衫破烂,不大说话,站在后面的穷苦人,还常嘲骂穷苦人:你们上无片瓦,下无寸土,家无一枚针,懂得什么!

---

*1992年冬,笔者到广州访问李坚真同志,本文根据她口述材料撰写。

说到这里,毛泽东插话道:"就是这些上无片瓦,下无寸土,家无一枚针的人,受苦最深,革命性最强,他们是我们的依靠力量,一定要认真把他们发动起来。我们不能把工作的基础放在那些穿得好,嘴巴能说的人身上,他们的情况比较复杂,要具体分析对待。"

当李坚真汇报到对参加"三合会""三点会"等帮会组织的人,搞不清算不算土匪时,毛泽东当即指出:"参加'三合会''三点会'的人,除少数会道门头子外,大部分是穷苦人,他们生活困难,没得吃,有时也自发地去抢地主豪绅的东西。但他们不是土匪,不能打,要团结他们。只有团结一切可以团结的力量,才能孤立和打击真正的地主豪绅。"

过了一会儿,毛泽东又形象地用散沙和湖洋泥(即水田里的胶泥)作比喻,进一步说明团结的重要性。

毛泽东深入浅出地说:"群众没有组织团结起来时,好比一堆散沙,缺乏力量。我们要像湖洋泥把这堆散沙胶在一起,捏成一团,这就团结得很紧,不会散了。"

毛泽东又问李坚真是哪里人,她说是广东丰顺县人。毛泽东听她说是广东人,又特别叮嘱她要注意团结本地干部。

毛泽东说:"本地干部土生土长,情况熟悉,夜晚不点灯也能找着群众家的门。你是外地人,群众家的大门开着,你也摸不着。"

毛泽东的比喻形象生动,通俗易懂,涵义非常深刻,使李坚真受到一次终生难忘的启发和教诲。

(本文原载《名城·首府·圣地长汀》,作家出版社,2011年6月版)

渡 荒*

——李坚真口述

1932年秋,毛泽东在汀州福音医院休养所养病期间,还在进行调查研究工作。这一天,他又找长汀县委书记李坚真了解情况。

毛泽东和蔼地问道:"长汀县群众的生产和生活情况怎么样?"

当时,国民党对中央苏区进行经济封锁,外面的重要物资如食盐、药品、布匹等日用必需品禁止运进苏区,苏区的土特产品也不让运往白区交易,因此,造成苏区人民的生活日益困难。

李坚真早就知道毛泽东非常关心群众的生产生活,所以她如实地回答说:"有些地方生产搞得好些,群众生活也好些;有些地方群众的生活还很苦,粮食不够吃,靠吃菜干、薯干,食盐就更困难,盐很贵,又买不到。我们只好动员群众种杂粮,种瓜菜来渡荒。"

毛泽东加以肯定地说:"你们这样做很好,当个县委书记要管好大家的家务,要组织群众多种杂粮、瓜菜,晒些菜干、薯干、芋头干、南瓜干、笋干等等准备渡荒。"

毛泽东高瞻远瞩、智慧过人,每次给他汇报工作,李坚真都能受到很大的启发和教育,这次也收获不小。

毛泽东教导说:"没有盐吃,可以组织群众挖烂屋的旧墙土熬硝盐,还有过去盐商囤盐地方的泥土也可挖来熬盐。有盐时,动员群众腌些咸菜,没盐时当盐吃。"

---

* 1992年冬,笔者到广州访问李坚真同志,本文根据她口述材料撰写。

回去以后，李坚真根据毛泽东的教导，编了个顺口溜："大口小口，每家三斗（指三斗粮食）；大袋小袋，每家三袋（各种菜干）；大缸小缸，每家一缸（指咸菜）。"李坚真走到哪里，就宣传到哪里，发动群众为打破敌人的经济封锁，努力生产，艰苦奋斗，准备这些东西来渡荒。

（本文原载《名城·首府·圣地长汀》，作家出版社，2011年6月版）

东征漳州：获军事经济双赢

为了打击福建敌军和入侵闽西苏区的粤军，巩固苏区，红军努力筹措经济给养。

1932年3月20日，苏区中央局和中革军委根据毛泽东的建议，改变中央红军东路军原计划夺取赣江流域中心城市的使命，同意东路军调头转向福建进军。

中央红军东路军由红一军团和红五军团组成，林彪任总指挥，聂荣臻任政委。

由谁来统帅这支大军呢？当然，唯此人莫属，他就是毛泽东！可是，此时毛泽东已离开中央红军领导岗位，到

中国工农红军东路军攻克漳州纪念碑

地方工作。事关重大，于是苏区中央局书记、中央红军总政委周恩来亲自出面请回了毛泽东，以中华苏维埃共和国临时中央政府主席的身份，率领中央红军东路军从江西出发向福建挺进。

直下漳州势如破竹

1932年3月26日，毛泽东率领中央红军东路军到达汀州（当时长汀县苏维埃政府设在河田）。在汀州，毛泽东和东路军领导听取了中共福建省委、省苏维埃政府领导人关于闽西的形势和龙岩、漳州守敌国民党第四十九师张贞师的情况汇报，通过在汀州调查分析研究后，毛泽东决定占领龙岩之后，不向闽北发展，直接向闽南漳州进军，并由毛泽东致电报告苏区中央局书记周恩来。电报中指出："据调查漳州难守易攻，故我一军团及七师不论在龙岩打得着张贞与否，切拟直下漳州。"周恩来和中革军委接受了毛泽东的建议。这样，毛泽东率领东路军东征漳州的计划便从汀州开始了。

3月1日，毛泽东率东路军从汀州出发，经河田、南阳、白砂至龙岩大池。10日凌晨，乘敌不备消灭了龙岩外围的小池和考塘之敌前哨补充营和敌二九一师一个团。当天下午，东路军兵分两路，夹击龙岩城守敌，一路攻西门，一路攻北门，歼灭敌张贞部杨逢年旅大部，余下残敌跟随杨逢年旅向适中、南靖逃窜。龙岩又一次回到红军手中。随后，红五军团从赣南急行军到达龙岩，与红一军团会合。

4月初，周恩来随同中革军委机关进驻汀州，就近加强对东路军东征漳州的领导，以及加强组织闽西各县临时苏区政府对东路军大量而繁重的粮食、蔬菜等支前运输工作。

红一、红五两军团会师之后，继续东进。4月19日晨，东路军对敌张贞师发起总攻，首先突破漳州外围敌人主要阵地十二岭，然后占领天宝、南靖。4月20日，东路军一举攻入漳州城，敌师长张贞早吓破了胆，带领残部赶紧撤离漳州，往漳浦、云霄、诏安逃窜。从此，敌四十九师一蹶不振，后来张贞也被撤职。

这次东征漳州战役，歼敌四十九师大部，俘敌1600余人，缴获步枪

2331 支、机关枪九挺、山炮两门、迫击炮两门、平射炮两门、步枪子弹 133 200 发、炮弹 40 发、炸弹 242 枚、飞机两架、电话机 10 部，其余军用物资堆积如山，不计其数。

筹措物资收获空前

东路军东征漳州，是为了消灭国民党张贞师，调动粤敌到外线而截击之。同时，也是为了解决中央苏区军民经济给养的困难，并为打破国民党对中央苏区发动第四次反革命"围剿"做必要的准备。

毛泽东的多次讲话说明了这个问题。当毛泽东和红一军团领导提出向闽南进军计划时，指出其中重要因素之一，即漳州平原是福建有名的鱼米水果之乡，城市工商业发达，可供红军筹集大量物资。1932 年 3 月底，毛泽东亲率东路军抵达汀州后，在向红一军团团以上干部作东征动员时号召：打到外线去，打到闽南去，发展苏区，扩大我军的政治影响，并获得物资补给。

国民党对革命根据地实行经济封锁，造成苏区经济极度困难。在井冈山斗争时期，"因为敌人的严密封锁，食盐、布匹、药材等日用必需品，无时不在十分缺乏和十分昂贵之中，因此引起工农小资产阶级群众和红军士兵群众生活的不安，有时真是到了极度"。加紧对中央苏区的经济封锁，乃国民党对付苏区发展的手段。为此，国民党先后颁发的封锁条例不下十余种，明文封锁的主要物品是食盐、煤油、药材、布匹等。国民党对靠近红色区域的城乡，实行计口售盐、售煤油，并加强设卡封锁，造成苏区的物资严重缺乏，而食盐尤其紧缺，贵的时候，一块大洋只能买到一个光洋本身重量七钱三厘（约 35 克）的食盐，故有"盐顶七钱三"之说。

面对的严峻的问题是，红军如果不解决给养问题，就不能生存。那时候，红军因围攻赣州，苦战月余，久攻不克，经济给养发生了极大困难。同时，红军还要为第四次反"围剿"做必要的准备，否则将陷入被动困境。而"准备战争给养，这是红军作战中的主要条件之一，苏区的群众及政府是没有力量来供给的，完全靠红军自己来筹"。东路军攻克龙岩后向商会借款 5000 元，供部队解决燃眉之急，并许诺待攻克漳州后如数归还。

由此可见，当时红军和苏区财政困难的程度。至于食盐、药品、布匹更为奇缺。

因此，由红一、红五军团组成的东路军，趁红军第三次反"围剿"胜利以后，敌人暂时无力组织新的进攻的空隙，由毛泽东亲自率领东路军打到外线去，打到闽南去，发展苏区，扩大我军的政治影响，并获得经济给养补偿，无疑十分必要而正确。红军进漳后，根据毛泽东的计划和主张，对打土豪筹款，迅速付诸行动，专门成立筹款委员会，由红一军团政治部主任罗荣桓负责。

4月28日，东路军总部召集总直属队连长、政委、队长、科长开会，同时，还请了当地开明绅士及商会负责人参加，布置筹款及运输工作。筹款主要从三个方面着手：一是没收土豪劣绅、反动分子的财产；二是收取应缴纳的税款；三是通过商会向工商业者募捐。

毛泽东多次指示红军注意城市工商业政策和知识分子政策，规定对民族资本家、华侨资本家和中小商人的财产不能没收，只能采取捐助政策。如对资本家蔡同昌，红军只向他募捐1000元，仅占其财产的百分之一。对陈嘉庚先生在漳州开的胶鞋店，开始向其派款，因该店经理避走外地，红军和商会也仅取走了相当于所派款项的胶鞋。至于国民党仓库的物资，张贞私办的民兴银行和兵工厂的设备、弹药等，则予以全部没收归公。

4月下旬，红三、红四、红十五军迅速开赴南靖、石码、海澄、长泰、平和、漳浦等地，分兵发动群众，打土豪、筹军款。

红三军往漳浦打土豪筹款。

红四军进驻商业重镇石码，筹款14万元，其中打土豪和没收反革命分子财产4万元，还没收了国民党官办的盐馆，大部分食盐运往中央苏区，一部分食盐分发给了群众。

红十五军在南靖县的山城、草坂、宝林、龙山甲、南坑等村镇打土豪、开粮仓、分浮财、筹军款，仅草坂筹款近万元，山城筹款8万元，其余村镇也都筹到军款和物资。

东路军在漳州地区筹款一个多月，共筹得一百多万元现大洋，还有大量食盐、药材、布匹等紧缺物资。红一军团和红五军团全体指战员每人发到两套灰军装、一床被子、两双胶鞋、两双袜子和两块现大洋。两个军团所需的经济给养都解决了，士气非常高涨。

漳州战役后，连续一个月，红军和苏区支前运输队源源不断地把缴获的大批武器弹药、军用物资，包括一架飞机，还有大量金银、盐、药、布匹、印刷机和兵工厂设备等，有的用汽车，大部分靠肩挑手抬，从漳州至汀州约300公里，至瑞金约350公里，跋山涉水运回中央苏区的汀州和瑞金。

为了欢庆东征漳州的胜利，扩大苏区银行影响，汀州中华苏维埃银行福建分行，将从漳州收缴和筹集的大量金银，在长汀城举办了一个"金山银山"展览会，展出了金砖、金条、金项链、金戒指、金耳环、银镯、银项链、银腰链、银元、银锭等。广东群众看了展览会，赞不绝口地说："我们一辈子都没有看过这么多的金银，苏区银行的资本真雄厚。"从此，中华苏维埃银行制发的钞票、公债更具有信誉感，大大促进了认购公债、存放款、兑换货币等工作的开展。

福建分行还将在漳州收缴运回的熔铸机，在汀城南大街镇龙宫前周宅附近设熔银厂，把漳州收缴来的金银和以后兑换来的金银进行熔铸，金器熔成一两、二两、三两、四两、五两和十两的金条；银器则熔成银饼后，送往瑞金中央造币铸银元、银毫，然后带往国民党统治区进行交易，购回苏区军民迫切需要的食盐、药材、棉花、布匹、印刷用品等物资。

中央红军东路军入漳，扭转了红军围攻赣州后出现的困境，调动了粤敌，扩大了闽西南根据地，且筹集了大量的经费和物资。正如当时中央红军东路军政委聂荣臻所说："在一定程度上解决了中央苏区和红军在财政上、物资上都很紧缺的困难。"从而也为粉碎国民党第四次反革命"围剿"作了军事、经济上的重要准备。

(本文原载闽西广播电视报《红色文化周刊》2021年4月12日头版)

"反罗明路线就是打击我的"

——毛泽东与罗明的故事

汀州北山麓下有一座粉红色的两层小楼，楼后绿树成荫，四周环境优美恬静，近处还有一口醇净甜美的老古井，因此小楼得名为老古井福音医院休养所。

1932年9月末，毛泽东在宁都会议结束后来到汀州福音医院老古井休养所养病，傅连暲院长亲自给毛泽东检查了身体。毛泽东确实患着病，一直发低烧。经过X光透视，发现他肺部有个钙化点，说明他患过肺结核，现正在发低烧，可能是过度劳累造成的。傅连暲劝毛泽东住在老古井福音医院休养所里好好休养几个月，这样身体一定会好起来。

毛泽东虽说在福音医院养病，但他还是十分关心闽西苏区的紧张斗争形势。当时，这座两层小楼，楼上楼下各有两房一厅，楼上住着红军总前委组织部部长周以栗，以及江西省苏维埃政府副主席陈正人两人；楼下也有两房一厅，左厢房原来空着，现在就成了毛泽东的住房，右厢房住的是福建省委代理书记罗明。当毛泽东听说罗明急着明天出院时，他觉得有点突然，本来有些话还没来得及对他说，现在要找他谈话时，到处找不着，一打听，说他有点事上街去了。毛泽东有点等不及了，立即派警卫员陈昌奉上街去把罗明找了回来。

罗明是广东大埔县枫朗坎下村人，1925年加入中国共产党，1928年任福建临时省委书记，1932年2月任福建省委代理书记，那年31岁。红军东征漳州，他组织支前运输队伍回来路上，骑马时不慎掉下来摔伤了腰，在福音医院住院三个月，经傅连暲动手术开刀二次，现在伤口愈合了,急着出院回省委工作。

毛泽东与罗明交谈中,主要概括总结了红军三次反"围剿"斗争取得胜利的经验,然后指出福建和江西一样,应加紧开展广泛的地方游击战争,以配合主力红军的运动战,使红军主力能集中优势兵力,选择敌人的弱点,实行各个击破,消灭敌人的有生力量,粉碎敌人的第四次"围剿"。他还指出,在(上)杭、永(定)、(龙)岩老区开展游击战争,牵制和打击国民党十九路军和广东陈济棠敌军的进攻,对于粉碎敌人的"围剿",保卫中央苏区是十分重要的。〔中央文献研究室编:《毛泽东年谱》(1893—1949)(修订本),中央文献出版社,2013年10月版,第390页〕

毛泽东和罗明的谈话持续了一个上午。第二天,罗明带着虚弱的身子却充满革命信心出院了。

罗明一回到福建省委,立即召开省委会议传达毛泽东的指示。参加会议的有张鼎丞、谭震林、刘晓、李明光、郭滴人、李坚真等同志,大家一致表示拥护毛泽东的指示,并决定罗明任特派员到杭、永、岩进一步开展游击战争。

罗明到前线后,在上杭白砂成立了"中共前敌委员会",以白砂为中心,开展游击战争,接连打了三次胜仗,牵制和打击了敌人,保卫了苏区根据地,广大干部和群众都受到很大的鼓舞。

1933年1月,中共临时中央政府从上海迁入中央苏区红都瑞金,途经上杭白砂时,就很不满意地指责罗明:"你是省委代理书记,不领导全省工作,来杭、永、岩干什么?"罗明说是按照毛泽东的指示并经省委决定,来这里开展游击战争的。可是他们不等他说完,就很不耐烦地叫他不要说了。

不久,他们便下令"猛烈扩大红军",要求闽西、赣南根据地在三个月内扩大主力红军15 000人。由于时间紧迫,杭、永、岩被迫把县独立团、区独立连、乡独立排,连人带枪编送到主力红军。地方武装一时来不及补充,敌人便乘机向边区大举进攻,使群众的生命财产遭受巨大的损失。

针对这种十分不利的斗争局势,罗明于1933年1月21日在连城新泉向省委写了《对工作的几点意见》,由省委转给临时中央。不久,罗明又在旧县写了《关于杭永情形给闽粤赣省委的报告》送省委。这两份报告的主要内容（见《毛泽东年谱》1932年10月，第392页）如下。

一、由于在杭、永、岩边区猛烈扩大红军并将地方武装连人带枪整体抽走，已造成脱离群众的严重后果。认为杭、永、岩边区目前最中心的工作，是动员群众发展地方武装，组织胜利的游击战争，以此来回击敌人对边区的摧残和提高群众对斗争的认识。不懂或离开这一中心去进行政治动员和宣传鼓励都是不正确的，都不能扭转严重的局势。

二、边区与中心区的扩大红军工作应有所区别，扩大主力红军应以长汀等苏区内地为中心和重点。边区边县是战争环境，应先抓紧扩大地方武装，就地打击敌人的进攻。在这个基础上再从地方武装中逐步地分期分批地抽调力量去充实主力红军。但不能再搞整团、连、排的连人带枪去补充主力。

三、在闽西整个斗争部署上，地方红军独立第八、第九师主力应向北发展，迅速赤化连城南部、长汀东南部，使新泉与连城、长汀连成一片，同时与宁化、清流联结起来，向永安方向发展，以巩固闽西苏区的后方，从侧翼牵制国民党十九路军，使之不敢向汀州、瑞金深入，可以更好地与江西广昌、宁都一线的中央主力红军策应和配合，还可以迫使敌人分散兵力，顾此失彼，使杭、永、岩避免陷于孤立。

四、其他各边区的首要任务是同杭、永、岩一样发展地方武装，开展游击战争。地方武装要以有经验的基干队伍为核心，并实际参加作战，从实践中得到锻炼，避免过去一打大仗就大散特散的情况。内地的地方武装最好调到边区参加作战，参加一次战斗胜过十次野练。地方武装开始时，应先抓住较弱的团匪进行打击，积累经验，以便能更好地与白军作战。对白军则不硬打硬拼，采取游击战和运动战。分兵把口是绝对错误的，不估量地方武装力量，一开始就硬打强敌也是错误的。

五、在工作指导和工作方法上，在服从总的任务之下，一方面要建立中心县、中心区，使之在其他县、区中起领导作用，另一方面又要从各县、区的具体环境和条件出发，找到各县、区的特殊任务，不能搞那种只求形式不讲实效的千篇一律的工作方法。

六、在财政方面，杭、永、岩等边区、边县是游击战争环境，土地税款等财政收入不能完全集中到国库，应给地方留有机动费用，以维持脱离生产的地方武装人员的生活。

罗明实事求是地向党组织写报告并提出工作意见，这是符合组织原则，无可非议的，而且这两份报告具体反映了边区的实际情况，对如何巩固和发展根据地、扩大红军主力和打破敌人的第四次"围剿"等重大问题，提出了正确意见，本应引起临时中央政府的重视。可是，罗明的报告因与王明"左"倾错误路线的立场观点格格不入，他们反而把正确当成"错误"来反对，诬蔑罗明的正确意见为"悲观失望、退却逃跑"的"机会主义路线"，并借此大兴问罪之师。

1933年2月8日，苏区中央局遵照临时中央政府负责人博古的意见，针对罗明的所谓"错误"，作出《反逃跑路线决议案》，提出："在粉碎敌人第四次'围剿'的决战前，必须开展反对在敌人大举进攻面前表现慌张失措，退却逃跑的右倾机会主义斗争，并且使这一斗争深入到群众中去，对于布尔什维克的进攻路线的任何动摇与纯粹的防御路线，应该受到最严厉的打击。"接着，苏区中央局又作出《关于闽粤赣省委的决定》，认为"省委是处在一种非常严重的状态中，在省委内的一小部分同志中，显然形成了以罗明为首的机会主义路线。因此，中央局决定：在党内立即展开反对以罗明同志为代表的机会主义路线的斗争。并决定立即撤销罗明省委驻杭永岩全权代表工作，以陈寿昌、刘晓、钟友勋等为临时常委"。福建临时省委接到苏区中央局决定后，作出了《临时省委对中央局〈关于闽粤赣省委的决定〉的决议》。这样，反对"罗明路线"的斗争就在闽西苏区开展起来了。

2月28日，根据苏区中央局指令，中共福建临时省委在汀州召开临时代表大会，中央局派人参加并作报告。在听取了罗明所作的"检查"之后，与会多数人对中央局关于开展反"罗明路线"的决定表示不理解，认为罗明在闽西工作中成绩是主要的。新泉县委书记杨文仲说："新泉就是罗明同志传达了毛泽东的指示后，才紧急动员起来，开展游击战争，打退了敌人进攻的，否则新泉根据地就不能巩固。上杭、永定等县的区乡代表也说：毛泽东号召开展游击战争是正确的，罗明同志和我们一起照毛泽东的指示打了好多次胜仗，如果各区乡都这样做，敌人会受到更大的打击。但是，王明"左"倾错误执行者不顾多数代表的不同意见，指责"罗明路线"是反国际路线的右倾机会主义，杨文仲是典型的取消主义，都要撤职，并宣布改组省委领导成员，由陈寿昌为省委代理书记。会后，罗明被调到瑞金继续接受批判。最后，送进瑞金中央党校"学习"，担任教育长兼班主任工作。（《毛泽东年谱》1932年10月，第393～394页）

  这次大会之后，福建反"罗明路线"的斗争由上而下，由内到外，一直扩大化到每一个支部，每一个区、乡，把所有因错误路线贯彻不了而对它采取怀疑、不同意、不积极拥护、不坚决执行的同志，不问情况如何，一律错误地戴上种种大帽子而加以"残酷斗争，无情打击"，并撤换了一大批各级党、政、军领导干部。省苏维埃主席张鼎丞对反"罗明路线"持不同意见，被扣上"机会主义、官僚主义"帽子，撤销主席职务。谭震林被攻击为"是罗明的好徒弟""腰痛脚软的机会主义者"，被撤换省军区政委的领导岗位。省委常委郭滴人被说成是"罗明路线"的拥护者，被调去福建军区当勤务员的教员。省委常委兼组织部部长和团省委书记陈荣，被指责为"腐朽的自由主义和调和主义者"。省委宣传部部长李明光、省土地部部长范乐春、军事部部长游端轩、福建军区杨海如、霍步青、长汀县委书记李坚贞、上杭中心县委书记方方等都因反"罗明路线"不力，先后被调离了原职。与此同时，江西也开展反邓（小平）、毛（泽覃）、谢（唯俊）、古（柏）为代表的"江西罗明路线"。这场反"罗明路线"的斗争，一直持续到中央红军长征，才自行收场。

  反"罗明路线"，实际上是反对以毛泽东为代表的正确路线。毛泽东同志在《"七大"工作方针》中说道："还有说反罗明路线就是打击我的，事实上也是这样。"究其目的就是要使王明"左"倾错误路线的一系列政策从思想上、政治上、军事上、组织上在整个中央苏区得以全面贯彻执行。其结果严重削弱了革命力量，挫伤了根据地广大干部和群众的积极性，使党和革命事业遭受了很大的损失。所幸遵义会议确立了毛泽东同志在红军和党中央的领导地位，结束了王明"左"倾错误路线在党中央的统治,这才挽救了党,挽救了红军,挽救了中国革命,并在以毛泽东为代表的马克思主义路线指引下,从一个个胜利走向更大的胜利。

(本文原载《战争年代》2014年第1期)

周恩来：为巩固和扩大闽西苏区作出了卓越贡献

周恩来（1898—1976），字翔宇，曾用名伍豪等。伟大的马克思列宁主义者，党和国家的卓越领导人，中国人民解放军的创始人之一。

1927年8月1日，周恩来领导了八一南昌起义，打响了武装反抗国民党反动派的第一枪，为创建伟大的人民军队作出了重要贡献。在起义中任中共前敌委员会书记。他与贺龙、叶挺、刘伯承、朱德等领导南昌起义取得胜利后，根据党中央的决定，经赣南、闽西向广东进军，计划在潮汕建立革命根据地，依靠海口取得外援，重新进行北伐。

周恩来

在闽西布下革命火种

南昌起义军首次入闽，当部队进入长汀境内古城镇时，遇到了国民党赖世璜部的阻击，双方经过一场激战，起义军击溃赖世璜部。9月6日，南昌起义军长驱直入长汀城，从此，揭开了闽西土地革命和武装斗争的新篇章。

实行土地革命是中共八七会议的伟大决策。但是如何付诸实行，是南昌起义军从江西临川至瑞金途中遇到的大问题。当时起义军的军饷越来越难筹，筹款方法又各行其是。有的主张按旧的政策，就是每到一个城市，即行提款、派款、借款等，实际上就是利用当地土豪劣绅来筹款；有的主张抛弃旧的方法，实行新的政策，对土豪劣绅采取征发、没收、罚款等。后一种办法虽然好，可是到了实行的时候，却又发生问题了，因为在赣东一带全无农民运动，谁是大地主和劣绅很难调查，而采用旧的方法，确实可以筹到一些现金，因此从临川至瑞金的筹款方法不一，相当混乱。

南昌起义军何时真正实行土地革命的正确政策呢？那就是到了长汀以后。9月6日，起义军到长汀城开始筹款，沿用旧的方法，长汀商会答应在三天内筹款6万元，依了他们以后，结果上了当。长汀商会在城乡大派款，把筹款摊派到一般工农小商人身上，10亩地以内的自耕农及很小的杂货店都摊派10元或8元，而有10万元以上家产的仅出三五百元，因此筹款三天，仅筹得两万余元，还闹得满城风雨。

周恩来发现问题后，立即召开起义军革命委员会紧急会议，讨论关于财政政策问题。会上，周恩来严厉批评旧的筹款政策，主张采取新的筹款政策，就是"打土豪，筹军饷"。表决结果，大会接受了周恩来等人的主张。于是，起义部队广泛开展革命宣传活动，四处散发"没收大地主土地""打倒土豪劣绅，铲除贪官污吏""保护中、小商业家""革命者来"等标语传单。长汀地下党与起义军政治保卫处联系，提供全城军阀、官僚、土豪劣绅的情况，带领保卫处大捉土豪劣绅，镇压了其中四个罪大恶极的官吏豪绅。结果，仅用两天时间，就筹到四万余元，加上此前筹的两万余元，共筹得巨款六万余元光洋，如数完成计划。

周恩来在长汀还召开了一次重要的军事会议，讨论进军东江的计划。当时有两种意见，好就好在周恩来同意留一部分兵力于大埔三河坝阻击梅县东来之敌，作为掩护。后来，朱德得以脱身，率部上了井冈山，与毛泽东会师。

对古田会议的重要作用

周恩来对古田会议的召开与决议的形成，起了重要作用。当时，周恩来在上海，临时中央没来长汀，他多次与陈毅（起草者）谈论，并经亲自审定的《中共中央给红军第四军前委的指示信》（简称"九月来信"）是在长汀召开前委扩大会议传达的。1929年11月中旬，陈毅从上海返回闽西后，立即将毛泽东从苏家坡接回已进驻长汀的红四军中，毛泽东仍任前委书记。11月28日，毛泽东在长汀主持召开前委扩大会，传达中央"九月来信"，决定召开红四军党的第九次代表大会（即古田会议）。当晚，毛泽东代表前委向中央写了两封信，表示"毛泽东病已好，从蛟洋到长汀，遵照中央指示，回前委工作"。

中央"九月来信"和周恩来的指示，为毛泽东回到红四军仍任前委书记，同时为古田会议的召开和决议的形成，起到了重要的指导作用，并奠定了党的政治、组织和理论的基础。

为制止肃"社党"错误发挥了重要作用

1931年12月，苏区中央局书记、中革军委副主席周恩来从上海到汕头，经大埔青溪，沿着秘密交通线进入闽西苏区。在永定合溪石塘里前往长汀途中，他耳闻目睹了闽西苏区所谓肃清"社会民主党"（以下简称肃"社党"）的严重恶果，当晚立即向中央政治局报告了闽西苏区肃反扩大化的错误和纠正意见。周恩来指出："我入苏区虽只三日，但沿途所经，已见到闽西解决社会党所得的恶果是非常严重的。"他还指出，闽西肃反靠的是刑讯逼供，"他们处理方法之错误，如中央历次所指示的殆过之无不及"。建议中央"作一有力的决议指示"，以便尽快制止肃"社党"错误。此外，他还指出："再继续这样搞下去怎么得了？不要等敌人打，我们内部就先垮了。"

12月21日（或22日），周恩来抵达长汀后，住在中共闽粤赣临时省委机关内，第二天上午召开省委常委扩大会议，代理省委书记罗明、组织部部长李明光、宣传部部长郭滴人、闽西苏维埃政府主席张鼎丞、闽西苏维埃政府秘书长李六如等均参加了。当晚，召开机关工作人员大会，请周恩来作报告，讲话内容除了讲国内外形势、白区斗争情况、苏区的任务和斗争策略之外，还讲明了党的肃反政策：抓反革命，要有充分证据，要调查研究，不要冤枉一个好人。

周恩来的报告内容丰富，切中要害，与会干部认真聆听，虽然天气很冷，但会场上鸦雀无声，从晚饭后的五点多钟，一直听到凌晨的三点钟，共讲了九个多小时才散会。

根据周恩来的报告，中共中央于1932年1月21日给中共闽粤赣临时省委指示信，严肃批评了省委在肃反问题上所犯的错误。随后，苏区中央局也致信中共闽粤赣临时省委，要求切实遵照中央和中央局的指示，坚决纠正肃反工作中的错误。因此，中共闽粤赣临时省委在1932年3月召开的第二次党代会上，关于肃反工作方面表示"大会完全接受中央和中央局的严厉批评"，对肃"社党"错误作了认真的检查。这次代表大会选举产生了新的省委领导机构，名称也改为中共福建省委。紧接着，于3月18日召开了福建省第一次工农兵代表大会，宣告福建省苏维埃政府成立。大会再次总结了肃"社党"的沉痛教训，这样，使长达一年零三个月的肃"社党"事件基本得到制止。

全力支持毛泽东攻打漳州，巩固和扩大闽西苏区

1932年3月26日，毛泽东率领红军东路军从江西抵达长汀。毛泽东和红一军团首长在长汀城听取了中共福建省委和省苏领导人关于闽西形势和龙岩、漳州守敌国民党第四十九师张贞部的情况汇报后。3月30日，毛泽东根据闽西苏区的形势与漳州易攻难守的情况，致电苏区中央局："不论龙岩打得着张贞与否，切拟直下漳州。""政治上必须直下漳、泉，方能调动敌人，求得战争展开局面。"毛泽东还以电报要求红五军团快速入闽，协同作战。

苏区中央局书记、中革军委副主席周恩来接到电报，同意了毛泽东的建议。

3月31日，毛泽东即率领东路军向龙岩挺进。

为了就近指挥东路军的行动，周恩来于4月初率中革军委机关进驻长汀。随即召开作战会议，听取中共福建省委关于漳州地区情况的报告。在会上，周恩来肯定了毛泽东进军龙、漳的建议，作了关于红军入闽的报告，重申红军入闽作战，不是要占领中心城市，而是要消灭福建军阀张贞，充实红军的装备，扩大政治影响。周恩来还要求福建省委和省苏全力支援红军攻打漳州，做好支前工作。

会后，周恩来在省委代理书记罗明的陪同下，跋山涉水前往数十里、上百里的濯田、涂坊、宣成、长桥岬等区、乡检查支前运输工作，召开会议宣传组织群众，以实际行动配合红军攻打龙、漳。

在周恩来亲自领导下，组织了成千上万人的运输队、担架队随军行动。其中长汀就迅速组织了2000余人的运输队、担架队随军出发，龙岩、永定县各出动了千余人的赤卫队担任运输。他们夜以继日，跋山涉水，先将红军所需的物资运输到龙岩、漳州，然后将红军在攻克漳州胜利中缴获的2000多支步枪、9挺机枪、6门大炮、3万多发子弹、5000余发炮弹、两架飞机和筹集的大批布匹、药品、食盐及印刷品、兵工等器材，还有100多万元银元，全部由闽西各县运输队运回长汀和瑞金。

在周恩来全力支持下，毛泽东率领的东路军于4月10日击败守敌杨逢年旅，进占龙岩城。17日，歼灭福建军阀张贞部，取得了攻打漳州的伟大胜利。

(本文原载《名城·首府·圣地长汀》，作家出版社，2011年6月版)

周恩来与罗明做客农妇家＊

——罗明口述

1932年3月31日，毛泽东主席率领中央红军东路军从汀州出发向龙岩、漳州进军。4月初，苏区中央局书记、中革军委副主席周恩来带领中革军委机关进驻汀州，就近加强对东路军东征漳州的领导。同时，加强闽西各县苏维埃政府对东路军支前运输工作，筹集给养，保障前线需要。

有一天，中共福建省委代理书记罗明陪同周恩来前往长汀县（此时该县设在河田），以及该县所属区、乡视察，检查组织动员支前运输队情况。他们骑马来到宣成区长桥岬村苏检查支前工作。

长桥岬是汀南的一个山村，离城三四十公里，此村东往上杭，西连武平，北接汀州的濯田、涂坊，当时东路军要经长桥岬往上杭的旧县、白砂、向龙岩挺进。支前运输队往返都要从这里经过，所以这里的支前工作特别重要。

日落时，周恩来和罗明等三人来到长桥岬村口，迎面有一座石拱桥，桥面上有一座古老的廊亭，他们下了马，步入廊亭，抬头瞧见壁上贴着一张长桥岬村苏的支前布告，周恩来看后露出满意的笑容，但是也指出了布告的不足之处。他对罗明说："布告内容很好，但是文字不够通顺，以后要使基层干部注意学习政治，也学文化，随着政治进步而提高文化水平，布告才能写得好些。"罗明听了不住地点头。周恩来深入基层进行调查，

＊ 1992年冬，笔者与长汀县博物馆三名工作人员到广东省人大副主任罗明家中访问。本文根据罗明讲述的材料撰写。

工作很细致，指示很明确，讲话十分亲切有力，对同志、对人民群众关心入微，使我们受到深刻的教育。

说话间，一个农妇走过来，她认出了穿着红军衣服的罗明，连声唤他"红军同志！"罗明也很快认出了这位在几年前当他遭到土匪抢劫身陷绝境时，曾经帮助他渡过难关的农妇。今天有幸故地重逢，两人相见后都格外高兴，恰逢第二天是清明节，这个农妇热情地邀请罗明到她家去过节。罗明说："不要客气，明天有空就来。"

农妇离去后，周恩来问："这个妇女是谁？"罗明答道："说来话长，5年前，我在遇难中她帮助过我。"接着罗明就一五一十地将他这段遭遇讲给周恩来听。

那是1928年12月的一天，罗明从莫斯科开完中共"六大"回来，福建省委派他到闽西传达"六大"会议精神，他在龙岩、上杭传达之后，又从上杭到汀州来传达。当时已是"四·一二""七·一五"反革命事变后，闽西到处是一片白色恐怖，罗明一到上杭就听说闽西特委机关被敌人破坏了，但是为了尽快把"六大"精神传达下去，他不顾个人安危，背了一个包袱，拿了一把油纸雨伞，穿着长衫，打扮成教书先生模样动身了。他从上杭乘船到官庄，上岸后沿着电线杆，认准汀州的方向走来。走到半路上遇到一位小商人，罗明以为结伴而行更便当。哪知快走到长桥岬时，后面响了几声土枪，罗明以为是打鸟，没去理会，突然有人从背后打来一闷棍，把他的纸伞打破，头和耳朵也打伤了，鲜血直流，他还没弄清怎么一回事，就被几个蒙面汉挟持到山上，将他的包袱抢去，又剥走他的长衫、毛衣，差一点全身衣服都被剥光，只剩下一件衬衫和一条短裤，这时，他才明白这几个蒙面汉把他当作商人绑架了。可是，结伴而行走在他前面的小商和挑夫，他们有经验，一听到枪声，早就跑得无影无踪了。

隆冬的季节，寒风刺骨，罗明穿着单衫、短裤，冻得浑身直打哆嗦，加上夹衣里还装点钱做路费，他向蒙面汉解释说："我是教书先生，不是做生意的，天气这样冷，把衣服还给我穿吧！"

"低头，低头！"蒙面汉见他对着他们说话，又在他头上敲了一棍，并令他转过身去，面对山壁而立，不然就带他到山上。这一下，他才领悟蒙面汉的用意,不准他对着他们说话,生怕被他认出真面目。

罗明对着山壁站了好一会,身后没有动静了,他转过身去,几个蒙面汉不见了。唉!这下被洗劫一空了。他擦了一把脸上的血迹,蜷缩着冻僵了的身子,朝山下长桥岬村走去。

经过村里圩场时,圩场上好多人见了他这副模样,知道被人抢了,却没有人敢送东西给他,都怕蒙面人报复。最后在村尾碰上这位四十多岁的妇女,她看罗明实在可怜,招呼他到家里去,打了一盆热水帮他洗净血迹,然后拿出一套长衫、长裤让他穿上,还端了一大碗热粥给他吃。肚子吃饱后,身上有劲了,罗明便急匆匆上路,到第二天黄昏,才赶到汀州。

周恩来听了也受到感动,说:"明天她请你去过节,你一定要去!你那么困难时,别人一个铜板不给你,这个妇女给你饭吃,还给你衣穿,你怎能忘?"

罗明道:"这件事我一辈子也忘不了,当时我感动得掉了眼泪。不过我对她的身份一点也不了解。"

周恩来说:"身份?她的行为不就是最好的说明,要不她肯帮助你?!"

到了村苏后,罗明向村苏干部一打听,果然不出周恩来所料,这是一贫农寡妇,丈夫去世后留下了幼儿,她要将他抚养成人。

周恩来对罗明问道:"你还记得西汉漂母饭信的故事吗?你也算是遇上'漂母'了!"

罗明道:"可不,当初韩信要不是漂母匀饭给他吃,说不定给饿死了。我要不是这个妇女送衣服给我穿,我也说不定会冻死的。"

周恩来笑着说:"看来韩信也不是忘本之人,后来他当了大官,还赐千金报答漂母,不像汉高祖只能同苦,不能同甘,所以韩信说汉高祖这个人是'狡兔死,良狗烹,高鸟尽,良弓藏,敌国破,谋臣亡'。你现在也当了大官,做了省委书记,你是怎么想的?"

罗明也笑着答道:"我不是韩信,没有那么多钱报答漂母,我当官是为穷人闹革命,求翻身!"

周恩来高兴地说:"这是最好的报答!好吧,明天我也陪你去做客,你我都没有钱,每人就送2块银元感谢她。"

第二天办完公事,到了中午,周恩来和罗明就一起来到农妇家,送给她四块光洋。农妇可高兴了,做了几样好菜,有鸡,有肉,还有鱼,周恩来、罗明和她母子两人,大家在一起高高兴兴地过了一个令人难忘的清明节。

(本文原载《红土地》2010年第10期)

周恩来在汀州每天节省"一把米"的故事

1932年初夏,一支工农红军从汀州挺进上杭、龙岩,一路浩浩荡荡,直指漳州。一次著名的远征——东征漳州的战役打响了!

皓月当空,汀州古城经过一天的繁忙,也渐渐进入梦乡。这时,惟有龙岩潭东岸那座青砖小楼,一盏明灯吐着光辉。灯光下,留守汀州指挥支前的周恩来正在思考着,写着……

房门轻轻开了,悄悄闪进一个身影,蹑手蹑脚走至桌前,放下手里东西,然后趑转身准备退出去。可是,周恩来回过头来道:"小鬼,回来!"

这个"小鬼"是警卫员小廖。这天夜里,他一觉醒来,发现周恩来还在工作,就熬了碗稀饭送来。

"我不是说过,不要为我煮点心,怎么还不听话?"周恩来责怪说。

小廖噘着嘴:"同志们也说过,不能让您工作到这么晚。"

"同志们在前方打仗,我们在后方不加紧工作,搞好支前,咋行呢!?"

"不管怎样,也不能让您空着肚子干工作,您不吃也得吃!"

小廖的天真稚气,引得周恩来爽朗地笑起来:"呵,下命令了,'不吃也得吃'!那么,我问你一个问题。"

小廖蛮有把握地说:"您问吧!"

周恩来说:"来,你先看看这段文告!"

小廖上前一字一句念道:"红军所到之处,成立红军粮站,动员群众自动节省三升米,便宜卖给红军……"

"好了,你懂不懂,今天我们吃的粮食,哪里来的?"周恩来笑着问。

小廖答："苏区群众便宜卖给我们的。"

"为什么要便宜卖给我们？"

"因为我们是红军，是穷人的队伍！"

"还有呢？"

"还有……"小廖一时答不出。

周恩来指出："我们正在东征漳州，在为穷人打仗、流血、消灭敌人！"

小廖连声说："对，对！红军为穷人，穷人爱红军，军民是一家人。"

周恩来又说："军民一家，就要同甘共苦，齐心协力。如今群众生活也不好过，但苏维埃政府一号召，他们马上自动节省三升米，便宜卖给红军。你说，我们应该怎样？"

小廖说："我们也上前线杀敌人！"

"不叫上前线，留在后方怎么办？是不是也可以跟群众一样，节省三升米支援前线？让前方同志们吃得饱，多打胜仗？"

小廖听了，连连拍着自己后脑勺道："啊，我怎么就想不到这点！"转而一想又问："我们如何节省呢？"

周恩来说："每天节省一把米，就行了。"

"每天节省一把米？"小廖迷惑不解。

"嗯，我试过，一把米就有一两半，节省三十把米，正好三升米。所以这碗稀饭……"

周恩来说到这里，小廖抢着说："生米已煮成熟饭，总不能倒掉，这回您就吃下去吧！"

周恩来和颜悦色地说："那也好，就留着给我明天早上吃吧！"

周恩来每天节省"一把米"的事迹传开以后，各地红军粮站收到群众献售的粮食越来越多，军粮充足，保证了红军东征漳州的胜利！

（本文原载《福建党史月刊》2008年3月）

一次难忘的教诲

　　1931年冬，周恩来化装成画师，蓄着络腮胡子，从上海经汕头，再沿着秘密交通线进入闽西苏区。在永定前往长汀途中，发现了肃"社党"的严重情况。他到达汀州后，不顾长途跋涉劳累，和中共闽粤赣临时省委委员谈话，表扬了闽西在三次反"围剿"战争中打下了汀州，使福建和江西中央苏区连成一片；同时批评了特委在虎岗时期，被坏人把持了"肃反"机关，制造"逼、供、信"的错误，指示要遵照毛泽东的阶级政策和群众路线办事，"肃反"工作和以后各项工作，都应由各级党委集体领导。

　　周恩来刚指示完，一个女同志急匆匆跑进了门，说是找省委汇报工作。

　　周恩来听着窗外北风呼呼叫，见这位女同志额上冒着汗珠，脸上露出笑容，像是刚完成了一件重大任务，于是问道："这位女同志干什么去啦？"女同志见问话的人穿的是便衣，蓄着大胡子，双眼炯炯有神，过去从未见过，她一边擦着汗珠，一边答道："抓反革命！"

　　周恩来一听就笑了："抓反革命，好哇，你说说，是怎么抓的？"

　　"从山里抓回来的。"

　　"嗯，你怎么知道他是反革命，有什么根据？"

　　答话的女同志原以为他问两句就完了，没料到会刨根究底，一时答不上来，心里想这个大胡子是谁呀？对工作这么关心，那样认真，态度又很亲切。正纳闷时，旁边一位同志介绍说："他就是中央局领导周恩来同志，刚从上海来，要到瑞金去。"

女同志一听他就是周恩来同志，感到非常意外，吃惊地"啊"了一声。

周恩来见她这样，便和气地问她叫什么名字？哪里人？干什么工作？她回答说："我叫李坚真，从前是童养媳，现在是长汀县委书记。"

原来李坚真按照省委交给她的任务，带了一个赤卫队到古城区去抓反革命。当时正在搞肃"社党"运动，加上敌人的造谣破坏，搞得人心惶惶，李坚真到古城时，街上都关了店门，冷冷清清。到了古城区委，区委书记正召开区委会，见她们来了，很是热情，晚上，区委书记主动向李坚真汇报工作。第二天，李坚真又找了区委的一些同志谈话，从各方面了解的情况来看，区委的领导都是好同志，只是在发动群众工作上存在些问题，不是什么反革命。尔后，就随区委几个干部进山，到山里抓了几个"白毛子"回来。"白毛子"就是一些地主、富农和革命队伍内出身不好的人逃到山里去，时间长了，头发变白。该不该抓，她不了解，也没考虑那么多，只想到省委交给的任务，就该完成。

这时，只听到周恩来高兴地说："好哇！我第一次进中央苏区，第一次见到一位女县委书记。"接着，他就耐心地给她讲党的政策。

周恩来说：抓反革命一定要有充分的根据，要进行调查研究，弄清这个人有没有反革命罪行，是不是我们的敌人，切记不要冤枉一个好人。如果我们把好人当成敌人抓了，群众就会害怕我们，就不敢接近我们，我们就不能团结大多数，就不能孤立和打击敌人，反而使我们自己孤立起来。

一席话，好像启明灯一样，把李坚真这个童养媳出身的县委书记的心眼拨亮了，使她懂得了干革命光凭一股热情和干劲是不够的，还必须学会思考问题，特别是对人的处理，一定要调查研究，重事实，重证据，带领群众稳、准、狠地打击敌人，才能不伤害自己的同志。

不久，省委根据周恩来的指示，经过调查，把这次不该抓来的人都放回去了，没有造成严重后果，使他们避免了一次错误。

同时，周恩来在长汀写信给上海中央，请示党中央制止肃"社党"运动。1932年1月，党中央为肃"社党"致信中共闽粤赣临时省委，批评这是非常严重的政治错误，从而使长达一年多错误的肃"社党"事件，基本上得到了纠正。

（本文原载《红旗跃过汀江》，北京燕山出版社，2003年9月版。曾获福建省第四届民间文学优秀作品二等奖）

"松江"的秘密

"'松江'是一个地名吗?""不!""是人名吗?""是,也不是!"这话该从何说起呢?还是让我来告诉你其中的秘密吧!

在汀州城碧波荡漾的龙岩潭东岸,矗立着一幢凹字形的两层青砖小楼。楼房正面,有一间大厅,经过大厅登楼而上,朝北有间厢房,我们的故事就得从这间厢房和当年住在这里的周恩来说起。

1931年,长汀地区的革命形势蓬勃发展,但是斗争仍然很复杂。为了斗争的需要,长汀仍保留着一个未公开的党组织,这就是"中国共产党汀州城区区委",区委书记是毛钟鸣。周恩来经常在那间朝北的厢房里,和毛钟鸣同志研究工作。

一天,周恩来在厢房里听取区委书记毛钟鸣汇报工作,得知区委安排了一个年轻的地下党员在邮局当邮递员时,高兴地说:

"好!他叫什么名字?"

"这人真名叫刘炳镛,曾化名叫陈临。"毛钟鸣说。

于是周恩来请毛钟鸣明天带他来,并说:"我有话要对他说。"

第二天,毛钟鸣带着刘炳镛来到小楼上,周恩来热情地接待了他们,并和他们商讨建立一条地下邮路的事情。

周恩来对刘炳镛说:"今后,上海的信件直接邮寄给你们,再由你们转给苏区有关组织。这个任务很重要,也很艰巨,你能完成吗?"

刘炳镛激动地说:"能完成。"

周恩来满意地笑了,他拿出一张纸条给刘炳镛说:"为了不暴露你的

75

身份，你再写个化名给我吧！"

刘炳镛接过纸条，脑子里想啊，想啊！他老家在河田松林乡，四岁那年，随父避债逃到城里，靠砍柴过日子。这时，他想起了松林的"松"字和汀江的"江"字，便写了"松江"两个字。

周恩来看后，收起纸条，并叮咛他以后收到"松江"的信件，要及时交给区委书记，同时要注意保密。

一个月后，刘炳镛果然收到了从上海寄来的一卷一卷书籍和报纸，封条上写着"松江"，刘炳镛都立即收下，并悄悄地交给区委书记毛钟鸣。

毛钟鸣接到这些东西，有时送给毛泽东，有时让刘炳镛送给瑞金的中央政府。

一天，毛钟鸣告诉刘炳镛，敌人又要进攻中央苏区了，这次，蒋介石调兵遣将，还要亲自出马，今后上海寄来的文件，更要多加小心，千万不能泄露秘密。刘炳镛觉得很奇怪，敌人内部的事情，毛钟鸣怎么知道得这样清楚？他有点不相信。毛钟鸣为了教育他提高警惕、防止麻痹思想，便指着周恩来寄来的一本书刊告诉他："别看它是一本课本，书中的字里行间，其实都写着党的重要指示和情报，平常看不见，用药水涂过后，文字就显现出来了。因此，蒋介石有什么反革命活动，中央苏区很快知道了。"

刘炳镛听了毛钟鸣书记这番话，心中的哑谜解开了，他更加小心地收取"松江"的信件。

在周恩来热情而周密的关怀下，"松江"这条地下邮路，与上海保持了一年多联系，始终没有暴露，胜利地完成了党交给的任务。

（本文原载《红旗跃过汀江》，北京燕山出版社，2003年9月版。曾获福建省民间文学二等奖）

朱德：挥戈汀江征腐恶

朱德（1886—1976），字玉阶。四川仪陇人。中国伟大的无产阶级革命家、军事家，党、国家和军队的卓越领导人，中国人民解放军的创始人之一。

1927年，朱德在南昌创办国民革命军第三军军官教导团，参加领导八一南昌起义，任起义军第九军副军长。

1927年8月1日，朱德参加了领导八一南昌起义。之后，与周恩来、贺龙、叶挺、刘伯承等领导挥师挺进汀州，这是朱德第一次来到汀州城。在汀州，周恩来召开了一次军事会议，决定进入广东后，留下朱德率二十五师前往大埔境内三河坝阻击梅县东来之敌，已探知该敌为钱大钧、何辑五等部，阻击该敌以掩护南昌起义军之侧背的安全。

朱 德

1929年3月11日，朱德和毛泽东率领红四军首次入闽，3月14日进攻长汀县城南屏障长岭寨，一举歼灭福建省防军第二混成旅郭凤鸣部2000余人，击毙敌旅长郭凤鸣，解放了长汀城。

3月12日，朱德和毛泽东一起去看曾帮助救治南昌起义军伤病员300余人的傅连暲医生。交谈中，傅连暲得知红四军中有的战士患上天花，便立即建议给全军指战员普种牛痘。朱、毛当即欣然同意。翌日，朱德亲自主持召开团、营、连长会议作宣传动员，并以身作示范第一个接种疫苗，带动全军指战员都种了牛痘，避免了天花的蔓延，确保了红四军部队的战斗力。

3月20日，朱德参加了毛泽东主持召开的红四军前委扩大会议，会上为在赣南、闽西20余县建立红色政权制定了正确的战略决策。会后，朱德指挥红军分兵游击，在长汀城乡开展"打土豪，筹军饷"活动，共筹款5万余元，赶制4000套灰军衣，每个指战员发了4元零用钱和一套新军装，这是红四军创建以来第一次统一了红军军装，从此，军容焕然一新。

此外，朱德在长汀辛耕别墅住地与康克清举行了俭朴的婚礼，结成了终生的伴侣和战友。

1929年5月，朱德与毛泽东率领红四军第二次入闽，"红旗跃过汀江，直下龙岩上杭"，途经长汀涂坊时，大力开展革命活动，点燃了涂坊农民革命的烈火，使涂坊后来一度成为了长汀县委、县苏维埃政府的所在地。

1929年11月，朱德率领红四军再次进驻长汀城。他立即指示后勤部门于5天内赶制6000套棉衣以解决全军冬服问题。这时，陈毅已从上海带回中央"九月来信"。朱德完全同意中央的意见，请回毛泽东仍任红四军前委书记，并立即派部队到上杭苏家坡，将毛泽东接到长汀城。随后召开前委扩大会议，决定准备召开红四军第九次党的代表大会。

1930年6月初，朱德与毛泽东率领红四军进驻长汀县南阳（今属上杭），在龙田书院主持召开了红四军前委、中共闽西特委联席会议，会议通过了《富农问题》和《流氓问题》两个决议案，赞同毛泽东充分肯定闽西特委书记邓子恢在分配土地中创造的"抽肥补瘦"的经验，进一步完善了土地革命政策。接着，又到长汀城主持召开了"汀州会议"，根据中央指示，红四军、红三军和红十二军整编为红一军团，朱德任军团长，毛泽东任军团政治委员。随后，红一军团离开长汀，浩浩荡荡地向南昌、长沙进军。

1934年9月初，国民党东路军李延年纵队率第三师、第九师、第八十三师和第三十六师等，大举向长汀挺进。朱德亲自部署指挥红一军团、红九军团和红二十四师进行"温坊战斗"，打垮了国民党东路军李延年纵队第三师和第九师共10个团，歼敌4000余人，这是中央红军第五次反"围剿"以来第一次取得的伟大胜利。

同年9月23日，长汀东大门"松毛岭保卫战"打响，国民党东路军六个师，配备二十多架轰炸机和一个炮兵团向松毛岭一线猛烈进攻。

在朱德亲自部署下，红九军团、红二十四师和长汀数以万计的地方武装和敌人展开了七天七夜空前激烈的鏖战，双方伤亡都很惨重，据《长汀县志》记载："是役双方死亡枕藉，尸遍山野，战事之剧，空前未有。"

为保存实力，避免消耗有生力量，9月28日，朱德命令红九军团撤出战斗阵地，交由红二十四师接替。9月30日，红九军团开始从长汀钟屋村出发，进行战略大转移——长征。

(本文原载《名城·首府·圣地长汀》，作家出版社，2011年6月版)

一件棉袄

在长汀县革命纪念馆里，陈列着朱德同志的一件褪了色的灰布旧棉袄。这虽是一件极普通、极平常的棉袄，却比金子还珍贵。每当观众参观到这件棉袄时，都被朱德同志关心战士胜过关心自己的崇高无产阶级感情深深感动。这件棉袄怎么会在陈列馆里呢？且听一个故事。

那是1929年的早春3月，按农历，二月才开头，闽西山区正是严寒季节，雪花飘飘，寒风刺骨，漫山遍野，雪花越积越厚，树枝上挂满长长的冰凌。

当时，朱德同志是红四军军长，他率领队伍，从江西瑞金，绕过敌人防线，爬高山，穿老林，悄悄来到长汀的四都乡，迎接震撼闽西的入闽第一仗——长岭寨战斗。

处理完一天的工作，夜已很深了。朱德紧紧身上的棉衣，冒着深夜的严寒，踏着刚健的脚步，照例到前沿哨口查哨。他来到一个山坡上，见在那里站岗的战士没穿棉衣，便毫不犹豫地从身上脱下自己的棉衣，披在战士的身上，并亲切地叮嘱他，小心着凉，提高警惕，注意动静。

这位站岗的战士叫钟蔚春，是刚入伍的新兵。不久前，他父亲无辜被土豪害死，一气之下，他杀了土豪，弃家逃走。半路上正遇红军队伍，他便拉着一位高大威武的红军的手，坚决要求当红军。这位红军满口答应了他的要求，他高兴得把大刀往背后一背，就跑到前进的队伍里去了。现在，望着这位远去的首长，他忽然记起来正是那天答应他参军的老红军，他心里激动地想：这位首长真好！他到底是谁呢？

下岗回到营房，一打听，才知道这位和蔼可亲的首长正是他日思夜想的军长朱德。钟蔚春激动得一夜未曾合眼。手抚棉袄，思绪万千。过去他在村里，不止一次看到国民党反动军队的长官，一见士兵有好吃好穿的东西，马上抢走，稍不如意，就拳打脚踢。国民党军官哪个像朱德军长这样爱护关心战士，胜过亲生的爹娘!？他心里暗暗地向朱德军长保证，一定要在战斗中勇敢杀敌，做一个真正的革命战士。他生怕天亮后朱德军长没有棉袄穿会受凉，天刚亮就翻身下床，抱起棉袄去找朱德军长的警卫员，请他把棉袄还给朱德军长。

　　1929年3月14日，长岭寨战斗打响了！

　　妄想抢占长岭山头，阻挡我红四军入闽的军阀郭凤鸣敌旅，在我军三路夹击下，狼狈逃窜，溃不成军。敌旅长郭凤鸣在化装逃跑中被我击毙。红军战士如猛虎下山，追歼逃敌。小钟手舞大砍刀，冲入敌群。突然，一声冷枪，小钟的右肩被躲在涧里顽抗的敌军官击中，他猛然一震，站立不住，跌倒在地。由于流血过多，他昏迷过去了。这时，正好朱德军长赶到，抬手一枪，敌军官立刻像死猪一样，滚下涧去。

1929年3月，朱德军长在长汀麻岚岭给受伤红军战士钟蔚春盖伤口的棉衣

朱德军长紧跑几步，从地下将小钟抱起，小心地帮他包扎好伤口，接着，迅速脱下棉袄将他裹住。带着朱德军长体温的棉袄温暖着小钟的身子和伤口，小钟慢慢地苏醒过来，微微睁开双眼，一张慈父般的脸庞出现在他眼前。

"啊！朱军长！……"小钟感动得说不出话。

"好，醒过来了！"朱德军长赶快招呼来一副担架，帮着将小钟抬上担架。临行，又将棉袄小心翼翼地盖在小钟的伤口上。

小钟哪里舍得离开心爱的朱德军长！他极力挣扎着要爬起来。

"小鬼，别动！回去要好好养伤！"朱德军长爱抚地鼓励他说，"你很勇敢。快点把伤养好，好更多地杀敌人！"

小钟热泪盈眶地恳求道："朱军长，棉袄还给您。天气冷，不要为了我，把您冻坏了。"

"我不要紧。"朱德军长慈爱地说，"你受了伤，不能再挨冻，这件棉袄就给你了。抓紧时间，赶快走吧！"

两个担架队员不由分说，飞也似地抬着小钟走了，小钟从担架上回头再看时，朱德军长正挥舞着手中的驳壳枪，指挥着红军战士追歼逃敌，他身上那单薄的衣衫，在寒风中飒飒飘动。

从此，钟蔚春把这件棉袄像宝贝似地带在身边。新中国成立后，他把棉袄献给了纪念馆。一件普通的棉袄，记载了朱德同志关心战士胜过自己的高尚品质，它像和煦的春风，温暖着千百万人的心。

(本文原载《福建日报》1978年7月10日副刊)

瞿秋白在中央苏区的文化工作

1931年1月，在上海召开的党的六届四中全会上，瞿秋白遭到王明"左"倾错误路线的排挤和打击，被解除了中央领导职务。1934年，瞿秋白被派往中央苏区，先是担任人民教育委员会委员，后任苏区中央局宣传部部长。在任期间，他抱病坚持工作，出色地作出理论联系实际的文化工作表率，直至为理想而牺牲。

瞿秋白是大众文艺的倡导者，也是躬身履行大众文艺理论的实践者。

他在上海参与领导组建"左联"（中国左翼作家联盟）期间，写了大量论述大众文艺的理论文章，如《普洛大众文艺的现实性问题》《大众文艺问题》《再论大众文艺答止敬》《大众文艺和反对帝国主义的斗争》等等。瞿秋白从大众文艺理论上奠定了中国无产阶级文艺理论基础。

1934年2月初，瞿秋白从上海来到中央苏区红都瑞金，担任中华苏维埃共和国中央执委会委员和人民教育委员会委员。当时，中央苏区第五次反"围剿"斗争形势日益严峻，瞿秋白全身心地投入他所倡导的文艺大众化实践、苏区教育和主编《红色中华》报刊等工作中。事务繁忙，他又身患肺病，但他以崇高的献身精神，克服种种困难，紧紧围绕文艺为工农兵

瞿秋白

大众服务、为革命战争服务，提出文艺工作者必须深入生活、向群众学习等方向性、根本性的问题，一项一项抓落实。中央苏区掀起了大众文艺热潮，出现了人民大众文艺运动的新局面。

瞿秋白在中央苏区从一开始就切实而具体地领导制定和颁发了各种文艺章程，以确保苏区大众文艺运动的顺利开展。他加强了对苏区戏剧运动的领导，将蓝衫剧团改名为苏维埃剧团，并组织创办了中央苏区第一所戏剧学校，提议戏剧学校以"高尔基"来命名。他明确指出，高尔基的文艺是为大众的文艺，应是我们戏剧学院的方向！剧校先后为地方和红军培养了1000多名艺术人才。

瞿秋白领导制定了《高尔基戏剧学校简章》，重定了《俱乐部纲要》，批准了《工农剧社简章》和《苏维埃剧团组织法》等一系列文艺法规。同时附录了工农红军总政治部制定的《红军俱乐部列宁室的组织与工作》章程。这些法规、章程详细而具体地规定了各个文艺组织的方针、任务和组织原则，从而使苏区大众文艺运动走上了群众化、组织化、革命化的正确道路。

瞿秋白对苏区大众文艺运动的领导，一方面抓大众文艺的组织建设，加强建立和健全各种组织机构，作为开展大众文艺的重要组织保证；另一方面抓大众文艺方针任务的具体实施。对后面这个问题，瞿秋白抓得更具体。

一是抓大众文艺为工农兵服务、为革命战争服务的方针任务的实行。瞿秋白认为，大众文艺应认真解决一些现实问题。他强调剧团要"组织到火线上去巡回表演，鼓动士气，进行作战鼓动"。他对工农剧社明确提出："话剧要大众化、通俗化，采取多样形式，为工农兵服务。"在瞿秋白的领导和组织下，苏区文艺团体纷纷到前方、到医院、到农村去演出。如中央苏维埃剧团于1934年春耕期间，用了一个多月时间到梅坑、西江洛口、庄潭、珠兰埠等地演出，获得工农群众的欢迎和好评，推动了苏区的生产和工农兵大众的各项工作。

二是要求文艺工作者深入生活，向群众学习。瞿秋白要求剧团在为工农兵演出中，文艺工作者要"保持同群众密切的联系，搜集创作材料"。

他说"闭门造车是绝不能创造出大众化的艺术来的",要求文艺工作者体验各种生活,指出:"没有丰富的社会经验,就不能产生好的作品。"文艺工作者们带着瞿秋白的叮嘱,随军下到群众中去,与群众一起生活、劳动,进行口头宣传;编了新戏、新歌、新舞剧,在群众赶集的庙会上演出。瞿秋白认为向群众学习,应当学会群众语言。例如他在讨论话剧《无论如何要胜利》时指出:"要用活人口里的话来写台词,不要硬搬书上的死句子。务要使人一听就懂,愿意听,欢喜听,让群众闭上眼睛听,也能听出来是什么样的人,在什么样的环境下讲话。语言艺术是戏剧成功必不可少的条件。"

三是抓培养文艺骨干工作。他把这个问题提到一个十分重要的高度来认识,认为"没有戏剧工作骨干,就谈不到什么工农戏剧运动"。因此,他主张高尔基戏剧学校除普通班外,应增设红军班和地方班。他认为戏剧学校如果不为红军部队培养艺术干部,就失掉了创办的意义。同时建议把瑞金云集区工农剧社、长汀县工农剧社、中央印刷厂工农剧社及各区剧社的社长召集来训练,开设地方班,学制半年。此外,瞿秋白还特别重视培养革命文艺的下一代,为培养优秀的儿童演员,他亲自制定培养计划,检查训练,大大推动了儿童演员艺术水平的提高。

四是抓大众文艺创作。鉴于当时不少文艺工作者的文化水平不高,搞创作存在不少困难,瞿秋白从实际情况出发,采取了切实有效的办法帮助他们。如在创作剧本时,他启发诱导说:"我不会写剧本,只能供给你们些故事。"于是他自己先写了许多故事提供给他们改编成剧本。同时也要他们先写些故事给他看,然后再编成剧本。他说:"山歌、民歌是很好的东西,从中可以学到很多。我们要学着很好地来应用。"大家听从瞿秋白的话,个人和集体都创作出了许多歌剧、儿童剧、山歌和小曲等作品。瞿秋白将话剧《牺牲》《李保莲》《非人生活》《游击》《不要脸》等五个剧本结集,并写了序言,取名《号炮集》,油印之后发到全苏区。火星等剧团搜集到几百首山歌民歌,这些苏区歌谣是苏区人民生活和斗争的生动反映,又是动员人民的战斗号角,对团结人民、教育人民、鼓舞人民起了极大的作用。

1934年10月，中央主力红军踏上长征路，瞿秋白留下来担任苏区中央局宣传部部长。这是一段非常艰难的时期。瞿秋白此时身体更加虚弱，但他一如既往废寝忘食、呕心沥血地坚持指导苏区文艺工作。为了适应局势的急剧变化，他将留下来的部分文艺战士，分成火星、红旗、战号三个剧团，继续进行巡回演出和帮助群众开展战斗。

1935年2月，瞿秋白在即将离开苏区前夕，还将三个剧团集中在于都小密村，举行了最后一次丰富多彩的文艺汇演。演出成功结束后，瞿秋白当场给演员们发了奖。但是，大家都没想到这次与瞿秋白的分别竟成了永诀。

2月下旬，瞿秋白因肺病严重，欲前往香港、上海治病，途经长汀时不幸被捕。被押期间，他写下《多余的话》，表达其文人从政的曲折心路历程。6月18日，写完绝笔诗慷慨就义。

瞿秋白牺牲后，鲁迅编辑出版了他的遗著《海上述林》，并说："我把他的作品出版，是一个纪念，也是一个抗议，一个示威……人被杀掉了，作品是不能被杀掉的，也是杀不掉的。"

如果说瞿秋白在上海主要是解决大众文艺的理论问题，那么他在中央苏区则主要解决了大众文艺的实践问题，也就是大众文艺理论在苏区现实生活斗争中是否行得通的问题。瞿秋白在中央苏区短短一年中，领导苏区大众文艺运动的实践表明，他所积极倡导和实践的大众文艺理论，不仅符合中央苏区大众文艺运动的斗争实际，而且对指导开展中央苏区的大众文艺运动发挥了重要作用。

瞿秋白大众文艺理论及其在苏区的实践，在党的文化工作史上留下了不可磨灭的印迹，迄今仍然闪耀着理论和宣传的光辉。

（本文原载《福建党史月刊》2022年第1期）

瞿秋白在汀州狱中轶事*

——陈炎冰口述

瞿秋白烈士纪念碑

1935年2月24日,瞿秋白同志在福建长汀县水口乡梅迳村不幸被捕。第二天,被押往上杭监禁。5月9日,又从上杭押送到汀州(今长汀县城)国民党第三十六师师部,师长宋希濂。

瞿秋白在汀州狱中度过了不寻常的40个昼夜。当时,师部有个军医陈炎冰,因给瞿秋白治病而与之接触频繁,他不仅了解瞿秋白在狱中的情

---

* 1992年冬,笔者与长汀县博物馆的两位同志一起前往广州访问陈炎冰先生,他将瞿秋白在汀州狱中真实情况向我们作了翔实讲述,笔者加以整理而成此文。

况，而且还帮助过瞿秋白，这引起了师长宋希濂的注意。宋希濂在回忆瞿秋白囚于汀州狱中情况时说过这样一段话："其实当时有个军医叫陈炎冰，我很怀疑他是地下党，他常帮助瞿秋白向外发信，杨之华与他也通过信。"

1992年暮冬，笔者与县博物馆的两位同志一起专程前往广州访问陈炎冰先生，他向我们追忆瞿秋白同志在汀州狱中的一些真实情况，其中还有不少闻所未闻的故事。

"汀州狱中"是"特殊监狱"

当时，国民党蒋军嫡系部队第三十六师师部设在长汀县城北山麓下"汀州试院"。瞿秋白就被关押在这里的一间"特殊监狱"里。所谓"特殊监狱"，顾名思义就是与众不同的监狱。原来这里不是监狱，而是师参谋长向贤矩的一个房间，因要关押瞿秋白，临时腾了出来。虽说不是监狱，与一般监狱的确不太一样，既没有门户紧锁，也没专人把守，行动较为自由。但是它确实是一所监狱，只要看瞿秋白写的《多余的话》，还有写给郭沫若的信与赠人照片上的落款，瞿秋白都称自己被关在"汀州狱中"。

"汀州狱中"有一扇杉木门和窗，室内一隅有一张用两条长木板凳架起的硬板床，窗前有一张类似学生用的课桌，还有两条板凳，桌上放着笔墨砚和汀州出产的十行纸。

当年，宋希濂在黄埔军校第一期学习时，聆听过瞿秋白授课，所以他一见到瞿秋白时就尊称他为瞿先生，并交代部下一律称瞿秋白为瞿先生，并给予特殊照料，每天伙食按官长标准供膳，还专门派军医陈炎冰每天给他看病。囚室的一门一窗可以自由开闭，囚室外有一处院子，也可以出去散步。囚室的隔壁住着三十六师参谋长向贤矩，有两个荷枪实弹的卫兵不分昼夜地站在"特殊监狱"的斜对门，名为看守师部后门，实则在严密监视瞿秋白的一举一动。

篆刻图章的缘起

起初，大家不知道瞿秋白善于篆刻。一天，一个看守军官发现瞿秋白将夜间点剩的半截蜡烛倒置过来，用铁钉在蜡烛底部刻了一枚非常雅致的图章。这个看守军官动了心，立刻跑到街上买来一把雕刻刀和一枚石章，请求瞿秋白帮他刻一枚私章。起初他以为刻章需先描字，谁知瞿秋白不用描字，操起刻刀横一刀，竖一刀，几下功夫就刻出一枚精巧的图章来。这个消息传开后，师部里的军官、士兵，不管识字的不识字的，都附庸风雅，向瞿秋白求刻图章。如此日甚一日，瞿秋白在长汀关押了整整40天，共刻图章七八十枚，平均每天两枚。陈炎冰也求刻两枚，可惜都已丢失。

赞扬毛泽东同志的正确路线

瞿秋白患有肺病，陈炎冰常到囚中给他看病。这期间，宋希濂曾亲自出马，尝试对瞿秋白劝降，遭到瞿秋白铿锵有力地驳斥拒绝后，自知无能为力，此后再没劝说。不久，国民党中央派了"得力"军统特务对瞿秋白进行劝降和诱降，但每次都遭到瞿秋白的严词拒绝。

瞿秋白自度生命将遭不幸，但仍然很乐观，心情开朗。他要求陈炎冰给他找些书看。陈炎冰找来一本唐诗、两本小说和几本医学杂志给他看，他很高兴，天天看书、写东西、刻图章。他热情地向陈炎冰和看守们宣传马列主义，宣传革命真理。有一次，他对陈炎冰说："现阶段中国革命是土地革命，毛泽东同志以农村为革命根据地包围城市，最后夺取城市，进而解放全中国，这是正确的革命路线。"

给郭沫若写信

1935年5月末的一天，陈炎冰听到郭沫若去日本的消息后，便到囚室中问瞿秋白："你认识郭沫若吗？"瞿答："认得！"陈说："他到日本去了，你如有信给他，我可设法给你寄。"秋白欣然答道："好！"马上从桌上取笔铺纸，略微沉思一下便写起来。信的内容已记不得，但其中有一段话给陈炎冰留下深刻印象："历史上的功罪，日后自有定论，我不愿多说，不过我想自己既有自知之明，不如尽量披露出来，使得历史档案的书架上材料更丰富些，也可以免得许多猜测和推想的考证工夫。"信的末尾祝愿郭沫若"勇猛精进"。这封信经陈炎冰之手寄出，没有丢失，郭沫若收到了。现此信收藏在北京中央档案馆。

确有写过《多余的话》

关于《多余的话》,有过很多议论,因这篇手稿至今还没找到,无法证实瞿秋白有没写过,所以有的人说有,有的人说没有,甚至有人说可能是别有用心的人杜撰的,总而言之,众说纷纭,莫衷一是。

军医陈炎冰是近距离接近瞿秋白的医生,他以人格保证,他亲眼目睹瞿秋白在写《多余的话》。那是用毛笔书写在长汀纸行出产的十行纸上的,瞿秋白写诗则用宣纸。这些十行纸和宣纸是向贤矩给的。瞿秋白写《多余的话》,一连写了几天,写得很快。《多余的话》的手

公园内八角亭前瞿秋白同志就义前留影

稿至今未找到,据宋希濂说是送上去了。后来是否被人篡改,不得而知。

诗稿和照片发表的经过

瞿秋白在囚中写诗多首,他把《卜算子》《浣溪沙》《梦回》和一张半身照送给陈炎冰,照片上还题诗一首:"如果人有灵魂的话,何必要这个躯壳!但是,如果没有的话,这个躯壳又有什么用处?"这首诗眉首写有

"炎冰先生惠存",诗末一简短跋语"这并不是格言,也不是哲理,而是另外有些意思的话。秋白1935年5月摄于汀州狱中。"陈炎冰非常珍惜这些诗、照片和给郭沫若的信,总觉得放在身边不妥,非转移出去不可。经过再三考虑,最后托同事军医王廷俊转寄给他在美国留学的女同学——柳亚子的女儿柳无垢。于是,瞿秋自给郭沫若的信于1936年在美国纽约中文周刊《先锋》上发表了。《卜算子》《浣溪沙》《梦回》三首诗,大概是柳无垢转寄给他的父亲柳亚子,因而在上海《人间世》杂志上发表了。(据悉,瞿秋白以上三首狱中诗的手稿,于1939年在上海阿英主编的《文献》第六期上发表。——笔者)。

陈炎冰同志早年毕业于广州中山医学院,1926年加入中国共产党,并参加北伐。大革命失败后,到日本留学。1934年经国民党三十六师军医处长邱炳邦介绍到该处当军医。瞿秋白被捕后,陈炎冰曾写信给当时在香港的老同学柯麟(共产党员、新中国成立后任中山大学校长),柯接信马上向党中央作了汇报,但来不及营救,瞿秋白便英勇殉难了。陈炎冰在瞿秋白牺牲后,于1935年8月离开三十六师,投身革命。新中国成立后,陈炎冰重新加入中国共产党,任广东医学科学院矿泉研究室主任、主任医师。曾著有《温泉与医疗》《中国温泉考》《矿泉的医疗作用》等九部专著,被称为我国近代医疗矿泉研究奠基人。

(本文原载《红土地》2015年第5期)

刘少奇在福建长汀的峥嵘岁月

1932年冬,刘少奇进入中央革命根据地后,先后担任中华苏维埃全国总工会委员长和中共福建省委书记。他担任全国总工会委员长期间,非常重视长汀工人扩红运动和工会工作,常常来往于瑞金与长汀之间。

汀州掀起参加中央工人师的热潮

1933年2月,为了粉碎国民党第四次"围剿",全国总工会委员长刘少奇倡议创建中国工农红军工人师,号召中央苏区工人兄弟带头行动起来,踊跃参军参战,为保卫苏维埃政权,保卫中央苏区做出贡献。

刘少奇

当初,刘少奇在红都瑞金主持了中国店员手工艺工人工会筹备会,接着又主持了苏区苦力运输工人工会筹备会,两个筹备会都作出决定,分别要动员两千名和一千名会员参加工人师。

后来,刘少奇从瑞金第一次来到中央苏区经济中心"红色小上海"长汀。当时,福建省职工联合会设在汀州市水东街张家祠,所以,刘少奇被安置到张家祠堂内居住。当时因苏区行政区域小,汀州被划分为长汀、兆征、汀东和汀州市等县市,工会组织尤以汀州市居多,汀州市总工会下辖21个基层工会,其中主要有纸业、木业、苦力、泥水、竹匠、篓纸、纺织、布匹、斗笠、印刷、粮食、京果、油盐等工会，还有一支庞大的汀江木船工会，直属省职工联合会领导。

刘少奇非常重视宣传员工作，他亲自深入汀州基层工会，要求做好扩红的宣传教育与组织工作，务使每个工人都懂得参加工人师、捍卫苏维埃政权、保卫革命胜利成果和家园的重要性。宣传鼓动形式要求多样化，如有标语口号、山歌、文艺表演、座谈会、茶话会、家访、慰劳、优待红军家属、代耕、送光荣牌等方式。

经过短短数天连续不断地广泛深入地宣传动员，汀州市各工会热烈响应刘少奇委员长号召，掀起了参加工人师的热潮，街头巷衢间的墙上，大幅标语随处可见，如"参加工人师和少共国际师最光荣！""扩大红军为保卫苏维埃政权而战！"等等。汀州市25岁至45岁青壮年工人300人组成赤卫军一个团，整团要求加入中央工人师。

自1933年4月，中央红军取得第四次反"围剿"伟大胜利后，紧接着又准备第五次反"围剿"，在"一切为了前线的胜利""扩大铁的红军一百万"的口号声中，扩红运动持续不断，一浪高过一浪。刘少奇非常重视汀州的扩红运动，他多次不顾长途跋涉的劳累，从瑞金来到汀州，促使汀州再次掀起了参加红军工人师的热潮。

1933年8月1日，中国工农红军第一个建军节这天，一支由刘少奇亲手缔造的中央工人师（又称中央警卫师），在红都瑞金正式宣告成立，全师8000人。据《红色中华》第十二期报道：1933年，中央苏区有"一万工人参加了红军"，其中闽西苏区工人就占了一半，长汀、上杭、龙岩等地尤为突出，"汀州市整连工人模范加入红军"。长汀、汀东、兆征三个县共有6700人加入红军师，捐献布草鞋25 000双。这段时间正是刘少奇多次在长汀动员工人参加工人师之时，足以显示刘少奇在汀州宣传发动参加中央工人师成绩之斐然。

第一次提出苏区国家工厂厂长负责制

在中央苏区，虽然遭受国民党不断"围剿"和经济封锁，但较之国统区许多工厂矿山相继破产与关门停业、无数工人挨冻受饿，苏区的工业还是好的，并且已经开始发展起来。首先是军事工业，这些工业的发展、巩固与生产的提高，与当时的革命战争需要，具有极其直接的关系。"但是在我们苏维埃国家工厂中许多不可忍耐的状况，不能不引起我们的注意与警惕！"例如许多工厂每月的生产计划不能完成，兵工厂做的子弹，有3万多发打不响；被服厂做的军衣不合尺寸，不好穿，扣子一穿就掉；卫生材料厂霉坏了70多缸酒；纺织厂的纱布稀密不均不好用，纱与布时常失窃；粮秣厂做出来的米，有三分之一是糠；中央印刷厂独印一期《红色中华》，浪费油墨超过实际需要一倍以上，而且铅片铅字与纸张的浪费是很大的。发生这些不良现象，原因在哪里？刘少奇认为主要是"在国家工厂中，我们还没有建立真正的工厂制度，没有科学地去组织生产。厂长的权限没有正式规定，一切工厂还没有负责的工头领班，生产品完全没有检验"等。

刘少奇带着这些"不可忍耐"的问题，于1933年7月从瑞金来到国家工厂较为密集的中央苏区"红色的小上海"长汀作调查研究。他每天深入各基层工会进行走访，广泛深入地了解工人和工厂情况。

为了建立厂长负责制，刘少奇与厂长、工会干部和工人促膝谈心，从本质上找原因，纠正"左"的劳动政策和管理办法，切实制定可行的厂规厂纪，完善各项责任制。他首先提出："必须把工厂中的完全个人负责制建立起来，厂长对全厂的生产和行政，负有绝对的责任，厂长有权决定和支配全厂的生产和行政，有权决定和支配全厂的一切问题，在不违反劳动法的范围内，关于工资、工作时间、生产数量，以及调动、处分和开除工人职员等，厂长是有完全的权力决定与执行的。"

如何处理好厂长与党支书和工会主任的关系呢？刘少奇要求道："厂长在决定各种问题时，必须事先与党的支部书记和工会主任商量，尽可能取得他们的同意，配合党与工会来一致执行。但党的支书与工会主任不同意时，厂长有最后决定执行的权力。并同时提到上级机关来讨论。用这种'三人团'的方式来管理我们的工厂。"

对工厂中部门之间的关系，刘少奇要求道："工厂中各科的科长与各生产部门的主任，也必须清楚规定他们的责任与权力，各部门必须设置负完全责任的工头、副工头，有几班工作的必须有领班，工头负该部门全盘的责任，领班负一班人的责任，他们对厂长或科长负责，对于该部门的工作分配、生产计划、产品检验、工人请假、调动等，在取得厂长同意之后，完全有权力支配。"

刘少奇还十分关心工人的福利，所以对工人的工资制度作出了明确的指示："在工资制度上刺激工人来努力增加生产，体工制与包工的办法要采用，最好是规定每天或每小时的工资数额，同时规定生产数量，超过生产数量的加给工资，不足生产数量的扣除工资。一连三个月完全不旷工、不请假、不迟到、不犯厂规、生产超数量完成与超过的应给予特别的奖励。工资以月为单位来计算，是不好的，应改作以日、以小时为单位来计算。"

有了厂长负责制，还必须建立好工厂制度。刘少奇说："建立真正的工厂制度，执行劳动纪律，科学地计划生产，组织生产，吸收工人参加核算，算得愈清楚，愈有把握，愈不吃亏。"

经过一段时间广泛深入的调查研究后，刘少奇离开汀州回到瑞金，他将在汀州对工会所作的调查和指示写成文章，题目为《论国家工厂的管理》，在苏区中央局机关报《斗争》第51期上发表后，第一次创造性地解决了国家工厂管理问题，从而大大地加强了苏区各个工厂厂长的领导管理，调动了工人的积极性，提高了产品的质量，促进了生产计划的完成。

临危受命担任中共福建省委书记

1934年7月，第五次反"围剿"在王明极左错误路线领导下，正当遭受严重挫折之际，也正是国民党东路军总司令蒋鼎文陈兵10余个师于松毛岭下不远处的朋口地区，确有大军压境之势。就在这关键时刻，刘少奇临危受命前来长汀担任中共福建省委书记。（中央文献研究室编：《刘少奇年谱》(1898—1969)，中央文献出版社，1996年版，第136页）

刘少奇一方面领导苏区军民积极响应党和政府"一切为着前线的胜利"号召，踊跃扩红支前，千方百计抵御敌人的进攻，另一方面不失时机地做好大转移前的准备工作。

为了破坏敌人的后方运输线，牵制干扰敌人向苏区的进攻，刘少奇按照中革军委的部署，大力支持福建军区红八团、红九团深入敌后，红八团在永定、龙岩、漳平、南靖、平和等县边界建立了大片游击区；而红九团则在岩（龙岩）、连（连城）、宁（宁化）建立了游击根据地。这时，国民党东路军蒋鼎文命李延年纵队总指挥率领六个师，配备飞机、大炮，采取"步步为营""堡垒战术"向长汀推进。

为了保卫汀州，保卫瑞金，阻滞敌军的前进步伐，保障中央机关和中央红军进行战略大转移的充分时间，中革军委调遣中央红一军团、红九军团和红二十四师，先是夜袭温坊取得胜利，而后在东线大门松毛岭展开激战。当战局形成对峙状态的关键时刻，刘少奇将1600名经过4个月训练的新战士，从濯田送往钟屋村补充红九军团，支援红九军团重新投入战斗，终于打退了敌军，夺回了松毛岭制高点阵地。

在松毛岭保卫战7天7夜浴血鏖战日子里，刘少奇还动员组织了大量地方武装与红军一同战斗，大批担架队、运输队、看护队、洗衣队和慰劳队支援前线，并在前线和红军一起修工事、挖战壕、抬伤员、运弹药、送饭菜、送茶水，全力以赴做到有人出人、有粮出粮、有力出力、有钱出钱，"一切为着前线的胜利"！

据《刘少奇年谱》记载：当东线战事进入最紧急关头，刘少奇最后一次于"9月，主持中共福建省委活动分子会议。在会上作形势和任务报告。报告针对敌人第五次'围剿'的严重形势，部署了今后的工作任务：（一）加强独立领导，划分小行政区，长汀除已划分为长汀、兆征、汀东县外，增设汀西县；上杭分新杭县和代恽县。实行干部地方化，准备被敌人割断联系时能独立作战。（二）加强地方武装，普遍成立独立团、独立营和游击队，开展广泛的游击战争。（三）建立秘密的党组织和工作网，准备转入地下斗争。（四）加紧运粮到汀西，准备坚持游击战争。（五）深入开展肃反工作。"（中央文献研究室编：《刘少奇年谱》（1898—1969），中央文献出版社，1996年版，第137页）

当时，急于筹措1200万公斤粮食供应军需，刘少奇号召后方机关工作人员每月节约2.3公斤米支援前线。刘少奇带头吃"包包饭"，就是用一种饭箪草编织成饭包，将米放到饭包里，放到锅中水里煮熟，打开来吃，这是一种既简易又能限量的用饭方法。在刘少奇的带动下，同志们都改吃"包包饭"，节约了大量粮食，以支援松毛岭前线的红军。

为了提早做好转移到长汀四都山区坚持游击战争，刘少奇组建了一支有30多只木船、80多人、40多支枪的河流游击队，其主要任务以濯田水路为中心，将宣成、涂坊、三洲各区的粮食，从水路运输到濯田，然后运输队肩挑到四都。河流游击队和运输队经过三个多月的奋战，共抢运了十多万公斤粮食到四都，为后来福建省委、省苏、省军区转移到四都坚持游击战，备下了充足的粮食。

与此同时，刘少奇日日夜夜关注东线战场松毛岭保卫战的战事，他和省苏维埃副主席吴必先（不久提拔为主席）经常深入前线钟屋村做好战前支前防御工作。例如温坊战斗大捷后，立即赶到钟屋村组织召开庆功慰问大会，鼓舞士气，加强军民团结，再接再厉，同仇敌忾消灭敌人。据现已90岁高龄的钟宜龙老同志向笔者讲述：1934年9月，福建省委书记刘少奇和省苏维埃政府主席吴必先曾连续三次到长窠头村访问（其实当时长窠头村亦属于钟屋村，直到长汀解放后才划分开）。这里罗列的先后时间不一定准确，重要的是钟老讲述的一件件事情。第一次，刘少奇在长窠头村"宝善堂"召开有红军指战员和县、区、乡干部会议，以温坊战斗大捷为例，作了鼓舞人心的讲话，并动员福建人民为红军提供后勤保障。第二次，刘少奇走访了10多户穷苦农民家庭，发现村民生活很苦，吃地瓜渣拌野菜，他们省下粮食支援红军。刘少奇与有关乡苏干部一起商量后，将观寿公祖地南岭村筹集到的一万多公斤粮食，除了送给中央苏区战备粮5000公斤，另外5000多公斤安排给穷苦农民以解断炊之急。刘少奇的一言一行赢得了民心，结果长窠头村有34人当了红军，全村共有100多人参加了红军。第三次，刘少奇了解了秘密交通站，视察了长窠头村"军民医院"和"地下兵工厂"情况。长窠头村地下交通站由来已久，钟老说是当年红二十军第五纵队政治委员罗化成帮助建立的，曾为消灭团匪李七孜通风报信发挥作用，为红七军团抗日先遣队带过路。刘少奇听后指示说：要充分利用地下交通站这张"活地图"，为红军反"围剿"作贡献。关于"军民医院"，钟老说，刘书记来视察时看见有50多人正在加工中草药，准备给红军医疗队作为治刀枪药（这是当地医师钟士明祖传秘方），就说医疗队为军为民，真像个"军民医院"。从此这个"军民医院"便传开了。这次，刘书记还察看了一个能自制手榴弹、地雷的"地下兵工厂"，把一颗"西瓜炸弹"挂在树上，麻绳一拉马上爆炸，杀伤力还真不小。

  1934年9月30日，中央红九军团从钟屋村出发转移到汀州城集结。刘少奇为红九军团准备了大批军用物资，给每个红军指战员发了一套斜纹布棉衣、夹被、鞋子、斗笠等用品，受到红军战士们的赞扬。正在此时，刘少奇接到中共中央指示，将中共福建省委书记职务交福建军区政委万永诚接任，中央派刘少奇作为代表到红九军团负责督促军团实施党和中革军委的命令和指示，参与军团的领导工作。此时，军团长罗炳辉、政治委员蔡树藩已前往瑞金中央开会还没回来，所以，刘少奇作为中央代表，与军团参谋长郭天民、政治部主任黄火青一起率领红九军团从长汀出发长征。这样，刘少奇就告别了福建人民，他与红九军团将士们一道从长汀出发，踏上了后来举世瞩目的长征路。

  刘少奇在福建省委虽然只工作了三个月，但在红军长征前为第五次反"围剿"做了大量工作和积极贡献，在福建长汀人民心中留下了难以磨灭的记忆。

（本文原载《福建党史月刊》2018年第12期）

陈云在汀州指导订立劳动合同[*]

1933年6月,中华苏维埃全国总工会副委员长陈云,从瑞金来到汀州市。他这次来的主要任务是指导汀州市工人怎样订立劳动合同。

中央苏区的职工会过去虽然领导工人与雇主订立了许多合同,但都是照抄《劳动法》与江西、福建两省工会所发的斗争纲领,各地合同大多千篇一律,缺乏地方性、时间性和企业的特殊性,脱离了当时汀州企业的实际。

陈云

汀州市京果业是本市一宗较大的商业,店员工会是汀州斗争最激烈的工会,具有典型性和普遍性意义,陈云确定将汀州京果业作为考察的重点。陈云采取个别访谈的方式,了解企业的实际情况,了解工人的要求,考察已订合同实行与否。经过几天工作之后,陈云了解到,国民党对中央苏区实行经济封锁后,汀州京果业许多货物不能从上杭由汀江进货,而是从宁化和江西远道贩运到汀州,这样便增加了成本,加上营业减少和有些资本家借口封锁故意不进货。在这种特殊情形下,即使工人不拿工资,替

---

[*] 本文参考中共中央机关刊物《斗争》(1933年7月),以及访问当年长汀一些老店员撰写而成。

老板无代价地工作,老板也要亏本。所以,过去所订的一些劳动合同没有实行。

陈云接连召开了三次京果业党支部会议,对纠正"左"倾与新起草的《劳动法》草案几个主要条文,作了详细说明。对于8小时工作制,也不能完全机械地实行,因为乡帮生意与城帮生意不同,生意忙的时间也不同,比如接近田郊的店铺,每天上午8时后,下午4时前较忙。因为这个时间段是农民到汀州来赶市的时间,而本城内的店铺,因城内居民生意较多,所以在上午8时前,下午4时之后较忙。

陈云说:"机械地规定8小时或者几点到几点为工作时间,是不适宜的。"

陈云通过深入调查和召开支部会议进行充分地讨论研究,将同志们提出的意见和要求,归纳为六七个主要条文,由每个党员带到各店向工人宣传和征求意见,然后,在汀州各业工会支部参加的第三次汀州京果业工会支部大会上,讨论通过了在陈云指导帮助下签订的合同条文,并选举产生了由五位同志组成的合同委员会,领导工人向每家店铺的老板签订合同。

为使与会者有章可循,陈云在会上推举了一个经他帮助订立的劳动合同版本,这就是汀州京果业店员王其伕与水东街泰丰号老板订立的劳动合同。

此合同条文共九条,其主要内容是:本合同系临时的无限期的劳动合同,只能适用于本市京果业因邻近白区经济封锁,无法来货时的条件;工人工资照1932年下半年数额,王其伕为每月20银元,每月1号、15号两次发给;工作时间以8小时为标准,但可以按营业时间的忙闲,每日平均计算不超过、也不少于8小时;工人工作6天休假1天,星期日要继续营业,可轮流休假;客家工人每年休假两个月,不扣工资,不休假者,老板津贴工资;工人有病,在3个月以内者,由老板负责药费,工资照发;老板每月应向社会保险局缴纳工人工资的百分之六为失业保险金,百分之二为工会办公费,百分之一为文化教育费;承认工人组织监督生产委员会有权查阅账册。

陈云还在会上指出:这个合同的主要特点,没有重复《劳动法》上已定的各种保护工人的条例，而是根据现在汀州京果业的情况，上杭毫无来货，生意十分清淡，签订这个临时无限期的劳动合同，是个适合汀州京果业目前情形的有弹性的合同。只要营业较好，或全部发展起来，工会随时可以领导工人部分或全部修改合同。

　　陈云指导帮助订立的这份劳动合同，受到了广大工人的欢迎，大家一致赞同说："这是一个有弹性的劳动合同！"

　　陈云在汀州指导工会纠正过"左"的劳动政策，正确制定符合实际的有弹性的劳动合同的工作情况后，他很快撰写了一篇题为《怎样订立劳动合同》的文章，发表在苏区中央局机关报《斗争》刊物上，不仅使汀州市各企业的工人与老板订立了类似的劳动合同，而且积极地推动了整个中央苏区各企业订立劳动合同的活动，为维护工人的合法权益，加强苏区经济，保障市场供应，维护苏区人民的生活，起到了很大的作用。

（本文原载《红旗跃过汀江》，北京燕山出版社，2003年9月版）

邓小平在长汀的足迹

邓小平是四川省广安县人，伟大的马克思主义者，无产阶级革命家、政治家、外交家，久经考验的共产主义战士。他是我国社会主义改革开放和现代化建设的总设计师，建设有中国特色社会主义理论的创立者。

1920年，邓小平赴法国勤工俭学，1922年参加旅欧中国少年共产党，1924年加入中国共产党。1927年八七会议之后，23岁的邓小平出任中共中央秘书长。1929年12月11日，邓小平和张云逸等领导广西百色起义，成立了红七军，邓小平任中共前敌委员会书记兼政治委员。翌年2月，成立了红八军，邓小平兼政治委员，开创了左右江革命根据地。

1931年2月，红七军占领江西崇义县，红七军前委派邓小平前往上海向中共中央汇报工作。1931年夏，党中央派邓小平以特派员身份前往中央苏区工作，同时受党中央委派与他一起同行的女同志金维映（原名金爱卿），与邓小平同岁，毕业于宁波女子师范学校，因参加革命，曾于1927年和1930年分别入国民党监狱和上海英国租界监狱。这次，她受命随邓小平从上海经地下红色交通线香港、汕头、大埔、永定、长汀前往瑞金苏区中央局。

邓小平从长汀前往瑞金苏区中央局这样一个重要事实，我们曾经找不到一点可靠的历史资料。1993年，我们在编写出版《长汀人民革命史》时，暂时不能将邓小平到过长汀的事写进史册，这不能不说是一个遗憾！1996年，龙岩地区组织编写《闽西人民革命史》时，我也参加了编写。为了确认邓小平曾在闽西长汀活动过的事实，笔者走访许多老同志未果，后来查阅当年从红色交通线进入中央苏区的领导干部回忆录，发现当年中央苏区中革军委总卫生部部长贺诚同志撰写的一篇回忆录：《从北伐战争到解放战争》（原载《革命回忆录》第21期，人民出版社，1987年9月版）。贺诚同志回忆说，他于1930年年底，由上海经汕头、潮州到大埔，进入永定苏区，到了永定虎岗。中央闽粤赣特委书记邓发告诉他暂时去不了江西，因为交通线有敌人骚扰。先派他去永定大洋坝红军医院当医生。他在医院工作约一个月，闽粤赣特委要贺诚去长汀河田等待机会去江西。这样，他在河田住了一个多月。贺诚在文中写道："除梁广外，又来了邓小平、王首道、毛庭方等，都是待机去江西的。"

由此证实邓小平当年曾来到长汀河田的事实已毋庸置疑。当时，邓小平和金维映来到长汀河田以后，中央苏区第三次反"围剿"战争正在激烈进行，长汀县城以及所有通往瑞金的道路，先是被国民党新编第二师第六旅卢新铭部和第十二团马鸿兴部控制，后被卢新铭旅第一团易启文占据，交通暂时受阻，未能立即前往瑞金，于是来到长汀河田，等待机会去江西。这时的河田为汀连县的一个区苏维埃政府所在地（不久划分为长汀县苏维埃政府所在地）。

在此期间，因交通受阻，前来河田与邓小平一起待机去江西工作的有王首道（后任中共湘赣省委书记）、贺诚（后任中革军委总卫生部部长）、梁广（后任中华全国总工会苏区中央执行局主任），因汀连县委缺少工作人员，毛庭方被临时安排到汀连县委任组织部部长、贺诚任宣传部部长。

1931年9月11日，长汀苏区军民配合新十二军一举攻占汀州城，邓小平等一行人便来到汀州城逗留。由此推断这次邓小平和金维映等人在河田受阻，停留在河田的时间，从夏天到秋天大概两三个月时间。

当时的汀州，市场繁荣，商店林立，水陆交通方便，汀江穿城而过，经上杭、永定、大埔，至三河坝汇入韩江，经汕头注入南海。闽西、赣南各县的物资纷纷汇集到汀江航运，汀州成为重要的物资集散地。繁荣昌盛的景象，近似上海，在上海能买到的东西，在这里也能买到，所以从上海来到汀州的革命干部惊喜地称汀州是"红色小上海"。

邓小平对这个"红色小上海"也记忆犹新。时隔半个世纪的1985年5

月 20 日上午，邓小平在北京人民大会堂接见应邀来北京大学讲学的陈鼓应教授时，他问陈教授是哪里人。陈教授回答说是福建长汀人。邓小平听后亲切地说："长汀我去过，当时那里的经济很繁荣，而我的家乡还很穷……"

1931 年 9 月中旬，闽西军区派出一个团的兵力武装护送邓小平、金维映、王首道、贺诚、梁广等人到江西瑞金。邓小平被任命为瑞金县委书记，金维映被任命为于都县委书记。在瑞金，邓小平先后任瑞金、会昌县委书记、江西军区第三分区政治委员、江西军区政治部主任、中共江西省委宣传部部长和《红星报》主编等职。

（本文原载《闽西日报》1997 年 4 月 7 日第 4 版。此后陆续被《闽西文史资料》《福建党史月刊》等刊物转载）

二、红色人物

陈毅燃起新桥一把"火"*

1929年3月21日上午,红四军政治部主任兼一纵队政治委员陈毅率领一纵队300余人,从汀城开往新桥乡,分兵打土豪、筹军饷,发动群众闹革命。

新桥乡有一条街市,平日里还算热闹,这时听说兵来了,群众都吓得连忙从街上跑回家去。霎时间,整条街看不见一个人影,商店关了店门,农户紧闭大门,人人都惶惶不安。

陈毅发现这种情况,立即命令部队暂停进村,停在村外大岗树林子里休息。然后派出一支宣传队进村上街宣传。

陈毅

宣传队员有的手拿红红绿绿的宣传标语,有的手提石灰桶,四处张贴和刷写标语:"打土豪,分田地!""红军是工农的队伍!""推翻国民党政府,建立工农政权!""保护小商人自由贸易!"等等。

群众从门缝中看到这些穿着灰军装、头戴红五星帽的士兵,不抢不劫,不抓人不拉伕,好生惊奇,纷纷走出家门,上街观看。这时,红军宣

---

* 本文根据调查访问县原副县长李志民及王伟祺、张克亮等老同志提供的资料撰写成文。

传员便大声将标语、布告、传单的内容一条条念给大家听，一条条进行宣传解释。

红军态度和善，纪律严明，这是自古以来没有见过的好军队，群众的恐惧感慢慢消除了。部队进驻了村里，纵队司令部就设在长汀县委领导王仰颜家里。这时的王仰颜还未公开身份，不便露面，只能隐秘地积极协助陈毅，在他的帮助下，很快就做好了召开群众大会的组织工作。

第二天上午，朝阳驱散了弥漫的寒气，宽阔的大岗草坪上充满了明媚的春光。500多名劳苦群众聚集在大岗草坪上，1000多只眼睛注视着站在长方形供案桌上的陈毅。今天，他一身军人打扮，头戴红星帽，身穿灰军装，腰间别了一支手枪，威风凛凛，英姿勃勃。他慷慨激昂地向到会群众演说，宣传我党的十大政纲，以及红军的性质、宗旨和任务，号召工农群众起来革命，加入红军队伍。他说："工农弟兄们，我们是工农的队伍，红军官兵平等，官长不打士兵，官长士兵薪水一样，没有人压迫人。毛委员讲'万夫欠我债，千夫不欠钱，穷人跟我走，每月六块钱'。这万夫指的是有钱的人，比如土豪，千夫指的是钱不很多的人，比如中农。土豪，我们要打倒，中农，我们不会去动他。穷人参加红军，不论官兵每人每月六块钱……"

到会群众都惊喜地听着，陈毅的每一句话，犹如春风吹拂，温暖着穷人的心坎，犹如春雷滚滚，震撼着人们的心弦，久久不能平静。

陈毅话毕，两个红军战士抬来一箩筐打土豪得来的铜板和银毫，放到了供案桌上，准备当场分给到会群众，可是没有一个人敢走上前去接。陈毅见群众还有顾虑，灵机一动，他双手从箩筐里捧出铜板银毫撒向人群，一捧又一捧地，群众纷纷俯身拾起。这样一来群众的顾虑打消了，纷纷走向讲台旁，挨个从陈毅手中接过了叮当作响的钱，许多人流下了激动的泪水。

这时，一个农会会员跑来报告，土豪胡大梅子公然抗缴罚款。陈毅高声怒斥道："实在可恶，马上把他抓来，严惩不贷！"

"乡亲们，向土豪劣绅清算的日子到了！"陈毅把手一挥，大声说，"跟着我陈毅，走！"

沉睡的山村沸腾了，迸发出复仇的吼声。群众手拿梭镖、大刀和土铳，在陈毅亲自带领下，押着土豪胡大梅子游乡示众，并一鼓作气打了18家土豪，开仓分粮，烧契废约，杀猪分肉，从上午一直持续到月上柳梢，挑谷子的人川流不息，贫苦农民第一次分得了这样多的劳动果实，无不欢天喜地，笑逐颜开。

在革命烈火熊熊燃烧中，新桥的一支农民赤卫队诞生了！他们臂戴红袖章，拿刀持矛，专与土豪劣绅作对，把他们斗得威风扫地。

在嘹亮的军号声中，新桥的14名青年农民穿上了灰军装，手持钢枪，加入了工农红军队伍。

陈毅在新桥5天，亲手点燃了新桥的星星之火、燎原之火、革命之火、火趁风势，风助火威，越烧越旺，越烧越广，燎原了汀东一片新天地。

（本文原载《红旗跃过汀江》，北京燕山出版社，2003年9月版。曾荣获福建省第四届民间文学优秀作品二等奖）

功勋卓越的开国上将[*]

——杨成武

杨成武（1914—2004），又名杨能俊，长汀县宣成区下畲村人。中国共产党优秀党员，久经考验的共产主义战士，无产阶级革命家、军事家。

1928年土地革命时期，杨成武加入共青团。1929年4月，跟随他的革命引路人、他的中学老师张赤男。当时，张赤男是中共长汀县委委员，他在县委支持下，利用红四军留下的一批枪支，建立了一支赤卫队，张赤男带领杨成武和赤卫队奔袭四都，出其不意地消灭了四都民团，缴获了十几支枪。杨成武从此参加了赤卫队。1930年编入红四军，同年加入中国共产党，参加了中央苏区第一至第五次反"围剿"战争。杨成武任红一军团第二师第四团政治委员时，与兄弟部队一起在龙岗战斗中歼灭国民党一个师，在黄陂登仙桥战斗中歼灭国民党两个师，并俘获敌师长。他还被红一军团政治委员聂荣臻誉为"模范团政治委员"，荣获红星勋章一枚，红四团被授予"英勇冲锋"锦旗。

杨成武

[*] 本文参考长汀县杨成武将军纪念馆有关资料撰写。

1934年9月初,在长汀东大门松毛岭保卫战温坊(今属连城)战斗中,红二师第四团担任主攻任务,杨成武任红四团政治委员,组织300多人马刀队,在红四团和兄弟部队配合下,深夜偷袭敌人旅部,除敌旅长只身一人逃跑外,其余敌军整个旅被消灭殆尽。之后,敌军又派出三个团企图报复,结果,又被红军消灭一个团,温坊战斗共消灭敌军4000多人,缴获大量的武器弹药,成为第五次反"围剿"以来取得的一次最大胜利。

在红军长征中,杨成武任政委的红四团多次作为先头团,抢关夺隘,披荆斩棘,逢山开路,遇水搭桥,进行了许多著名的战斗,为全军打开了前进的通道。长征途中,他率部连续突破国民党军四道封锁线,血战湘江,抢占娄山关,保卫遵义会议,屡战屡胜。遵义会议后,率部四渡赤水,智取三县,抢渡金沙江,跨越大凉山,飞夺泸定桥,开辟雪山草地通道,突破天险腊子口,无坚不摧。

在飞夺泸定桥战斗中,杨成武率红四团沿着崎岖山路,一昼夜奔袭120公里,经激战奇迹般地夺取泸定桥,使中央红军转危为安。夺桥勇士和团领导受到中央军委的嘉奖,他们的业绩至今仍在全国人民中广为传颂。在回顾这段惊心动魄的战斗历程时,杨成武写下了"无边风雨夜,天堑大渡横,火把照征途,飞兵夺泸定"的诗章。在过草地时,根据毛泽东的部署,红四团为先锋团,杨成武率部在充满死亡恐怖的水草地中整整滚爬了6天6夜,终于为全军杀出了一条北上通道。在腊子口战斗中,杨成武巧用奇兵,以正面强攻,侧翼攀岩绝壁迂回的战术,一举突破天险。聂荣臻高度评价:"腊子口一打开,全盘都走活了。"

杨成武和红四团为红军完成长征胜利到达陕北做出了历史性贡献。

抗日战争时期,红军改编为八路军,杨成武任八路军第一一五师独立团团长,在平型关腰站地区作战中歼灭增援日军300余人,有力地配合了主战场。随后,在不到20天的时间里连续收复7座县城,建立了以涞源、蔚县为中心的敌后根据地,为创建晋察冀抗日根据地奠定了基础。不久,杨成武担任八路军第一师师长。11月,晋察冀军区成立,独立第一师改称军区第一分区,杨成武任司令员,并一度兼任政委和中共晋察冀边区一分区地委书记。率部参加了忻口、太原等战役,取得冯家沟等战斗的胜利。

1937年11月下旬至1944年夏，杨成武率部战斗在长城内外、太行山麓，粉碎了日伪军对晋察冀边区的历次围攻、"扫荡""清剿""蚕食"。1939年5月，取得了龙华战斗的胜利，歼灭日军400余人，缴获大量机密文件。聂荣臻说，缴获这批文件，比缴获日军几百支枪、几十门炮的价值还要大。这些文件后来送到延安，为党中央制定方针政策提供了重要依据。1939年11月初，杨成武指挥的雁宿崖、黄土岭战斗歼灭日军1500余人，击毙日军"名将之花"阿部规秀中将，这是八路军在抗日战争中击毙的日军最高将领，日本朝野为之震动。这场战斗的胜利受到中共中央和毛泽东的致电祝贺，杨成武也因此成为晋察冀军区的著名战将。

　　百团大战中，杨成武指挥了正太战役，涞（源）灵（丘）战役，其中东团堡战斗苦战三天三夜，全歼守敌一个士官教导大队和两名大佐，打出了八路军的声威。1941年秋季反"扫荡"中，该部涌现的"狼牙山五壮士"英雄群体，成为中华民族不畏强暴、抵御侵略、舍生取义的精神象征。这些战斗沉重打击了日伪军，保卫了晋察冀抗日根据地。

　　1944年后，杨成武历任冀中军区、冀中纵队司令员，他创造性地运用地道战、地雷战、水上游击战等多种人民战争战法，开创了平原游击战争的新局面，为大反攻作战建立起战略基地。在1945年春夏季攻势作战中，连续指挥了五个战役，收复12座县城。在抗日战争的最后阶段，率部进行大反攻，直指天津、保定、石家庄，收复16座县城。随后，率主力进至张家口，扫除察南地区残敌，为取得抗日战争战略反攻的最后胜利做出了重要贡献。

　　解放战争时期，杨成武任华北野战军三兵团（后改第二十兵团）司令员，率部转战华北，参与指挥了大同、集宁、正太、青沧、保北、大清河北、清风店、石家庄、察绥、张家口、太原等战役，取得了一个又一个胜利。

　　清风店战役是解放战争初期扭转华北战局的关键性战役。1947年10月，杨成武等率部准备在徐水一带围点打援。当得悉石家庄国民党第三军主力北上时，立即改变原定的行动计划，实施大兵团远程奔袭，一昼夜行军120公里，在清风店围歼了该部敌军，共歼敌18 000多人，活捉敌军长罗力戎。

在辽沈战役中，杨成武坚决执行中央军委的战略意图，经过一个多月作战，歼敌万余人，解放绥远大片地区，如包头等城市，控制了平绥铁路大部，创造了步兵追杀敌骑兵的奇迹。为抓住傅系，拖住蒋系，隔断和包围张家口、宣化之敌，三兵团打响了平津战役第一枪。此后，杨成武率部与华北野战军第四纵队一道，进行张家口围歼战，在友军配合下歼敌54 000余人，创造了华北战略区一次作战歼敌人数之最，受到中央军委的电贺。毛泽东在贺电中称之为"伟大胜利"。

1949年7月，中华人民共和国成立前，杨成武担任开国大典阅兵指挥部副总指挥兼指挥所主任。新中国成立后，历任第二十兵团司令员，中共华北军区委员会代理书记、京津卫戍区防空司令部司令员、华北军区防空司令部司令员。1951年参加抗美援朝，担任中国人民志愿军第二十兵团司令员。他指挥所部参加了"三八线"东线夏秋季防御战，粉碎了美军的各种进攻，并展开了战术性反击。在秋季防御作战中，他指挥的两个军全部投入作战，其中一个军接替朝鲜人民军第五军团在北汉江以东20公里正面的全部防务，边拉防边作战，创建了方登里地区反坦克作战的光辉范例；另一个军在金城正面20公里地区，抗击美军和韩国军共4个师的连续进攻达十昼夜，杨成武十昼夜未眠，指挥部队歼敌23 000余人，粉碎了"联合国军"在东线的进攻。第二十兵团参战的两个军部都受到志愿军首长的表扬。因出色地完成了中央所赋予的任务，杨成武荣获朝鲜民主主义人民共和国一级自由独立勋章两枚。

1953年回国后，历任中共华北军区委员会书记，华北军区参谋长、副司令员兼参谋长，京津卫戍司令员，人民解放军副总参谋长兼北京军区司令员，人民解放军防空军司令员，中共防空军委员会书记，人民解放军常务副总参谋长，人民解放军第一副总参谋长，中共中央军委副秘书长兼中共中央军委办公厅主任，人民解放军代总参谋长，中共总参谋部委员会书记，中共中央军委常委、军委办事组组长。其间，他还担任了第一、二、三届国防委员会委员。1955年被授予上将军衔，荣获一级"八一勋章"、一级"独立自由勋章"、一级"解放勋章"。和平建设时期，杨成武全身心地投入到保卫和建设祖国的工作中,在履行无产阶级国际主义义务的援外作战和人民解放军的革命化、正规化、现代化的建设中,做出了卓越的贡献。

"文化大革命"初期,杨成武陪同毛泽东主席视察大江南北,为保护大批高级干部及专家学者做了许多有益的工作。1968年3月,林彪、江青炮制所谓的"杨、余、傅"事件,捏造种种罪名,将他和家人关押、监禁长达六年半之久。1974年7月,中共中央和毛泽东为杨成武等平反恢复名誉。1974年8月,杨成武重新走上工作岗位,担任人民解放军副总参谋长、人民解放军三总部召集人。1976年参加了粉碎"四人帮"的斗争,保持了军队的稳定。粉碎"四人帮"后,担任人民解放军副总参谋长兼福州军区司令员;当选为中共总参谋部委员会第二书记,中共第十一、十二届中央委员会委员,中共中央军委委员,第六届全国政协副主席兼全国政协文史委员会主任等职。

1988年,杨成武离休后,继续关心国家的改革开放和人民解放军的建设,出席或列席了中共第十二至十六届全国代表大会,担任中国老区建设促进会名誉顾问、会长,为革命老区和重点贫困地区的建设、希望工程、青少年教育、体育事业、减灾救灾等事业做出了积极的努力。也为家乡梅坎铁路、赣龙铁路、棉花滩水电站、汀龙高速公路等重点项目奔走呼号,解决难题。在他的关心支持下,长汀办起了第一个造纸厂、化肥厂、水力电站,为发展轻工业奠定了基础。还建起了全县第一所希望小学。他离而不休,殚精竭虑为人民的可贵精神,深受广大人民群众的爱戴。1988年,被授予一级红星功勋章。著有《杨成武回忆录》上、下卷、《杨成武军事文选》两卷、《杨成武将军自述》等书。

(本文原载《名城·首府·圣地长汀》,作家出版社,2011年6月版)

何叔衡：为苏维埃流尽最后一滴血

1935年初，中央苏区中央局决定瞿秋白、何叔衡等身患疾病没有参加长征的有关人员取道香港送往上海就医。

2月11日，瞿秋白、何叔衡、邓子恢以及项英的妻子张亮、梁柏台的妻子周月林等5人一行，由江西省保卫局组织人员护送，从江西瑞金九堡动身，计划前往上海和福建永定张鼎丞游击根据地。

23日到达中共福建省委所在地汤屋，在此稍事休整，改由福建省苏保卫局组织武装护送队担任护送任务。这支护送队36人，人人身强体壮，个个都上过战场。每人配备一支20响快慢机，200发子弹，4至6颗手榴弹，还有一把大刀；每人6斤干粮，3双草鞋。此外，全队还有一挺花机关枪，可谓武装人员精干，装备优良。

何叔衡

对外，当时这5个人是保密的，大家都不知道他（她）们是何人，还以为他（她）们是"要犯"，因为这几个人乔装成"犯人"，有的还用绳子捆绑着。一路上就像押送犯人一样，护送队也变成押送队。经过一些村庄时，群众也看不出什么破绽，就连护送队自己也不知其中奥秘。只是觉得这几个"犯人"非同寻常，因为出发前，曾让护送队员宣誓："保证完成任务！一旦发生意外，宁愿自己战死也不苟且偷生！"

由于时局愈来愈严峻，他们只能昼伏夜行，晚上摸黑行军。何叔衡同志因年老体弱，由两个护送队员负责沿途照顾，特殊待遇是点一盏"美最时"牌的马灯。怕被敌哨发现，马灯四周用黑布蒙住，将黑布剪开几个小孔，透出微弱萤光，为何叔衡引路前行。

经过三天的昼伏夜行，通过了敌人道道封锁线，于26日晨，冒着蒙蒙小雨涉水过了汀江，本来约定，过了汀江由汀东独立营来接应，可不知何故他们没有来接应。由于大家过度疲劳，衣裳被雨水淋湿了，肚子也饿了，这一行人安全走到长汀水口乡梅迳村，决定在这里停下来烧一点水，正准备吃干粮时，敌人包围上来了。

国民党福建省保安十四团团长钟绍葵是个顽固反共头子，前一天，他派手下二营长李玉押商船前往上杭，当晚，住宿长汀水口。这天早上，敌营长李玉听到地主武装"义勇队"队长范连升前来报告，发现梅迳村有一股红军。李玉立即组织兵力，对距离水口2.5公里的梅迳村进行包围。

此时，护送队正在吃早饭，发现敌人包围上来了，护送队长立即指挥往后山撤退，而驻后山美溪的民团也包围过来了，护送队员被打散。

敌人进行围追、搜山，何叔衡与邓子恢同走一路，眼看敌人越来越近，他们已无法突围时，何叔衡对邓子恢说："子恢同志，我的身体不好走不动了，不能连累大家，我要革命到底！"说罢，举起手枪准备自杀，邓子恢急忙阻拦说："你千万不能这样，我们无论如何要保护你！"

这时，何叔衡摔开了警卫员的手，"我要为苏维埃流尽最后一滴血！"他边说边跳下了山崖，并把追赶来的敌人注意力引向山下，使邓子恢等人终于突围。

当敌人追赶到山崖下时，有两个敌兵在荒草中发现了何叔衡，并从他身上搜出了港币、苏币、银元和部分黄金。为什么何叔衡身上有这么多钱？那是因为同行5个人的生活费，都交给何叔衡保管的缘故。那两个敌兵搜走所有钱物之后，发现何叔衡处于昏迷状态，为了防止他苏醒过来，泄露财物天机，顿时起了杀人灭口邪念，走了几步后，两人返身回来对何叔衡各开了一枪。何叔衡不幸壮烈牺牲，终年60岁。

1876年，何叔衡生于湖南省宁乡县。1902年考中秀才，1913年考入湖南省立第一师范学校，结识了毛泽东、蔡和森等同志。1918年4月，他与毛泽东、蔡和森等发起组织成立新民学会，曾任执行委员长。

1920年冬，何叔衡与毛泽东共同发起成立湖南的共产党早期组织。

1921年7月，何叔衡与毛泽东一起出席中国共产党第一次全国代表大会，成为中国共产党的创始人之一。

10月，参与组建中共湖南支部，任支部委员。

1924年，第一次国共合作时期，曾任国民党湖南省党部执行委员、监察委员等职。

1927年"四一二"反革命政变后，何叔衡不顾危险，经长沙潜往上海，为党创办地下印刷厂，坚持秘密斗争。

1928年6月，何叔衡赴莫斯科出席中共六大。9月，进入莫斯科中山大学，与徐特立、吴玉章、董必武、林伯渠等编在特别班学习。

1930年7月，他从苏联学习回国后，在上海负责全国互济会工作，组织营救被捕和暴露身份的同志转往苏区。

1931年11月，何权衡奉命进入中央苏区，当选为中华苏维埃共和国临时中央执行委员会委员、内务人民委员、工农检察人民委员，并任临时中央政府工农检察部长、内务部代部长、最高法庭主席等职。

1934年1月，在全国"二苏"大会上，何叔衡当选为"二苏"中央执行委员。毛泽东高度评价何叔衡的革命精神和工作能力，说："叔翁办事，可当大局。"尽管何叔衡遭到"左"倾错误领导者的打击，可是他始终如一严格要求自己，坚持以大局为重，积极做好工作。

何叔衡同志是中国共产党创始人之一。为了纪念何叔衡烈士，1963年长汀人民在水口梅迳村旁的山头上，建造了一座纪念亭，亭中矗立着一座三米多高大理石碑，正中刻着无产阶级革命家董必武的题字："何叔衡同志殉难处"8个大字。

2016年，纪念红军长征80周年的日子里，在梅迳村又建造了一座"何叔衡纪念馆"，陈列了何叔衡历史生平事迹，前来参观者络绎不绝。

烈士英名，永垂不朽！

浩气长存青史间

——段奋夫烈士

段奋夫原名段浩,乳名石水,1905年出生于福建长汀县城的一个工人家庭。因家境贫寒,17岁从长汀省立七中毕业后,在码头替老板做盐秤手,与挑夫、码头工人建立了深厚的阶级感情。1927年加入中国共产党,是长汀地方党的主要创始人之一。

一

1927年9月,八一南昌起义军在周恩来、叶挺、贺龙、朱德、刘伯承等同志率领下来到长汀。段奋夫与王仰颜、黄亚光、罗化成等同志主动与起义军联系。接着,在起义军的帮助下,成立了中共长汀支部,由段奋夫担任支部书记。

段奋夫

1927年冬,毛泽东同志在井冈山创建了第一个农村革命根据地,消息传来,段奋夫和同志们跃跃欲试。为了开展长汀的农民运动,特支(这时已改为特支)主张设法开办一个农民运动干部训练班。长汀当时是闽西土著军阀郭凤鸣的老巢,在敌人眼皮底下如何办呢?经过特支再三研究,终于想出一个计策。

汀州国民党军阀旅长郭凤鸣曾请长汀著名医生傅连暲看过病,于是,中共长汀特支便请傅连暲在郭面前游说,请郭开办政治干部训练班,借此向省政府炫耀，以增加政治资本。果然，郭凤鸣不知是计，同意使用商会的钱办一个"长汀训政人员养成所"。段奋夫等同志通过训政人员养成所，吸收闽西各县农村青年积极分子参加，对外讲"三民主义"的三大政策，对内讲党的土地政策，并与汀西、汀东的农民协会联系，积极策应农民运动，并通过这一渠道在郭旅内部发展我党地下组织。

"养成所"一共办了两期，培训出"农运"骨干100多人。喜讯如同天降，1929年春，"养成所"第二期尚未结束，毛泽东、朱德和陈毅同志率领红四军向赣南、闽西进军，3月11日，进入长汀县四都乡。接着，红军击溃郭凤鸣手下一个团，一路追到长岭寨脚下的陂溪。

这时，中共长汀特支已发展为中共长汀临时县委，县委书记段奋夫闻讯立即前往汇报请示工作。

在阳光明媚、春风和煦的陂溪村，毛泽东、朱德召开了军委扩大会议，会上毛泽东热情地请段奋夫介绍郭凤鸣的情况。由于段奋夫通过训政人员养成所，掌握了郭旅内部的大量情报资料，先谈了郭旅官兵关系恶劣，生活腐化，士气消沉，又讲到郭（凤鸣）、陈（国辉）、卢（兴邦）三个闽西军阀之间各不相顾，以及对人民的残酷压榨等情况，还讲了我党在郭旅内部的秘密活动等。红四军指挥员们听完段奋夫的汇报，议论纷纷，说："像这样熟透了的桃子不吃掉它，那才傻瓜呢！"于是，会议决定：进攻长岭寨，彻底消灭郭凤鸣！"3月14日清晨，红军向长岭寨守敌发起进攻，经过三个多小时的战斗，歼敌2000多人，击毙敌旅长郭凤鸣，缴获了大量军事装备，取得了入闽首仗大捷。3月20日，毛泽东在汀城主持召开红四军前委扩大会，批准成立中共长汀县委，段奋夫同志任县委书记。从此，汀江两岸对敌斗争风起云涌，燃起了革命的熊熊烈火！

二

1929年11月间，红四军在朱德同志率领下，撤离粤东，回师长汀，来到离城20多公里的河田。消息传来，吓得汀城残敌深夜逃往江西。国民党县长等贪官污吏和豪绅地主纷纷打算向江西潜逃。

当时，中共长汀县委、县革命委员会设在南阳龙田书院，发现这一敌情后，立即向正在南阳的中共福建省委常委、组织部部长、巡视员谢汉秋和闽西特委雷时标作了请示汇报。省委和特委领导认为，为了配合红四军挺进汀州开展政治、军事行动，加强外围屏障，牵制赣敌金汉鼎三省会剿，应立即委派长汀县委书记段奋夫赶往古城，领导古城人民举行武装暴动，擒拿国民党县长等一批"大人物"，配合红四军再次解放长汀城。

汀西重镇古城，地处闽赣接壤边界，是长汀至瑞金的咽喉，地理位置十分重要。

1929年3月初，红四军首次入闽前夕，段奋夫曾经来到古城正式组织成立中共汀西党委会。古城有良好的革命条件，党的领导强，群众基础好。

省委决定组织古城暴动的第二天，段奋夫等同志赶到古城。当晚，段奋夫在古城附近海螺岭中共党员彭友贤家里召开汀西党委紧急会议，段奋夫传达了县委的暴动决定，引导同志们认真讨论。大家一致认为，红四军主力回师长汀，县里国民党的"大人物"企图经古城往江西逃命，而中共汀西党委成员刘宜辉同志，打进敌巢，任古城团防局长，掌管40多人的地方武装力量，这是歼敌的一个极好机会。段奋夫强调，瑞金驻敌金汉鼎部，离古城不过25公里。因此，应当机密行事，不可事先打草惊蛇，可利用明天古城高岭坑庙会"仙太会"集结人马；暴动枪支不足，必须连夜派人前往罗坊黄继烈同志家中，将毛泽东留给县委的60支枪取来。最后，段奋夫宣布成立暴动的权力机构："古城暴动行动委员会"（对外称指挥部），段奋夫任行委书记，黄继烈（县革命委员会主席）、刘宜辉（共产党员，打入古城团防局任局长）等为行委委员，并提出了"打土豪、分田地"的战斗口号。其余党委成员都作了明确的分工和周密部署。

第二天，夜幕徐徐垂落，一弯明月高挂天空，此时从高岭坑冲出一队人马，人人高卷左袖（暴动队的标志），为首一人步履敏捷，正是县委书记段奋夫。

暴动队伍首先包围古城团防局，在"行委"委员刘宜辉里应外合策应下，团防局40多个团丁全部放下武装投诚，并在刘宜辉带领下参加暴动队，配合我方行动。

暴动队兵分三路：一路往西，由原民团钟教练（共产党员）带领，前往隘岭防备和狙击在瑞金境内的胡子垣反动武装的行动；一路往东，由刘宜辉带领前往花桥、梁坑一带收缴地主的枪支。然后进至九里岭埋伏，捕捉出汀城往瑞金潜逃的豪绅地主；其余所有武装人员在段奋夫、李国玉率领下，对付留在古城内的豪绅地主及其反动武装，他们神速包围了古城大地主胡子垣大宅院。

胡子垣是个老谋深算之人，他手下也有地主武装，一二百支枪。他听说红军要从上杭到长汀，城里的老爷们要来找他作保镖，他恐怕被这伙人缠住，可能招来厄运，成为红军追击的目标，所以他在城里老爷们还没逃来古城之前，就带着手下人马，以与瑞金民团联防为名而溜之大吉了。

胡子垣本人是带着人马逃跑了，但他的家属还在家里设宴接待这帮从城里来的老爷们。正当他们猜拳行令喝得醉醺醺的时候，段奋夫和暴动队员如天兵天将蓦然出现在他们面前，他们如梦初醒，企图负隅顽抗，此时段奋夫手起枪响，"砰！砰！"两声，敌军法官曾大狗和他的卫兵应声倒地。其余敌人只好在黑亮的枪口面前，乖乖地举手缴枪就擒。

这一晚，段奋夫带领暴动队除击毙了敌军法官曾大狗外，还逮住了教育局长林××、税务局长游××、商会会长谢××、大劣绅张××等人。刘宜辉捕获被红四军击毙的敌旅长郭凤鸣的哥哥、县公安局局长郭瑞屏，击毙国民党长汀县县长邱耀骊。

第二天上午，古城暴动行动委员会在古城广场举行群众大会。这天刚好圩日，前来赴圩的群众络绎不绝。会场周围及上中下三条街上革命标语琳琅满目。

群众大会开始后，段奋夫第一个讲话，他阐明共产党的政策主张，宣传国内外形势，赞扬古城暴动的胜利成功，号召穷人起来闹革命："打土豪，分田地，不交租、不交税，实行男女婚姻自由！"

接着，临时革命法庭公开宣判了邱耀骊等8名国民党长汀县政府头目及豪绅地主罪状，决定全部判处死刑，立即押往坝哩执行枪决。这时，群情振奋，人心大快。

大会结束后，段奋夫带领暴动队冲进土豪劣绅家里，烧契毁约，开仓分粮 7.5 万多公斤谷子，各种浮财不计其数，当场分给穷苦群众。

古城暴动在段奋夫领导下缴获枪支近百支，击毙和捕获的反动头目和豪绅地主 100 多人，取得了辉煌胜利。连日里，古城周围乡村如下都、元坑、胡竹坝、大东坑等地农民纷纷起来暴动，并都取得了成功。

11 月 23 日，朱德率领红四军再次占领汀州城，26 日，毛泽东从苏家坡也来到汀州，听了段奋夫报告的胜利消息，毛泽东和朱德脸上绽开了满意的笑容，从红四军中拨出十五支日本造盒子枪和一匹黄鬃马，奖给古城暴动队。在毛泽东、朱德的亲切关怀下，古城暴动队改编为汀西游击大队。

三

1930 年的一天，段奋夫化装成商人，来到瑞金县龙桥客栈。黄昏时分，来了一个国民党军官。

他是国民党军驻闽赣边界金汉鼎师第六十八团的杨参谋长，我党地下党员。数月前，他与我古城区委秘密联系，并向区委汇报了金汉鼎部活动情况。

原来国民党第十二师金汉鼎部于 1929 年冬，从云南奉调闽赣边"围剿"中央苏区。后来，蒋介石名为缩减军备，实为拆散杂牌军，令金汉鼎裁减部队，并扣发了他们的军饷。这样一来，被裁减的军士，没有钱回不了云南，随军留下又没有军饷，加上云南兵除了一杆步枪外，还有一杆烟枪，每天少吃一顿饭可以，不抽鸦片就似乎活不了，所以日子更加难过，不少官军、士兵成了散兵游勇，对蒋介石怨声载道。

当时，段奋夫率汀西游击队活动在古城马头山，听了杨参谋长向古城区委汇报的情况，认为机不可失，应利用我党在金汉鼎部六十八团中已有的工作基础，加强六十八团的策反工作。此后，段奋夫派出古城区委书记刘尧唐和县委交通员黄树庭，多次前往瑞金与杨参谋长联系，配合他们做了许多工作。

不久，敌师长金汉鼎前往南京开会，六十八团团长又奉命到设在长汀河田的师部开会。县委认为各方面的条件已经成熟，应利用这个机会发动六十八团马上起义！

1930年4月中旬，六十八团全体官兵在段奋夫和杨参谋长策动下，他们高举红旗全团起义。当天，在杨参谋长率领下，起义部队从瑞金出发，经四都、涂坊开到龙岩，光荣地编入红四军。

四

1931年夏，在王明"左"倾错误影响下，闽西开始了肃"社党"运动。肃反人员对自己的同志动辄怀疑，并惨无人性地采取了严刑拷打，进行逼供。

霎时，闽西上空乌云翻滚，汀江河水呜咽哀号。许多忠贞不渝的共产党员和革命群众在这场错误运动中惨遭杀害。

恶行生不出善果。肃"社党"的倒行逆施越来越不得人心。在血的事实面前，段奋夫逐渐警觉起来。他反复思忖：眼下蒋介石还在拼凑人马，妄图向中央苏区进行第三次"围剿"，大敌当前，一些人拼命鼓吹"肃反中心论"，别的工作一股脑儿不管，肃"社党"成了一切工作的中心，谁要讲实事求是，谁若对"肃反"提一点意见，不是被抓，就是被枪毙。生杀大权操在一部分人手中，严重脱离了共产党的领导和革命群众的监督。

一天深夜，突然通知召开紧急会议。会议一开始，操持闽西大权的林一株派来的肃反人员突然宣布：长汀县委领导成员黄继烈同志是社会民主党，立即逮捕！

这下，可把段奋夫激怒了，他霍地站了起来，冷静地质问道："谁说黄继烈同志是社会民主党？你们有什么根据？我了解黄继烈，他从小跟我们一块闹革命，我以一个共产党员的党性原则担保，黄继烈同志绝不是什么'社会民主党'！"

这时，县肃反委员会主席曾炎、县委秘书长兼宣传部部长黄亚光也一起站起来替黄继烈辩解。

可是，第二天，段奋夫、曾炎、黄亚光三位同志也被作为"社会民主党分子"押往永定的虎岗。

丹心照日月，刚正垂千秋。不久，传来噩耗，长汀第一位中共支部书记、特支、临时县委、县委书记、闽西苏维埃执委委员段奋夫同志被错误地杀害了。但是，段奋夫烈士忠于党、忠于革命事业的革命精神和英雄事迹，永远载入革命史册，永远活在汀江两岸人民的心中。

1952年，段奋夫被追认为革命烈士。

（本文原载福建《革命人物》1985年第3期。后载钟健英《福建革命烈士传》，福建人民出版社，2003年版；《中华著名烈士》，中华人民共和国民政部编，中央文献出版社，2002年8月版）

血染战旗红

——王仰颜烈士

王仰颜，原名王修文，曾化名王国勋、李天民，绰号蜡蛱（即蜘蛛），1893年农历12月14日出生于福建长汀县新桥乡的一个地主家庭。1917年毕业于省立七中，即入厦门同文书院英文专科学习一年，1918年秋进入北京化工专科学校（北京工业大学前身）求念。

1919年5月，北京爆发五四运动。王仰颜作为化工专科学校的学生代表，勇敢地站在斗争前列，与反动军警进行不屈的斗争，因而被捕入狱。在狱中他依然坚持斗争，直到获释。通过五四运动的洗礼，王仰颜开始意识到中国反帝反封建的必要性和艰巨性。

王仰颜努力学习并积极传播马克思列宁主义。他常将《新青年》《山》（长汀在京学生主编）、《共产党宣言》《唯物史观》《共产主义ABC》等进步书刊寄给中学时代的好友段奋夫、罗化成和黄继烈，帮助他们从革命书刊中接受先进思想。黄继烈读了《共产党宣言》后，在扉页上欣然写下了一首诗："神州永夜路漫漫，求索无门苦彷徨，欣闻曙临朔方地，谁愿投笔治戎装。"数年之后，这些青年都和王仰颜一起走上了革命道路，共同创建了长汀地方党组织，成为闽西革命的骨干。

1922年，王仰颜在北京化工专科学校毕业后，留校当助教，校方还准备送他出国留学。不料接到一封家书，说他大哥去世，要他回家。他回到故土，目睹家乡面貌如故，满目疮痍，便毅然在长汀县城开办了一所实业公司，运用学过的化学知识，自制肥皂，加工皮革，以期实现"实业救国"的愿望。

当时的闽西，在帝国主义、封建主义和官僚买办的压迫下，农辍于耕，工失于市，百业凋零，人民生活困苦不堪。面对残酷的现实，王仰颜渐渐悟出了一条道理：实业救不了中国！要救中国，唯有革命！1925年，他终于从"实业救国"迷梦中清醒过来，关闭了实业公司。

1926年夏，在广东农民运动的影响下，王仰颜开始从事农运工作。他身穿灰色唐装，头戴一顶斗笠，深入到茅舍、田间和农民弟兄促膝谈心，交知心朋友。这年闹旱灾，他说服父亲，带头从家中拿出几千斤谷子平粜给农民，又动员其他地主平粜。地主们骂他是"败家子"，农民们却和他亲密交往，从不叫他"先生""少爷"，而亲昵地叫他"八八"（排行第八的称呼）。不久，王仰颜首先发展了王发礼、王崇元、王维柱等五六人为秘密农会会员，建立了长汀县第一个农会小组。他要求这个小组成员每人发展三个会员，并规定了入会条件：一、政治历史可靠；二、受压迫剥削的贫苦农民；三、有革命的斗争意志；四、愿意加入农会。在王仰颜的领导下，新桥农会会员很快增至20多人，每三五人为一组，由思想进步、工作积极的会员担任组长，活动范围从一个村扩展到周围自然村。不久，屈凹、江头、李屋等地也建立了农会小组。

1926年冬，北伐军入汀，长汀县正式成立了国民党县党部，可是掌权的国民党右派和土豪劣绅们拒不执行国民党中央政府颁发的"减租减息"命令。对此，王仰颜非常愤慨，他毅然决定在新桥发动平粜"减租减息"斗争以济民困。他召开农会会员会议，宣传"减租减息"的意义，布置会员宣传发动群众，使"减租减息"变成群众的强大呼声。他在新桥维新小学召集绅士们开会，向他们宣读了国民党中央政府关于"减租减息"的决定，并表示："我家已准备'二五减租'，如果谁不这样做，恐怕群众不会答应。"开明一点的听了他的话附和说："田总是作田人作的，减点租，免得年年拖欠。"有些人不赞成减租，但害怕群众造反，不敢公开反对，只是装聋作哑，于是减租减息的决定就算通过了。王仰颜趁热打铁召开新桥乡王坊堂代表会议，宣布绅士会的决定，农民代表眉开眼笑，拍掌称好，土劣代表满脸丧气。就这样，新桥打响了全县"二五减租"的第一枪。

1927年2月底，以阮山、林心尧、谢秉琼为核心的闽西共产党员，在上杭主持召开了（长）汀、（上）杭、武（平）、永（定）四县国民党县党部及民众团体代表联席会议。王仰颜代表长汀县农民协会出席了这次会议。会议决定开办"汀属社会运动人员养成所"，实行"二五减租"，禁止吊佃，限制高利贷等。会后，王仰颜积极致力于长汀农运活动。当时，国民党长汀县党部左派与右派之间的摩擦日益严重，县长李钰与土豪劣绅朋比为奸，处处指责刁难左派人士刘光前、黄亚光、罗化成等人，不断阻挠和破坏"减税减息"斗争的开展。王仰颜认为要开展革命，就必须有力地打击右派势力。经过充分而周密的研究和部署，决定发动和组织群众进行一次大规模的示威游行，以击退右派势力的猖狂进攻。为保证此番壮举顺利成功，王仰颜和另外几人分头下乡组织农民进城。

王仰颜回到新桥，立即通过农会秘密发动了600多名农民，分水陆两路进入汀城。上午10时许，各路农民从东、南、西城门纷纷涌入城内，个个手持木棍小旗，高呼"打倒贪官污吏李钰！""坚决要求减租减息！"等口号，在大街上示威游行，吓得李钰和豪绅们个个胆战心惊，躲的躲，溜的溜，李钰偷偷逃离长汀。斗争取得胜利。此后，县党部实权为左派所掌握，农民协会蓬勃发展。

1927年7月，经过长期实际斗争考验的王仰颜由广州中山大学回汀的共产党员吴炳若介绍，光荣地加入了中国共产党。

9月初，八一南昌起义军来到长汀，王仰颜、黄亚光、段奋夫和罗化成等人与起义军取得联系，协助起义军抓土豪、筹军款，并镇压了汀城四个罪大恶极的土豪劣绅。

南昌起义军在汀期间，帮助建立了中共长汀支部。支部根据闽西特委关于"争取群众，武装暴动，土地革命，建立苏维埃"的斗争方针，决定举办"训政人员养成所"，以培养农运干部，遂从清流、宁化、长汀、连城等县选拔进步农民参加学习。王仰颜担任训育主任，他教导学员："要有革命的思想，要认清当前的形势""为了广大劳苦大众，不惜献出自己的一切，这才是革命青年应有的本色"。训政人员养成所办了两期，为闽西几县的农民运动培养了100多名农运骨干。

1927年秋，王仰颜从汀城回到家乡新桥。他从血雨腥风的"四·一二"反革命政变中，认识到建立革命武装的重要性。秋收后，王仰颜以防范土匪为名，召集新桥大篷代表开会，提出买枪"防土匪保家乡"，主张有钱人每户买一支枪，无钱人用公赏买枪，由他负责组织成立"联甲兵"。于是，一支由农会会员、木船工人等数十人组成的"联甲兵"组成了，后来发展到130多人，为汀东游击队的建立打下了良好的基础。正当王仰颜着力于建立农民武装时，革命形势出现了令人振奋的变化，毛泽东、朱德和陈毅率领红四军当时正在赣南一带战斗。王仰颜得悉后喜不自胜，他多么希望红四军向福建进军啊！

这一天终于到来了。1929年3月，红四军首次进入长汀，一举歼灭福建省第二混成旅军阀郭凤鸣部2000余人，解放了长汀县城。3月20日，毛泽东主持召开了红四军前委扩大会议，制定了开创闽西、赣南革命根据地的伟大战略计划，并批准成立了中共长汀县委员会，由段奋夫任县委书记，王仰颜任组织部部长。会后，红四军各纵队立即分兵游击，打土豪、筹军款，发动群众。当夜，王仰颜风风火火赶回新桥，他顾不上休息，马上召开了党团员和农会会员的秘密会议，布置迎接红军到来的工作。他激动地对大家说："告诉穷乡亲们不要怕，红军是穷人的队伍，穷人要团结起来跟土豪劣绅作斗争，要严防阶级敌人暗中造谣破坏"。

第二天，红四军政治部主任兼一纵队党代表陈毅率三百余人到新桥，司令部就设在王仰颜家里。为了便于今后的工作，党组织决定王仰颜不公开活动，他向陈毅汇报了情况并一起研究了在新桥进行打土豪、筹军款的方案。嗣后，陈毅暗中相继召开了贫雇农和农会会员会议、新桥坊群众大会和新桥王坊堂群众大会等。在王仰颜和党、团、农会组织的密切配合下，第一纵队在新桥打了18家土豪，筹得了大笔军款，发动了一批青年参军，扩大了政治影响，为一年之后汀东暴动建立红色政权打下了坚实基础。

王仰颜自担任县委组织部部长以后，担子更重了，他既要领导汀东的革命武装斗争，又要负责完成红四军前委指派输送情报的特别任务。情报分为"经常性"和"紧急专送"两种。"经常性"情报由邮政局地下党员罗旭东负责，而"紧急专送"情报则由王仰颜亲自负责。他为确保红军的军事胜利，夜以继日地做调查研究工作。1930年1月，国民党军队对红四军进行"三省会剿"。当时红四军古田会议刚刚结束，朱德率领红四军一、三、四纵队从古田出发，经连城越过武夷山，直插江西。王仰颜为把赣敌金汉鼎部在长汀的军事行动报告朱德，在白布背心上画了敌人的兵力分布图，然后找了三位可靠的同志，亲手帮他们把白布背心穿上身，套上棉袄，郑重地交代他们分三路往连城寻找朱军长。这三位同志都圆满地完成了王仰颜交给的任务。还为红四军带路，使红四军指战员顺利地从宁化到达江西，突破了敌人的包围圈，敌人的第二次"三省会剿"没有得逞。（《访修绍熊同志》，1979年5月23日）

随着武装斗争的发展，汀东游击队于1930年2月26日正式成立，王仰颜兼任游击队长。当夜，国民党金汉鼎部出动一个营，加上董以煌、黄月波反动民团四五百人偷袭新桥。王仰颜率领游击队及时转移到猫头山，敌人扑了空。被激怒了的敌人在新桥实行烧、杀、抢，还贴出悬赏告示，称"活捉王仰颜的赏大洋五百元"。对此，王仰颜嗤之以鼻，凭着他的机警与敏捷，率领游击队与敌周旋。他行踪灵活多变，夜晚睡眠时东时西，有时上半夜在家里，下半夜在山上，田头、地角、草寮也都是他歇息的地方。他还有一种以手为枕的睡眠习惯，随时保持高度警惕性，他的绰号"蜡蛱"由此得名。

为了打击敌人，巩固和扩大汀东游击队的根据地，1930年4月，王仰颜率领汀东游击队攻打与汀东毗邻的清流县城。未及交战，敌人就吓得弃城逃跑。汀东游击队解放了清流县城后，打开监狱释放了上百个无辜犯人。在搜查反动分子时，活捉了清流县长，缴获枪械四十余支。同时，游击队在大街小巷张贴标语口号，宣传共产党的主张和政策。驻扎了三天，游击队纪律严明，秋毫无犯。从此，王仰颜的声威大震，显示出远见卓识和超群的军事才能。他善于学习和实践毛泽东倡导的游击战争的战略战术，灵活贯彻"敌进我退，敌退我进，敌疲我打，敌驻我扰"的十六字方针，从不打冒险之战、无准备之战，善于运用集中优势兵力各个击破敌人的战术原则，从而赢得一次又一次的战斗胜利。

汀东游击队从清流胜利回到新桥地区之后，王仰颜便领导了汀东农民暴动。1930年农历6月14日,新桥地区的农民和从彭坊、馆前、淮土、根竹、曹坊、滑石等地赶来的农民共2000多人,集中在新桥的大岗坪上举行了武装大暴动,成立了汀东革命委员会。同时,汀东游击队改编为中国工农红军独立第五团,王仰颜任团长。

在群众大会上,王仰颜当众焚毁了自己家里的田契、债据,他还郑重声明:"从此以后,我王家的田,哪家耕种归哪家,不交租、不还债。"会后,王仰颜带领暴动队伍打了彭文富、严洪盛等十余户土豪,开仓分粮、分浮财。接着,汀东各乡相继成立了革命委员会,打土豪、分田地的革命运动如火如荼地展开。群众怀着赞颂的心情唱道:"新桥出了个王仰颜,自家田地自己拿来平……"

1930年7月,红军独立第五团奉命改编为闽西红二十军第五纵队,王仰颜任纵队司令员,罗化成任政委。红五纵队下辖一个支队、四个大队,共有900余人、500支枪,是红二十军战斗力较强的一个纵队。这支队伍在王仰颜等同志领导下,为推动闽西的武装斗争,巩固革命根据地,发挥了重要作用。

那时,闽西红十二军出击东江去了,各地反动民团、土匪又蠢蠢欲动,气焰十分嚣张。为了肃清这些反动武装,巩固苏区,闽西特委命令各纵队立即出击,消灭团匪。

8月11日,王仰颜、罗化成率红五纵队攻打濯田、河田、修坊的反动民团,取得战斗胜利之后,又前往攻打蔡坊。此地离汀城15公里,是长汀从大路往岩、连、永、杭的交通要道,那里盘踞着刘恩瑞民团三四百人,不除此患,就难以沟通汀城与闽西各县的联系。然而,要攻破蔡坊谈何容易。蔡坊位于汀江畔,三面临水,构成马蹄形的天然屏障,敌人沿着江岸构筑了土楼、碉堡,封锁江面,素有"铁蔡坊"之称。当时红军没有大炮,没有船只,要渡江攻坚,困难不小。怎么办呢?王仰颜采取"棉被阵"战术,即将湿棉被用竹竿撑起,像一堵堵棉被墙,撑在一条条自扎的竹排筏上。王仰颜不怕流血牺牲,冒着枪林弹雨,指挥战友们冲过江去,一鼓作气,消灭了刘恩瑞反动民团。几天后,王仰颜又奉命率部向汀城挺进,击溃团匪李七孜部,缴获枪五六十支,又一次占领了长汀县城。

这一时期，红五纵队在王仰颜的率领下，主动向团匪连连出击，屡战皆胜，受到闽西特委的表扬。《中共闽西特委报告2号》（1930年8月25日）中写道："……长汀五纵队配合群众力量，由濯田、河田、修坊、蔡坊连打五个胜仗，一鼓作气，直陷汀城，缴获五六十支枪，使敌人胆丧心寒。"

敌人不甘心失败，不时地伺机报复。同年秋的一天，"反共救乡团"指挥官刘成功率几百名匪徒向红五纵队驻地古城突施偷袭。哨兵发现敌情鸣枪报警时，敌人已抢占古城的制高点。王仰颜临危不惧，果断指挥部队应战，并亲自率领队伍向敌制高点冲击。经过一番争夺，王仰颜冲上山去，一枪把匪首刘成功击毙，匪徒们死伤无数，残余的各自夺路逃散。

1930年底，国民党闽西"剿共"总指挥易启文率部到濯田镇压革命群众。易部有1000多人，敌强我弱，力量悬殊。王仰颜正在寻找战机时，侦察到易部有一个团充当外围，驻扎在三洲。三洲属于丘陵地带，易守难攻，且离濯田10公里。王仰颜认为这是集中优势兵力，各个击破敌人的好机会。于是他马上派人与战斗力颇强的濯田游击队联系，要求他们在中途阻击易部增援之敌。

大年初一凌晨，王仰颜带领五纵队悄悄运动到三洲村里。敌人酒醉未醒，仍处在睡梦之中，突然枪声大作，许多敌人还不明白怎么一回事，就当了俘虏。一场闪电式战斗结束，王仰颜率部神速赶到水口。这时，濯田游击队已将前来增援的易启文一个团阻击在这里，红五纵队参战后，双方又激战了三四个小时，最后迫使敌人后撤。红五纵队和濯田游击队追击至濯田镇，又与敌人巷战了两个小时。这次战斗从早到晚整整打了一天，终于将易启文部打得大败而逃。红军毙敌30人，活捉敌营长一人、排长3人，共俘敌30人。

1931年春，闽西大地刮起了一股肃"社党"的阴风，一批忠诚于革命的老党员、老暴动队员遭错杀。6月28日，与王仰颜生死与共的老战友段奋夫（长汀第一个县委书记）、曾炎、黄亚光等三人被指控为"社会民主党"分子，横遭逮捕。消息传到新桥，王仰颜终日忧郁，夜不能寐。他反复寻思，为什么段奋夫这些长汀地方党的创始人，革命的中坚力量，一下子都变成了反革命？他百思不得其解，觉得这里面一定有鬼，得亲往汀南一趟，把这件事弄个水落石出。许多干部、战士闻讯都来劝阻。老游击队员张承源说："下面抓的抓，杀的杀，死了很多人，你还是不去为好！"

王仰颜镇静地回答说："我是共产党员，现在出了这样的怪事，我应当挺身而出把事情弄清楚，大家不要为我担心，纵然一死也不足惜，我生是共产党的人，死是共产党的魂！"（《访王维珙同志》，1982年10月6日）

在王仰颜启行前，县苏保卫局曾庆标也赶来劝阻说："你千万不能下去，你想想，你的家庭是地主，你本人又是北京读书回来的，过去你一向和段奋夫一起工作，你下去包死！"

王仰颜坚定地回答："我不怕，只要我们自己的脚跟站得稳，没什么好怕，要懂得我们共产党人的性格，就是要有大无畏的勇敢气魄，要有为革命奋斗的牺牲精神！"（《访曾庆标同志》，1983年1月15日）

1931年7月29日，王仰颜突然接到要调他到闽西特委工作的通知。当天晚上，部队开了一个茶话会，欢送王仰颜。第二天，王仰颜前往永定虎岗赴任。

在闽西地方党组织内部错误开展的肃"社党"运动中，7月30日王仰颜被错杀于闽西特委所在地——永定县虎岗，时年38岁。

1952年，王仰颜被追认为革命烈士。

（作者：康模生，高若亭）

（本文原载钟健英《福建革命烈士传》，福建人民出版社，2003年版。后载《中华著名烈士》，中华人民共和国民政部编，中央文献出版社，2003年版）

宁死不屈千古扬

——吴必先烈士

吴必先（1903—1935），又名先老，福建省长汀县宣成乡罗坑头村人。父亲是本村一位私塾先生，吴必先10岁开始在他父亲办的私塾念书，后来又到白头村张先生私塾念书两年，先后共念私塾10年。辍学后，先到深山里纸槽做工，两年后到上杭"发昌站"撑船，来往于汀州、上杭、峰市，靠微薄工钱度日。

1928年冬，吴必先带领本乡穷苦农民吴如樟、吴如梅、蓝茂盛等10余人参加了张赤男领导的农民武装暴动，建立了乡苏政权和罗坑头赤卫队，吴必先任赤卫队文书。由于他思想文化水平较高，工作认真负责，革命坚决，因而，张赤男介绍吴必先加入了中国共产党。不久，被任命为畲心区苏主席。

1929年后，反动势力一时非常猖狂，吴必先领导赤卫队，与官庄的刘八石、策田的黄月波、回龙的白脚子等五股反动民团300余人，进行了一次又一次激烈战斗，打退了敌人一次又一次向畲心苏区的进攻，捍卫和巩固了畲心苏区。

1933年春末夏初，长汀女县委书记李坚真调福建省委妇女部工作，吴必先继任长汀县委书记。这时，主要的工作任务是开展扩红运动，为第五次反"围剿"作好充分准备。吴必先以百倍的工作热忱,领导长汀人民开展"扩红"运动,广泛宣传动员青少年参军参战。他一方面要求各级领导深入基层做工作,另一方面身先士卒深入到自己家乡罗坑头村宣传扩红运动,使这个只有150多户、700多人口的小村庄,一下子就有100多人踊跃参加红军。后来这个村为革命英勇牺牲的烈士有130多人。

在"扩红"运动中,上杭县才溪区被评为福建省苏维埃政府第一模范区。在吴必先和同志们的努力下,1933年6月,长汀县红坊被评为福建省苏维埃政府第二模范区。省苏维埃政府为此发布了《为建立才溪光荣碑及奖励红坊光荣牌告才溪红坊群众书》,指出:"你们在共产党和苏维埃领导下,在为着争取与保障自己的胜利和苏维埃政权而奋斗中取得了光荣伟大的成绩,在闽西斗争的历史上成了光荣的模范区,受到了中共中央委员会、闽粤赣省委荣耀的奖励,这是多么值得广大群众以万分的革命热忱来拥护和爱戴啊!""才溪是我们的第一模范区!红坊是我们的第二模范区!创千百个像才溪红坊一样的模范区!"

7月11日,中央机关报《红色中华》以《长汀红坊区动员的伟大成功》为题报道:"福建各县在创造工人师上,一般地讲是没有什么很好成绩的,但是长汀红坊区却是一个很好的模范,由于当地党团政府工会的积极动员,该区模范连整连地加入工人师。"

当时,长汀县委、县苏维埃政府设在河田区,吴必先深入河田区中坊乡出色地完成了扩大红军的任务。

1933年11月,为了表彰中坊乡扩大红军的先进事迹,福建军区司令员叶剑英亲自前往召开授奖大会,奖给中坊乡一面题有"为保卫苏区而战",并署有"福建军区司令员叶剑英"的奖旗。

1934年1至4月份,长汀县又扩大红军3214名,超过中革军委计划864名。在"红五月"扩大红军运动中,长汀县在13天内扩大红军运动中送到补充团的新战士有800余人。因此,中革军委授予"红色'五一'扩大红军的模范长汀县"奖旗一面。这些成绩的取得都与吴必先领导得力、工作有方是分不开的。

此外,吴必先对县委、县苏自身的建设非常重视,如在1933年10月中央苏区南部18县选举运动中，他领导长汀县积极开展选举的各项工作，苏维埃主席团都能及时具体地讨论，并召开各区内务部长联席会议三次，召开乡以上选举委员会主任联席会议一次，积极部署检查推动选举工作，进行居民和选民登记，发放选民通知书，选举工作准备十分充分，选出人民的好代表，建立了为苏区人民当家作主的红色政权。

吴必先还十分注意关心群众的生产生活，组织互助组、犁牛合作社、耕田队，加强春耕、夏耕运动，动员群众开荒扩种，修复陂圳，大力发展农业生产，保证了农业丰收，改善了群众的生活，因此，受到了中央和毛泽东的表扬。毛泽东在《关心群众生活，注意工作方法》一文中，严肃批评了汀州市苏维埃政府官僚主义的不良作风，表扬了长汀等县苏，他写道："如福建的上杭、长汀、永定等县的一些地方，……那里的同志们都有进步的工作，同样值得我们大家称赞"。当时，长汀的县委书记正是吴必先同志。

1934年2月1日，在中华苏维埃第二次全苏代表大会上，总计选出正式委员175人，候补委员35人。吴必先当选为中央执行委员。

1934年7月至9月期间，吴必先担任中共福建省委组织部部长、省苏维埃政府副主席。正当中央苏区东大门——松毛岭保卫战日益紧张之际，为了响应中央"一切为着前线胜利"的号召，他全力以赴组织福建苏区各县、区、乡的运输队、担架队、看护队、洗衣队和慰劳队，一批又一批地奔赴前线，不管晴天雨天，不怕山高路远，自带干粮，义务支前。与此同时，吴必先还跟随上任不久的中共福建省委书记刘少奇三次深入长汀前线松毛岭保卫战总指挥部所在地钟屋村和长窠头村视察拥军支前工作，深入红军和群众中调查了解拥军支前存在哪些问题，研究改进办法。在钟屋村观寿公祠前大草坪上和长窠头村"宝善堂"大厅，吴必先分别召开慰问大会和群众大会，动员广大青壮年上松毛岭协助红军挖战壕，修工事，筑碉堡，坚决做到要人给人，要粮给粮，要物给物。

1934年10月初，福建省委书记刘少奇奉命作为中央代表率中央红九军团长征。中央苏区中央局任命万永诚为福建省委书记兼省军区政委，提拔吴必先任福建省苏维埃政府主席。

中央红军长征后,福建省委、省苏、省军区陆续迁往四都山区,并组建了汀西县委、县苏。吴必先在汀西县,与县委书记曾洪飞、县苏主席赖兴银一道储备粮食,为坚持在四都作游击战争的长期准备而不懈努力。

吴必先原是撑船工人,他与当年撑船工友黄兴发商量,由他邀集东山、水口等地撑船工人,组建了一支"河流游击队",黄兴发任队长,共有80余人,40多支枪。他们日夜活跃在汀江、濯田河上,把汀南一带的粮食及其他物资抢运到濯田,然后改为肩挑到四都,仅短短两个多月的时间,就囤积粮食十万多公斤。

吴必先还和曾洪飞、赖兴银同抓共管一批干部,深入各区领导秋收,动员广大群众用武装保卫秋收,尽快把一切粮食作物统统收藏起来储备好。与此同时,组织各区游击队,成立县游击队司令部,任命卢凤鸣为司令员,曾洪飞为政委,在各区成立支援红军委员会,不但要为红军准备好吃的、用的,还要解决好住的,要使四都山区成为坚持游击战争的大本营。

1934年,11月1日,国民党军队进占汀州后,形势日益严峻,国民党三十六师对红军和游击队发动了一次又一次"清剿",省级、县级机关也从四都转向大山中的谢坊、琉璃、汤屋、小金、乌泥等村庄。

到了1935年2月间,省级机关干部、红军和游击队无法坚持在四都区域内村庄活动,只能活动在汀(长汀)、会(会昌)、瑞(瑞金)、武(武平)四县边界的大山之中。这时,所有战斗人员也从汀州撤退时的三四千人,减少至300余人。别无选择,于是分成三支游击队分别向武平、永定、龙岩方向突围。

当吴必先带领一支游击队突围到燕子塔时,该乡反动民团头子廖樟子逼使吴妻及胞兄前去传话,说只要吴必先放弃共产党,脱离革命,带队伍投降,将保证他们一家的人身安全。吴必先毫不犹豫,严词拒绝道:"我吴必先,生也生在红旗下,死也死在红旗下,叫反动派别做梦!"

正当游击队处境十分危急时,吴必先在中园山决定将一部分枪支弹药疏散埋藏,不让一枪一弹落入敌军手中,然后动员革命骨干分散转移出去,进行长期隐蔽斗争。

吴必先和几位省苏维埃政府同志则隐蔽在濯田园当南坑村中，后来因叛徒出卖，吴必先和几位同志被反动派围捕。

吴必先被捕后，遭受敌人严刑拷打，要他交出埋藏的枪支弹药和党的组织情况。吴必先守口如瓶，宁死不屈，毫不畏惧地对敌人说："要枪没有，要命即可！"

敌人无奈，只好把他押往汀州监狱。在汀州监狱，敌人照样一无所获，于是又把他押往瑞金陈家祠监狱。在一次放风时，同狱受难的同志见到手铐脚镣、遍体鳞伤的吴必先，难过地流下眼泪。吴必先鼓励他们说："我是吴必先，省苏主席，你们不要怕，共产党是杀不完的！"

1935年3月间，敌人把吴必先押送到江西南昌监狱，之后又押往九江市监狱。8月，吴必先在九江市被敌人杀害。年仅32岁。

（本文原载《闽西英烈》第一卷，中共龙岩地委党史资料征集研究委员会编，编入本书时标题和文字有改动。后载于《中华著名烈士》，中华人民共和国民政部编，中央文献出版社，2003年版）

面对屠刀仍从容

——涂凤初烈士

涂凤初，乳名腾子。1900年生于福建省长汀县涂坊乡一个贫农家庭。祖籍南阳（今属上杭县），本姓罗，清末闹兵荒，他的父亲随祖父逃到涂坊避难。危难中，他的父亲被一家涂姓的好心人抚养成人，从此改姓涂。涂凤初出生后，涂家也不富裕，供他上学有困难，长到11岁时，涂凤初才开始入学。17岁小学毕业后，因家境贫寒付不起学费，辍学在家耕田、砍柴。后来，得到堂兄罗化成资助，到南阳龙田书院念完初中。

涂凤初

那时，罗化成已是长汀中国共产党的领导人之一。涂凤初在他的熏陶下，开始参加革命活动。中学毕业后，党组织派他回到涂坊，他在街上开了一家同发昌布店，负责地下联络工作。长汀党的早期领导人段奋夫、张赤男等多次到同发昌地下联络站秘密接头，进行革命活动。由于涂凤初出色地完成了任务，1928年经张赤男、罗化成介绍加入中国共产党。

1929年春，毛泽东、朱德和陈毅率领红四军由赣入闽，长汀的国民党反动派闻风丧胆，敌营长吴宜营暗中准备逃跑，但又想留一手，派出心腹将20多支长枪和一批子弹埋藏在涂坊的一个亲属菜园里，妄想伺机再起，被我农会发觉。3月20日晚上，涂凤初、张景威带领40多名农会会员，从菜园中挖出这批枪支弹药。枪杆子里面出政权,穷苦人有了枪杆子就有了打天下的利器。罗化成、张赤男看了非常高兴,拍着涂凤初的肩膀说:"好,干得好,有了枪,什么事都好办了。"第二天凌晨,他俩率领几十个农会会员端着长枪、马刀、梭镖、土铳,冲进涂坊团防局、乡公所,收缴了武器,活捉了团丁、乡丁。紧接着召开群众大会,宣布农民武装暴动胜利,枪决了几个罪恶累累的土豪劣绅。暴动后,涂凤初任涂坊赤卫队指导员,后来,又任涂坊区苏维埃财政部部长、区委书记。由于工作干得十分出色,他先后当选为出席长汀县第一次工农兵代表大会和福建省第一次工农兵代表大会的代表。

1932年8月,涂凤初参加中国工农红军,当过红军战士、排长、司务长。1933年夏,调福建军区会计训练班学习,毕业后在省军区新兵团任供给员。1934年调杭(上杭)代(代英)县独立营任供给股长。同年10月,红军主力长征后,涂凤初留在杭代地区坚持敌后游击战争,担任杭代县苏维埃财政部长、红七支队供给主任。这一带是山区,也是老苏区。当时敌人天天"围剿",疯狂摧残老区人民,斗争环境很恶劣,群众生活很艰苦,部队的供给非常困难。涂凤初这位供给主任为了不使红军战士饿着肚子打仗,日日夜夜费尽心机,四处筹粮筹款,终日不顾劳累,亲自跑下山去筹粮食,亲自背粮食上山去。他还常常到敌区去冒险弄来苏区缺少的盐粮、枪支弹药等。因此,廖海涛政委经常表扬涂凤初是"模范供给干部,专门雪里送炭"。红军战士称赞他是部队的好管家,"缺啥给啥"!

1936年,涂凤初在连城鸡公山打游击时被捕,两个敌兵将他戴上手铐脚镣,往长汀押送准备处置。一路上,他想:到长汀定死无疑,得想个脱身之计。左思右想,忽然心里一亮,有了,此计定能成功。途经南山坝时,他对押送的两个敌兵说:"我被押到长汀反正是死,这里我有熟人,不如让我借点钱买点酒。我们喝个痛快!请你们修好积德,让我做个饱死鬼!"两个押送的敌人一想,临死的人了,都要吃喝一顿上路,再说借机解解馋也是求之不得的便宜事。于是顺水推舟说:"按理说不该回应的,可你到了这个地步,也怪可怜的,我俩就睁一只眼闭一只眼算了,也算积点阴德,去吧!"

涂凤初向街上开布店的地下党员吴巴西借了四块光洋，进了酒店，要了满桌子好酒好菜。两个敌人见了早已垂涎三尺，大吃大喝起来。一阵风卷残云后，菜盘子全光了，酒瓶子全空了，两个家伙也醉倒了。是夜，风大雨急，涂凤初冒雨逃跑。但因身上戴着手铐脚镣，行走极为艰难，跑出数公里，被两个敌人追上。情急中他纵身跳入河里，因为天黑，视线不清，敌人就束手无策，只好胡乱打枪。河里洪水暴涨，水流湍急，他乘着水势，泅至对岸李子岭，在山上熬了两天。尔后拖着病体转到涂坊洋背段，铁匠温棠棒替他砸掉镣铐，并给他煎药治好了风寒病。又通过外婆叔公大伯的关系，在溪源圣公坑纸寮做纸活隐蔽下来。

1938年2月，新四军二支队奉命北上抗日，经过涂坊时，打听到涂凤初隐藏在深山纸寮，司令员张鼎丞马上派人把涂凤初接回部队，并任命他为军需处供给股长。他回到部队时，心里十分激动，想到自己死里逃生，脱离组织的孤独生活，现在又回到组织的怀抱，泪水不停地涌出来，他紧紧握着张鼎丞的手，一句话也说不出来。不久，部队开到苏南前线，他担任支队供给部副部长，1939年提升为新四军二支队供给部长，兼管江苏省茅山根据地的财务工作。

涂凤初在艰苦卓绝的游击战争中是个好管家，工作做得很出色。部队到了江南后，在敌后游击战争环境中真正做好部队供应工作是不容易的。他常对同志们说："抗战时期供给工作与过去不同了，我们要发扬红军时期供给工作的优良传统，党交给我们管的财物越多，越要把它管好！"涂凤初怎样说就怎样做，他言行一致，脚踏实地，处处以身作则，把一分钱一件物都用到部队建设上。他认为贪污与浪费都是犯罪，都是损害抗战利益的，所以在他领导下，理财管物非常严格。有一次，三团在博望打埋伏，缴获敌人很多东西，一营供给员把缴获的一双皮鞋想送给他，涂凤初没有要，耐心地解释说："上级已有规定，缴获东西要归公，归私就违反了纪律"。大家都说涂凤初是廉洁奉公的好同志。

四团有一个干部叫郑泉昌，他烟瘾大却没有钱买，想通过涂凤初向公家借钱。涂凤初考虑公家的钱不能借，但心里又同情他，于是就将自己节余的几元钱给他，说："公家的钱不能借，这是我节余的津贴，不算借，你用就是了。"

涂凤初不仅关心干部战士，对人民群众也很爱护。有一天，日寇"扫荡"茅山西阳倪庄，有两家老百姓的房子被烧，媳妇被日本鬼子污辱。涂凤初看到群众遭蹂躏，心里很难过，为了抢救受害者，立刻派部队军医治。同时，脱下自己身上的衣服，还背了两袋米连同自己身上仅有的几元钱，一起送给受害的群众。群众感动得热泪盈眶，道："新四军爱国又爱民，真是人民的子弟兵。"

涂凤初对工作一贯勤勤恳恳，认真负责，不怕苦，不怕累，遇到困难从不推脱，该解决的立即解决，一时解决不了的就向大家说明情况，共同克服困难。有一次，部队在江苏句容活动时，听到皖南军部有两批后方人员要过江，急需准备粮草被服等物。他冒雨连续赶了45公路，把准备工作做好，使两批后方人员按时、安全而又顺利地过了江。分手时，他们握着涂凤初的手久久不放，说："时间这样紧，天气这样坏，没有想到安排得这样周全。你们的工作作风，太值得我们学习了。"涂凤初这种迎难而上、不辞劳苦的革命精神，使部队的同志深受感动。

1943年，抗日战争进入了相持阶段，敌后斗争形势十分严峻。根据当时形势，涂凤初所在的十六旅留在江南坚持游击战，抗击敌寇，还要对付国民党顽固派耍阴谋搞摩擦。皖南事变之后，国民党顽固派扣发我军粮饷和弹药，我军处于日伪顽的夹击之中，饥寒严重威胁着部队。涂凤初为了完成党交给的光荣任务，经常化装成当地老百姓，在溧（阳）武（进）路、金（坛）丹（阳）线和茅山下天王寺一带游击区昼伏夜行，避开敌探，走家串户动员群众，募集资金，征收税款，保障部队的供给。

同年7月，涂凤初等一行7人，从南京得到一批军用物资。不料一个内奸偷偷向敌人告了密，当他们走到茅山地区句容县与丹阳交界处的袁港乡后山村时，突然遭到汪精卫句容县伪自卫团第六分团的拦击，涂凤初等6位同志猝不及防，不幸被捕。敌人为了逼涂凤初说出财物隐藏的地方，对他威逼利诱，严刑拷打。涂凤初忍着剧痛，始终不吐一言。敌人暴跳如雷，但又无可奈何。

最后，敌人黔驴技穷，便对涂凤初残酷地施以挖眼睛、割鼻子等酷刑。涂凤初面对汉奸的屠刀，视死如归，大义凛然，表现了一个共产党员对党和人民无限忠诚的崇高品质。他壮烈牺牲时，年仅43岁。同时被捕的其他5位同志也一起英勇就义。

全国解放后，江苏省句容县人民政府为了纪念涂凤初，把他的坟墓迁到句容县城西烈士陵园，在墓碑上刻下9个大字："涂凤初烈士永垂不朽"。

（本文原载《解放军后勤烈士传》，解放军文艺出版社，1998年版）

闽西农民运动杰出领导人

——张赤男烈士

张赤男（1906—1932），又名希尧，字尚书。长汀宣成长丰村人。1923年考入省立第七中学。1925年发起组织长汀学生联合会，创办进步刊物《长汀月刊》。1926年高中毕业后参加北伐军。

在北伐军征途中，张赤男负责十七军政治部的宣传工作，由于他工作出色，1927年1月，被选送到武汉中央军事政治学校（黄埔军校分校）学习。与罗瑞卿、粟裕结为好友。在校表现突出，仅一个月时间，就光荣地加入了中国共产党。八一南昌起义后，随叶剑英率领的教导团南下，参加广州起义。1928年2月，在保卫惠州阻击战中，左腿负伤。伤愈后，受党组织派遣返回闽西，与张鼎丞、邓子恢开展农民运动。领导（长）汀、（上）杭、连（城）、武（平）四县边界农民运动。他连续组织领导农民进行武装斗争，成为闽西农民革命运动的优秀领导人。3月回汀，在省立七中（今长汀一中）以教书为掩护，秘密从事革命运动。6月间，回宣城，以畲心为根据地点发展秘密农会，开展抗捐减租斗争。

1928年底，正值年关，宣成乡贫苦农民挣扎在饥饿死亡线上，而地主老财则囤积了一万多公斤粮食，既不肯卖，又不肯放债，企图外运，发一

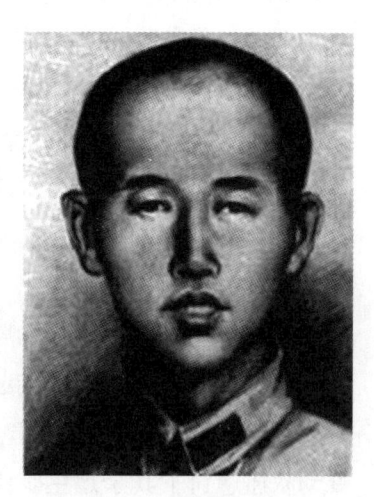

张赤男

笔横财。张赤男抓住这一时机，发动农民展开了一场"反囤积、反饥饿"斗争，使地主囤积的粮食回到了农民手中，取得了群众性反饥饿斗争的胜利。由于这次斗争取得圆满成功，大大鼓舞了农民运动的发展，农会会员从数十人迅速发展为数百人，掀起了汀南农民运动的高潮。

1929年4月，已是中共长汀县委委员的张赤男利用红四军留下的枪支，建立了一支赤卫队。在张赤男恩师关怀下，杨成武毅然决然参加了张赤男领导的赤卫队，一起奔袭四都，出其不意地消灭了四都反动民团，缴获了十几支枪。

6月，张赤男与罗化成等率领80多个农民武装人员举行涂坊农民暴动，迅速包围了伪乡政府和团防局，20多个乡丁、团丁缴枪投降。张赤男在涂氏祠堂召开群众大会，700多人参加，宣告成立涂坊乡民协会和涂坊乡赤卫队。不久，协会改称涂坊乡苏维埃政府。

10月初，汀、连、杭、武4个支队约600人，在长汀南阳改编为闽西红军独立第五团，张赤男任团长。

消息传到南山村塘背村，该村罗铭等6个苦大仇深的贫苦农民，翻山越岭赶到南阳，要求张赤男帮助塘背农民暴动。11月4日，塘背农民在罗铭带领下举行了武装暴动，张赤男率领独五团一个连包围了地主豪绅武装驻地，生擒土豪罗志老、罗昆扬等，缴获步枪12支，子弹数百发。接着，暴动队还惩罚了其余地主豪绅，没收了一大批财产，张赤男组织召开了1400多人的庆祝大会。会后，成立了塘背乡苏维埃政府，并建立了一支坚强的赤卫队。为了保卫红色政权，从此开始至1932年，塘背乡人民与敌人先后作战109次，取得了一次又一次的胜利，被人们称为"石灰粉不白"的红色乡村。

11月16日，国民党团长黄月波、土匪头俞志带领200多人武装攻打涂坊。张赤男率领独立第五团，与前来支援的傅柏翠地方红军分三路狙击敌人，经过一场激烈战斗，击毙敌兵15人，缴获枪支20余支、子弹数千发，黄月波一伙抵挡不住，狼狈逃窜。

从此，涂坊红色区域日益巩固和发展。中共长汀县委、长汀县革命委员会也从南阳迁至涂坊，并很快建立和健全了区、乡革命政权。

1929年12月，张赤男出席了毛泽东主持召开的古田会议。会后，由他担任闽西工农红军第三路军总指挥，在武平桃地一仗中，他指挥部队消灭了顽敌钟绍奎部的大部兵力。

1930年6月，部队整编为红四军第三纵队，萧克任司令员，张赤男任政委。10月，部队整编为红十二师，张亦男任师政委兼政治部主任。从此，他在毛泽东、朱德的直接领导下，带领部队参加了第一、二、三次反"围剿"战争，并为这三次反"围剿"作出了贡献。

1931年11月，红十二师改编为红十一师，师长王良，张赤南仍任政治委员。由兴国回石城，攻打反动堡垒红石寨。他们发明了"云梯攻寨法"，大获全胜，歼灭反动地方武装，俘敌1300余人，缴枪1300余支。

1932年2月，张赤男任红十一师政治委员，率该师攻打江西石城新城，掩护彭德怀率三军团攻打赣州。2月25日上午，张赤男与师长王良来到三十二团指挥所，国民党军正以密集的火力阻拦前面唯一的通路。红军战士向前运动，一连倒下几个人，突然有一战士爬起来跃进，完全暴露在敌人火力网下，张赤男不顾个个安危，猛然站起来大声喊："卧倒！卧倒！"战士卧倒脱险，张赤男却头部中弹，不幸牺牲。

张赤男牺牲时年仅26岁，红四军主要领导人曾给予他很高评价。罗荣桓赞扬他是"优秀的政治委员，意志坚强的好同志"，朱德赞扬他是"一个很实在、扎扎实实的好政委"，毛泽东赞扬说："张赤男是个非常好的同志。"

为了缅怀张赤男烈士的英雄功绩，长汀人民在烈士家乡宣成乡政府所在地，建造了一座张赤男烈士纪念碑，占地面积165平方米，碑高8米，座高22米，碑身镌刻着"张赤男烈士纪念碑"8个大字。碑文由张赤男当年战友、红四军第三纵队司令员、开国上将萧克于1981年来汀视察时题写。

1990年，张赤男烈士纪念碑公布为第三批县级文物保护单位。

（本文原载《名城·首府·圣地——长汀》，作家出版社，2011年版）

"苏区第一个模范"傅连暲

1932年6月,国民党开始对中央苏区进行第四次反革命"围剿",共集结六个师和一个旅,自东而西向连城、长汀、瑞金大举推进,一场大战在即。

当时,毛泽东还在汀州福音医院休养所治病。经过院长傅连暲三个多月的精心治疗,毛泽东的身体已恢复了健康,他就要出院回瑞金中央政府工作了。

有一天,毛泽东向傅连暲说明当前斗争形势后,关切地问道:"傅医生,蒋介石的军队打来了,你打算怎么样?"

傅连暲从1927年开始就为八一南昌起义军医治了300多名伤病员,福音医院一直

傅连暲

没有间断地积极为红军服务,接收治疗了许许多多红军指战员。另外,许多中央及地方领导人,如毛泽东、罗荣桓、周以栗、陈正人、伍中豪、伍修权、罗明等,都在这里住过医院,得到了很好的治疗。

其实,福音医院早已变成红军医院,只是为了有利于上海汇款和到白区购买药物的方便,才保留了教会医院的名称。傅连暲早已是革命者,并下决心参加红军,只不过是等待时机,现在久已盼望的时刻终于来到了!

他听了毛泽东的问话,毫不犹豫地答道:"主席,我跟您到瑞金去!"

"福音医院呢？"毛泽东又问。

"搬到瑞金去。"傅连暲应道。

"好啊！"毛泽东很高兴地说，"我到瑞金后，会派人来帮你搬医院。不过，你的家怎么办？"毛泽东考虑问题既全面又周到，他关心地问。

"我们全家也都搬到瑞金参加革命！"傅连暲干脆而响亮地答道。

"好，好！"一切都在毛泽东意料之中，毛泽东再一次关切地说，"傅医生，你母亲年纪大了，路上要多加小心！"

"主席，请放心吧！"傅连暲很兴奋地应道。

毛泽东回到瑞金中央政府后，很快就派了傅公侠组织了一支180人的运输队，来汀协助傅连暲搬医院，整整搬了半个月，才把医院的设备全部搬到瑞金朱坊乡杨岗下"朱氏祠堂"。

1933年春，中华苏维埃中央政府正式将汀州福音医院改编为中央红色医院，任命傅连暲为院长，兼中央红色医务学校校长。

当时，在中央《红色中华》报上公开宣称给傅院长送了红匾，表彰他是"苏区第一个模范"。一个人能获得如此殊荣，过去从来没有过，这次算是头一回。

这个"苏区"名称，可不是一般的苏区，因为这时的傅连暲今非昔比，已不是哪一个地方的医院院长，现在是中央红色医院院长了，因此这个"苏区"，自然是"中央苏区"的简称。

为什么傅连暲能获得如此殊荣？他有什么过人之处呢？当然，不会只是前面提到的1927年他为八一南昌起义军救治了300多名伤病员那件事，还得看他以后为革命、为红军做了些什么？下面我们就来谈谈傅连暲以后还有哪些功绩。

1928年春，在中共中央"八七"会议精神的指引下，闽西的后田、长乐、蛟洋、金砂等地农民举行了震惊全省的闽西暴动。消息传来，中共长汀特支跃跃欲试，准备在汀州开办"训政人员养成所"，训练农运骨干。当时，汀州驻扎着国民党福建省防军第二混成旅郭凤鸣部。为了使这个养成所合法化，特支委托傅连暲通过给郭凤鸣治病的机会，请求郭凤鸣予以支持。郭凤鸣并不了解这是中共的训练班，以为可利用青年知识分子替他训练训政干部，便一口答应，并指令由商会出钱。于是，中共长汀特支从长汀、清流、宁化、连城等县选拔了一批进步的青年农民参加培训，通过这个训练班培训了100多名农民运动骨干。

1928年11月下旬，中共闽西特委、永定县委遭到破坏，敌人搜查到一份汀州中共地下党员的名单。这份名单报送到郭凤鸣司令部，汀州地下党面临着严重的危机。

由于傅连暲医术高明，郭凤鸣对他的医术极为赏识，每次有病都请他诊治。郭的母亲常患头疼病，别的医生治不好，每次只要傅连暲一治就好，所以郭凤鸣特别器重傅连暲。当郭凤鸣收到那份汀州地下党员名单时，正好傅连暲被郭请去为他母亲看病，他一时高兴，向傅连暲透露说他家里有共产党。傅连暲听了大吃一惊，因为他有一个侄女傅维钰是共产党员，傅维钰的父亲去世后，从小靠傅连暲养大。1925年，傅连暲把侄女傅维钰送到南昌保灵女校念书。1927年初，傅维钰到武汉参加中央军事政治学校（黄埔军校分校）学习，在军校加入了共产党。1928年，她从上海回到汀州，以汀州省立七中英语教员的职业为掩护，从事革命活动。如今她的身份暴露，傅连暲十分焦急。郭凤鸣是个草包旅长，他以为傅连暲只是一个医生，并不懂得政治，所以一面说着，一面得意地向傅连暲出示名单炫耀。傅连暲佯装若无其事地看了一看，默记了所有名字。一回家，傅连暲通知他的侄女傅维钰及上了那份名单的党员立即转移。当时，中共福建省委代理书记罗明正巧也在汀州传达中共"六大"精神，闻讯后立即被护送离开汀州返回厦门。由于傅连暲及时报告，中共汀州地下党员全部脱险，避免了一次重大损失。

1929年3月，毛泽东、朱德和陈毅率领红四军首次入闽，消灭郭凤鸣旅两千余人，占领汀州城。毛泽东到达汀州以后，身体不大好，有人说他可能患了肺病。傅连暲用X光给毛泽东检查身体，确认他没有肺病，毛泽东很高兴。傅连暲还给朱德检查了身体，也很健康。这是傅连暲第一次给这两位中国革命领导人检查身体。当时，正当天花流行季节，红四军中发现有天花病人，为防止天花在军中蔓延，福音医院从香港进口一批预防天花牛痘疫苗，前些天刚运到。傅连暲向朱德建议，赶紧给全军普种牛痘，避免一场天花瘟疫在军中蔓延。朱德很高兴地接受了这一建议。于是，傅连暲一方面为红军治疗伤病员，另一方面用了半个月时间，为红四军全体指战员种了牛痘。红四军离开汀州时，傅连暲介绍他身边两名得力的医生叶青山、黄成随军服务，经过革命斗争的历练，这两位医生很快成为红军中优秀的卫生工作领导者。

1929年至1930年，汀州还处于游击区，时红时白，斗争相当复杂激烈。这一时期，傅连暲虽然还不是共产党员，但他出于对革命的同情和支持，为党做了不少秘密工作。

傅连暲根据毛泽东的要求，以福音医院的名义，订购了上海的《申报》《新闻日报》、广州的《超然报》《工商日报》等多种报纸。他化名郑爱群，通过汀州邮局的邮递员中共地下党员罗旭东，将报纸转送毛泽东参阅。毛泽东在戎马倥偬的军旅途中，得到这些重要的参考资料，非常高兴。他收到报纸以后往往亲笔给傅连暲写收条："X月X日报纸收到，这样做很好。毛泽东。"

由于傅连暲经常热心地为红军和游击队治疗伤病员，而且在红军撤走后，仍继续设法掩护红军伤病员，因而引起了敌人注意。有一次，他把一个身受重伤的赤卫队长藏在他家医治。这位伤员的伤治好后，傅连暲又送给他大洋五十元，并把他护送离城。这件事，更加使得敌人怀疑他是共产党。当时占领汀州的国民党金汉鼎部包围搜查了他的家，指称他"通匪"，而且抢去他的钱和怀表。傅连暲强硬地抗议国民党军队的暴虐，声言要向蒋介石告状。敌人搜查不到所谓"通匪"证据，又怕惹怒了英国教会医院不好收场。第二天不得不到他家赔礼道歉，并送还被抢去的钱和怀表。

1930年，傅连暲的住宅的几个房间被一个国民党团长强占为"公馆"。不久，红军再次袭击汀州。敌军连夜移防，但是敌团长堆放在傅连暲家里的那一大堆金银绸缎无法带去，敌团长和姨太太急得直跺脚。傅连暲灵机一动，向敌团长建议把一箱军用地图腾出来，暂时留下来由他代管，用这个箱子把财物运走。敌团长接受了他的建议，赶紧腾出箱子装起金银绸缎逃跑了。第二天红军入城，傅连暲将这一箱军用地图交长汀县委书记段奋夫转红一方面军代参谋长郭化若再转送给毛泽东。

1931年，汀州已经成为中央苏区重要的经济中心。福音医院也成了中央苏区最大的一所医院。许多中央领导人和红军指战员前来这里治疗。但是，由于国民党对中央苏区进行经济封锁，药品十分紧缺，毛泽东指示傅连暲派人到上海买药，并在上杭、峰市、汕头、上海等地开设地下药房，建起了一条从苏区至上海的秘密采购药品的运输线。

1931年12月，周恩来从上海经汀州前往瑞金时，指示福建省委书记罗明拨给傅连暲一批重金，作为采购药品的资金，傅连暲接受这一任务以后，派他的学生、年轻的共产党员曹国煌，前往上杭和峰市开设地下药房，自1931年冬至1932年秋，将近一年时间，采购了一批又一批药品和医疗器械运回汀州。不幸的是，曹国煌在一次运药品时被驻上杭的陈济棠部发现，曹国煌被捕，不久便壮烈牺牲。

1932年11月，傅连暲根据毛泽东为适应战争需要、为红军培养医务人员的指示，在福音医院创办了中央苏区第一所中国工农红军中央看护学校，校长傅连暲，另由红军部队派来了政委。学校的教员除了傅连暲兼任以外，还有陈炳辉、肖自高等，学时为两个月，第一期学员60名，男女各半，都是从江西、福建挑选而来的优秀人才。毕业时，学员们都取得了良好的成绩，大部分被分配到前方部队。毕业典礼那一天，朱德专程从前线赶来参加毕业典礼，并在会上发表讲话，勉励大家到前方去发挥重要作用。

1932年夏，毛泽东率东路军东征漳州，消灭国民党张贞一个师，胜利回到赣南。同年10月，毛泽东来到福音医院老古井休养所养病。傅连暲除了按时给毛泽东打针服药外，每天下午5点钟，还邀请毛泽东到疗养所附近的北山散步，交谈中，他听了许多过去所不懂得的道理，也了解到毛泽东具有渊博的政治军事知识以及多方面的才华，更加敬佩毛泽东。

毛泽东要傅连暲注意培养医务干部，以适应革命战争的需要。他对傅连暲说："现在环境比以前稳定了，应该多训练些军医，我们很需要医生。"

不久，傅连暲根据毛泽东的指示，在福音医院内开办了中央红色医务学校。中央看护学校和中央红色医务学校，为红军培养了第一批医务工作者，这些医务人员在红军中发挥了很大的作用。

傅连暲为了革命，不仅放弃了每月400大洋的优厚收入，而且全家迁到瑞金，把整个医院和他自己的全部家产都捐献给了党。

至此，我们不难理解，为什么中共中央和苏维埃中央政府会给予傅连暲如此高度的荣誉，表彰他为"苏区第一个模范"！为的是让苏区军民向模范致敬，向模范看齐，人人争当模范，个个争当英雄。所以在《红色中华》报上树立"苏区第一个模范"傅连暲，在当时具有相当重要的现实作用和革命意义。

（本文原载《红色福建》，中共福建省委党史研究室编，《福建党史月刊》（1982—2018）特选）

一生为公安政法事业鞠躬尽瘁

——梁国斌烈士

梁国斌（1910—1980），原名友植，出生于福建省长汀县城关的一个建筑工人家庭。他11岁丧父，弟妹年幼，靠母亲砍柴为生，时有断炊之虞。为摆脱困境，他12岁就操起父亲生前使用的工具学做泥水工，至15岁时，干一天活赚两角伍分工钱，一家人勉强糊口，度日如年。

1927年，八一南昌起义军挺进长汀，镇压了汀城四个土豪劣绅，宣传土地革命，提出"工人增加工资，农民耕者有其田"等口号。梁国斌十分向往革命，如从迷雾中见到了曙光，萌发了参加革命、参加中国共产党

梁国斌

的念头。第二年，他参加了附廓贫民夜学班，努力学习文化知识。其间，他认识了中共地下党员马炳章、毛如山，并在他们的帮助下从事革命工作，秘密散发革命传单、标语，还发动青工、店员同资本家作斗争。同年，经马炳章、毛如山介绍，梁国斌加入了共青团。1929年冬，由蓝马火、谢诚明介绍，加入了中国共产党。

1929年，梁国斌任汀州附廓支部共青团书记。党派他秘密参加汀西和汀东的农民武装暴动；嗣后，又派他和地下党员蓝连科一起打入七古树下国民党民团，任务是掌握武装，夺取枪支。但在执行任务时，他们不幸被

捕，还被逼交出其余枪支。在危急关头，梁国斌与蓝连科诱骗敌人到野外取枪，梁国斌乘敌不备逃脱，而蓝连科却不幸遭敌枪杀。

从1930年开始，梁国斌公开参加苏维埃工作，先后任汀州市苏维埃政府分配房屋财产委员会主任、工农检察部部长、汀州市委代理书记、党团书记、市特派员兼工人赤卫军政委等职；1931年调任福建省国家保卫局侦察科科长、代理侦察部部长和福建省委监察委员等职；1933年冬调清流县任保卫局局长；1934年任宁化、清流、长胜、石城地区特委保卫局局长及三分区肃反委员会主任，在党内任特委委员。

1934年10月，中央红军开始长征，梁国斌所在的三分区奉命留下坚持游击斗争。1935年3月，部队被国民党军打散，剩下梁国斌数人前往江西兴国寻找曾山率领的红军部队，途中不幸被国民党成高联保处捕获，并被押至兴国县城。后敌人因找不到证据，又把他押回原籍查处。在押送途中，他被关押在瑞金监狱时，与福建省苏维埃政府秘书长兼武装部部长、长汀地方党创始人之一罗化成相遇，他们利用拔草的机会，密谋了逃跑的办法。于是在敌人把他们押往长汀的途中，梁国斌故意将腿上的伤疤抓破，以拖延路时间，使得押送他们的敌兵不得不决定在高山上的一座庙里过夜。至半夜，他俩挣断捆绑的绳子，偷偷溜出庙门，等到敌兵发觉时，他俩已隐藏在灌木丛中。敌兵无法找到他们，胡乱打了一阵枪后，便悻悻缩回庙里。这时，他俩摸下山岭，逃往羊耳坑大山中躲藏，并通过山下可靠群众与汀城中共地下组织取得了联系。

1935年6月间，长汀城区地下党组织书记毛钟鸣为保存干部，积蓄力量，派人护送梁国斌和罗化成到香港。在香港，他俩一方面留心寻找党组织，一方面靠养猪、种菜度日，过着极其艰苦劳累的生活。

1936年秋，经邓芳（邓发的哥哥）介绍，梁国斌、罗化成认识了共产党员马如堂、廖然和阿欧，并由5个人成立了九龙临时党小组，在工人及进步学生中进行秘密宣传活动，联络了工人、学生三四十人，向他们宣传抗日救国十大纲领；响应宋庆龄等爱国民主人士发起的签名活动，发动群众参加抗日，并秘密印刷宣传抗日的刊物《铁流》，散发到工人和学生中。

1937年7月7日，抗日战争全面爆发后，梁国斌、罗化成立即向党组织请求回国抗日。经香港中共南委领导同意，他们被派回闽西南军政委员会工作，梁国斌任抗日先遣队驻龙岩办事处主任。当时，龙岩的局势十分严峻，虽然国共双方达成了和谈协议，但是国民党当局仍在办事处周围布满特务。梁国斌对此毫不畏惧，机警行事，积极宣传抗日救国十大纲领，时常会见军政、工商、文教各界的上层人士，宣传解释党的主张，取得他们的合作，并在城内到处张贴抗日标语，散发抗日传单，组织街头宣传，教唱抗日救亡歌曲等，促使一度严峻的局势趋于缓和。最终，国民党当局不得不把扣压了两个月的军饷发下来，解决了新四军二支队全体指战员的御寒冬衣问题。

随后，梁国斌奉命带一个连的武装前往汀州迎接从延安派来的干部。不料，国民党当局扣押了前往南昌新四军军部办理整编事宜的新四军第二支队副司令员谭震林等一行人和延安派来的干部以及随身带的电台，并无端枪杀了驻瑞金办事处主任肖忠全，制造了"瑞金事件"。梁国斌一面马上派人火速将情况报告新四军第二支队司令员张鼎丞，一面向汀州国民党当局提出强烈抗议，抗议他们的罪恶行径。由于报告及时，后经新四军军部和第二支队司令部的再三交涉，以及社会各界舆论的谴责，国民党当局不得不把扣押的共产党干部全部释放，并归还无线电台和枪支弹药，"瑞金事件"得以和平解决。

1938年，梁国斌任新四军第二支队侦察科长。一天，他奉命带领数名侦察人员去与被日军打散的国民党某团谈判。在回来的路上，经过日军占领的一个集镇时，他们又饥又渴，进入一家茶馆吃东西。突然，一个侦察员不小心将手枪掉到地上，茶客们见状惊慌地乱喊乱窜，惊动了街上的人群，也吸引了日军巡逻队，情况十分危急。梁国斌跑到门外，刚巧发现有四个人抬着一顶迎新娘的花轿，他灵机一动拦住花轿，乔装新娘坐进轿内，带着侦察员巧妙地冲出了日军的封锁，安全回到了部队。事后，同志们都称赞他智勇双全，胆识过人。

1939年春，梁国斌调任皖南新四军军部教导队调查统计科科长。同年8月任驻江北巡视员，负责新四军第四、五支队的保卫工作。1940年任江北指挥部军法处处长。同年5月兼任淮南路东保安处处长，在党内任福建省委委员及军政委员会委员。这期间，他以军部巡视员的身份，巡视了战斗在淮南津浦铁路两侧地区的敌后作战部队。他坚决执行党中央关于大胆放手地向敌后挺进、发展党和军队力量的正确方针。他在新四军领导人刘少奇、张云逸、邓子恢等同志的直接领导下，依靠各级党组织的支持，坚持不懈地组建军队和抓紧地方保卫工作。从1939年8月至1941年冬，他创办过六期新四军保卫干部训练班。为办好这些训练班，他精心挑选、训练干部，并亲自讲课。同时，他请新四军政委刘少奇给保卫培训班学员作重要讲话，分析了当前的政治形势，阐述了党对各阶层的政策以及锄奸保卫工作的特殊使命和党性修养，使全体学员和干部受到极大的教育和启迪，为他们的行动指明了方向。他还请来了新四军政治部主任邓子恢给培训班讲形势和任务。在他的努力下，培训班向军队和地方输送了一批又一批的保卫干部，经过抗日战争和全国解放战争的严峻考验，他们当中大多数人成为解放后华东各地公安保卫部门的中坚力量，为巩固部队和地方政府作出了重大贡献。

1940年3月，正当刘少奇在新四军江北指挥部作报告之时，突然有一个营的国民党军队向会场逼近，企图制造反共摩擦，情况十分严峻。梁国斌一边指挥警卫队严密监视国民党军队，构筑工事，做好战斗准备，一边派人火速报告刘少奇，以防患于未然。然后，他挺身而出，面对面愤怒指责国民党顽军不该任意闯进新四军防地，并警告如不离开，后果自负。国民党军见新四军有准备，不敢轻举妄动，被迫撤退，从而避免了摩擦事件的发生，保卫了刘少奇的安全。

同年7月，淮南津浦路东地区8个县的国民党顽固派趁新四军主力部队开赴淮北之机，发动了反革命武装暴动，不少革命同志惨遭杀害。梁国斌对此悲愤不已，带领警卫队直捣顽固派巢窟，生擒了为首的叛乱分子，就地处决，并区别对待受蒙蔽者，分化瓦解国民党军，在不到三个星期的时间内平息了这场暴乱。

这年9月，日军分9路向新四军根据地大举进攻。梁国斌为了掩护指挥机关安全转移，带领警卫队在半塔集阻击日军，打得日军不敢轻易前进。

1941年1月，皖南事变爆发后，新四军江北指挥部奉命转移。不久，党中央派梁国斌到皖江七师驻地，了解皖南事变的真相。他带领两个助手，乔装绕道前往芜湖等地，找到了七师，出色地完成了党中央交给的任务。

1942年夏，梁国斌升任新四军政治部锄奸部副部长。他不仅善于取得军政首长和地方党政领导对锄奸保卫工作的重视和支持，及时了解全局情况，而且不失时机地在党的代表大会和政治工作会议上分析隐蔽战线上的敌情，总结经验教训，说明做好隐蔽战线工作对党和人民革命事业的极端重要性。他还通过列举俄国十月革命时期反奸细的斗争历史，列举日俄战争中日本间谍窃取俄军的作战计划使俄军某部全军覆没的史实，列举抗日战争初期日本间谍用美人计窃得国民党军封锁长江的军事计划致使日军在长江武汉段以东的军舰和日本侨民一夜之间得以逃脱的事实，还列举日军在偷袭珍珠港事件中利用特务间谍的情形，启发各级党政军干部提高对锄奸保卫工作重要性和艰巨复杂性的思想认识。在梁国斌的出色领导下，江北锄奸保卫工作成绩卓著。

解放战争初期，梁国斌历任新四军兼山东军区政治部保卫部部长、中共中央华东局社会部副部长、华东军区政治部保卫部部长。

梁国斌在淮海战役和渡江战役中即着手准备接管上海、南京、杭州等城市和组建各地的公安机关等工作。他组织人员广泛搜集了有关国民党军防御设施、装备、部署等情报，以及有关国民党党、政、军、宪、特组织系统"应变部署"等情报资料，并研究和布置进入上海后的斗争措施。

有一次，梁国斌向总前委书记邓小平汇报工作时讲到，入城后将对国民党党员、三青团员、宪兵、特务人员等实行登记管制。邓小平便指示说，在对国民党的斗争中要掌握政策，注意斗争策略，打击首恶，分化胁从，各个击破，对国民党、三青团人员的登记，要注意上海的具体情况，此类人员数量大，涉及面广，进入城市后，因工作多，精力有限，登记范围可缩小到区分部委员和分队长以上的骨干分子。邓小平还要求梁国斌将这些意见电报中央社会部。后中央社会部采纳了邓小平的意见，并以此指导各地开展有关工作，使对国民党残余势力的斗争做到了稳、准、狠。

1949年5月底，上海解放后，梁国斌领导接管了国民党上海警察局。为开辟新政权的公安工作，他采取专门工作和群众路线相结合的方法，大力进行调查研究和侦破工作，坚决有力地打击了一批反革命分子和刑事犯罪分子。这期间，在他领导组织下，先后破获了一批潜伏的国民党特务组织，缴获了一批电台、武器，查获了由散兵游勇、地痞流氓组成的所谓"民主党派""江南纵队""华东地区先遣队"等20多种反革命非法组织，迅速而准确地破获了在接管上海不到20天发生的50多起抢劫案，捕获匪徒500余人。上述成果，对稳定上海的局势起到十分重要的作用。

中华人民共和国成立后，梁国斌任中共福建省委常委兼省公安厅厅长。1950年朝鲜战争爆发后，逃亡台湾的蒋介石集团凭借美国的支持，蠢蠢欲动，叫嚣反攻大陆，匪特活动十分猖獗。为此，党中央作出了关于镇压反革命活动的指示。在中共福建省委和省人民政府主席张鼎丞的直接领导下，梁国斌具体负责全省镇反工作。他正确贯彻执行党中央有关路线、方针和政策，使镇反运动有领导、有计划、有步骤地进行。他先深入漳州地区搞试点，待取得成功经验后，又亲自带领工作组到南平地区考察，总结经验，及时地推动全省各地掀起镇反运动的高潮，稳、准、狠地把反革命分子的嚣张气焰打下去，使各项革命工作得以顺利开展，社会得以稳定，人民政权得以进一步巩固。由于工作成绩突出，他受到了党中央和国家公安部的表扬。在全国第三次公安会议上，公安部部长罗瑞卿特地讲到了梁国斌在福建负责镇反工作所取得的成就，毛泽东听后也表扬了福建的镇反工作，并关心地询问了梁国斌的情况。

1951年11月，梁国斌升任华东公安部副部长兼华东公安部队政治委员和华东分署检察长、社会部部长等职。1954年以后，他历任最高人民检察院副检察长、党组副书记、公安部副部长，中共上海市委书记兼上海市副市长等职。在那一段时间里，他始终坚决贯彻执行党的路线、方针和政策，并根据实际情况，制定切实有效的措施，卓有成效地完成了党交给的各项任务。

1966年"文化大革命"开始后，梁国斌被林彪、"四人帮"反革命集团及其在上海死党所诬陷，罪名是"指使搞黑调查""调查江青哥哥李干卿是假，陷害江青是真，把矛头指向无产阶级司令部"；还诬陷他对林彪、江青搞过"侦控"，安置窃听器等。于是，一帮人对梁国斌实行了非法监禁，使他在精神上和肉体上遭受严重迫害和摧残。这帮人采用"车轮战术"，几次连续10多天、20多天日夜轮番逼供、诱供，不让他休息，把他折磨得不成人样，染了一身疾病。当时他患有肺结核，时常发高烧，咳嗽气喘不止，同时膀胱中发现肿块，小便出血。那一伙死党得知他命在旦夕时，仍恶狠狠地说："要在他死之前搞出材料！"以至他病情严重住院后，对他的逼供、审讯仍然没有停止。1972年，周恩来获悉梁国斌患膀胱癌，便亲自指示安排医生为他动了手术。手术获得成功，他艰难地活了下来。

粉碎"四人帮"反革命集团后，党中央指示为梁国斌彻底平反，推倒一切不实之词，恢复名誉，重新安排领导工作。随即他担任了上海市人大常委会副主任、中共上海市委顾问。任职期间，他衷心拥护党的十一届三中全会以来的路线、方针、政策，认真学习党的文件，并抱病出席各种会议，竭诚为党多做工作，为"四化"建设多做贡献。但是，因为他的身心长期遭受林彪、"四人帮"反革命集团的严重摧残，他的病情不断恶化，1980年3月5日，经多方医治无效，不幸与世长辞，终年70岁。在他的悼词中这样评价："梁国斌同志是中国共产党的优秀党员，是无产阶级久经考验的忠诚战士，是政法、公安战线卓越的领导人之一。"他对党对人民无限热爱，赤胆忠心；对反革命分子嫉恶如仇，坚决斗争；对同志襟怀坦荡，关怀备至；对工作满腔热情，高度负责；对自己严格要求，艰苦朴素。梁国斌逝世后被追认为革命烈士。他的崇高品德和革命精神将永远受到人民的崇敬和怀念。

（本文原载《福建革命烈士传》，中共福建省委党史研究室、福建省民政厅编，福建人民出版社，1998年版）

幸存者的历史功勋

1931年夏的一天早晨,灰蒙蒙的天空,阴霾密布,死气沉沉,沉闷的空气让人窒息得喘不过气来。

此时,在永定虎岗的河坝上,二三十个被反绑着双手的"犯人",正面临死神的到来,他们是被押解来进行"公审"的"社党"(即社会民主党)分子。

后来的历史证明,闽西本来就没有所谓"社会民主党"的反革命组织,哪来"社党"分子?!但是,在极"左"路线盛行下,捕风捉影兴起了肃"社党"运动。那时,虎岗是中共闽粤赣苏区特委所在地,凡是重要的"社党"分子,都要押送到这里处置。

黄亚光

这一天,在这一批"社党"分子中有一个从长汀押送前来"公审"的"犯人",他的名字叫黄亚光,29岁,是长汀地方党早期领导人之一,被捕前是中共长汀县委宣传部部长兼秘书长。黄亚光秉性耿直,出于对党忠诚,实事求是,公开站出来为被捕的长汀县苏主席黄继烈所谓"社党"分子辩护,而遭到株连。

黄亚光原名黄逢霖、黄雨生,长汀县城关人,家庭出身自由职业,小时候就读于汀城模范小学、汀郡中学(龙山书院)。中学毕业后,几个同学一起走路到漳州报考出国留学，考生100多人，他考试成绩优异，名列第二名。黄亚光被分配到日本高等农林专门学校植物病理学系，学制四年。没想到校址不是在日本，却是设在被侵占的台湾台北市。教师中有位卢道半林是个进步人士，从他那里，黄亚光第一次看到英文版《共产党宣言》，才知道有共产党组织，才懂得什么是无产阶级，什么是资产阶级。1924年毕业时，香港陈嘉庚聘请他到厦门陈嘉庚办的集美学校当教员。那时他不知道陈嘉庚是个爱国侨领，只认为他是香港大资本家，而黄亚光接受了共产党思想影响，所以不愿帮资本家做事，半年后就辞职不干，回到长汀，在省立第四高中、第七初中学校当教员，教历史课和图画课。黄亚光从小学开始就爱好图画，通过自学，用铅笔、毛笔画山水、人物，以后也学习外国的油画。由于他天资聪颖，美术成了他的特长，经常有人送笔送纸送钱来请他画，画了拿去张挂。

受旅粤学生在广州创办进步刊物《汀雷》的影响，在黄亚光的组织发动下，联合汀州省立七中、女子师范等学校，成立了长汀县学生联合会，并创办了进步刊物《长汀月刊》。该刊大力宣传五四运动以来的新思想，不断揭露封建社会的罪恶，抨击军阀、官僚、土豪、劣绅的反动本质，对长汀的革命运动产生了积极的影响。

1927年9月初，南昌起义军在周恩来、贺龙、叶挺、刘伯承、朱德等率领下，从江西来到长汀。起义军中有一位招募处长周肃清，在1926年北伐时认识了黄亚光，周肃清介绍黄亚光认识了起义军政治保卫处处长李立三，李立三交给黄亚光一项重要任务，配合起义军捉拿土豪劣绅筹款。黄亚光找到了王仲颜、段奋夫、罗化成、罗旭东，6人化装成起义军士兵分头带领保卫处武装捉拿了一批豪绅官吏，还在府学门前召开群众大会，镇压了段、丘、姜、赖等四名豪绅官吏，帮助起义军筹到了6万银元军饷。经过这次革命考验之后，李立三与周肃清介绍黄亚光加入了中国共产党。接着，又由周肃清代表起义军前委创建成立了中共长汀支部。黄亚光负责支部宣传工作。

起义军南下后，土著军阀郭凤鸣旅乘虚而入，盘踞在长汀、上杭一带。这时，中共长汀支部发展为中共长汀特别支部，特支主要任务是开展学生运动，打入郭凤鸣内部策划兵运工作，同时利用傅连暲帮助郭凤鸣看病的关系，在汀城王衙前刘家祠开办了"长汀训政人员养成所"。从长汀、连城、宁化、清流选拔一批先进青年农民为学员，黄亚光与王仰颜、段奋夫、罗化成等地下党员担任教员，连续办了二期，为闽西培养了一批农民运动的骨干力量。

后来，特支的力量转移到新桥开办省立长汀乡村师范，黄亚光仍以教员的身份进行地下工作。他与地下党员阙宝兴等人在校中成立了"文学研究会"，介绍中共中央主办的《新青年》《向导》等宣传马列主义的杂志、书籍，组织学习引导师生走革命道路，有20余人被吸收加入共产党、团组织。其中长汀的童小鹏、肖忠全，宁化的徐赤生，清流的吴敏南，归化的邱文澜等后来成为各地党的优秀领导干部。

1929年3月，毛泽东、朱德率领红四军首次入闽，歼灭郭凤鸣旅，解放长汀县城。3月20日，红四军在辛耕别墅召开前委扩大会议，会上，前委书记毛泽东正式批准成立中共长汀县委，黄亚光被任命为县委宣传委员。

红四军前委扩大会议后，毛泽东代表前委向中央写了《关于攻克汀州及四、五军江西红二、四团行动方针等问题向福建省委和中央的报告》。这是一份绝密文件，当时党中央在上海，为了不使文件落入国民党特务手中，及时而安全地寄往上海，便把此项重要任务交给了黄亚光，由他秘密书写。黄亚光有一套秘密书写方法，那是起义军李立三、周肃清教给他的，用新毛笔蘸浓汁米汤书写在毛边纸上，等米汤干后，再用碘酒刷米汤写的字，字即会呈现出来。黄亚光用这种密写方法，在上海商务印书局教科书的字与字行间，将毛泽东向中央的报告进行密写，然后通过汀州邮局地下党邮递员罗旭东邮寄给上海党中央，顺利地完成了党安排的任务。黄亚光利用这种密写方法为党做了大量的情报工作。

1931年夏，闽西盛行肃"社党"运动，黄亚光当时任长汀县委宣传部部长兼秘书长，正在涂坊的赖坊村召开长汀县苏代表大会。黄亚光被诬陷为"社会党分子"遭到逮捕，押往永定虎岗严刑拷打监禁。不久，将他和一批所谓"社会党分子"一起押往河坝上"公审"。

"公审"结果,被押来的二三十名"社会党分子"无一幸免,即将全部执行死刑。就在这千钧一发之际,一个红军战士骑着骏马,风驰电掣般赶到刑场,递上了一封中央监察部公函。对黄亚光免予行刑,交由来人送往红都瑞金。

这如同戏剧般的一幕,可不是编造虚构的,而是真实生活里活生生的事实。后来,黄亚光回忆当时的情景,他说:"临到要杀我的时候,骑马的红军赶到刑场,我才没有被杀。就像做梦一样,我也莫名其妙,不知道为什么"。

原来,中华苏维埃国家银行行长毛泽民,因为国家银行要发行苏区钞票,急需找一个会设计绘制钞票的人,他在江西找不着,就到福建来找。来到长汀后,长汀地下党城区区委书记毛钟鸣向他推荐了黄亚光,但是,他说黄亚光被错误地当作"社会党分子",关押在虎岗狱中,处境很危险,是死是活还不知道,要选用他,就要赶快派人到虎岗救他!毛泽民听了毛钟鸣的介绍,知道这是一个百里挑一、才艺出众的人才,于是立即报告中央,这样就出现了虎岗行刑前富有戏剧性的那一幕。

黄亚光果真是百里挑一、才艺出众吗?这个问题以后的事实完全得到了证实。黄亚光从小就聪明过人,非常好学,学习成绩从小学到中学都名列前茅,中学毕业后,考入日本高等农林专门学校植物病理学系,学制四年。毕业后,他没有从事所学的专业,而是回到故乡长汀省立第四高中、第七初中当教员,教历史课和图画课。图画是他的特长,他从小就喜爱画画,虽然没有上过美专之类学校,可他的画一点也不比上过美专的人逊色,他不但会画素描、画山水、画人物,也会油画。由于他天资聪颖,勤奋好学,画艺超群,他的名气不胫而走,学生年代,便经常有人送笔、送纸,甚至送钱来请他画,画了拿去装裱张挂。

黄亚光在瑞金被安排到中央政府总务厅文书科工作,开始一段时间,他除了给毛泽东誊写文稿之外,实际上他都在为国家银行设计钞票。由他设计的苏区钞票有一角、二角、五角、一元、二元、五元等。

1932年4月,黄亚光为中央苏区邮局首次设计了第一张苏区邮票,共设计《战士图》《冲锋图》《团结图》《旗球图》等十多种图案邮票,有半分、一分、三分、五分四种面值，后来又增加设计二分、八分、一角三种面值及欠资邮票。

1933年8月，中央苏区国家银行正式发行经济建设公债300万元。公债卷图样仍由黄亚光设计，金额分为五角、一元、两元、三元、五元。债券上方印"中华苏维埃经济建设公债"字样。在各级苏维政府宣传动员下，公债被认购一空。黄亚光是中央苏区钞票、邮票和公债券的第一个设计绘制人。他这种创造性的工作，为党和苏区军民提供了经济保障，并为打破敌人的经济封锁发挥了重要作用。

黄亚光是留学生，文化水平高，毛笔字写得很漂亮，所以，毛泽东起草的文稿一般都让黄亚光誊正。因为毛泽东的字体洒脱，不易识别，黄亚光的字体端正。例如毛泽东起草的《关心群众生活，注意工作方法》《才溪乡调查》等，都是经黄亚光抄正之后颁发的。

瑞金沙洲坝大礼堂大门上方的"中华苏维埃共和国临时中央政府"14个大字横幅，字体端庄、美观，挥洒自如，也是黄亚光题写的。

这位血雨腥风中的幸存者黄亚光，一位肃"社党"的受害者，虽然后来安排在中央政府总务厅文书科工作，却被停止了党籍，可他不计个人恩怨，仍然对党忠心耿耿，无私奉献自己的聪明才智，为中央苏区的金融事业做出了卓越的贡献。他参加了举世瞩目的二万五千里长征，1935年"遵义会议"后重新入党。长征胜利后，历任陕甘宁边区政府秘书主任、陕甘宁边区建设厅副厅长、陕甘宁边区银行副行长、西北农民银行行长等职。新中国成立后，历任中国人民银行西北区行行长、中国人民银行总行副行长、福建省委书记、省顾问委员会委员等职。

巾帼英烈唐义贞

1935年1月31日，一个北风怒号、数九寒天的清晨，从遭敌血洗的四都下赖坝村，押出了三位红军战士，走在前面那位女红军，白皙清秀的脸上伤痕道道，身上的棉衣撕破多处，露出白花花的棉絮。

他们神情坚定，正气凛然，向河坝上三棵栗树下缓步走去。一阵罪恶的枪声响过！三位红军战士壮烈牺牲了。

这位坚强的女红军，她的名字叫唐义贞。唐义贞又名一真，1909年生于湖北武昌金门镇中医家庭，1927年4月，在湖北女子师范学校念书时，年仅17岁就加入中国共青团，5月由团转党。唐义贞女师毕业后，担任汉阳蔡甸团支书和汉阳县第一届妇委会委员长。1927年秋，党组织派她到莫斯科中山大学（不久改称中国共产主义劳动大学）深造。在学习期间，与驻莫斯科中国共产党代表团团员、少共国际代表、团中央宣传部部长陆定一同志结为休戚与共的伉俪。后被王明一伙罗织"反对支部局"的罪名，被无辜开除了党籍。1930年，唐义贞回到上海，担负党的地下工作，并恢复了团籍。1931年，到江西瑞金中央苏区任中革军委总卫生部药材局局长兼卫生材料厂厂长，后转为中共党员。

唐义贞

1934年10月,由于王明"左"倾错误,导致第五次反"围剿"失败,福建省委、省苏跟福建军区部队一起退出长汀城,转移至四都的崇山峻岭之中。这时,唐义贞因怀孕在身,将要分娩,不能随中央机关长征,毅然与丈夫陆定一同志再次分别,和派往福建省委任秘书长的毛泽覃及贺怡等同志一起,从瑞金来到长汀。当唐义贞到长汀东街村省委临时驻地时,领导同志对少共福建省委宣传干事陈六嫲交代说:"这位同志是中央派来我们这里领导工作的,她怀有身孕,身子有困难,你要好好照顾她!"几天后,形势越来越恶劣,省委、省军区等都转移到四都的汤屋山区时,唐义贞就到四都圭田生孩子去了。

　　1934年11月20日,唐义贞在圭田乡苏范其标同志(汀西保卫局区队长)家中,当时只有范妻聪秀妹在家,生下了一个男孩,因念及亲人,故给婴儿取名小定。产后第4天就商定将小定送给范其标、聪秀妹夫妇抚养。不久,国民党三十六师向四都逼近,唐义贞忍痛吻别亲生儿小定,在圭田乡苏两位同志的护送下告别了范其标、聪秀妹夫妇和众乡亲,转移到汤屋(当时福建军区所在地)。这样,唐义贞与陈六嫲等女同志见面了。不过,一两天后,全部人员疏散了。根据党的安排,唐义贞和福建军区胡营长、胡政委的部队约一个营200多人一同坚持游击斗争,陈六嫲也跟她在一起。

　　1935年元月下旬,除夕即将来临,四都的红军处境愈来愈险恶,唐义贞和胡营长、胡政委的部队,原打算悄悄往江西方向去寻找陈毅率领的主力红军,可是当部队来到小金的乌蛟塘大山中时,不知谁毁坏了峭壁上的一座小木桥,以为这样可以切断敌人的来路,殊不知反而被敌人发现了我们部队的去向,敌三十六师迅速地向我部收缩包围圈。

　　1月27日中午,部队吃过饭,唐义贞和陈六嫲在乌蛟塘山上一个草棚里收拾行李时,唐义贞拿出一对银镯对陈六嫲说:"这一次我不知道能不能脱险,你是本地人,可能逃得出去,送你一对银镯留作纪念。日后若有人问你,你就告诉他,我丈夫姓陆,叫陆定一。他对我十分好,这辈子不知能不能再见到他。前不久,我在圭田生了一个儿子叫小定,很像他的爸爸,一生下来我就将他送给了圭田乡苏维埃范其标、聪秀妹夫妇抚养。我若能生存,将来母子当会相认,那我儿既是范家人,亦是陆家人,我们两家都有份。我若牺牲了，那就希望我的丈夫、儿子、女儿将来都知道我是为革命牺牲的。"陈六嬷接过银镯说："你放心，范其标、聪秀妹夫妇都是好人，我认识他们，聪秀妹也姓陈，还是我的堂姐，她没出嫁前，我跟她就住在上下屋里。"唐义贞听了很高兴，又送给陈六嬷一件无袖、暗结钮的桔黄色丝绸背袄。尔后，唐义贞背起文件袋和行李跟胡营长、胡政委及战士们一起进乌蛟塘山坑里去了。陈六嬷留下来烧火做饭。下午我军与敌发生战斗，敌我伤亡都很大，我军伤亡和被捕者共有七八十人，陈六嬷也被敌人抓去了。

28日，战士们与敌人又进行了顽强的战斗，最后因寡不敌众，唐义贞、胡营长和胡政委等20多位同志也被捕了，被关押在四都下赖坝敌三十六师团部。

当夜，唐义贞和胡营长、胡政委三人越狱逃出敌巢，拂晓前被发觉，敌人立即出动大队匪兵跟踪追赶。

30日黄昏，唐义贞等三位同志在汤屋村附近的深山凹中，不幸又被敌人抓了回来。敌人将他们的双手捆得紧紧的，以致手的颜色都变成黑的了。陈六嬷经亲友保释。三天前，唐义贞被捕，陈六嬷还煮过面条、豆腐给她吃。现在陈六嬷又煮了东西送去，敌人不允许，看管得很严，陈六嬷站在一旁难过地说："你不跑，恐怕就不会这样。"唐义贞说："你想错了，敌人是不会放过我们的，既然跑不脱，现在难免一死，但是我死也要死在红旗下！"

因为唐义贞等三位同志在突围中打死了不少敌人，被捕后，又不肯交代隐藏在山上的文件袋，还越狱逃跑，所以敌人对她施以严刑，逼她交出文件袋。唐义贞忍受酷刑，始终守口如瓶，表现了她对革命忠贞不渝、视死如归的高尚品质。

1月31日清晨，敌人把唐义贞和胡营长、胡政委三人反绑双手，押往下赖村外。他们视死如归，毫无惧色，向河坝上三棵栗树底下走去。一阵罪恶的枪声响了！接着，一个歇斯底里的吼声嚷道："那个女的吞下了一份重要文件，开膛！"

几个匪兵当即亮出刺刀，惨无人道地将唐义贞烈士的肚子剖开。

年仅 25 岁的唐义贞实现了自己生前的诺言："只要一息尚存，必定为革命奋斗。"战斗到生命的最后一刻，她不愧是一名坚强的巾帼英雄！

(本文原载《福建党史资料》1984 年第 5 期)

危难见忠诚

——罗化成和梁国斌的故事

一

1935年初秋的一个傍晚，在离长汀县城10公里的九里岭上，国民党的一个武装班把40多名被捕的红军战士押往县城。刚走到猪寮湾，一阵狂风刮来，霎时天昏地黑，豆大的雨点劈头盖脸地落下来，领队的敌排长叫苦不迭，因为上司有令，要他把人犯当天押到长汀城。惹恼了天，不得不找躲风避雨处。

猪寮湾是高山顶上一个仅有10多户人家的小村落。敌排长正愁没处落脚时，发现路旁有一座破庙。

庙门是敞开的，大门早已不知去向，庙里也不见人影。敌排长把红军战士赶进破庙，10多个精疲力竭的敌士兵躺在两边走廊上。敌排长让士兵到村民家卸来一块门板，找了两条长凳，在庙门正中一横，就像虎口呲着利牙，看守住关在大殿上过夜的红军战士。

下半夜，当敌排长熟睡时，两条黑影从他的铺板下钻了出去，顺手还将他的一双胶鞋、一个搪瓷脸盆和一个口杯捎带在身（这些东西日后大有用处）。两人出了庙门，穿过小路，便是一处通往谷底的土坡，草深坡陡，两人熟练地滑下坡去。没想到群众最近在那里挖了一个粪坑，两人一下子掉下坑去，搪瓷脸盆掉在坑底，发出了"吭，吭"的撞击声。

敌人被惊醒了，起来查点人数，发现少了两个人，立即循声搜索，还胡乱放了几枪，闹了好一阵，一无所获，才悻悻地回到庙里。

两个黑影从粪坑（这是一个新坑，还没有装粪）爬上来。迅速跑向羊耳坑的安全地带，他俩脱险了！

这两个逃出虎口的人是谁呢？一个叫罗化成，另一个叫梁国斌，他俩都是中共长汀地方党的创始人之一。中央红军长征前，罗化成任福建省苏秘书长兼武装部部长。梁国斌任宁化、清流、长胜、石城地区特委委员、保卫局局长及三分区肃反委员会主任。中央红军撤离苏区后，他们留下来坚持斗争了半年多，战士非常艰苦，最后在闽赣边一次敌众我寡的战斗中被捕，关押在瑞金狱中。

罗化成、梁国斌在狱中都忍受了敌人踩扛子、灌辣椒水、鸭子交翼、下地雷公等酷刑，始终没有暴露身份，一个说是"伙伕"，另一个说是"马伕"。敌人无法证实他们的身份，决定把他们和一批被抓的红军战士一起押回原籍处理。罗、梁二人只要在长汀一露面，马上就会被人认出来，后果不堪设想。这一招果然厉害。所以，他俩决定在押解途中设法逃脱，继续进行革命斗争。

正当大雨倾盆，进入破庙以后，他们认为机会来了。开始，罗、梁二人蜷缩在地上装睡，待敌人熟睡时，他俩便悄悄地手帮手地解开捆绑的绳子，然后慢慢地爬了出来，来到了羊耳坑大山（离长汀城仅10多公里），白天藏身于密林，夜晚栖身在山上的一座破山神庙里。肚子饿了，采野果、野菜充饥。所以他们认为这时最紧要的不是肚子问题，而是如何与党组织联系上。

他们想到羊耳坑山下不远的地方，有一个梁家村，村头住着一户烧瓦窑的农民，是汀城地下党的一个联络员，叫老李哥。

天黑之后，两人悄悄下山到了梁家村，轻轻叩开老李哥的家门。出来开门的是老李哥的妻子，进屋后才知道老李哥不久前也被敌人杀害了，剩下孤苦伶仃的妻子和女儿俩人相依为命。老李哥的妻子告诉他们：国民党三十六师驻在长汀城，大搞白色恐怖，大街、小巷都布了岗哨，地方保甲实行联保，离开四大城门一步都要检查"良民证"，险要隘口把守更严密。梁国斌虽然家在城关，这时有家也难回。梁家村也有一个联保甲长，所以不能久留。老李哥的妻子将剩下的几斤大米全煮成饭，罗、梁二人几天来未进一粒米，狼吞虎咽地把肚子填饱。临走前，梁国斌恳求她天明后前往城里一趟，无论如何要帮他找到弟弟梁友三。老李哥的妻子一边点头，一边把吃剩的饭用袋子装好，让他俩带回山去。

他们知道她母女俩的生活特艰难，身上又无一文钱给她，接过硬塞过来的饭包，怀着感激而又惆怅的心情返回山中去了。

二

回到庙里，他们再也无法入睡，反复思忖如何解决钱粮问题，如何摆脱困境……罗化成突然想起主力红军撤退前，他曾经和一位银行科长在瑞金和会昌之间的鸡公栋下，一起埋藏过一瓦罐的法币和金条。如今无钱无粮，何不去取来先用？想到这里，他把这件事对梁国斌说了一遍。

梁国斌听了说："好是好，只怕藏钱的地方难找，白跑一趟冤枉路。"

"不会！"罗化成蛮有把握地说，"那个地方有一个村庄，村头有一棵大樟树，钱罐就埋在大樟树兜下，肯定能找到。"

罗化成是个坚毅顽强又老成持重的人，年龄比梁国斌大15岁，梁国斌向来把他当作大哥看待，言听计从。现在听罗化成说得那么肯定，便从地上一跃而起，说走就走，二人连夜马上行动。

他们专拣大山中崎岖小路从南拐向西行。天亮了，躲进篷垄里隐蔽；夜幕降临，他们又开始赶路，绕过敌人的重重哨卡，昼伏夜行了10天，老李哥妻子送的饭粮一天吃几口，早吃完了，也终于到达了目的地。

当他俩从大樟树兜下挖出那个钱罐时，高兴得一身疲劳和饥饿一扫而光。

钱和金子都在，但因埋藏时间过久，法币大部分霉烂了，能用的只有五六百元。当梁国斌把钱和金子全部包起来要往回走时，罗化成却叫住他："慢点，我们不能全部带走！"

"为什么？"梁国斌诧异地问。

"这些钱不是我单独埋藏的！那位银行科长倘若在战斗中挂了花，如果他还活着，也需要用钱，他同样会来取的，我们还要替他着想。"

"说得对！"梁国斌表示完全赞同，并建议说：我们能不能带一半，埋一半?"

"好的,我们想到一块去了。"

于是,他们取出法币 300 余元,金条约三两,留下一半放回瓦罐里,埋回了原处,还仔细地在地面上铺了草,检查不出破绽后,他们这才起身返回。

走到半路,他们发现一个敌哨棚,两人盯梢良久,不见动静。罗化成蹑手蹑脚靠上前去,发现是一座空哨棚。地上放着一只鸡笼,抛了满地的鸡骨头,估计鸡是被敌哨兵杀了吃光了,鸡笼里还有一把喂鸡的米,有的沾在鸡屎上,罗化成不管脏不脏,统统拣起来,用纸包着,走出哨棚,揉揉干净,递给梁国斌:"你快去洗洗,把它吃了填个肚子!"

梁国斌不肯吃,说:"不,我顶得住,还是你吃吧!"

罗化成急了,说:"好兄弟,你就不要推让了,你身子单薄,快先吃了吧!"

梁国斌推辞不过,拿了米走到山泉边,喝了几口水,又将米包塞进裤袋,走到化成面前,咂咂嘴道:"我全吃了,满意了吧?"

"早该如此!"罗化成说:"这里不能久留,快走吧!"

离开了敌哨棚,不久天就黑了,再走一程,眼看快回到羊耳坑了,不料草丛里窜出一条青竹蛇,突然在罗化成的腿上咬了一口。他过去作过乡医,懂得毒蛇的厉害,急忙跑到小溪边,用力挤出伤口的血,让毒液流出来,并用溪水清洗了伤口,尔后,在梁国斌的搀扶下,坚持回到了羊耳坑山中。

三

罗化成被毒蛇咬伤,既没有药,肚子又空,没有丝毫的抵抗力,腿越肿越大,毒气慢慢向肚脐蔓延,他痛苦地呻吟,性命处于危急之中。

梁国斌想起那一把喂鸡米,便生了火,用那个搪瓷脸盆,熬了一口杯稀饭给罗化成喝了。他精神好了许多。当罗化成明白这稀饭的来历时,感动得热泪盈眶。当晚,梁国斌冒险再到老李哥妻子家,老李哥妻子报告了一个喜讯:她已找到了梁国斌的弟弟梁友三,梁友三说他很快就会上山来找你们……

　　第二天，梁友三从家里出来，肩上挑着一副做"地"（坟墓）的担子，一头谷箩，一头畚箕，谷箩里装着一个"金斗"（收藏死者骸骨的瓦罐），罐口上用大红纸扎得严严实实。他把蛇药、干粮和盐就藏在"金斗"中。一旁还放着"杨公菩萨"（一块削尖了的木桩，上面扎着一块红布），另一头畚箕里装着山锄和铁匚，还有猪头、花鸡、鱼等三荤祭品，让人一看就知道他是去给人家起工"捡金"（收拾骨骸）的。城门口的哨兵只看了一眼，就放行了。

　　梁友三来到羊耳坑山上，见四处无人，便"嘘——喳喳"，装喜鹊叫。梁国斌听见暗号，马上从树丛中钻出来接应。原来梁友三也是共产党员，他接到老李哥妻子的口信后，立即向地下党书记毛钟鸣作了报告，毛钟鸣便替梁友三想出了今天的联络办法。

　　梁国斌看见弟弟，高兴得落了泪。他知道弟弟带了蛇药，立即带他来见罗化成，梁友三见到罗化成的第一句话就说："党组织很关心你，派我送药来了。"

　　奄奄一息的罗化成听后使出全力说："感……谢……党！感谢……同志们……"说完他就昏了过去。

　　梁国斌与弟弟赶紧从"金斗"中取出蛇药，又服又洗，一会儿，罗化成便苏醒了过来。

　　那蛇药真灵验，加上地下党经常派罗友三夜间上山送干粮和补品，不久，罗化成的伤腿便完全好了。

　　这时，他们的处境也越来越艰险，国民党反动派对坚持斗争的游击队和苏区人民，进行了疯狂的"清剿"和残酷杀害，到处实行"移民并村""十杀令"，使"苏区无不焚之屋，无不伐之树，无不杀之鸡犬，无遗留之壮丁，闾里不见炊烟，田野但闻鬼哭"。

　　一个月色蒙蒙的深夜，毛钟鸣和梁友三悄悄来到羊耳坑看罗化成和梁国斌。大家见面，都不免黯然神伤。毛钟鸣心情沉重地说："羊耳坑非久留之地，为了保存干部，积蓄力量，党组织打算将你俩暂时转移香港。"

　　罗、梁都不愿意去，都说不愿离开党组织，要和大家战斗在一起。

毛钟鸣劝导说:"革命斗争有进有退,你们没有离开党组织。香港也有党的地下组织,我介绍你们去联系!"他边说边从怀里取出一封信,说:"你俩拿着,去香港找一位叫邓芳的人,他是苏区中央保卫局局长邓发的哥哥……"

毛钟鸣和罗、梁二人都是长汀并肩战斗的早期地下党员,他们互相信赖,亲如兄弟,无话不说。毛钟鸣便把结识邓芳的经过述说了一番:红军长征前,邓发有个一岁多的儿子,委托毛钟鸣送往香港,交给他哥哥邓芳抚养。当时国民党对苏区严密封锁,如何才能将孩子安全送往香港呢?毛钟鸣费尽了心思。适逢一个商人前往南洋,途经香港,让该商人保释在押的一个姘妇,扮作一对夫妇带着邓发的孩子一同前往香港,一路平安地将孩子送到邓芳家中……

毛钟鸣讲完这段经过,又从口袋里拿出两张"良民证",说:"这是我们通过关系才搞到的,明天我就派地下党员谢代盛和梁友三一路护送你们到南昌,然后你们自己从南昌往上海乘轮船去香港。"

就这样,罗、梁二人接受组织安排,前往香港。

四

1935年11月间,罗化成和梁国斌顺利地抵达香港,找了一个小旅馆先住下。按照毛钟鸣的安排,罗、梁二人为同胞兄弟,罗是大哥,化名邓坤,梁为三弟,化名邓南。家住上海,生活艰难,来港找堂兄邓芳谋职。

他们在旅馆写了一封信,告诉邓芳他们已经来港。哪知邓芳不在家,到广东做生意去了,由其弟邓九到旅馆来接见他们。见面后,邓九也不说明他不是邓芳,只说事先已经接到毛先生的来信,知道两位要来港。接着便带他们到家里。罗化成和梁国斌看到邓发在苏区生养的孩子,毛钟鸣的话得到证实,他们便以为已经找到组织,一切可以放心了。

罗化成从行李袋里取出300元法币和三两黄金,说:"这是我俩带来的全部生活费,住在旅馆诸多不便,打算拜托堂兄代为保管,要用钱时我们再来取。"

"当然,当然,两位只管放心,放在我家中,再保险不过"。邓九满口应承地把钱钞和黄金接了过去。

罗、梁二人在旅馆过了几天清闲的日子，还不见组织上来找，心头不安，便主动去找邓九要求道："我们很想得到组织的指示和帮助，能否让我们开始过组织生活？"

此时，邓九才告诉他们：香港没有公开的共产党组织，地下组织他也不知道。

这好比当头泼了一盆冷水，罗、梁二人都吃无甘味，睡不安宁，心情十分苦闷和忧虑。一天，一个相貌酷似邓九的人来到旅馆找他们。他们还以为是邓九，经过谈话才知道他才是邓芳。

原来邓发有三兄弟，邓芳居大，邓发为二，三弟邓九和邓芳如同双胞胎，所以罗、梁误认了。更糟糕的是，邓九很会花钱，又爱赌博，早已将罗、梁二人交给他保管的钱都输光了。

邓芳说出真情，罗化成和梁国斌极为痛心，他们无法再住旅馆，准备在七姐妹山下搭一间小木屋栖身。

这时，邓芳拿出了一百余元购买木板等材料。梁国斌出身建筑工人，罗化成做过公路工程师，他们自己动手搭了一间木屋，木屋旁还砌起了一排猪舍，喂养了三头母猪和50头菜猪，还租借了一块菜地。从此，罗、梁二人成了"猪倌"，以种菜、养猪维持生计。

为了遮人耳目，作为一个家，要有个女主人。罗化成已35岁，当然要他先成家。于是，邓芳给罗化成找了个年轻的妻子叫郑惠群，广东中山县人，从小随父母到香港做杂工。

阿群长得靓，又很会做事。她过门后，三个人更加勤劳，猪也养得更好了。

一天，邓芳兴冲冲跑来告诉他们一个好消息，叫他们不要做"猪倌"了，他通过关系已给他俩找到了好差事：罗化成去当中学教师，梁国斌去学开电车，今后的日子会过得很舒服的。

邓芳的一片热心，使他们很感激。但他们一商量，当中学老师好是好，而开电车就不妥，每天接触人多，容易暴露身份，所以还是不去为妙。他们有一个共同心愿：一个共产党员在困难关头不能只图金钱和安逸，忘了为中华民族的解放和人民的幸福而奋斗的远大目标。他俩婉言谢绝了邓芳的好意，邓芳不但不怪他们，反而深受感动，促使他考虑早日帮助他们找到党组织。

五

罗化成和梁国斌日夜忙个不停，但是他们心中无时无刻不在思念党。毛钟鸣说过："……你们没有离开党组织……"这声音犹在耳边回响……

每每想起这句话，他们心里仿佛感受到一种温暖，一种力量。凭着坚定的信念，他们通过邓芳的帮助，相继结识了油麻地小学教师廖然和阿欧，还有工友马如堂等几位中共党员，他们组织了九龙临时党小组，每星期开一次会，学习讨论党的抗日民族统一战线的方针、政策，秘密印发了宣传抗日救亡的小册子《铁流》。1936年夏，罗化成和梁国斌便正式与香港中共南委接上了组织关系。

七七事变后，抗日的烈火越烧越旺。

在这些日子里，罗化成和梁国斌的心情非常焦急，迫切要求南委领导同意他们的要求，让他们投身到祖国抗日前线去！

罗化成的内心是有些矛盾的。他已经有了一个小家庭，妻子阿群勤劳能干，跟着自己喂猪、种菜，苦累脏臭什么苦都吃过。就是还没过上一天好日子。新近又生了一个胖小子，她干活更起劲，不但孩子抚养得白白胖胖，还照常做饭、喂猪，她不知疲倦地操劳着，脸上还一直挂着笑容。罗化成真不忍心离开她和孩子。但是，倘若带着老婆孩子一起走，能跟自己一起上抗日前线吗？要是儿女情长，舍不得离开，自己还算个共产党员吗？还能实现自己的意愿，重新穿上军装，奔向抗日前线冲锋陷阵吗？想到这，罗化成下定决心，不再犹豫了。

1937年10月，中共南委接受了罗化成、梁国斌的请求，同意他们回闽粤赣边省委安排工作。

罗化成、梁国斌就要离别香港回内地了，然而，他们在阿群面前没有表露出半点蛛丝马迹。罗化成早早地做好了安排，把积攒下来的钱，以及所有的东西，准备全部留给阿群母子俩，还留下了一封信，劝她莫难过，别悲伤，他到了目的地，就会把一切情况告诉她！

　　第二天一大早，罗化成和梁国斌找了一个借口，说是要去轮渡码头为朋友送行。他俩什么也没带，空着双手走出家门，没有引起阿群的任何怀疑。当罗化成和梁国斌满怀喜悦回到渴望已久的闽西时，这块红色土地正燃起熊熊的抗日烽火。已经竖起了新四军二支队的大旗，张鼎丞、谭震林分别担任该支队正、副司令员。他们任命闽西人民的忠诚儿子罗化成为新四军三支队军医处长（不久即提升为二支队政治部主任），梁国斌为新四军二支队驻龙岩办事处主任。

　　他们回到闽西，又要离开闽西，奔赴大江南北抗日前线。他们深情地注视着闽西的山山水水、一草一木……

　　啊，红土地呀红土地

　　我们是您身上的一撮土、一粒小石子

　　无论撒到哪里，哪怕天涯海角

　　我们都永远和您在一起……

　　我们的颜色永远还是那样通红通红的。

（本文原载《福建党史月刊》1992年第3期，原题目《情系红土地》）

抗日铁骑刘云彪

刘云彪，又名文标，1914年出生于福建省长汀县濯田露潭村一个撑船、务农家庭，从小在浪里闯、田里滚，练就了倔强刚毅、机警练达的性格。1930年，他投奔红军，翌年加入中国共产党，经历了中央苏区五次反"围剿"战争，从通讯员、通讯班长，成长为团部侦察排长。长征中，又被提拔为红一军团直属侦察连长。

1935年10月，刘云彪率部在宁夏青石嘴一举击垮国民党骑兵第七师两个连，缴获了一批马匹。他接着又在陕北吴起镇战胜马鸿宾的骑兵部队，再一次缴获了大量马匹和其他装备。军团部决定，把缴获的马匹留给侦察连，成立骑兵侦察连，任命刘云彪为连长，从此，开创了红军建立骑兵队伍的历史。

刘云彪

1936年初，红军开始东征。刘云彪带领骑兵连从陕北的宋家川渡过黄河，像一把锋利的尖刀直插阎锡山的巢穴山西，在孝义县的兑九峪歼敌一个步兵营，俘敌300多人。尔后又在洪洞俘获敌一个骑兵连200人马，经过抗日宣传后，他们愿意留下抗日，被扩编为红军骑兵第二连。之后，刘云彪率部马不停蹄南进，在闻喜县东镇又消灭敌商震一个营，缴获大批武器弹药和马匹。这样，骑兵连扩充为600余人马。同年5月，在保安县

（今志丹县）正式成立红军第一个骑兵团，年仅23岁，骁勇善战的刘云彪为团长。

七七事变后，八路军开赴华北抗日前线。这时，刘云彪骑兵团改编为八路军一一五师骑兵营，六百余人马不变。在一一五师出师抗战第一仗——平型关战役中，刘云彪奉命率骑兵营进攻战略要地倒马关。9月23日清晨，全营铁骑以迅雷不及掩耳之势，歼灭了城头堡日寇，抢占了倒马关城。日军不甘失败，一次次纠集人马反扑，刘云彪毫不畏惧，沉着果断指挥骑兵以神速勇猛的战术迎战，打得日本鬼子丢下数十具尸体，落荒逃命而去。

倒马关一战，是我骑兵部队第一次对日作战的胜利，极大地鼓舞了士气，打乱了日本鬼子南犯的美梦，保障了平型关我军主力的右翼安全，并为平型关大战拉开了胜利的序幕。

平型关大战后，由于国民党军弃守保定南退，日军大部沿平汉路南下，满、完、唐、曲等县城相继沦陷，曲阳城沦为日军当时的重要兵站。刘云彪奉师部命令，在聂荣臻司令员指挥下，与肖锋政委一起率骑兵营向平汉线保定至定县段西侧挺进，首先消灭了日寇驻曲阳的兵站，收复了曲阳城，缴获各种军用物资及饼干、罐头6000多箱。刘云彪下令将大批食品分给当地群众，群众感激地说："跟着共产党，抗战有希望，参加八路军，抗战定打胜。"接着，刘云彪又率领全营收复了唐、完、满等县城，肃清了当地的汉奸、伪组织和土匪，开展了群众工作，并积极帮助创立人民义勇军，为后来建立第三军分区，开辟北岳区抗日根据地，建立了不朽功绩。

1938年5月，为配合徐州会战及保卫武汉战役，刘云彪奉命与蔡顺礼政委一道率骑兵营越过平汉路、冀中平原，向津浦线出击，取得了丰硕战果。10月，日寇对我晋察冀军区腹地进行"扫荡"。骑兵营日夜兼程奔驰150公里，袭击日军指挥部高门镇，经过一天一夜激战，拔掉了日军高门镇指挥部，使进攻我游击区的敌人一时失去指挥，有力地促进了军区反"扫荡"战役的胜利。

为适应抗战形势的发展，更好地发挥骑兵部队的神威，1940年初，骑兵营扩编为晋察冀军区骑兵团，刘云彪任团长，蔡顺礼任政委，下辖四个营，共5000余人。不久，刘云彪又亲率骑兵团投入华北"百团大战"和反"扫荡"战役，在战斗中，这支抗日铁骑给了日寇沉重的打击。

刘云彪在开辟和建立晋察冀抗日根据地的艰苦斗争中，不幸患了肺病，并日益严重。聂荣臻司令员对他十分关心，经常询问他的病情，劝他注意休息，并安排他住院治疗。但是刘云彪一心为着抗日，把个人生死置之度外，病重时仍时常回团里指导工作。1942年4月12日，刘云彪因病情恶化，医治无效，溘然长逝，时年29岁。

1942年6月，为纪念晋察冀骑兵团团长刘云彪，当地将望都县改称为云彪县。

（本文原载《福建党史月刊》1995年第6期。后载《福建红色人物》上卷，中共党史出版社，2012年版；《福建英烈传略》，福建教育出版社，2015年版）

卓越的农民运动领导人邓子恢

邓子恢是创建闽西革命根据地的主要领导人之一。他曾多次到长汀进行重要的革命活动。1929年，毛泽东、朱德率领红四军首次入闽，已经担任闽西特委书记的邓子恢，从上杭日夜兼程赶来长汀，行至离长汀不远的畲心村时，获悉红四军已回师瑞金。来不及当面向毛泽东、朱德汇报请示工作，他就以书信方式，赶写了一份关于闽西历年斗争情况与敌我力量分布的报告，派专人秘密前往赣南找到红四军前委书记毛泽东，请求红四军再次入闽，帮助闽西开展工作。红四军前委收到邓子恢这份详细报告后，决定避开赣敌进攻锋芒，乘闽西敌军空虚，于5月再度入闽。闽西才出现了"红旗跃过汀江，直下龙岩上杭，收拾金瓯一片，分田分地真忙"的大好局面。

邓子恢

1930年6月，毛泽东在长汀南阳（今属上杭）主持召开了"南阳会议"。会上，邓子恢代表闽西特委介绍了由他提出的"抽多补少，抽肥补瘦"进行土地分配的重要原则，受到毛泽东和与会代表的赞扬肯定，为土地革命作出了重大贡献。

1938年3月，邓子恢与张鼎丞、谭震林率领新四军二支队北上抗日经过长汀，恰逢孙中山逝世13周年，汀州各界人士在省立长汀中学召开纪念大会。邓子恢在会上发表了题为《纪念孙中山》的演说，高度评价了孙中山的伟大历史功绩。

邓子恢是一位传奇式的、卓越的农民运动领导者,只要他走到哪里,哪里的农民运动便蓬勃兴起,他对闽西、闽东、闽南和闽中的农民运动都作出了彪炳千秋的贡献。

1982年,笔者参加了福建省民间文艺家采风团,前往连江县采风,被安排到革命老区透堡村采访。通过此次采访了解到,土地革命时期,连江全县只有透堡村杨而菖一个共产党员,他年轻且缺乏斗争经验,邓子恢深入透堡发动群众,组织透堡的减租斗争,建立了连江县第一个党支部,农会会员发展到两百多人。邻近的马鼻等乡村纷纷仿效透堡的经验,开展农民运动。后来,连江县、福安县都成为闽东游击斗争的主要根据地。

笔者现将在连江县透堡村采访到的邓子恢的真实故事整理出来,虽然故事不是发生在长汀,但是透过这个故事,可以领略"一位伟大的无产阶级革命家,杰出的马克思主义者,著名的政治活动家,卓越的农民运动和农村工作专家"邓子恢当年领导农民运动的卓越风采。

一

透堡村,这个革命的乡村,坐落在东海之滨的连江县。四周布满肥沃平坦的良田,村里有一条蜿蜒的小街,几十家店铺,人口密集,村舍集中,是个拥有五六千人的大乡村。但是,80%以上的土地掌握在地主手中,他们以重租盘剥,压得农民连气都喘不过来。

1931年秋,田野上一片金黄,秋收即将开始。一天,透堡地下党员杨而菖同志家里来了一位稀客,中等身材,方脸上嵌着一双深邃而机警的眼睛,笑容可掬,貌似平常,气质非凡。他就是威震敌胆的中共闽西特委书记、闽西苏维埃政府主席邓子恢同志,时任福州中心市委巡视员,专程前来连江巡视指导农运工作。

这时的连江还没建立县委领导组织,只有杨而菖一位共产党员。杨而菖念过中学,后在透堡村当小学教员。由于年轻,缺乏斗争经验,虽然他已经建立一个60多人的秘密农会,但活动却开展不起来。

邓子恢问他是什么原因,小杨想了一下回答说:"大概是因为这里的农民太穷了，要找饭吃，整天种地，或替人帮工，起早摸黑，劳累不堪，夜里倒头就睡，没空来开会。"

邓子恢听后又问："农会成立做了什么事？会员得过什么好处没有？"小杨摇摇头，叹了一口气说："没有。"

邓子恢亲切而坦率地启发小杨："我看没有斗争目标是农会不起作用的主要原因，他们虽然加入了农会，说要革命，可是眼前没有得到什么好处，不能解决当前困难，行动当然不会积极，你看是不是？"

小杨心头豁然一亮，连连点头道："对呀，可惜我过去没有想到，现在我们该怎么办？"

邓子恢说："眼下正当秋收，减租是最好的斗争口号，也最符合广大穷苦农民的迫切要求。"

"减租？"小杨露出惊异的目光，看着邓子恢说，"减租，国民党怎么会允许？1927年国共合作时，连江县曾宣布过'二五'减租，但蒋介石'四一二'清党反革命以后，'二五'减租已成为非法的了。"

邓子恢听后解释说："国民党不准'二五'减租，并不等于我们不能领导农民用斗争来实现减租，只要大多数农民发动起来，农民要减还是可以减得成功。"

一席话，像黑夜里给拨亮了一盏灯，小杨高兴地说："好呀，夜里开一个秘密农会，商量商量看！"

二

当夜，十八九个秘密农会会员悄悄来到杨家。杨而菖首先介绍邓子恢与大家认识，说："上级派来了这位林同志（当时邓子恢化名"老林"）今晚同大家见面，大家随便谈谈吧！"

邓子恢是闽西龙岩人，刚刚学了几句福州话，讲起来觉得别扭，干脆由杨而菖当翻译，他像拉家常那样一会向农友们问这，一会问那。

"今年收成好不好？"

"不太好哇，比去年还差。"

"那田租怎么交呢？"

"还不是照去年老样子。"

"交了租，以后的日子好过吗？"

"不好过，顶多能吃到过年！"

"那明年怎么办呢？"

"借债呗，有什么办法呢！"

"借债，多不好，要出多少利息呀？"

"可不是嘛，没利息谁肯借，肯借就算好啦！"

"利上滚利，哪一年才能还得清呀！"邓子恢一面对农友们的艰难处境深表同情，一面将话题引到正题上来。问道："你们秘密农会是为农民办事的，你们办了哪些好事呀？"

众人听了问话，你看看我，我看看你，答不出话来。

邓子恢以商量的口气说："大家看看，今年向财主们减租，替农民办点好事怎么样？"

一个年纪较大的会员，瞪起眼睛惊诧地问："林同志，你是说'二五'减租？嘿！不用提啦，国民党早就不准啦！"

邓子恢看他那个样子，知道他还有思想顾虑，便进一步启发道："国民党当然不准，但我们要减，还是有道理的，因为年成不好。"说到这里，邓子恢缓了缓口气说："'二五'减租不行，少减些也可以，你们说呢？"一个年轻会员马上心直口快地应道："好哇，林同志说得对，我们要减就减，先减他一个两成！"这样一来，会场立刻活跃起来，一个个脸上露出兴奋的神情，互相交头接耳谈了一会。那个年纪较大的会员，还是心有余悸地说："减两成好是好，只怕财主不答应！"

邓子恢胸有成竹地说："财主们当然不会答应，可是今年年成不好，我们有理由减，只要农民齐心，大家都减，就减得成。"

经邓子恢这么一说，农友们欣喜地笑开了。于是，邓子恢也笑着问大家："财主不愿意不管他，先问你们赞不赞成？"

"当然赞成啰！"众人异口同声说。

邓子恢听了满意地点点头。杨而菖接着说："大家赞成了，就一定要办到。可是，财主还有两把秤，大秤入，小秤出，大家看合理不合理？"

"不合理！"

"那该怎么办？"

另一个会员抢着说："我看取消大秤，改用同一杆秤，进出一样。"大家都说："好，好！"

又一个会员说："还有一个除皮不合理，我们交租的谷箩每担只有五六斤，可是财主们收租过秤时，一概除皮10斤，这又该怎么办？"

会员们一个个都说："要按实除皮，谷箩多重就除多重，谁也不能吃亏！"

至此，会议就以"二成减租、进出一把秤、按实除皮"等三条作为农会决议，大家举手一致通过，并决定过几天在杨家祠堂前开一个减租大会。为了开好这个会，农会必须赶快扩大会员，壮大队伍。会议开至深夜，大家才舒心地回家去。

三

会后第四天，透堡村农会从20多人迅速发展到一百四五十人。当即编成几个农会小组，补选了几个执行委员。并决定每个会员再邀二三个尚未入会的农民参加。

"咣，咣咣！议租啦——这是大家有份的事情，快点到杨家祠堂开会啰！咣，咣咣——"透堡街上响起了一阵阵锣声，打破了沉闷的空气，它像春雷一般激动人心，又像春光那样充满希望，锣声犹如战鼓，锣声就是命令！农民们三三两两地向杨家祠堂走去。

突然，从黑暗角落里窜出几个地主狗腿子，拦住打锣的农友，威吓道："你们打什么屁锣，谁叫你打的？"

当时，透堡村还有"地保"，村里有事，都是地主下了命令，"地保"才敢打锣。

邓子恢事先预料到这一点，派了十几个农会会员暗中保护打锣的。那些狗腿子没想到威吓的话还没说完，农会的十几个身强力壮的青年都闪出身来，将狗腿子团团围住，高声反驳道："我们农民有事开会，关你什么屁事？我们爱打锣就打锣，你有什么资格来干涉！"众人一边喝问，一边捏紧拳头装着要捶的样子,那几个狗腿子见势不妙扭头就跑。

"咣,咣咣!"锣声阵阵又响起来,一群群农民像潮水般地向杨家祠堂涌去,有男的、女的、老的、少的,不一会,就来了四五百人,会场上,早已点起了汽灯,照得四周如同白昼。

邓子恢不便公开露面。大会由杨而菖主持召开,他在讲话中揭露地主怎样剥削农民,农民又怎样受地主剥削的事实和道理后,马上又讲到眼前的减租斗争。他说:"现在已经开始秋收了,但今年年成不好,大家又都是同乡同族,应该减一减租,使大家日子过得去,因此,我提议所有田租减两成,好不好?赞不赞成?"

由于会议事先由邓子恢作了周密布置,并充分发动了群众,秘密农会会员又在人群中带头响应举手,所以会议开得很顺利,很热烈,那三条决议:田租减二成、进出一秆秤、谷箩按实除重,一条一条由杨而菖提出来,由群众逐条举手表决通过。

会议正在进行中,混在人群中的一个狗腿子又想破坏了,扯起嗓门叫道:"你们有什么资格议租呀?我们的老爷没有开口,你们议了也不算数!"

农会会员立即气愤地驳斥道:"我们议租为什么不算数?田是我们耕的,汗是我们流的,租在我们手里,爱减多少就减多少,你有什么资格来反对?真是死走狗放狗屁!"大家一边骂,一边向这个狗腿子围过去,吓得他心惊胆战赶紧逃跑。二三十个会员追赶了一程,撵得那些狗腿子再也不敢出来捣乱了。群众的斗争情绪更加高涨,会场上发出一片气愤的责骂声。

减租斗争如火如荼地展开了!地主们见到农民齐心协力,言行一致,不得不按农会决议一一实行,不敢吭声。

农民们个个喜气洋洋,互相庆贺似地询问着:"喂,减了租你能多得多少谷子?"

"我嘛,起码多得两担,你呢?"

"我,总不会比你少吧!"

他们边谈边笑,高兴极了!田野上,割稻的、挑谷的,人来人往,好

185

不热闹。

  前后10来天,透堡的减租斗争胜利结束了!农会会员这时发展到200多人,补选了农民执行委员,并从中发展了几个党员,成立了连江县第一个农村党支部,杨而菖当选为支部书记。邓子恢与杨而菖商量召开了秘密农会,总结斗争经验,用这次斗争事实教育农民:只要大家齐心团结,地主就不敢不依。从此,透堡村的农民运动,在党组织的领导下蓬勃发展。

  (本文原载《邓子恢的故事》,中共新罗区委宣传部等单位编,中共党史出版社,2018年版)

张鼎丞关心长汀地下党

1938年3月11日，新四军二支队2000多名战士在司令员张鼎丞、军政治部副主任邓子恢、副司令员谭震林率领下，浩浩荡荡向长汀城进发。

长汀国民党军政当局慑于新四军二支队军威，不敢怠慢，早早纠集军政人员与商、学各界数百人到城郊南薰亭迎接。

工农群众闻讯奔走相告，一传十，十传百，霎时间，沿路街道两旁都站满了工农群众，热情地欢迎工农子弟兵的到来，口号声、爆竹声不绝于耳，和着战士们嘹亮的歌声，汇成了欢腾的海洋，充分反映了老区军民的鱼水深情。

张鼎丞

部队刚住下，张鼎丞就得到长汀地下党毛钟鸣的情报，国民党瑞金地方政府正在调兵遣将，不知企图搞什么名堂。

张鼎丞认为这个情报很重要，必须马上把敌情弄清楚，于是就问原闽西南一、二支队驻龙岩办事处主任、负责打前站的梁国斌该怎么办。梁国斌说，最好派长汀地下党协助我军沿途探听敌人动态，他们中有些人本来就以挑担、小贩面目出现，常来常往于江西，红军长征后，这个地下支部没有暴露，只是目前组织不够健全。

张鼎丞听了很高兴，他认为现在是健全长汀地下党的时候了。于是马上安排梁国斌去做好晚上召开长汀地下党会议的准备。

第二天上午，长汀当局及各界人士召开欢迎大会，张鼎丞在大会上作了《关于国共合作和党的抗日民族统一战线等问题》的演说。晚上，新四军二支队举行文艺晚会，由火线剧社演出了《放下你的鞭子》《万众一心》《送郎上前线》等抗日救亡节目，精彩的演出一次又一次激起了全场观众的强烈反响。

正当国民党当局军政人员被精彩的文艺演出所吸引时，张鼎丞不顾连日来的劳累，在二支队政治部主任罗化成和办事处主任梁国斌带领下，秘密来到长汀地下党毛钟鸣家中，召集毛钟鸣、邓祥、范为民、邓仕诚、梁友三、梁咸德等10多个地下党员开会。张鼎丞亲切地与地下党员一一握手问好。接着向同志们讲了国际国内形势和国共合作、统一战线等问题，并根据新四军二支队离开闽西后的斗争形势，对长汀城区地下党今后的工作任务作了三条新的指示：一是国共虽然合作了，仍然不可麻痹，要注意防止国民党顽固派的破坏；二是地下支部的同志不要公开身份，不要参加新四军（当时邓祥、梁友三等人要求参军），留下搞地下工作，有条件的可打入国民党当局工作，但立场一定要坚定；三是宣传《抗日救国十大纲领》，开展抗日救亡运动。张鼎丞话毕，当即对地下党进行组织整顿，由邓祥任支部书记，毛钟鸣任组织委员（不久任书记）。这时，张鼎丞又说，今天长汀城区地下支部正式恢复了，马上给你们一个任务，派人前往江西沿途了解敌情，并随时向我

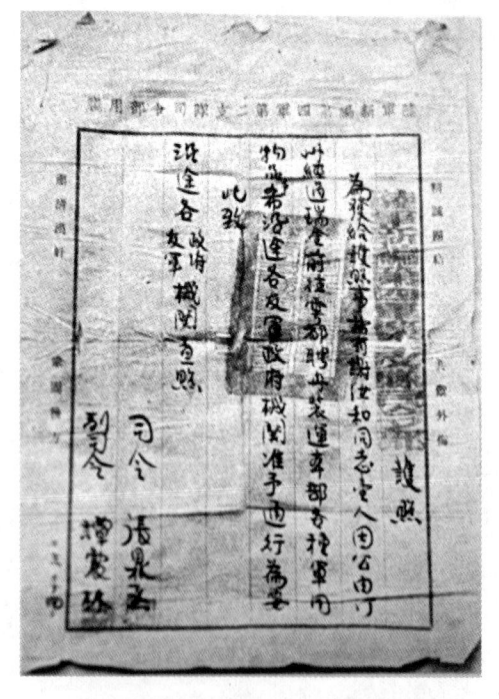

新四军二支队司令部司令员张鼎丞、副司令员谭震林发给的护照（即通行证）。

们报告。会议开至深夜圆满结束。

会后，长汀城区地下党支部立即派出地下党员谢代盛、邓仕诚二人，分两路前往江西。谢代盛化装成挑夫前往石城、瑞金、于都侦察敌情；邓仕诚化装成小商贩从长汀前往瑞金探听敌人虚实。他们都有二支队司令部盖大印的"护照"，上面有司令员张鼎丞、副司令员谭震林的签名。现在县博物馆展出了一张谢代盛保存下来的当年的"护照"，就是历史的见证。来到瑞金城外，他们发现瑞金保安团士兵增设了哨口，检查行人来往。进瑞金城之后，通过小商小贩关系，他们了解到瑞金当地豪绅给保安团4个月饷银，要他们想方设法派出敌军阻止新四军二支队进入瑞金城。邓仕诚探听确定后，便连夜返回长汀城区向张鼎丞作了报告。

3月14日，张鼎丞率领二支队离开长汀向瑞金前进。为了顾全大局，避免摩擦，张鼎丞决定部队不入瑞金城，绕小路经元坑、武阳往于都。避免了一场不必要的军事冲突，这一维护团结抗战的实际行动，受到赣南地方人士的赞扬。

长汀城区地下党支部在张鼎丞关怀下，党组织一恢复，就为协助新四军二支队开赴抗日前线做好前站工作，作出了自己的努力和贡献。

（本文原载《红旗跃过汀江》，北京燕山出版社，2003年9月版。曾获福建省第四届民间文学优秀作品二等奖）

傅连暲日夜兼程救主席

1934年秋天的一个下午，中央红色医院院长傅连暲正在医院给红军战士看病，突然接到中央人民委员会主席张闻天的紧急电话，告知一个不好的消息，毛泽东在于都病了，病情非常严重，要他亲自前往救治。

傅连暲接完电话，马上收拾好各种急救药品、听诊器、体温表和注射器等，骑上一匹骡子就快速上路了。

当时，傅连暲的身体也很差，患有肺病、胃病和痔疮，天天都在吃药。瑞金至于都90公里。金秋时节，烈日炎炎，别说患了病的人，就是身强力壮的小伙子，长途跋涉也是很辛苦的。然而，傅连暲给毛泽东治病心切，他不顾自己从来没有学过骑马，也不顾痔疮痛，为了争分夺秒早点赶到于都，他骑着骡子拼命往前赶，途中一刻也不停留，经过一天一夜的奔波，终于在第二天的傍晚赶到了于都毛泽东住处。

毛泽东的秘书、警卫员和医助钟福昌一见傅院长来到，个个都转忧为喜。

傅连暲顾不上跟他们说话，一跳下骡子，立刻就到毛泽东房间。这时，毛泽东躺在一张木床上，额上敷了一条冷毛巾，他的嘴唇开裂了，呼吸很急促，双颊烧得通红，颧骨高高地突了出来，整个人比以前瘦多了。傅连暲看了毛泽东病成这个样子，心里感到说不出的难受。

毛泽东听到了脚步声，睁开眼瞧了傅连暲一眼，吃力而微弱地说："傅医生，你来了！"傅连暲连忙走到床跟前，说："主席，我来了。"说完，他马上拿出体温表和听诊器，经试体温，发现水银柱很快升到摄氏41

度，傅连暲心里大吃一惊，但他极力控制惊慌，保持镇静，细心做好检查。他戴着听诊器，仔细检查了毛泽东的胸部、背部和腹部，幸好还都正常，就是腹部有点胀。当时那里没有显微镜，也没有X光，不能验血和透视，检查只能到此为止。

傅连暲一走出屋，毛泽东的秘书、警卫员都围过来，焦急地问："傅院长，主席的病怎么样？"

"体温很高。"他作了一个简单回答后，为了正确判断病情，傅连暲向医助钟福昌问话，了解毛泽东患病的情况。

"主席什么时间开始发烧？给他吃过什么药？"

"发烧已三天了，给他吃过奎宁，一直不退烧。"

"吃过东西了吗？"

"三天没吃东西了，只喝了点米汤。"

"有时昏迷吗？"

"不昏迷，头痛得厉害。"

究竟是什么病呢？傅连暲凭自己高超和丰富的医疗经验，估计有三种可能：肺炎、肠伤寒、恶性疟疾。毛泽东虽然时有咳嗽，但胸部正常，又不见吐铁锈痰，不像肺炎；腹部虽较胀，但经过灌肠后，松软了，且神志清醒，身上又不见斑点，也不像伤寒；三种可能否定了两种，傅连暲判断毛泽东得的是恶性疟疾。当时正是疟疾流行季节，当地蚊子非常多，毛泽东床上没有蚊帐，所以传染上了这种病。钟福昌虽然给毛泽东吃了奎宁丸，但药量不够，所以无济于事。

傅连暲把自己的诊断，并准备注射奎宁和咖啡因，口服奎宁丸的治疗方案告诉毛泽东后，他同意了。于是，傅连暲亲自为毛泽东治疗。当晚，傅连暲就住在毛泽东隔壁间的秘书房间里，虽然赶了一天一夜远路，浑身十分酸痛疲劳，但是心中有事，睡不安宁，躺了一会儿，他又起来悄悄走过去观察毛泽东，见他睡得很安稳，呼吸也很均匀，这才回到自己房间，上床去一合眼就睡着了。不知过了多久，突然惊醒，听到了毛泽东的咳嗽声，傅连暲心里就像扎了针似的，翻来覆去睡不着。挨到天明，他爬起床来，走到毛泽东床前，见他已经醒了，便问道：

"主席，好一点了吗？"

毛泽东用手摸摸自己的额角，说：

"头轻了一点。"

毛泽东也关心地问："你累了一天，睡得好吗？"

"我睡得很好。"为了让毛泽东宽心，傅连暲撒了个谎，然后问道："主席睡得好吗？"

"我睡得好。"毛泽东答道。

测体温了，毛泽东的体温开始降为摄氏40度。傅连暲又给他检查了胸、背和腹部，一切都正常，这样，又像昨天一样，他给主席打了一针，又拿出三片奎宁丸，一天分三次服用。

第三天，毛泽东的体温降到摄氏39度，额上的湿毛巾拿掉了。傅连暲问主席感觉如何时，他说："今天感到又好了一点。"

第四天早晨，当傅连暲提着药箱，来到毛泽东房间，准备给他检查身体时，只见毛泽东坐在办公桌前，正在聚精会神地翻阅文件。一个接连高烧了一星期的人，每天只喝点米汤，脸色又瘦又黄，即使退了烧，也是大病初愈的人，总该休息几天，怎能马上就工作！

可是，毛泽东一心想着革命，想着红军，想着党和人民，他不肯听傅连暲的劝阻，温和而严肃地说："休息？做不到的，现在形势很严峻！"不过，他理解傅连暲的好意，也安慰他说："我已经好了，傅医生你放心吧！"

果然，一试体温，水银柱稳稳地停在摄氏37度上，毛泽东经过一场大病转危为安了！事后，毛泽东非常感谢傅连暲在他生命垂危之时救了他一命，他对同志们称赞傅连暲是"红色华佗"。

因为毛泽东当时正在负责调查红军撤离中央苏区的突围路线，他的健康和红军的生死存亡密切相关，所以，毛泽东及时得到治愈，人们都认为傅连暲在关键时刻为党立了一大功。

（本文原载《红旗跃过汀江》，北京燕山出版社，2003年9月版）

方方在闽西苏区

方方于 1930 年底奉调闽西，至中央苏区沦陷后成立闽西南军政委员会，这短短 5 年多的时间里，为党和闽西人民做了大量的工作，为革命做出了突出的贡献。

一、为制止闽西肃"社党"运动做出了积极努力

方方调到闽西，担任中共闽粤赣特委职工委书记。当时，工人运动开展不起来，各地工会没有建立或不健全，也没有一个统一的工会

方方

组织，更为严重的是思想上还受"左"倾路线的影响，忽视了工人日常生活斗争的发动，空喊"组织政治总同盟罢工"，"结果总同盟罢工不能起来，而日常生活斗争也不去发动，使党与工人群众的关系更加恶化。"（《中共闽粤赣特委常委第一次扩大会决议》，1931 年 2 月 27 日）方方任职工委书记后，为使工会工作适应政治形势与斗争任务的需要，改变过去的落后面貌，他"集中力量进行闽西各县工会的健全，总工会的改造与建立对各县领导，以及筹备闽西雇农总工会之建立"（方方：《自传》，1943 年）。所以接连以特委名义，发出特委通知第 20 号和第 24 号，即关于《农工会与贫农团的组织问题》和关于《加强职工运动工作》。在方方的积极领导下，闽西的职工运动迅速出现了新局面，例如杭武县工会立即闻风而

动,进行全县工会组织系统的建立、健全和改造下层工会、建立工会生活等,工作做得既快又好,工会组织的建立如雨后春笋,蓬勃发展。

正当方方积极开展职工运动的时候,闽西发生肃"社党"运动。这场错误的肃"社党"运动不仅涉及无辜的红军和各级苏维埃政权中久经考验的领导干部,而且还涉及无辜的群众,数千名共产党员和红军指战员被无辜抓捕杀害,制造了大量冤、假、错案,致使闽西苏区遭受到不可估量的损失。方方对这场肃"社党"运动保持了清醒的头脑,对运动产生了疑问:第一,为什么分了田的工人、农民也会加入社会民主党来反对苏维埃?第二,为什么越杀越多?第三,为什么一定要用梭镖集体刺死?第四,肃委主席林一株在监狱中吊膀子,为什么省委仍很信任他?"(方方:《自传》,1943年)

1931年秋,方方继段奋夫、刘端生之后,接任汀连县委书记,当时汀连县委、县苏维埃设在涂坊区赖坊村,方方到任后发现一些负责肃"社党"运动的干部没有明确的政策界限和阶级路线,而是主观臆测,搞逼供信,犯有扩大化错误。后来,他在延安回忆这件事情时,在《自传》中这样写道:"红十二军一〇一团政委简载文在汀连任县苏肃委主席,杀了不少所谓'社党'的工农分子,弄得畲心一带群众都走出本区,南阳、涂坊也人心惶惶。我不大满意,认为如此肃反结局只会断送苏区。在会议上我提出:'要杀人应得我同意,否则我不负责,省委代表李明光也认为应该如此'。"方方还认为要把肃反工作搞好,必须依靠贫雇农,必须先从搞好分田,搞好各地方的调查工作做起。他自己深入到水口、灌田、四都、畲心等地,召集贫雇农开会,发动群众认真解决好土地问题,并从中提拔干部,发展党的组织,与此同时,集中武装巩固畲心、水口、灌田,向回龙、三洲、苦竹山民团打游击。经过这一阶段工作之后,汀连县苏维埃工作取得了很大成绩,过去逃往白区的群众都纷纷重返家园,群众大会方得以召开,开会时有组织的群众一来就有四五百人,方方及时撰文总结了这一经验,在特委机关报《红旗报》上发表署名文章《更进一步加紧明确阶级路线与充分的群众工作》,说明这一时期成绩的取得是"充分发动群众,明确阶级路线"的结果。

二、率部消灭反动营垒苦竹山团匪

1930年至1932年，前后三年，四次攻打长汀最反动、最顽固的白色据点苦竹山。战斗时间之长，战斗之艰，伤亡之大，在长汀革命史上实属罕见。

1930年6月，红12军军长罗炳辉率领101团，前来消灭苦竹山敌人。敌人经过这次痛击后，变本加厉地进行垂死挣扎，加紧修筑碉堡、炮楼。在东、南、西三面高山上，各筑了一座坚固的炮楼，并加固了其他防御工事，形成了很强的火力交叉网，严密控制通往山上的羊肠小道。

方方与赤卫团政委洪水带领汀连赤卫团、赤卫队英勇奋战，夜以继日把苦竹山包围得铁桶似的。白天攻山目标大，敌人居高临下占踞有利地形，只要赤卫队一露头，就有被杀伤的危险，加上赤卫团所持武器大部分是鸟枪、土铳、大刀和梭标，一没有炮，二没有炸药，要攻下炮楼、碉堡，的确是个难题。为了解决这个难题，方方发动全体指战员献计献策，研究攻坚战术。没有炮，就自己动手制造松树炮。将大松树对半锯开，中间挖空，装上土硝、铁屑。开炮时"轰隆"一声，声音特别响，可惜射程不远，杀伤力不大。轰不开就用炸，他们找到一颗敌人飞机投掷未爆炸的炸弹，利用黑夜在两边山头架起一根粗铁丝，将炸弹挂在铁丝上，滑向敌炮楼投掷下去，可惜没有投准，没炸成功。

炸不成就用火攻，可惜没有达到预想的效果。

烧不成，改用白铁皮"亚细亚"洋油箱装洋油，点燃后从铁丝上滑向敌营房投下，烧毁了敌人一些营房。

1931年8月至1932年1月，第二次围攻苦竹山，长达半年之久，双方相持不下。汀连军民同仇敌忾，夜以继日，不怕流血牺牲，经受了严峻的战斗考验，始终没有让一个敌人跑掉。

1932年2月，第三次攻打苦竹山。红三十六师师长张宗逊率领红军，方方与洪水带领汀连且赤卫模范团、模范营和模范队配合张宗逊师长率领的红军从正面佯攻，张师长派出一个连，攀登上敌人盘据的后山悬崖峭壁处，突然用手榴弹发起猛攻，炸开敌炮楼。听到手榴弹爆炸后，红三十六师和汀连县武装队伍从正面分三路冲上山头。敌人在革命武装强大的攻势下，死的死，伤的伤。匪首郑生林等100多人被击毙，剩下200多人全部当了俘虏。

战斗中，团匪另一头目积鬼子等七八个匪徒侥幸漏网，他们逃往武平投靠反动民团团长钟绍葵。不久，积鬼子纠集一批团匪，潜回苦竹山，妄图东山再起。方方获悉后，又带领濯田、四都、红山、水口等地赤卫队，第四次攻打苦竹山，一举歼灭了积鬼子团匪，拔掉了这座顽固不化被敌人盘踞了3年之久的白色据点，建立了苦竹山乡苏维埃政府，打通了长汀与宁化、上杭、武平苏区的重要通道。

三、创建全苏维埃"第一模范区"才溪乡

1932年3月，中共闽粤赣边省委在汀州城召开第二次党代会，闽粤赣边省委改称福建省委，方方当选为省委执委、大会秘书长。这时，红十二军连续攻克武平、上杭，苏区中央局书记周恩来给予高度评价。中华苏维埃中央政府也高度重视，特向闽西苏维埃政府发出指示信，指出："在红军克复杭武之后，必须迅速开展杭武工作，加紧开展土地革命，建立红色政权，在新区正确贯彻全国苏维埃代表大会的一切政策法令，以使杭武苏区，特别是上杭城，成为巩固的赤色区域与赤色的中心城市。"因此，为了加强杭武苏区的领导，党代会后，方方奉命调任杭武县委书记。

4月，毛泽东率领红军东路军攻打漳州军阀张贞师。方方组织才溪、南阳、白砂等地方武装、运输队、担架队和妇女队、大刀队等随红军行动。红军攻克漳州，消灭闽南军阀张贞师后，缴获大量军需物资，急需运回中央苏区。方方专门召集各区妇女联席会议，动员妇女组织运输队。旧县、才溪、水浦、太拨、白砂、芦丰、大洋坝等八区，5天之内便动员了90多个劳动妇女参加运输队。6月上旬，毛泽东率领红军东路军从漳州胜利回师，途经上杭白砂、旧县、才溪。上杭苏区军民欢欣鼓舞，在才溪太平岗召开军民祝捷誓师大会。这期间，毛泽东亲切接见了方方，并指示他要集中力量加强上杭河西一带的游击战争。祝捷誓师大会后，方方又组织才溪、通贤、南阳一带工农群众日夜抢修道路，并组织担架队、运输队帮助红军运送伤病员和缴获的大批物资。

不久，省委调方方到龙岩布置敌后游击战争。是年7月，任务完成后，方方回到上杭，任中心县委书记兼杭永岩游击队政委。另由罗明、方方、谭震林等在杭永岩前线组成"中共前敌委员会"，具体领导政治动员和军事行动，按照毛泽东的游击战争战略战术思想积极开展游击战争，有效地打击了敌人，保卫了苏区，苏区干部和群众受到了很大的鼓舞。

但是，由于王明"左"倾错误路线执行者急于推行"左"倾冒险主义的进攻路线，在福建大肆开展反"罗明路线"运动，又扩展到江西，涉及整个中央苏区。方方在罗明领导下工作，拥护罗明的主张，罗明也有意把方方放在前线，坚持杭永岩游击战，因此被横加为"罗明路线"执行者的罪名，并从前线调回后方搞扩大红军的工作，方方以党和红军的利益为重，不计较个人得失，全心全意做好扩大红军工作。

不久，方方接到了中央局关于"征招上杭党团员十分之一到红军去"的指示，首先，在全县开展动员和组织工作，在白砂召集白砂、大阳、城郊、华家亭四区的会议，出席者200余人；其次，在茶地召集了茶地、卢丰、大拨、蓝家渡四区会议，出席者约300百人；再次，在才溪召集了才溪、官庄、旧县、水浦四区的会议，出席者300余人，通过这些会议，提高了干部、群众对扩红运动的认识，纠正了过去扩红中的缺点错误。然后"通过了一个具体实际的决议案"。当大会号召党团员自动报名参加红军时，才溪有20余名、白砂有10余名、茶地有10余名党团员报了名。这次会议结束后，方方又趁热打铁，马上召开各机关团体负责人联席会议，安排他们到各区继续推动帮助工作，在各地举行了晚会、茶话会、歌舞会、欢送红军会等活动，一场轰轰烈烈的扩红运动在上杭开展起来。经过半个月的宣传动员，共有510人报名参加红军，其中才溪最多，有120多人自动参军到前方，"尤其下才溪有林某四兄弟，及王某三兄弟都一起参加红军。这是在扩大红军中一个特别热烈的现象"。上杭第一期扩红运动搞得非常出色。中央和省委为总结推广上杭扩红的经验，要求方方写出总结文章和工作报告。于是，方方写了《上杭第一期扩大红军的总结》和《上杭关于扩大红军工作给省委的报告》。1932年12月20日，中共闽粤赣苏区省委以《扩大红军的宝贵经验》为名，印发了一个小册子。中央机关报《红色中华》也发表《上杭第一期扩大红军的总结》一文，赞扬"才溪区顶呱呱，数量又多，成分又好，党团员也不少，欢送的一队队，慰劳品一担担，最整齐，最出色，政治影响最大"。此外，《红色中华》接二连三地发表了几篇反映才溪在扩红运动中先进人物和先进事例的文章。从此，才溪扩红美名远近传扬。

方方做工作一贯认真负责，有布置就有检查，善始善终，注重实效。他特别重视创造才溪模范区的工作，多次深入才溪群众中调查研究，帮助红军家属排忧解难，组织动员才溪青年踊跃加入红军，掀起参军参战热潮。笔者曾因筹建长汀方方纪念馆，有幸于1992年10月到才溪等地作专题调查，现存老人中有两人回忆了当年扩红情况。77岁的老红军林攀阶说：1932年夏，方方到下才溪来动员扩红，他和群众关系十分好，平易近人，和蔼可亲，无一点架子，又很会说话。开会动员扩红时，方方说我们都是贫苦人，天下贫苦人是一家，都是兄弟姐妹，我们自己解放了，还要解放别人，苏区要巩固，要发展，只要保卫苏区，才能发展苏区。经他宣传鼓动，很快就有五六十人报名当红军，党团员全部去了。原龙岩地委副书记罗炳钦介绍说：1933年7月，才溪召开建立才溪光荣亭庆祝大会，当时，罗炳钦是蓝家渡少共区委书记，参加代表大会，并向大会赠送一面锦旗，上书"学习模范"四个大字。大会约有一两千人参加，省里和部队都派了入会代表，方方在大会上作重要讲话，动员了一个赤少模范营参加红军，约200多人。另据才溪纪念馆史料记载，1933年11月下旬，"中共上杭中心县委书记方方来才溪做扩大红军工作，下才溪乡支部全体党员、乡苏干部与模范营百余人都自动报名参加红军"。1932年8月，方方创办了上杭中心县委机关报《上杭红旗小报》（简称《红旗报》），由宣传部干事王荣光具体负责。创刊时，正好县委为贯彻党中央指示，在全县掀起轰轰烈烈的扩红运动。《红旗报》结合形势，深入宣传鼓动。方方写了《自动到前线去，充实红军力量》等署名文章。《红旗报》还发表了几十篇短文，有力地配合了这次扩红运动的开展。王荣光在回忆方方创办红旗报时，写道："使我最难以忘怀的是三三（1933）年秋，当时上杭县才溪区荣获

'第一模范区'称号。方方要求《红旗报》做好宣传鼓动,造成一种更加热烈的扩大红军的气氛。在方方的直接领导下,《红旗报》结合形势,突出宣传参加红军的光荣,要求才溪区赤卫模范营全体队员积极响应中央局的号召,到前线加入红军队伍。方方不仅深入到广大人民群众中去做宣传动员工作,还亲自为《红旗报》编写长篇文章。在授奖大会召开的这一天,会场气氛空前热烈,大会在'扩大红军''革命必胜''参加红军,到前线去''参加红军光荣'等标语、口号声中开幕。会上,方方同志代表县委作动员,他的讲话有强烈的感召力,才溪区赤卫军模范营全体队员群情激奋,一致要求到前线去参加红军队伍。"(王荣光《回忆方方同志创办〈红旗报〉》,《党史资料与研究》1985年第1期)

才溪乡不仅在扩大红军工作上,而且在拥军优属、健全地方武装、春耕、秋收运动、文化教育、退还公债谷票等各项工作上都取得了显著成绩,积累了行之有效的工作经验。因此,1923年7月,福建省苏维埃授予才溪乡"我们是第一个模范区"的光荣称号。1934年1月,在瑞金召开的中华苏维埃第二次全国代表大会上,毛泽东在工作报告中表扬方方所领导的才溪乡是模范乡。毛泽东说:"福建的上才溪乡,全部青年成年男子554人中,出外当红军的485人,留在乡间的只67人。大批量的青壮年勇赴前线,乡村生产,家庭生活不但没产生不良影响,反而得到了发展。什么原因?因为劳动互助社和耕田队,有组织有计划地调剂了乡村的劳动力,解决了红军家属遇到的困难问题。"全苏"二大"会议期间,才溪乡被评为模范区、模范乡,苏维埃中央政府还给才溪乡颁发了锦旗——"我们第一模范区"。才溪乡不仅是中央苏区"第一模范区",也是全苏区"第一模范区"。这是才溪人民的光荣和骄傲,也是方方的荣誉。才溪乡取得的成绩,与方方卓越的领导和创造性的工作是分不开的。

四、率领红九团坚持斗争

1934年1月,方方和张鼎丞代表福建省委参加党的六届五中全会。4月,中央苏区第五次反"围剿"正处于关键时刻,中革军委决定派几个独立团到敌人后方开展游击战争,骚扰牵制敌人。方方奉命到红军独立第九团工作。

方方接受使命后，带领红九团全力以赴将战斗中缴获的大批食盐、布匹等紧缺物资运回中央苏区。随后，又率领红九团迎战敌卢兴邦旅。在重创敌人后，为保存实力，率领红九团撤出永安城，夜袭姑田镇，捣毁华仰侨民团，接着又消灭了连城的赖源、宁洋的大吴地、永安的西洋等七、八处民团，缴获200多支步枪。随后向漳平、宁洋出击，破坏漳、宁敌人的筑路计划，出色地完成了军委交给的第二项任务。两个月中，建立了纵横各150公里，人口四五万的游击根据地，成立了革委会，分了田，组织了游击队与赤卫队，设立了干部学校、红军医院、被服厂、修械所和后方留守处等机构，并进行军事整训，加紧练兵，打败了敌李敬慎保安团的两次进攻，进一步加强和巩固了游击根据地。

1934年10月，中央红军撤离中央苏区进行长征后，斗争形势越来越恶劣。国民党八十师，还有第三师两个团，以及漳平、宁洋两个保安团一次又一次围攻红九团，而三分区司令员兼政委朱森（后叛变）在军事上又采取硬打硬拼的"左的"战略战术，使红九团伤亡100余人，他还想把部队拉回已经沦陷的中央苏区，这时方方虽然调离了指挥岗位，但在关系部队生死存亡的紧要关头，他挺身而出，坚决反对朱森的错误决定，要求召开部队领导人会议。在会上，方方发表意见，认为"不能全部兵力在此硬打，应将大部主力深入闽南一带去游击"（方方：《自传》，1953年）方方的正确主张取得会议的一致通过。可是红九团在转移过程中，由于朱森独断专行的指挥错误，在通过敌人封锁线时，损失两百余人，这样就更加剧红九团其他领导对朱森的不满。而朱森又不肯认错，双方互相埋怨，部队思想混乱，也没有人管。方方再次挺身而出，率领红九团突围出去，在永定金砂与张鼎丞的部队会合。为了统一领导，在张鼎丞、方方的主持下，会议成立了闽西军政委员会，张鼎丞任主席，方方任政治部主任。不久，苏区中央局负责人陈潭秋和邓子恢、谭震林等率领二十四师一个营从江西苏区冲出敌人重重封锁线，突围来到金砂与张鼎丞、方方的部队会合。1935年4月，陈潭秋在闽西永定县赤寨主持召开了第一次闽西南党、政、军会议。会议听取了陈潭秋传达遵义会议确立毛泽东为全党领袖的振奋人心的消息，并正式成立了闽西南军政委员会，张鼎丞为主席，邓子恢为副主席兼财政部部长，谭震林为副主席兼军事部部长，方方为常委兼政治部主任和第一作战分区政委，领导该区的武装斗争。

从此，艰苦卓绝的三年游击战争，在闽西南军政委员会领导下拉开了胜利斗争的序幕。

方方忠于党、忠于人民，无限赤诚而崇高的优秀品德，将永远受到人民的无比崇敬和怀念。

（本文原载《方方研究》下卷，中共广东省委党史研究室、广东省中共党史学会、广东省中共党史人物研究会编，广东人民出版社，1996年3月版）

永远的记忆

——拜访涂通今将军

2006年4月5日,我从"最美小城"(路易·艾黎语)长汀来到首都北京。这天上午,遇上一个春光明媚的好天气,心情格外兴奋,之所以感觉如此特别,是因为今天上午我要去拜访一位身份特殊的将军,他的名字叫涂通今。他祖父是一位老私塾先生,对长孙冀予厚望,从《三字经》中"读史者,考实录。通古今,若亲目"引用为名,希望他成为通古博今的非凡人物。果不其然,奇迹在他身上产生了,在中国共产党和解放军领导的关怀下,1951年,他被派往苏联当时世界顶级的神经外科研究机构——苏

涂通今

联布尔登科神经外科研究所留学。当涂通今在全所会上被介绍说他是参加过二万五千里长征的老红军时,全场响起了热烈的掌声。1955年7月,涂通今的学位论文答辩在苏联医学科学院学位委员会上全票通过,被授予医学副博士学位。

亲历温坊、金华山战斗

小时候的涂通今,在出身贫穷的父母拼命支撑和同族"裔资谷"的资助下,读了几年私塾后,考上了本乡高小。

1932年，在父亲鼓励下，涂通今兴高采烈地参加了红军，成为福建军区四都后方医院（当时该院设在长汀四都）的一名看护员。8个月之后，被选送到江西兴国县茶岭中国工农红军卫生学校学习。1933年加入共青团，同年转为中共党员。1933年7月，涂通今在红军卫校第二期毕业，红军总卫生部分配他到红军第三师八团卫生队当医生。1933年10月，红三师编入中央红九军团。这样，涂通今便成为中央红九军团八团卫生队的医生。从此，他与红八团生死与共，经历了许许多多战斗，其中就有"松毛岭保卫战"中温坊战斗和金华山战斗，这些战斗正是我这次拜访涂将军的主要话题。

2006年4月5日，我在解放军军事医学科学院大院楼房里见到了涂老，他的夫人王黎同志告诉我，前不久，他一不留神摔了一跤，幸好只摔伤了腿，头没有摔伤，思维依然灵活，但走路不如以前灵便。

涂老听说我要了解"松毛岭保卫战"的史实后，他很高兴。为什么？因为这是他亲身参加的战斗啊！他觉得有关红九军团从长汀出发长征的宣传报道太少了，没有多少人知道，他希望今后有更多的同志多写写、多宣传宣传。

涂老告诉我，他参加温坊战斗分两次。第一次是1934年8月30日晚，红八团在团长杨梅生率领下，连夜从连屋岗来到吴家坊，部队向温坊东北高地发起，猛烈攻击。卫生队设在吴家坊一家大祠堂内，找到一块门板当作手术台，把手术刀、代用剪刀消毒、包扎、固定、止血、缝合等小手术用具都准备好，止血、缝合、取子弹、取骨片等小手术都可以做，至于断肢和内脏手术，根本无法做，只好用担架抬往四都后方医院。

第一仗，红八团攻克敌北端堡垒，继而向南进攻，将敌三个堡垒完全攻克，缴获步枪60余支，轻机关枪4挺，其余为友军所缴。翌日9时许，部队回吴家坊集结待命。

第二仗时隔一天后打响。这天上午，红八团从马古头东北向马古头西北敌人高地进行猛烈突击，拦截敌人的退路，经过约一个小时的激烈交火，敌人被红八团完全击溃，死的死，伤的伤，剩下的全被我军俘虏。

前后两次战斗，红八团都属于外围打援，没有深入温坊村，战斗速战速决，敌人猝不及防被红八团打得死伤很多，我军伤亡很少。对轻伤者立即进行消毒包扎，打针止血缝合，对重伤员连夜往四都后方医院运送。不久，部队奉命全部主动撤离吴家坊，回到钟屋村一线防守。

不久，"松毛岭保卫战"备战开始了。红八团的防御阵地安在金华山上，卫生队、全体指战员和地方武装以及当地群众一连半个多月夜以继日地在山上挖了很多战壕，筑了不少工事和碉堡，准备和进犯的国民党军决一死战，保卫苏区每一寸土地，誓死不让敌人前进一步！

"松毛岭保卫战"于9月23日打响，敌军纠集了六个师，一个炮兵团，几十架飞机，对军阵地狂轰滥炸，战斗空前激烈残酷，整整鏖战了7天7夜，敌我双方伤亡都很惨重，战斗形成对峙局面。就在此时，红九军团接到中革军委命令，利用晚上双方休战时机，红九军团全部指战员悄悄撤离战场，到钟屋村集结待命。

这时，部队首长考虑到涂通今曾在福建军区四都后方医院工作过，又是当地涂坊人，对"钟屋村—涂坊—四都"，路径很熟悉，于是派他和军团政治部一位姓张的宣传员，一同前往四都后方医院，动员红九军团住院的伤病员归队参加长征。涂通今和张宣传员接受任务后，立即连夜动身，抄小路翻山越岭走了三四十公里路，天亮前赶到了四都后方医院。经过组织摸底和宣传动员后，有10多名伤病已痊愈的红军战士愿意归队。他俩带领他们从四都后方医院上路，抄小路、走近道，跋山涉水往江西会昌方向追赶大部队，终于在会昌的珠兰埠追上了在此休整的红九军团，他们马上各自回到原来的连队。涂通今圆满完成了首长交给的任务后，被提拔到军团兵站医院一所任主治医师。

为林伟遗作《"战略骑兵"的足迹》撰写序言

这次采访涂老，还有一个意外惊喜，他不仅告诉我他与林伟同志的亲密关系，还送给我一本林伟遗著《"战略骑兵"的足迹》。特别让我受宠若惊的是，他将一篇未刊稿《为林伟遗著〈"战略骑兵"的足迹〉撰写的序言》送给我。他老人家边鼓励边语重心长地说："你寄来红九军团在松毛岭战役情况和九军团本身情况，我认为写得很好，也很详细，你无愧为历史学家。1983年,为了林伟遗著《"战略骑兵"的足迹》我专写了一篇序言,因为出版社写了一个摘要,没有将序言刊出,现我将原稿送给你,供你参考。"我当即欣喜地表示由衷感谢!并认真阅读了一遍序言草稿,再查看书的首页,果然此书没有序言,但在书的末尾后记中,有一小段写道:"作者生前战友,军事医院科学院院长涂通今同志得知有此日记后,向我们推荐。我们征得陈琦同志同意后,决定将日记出版。"

涂老告诉我,他和林伟同志是战友,长征时两人都在红九军团司令部工作。林伟是司令部测绘员又是文书,涂老是司令部医生。在那战火纷飞的日子里,林伟持之以恒,抽空写日记,久而久之写成了一部日记体的红九军团长征史。1979年,林伟将军因病在北京逝世,编后记中提到的陈琦同志是林伟的夫人。林伟辞世后,这部日记就是由他的夫人陈琦保存下来的。这部长征日记十分珍贵,应当出版。陈琦很赞同我的意见,她也很信任我,就将林伟这部长征日记全部交给我处理,我找到了战士出版社,他们看后并征得林伟夫人陈琦同意,于1983年10月由战士出版社公开出版。

虽然此书出版了,可惜缺了涂老的序言,仅仅简单介绍了一下此书由涂老推荐,令人觉得有点遗憾。其实,涂老的序言写得比较全面,有始有终,不仅介绍了红九军团建军的由来及其光荣而重要的贡献,而且涂老慧眼识珠,他认识到林伟同志"遗留下来的'长征漫记',都是在战火纷飞的日子里,在行军作战的艰苦环境中,除了完成自己的繁重任务外,持之以恒地写下来的。后来作了某些充实和加工,基本上是一部特定历史事实的记载,可以真实反映红九军团的英雄业绩,实在是难能可贵的资料"。"它的出版将使广大读者了解红九军团的光荣历史,学习革命先烈们的英雄业绩,让我们的革命传统在新的历史时期发扬光大"。

谈了涂老推荐出版林伟长征日记之事,我又向涂老请教:明明是"松毛岭保卫战",为什么林伟将军1934年9月23日日记中,一开头就说"西华山保卫战的序幕今天揭开了"。涂老想了想,说:"这个问题林伟生前我没向他问过,不过我知道当年我们红九军团守卫的山叫金华山,这座山很高,它是群山中的主峰。我军在金华山以西,敌人在金华山以东,所以林伟可能以确切的保卫地点金华山以西,称作'西华山保卫战'。"听了涂老一席话，终于解开了我心中这个谜团。其实松毛岭是一个总名称，它包括了金华山、白叶杨、七岭、刘坑口、寨背山等山岭，因而林伟将军写的"西华山保卫战"，实际上就是"松毛岭保卫战"。

（本文原载《长征从这里出发》《闽西文史资料》及闽西《红色文化》等书刊）

刘华香：松毛岭保卫战的活见证

2006年4月6日，造访涂通今将军的第二天上午，我怀着崇敬的心情走进北京军区联勤部干休所二楼。在简朴的客厅里，坐着一位慈祥的老红军，他就是我这次进京第二位要拜访的刘华香将军。

刘华香是一位94岁的老寿星，清癯的脸上有一双炯炯有神的眼睛，说话声音洪亮，我跟他握手时，发现他的右臂已残废。刘华香告诉我，他曾五次挂花，是个二等甲级残废军人，虽然身有残疾，年事已高，但生活仍能自理，天气好时，还会到楼下大院里走走。

刘华香

1913年，刘华香出生在抗金英雄文天祥的故乡——江西吉安富田乡，小时候读了三年私塾，上了两年新学堂，16岁时参加红军，同年加入中国共产党。由于刘华香有文化，年轻机灵，作战勇敢，很快就由宣传员提拔为宣传队队长、连指导员，1931年被提拔为团政治委员。1933年10月，刘华香从瑞金红军大学毕业，被分配到刚成立的中央红九军团担任红三师第七团团长。这时，国民党第五次"围剿"已经开始，红九军团在中央苏区反"围剿"中，担任外线作战，打运动战，牵"牛鼻子"很有名，受到中革军委周恩来副主席的夸奖，红九军团获得"战略骑兵"的光荣称号。

1934年8月底，红九军团完成护送红七军团"北上抗日"的任务，返回闽西苏区没来得及休整，立即与红一军团、红二十四师一起投入松毛岭东面山下的温坊战斗，歼灭敌人一个旅和一个团4000余人，取得了中央苏区第五次反"围剿"以来第一次大的胜利。

不久，因北线兴国告急，红一军团赶往兴国增援，东线松毛岭保卫战的任务就由红九军团和红二十四师担当。

提起松毛岭保卫战，刘华香如同置身于那战火纷飞、硝烟弥漫的战场，他精神振奋，时急时缓地向我讲述起来。

1934年9月20日，红九军团开赴金华山前线，接替了红一军团主力第二师（师长陈光、政治委员刘亚楼）的前沿阵地，此山为松毛岭一线的主峰。我七团到达前沿阵地后，立即修筑工事，严阵以待。不久，敌人也在我团前方的山上开始修工事，建碉堡，双方都能看到对方的活动，但不在步枪有效射程内，谁都没有射击。这一天，接到军团长罗炳辉打来的电话，说我团右前方有个突击部，约有一个连敌人在警戒，还准备筑堡垒。提议趁敌人没站住脚，突袭它一下。我信心十足地对军团长说："好！我们今晚把它干掉！"

当晚，夜深人静之时，我派二营长李松，交代他应采取何种战术，然后命令他带领全营指战员，悄悄迂回到敌人左右侧，形成三面包抄，只听"砰！"一声枪响，全营战士以迅雷不及掩耳之势，冲到敌人帐篷附近，上百颗手榴弹纷纷甩出，硝烟弥漫，火光冲天，120多个敌人，除15人被俘、少数敌人逃跑外，其余全部被击毙。这场战斗只打了10多分钟，我军无一伤亡。战斗结束后，受到军团首长表扬。

9月23日，松毛岭保卫战全面展开，敌人出动十多架飞机，到我阵地上空轮番轰炸，敌人的大炮也对准我阵地狂轰滥炸，炮火一停，成群的敌人向我七团和九团的主阵地进攻。我们一次又一次地打退了敌人的进攻，但敌人不顾大量伤亡，硬要突破我军防线，投入的兵力也越来越多，战斗打得异常艰苦，连续搏杀了几天，双方人员伤亡都非常惨重，战局形成对峙状态。

9月28日，中革军委下令，我三师的防守阵地交给红二十四师守卫，红九军团全部撤到钟屋村休整，准备接受新任务。

29日清晨，敌人突然又向松毛岭发起进攻，飞机、大炮一起出动，炮火十分猛烈。下午2时许，唐古垴760高地陷落（此高地与松毛岭最高处783米只差23米），形势异常严峻。我七、八两团奉命重新投入战斗，夜晚，趁敌立足未稳，我团组织反攻，这场战斗打得十分激烈，经多次争夺，我们将敌击退，重新占领了唐古垴760高地。正在此时，又有一部分敌人冲到阵地面前，情况万分危急。我当即率领二营指战员把枪上了刺刀，跳出战壕，向敌人冲杀过去，只听见刺刀撞击声、喊杀声连成一片。结果，敌人丢下数十具尸体，连滚带爬地败下山去。接着，敌人又向我阵地猛烈开炮，一发炮弹在我附近爆炸，一块弹片飞来，打断了我的一根肋骨，我身子一歪，倒在血泊中，被抬下了战场。

9月30日，红九军团奉命从钟屋村出发到汀州集结，往西转移。我七、八两团因参加反击战推迟一天出发，随后赶上部队，一起到汀州集结，踏上了万水千山的长征路……

是的，在喋血松毛岭战斗中，英勇善战、指挥有方的刘华香团长在战后总结会上，受到了军团首长的嘉奖，同时，军团长罗炳辉、政委蔡树藩一致决定用担架抬他随军长征。把他抬到江西瑞金后，军团卫生部医生张汝光为刘华香动手术，将弹片从他胸部取出后，刘华香的伤口很快得到痊愈。长征中，刘华香担任过红九军团司令部作战科长、团长和师参谋长。新中国成立后，荣膺少将军衔，历任内蒙古大军区副司令员等职。

（本文原载《闽西日报》《红军从这里出发》《闽西文史资料》、闽西《红色文化》等报刊）

周肃清：被派到福建的第一个中央巡视员

周肃清，湖南益阳县人，1905年出生。从小聪颖好学，记忆惊人，18岁考入北大工学院，1926年参加革命，1927年加入中国共产党。曾参加过北伐战争、八一南昌起义和广州起义。在白色恐怖年代，他的真名很少用，也很少人知道，他大多都用化名"赵亦松"，尤其是写工作报告时，现在有档可查的都是化名"赵亦松"。

1928年初，作为中央派到福建的第一个中央巡视员，赵亦松第三次来到福建，并在福建省委担任了军事运动委员会主席的职务。在福建工作的短短半年多的时间（1928年2月至8月），他几乎跑遍了闽西、闽南，向党中央和福建省委写了10多篇、10多万字的报告，例如：《中共福建临时省委赵亦松给中央的报告》《赵亦松关于福建工作情况的综合报告》《赵亦松关于福建省委紧急和扩大两次会议情况的报告》，以及关于永定、上杭蛟洋、平和、龙岩、武平，还有厦门、漳州、漳浦、澄马、莆田、仙游、永春、福州等地的工作报告，为福建党组织的早期革命活动做了大量卓有成效的工作，发挥过重要作用。

周肃清

周肃清第三次到福建是在南昌起义之后。那是1927年8月底，南昌起义军在江西会昌打了一场恶仗,虽然攻取会昌,歼敌6000余人,但是起义军也付出不小代价。由于天气炎热,不少伤员伤口感染,危及生命,如何救治成为一大难题。当时,起义军领导人周恩来把二十军招募处处长周肃清找来,交给他一项重要任务,要他负责长汀相关工作,同时协助政治保卫处处长李立三调查、拘捕和审问反革命分子。

接受任务后,周肃清马上找来与他一起在起义军共事的女共产党员傅维钰。傅维钰是汀州福音医院院长傅连暲的侄女,傅连暲从小把她养大,然后送到南昌葆灵女校读书,后又到武汉中央军事政治学校学习,并在军校加入党组织。周肃清与傅维玨连夜赶到汀州,请求傅连暲援助。傅连暲是个爱国、进步、同情革命的有识之士,马上以福音医院为中心,动员全城医务人员,成立"合组医院",接收救治了徐特立、陈赓等300多名起义军伤病员。

南下途中,起义军军饷越来越匮乏,每到一地都要筹款,筹款方式采用老办法,利用豪绅官吏来筹集。在长汀时因军情紧急,周肃清找到了商会会长姜济民,要求3天内筹款6万元。姜济民口头答应了,可是3天到了,只筹到两万余元,还闹得满城风雨。原来,长汀商会袒护大商劣绅,有10万元以上家产的仅出三五百元,却把负担摊派到一般商人身上,连很小的杂货店和10亩以内自耕农都被摊派10元或8元,因此收效不大,耽误了时间。

为解决筹款问题,周恩来在汀城召开紧急会议,决定取消旧的筹款方法,采取"打土豪,筹军饷"的新政策。周肃清奉命与长汀地下党员和进步青年王仰颜、段奋夫、黄亚光、罗化成等人秘密取得联系,他们熟悉全城军阀、官僚和土豪劣绅的情况,为了不暴露身份,他们利用夜晚,化装成起义军士兵,带领政治保卫处武装,到处搜捕土豪劣绅。然后,政治保卫处召开群众大会,公开审判镇压了姜济民等四个豪绅官吏。由于起义军采用了征发、没收和罚款的筹款新政策,仅用两天时间,就筹得4万余元,共筹得6万余元款项。

在这次筹款斗争中,黄亚光和罗化成表现突出,立场坚定,李立三、周肃清遂介绍黄亚光加入共产党,并亲自示范教授黄亚光书写秘密书信的方法。此后，长汀地方党做了许多秘密情报工作，如后来毛泽东、朱德的《四军前委向福建省委并转中央的报告》，就是黄亚光用密写方法书写在上海商务印书馆的教科书中行与行之间，然后寄给中央的。吴玉章和张曙时则介绍罗化成加入了党组织。

在长汀期间，起义军还委派周肃清帮助长汀创建党的组织。周肃清在汀城仙隐观王仰颜的"万兴昌"盐铺里召开大会，参加会议的有段奋夫、王仰颜、黄亚光、罗化成、曾炎、罗旭东等人。会上，周肃清代表起义军宣布正式成立中共长汀支部，段奋夫为支部书记。从此，长汀开始有了中国共产党组织，长汀人民的革命斗争开始走向蓬勃发展的新阶段。

离开长汀后，时隔不过半年，周肃清再次来到福建。此次，他肩负中央巡视员和福建省委军事运动委员会主席的重任。

1928年三四月间，为组织好永定农民暴动，加强永定武装斗争，省临委特派周肃清前往永定。到永定之后，他"本着省委的闽西暴动决议去布置一个暴动的局面"，这个布置，也就是制订了一项"太平里暴动计划"，此计划为后来的闽西秋收暴动奠定了良好的基础。他还先后组建了九个连的农民武装，分别在各地秘密进行军事训练，要求参加训练的农民军，每人准备好一件武器，一条干粮袋，一副绑带，一顶斗笠，以便随时投入战斗。

5月，周肃清前往上杭蛟洋指导农运工作。蛟洋的傅柏翠是当地的头面人物，具有很大的影响力号召力，他已是一个共产党员，但是对党的新理论与策略认识不足。为了帮助傅柏翠提高认识，周肃清与傅柏翠做了一次长达5天的谈话，共同研究制订了一项工作斗争计划，内容有6个方面："第一，加强党的组织，打破个人信仰，数量由3人增加到200人以上，培养农民干部，吸收勇敢进步分子；第二，强固农协组织，自下而上彻底改组，淘汰犹豫分子；第三，扩大组织，北在连城打牢基础，东由大小池与龙岩联络，与永定之虎冈、高陂、坎头相连，南向白土发展，与官田峰稔寺相会合，西向县城拓展，20公里内为其工作任务，尤其注意巩固蛟洋全区工作；第四，加紧斗争，调动农民革命情绪；第五，扩大工农武装组织，成立军队一体，又有少年先锋童子团的组织；第六，做一切技术准备，以便将来造成独立割据局面。"

周肃清的这次蛟洋之行，对不久之后发生的蛟洋农民暴动，发挥了重要的指导作用。对此，1989年公开出版的《上杭人民革命史》作了很高的评价："蛟洋农民运动的蓬勃发展，引起省委的重视，专门派了周肃清到蛟洋巡视。在上级党委的指导下，北四区区委在文昌阁召开了全区党员大会，讨论了农会要从领导农民进行小的斗争做起，从经济斗争到武装斗争，从杀猪分粮到镇压反动的土豪劣绅，推翻国民党反动统治，建立工农政权等问题。由于蛟洋革命势力的迅速发展和经济斗争的节节胜利，形成了与驻上杭城军阀郭凤鸣分庭抗礼的局面。"

6月，福建临时省委要求周肃清前往闽南巡视。到闽南后，他深入各地调查研究，向中央和临时省委写了厦门、漳州、漳浦、澄马、莆田、仙游、永春、福州等地调查工作报告。他还和临时省委常委陈昭礼到仙游指导工作，帮助成立了中共仙游临时县委和共青团组织。

这期间，国民党军阀张贞加紧福建第三党的活动，福建临时省委书记、组织部部长陈祖康和漳浦县委书记张余生，经不起敌人的诱惑，投靠张贞，叛变了革命。关键时刻，周肃清表示："我即将回临时省委，建议改组全省各级党部。"

7月24日，临时省委先后召开党的紧急会议和扩大会议，改选刘乾初为临时省委代理书记，开除陈祖康、张余生党籍，选举周肃清为代表向党中央报告："报告代表紧急会议请中央派人改组福建党部；报告陈子侃（即陈祖康——笔者）叛变及紧急会议之经过；报告扩大会议之经过；报告福建工作概况及其他一切事项。"会议还选举四个特派员陈昭礼、邱泮林、谢汉秋、郭慕亮分赴厦门、闽北、漳属、汀属四区，自上而下改组党部。由于开会及时，措施得力，将这次陈祖康、张余生叛党投敌的损失降到了最低限度。

当时，漳浦是反动分子所谓福建第三党的发源地。张余生叛变后，临时省委立即委任周肃清为漳浦县委代理书记。周肃清亲自到丹井、官浔、马坪、山南、象牙庄等支部调查了解党员思想情况，清洗了一批倾向于第三党的知识分子党员。但叛徒张余生在福建各报上公布了悬赏捉拿周肃清

213

的通缉令，这给周肃清工作上带来许多困难。9月，周肃清被调回上海中央工作，从此离开了一生难忘的福建。

12月，中央通知周肃清与原福建省委书记陈明一起到莫斯科中国共产主义劳动大学深造。谁知这一去，他"闯了大祸"，因在学校参与反对王明及其后台东方部米夫宗派集团，周肃清和一批同学遭到监禁劳改，直到1955年9月才回到祖国。

1978年2月2日，周肃清在京病逝，享年73岁。

（作者：康模生、周太和）

（本文原载《福建党史月刊》2008年11期）

从基督徒到红色医生的傅连暲

傅连暲，字日新，小名叫太阳生，生于1894年9月14日。傅连暲出身于农民家庭，祖辈在长汀的河田镇伯湖村务农。父母亲因逃债流落到汀州城打工谋生，因邻居相劝说，加入基督教可以得到一份"吃教"以维持生计，于是全家都加入了基督教，所以傅连暲一出生便成了基督教徒。不仅如此，他读完小学、中学后又进了教会办的"亚盛顿医馆"学医。他攻读医学5年后，被医院留下当医生，后来先后担任汀州8县旅行医生，汀州红十字会主任医师，医馆第四、五期主授教师，汀州福音医院院长等职。

傅连暲

这期间，傅连暲受瞿秋白《新社会》旬刊的影响，结识了汀州中共地下党段奋夫、王仲颜、张赤男等人，加上受他的侄女、地下党员傅维钰的直接影响，他的思想开始从同情革命走向加入革命。1927年，八一南昌起义军到汀州，傅连暲倾心倾力救治了徐特立、陈赓等300多名起义军伤病员。

傅连暲与毛泽东相识于1929年3月中旬。这一天，医院里出现了两位气宇轩昂的红军，这就是带领红四军首次入闽的前委书记毛泽东和军长朱德，他们是慕名前来造访傅连暲的。傅连暲久闻朱毛红军的大名，热情并认真地为毛泽东检查了身体，说毛泽东没染上肺病，毛泽东听后很高兴。接着傅又为朱德检查了身体，朱德也很健康。这是傅连暲第一次给这两位中国革命领导人检查身体。当时发现红四军中患有天花病人，为防止天花病在红四军中蔓延，经傅连暲建议，两位领导人同意让他用半个月的时间，为红四军全体指战员种了牛痘。

1931年，汀州已成为中央革命根据地重要的经济中心，福音医院也成为中央苏区最大的一所医院，许多中央领导人和红军指战员在这里治疗。但是，由于国民党对苏区实行经济封锁，药品十分紧缺。毛泽东指示傅连暲派人到上海买药，并在上杭、峰市、汕头、上海等地设立地下药房，建起了一条从汀州至上海的地下药房运输线，解决了苏区药品紧缺的困难，时间长达一年之久。

为适应战争的需要，傅连暲按照毛泽东的要求，在汀州万寿宫创办了红军第一所中国工农红军中央看护学校，第一期学员60名，男女各半，傅连暲亲自选编教材和授课。一年以后，毛泽东又嘱托傅连暲："应该多训练些军医，我们很需要医生。"于是，傅连暲在福音医院开办了中央红色医务学校，他亲自兼任校长和教员，主授药物学、诊断学、内科学、外科学、急救学等6门课程。该校为红军培养造就了第一批红军医务工作者，其中不乏优秀的红军医务领导人才，如陈炳辉、叶青山、涂通今、钟有煌等。

与毛泽东在医患关系中建立深厚情谊

1932年10月，毛泽东的身体欠佳，从瑞金来到汀州福音医院休养所养病，傅连暲细心地给毛泽东检查了身体，发现他面容消瘦，脸色发黄，经过X光透视，察觉他肺部有个钙化点，但是在1929年春给他检查时没患肺结核病，所以这个病应该是后来患的。傅连暲劝毛泽东住在老古井福音医院休养所好好休养一段时间。期间，傅连暲每天按时给毛泽东打针服药，到了下午五点钟，还会准时邀请毛泽东一同到附近的北山散步。北山是汀州的名胜，山上空气清新，风景如画，漫步此间，令人心旷神怡，借此让毛泽东感受大自然的美好气息，十分有益于身体健康，这是一个医生对一个病人颇费心思的治疗妙法。毛泽东与傅连暲配合得很好，日子一长，双方的情谊越来越深厚。

1933年初，毛泽东经过休息和傅连暲4个月的精心治疗，身体已完全康复。傅连暲也从与毛泽东朝夕相处的4个月中，受益良多。后来他著文说："在这4个月中，与其说毛泽东是来我们医院中休养的，还不如说是毛泽东来帮助我们工作的；与其说是我护理了毛泽东，还不如说是毛泽东在政治思想上护理了我。毛泽东真是我前进的引路人！我希望一辈子跟在毛泽东身边，一刻也不离开他。"当毛泽东准备出院回瑞金时，福音医院实际上早已成为一座红色医院。毛泽东对傅连暲说："我们要有个自己的医院，不要再叫福音医院了。福音医院是个基督教教会医院的名字，我们要把它改成中央红色医院，你看怎么样？"傅连暲十分高兴地表示完全同意。毛泽东又问："如果蒋介石的军队打来了，你怎么办？"傅连暲毫不犹豫地回答："我们把医院搬到瑞金去。我们全家人也一起去！"

1933年初，中华苏维埃政府接受毛泽东的建议，将汀州福音医院迁往瑞金叶坪杨岗下，正式创立了中央红色医院，任命傅连暲为院长，并兼任中央红色医务学校校长。从此以后，傅连暲正式成为中国工农红军的一员，他与毛泽东也多了一层上下级工作的关系，相互地位虽然变了，但是他们同志式的深厚情谊却一点也没变。

坚定信仰，踏上长征路

1934年10月，在王明错误路线和李德错误指挥下，中央红军第五次反"围剿"失败，被迫进行战略大转移——长征。组织上考虑傅连暲自身的肺病还没有痊愈，并患有胃病和痔疮，担心他经受不了长途跋涉的折磨，提议送他回汀州，留在根据地主持工作的项英劝他留在游击区，但傅连暲认为好男儿开弓没有回头箭，再说他一心牵挂着毛泽东，还有广大的红军指战员在征途中需要他，所以他义无反顾地要求参加长征。其实，中央领导和广大红军指战员也希望他一道参加长征，他的要求很快得到了组织批准，并特地为他准备好了一抬轿子，大家轮流抬着他出发行军。不过，这种情况没过多久，傅连暲就放弃了轿子，坚持自己走路。

长征出发的时间非常仓促，傅连暲因忙于整理行军药品，来不及与亲人告别，只派人到他家，将他需要的药品、器械取来。临行前，妻子刘赐福带着三个年幼的孩子脱不开身，他们的长子傅维光和女婿陈炳辉前往送行。傅连暲坚定地对儿子和女婿说："我们一定要打回来的，毛泽东一定会领导我们胜利的！"

长征途中，傅连暲仍从事医疗保健工作。敌人为了阻止红军前进、消灭红军，沿途不断派出飞机进行狂轰滥炸，傅连暲与医务人员一起冒着敌人的炮火，为负伤的战友进行急救包扎。为了躲避敌机，部队改为日宿夜行，到达宿营地时，大多是黎明的时候，傅连暲常常放弃休息，一到宿营地就背上药箱给战友们看病，看完病再回驻地吃饭、睡觉。

在漫长而艰苦的行军跋涉中，傅连暲克服重重困难，坚守在自己的岗位上。当时任军委卫生部部长的贺诚后来回忆说："傅连暲在长征途中继续为中央领导同志和战友治病。周恩来在长征途中患重病，他参加过治疗。在草地上，张国焘分裂党，另立中央，我们一起被裹挟到红四方面军去，当时我受到严密监视，无法工作，他就拖着瘦弱的身子，设法为朱德、刘伯承等治病，照料他们的身体。任弼时同志的爱人陈琮英在阿坝生小孩，傅连暲为她接生，还把自己的面粉送给她补养身体。康克清同志患伤寒病，也是他治疗直至痊愈。"过草地时，王树声、邵式平患严重肠伤寒，也是傅连暲给治好的。

1936年6月，红二、红四方面军在甘孜会师后，部队里流行红眼病。傅连暲到粮食总局运输连给同志们检查身体，详细讲解了防治红眼病和其他疾病的办法。之后，经粮食总局局长何长工同意，从运输二连挑选了林月琴、陈真仁等4位女战士，加上原有的4女、6男，一共14人，组成了一个医疗培训班。这时，红四方面军开始第三次过草地，傅连暲既是医疗培训班的领导，又是教员，白天带领他们行军，晚上给他们上课，讲解药物知识，教他们如何治疗、护理。他采用实物教学，拿出一种药品，从药名、功效，一直讲到用法和用量，还让每一个人闻一闻气息，尝一尝滋味，辨别颜色和形状。采用这种教学方法，大家都觉得易学、易记。他们在十分艰难的条件下，一边过草地，一边学医，一边为战友们治病，长征结束时，这个医疗培训班也结业了。这些同志立即走上工作岗位。

1936年底，傅连暲来到中共中央所在地保安县。他自从在毛儿盖与毛泽东分别后，俩人有一年多没见面了。他一直惦记着毛泽东的健康，一到保安立刻就去看望毛泽东。乍一相见，毛泽东高兴地连声说："哎呀，傅医生，你还活着，活着！"原来有不少同志以为傅连暲体弱多病，难以爬过雪山草地，还有人传说他牺牲在草地上了。这一见面才知他奇迹般地三过雪山草地。当晚，毛泽东挽留傅连暲吃饭，周恩来、朱德、邓颖超也来了。这天晚上，毛泽东留傅连暲住下，俩人一直谈到深夜。

中共中央从保安迁到延安后，成立了陕甘宁边区医院，傅连暲任院长，并负责中央领导人的医疗保健工作。毛泽东一度患眼病，还得常常熬夜，很不容易好。经过傅连暲的精心治疗，终于把毛泽东的眼病治好了。

从基督徒到优秀共产党员

1937年，一位法国记者在延安惊讶地发现傅连暲曾是一个基督教徒时，采访了他，并于同年5月，以《一个信奉基督教的医生傅连暲氏在中国红军内十年的经验》为题，在法国《救国时报》上发表，在国际上产生了轰动效应。此后，不少国际友人和国统区有识之士受傅连暲的影响，纷纷奔赴延安与红军一道抗日，其中就有著名的加拿大国际友人白求恩大夫等。

傅连暲参加革命后，曾多次要求加入共产党，起初，毛泽东认为他暂不入党对革命更为有利。后来，当毛泽民要介绍他入党时，又碰上了肃反扩大化，他蒙受诬陷而未能实现。在延安时傅连暲患有痔疮，白求恩大夫给他做了手术。在他养病期间，张国焘作为边区政府代主席来看望他。为了表示感谢，他给张国焘写了一封信。恰在这几天中，张国焘逃跑了。这样，有人怀疑他与张国焘有瓜葛。因此他再次蒙受不白之冤，被审查三个月之久。

1938年，毛泽东因牙齿不好派傅连暲去西安买药，并请一位牙医前来诊治。那时西安是反共中心，情况很复杂，去西安也很危险。傅连暲离开延安前向党组织又递交了入党申请书，并表示要很好地完成这次毛泽东交给的任务。到西安后,他在西安八路军办事处主任林伯渠的帮助下,采购到一批延安紧缺的药品,也请到一位牙医。尔后,他与吴玉章一同乘汽车回到延安。任务完成得很好,毛泽东高兴地对傅连暲说:"你可以入党了。"嗣后,毛泽东和陈云亲自介绍他参加了中央党训班学习,毛泽东作为他历史的证明人,并由党训班主任王德和胡嘉宾做其介绍人,傅连暲于1938年9月7日被正式批准入党,至此,他的多年夙愿终于实现了。一个基督教徒,经过血与火的洗礼,在完成了世界观的巨大转变之后,终于成长为一名光荣的中国共产党党员。他在总结自己走过的道路时,激动地说:"从一个资产阶级知识分子、一个基督教徒到一名共产党员,中间有相当长的距离,而要走完这段路程,单靠个人的力量是不够的。是党和毛泽东,像母亲引导孩子一样,一步一步地引导着我,给我力量,使我终于走完了这段漫长的路程,跨进了无产阶级先锋队的行列。"

至死愿为信仰献身

1938年以后,傅连暲一直担任中央总卫生处处长,同时兼任中央医院院长等领导职务,并继续负责中央领导人的保健工作。

1940年4月,为推动边区的防疫卫生运动,由李富春、傅连暲、李景林、饶正锡等发起,在延安各界组织了延安防疫委员会,掀起了群众性的防疫卫生运动。同时,傅连暲还十分重视边区的妇幼保健工作,办起了中央托儿所,为中央领导和前线的将领排忧解难。因此,他连续两次被授予"模范妇孺工作者"的称号。为了表彰他的突出贡献,朱德亲笔题写了"模范妇孺工作者"的横幅奖给他,以彰显对他的最好褒扬。

1942年,中央总卫生处在杨家湾建立卫生点,傅连暲不仅派防疫专家马兴惠去抓点,还亲自到杨家湾召开卫生动员大会。通过深入实际与普遍动员,杨家湾的卫生运动开展起来了。经过两年时间,杨家湾的卫生面貌有了很大的改观,被边区政府评为"卫生模范乡"。他们的先进事迹登上了《解放日报》,新华社也予以广播,轰动了整个解放区。

1945年,中央军委总卫生部成立,傅连暲任副部长兼中央卫生处处长,党内又任命他为军委总卫生部总支书记。

1946年，傅连暲跟随中央工作委员会迁到了河北省西柏坡。他到达西柏坡后，筹划建立了建屏医院。因医院建在建屏的朱壕村，所以惯称朱壕医院。它的前身是中央医院。

1947年10月10日，中共中央发布《中国人民解放军宣言》，提出了"打倒蒋介石，解放全中国"的伟大号召，解放军在全国发起了反攻。这时，傅连暲的身体很不好，日益衰弱，但他对中国革命的胜利充满信心。因此，他向毛泽东提出两点建议：其一，建议"全国胜利时，是否建都北平"；其二，再次恳切要求死后把骨骼留作标本。他在信中说：若我治不了的话，请批准将我的骨骼留交医大学生学习之用。因为我这副骨头在医生中是有革命意义的，是经过革命严格考验的。

毛泽东收到傅连暲的信后，很快就给他回信。回信说："连暲同志：来信悉，很感谢！我身体近来更好些。你身体有病望于工作中保重。此祝健康！毛泽东十一月十日。"毛泽东的回信，使傅连暲深受鼓舞和教育。他表示："不愿随便死去，活一天做一天，把自己完全贡献给革命。"

从普通院长到共和国医疗卫生事业创始人之一

傅连暲的前半生，在没有机缘遇到毛泽东之前，只是汀州福音医院一名普通的院长。自1929年与毛泽东结识后，他的人生发生了异乎寻常的升华：福音医院变为正式的中央红色医院，他自己从汀州福音医院院长成为大名鼎鼎的中央红色医院院长，被列为红军正师级领导干部。他的革命人生与领袖毛泽东结下了传奇式的不解之缘。

1949年3月，中共中央从西柏坡迁往北平，傅连暲随中央和毛泽东进入北平城，中央红色医院也迁至北平并合并了北平医院，后改为北京医院。这年下半年，经中央批准，傅连暲建立了中央保健办公室，他亲自主持办公室工作，负责中央领导人的保健和中央直属机关的卫生工作，以及北京医院的工作。傅连暲对工作极其认真负责，特别是对中央保健工作忠心耿耿，兢兢业业，亲手制定了一整套中央保健工作制度。他对保健工作的管理很认真，很具体，医生们定期向他汇报，遇事可以随时向他报告，甚至医生开的处方他也要亲自过目。新中国成立初期，由于缺乏科学的化验方法，一种新药开用之前，傅连暲都要亲自尝尝，扎针也要经过自己试验观察，认为确实无副作用，才给中央领导人使用。由于他对待工作一丝不苟，所以，中央保健办公室建立后，从来没有发生过医疗事故，中央领导人对他非常信任。

傅连暲根据1945年陈云同志在延安七里铺带病作出的指示，着手把自己从事30多年中央保健工作的经验总结出来。1960年7月1日，中国共产党成立39周年纪念日，傅连暲在病休中向中共中央写了《关于如何加强保健工作，保护中央和各级领导同志的健康》的书面总结和建议。他的建议与总结，对进一步做好保健工作，健全保健制度，起了十分重要的作用。

1950年1月，傅连暲任中央军委总卫生部第一副部长，8月，当选为中华医学会理事长。1952年他出任中央卫生部副部长，主要分管中央保健工作和中华医学会的工作。1955年，傅连暲被授予中将军衔，这是军队医疗卫生工作最高级别的军衔，全军只有他和贺诚两人享有，他们两人都是共和国医疗卫生工作的创始人。

傅连暲在毛泽东的关怀教导下，坚定不移地走上了革命道路，几十年如一日，勤勤恳恳，兢兢业业，谦虚谨慎，艰苦朴素，襟怀坦白，光明磊落。从一个普通院长成长为中央红色医院院长，从一个基督教徒成长为优秀的中共党员、中央卫生部副部长和开国将军。

(本文原载《百年潮》2014年第12期)

路易·艾黎与福建长汀等地的工合运动

"工合"是中国工业合作协会的简称，是抗日战争爆发后，在新西兰友人路易·艾黎和埃德加·斯诺（美籍）等倡导下，在国内爱国人士宋庆龄、胡愈之、沙千里、陈翰笙、王炳南、吴去非、卢广绵等响应支持下组织创办的。对于创办工合的目的，路易·艾黎明确地说："是在中国城镇和农村，建立一条抗战时期的经济阵线，使受战争祸害影响从沦陷区转移来后方的农民和工人，发扬五四运动的爱国精神，并将抗战进行到底。"

路易·艾黎

路易·艾黎在国际上与英美一些政治人物有着良好关系，所以工合运动一出现就引起国际上的注意，并获得了广泛的国际支持援助。国内在武汉成立了中国工业合作社协会，在香港成立了工合国际促进委员会。从此，为支援抗战的工合组织像雨后春笋般蓬勃发展，不到两年时间，遍布中国解放区和国统区：江西赣州设立了东南区办事处，湖南邵阳设立了西南区办事处，川康设立了重庆办事处，西北设立了宝鸡办事处、洛阳办事处，浙皖设立了金华办事处，云贵设立了昆明办事处等。

路易·艾黎以工合国际委员会执行联络员和"国民政府行政院技术总顾问"的身份，殚精竭虑地组织发展中国的工合运动。长汀及福建各地的工合运动也都是由路易·艾黎亲手组织和发展起来的。

建立长汀与福建各地的工合组织

长汀位于福建西部边陲，是闽粤赣走廊，是抗日的后方，当时的同盟国美军在长汀还新建了一个空军基地。抗日战争开始后，内地一些军政机关、厦门大学等高校和福建内地、潮汕难民纷纷涌入长汀，汀城人口剧增二三倍，达到了10万人左右。如此多的难民，如何解决他们的生存和就业？如何建立一条抗战时期的经济阵线支援抗日前线，将抗战进行到底？诸多的难题都亟待解决。同时，长汀这个抗日后方，具有很多有利条件，所以很快就引起了路易·艾黎的高度重视。

1939年4月，路易·艾黎带领黄文炜（美国芝加哥大学化学博士）、蔡醒华（南昌人）、蔡慎聆（宁波人）等人，从赣州来到长汀城。当时国民党长汀县县长黄恺元是个开明人士，经路易·艾黎晓以大义后，不像别处国统区官员那样百般阻挠，而是派了工合指导员范绍康协助，所以长汀筹建工合工作进行得比较顺利。路易·艾黎亲自草拟布告，阐明在长汀建立工合的性质和宗旨，号召失业工人、难民前来报名参加。布告一出，前来报名者日益踊跃。经过10多天的紧张工作，1939年5月4日，东南区工合长汀事务所在汀城县前街修家祠（不久迁往席稿坪连邑公所）正式成立，路易·艾黎亲自担任工合长汀事务所主任（后由黄文炜继任），蔡醒华任技术员，蔡慎聆任会计，岳桂森任事务员。随后又增派工程师黄子民、机械师尹纳士（美籍）、技师石代遵（安徽人）等专家前来加强事务所工作。

事务所是"工合"的组织指导机构，它指导社员根据社章组织起来进行生产；帮助各单位制订业务计划、核放贷款、完备会计制度（大社派驻会计一人，小社几社合派一人）、进行财务监督；开展技术研究，帮助发展产品；举办社员教育和福利事业等事项。

工合长汀事务所成立后，路易·艾黎将诸多工作安排妥善，带领黄文炜、黄子民、石代遵、蔡醒华等人前往连城姑田，考察了姑田造纸生产情况，富有特色的姑田造纸，给路易·艾黎留下了深刻印象。他们一行人来到了抗战时期福建的临时省会所在地——永安。在路易·艾黎指导帮助下，1939年5月，东南区工合永安事务所正式成立，张汝砺任主任。永安事务所开办了18个工合社，工作人员约170人，主要业务是修理汽车印刷、生产动力油、酱油、雨具、木器等。当时福建省会迁至永安后，省内外各报馆、出版社纷纷迁往永安，永安成了东南文化中心，所以工合永安事务所逐步把工作重点转移到发展印刷业方面，承担了10多家报馆、出版社的印刷业务，为抗日救亡运动作出了积极贡献。

后来，路易·艾黎一行人从永安前往南平，在南平建立了工合指导站，作为永安事务所的派出机构，主任陈文全（新四军军部电台工长，从上饶集中营暴动出来，新中国成立后任一机部科技副部长）。路易·艾黎在南平收购了福州沦陷前搬到南平、无力再内迁的一家机器厂和一家印刷厂，并将这两家工厂的机器，包括发动机、鼓风机、车床、钻床、钳床、刨床，印刷用的四开机、八开机、铸字机、画线机、各号中文铜模等40余部，全部运到长汀，并招收失业工人、难民70余人进厂。工合长汀事务所便组建了机器社、雨伞社，大大充实了印刷社。六七月间，路易·艾黎一行从南平继续北上，经建瓯、建阳，到了闽北浦城。那里有许多从上海退下来的伤兵和难民，路易·艾黎便把工作重心放到组织伤残军人的工合上。1939年7月，东南区工合浦城事务所成立，主任为潘先生，不久由林涧青（新中国成立后曾任中共中央书记处研究室副主任）接任，并兼任指导员。他们将伤残军人组织起来，办了10个伤残军人工合社（又称"荣军工合社"）。之后，路易·艾黎从浦城绕道返回赣州，又将南昌沦陷前撤到赣州的一家染织厂的全套机器设备买下来，搬运到长汀，办起了西门染织厂。

1943年3月，基于1939年对连城姑田造纸生产考察的深刻印象，路易·艾黎将他的得力助手——东南区工合办事处课长毕平非（中共党员，新中国成立后曾任中国工合协会代理事长）调到福建，担任福建省工合社视导，并负责筹建工合连城事务所。同年9月，东南区工合连城事务所在姑田镇正式成立，毕平非兼任主任，指导员许静（中共党员，新中国成立后任中国科学出版社副社长）、吴知因（女，中共党员，由台湾义勇队转来)、会计员袁昌硕、出纳员张国洽、技术员陈绍文、张伯桂、技工卢汝椿等，组建了12家造纸工合社和一家造纸实验工厂（由陈绍平主持）。

培训干部，推动工合运动发展

为了培养工合干部，推动工合运动的发展，在路易·艾黎的组织领导下，1939年6月至1939年7月，事务所与浙东抗日前线的某师联系，了解到前方缺乏鞋袜、毛巾、竹笠、药棉、纸张、卷烟和下饭用的咸菜等情况后，他们迅速行动起来，成立了配制品、缝纫、卷烟、印刷、纸业等十个工合社，拥有社员800余人。他们的产品源源不断地送至前方，满足了部队的需要，给坚持抗日的前方军民以极大的鼓舞。

在路易·艾黎的关怀帮助下，福建各地工合的生产迅速发展，产品不断供应军需民用，为支持长期抗战提供了大量的物质产品。当时，长汀工合社生产的斗笠和油纸、瑞金工合社生产的麻鞋、宝鸡工合社生产的军毯，著称"三宝"，成为抗日战士的宝贝，战士们一天也离不开它们。长汀工合社年产值达100万元，生产布匹、毛巾、袜子、皮鞋、皮箱、牙刷、肥皂、棉花、纸张、文具、油墨、糨糊、铁锅、切面机、熨斗、火锅、五金制品、电镀制品等大小数百种产品供应市场需求。长汀农村造纸工合社生产的毛边纸质量最好，最宜于写账文，故销路很广，远销南洋各地，在港穗市场销量首屈一指。

1940年秋，路易·艾黎第二次来长汀考察。仅过了一年半时间，这时的长汀工合社已发展到34个。城区有油纸社、文具社、弹棉社、斗笠社、染织社、针织社、纺织社、卷烟社、缝纫社、锯板社等；农村有炼铁社、铸锅社、砖瓦社、榨油社、面粉社、炼糖社以及12个农村造纸社。

路易·艾黎这次重返长汀是怀着重要意图的。经过深思熟虑，他认为长汀地处深山密林，山高路远，地势险峻，日寇鞭长莫及难于深入，是名副其实的抗日大后方。所以他这次来，打算一旦赣州形势紧张，就将赣州东南区工合办事处搬迁至长汀。1944年10月，日寇大举南侵，赣州形势危急，赣州东南区工合办事处果然迁至长汀，一直在长汀设立，直到日寇投降。

路易·艾黎为了办好长汀和福建各地的工合社,从 1939 年 4 月至 1939 年冬条这段时间,他以长汀为中心来来去去整整有半年的时间,为长汀和福建各地工合运动的蓬勃发展奠守了基础,长汀工合运动因此开展得有声有色,在福建工合运动中有着重要地位。正如工合国际促进委员会执行秘书陈翰笙(新中国成立后曾任中科院院士、世界历史研究所名誉所长等职)在《工合:中国合作史话》一文中所说:"日本海军为了台湾海峡的安全需要,很早就占领了其最具有战略意义的海港厦门,福州也遭到日本人的入侵。只有该省西部的城镇,以位于多山地带,日本人不易深入占领,才安全地建立合作社。的确,福建'工合'最好的事务所,就是位于靠近江西边界的长汀。"抗战胜利后,各大中城市工业生产相继恢复,外地来的社员纷纷返回原籍,各地的工合社大部分解散,各区办事处、事务所相继裁并。而长汀工合由于其特殊条件,1946 年后,事务所继续工作,城区联合社、印刷社以及农村 12 个纸业社坚持办到 1949 年解放,后并入长汀县供销合作社。

工合运动在民族危难中崛起、艰苦创业,在抗日烽火中奋进,以独特方式团结群众、组织群众,它自力更生、艰苦奋斗的精神将永放光芒,激励当今的我们万众一心为振兴中华、实现中国梦而努力拼搏。

当年路易·艾黎为工合的发展所作的努力,曾受到毛泽东的赞扬,邓小平称路易·艾黎为中国人民的"老战士、老同志、老朋友",中国人民亲昵地称路易·艾黎为"工合之父"。值此纪念中国人民抗日战争暨世界反法西斯战争胜利 70 周年之际,我们永远缅怀"工合之父"路易·艾黎的伟大国际主义精神,永远不忘他为抗日战争开展"工合"运动所作的卓越贡献!

(本文原载《福建党史月刊》2017 年第 5 期)

三、汀江红旗

革命者来

1927年,八一南昌起义军贺龙军长指挥的第二十军,作为先头部队从会昌向长汀挺进。当部队进入长汀境内古城镇时,遭到国民党第十四军赖世璜部第二师谢杰师的阻击,经过一场激战,该师战败溃逃。

9月6日,贺龙亲率南昌起义军第二十军进入长汀城,全军驻扎在汀城南门街一带,军部设在南门街镇龙宫前胡府一所大宅院内。

遵照起义军中共前委书记周恩来和军长贺龙的指示,具体由第二十军招募处处长周肃清负责汀城招兵筹集军饷和革命宣传工作。因此,第二天上午周肃清安排部队宣传队三五个人为一组,立即在汀城各条大街上广泛开展革命宣传活动。

安排妥当后,周肃清亲自带领军部一个宣传队举着红旗,提着笔墨、白石灰水桶等书写工具,以及需张贴的宣言、告示和传单等,走出军部大门。

这时,周肃清转身往军部大门一看,发现这胡府大门上方正好有一块用白石灰膏粉刷过的空白处。瞬间,他想起周恩来对他说过,黄埔军校大门横批上写着四个大字"革命者来",那是革命先驱孙中山先生亲笔题词。大门两旁还有副楹联:升官发财请往他处,贪生怕死勿入斯门。

周肃清明白起义军驻扎长汀时间不长,此处也不是军校,但是,这里是起义军第二十军的军部,不如仿效孙先生题写一幅"革命者来",让这四个大字成为嘹亮的革命号角,唤起众多有识之士踊跃参加起义军队伍。周肃清想到这里,立即跑进军部内搬来一张木桌子,他站上桌子后,从战士手中拿过一支狼毫大毛笔，饱蘸浓墨，挥动大笔，端端正正地写了"革命者来"四个楷书大字，一幅遒劲的红色标语，赫然呈现在众人面前。军部大门临街，这幅新颖夺目的革命标语，立刻吸引了不少过往群众，以及宣传队员们的眼球，并获得战士们和来往群众的掌声与喝彩，有人说："这条革命标语第一次见到，写得干脆有力，如同号角一样！"那个人说："革命不怕死，怕死不革命！"然后，大家都说："这幅革命标语写得好！好得很！"

围观的人群中有一个青年小伙子跑到周肃清面前说："长官，我回家去邀几个年轻朋友一起来参军，你们要不要？"

"要呀，要呀！"周肃清连声答道，"我们是韩信点兵，多多益善。热烈欢迎你们青年来参加革命队伍！"

此时此刻，已走到汀城各条大街上的起义军宣传队，也正在向广大群众散发革命标语传单，张贴起义军革命委员会的宣言、告示，刷写墙头标语，例如"实行土地革命""没收大地主土地""耕者有其田""打倒国民党反动派"等。上街演讲的政工人员手执小红旗，站在小板凳上，号召青壮年踊跃参加革命，鼓励农民组织农民协会，团结起来抗争，"不交租项于田主"。

9月9日，叶挺军长指挥的第十一军，也从会昌抵达长汀城。这时，起义军掀起了革命宣传的高潮，宣传活动越搞越热烈，大街上起义军整齐的步伐声、口号声，沸腾的欢呼声，在远离大街的福音医院病房里都可以听到。在东门街横岗岭师范学校大礼堂，起义军举行政治报告会，到会三四百人。郭沫若、恽代英在大会上作了演讲。郭沫若作演讲时，第一句话就说："三百年前，我也是汀州人！"（郭沫若祖籍宁化，隶属汀州）这句话一出，台下的人听了感到十分亲切，留下了深刻记忆。恽代英穿着一身蓝布制服，戴一副近视眼镜，脖子上系一条红领巾，说起话来声音洪亮，精神抖擞，充满激情，加上有力的手势，听众们的情绪都不由自主地被深深打动，政治报告会在汀州师生们和群众中产生了很大的革命影响。

起义军一些领导人吴玉章、彭泽民、许苏魂等前往毛铭新印刷所参观指导，鼓励当年北伐时的老部下毛钟鸣和印刷工人们要搞好印刷工作。吴玉章说："印刷所对革命很重要，列宁同志当年在国外进行革命工作时，常因没有印刷所而苦恼。你们有困难，还是要想方设法把这个印刷所办下去，以应将来革命需要啊！"

9月9日，起义军第二十军先头部队开始离开长汀，开往上杭。接着起义军陆续离开汀城，直至9月14日左右，担任后卫的朱德、陈毅率领的第二十五师才最后离开长汀。

起义军在汀城前后八天时间，在中共前委书记周恩来等领导下，通过"打土豪，筹军饷"活动，筹集到军饷六万块大洋，通过"革命者来"等宣传号召，招募到青壮年数百人，参加起义军革命队伍。从而不仅圆满完成了起义军在汀的预期计划任务，而且起义军在汀的一系列革命活动，对革命产生了重要的历史意义和深远的影响。

"革命者来"这条特别引人注目的红色标语，屋主为了将它保护下来，特意找来一块木板钉在门楣上，将这条珍贵的红色标语藏于板后，才得以保护至中华人民共和国成立后。20世纪70年代因房屋改建，将它从墙体上剥离，收藏于长汀县博物馆。

具有独特历史意义的长汀党组织

土地革命战争时期，长汀县党组织的建立与发展，堪称具有独特历史意义的县一级党组织。缘由何在呢？最重要的是这两件事。

第一件事：中共长汀党支部是南昌起义军前委书记周恩来同志亲自派人来创建的。

1927年8月1日南昌起义胜利后，起义军主动撤离南昌，挥师南下潮汕，准备在那里建立革命根据地。中途起义军来到长汀（历称汀州）开展革命活动，为了传播革命火种，起义军前委书记周恩来派出第二十军招募处处长周肃清，前往水东街仙隐观万顺昌盐铺召开成立中共长汀支部大会。参加会议的有段奋夫、王仰颜、黄亚光、罗化成、曾炎、罗旭东等六七人。周肃清代表南昌起义军宣布正式成立中共长汀支部，指定段奋夫担任支部书记。从此，长汀有了中国共产党组织，长汀人民的革命斗争开始走向蓬勃发展新阶段。

1928年1月，经上级批准，中共长汀支部改称中共长汀特别支部。在特支领导下，全体党员积极进行革命活动，通过汀州福音医院院长傅连暲给国民党旅长郭凤鸣治病的关系，投其所好，郭以为可利用青年知识分子替他培训训政干部，所以，答应在汀城王衙前刘家祠开办汀州训政人员养成所。1928年10月，特支派出段奋夫、王仰颜、黄亚光、黄继烈、阙宝兴、谌克俊等地下党员在养成所负责主持和任教。学员从长汀、连城、上杭、宁化、清流、归化等县招收进步青年农民。每期六十余人，连续办了二期，共培训一百二十多位农民运动骨干分子。后因郭凤鸣对养成所的革命活动有所察觉,当年底养成所被迫停办。之后,特支又组织精锐力量到离城十五公里的新桥大乡镇,创办福建省立长汀乡村师范学校,继续开展党的地下活动。

不过在国民党当政时期,创办这所中等学校绝非易事。特支巧妙地利用了地下党员阙宝兴的胞兄阙荣兴(福建省教育厅的官员),极力推举阙荣兴为省立长汀乡村师范学校校长,并征得阙荣兴的同意,最终被福建省教育厅任命为长汀乡村师范学校校长。特支这一新的举措得以实现。1928年2月,省立长汀乡村师范学校在新桥原维新小学旧址正式开学。特支派出王仰颜担任幕后领导,黄亚光、黄履忠、阙宝兴、廖惠清(女)等地下党员担任教务和教员,还有一批以谢成珂、谢廷珂兄弟为骨干的先进青年教员。学生多半来自长汀、宁化、清流、连城以及邻县瑞金的贫苦进步青年,设初师、普师各一个班,共有一百二十多个学生。设有国文、数学、物理、化学、历史、地理、农业、簿记等八门主要功课,采用南京晓庄师范陶行知"教学做合一"的教育法。成立文学研究会,介绍《中国青年》《向导》等杂志宣传马列主义,组织学习引导学生走革命道路,通过学习活动发展优秀学生,他们有的加入共青团,有的加入共产党组织。为了配合当地新桥农民协会开展"二五"减租斗争,在王仰颜、黄亚光的组织领导下,学校印发了"穷人分田、减租、减息、不还债"等传单,分发到城乡各地。由于新桥农民运动日益发展壮大,国民党当局同时发觉长汀乡村师范学校有共产党活动,于1930年农历正月初一日和二十八日分两次派出国民党金汉鼎部、黄月波部和新桥民团董以房部包围新桥和乡村师范学校。王仰颜、黄亚光等地下党员与学校老师在群众帮助下,及早转移。敌人搜查落空,恼羞成怒,当场打死无辜学生一人。从此长汀乡村师范学校被查封停办。成立仅一年半的乡村师范学校,虽然时间不长,但收效却很显著,为革命培养了一批革命人才,例如毕业后的童小鹏,参加红军后,被挑选跟随周恩来革命三十余年,成为一位中国共产党优秀的革命领导干部。还有宁化县徐赤生、归化县邱文阑、清流县吴某某等,后来成为这些县的早期革命领导人。

与此同时,长汀特支另一位主要领导成员张赤男于1928年底,在汀南

235

家乡宣成畲心村开展"反囤积，反饥饿"的农民暴动，恰逢宣成区张相兰、张增元为首的六户地主豪绅囤积的两三万斤粮食不肯出售给当地饥寒交迫的农民，企图外运牟暴利。当这批粮食深夜偷运至汀江渡口水口时，被张赤男率领的农民暴动队，当场全部拦截住，吓得惊慌失措的地方豪绅，连忙答应把两三万斤粮食借给农民。就这样，在张赤男领导下，一场"反囤积，反饥饿"的农民运动圆满完成了，并成立了一支三十多人的农民武装队伍。在畲心农民武装暴动影响下，宣成区农民协会会员很快发展到五六百人。

这时，特支属下四个工作区——汀西、汀东、汀南、汀城和河田党的组织又有了新的发展。1929年3月，经中共福建省委批准，撤销特支，成立了中共长汀临时县委。

第二件事：时隔半个月，1929年3月20日，在红四军前委扩大会议上，红四军前委书记毛泽东非常重视地方党的建设，为发挥长汀地方党的作用，将这次红四军前委会改成红四军前委扩大会，请长汀地下党段奋夫、王仰颜、黄亚光列席红四军前委扩大会，并在前委扩大会上亲自批准正式成立中共长汀县委员会，任命段奋夫为县委书记、王仰颜为组织部部长、黄亚光为宣传部部长等。

这次红四军前委扩大会议非同寻常，在我党我军革命史上留下了浓墨重彩的光辉篇章，制定了"在国民党军阀混战初期，以闽西、赣南二十余县为范围，用游击战术以发动群众，以群众公开割据，深入土地革命，建立工农政权，由此一割据与湘赣边之割据连接起来，形成一坚固势力，以为前进之根基"。这个方针是创建中央苏区的一个英明的伟大决策。

红四军前委在对内秘密正式建立中共长汀县委之前几天，先对外公开建立了中央苏区第一个县级红色政权——长汀县革命委员会，他们密切配合红四军大张旗鼓进行"打土豪，筹军饷"，共筹到军饷五万余元光洋，然后，组织工人日夜加班加点，赶制出了四千套红军装，为红四军自创建以来第一次统一了军装。为了捍卫新生的红色政权，在青年积极分子中挑选六十人组建了一支长汀赤卫队，军长朱德、党代表毛泽东亲自选派红军优秀干部林俊、王庭英担任赤卫队队长和副党代表，还成立了长汀县总工会和五个秘密工会、二十个秘书农民协会。党的组织比之前发展二倍。

以上所有这一切显赫功绩都是在红四军前委和毛泽东正确领导下取得的，是中共长汀县委坚决服从红四军前委领导，坚决听从执行毛泽东的指示，忠实履行不折不扣地完成了自己应尽的职责而已。例如：毛泽东要找老佃农、老裁缝师傅、老教书先生、老钱粮师爷、老衙役和流氓头子等六种人开调查会，就是长汀县委宣传部部长黄亚光把这六种人给找来的，结果调查会开得满意成功；在执行"打土豪，筹军饷"任务时，县委派出张赤男、邱潮保（县革委会主席）具体负责，亲自带领红军把筹款、罚款通知送到当事人手中，限期一到，那些人都老老实实将光洋悉数送到红四军司令部。又如红四军一纵队司令员林彪、红四军政治部主任兼一纵队政治委员陈毅到新桥"打土豪，筹军饷"，在县委组织部部长王仰颜的秘密配合下，一下子就打了十八家土豪劣绅，筹到一大笔军饷，超额完成了任务。此外，毛泽东还通过长汀县城区区委书记毛钟鸣利用毛铭新印刷所印发了党的六大文件，以及《共产党宣言》《告商人及知识分子书》《告绿林兄弟书》等，广泛开展宣传群众和发动群众等工作。

综上所述，长汀党组织是在两位伟人毛泽东、周恩来同志亲自重视关注下建立和发展的。这样的事，不仅在闽西，就是在整个中央苏区乃至全国也是独一无二的。如今，习近平总书记对全国县委一级工作亦特别重视，2015年6月30日至7月2日，中组部在北京召开全国优秀县（市）委书记表彰大会，有102名优秀县（市）委书记荣获中央表彰。同年8月，习近平总书记在《做焦裕禄式的县委书记》一书中强调说："特别要抓好县委一级，建立一个强有力的县委可是重要啊！军队是团，地方是县，为什么总讲县、团级呀，就是这个道理。""党中央决定举办县委书记研修班，用三年多时间在中央党校把全国两千八百多名县（市、区、旗）委书记轮训一遍。这是一项着眼长远的战略举措。"

忆往昔峥嵘岁月稠，看今朝喜迎党的十九大。1927年至今，中共长汀县党组织建立整整九十周年，重温这段光荣的革命历史，不但具有深远的历史意义，而且更具有重要的现实意义。

（本文原载《闽西党史》2018年第1期）

长汀县早期建立中央红色秘密交通线纪实

长汀县（历称汀州）其实在建立中央苏区红色秘密交通线两年多之前，就与中共中央建立了红色秘密交通线（过去通常称地下交通线），而且卓有成效地完成了一次又一次党交给的重要使命，因而，他们的革命事迹，有些早就被光荣地载入了红色史册。

1927年，八一南昌起义军在南昌发动暴动后，主动撤离南昌，主张南下广东潮汕建立革命根据地，潮汕依傍南海，便于共产国际所在国苏联军舰从海上前来支援。当时，周恩来同志肩负南昌起义最高领导人重任，担任中共南昌起义军前委书记。9月初，当南昌起义军进入长汀后，周恩来派出起义军保卫处处长李立三同志和招募处处长周肃清同志开展"打土豪，筹军饷"革命活动，这时，本土地下党员王仰颜、段奋夫同志和稍后入党的罗化成同志等人，一致推荐革命知识青年黄亚光主动与起义军保卫处处长李立三、招募处处长周肃清联系。为什么大家会一致推荐黄亚光去联系呢？主要原因是：其一，黄亚光是留学日本高才生，当年各地一百余人到漳州参加留学生考试，结果，黄亚光考试成绩优异，名列第二名。毕业后被著名爱国侨领陈嘉庚看中，向日方要回到厦门集美学校（今集美大学前身）任教，一年后，他再三要求回到家乡省立长汀中学任教，并创办了进步刊物《长汀月刊》。其二，1926年10月，国民革命北伐军第十七军光复汀州时，黄亚光组织长汀中学师生上街欢迎北伐军的到来，他作为师生代表认识了该军团党代表周肃清。这回，老友重逢，果然奏效，他一去就受到了周肃清的热情接待，并介绍他认识了李立三。之后，黄亚光与王仰颜、段奋夫、罗化成、罗旭东等一起向李立三、周肃清介绍了长汀全城豪绅官吏的情况。然后，他们几个人乔装打扮成起义军士兵，利用夜黑人静之时，带领起义军武装人员分头前往捉拿不法豪绅官吏，召开公审大会，当场枪决了四个罪行恶劣、民愤极大的官吏豪绅。起义军声威大震。经过这次革命考验，李立三、周肃清介绍黄亚光加入中国共产党。

这时，周恩来委派周肃清前往汀城仙隐观王仰颜开办的万顺昌盐铺秘密召开长汀地下党员会议，到会共产党员有段奋夫、王仰颜、黄亚光、罗化成、曾炎、罗旭东等六七人。周肃清代表起义军中共前委宣布正式成立长汀县第一个中共长汀支部，任命段奋夫为党支部书记，王仰颜为组织部部长、黄亚光为宣传部部长。会后第二天，李立三、周肃清二人单独会见黄亚光，要求中共长汀支部通过他加强联系汇报，然后，李立三、周肃清亲自示范面授黄亚光书写秘书文件的方法：用一支新毛笔蘸浓汁米汤书写在毛边纸上，等米汤干后，再用碘酒刷米汤写了的字，字即会呈现出来，清晰可见。接着又教了他的联系方法，并再三交代他要严守秘密。

黄亚光同志当年任中共长汀县委宣传部部长时，以秘密方法向上海中央邮寄毛泽东同志的报告等文件

众所周知，这个李立三非等闲之辈，这时虽然只是南昌起义军中共前委委员、政治保卫处处长，但是，1928年中共六大后，李立三主持过中央领导工作。所以长汀地下党能与上海中央建立红色秘密交通线，这就是一个重要因素。当然，更重要的是周恩来从一开始就担负了中共中央红色秘密交通线的组织者和领导者重任。

笔者曾两次采访黄亚光，并与参与过中央红色秘密交通线工作的当事人毛钟鸣有过四次访谈，结合事实，现对这条长汀县首先建立的中央红色秘密交通线发挥的重大作用综述如下：

向上海中央寄重要文件

1929年3月,毛泽东、朱德和陈毅同志率领红四军首次入闽,歼灭军阀郭凤鸣旅,解放了长汀县城,红四军司令部、政治部驻扎在辛耕别墅里。在这里,红四军前委书记毛泽东向中央撰写了《红四军前委关于攻克汀州及四、五军江西红二、四团行动方针等向福建省委和中央的报告》,文中首次描绘了创建中央苏区的蓝图。

这是一份绝密文件,当时党中央在上海,为了防止落入国民党特务魔掌,及时安全地寄往上海中央,就把此项重要任务交给了黄亚光。黄亚光就用密写方法,在一本上海商务印书馆教科书内字与字行间,将毛泽东向中央的报告进行密写。然后,通过汀州邮政局邮递员地下党员罗旭东邮寄给上海党中央,胜利地完成了这项重要任务。

汇巨款给上海党中央

红四军获得长岭寨大捷,进驻长汀县城后,大张旗鼓开展"打土豪,筹军饷"活动,经过十天时间,共筹到五万元光洋,考虑到上海中央当时经济很困难,打算拿出三万元给中央,以解决中央对活动经费的急需。但是这笔三万元巨款如何交到上海中央手里呢?当时,红四军前委把这个艰巨任务交给尚未公开的中共长汀县委完成。县委通过隐蔽在国民党长汀邮局邮差地下党员罗旭东,巧妙地通过邮汇线路,成功地把三万元巨款汇给了上海党中央。

紧要时刻送情报

长汀地下县委除了宣传部部长黄亚光负有特殊任务外,组织部部长王仰颜亦负责情报工作。情报分为"经常性"和"紧急专送"两种。"经常性"情报由长汀邮局地下党员罗旭东负责,而"紧急专送"情报则由王仰颜亲自负责。1929年冬,红四军在上杭县古田村召开古田会议期间,国民党对红四军实行"三省会剿",正当古田会议就要胜利结束之时,赣敌金汉鼎总指挥(当时驻汀城)率部抵近古田。在这紧急时刻,王仰颜把赣敌总指挥金汉鼎部的军事运行,以及兵力分布图,画在三件白布背心上,派出三个可靠且熟悉路径的同志前往报讯并充当向导。他们把白布背心穿上身,外面套上棉袄,三个人分成三路前往上杭古田找到了朱德军长,然后作为向导带着毛泽东、朱德和陈毅率领的红四军跳出了敌人包围圈,安全顺利地转移到江西。

毛泽东指示傅连暲建立地下药房

1931年,由于国民党对中共中央根据地进行经济封锁,药品十分匮乏。毛泽东指示傅连暲院长利用福音医院以教会医院名义,派人到上海汇丰银行领取经费,在上海购买药品,并在上海、汕头、峰市(镇)、上杭至汀州建立一条地下采购药品运输线。

1931年12月,周恩来逗留汀州时,又指示中共福建省委书记罗明拨给傅连暲一笔重金,作为采购药品的经费。傅连暲随即派他的学生、年轻的共产党员曹国煌前往峰市(镇)和上杭开设地下药房,为革命根据地采购大批药品和医疗器械。当曹国煌又一次将药品用木船从汀江运回汀州时,被驻上杭的国民党陈济棠部发现,曹国煌连人带船被扣留。不久,曹国煌不幸壮烈牺牲。

1929年至1930年期间,傅连暲按照毛泽东要求,订购了上海的《申报》《新闻日报》、广州的《超然报》《工商日报》等各种报纸。傅连暲化名郑爱群,通过汀州邮局邮递员中共地下党员罗旭东,将报纸转送毛泽东参阅。毛泽东在戎马倥偬的军旅途中,得到这些重要的参考资料,非常高兴。他收到报纸以后,往往亲笔给傅连暲写收条:"×月×日报纸收到,这样做很好。毛泽东。"

周恩来在长汀亲自建立了一条红色地下邮路

1931年冬,周恩来从上海动身一路经过风风雨雨第一次来到了长汀城,就住在中共闽粤赣省委(不久改为福建省委)内。周恩来在这里接见了一个一直未公开身份的长汀城区委书记毛钟鸣同志。他是一个非常优秀的地下工作者,从小一边跟大哥毛焕章学习印刷,一边念中学,后参加北伐。北伐失败后回汀，1928年加入中国共产党，仍以印刷业作掩护，从事党的地下工作。他为人睿智机警，严守秘密，胆大心细，善于应变，为党做了许多地下工作，曾受到毛泽东、周恩来以及邓发、张鼎丞等领导人的青睐。

这时，毛钟鸣向周恩来汇报工作情况，说到他现在还掌控着一个在苏区还保留的国民党长汀邮政局，在局内安插了一个地下邮递员时，引起了周恩来的注意。周恩来认真地向毛钟鸣了解。这人叫刘炳镛，曾用名陈临，从小就是长汀河田的一个穷苦农民。原来隐蔽在长汀邮局的地下党员罗旭东，一年前因突发急病不幸逝世，就由刘炳镛来接替党的有关地下活动工作。

第二天，遵照周恩来的交代，毛钟鸣带着刘炳镛去见周恩来。当时房间里就只有他们三个人，见面后他俩未曾料到，周恩来当着他们两人的面决定：在长汀建立一条地下邮路。为了安全便利工作，再让刘炳镛化一个名叫"松江"。据刘炳镛后来说，这个化名当时想到自己老家松林乡就在汀江河畔，于是化名"松江"，没想到得到了周恩来的认可。

从此以后，长汀这条红色地下邮路，不断收到红都瑞金和上海的来往信件、报刊、书籍等，均以"松江"名义寄给他收，然后，他以"松江"名义转寄或将信件、书报送给地下党（苏区内不公开的党员）负责人。

毛钟鸣同志当年任中共长汀特支汀城工作区区委书记，负责长汀与瑞金、上海地下邮路工作

这条红色地下邮路，自1931年冬周恩来亲自建立以来从未暴露，直到中央红军撤离中央苏区，进行二万五千里长征，苏区邮政转入地下，这条直通中央的邮路才中止。

（本文原载《福建党史月刊》2019年第8期。后载《印迹：中国红色保密故事》福建卷，2021年7月）

资料来源：

1. 两次访问当事人黄亚光同志。第一次于1985年1月30日下午，当时黄老住在福州西湖宾馆8号楼；第二次于1988年4月27日上午，这时黄老全家已搬迁至中共福建省委大院内。黄老于1971年4月担任中共福建省委书记，1983年起担任中共福建省委顾问委员会筹备组成员。笔者访问他时仍担任此职。

2. 1995年6月20日，在北京访问傅连暲同志夫人陈真仁同志时，她向笔者提供珍藏的原始资料：傅连暲在延安参加张鼎丞同志主持召开的座谈会上的发言《在闽西党史座谈会上的发言》，1945年2月8日。其中谈到了毛泽东、周恩来建立地下药房来历。

3. 笔者于1981年夏前往上海访问当事人毛钟鸣同志，他热情接见了笔者，一次谈不完，接连谈了四次。这时，毛老离休在家，他是第四、五届全国政协委员。

汀州福音医院

——中央苏区第一所红色医院

福音医院

1933年初春的一天，麦苗儿吐着嫩芽，油菜花散发着芬芳。瑞金朱坊乡杨岗下的朱氏祠堂骤然热闹起来，二三十个穿着白色隔离衣、戴着白口罩的医生、护士正在祠堂内摆设着三十多张病床，又在一个个用木板隔成的室门口挂上内科、外科、妇产科、化验室、手术室等小木牌。这就是中央苏区第一所红色医院，它的前身是汀州福音医院，今天刚从汀州跟随红军迁移来，这时正忙着布置呢！水有源树有根，究其根源是这样的：

福建汀州（今长汀）福音医院，原名亚盛顿医馆。亚盛顿是英国伦敦基督教会的一位爵士，1903年，亚盛顿曾以个人名义给汀州基督教伦敦会二十五万英镑作基金，开办医院和学校。1908年医院落成，遂命名为亚盛顿医馆，并将此名镌刻在礼堂门首，两旁一副楹联是：仁爱和平随处见，正大光明与时行。由英国医学博士赖查理任院长。

该院坐落在汀城北山麓下，环境幽静，空气清新，设有内科、外科、骨科、五官科、妇产科、皮肤科等，有医生、护士二十余人，他们主要来自英国，以西医为主，既有门诊，也可住院，有铁架木板床三十余张，分男、女病房。当时，该院的医疗技术和设备在闽西均首屈一指，英国医生在截肢、刮骨挖肉、取枪伤子弹、切除阑尾炎、摘除白内障等手术方面都颇有经验，并备有一套较为齐全的解剖手术器械和X光、化验等医疗器械。

1909年，亚盛顿医馆开始招收医馆学生，共招收了五期，每期两至五名学生，学制五年，主要学科为：内科学、外科学、眼科学、妇幼科学、体学、体功学、疗学、皮肤学等。傅连暲为第二期学生，他的老师李灼基（英籍加拿大人）精通内、外科，曾获英国内科和外科博士，他对傅连暲医术传授起了很大作用。从第四期开始，便由傅连暲任教，主授各学科。

1925年五卅爱国运动时，汀州人民举行游行示威，声援上海人民反对帝国主义枪杀中国工人的斗争，当时在福音医院担任医生的傅连暲带头签名通电全国，反对英、日帝国主义的侵略。英国教会人士和医生、护士感到时局不稳定，纷纷逃回国去。医院的职工便推选傅连暲担任院长。于是，傅连暲将亚盛顿医馆改名为福音医院。

傅连暲任福音医院院长后，开始积极为红军服务。1927年，八一南昌起义部队经过长汀时，福音医院就接收医治了徐特立、陈赓等三百多个起义军的伤病员，成了第一所为红军服务的医院。傅连暲还亲自用保护疗法，治好了陈赓同志一条受了重伤的腿，并为起义军筹募了一笔革命经费。

1929年3月，毛泽东和朱德率领的红四军来到长汀，当时这里正流行天花，福音医院就马上给红四军全体指战员种了牛痘，防止了天花在军中蔓延。

随着红军队伍的发展壮大，为适应战争的需要，满足红军指战员的要求，傅连暲在福音医院附设开办了第一所中央红色护士学校，帮助红军培养卫生人才，学员共六十名。为了能适应战争的需要，学期只定为六个月。这批学员都是从中央苏区挑选来的优秀人员，但是文化水平很低，为使他们在六个月内能掌握一般的医疗技术，傅连暲亲自编写了一本课本。他深入调查研究，结合实际，选择了部队中最常见的病和最常用的药来编写，并耐心细致地讲解、示范和指导。经过学员们自身的努力，毕业时，都取得了优良成绩。朱德军长还特地赶来参加毕业典礼，并在会上讲了话，勉励大家到前方去发挥重要的作用。

1932年，傅连暲在毛泽东主席指示下，又在福音医院开办了一所中央红色医务学校，他亲自担任校长，这是为红军培养医务人员的第一所正规的医务学校。当时部队医务人员很缺乏，还没等到这所学校的学员毕业，各地就纷纷来要人。这批学员分到部队后，起了很大的作用。后来都成了我军卫生工作的领导骨干。

那时，中华苏维埃政府主席毛泽东，由于长途跋涉，身体很差，组织上让他疗养，傅连暲就亲自担起了关心毛泽东健康的任务，每天按时给他打针吃药，精心治疗。当他发现毛泽东只顾看书写文章，不注意休息后，便每天下午五点钟，去邀毛泽东到北山散步，让他借此得到一点休息。同时，他从毛泽东那里，也学到了不少革命道理，认识到革命不仅要反对帝国主义，还要反对国民党反动统治阶级。从此，傅连暲更加全心全意地为红军服务了。

1932年以后，由于国民党反动派对苏区实行经济封锁，药物来源越来越少，外出采购药物被敌人发现，不仅东西没收，还要杀头。傅连暲就巧妙地跟敌人开展了斗争。他利用汀州商人在上杭做生意的有利条件，假装跟商人合股做生意，用商人的名义，在上杭县城开设药店，并设法将药品秘密运回苏区。后来，用这种方法，还在上杭、峰市（镇）、汕头、上海等地办起了地下药房，为医治红军伤病员，傅连暲真是尽心竭力地克服了重重困难。

1933年初的福音医院，实际上早已变成红色医院，只是为了到白区购买药品，订阅报纸的便利，才保留着教会医院的名称。一次，毛泽东根据战争形势的需要，对傅连暲说："我们要有个自己的医院，不要再叫福音医院了。福音医院是个基督教会医院的名称，我们要把它改成中央红色医院，你看怎么样？"傅连暲很高兴地同意了。

那时中华苏维埃政府设在瑞金，福音医院也就迁移到瑞金去了，并正式改名为中央红色医院。中华苏维埃政府正式任命傅连暲为中央红色医院院长，兼中央红色医务学校校长。从此，傅连暲成了中央卫生工作的主要领导者之一。中华人民共和国成立后，他一直担任卫生部副部长，1968年被林彪、"四人帮"迫害致死。

福音医院坐落在长汀风景秀丽的北山麓下。这一幢宽敞恬静的大宅院，门楣上镌刻着"福音医院"四个大字，如今成了人们瞻仰学习的一个地方，被列为全国重点文物保护单位。

（本文原载《党史资料通讯》，原题目《傅连暲与汀州福音医院》，中共中央资料征集委员会编，1987年第3期）

中央苏区第一个女县委书记一二事

李坚真是广东丰顺县人，原是广东饶和埔县委妇委书记。1930年1月，上级决定将饶和埔县委划归闽西特委领导，因此，李坚真被调到闽西特委负责妇委工作。

同年6月，长汀新桥成立汀东临时县委，闽西特委将李坚真调任汀东临时县委书记。所以，李坚真堪称中央苏区第一个女县委书记。

（一）

李坚真上任不久，有一天，有同志向她反映说：有些区乡出了乱子，请县委领导同志赶快下去处理。李坚真听到后，真有点坐不住了，赶紧把手头几件紧要事处理完，第二天，

1950年春，李坚真从山东回广东前夕留影

就到乱子闹得最厉害的古城区一个乡去了解情况，沿途看到很多农民正急急忙忙在割青苗，稻粒打不下来，就把稻穗磨成浆煮来吃，甚至有的农民把菜园种的菜也拔了，连养的鸡、鸭、猪都杀了。

李坚真觉得这个乱子出得不小，如不赶快制止，农业生产将遭到破坏，势必影响今后的农民生活。

想到这里，虽然她已走了几十里山路，也顾不上歇息，连忙找乡长了解情况。一了解才知道，原来闽西分配土地时规定：如分田在下种之后，

则"本届的生产归原耕人收获"。最近，上级又开了一次会议，认为这个办法对富农有利，对贫雇农不利，就改为"何时分田何时得禾"，也叫"青苗跟田走"。但是没有考虑到要区分新分土地的地区和已分过土地地区的情况不同，不同的地区应该有不同的政策。就当时闽西根据地总的情况来说，大部分地区已不是第一次分田，田早已分了，在局部调整土地时，青苗要跟田走，农民害怕自己种的庄稼以后分给别人，再加上有些坏人趁机造谣破坏，所以造成农民恐慌，急忙对青苗割的割，对畜生杀的杀。

李坚真听了乡长汇报，看到情况严重，遂挨家挨户征求意见，群众都要求：调整土地时，原来是谁种的庄稼应归谁，不要跟田走。

李坚真认为群众的要求是对的，而且他们以前也是这样做的，群众都没意见。于是，她立即召开群众大会，当场宣布谁人种禾，谁人收割，一切作物归原耕所有，不跟田走！要求大家不要割青苗，不杀家畜、家禽。

李坚真回到县委，立即安排县委干部分头到各区乡召开会议，向农民宣传讲清情况。这样，终于制止了一场乱割、乱杀的混乱现象，稳定了人心，稳定了农民生产的积极性。

（二）

1931年9月，红军再次攻下长汀后，长汀成为中央革命根据地的重镇，为了加强领导，李坚真从中共闽粤赣苏区省委妇女部长，调任中共长汀县委书记。

李坚真走马上任后，接受的第一个任务是要她负责布置一个假会场。

原来中央决定在红都瑞金召开中华苏维埃第一次全国代表大会，成立中华苏维埃共和国临时中央政府。

这是一次盛况空前的大会。那时国民党反动派利用掌握的空中优势经常派飞机来袭扰中央苏区，估计这次敌人决不会放过机会，肯定会派飞机来轰炸大会会场。为了保证大会的胜利召开、保卫代表们的安全，组织上决定在紧邻瑞金的长汀县布置一个假会场，用来迷惑敌人。

李坚真接受任务后，马上亲自前往古城进行实地视察。古城是长汀的一个区，与瑞金的叶坪大会所在地相距二十五公里左右，她们在远离区乡处找到一座无人居住的空茅屋，四周没有群众的房屋，如果敌机来轰炸，也不会造成群众生命财产的损失。于是，便决定在这个地方布置一个假会场。因为茅屋不大，目标不够显眼，所以全靠在布置上下功夫。

李坚真找来几个会写会画的同志，还有一伙能工巧匠，他们日夜加班，写的写，干的干，在茅屋四周支起了几幅大红的大标语，在茅屋的大门前用松枝扎了一个大大的彩牌楼，上面挂了一幅大横幅，红纸黑字大书"中华苏维埃共和国临时中央政府第一次全国代表大会"，屋门前两旁还插上了许多彩旗，整个会场布置得像模像样，特别醒目。

11月6日假会场布置停当，引来周围很多群众参观，大家都以为在这里开大会，这个消息很快在群众中传开了，当然消息也很快传到了国民党情报机关。

11月7日，中华苏维埃第一次全国代表大会在瑞金叶坪开幕。8日，敌人就派了几架飞机来，先在汀州城上空盘旋了几周，接着就盘旋到假会场来，然后对着假会场扔下几颗炸弹，把假会场炸平了，敌人以为会场被炸平了，代表被炸死了，大会肯定开不成了，于是敌机才得意扬扬地飞

1984年11月，笔者在广州李坚真家中客厅采访时合影。李坚真居中，左为笔者，右为长汀县革命纪念馆资料负责人肖爱莲

走。殊不知大会的代表们安然地坐在瑞金叶坪的会场内，正在热烈地讨论着《中华苏维埃共和国宪法大纲》等重要文件呢！大会顺顺利利开到20日闭幕，中华苏维埃共和国临时中央政府胜利诞生了，毛泽东当选为中央政府主席。国民党反动派妄图破坏这次大会的阴谋破产了。

大会结束后，临时中央政府和省委领导都对李坚真组织领导布置假会场的工作给予了表扬。

（本文原载《红旗跃过汀江》，北京燕山出版社，2003年9月版）

最早为红军服务的石印机

在长汀县博物馆红色小上海陈列馆里,有一台古老的石印机。它有一副铁床架和四只铁脚,一个窗框和一根墨棍,样子十分笨重。然而在五十多年前,它为红军印刷了不少文件,为革命作出过极大的贡献,而且是最早为红军服务的石印机之一。

五十多年前,汀州城有一所毛铭新印刷所,设有三台石印机和两台圆盘式印刷机。开业人毛焕章和两个弟弟,一个叫毛钟鸣,一个叫毛如山,他俩都是共产党地下党员。1927年9月,周恩来、朱德、贺龙、叶挺、刘伯承等同志率领八一南昌起义军来到长汀,毛铭新印刷所的印刷工人在党的领导下,为起义军赶印了大量的传单、标语,从此,这台石印机就和它的伙伴们为革命服务了。

石印机使用时很麻烦,需要两个工人轮流操作。首先由一人绞机和抹水,再由另一人推动墨棍等印刷。每天只能印五六百张,顺利时也只能印一千张。这种石印机的字模最多只能印二千份,如需再印,就得把字模磨掉,重写后再印,速度慢、产量低。但是印刷品的字迹清楚,

石印机

可长期保存。例如，当年用这台石印机印刷的马克思、恩格斯、列宁、斯大林的肖像，以及毛泽东写的《告商人及知识分子书》《告绿林兄弟书》《反对资本主义》等文件，如今仍十分清楚。在当时红军没有印刷设备的条件下，石印机为党的宣传工作起了重大的作用。

1929年，红四军来到汀州后，印刷工人为红军日夜赶印文告，他们做到人轮流休息，机器不休息。毛泽东同志为抓紧时间，也常常把起草的文告，写好一张，就交给印刷工人印一张。

红军的一张张布告贴出去了。有《告商人和知识分子书》，有《告国民党下级军官及政府官吏书》，有《告绿林兄弟书》，等等，红军在这些文告中，分别向他们讲明红军政策，希望他们靠拢红军。在我党政策的感召下，一批批商人和知识分子信任了红军，主动为红军服务；一批批国民党下级军官和士兵，纷纷向红军投诚；那些聚集在山林中，反对封建统治阶级，被人们称为绿林兄弟的人，更是纷纷要求参加红军。

1930年以后，毛铭新印刷所实际上已成为红军印刷所，为红军和苏维埃政府印的东西更多了，光印《青年实话》，就达一年之久。《青年实话》是共青团中央机关报，每周一期，每期印两万八千份左右。在印《青年实话》期间，红军中的一些领导，如主编陆定一，就经常在夜里到厂里来亲自校对，并询问工人们的工作和生活情况。

1933年，为了革命的需要，毛铭新印刷所主动将两台石印机和其他印刷机，赠给在瑞金的共青团中央，只留下这台石印机在汀城。红军北上后，印刷工人把它藏在地窖里保护起来，直到新中国成立后，才把它拿出来献给当时的长汀县革命纪念馆。

今天，我们的印刷事业采用电脑，已有飞跃的发展，再也不会有人去使用这种石印机印刷了。然而这台最早为红军服务的石印机，却永远值得我们后代人纪念。

（本文原载《红旗跃过汀江》，北京燕山出版社，2003年9月版）

四打苦竹山

"消灭团匪势力!"这条红色标语是土地革命时期,红军书写在长汀县古城镇古城村横街路27号曾和珍家二楼阁楼进门后面墙上的,迄今90多年了,依然保存完好。

土地革命初期,长汀有几处团匪反动气焰非常嚣张,到处打家劫舍,烧杀奸淫,为非作歹,无恶不作,扰得民不聊生,苦不堪言,尤其是苦竹山、钟屋村团匪成为阻挠长汀与闽西、江西连通的障碍,于是1931年汀连县委先后向全县人民提出了战斗任务:

"目前的实际任务:集中力量消灭苦竹山一带团匪!"

"我们要巩固长汀,更好地与宁化、连城打成一片。所以要消灭苦竹山及钟屋村的团匪,以巩固长汀。"

这就是1931年汀连县委先后向全县人民提出的战斗任务,亲自领导指挥这个战斗任务的先后有多位领导,主要的几位,他们是罗炳辉、张宗逊和方方、洪水等人。他们先后分别分时段带领红军部队以及汀连赤卫第三团及古城、四都、濯田、水口、涂坊等地赤卫连共1000多人,奋勇包围攻打苦竹山团匪。

苦竹山当时地属四都苏区,有井边、坑头、下村三个自然村,300多户,1000多人口,地广人稀,物产丰富,是深山中一个很富裕的山村。它的东、南、西三面都是高山峻岭,北面山下有一条腊口河,是个易守难攻之地。

濯田、四都等地暴动后,邻近的土豪、劣绅、土匪、恶霸、民团都逃到这个山村,加上当地有几户大地主林水榥、隆古头、钟辟佬,还有恶霸地主钟西洋狗、团匪头子积鬼子等,拼凑了一支300余人地主武装"保安队"。武平敌团长钟绍葵充当其后盾,支持武器弹药,因此,他们企图顽守到底,并经常到苏区四都、濯田一带地方骚扰,抢劫人民财物,严重威胁闽赣交通要道。

第一次攻打苦竹山,开始于1930年4月,长汀县组织濯田、四都赤卫队三四百人。6月,红十二军军长罗炳辉率领101团,攻占了苦竹山的桥头堡汤屋村,揭开了攻打苦竹山的序幕。在四都赤卫连的配合下,击败中坪地主武装大头鬼、沙和尚,打垮苦竹山外围敌人,活捉土劣告化妹。正要一鼓作气,拿下苦竹山时,意想不到的事早不来迟不来,偏偏在这关键时刻发生了!上级来了指示,命令红十二军马上撤出战斗,立即转移执行新的任务。这样,无形中给苦竹山敌人解了围,给了敌人一个苟延残喘的机会。后来才知道为什么这次红十二军要马上撤出战斗赶回汀州城,原来中央来了命令将红四军、红十二军和红三军组建成红一军团。然后,红一军团在军团政治委员毛泽东、军团长朱德率领下前往攻打长沙、南昌。

苦竹山战斗遗址——苦竹村

苦竹山的敌人经过第一次打击后,变本加厉地进行垂死挣扎,拼命加紧修筑碉堡、炮楼,在东、南、西三面高山岽上,各筑了一座坚固的炮

255

楼，并加固了其他防御工事，形成了很强的火力交叉网，严密控制通往山上的三条羊肠小道。

1930年8月，在长汀县委书记方方和汀连县赤卫团政治委员洪水的指挥下，四都赤卫队二、六连配合下，开始第二次攻打苦竹山。经过激烈战斗，活捉土匪、民团三四十人，切断了苦竹山与濯田通道，他们日以继夜把苦竹山包围得像铁桶似的，白天攻山目标大，敌人居高临下占踞有利地形，只要我们一露头，就有被杀伤的危险，加上赤卫团所持武器大部分是鸟枪、土铳、大刀和梭标，一没有炮，二没有炸药，要攻下炮楼、碉堡，的确是个难题，为了解决这个难题，这时，方方和洪水发动全体指战员，献计献策，研究攻坚战术。

没有炮，就自己动手制造松树炮。将大松树对半锯开，中间挖空，装上土硝、铁屑。开炮时，轰隆一声，声音特别响，可惜射程不远，杀伤力不大。

轰不开就用炸。他们找到了一颗敌人飞机投掷未爆炸的炸弹，利用黑夜在两边山头架起一根粗铁丝，将炸弹挂在铁丝上，滑向敌炮楼投掷下去，可惜没投准，还是没炸成功。

炸不成就用火攻。苦竹山是一块小盆地，这里有一口全村唯一的水井，故名井边。一座连一座的房屋就紧贴在山坡上像一个圆形的井栏似的，它是全村的中心，只要将它烧毁，敌人就无处安身。于是，捉来二三百只猫，将棉花扎在猫身上，淋上洋油（即煤油），然后点起火来，放猫往敌人房屋钻去，可惜猫跑不远，没有达到预想效果。

烧不成，改用铁皮洋油箱装洋油，点燃后从铁丝上滑向敌驻房投下，烧毁了敌人一些住房。

第二次围攻苦竹山，从1930年8月至1931年1月，达半年之久，双方相持不下。汀连军民同仇敌忾，斗志昂扬，日以继夜，斗霜傲雪，不怕流血牺牲，经受了严峻的战斗考验，始终没有让一个敌人跑掉。苏区广大群众献粮、献菜，并组织运输队、担架队、洗衣队，积极做好后勤工作，作出了巨大的贡献。

第三次攻打苦竹山是1932年农历正月。此前红三十六师师长张宗逊、政委邓华，奉命率领部队到长汀整训和做地方工作。据红三十六师师长张宗逊于1990年10月由解放军出版社出版的《张宗逊回忆录》第109页中记载，"红三十六师进到武平县北部（这里与长汀四都苦竹山毗邻——笔者注），拔掉了苦竹山、桃溪、永平等地的地主武装据点，这些地主的少数地主武装依托村寨，拼命与红军为敌，这是一伙穷凶极恶的敌人，除非坚决加以消灭，否则他们是决不会放下武器的。这伙地主武装还专门打冷枪射杀红军指挥员。我在苦竹山曾被冷枪打坏了帽檐，差一点被打中头部"。接着又说，"红四军军长王良打漳州回来，经过武平县的大禾村时就被寨子里的地主武装打冷枪击中而牺牲了。可见红军和顽固地主武装的斗争同样是激烈尖锐的"。

虽然张宗逊师长在回忆录中只是说"我在苦竹山曾被冷枪打坏了帽檐，差一点被打中头部"寥寥几句话，其实，这次张师长头部是受了伤的。

为什么这样说？事情是这样的：2021年夏，张宗逊的长子张新侠教授（大家都这样称呼他）以及他的女儿和孙子，还有一位开国中将韩伟的儿子韩京京等人来长汀县参观访问时，当着县领导和陪同人员说，他父亲张宗逊曾当面对他说过，他在长汀苦竹山被敌人冷枪击中头部，那时没有钢盔，幸亏他头上戴了一顶山里人用藤编成的藤帽子，敌人开冷枪打出的子弹被藤帽子挡了一下滑向头皮，头皮被打破了，流得满脸都是血，人也倒到了地上。所以有的战友们以为他牺牲了，过了一会儿，看他又爬了起来，才知道他只是受了轻伤。

以上是张宗逊的长子张新侠教授亲自对长汀县负责接待领导及陪同人员说的一番话，说得一清二楚，足以说明确有其事。

这是张新侠当众讲的他父亲张宗逊在苦竹山战斗中负伤的情况。现在故事要回到当时，张宗逊师长受伤后，他的顽强战斗意志丝毫没有受到影响，反令其怒火中烧，坚定地向指战员们表示今天非把苦竹山地主武装连同老巢一窝端掉，不达目的决不罢休！但是他认为不能蛮干，立即要改变战略战术，不要只从正面猛打猛攻，而是要通过前后夹攻智取。

于是，他下令红军和四都、濯田赤卫团、队从苦竹山正面佯攻，吸引敌人注意力，并故意制造声势，到处放声呐喊："冲呀！杀呀！"趁敌人注意力集中正面战斗时，张宗逊师长派出一个连精兵强将迂回到敌人后面悬崖峭壁上攀爬上去，突然发起猛攻，以手榴弹为主，雨点般投向敌炮楼碉堡，炸得敌人晕头转向。

听到手榴弹爆炸后，红三十六师和汀连赤卫团、队战士们从正面分三路向山头冲峰，在我军内外夹击下，敌人死的死，伤的伤，当场击毙匪首郑生林子等100多人，剩下200多个敌人当了俘虏。然后，红三十六师将这些苦竹山200多个俘虏全部押往濯田。这时的濯田已是新汀县委、县苏维埃政府所在地，他们马上在濯田召开全县公审大会。公审大会上庄严宣布这200多个罪大恶极的团匪全部判处死刑，并立即押赴刑场濯田汀江河坝执行枪决。

战斗中，团匪头子积鬼子等七八个匪徒侥幸漏网，他们逃往武平投靠钟绍葵。1932年春，积鬼子纠集一批团匪，潜回苦竹山。

第四次攻打苦竹山。这次，改任新汀县委书记的方方又带领濯田、四都、红山、水口等地赤卫队，一举歼灭了积鬼子团匪，拔掉了这座顽固不化、被敌人盘踞了三年之久的白色据点，建立了苦竹山乡苏维埃政府，终于打通了长汀与连城、宁化、上杭、武平的重要通道。

（本文原载《红旗跃过汀江》，北京燕山出版社，2003年9月版）

受到毛泽东、朱德嘉奖的古城暴动

1929年11月，中共长汀县委在闽赣边长汀县古城镇领导发动了一场影响深远的武装暴动。暴动组织严密，战果辉煌，一举歼灭了驻古城的国民党武装及长汀县政府主要头目，使闽赣边的国民党反动派极为惊慌，连当时的南京国民党统治高层也为之哀叹"民变蜂起，势将蔓延，不好收拾"。

积蓄力量

古城是个大镇，当时人口两千多户、一万余人。地理位置非常重要，位于长汀与瑞金的交界处，是闽赣交通的咽喉要道。

古城历来林茂竹密、物产丰富。但在暗无天日的旧社会，经济停滞不前，农业生产水平很低，粮食亩产只有一百八十斤左右，地主恶霸压迫剥削农民有增无减，青黄不接时还放高利贷，各种苛捐杂税多如牛毛，逼得穷苦农民走投无路，阶级矛盾像一堆干柴，有一点即燃之势。

1927年四一二反革命政变后，李国玉、胡铁环奉我党指示，先后从华中大学及中山大学回到故乡古城，以教师职业作掩护进行革命活动，组织秘密农会，先后发展了十多名思想进步、斗争坚决的农会会员加入中国共产党。同年11月，古城第一次全体党员大会召开，成立了古城临时支部。

1928年3月，中共长汀县特别支部为加强对古城临时支部的领导，派特支书记段奋夫到古城，秘密召开了第二次全体党员会议，参加会议的有二十余名党员。会议决定成立汀西党委会，选举李国玉、刘宜辉、刘刚毅等三人为常委，丘潮保、彭铁城、余志平、钟民、李炳生、林永亨等六人为执委，李国玉为党委书记。

长汀县古城镇上街地下交通站"义和号"杂货店

同年5月，为了加强与上级党组织和基层党组织的联系，汀西党委在古城上街建立地下交通站——义和号杂货店，由刘刚毅、曹幼南负责。

此时，古城党组织有很大发展，在梁坑、荣坑、烂泥坑、大东坑、元坑和四都等地发展了六个秘密支部。8月，汀西党委在古城镇下街肖屋召开了第三次党员大会，参加会议的党员增加到四十余人，大会明确提出了"发动群众武装暴动，建立苏维埃"的革命口号。

会后，因发展组织不够慎重，一个混进党内的士绅偷偷跑到敌营长那儿告密。9月，敌军带了一个营的人马到古城搜捕地下党员达一月之久。此事幸好被数月前打入敌人内部、当了古城团防局团总的刘宜辉获悉，及时向汀西党委通风报信，汀西党委立即采取应变措施，才免受损失。

汀西党委吸取这次血的教训，为保存力量，根据上级党委"化整为零、化零为整"的指示，于9月间，派李国玉、刘刚毅、林永亨等人打入敌人内部，再伺机而动。

秘密策划

1929年11月，朱德率领红四军出击东江后回师闽西，占武平，取高梧，接着强渡汀江，击败守敌周志群旅，兵临距汀州城二十公里的河田镇。这时，陈毅向毛泽东传达了中央九月来信精神，并请毛泽东从苏家坡准备前往汀州城，回红四军主持前委工作。

为了配合红四军挺进汀州的政治行动和军事行动，加强外围屏障，牵制国民党金汉鼎部（该部正欲对闽西实行第二次"三省会剿"），中共福建省委常委、组织部部长、巡视员谢汉秋（又名景德）和闽西特委常委雷时标，作出立即举行古城暴动的决定，并派长汀县委书记段奋夫星夜赶往古城领导武装暴动。

古城暴动策源地：海螺岭村

段奋夫接令后，立即与县革委会主席黄继烈、通讯员小黄等三人贪夜启程，按照地下交通站线路，从南阳、涂坊、濯田、四都至古城，整整走了一天一夜，第二天半夜三更才来到古城海螺岭村，行委指挥部设在该村共产党员彭友贤家里。段奋夫等随即召开会议成立了"古城暴动行动委员会"（对外称"指挥部"），作为领导暴动的临时权力机构。段奋夫任行委书记，黄继烈、刘宜辉等为行委委员，专门负责暴动前的组织准备和暴动期间的全面领导工作。段奋夫特别询问了刘宜辉有关策反工作。

刘宜辉，古城梁坑人，出生在农民家庭，在汀州福建省立七中念书时结识了同学段奋夫，中学毕业后回到古城小学当教员。1928年冬，由段奋夫、李国玉介绍加入中国共产党。此时整个闽西兵荒马乱，民不聊生，原任古城团防局团总彭某因年老胆小怕死，于是洗手不干了。这个"肥缺"

成了当地地主豪绅争夺的目标。中共长汀特支正确估计形势,段奋夫、王仰颜两人亲自到古城交代刘宜辉,利用他岳父余保荣和胡子垣的关系(余、胡均为前清秀才、古城豪绅)把团防局长这一重要职位夺过来。刘宜辉按照党组织领导指示,加紧向余、胡两人进行活动,得到他们全力支持,顺利当上了团防局长。当时团防局共有团丁四十多人,长短枪二十多支。他上任后,表面上一切照旧做好日常事务,暗中注意做好团丁骨干工作,等待时机进行策反。

与此同时,段奋夫与李国玉商议后派人前往新桥,从长汀县委组织部部长、汀东负责人王仰颜处秘密运来步枪二十支。另外,红四军4月离汀前夕,拨给长汀县委步枪六十支,子弹数千发。11月15日晚,城区区委书记毛钟鸣组织地下党员将这批秘密存放在黄继烈家谷仓中的枪弹运送至古城,交给段奋夫等人。

驱鱼入网

这期间,汀州城防空虚,没有正规的国民党军队,只有一些地方武装,他们得知红四军向汀州挺进后,自知不是对手,于是三十六计走为上策。在选择逃路时,不同的人有不同逃法:一种是拥有武装的大小头儿们,他们大多是农村土匪出身,对农村情况较熟,把兵丁分散,暂时不作恶,就较容易隐蔽藏身;另一种是汀城的官吏豪绅,他们家大业大,名声也大,平日养尊处优惯了,觉得必须逃到其他城市,才较安全方便。当时红四军挺进长汀是从南面方向上杭来的,因此这些地方武装的逃路只能是东北西这三个方向——向东逃往连城,向北逃往清流、宁化,向西经古城逃往瑞金。对这三条逃路,他们各人看法不一,有的在商议,有的在求神问卦,惶恐不安。

党组织认为这是一个"驱鱼入网"的好机会。如何促使官吏豪绅们放弃东逃连城,北逃清流、宁化的企图,而下决心取道古城逃跑呢?毛钟鸣在县委统一部署下,利用敌人恐慌和混乱的心理,开展宣传攻势,制造舆论,迷惑扰乱敌人。他通过毛铭新印刷所,由党员工人深夜翻印红四军驻汀时期保留下来的宣传品,作为从宁化、连城等地寄来的普通邮件,通过在邮政局的地下党员之手，分别投递到敌人的衙门和部分豪绅手中去，造成宁化、连城也有红军在活动的假象。同时，还利用敌人阵营中一些人的迷信思想，如有一个姓许的豪绅，在豪绅官吏中有"万宝全书"的名气，他曾到北极楼庙里求签，问东逃连城和北逃宁化这两条路的吉凶，求得的两条签均是下下的凶签。毛钟鸣得知后，布置城区地下党员着意渲染，再加上分析估算的内容，在群众中广为流传。如说走连城、宁化这两条路，步行要两天以上，路程远且沿途都是偏僻乡村，途中意外之事可能不少，如果取道古城西逃瑞金的话，则路程短，且有国民党第十二师金汉鼎的部队驻在赣南一带，根据红军向来避实击虚的战略，推算应该不会挺进江西，这样就可避免一逃再逃之苦。

这些舆论在群众中流传开来，成为街谈巷议。豪绅官吏们听到之后，也认为颇有道理。于是，大部分豪绅官吏最后选定走西经古城逃往瑞金这一条路。

古城距离汀城、瑞金都各有二十多公里，来往于两地的客商，都要在古城歇息，住上一晚再走。胡子垣是称霸古城的一方之主，手下有近百条枪。暴动队如此勇猛，已经使他感到难以招架，又听说红四军将从上杭挺进长汀，城里的老爷们要来古城找他作保镖，更是头大，急忙带着人马借口和瑞金民团联防，溜往瑞金去了。

暴动成功

1929年11月20日（农历十月二十二日），古城高岭坑举行一年一度的传统"仙太庙"会，以段奋夫为首的暴动行委会决定利用这个大好时机举行古城农民武装暴动！

这天，段奋夫等人化装成当地农民模样，带领暴动队两百多人，三五成群伙同群众前往高岭坑参加庙会。当天黄昏后，群众陆续散尽回家，留下来的只有两百多个暴动队员。这时，段奋夫当场宣布"汀西革命委员会"成立，并组成指挥部、参谋部和支部，由钟良任指挥、刘刚毅任党代表、刘宜辉任参谋长、谢成任支队长。接着，段奋夫、李国玉对全体暴动人员进行战斗动员，提出"打土豪、分田地"的战斗口号。

是夜十时许，暴动队伍从高岭坑出发，周围一片漆黑，每个暴动队员高卷左袖作为标志，手拿步枪、土铳、梭镖和大刀，斗志昂扬地向古城镇的豪绅地主营垒发动进攻。

暴动队伍首先包围了古城团防局，在刘宜辉里应外合策应下，团防局四十多个团丁全部放下武器，向暴动队投诚。

接着，暴动队伍兵分三路：一路往西，由原民团教练钟某（共产党员）带领，前往闽赣交界的隘岭，防备胡子垣勾结瑞金的反动武装前来偷袭；一路往东，由刘宜辉带领前往花桥、青山铺一带收缴地主枪支，然后进至九里岭埋伏，捕捉由汀城往西逃的豪绅地主；其余所有武装在段奋夫、李国玉率领下，对付留在古城镇内的豪绅地主及其反动武装。

段奋夫、李国玉率领的暴动队伍，迅速包围了古城大地主胡子垣的大宅院。胡子垣老谋深算，早就溜之大吉了，但此时他的家属还在家里殷勤设宴接待从城里来的老爷们。当他们猜拳行令喝得醉醺醺的时候，突然发现黑洞洞的枪口对准了他们，敌军法官曾冠群（绰号曾大狗）拔枪顽抗，被当场击毙，其余敌人一个个乖乖举手缴械。

刘宜辉带的暴动队伍赶到花桥、青山铺收缴地主武装后，便埋伏在大路两旁。果然不出所料，国民党旅长郭凤鸣（在红四军第一次入闽时被击毙）的哥哥、国民党长汀县公安局局长郭瑞屏，化装成风水先生，想趁夜黑之机潜逃，被暴动队员识破逮住。过了不久，国民党长汀县县长邱耀骊也乘坐大轿，带了卫兵准备逃往瑞金，被暴动队截拦住，邱在反抗中被击毙，暴动队还从轿里抄获大量的金条银元。

第二天上午八时，古城暴动行动委员会在古城广场举行群众大会。这天正好是圩天，赴圩的群众络绎不绝，整个会场人山人海，足有三四千人。暴动队员们一个个佩戴红袖章，高举有镰刀斧头的红旗，雄赳赳气昂昂地进入会场。大会在庄严而热烈的气氛中召开，段奋夫、李国玉在先后讲话中宣传党的方针、政策和宗旨，分析国内外形势，高度赞颂古城农民暴动的胜利成功，号召穷人起来闹革命，"打土豪、分田地，不交租、不交税，实行男女婚姻自由"。接着，临时革命法庭公开宣判了八个国民党长汀县政府头目及豪绅地主的罪状，决定全部判处死刑。宣判后，除已被打死的县长邱耀骊、军法官曾大狗外，剩下的几名罪犯被押赴大坝上枪决。

大会结束后，汀西革委会率领农民冲进土豪劣绅家里，开仓分粮分浮财，发放谷子五百多担，全部分给到会农民。

古城暴动整个行动不到三个小时就缴获枪支近百，击毙和捕获的反动头目和较大的豪绅地主有一百多人，取得了辉煌的战果。在古城暴动的影响下，古城周围乡村如下都、元坑、胡竹坝、大东坑等地农民都纷纷起来暴动，并取得成功。

古城暴动大获胜利的消息，很快就传到了驻在河田的朱德的耳朵里。面对没有敌军、宛如空城的汀州城，23日，朱德率领红四军长驱直入，再次进驻汀州城小桥子头的辛耕别墅。26日，毛泽东在福建省委组织部部长谢汉秋陪同下，从苏家坡来到汀州与前委会合，也入住辛耕别墅。

同一天，段奋夫带领古城暴动队胡海春（赤卫班长）等一个班，打着红旗，来到汀州城向毛泽东、朱德报捷，受到亲切表扬，还当场获奖十五支日本造盒子枪和一匹黄鬃马。第二天，这些奖品由胡海春等人送回古城。

在毛泽东、朱德的亲切关怀下，古城工农武装从一百多人迅速发展到一千多人、枪一百多支，成立了汀西游击大队，刘宜辉任大队长，黄继烈兼党代表。11月28日，红四军前委在毛泽东主持下，在汀州召开前委扩大会议，讨论和研究如何贯彻党中央九月来信精神，并准备召开红四军党的第九次代表大会（即古田会议）。

古城暴动配合了红四军挺进汀州的政治和军事行动，加强了红四军外围屏障，牵制和防止赣敌干扰破坏，为红四军在汀州召开有重要意义的前委扩大会议，确定召开党的第九次代表大会，顺利离开汀州，前往新泉、古田创造了条件。

（本文原载《福建党史月刊》2022年第5期）

竹钉阵

1930年春，长汀的濯田镇成立了一支赤卫队，投入了武装保卫红色政权的斗争。

那时，濯田处于闽、赣两省的一条重要走廊的要冲，朱毛红军第二次入闽，就是从江西山路来到濯田，经水口渡口，"红旗跃过汀江，直下龙岩上杭"的。

濯田赤卫队的建立，将更有利于红军控制这条闽、赣走廊，保卫这一带苏区的安全。

驻守在汀城的国民党第十二师师长金汉鼎对此十分恐慌，妄图把赤卫队一口吞掉。于是他亲率一个团的兵力，前往濯田扫荡，扬言非消灭濯田赤卫队，拦腰砍断被红军所掌握的这条闽、赣走廊不可！

消息比骏马还快，一下子就传到了濯田镇，霎时间，气氛十分紧张。虽说赤卫队刚成立不久，正式队员才十四人，配备四杆长枪、十几把梭镖，这与敌人的力量相比，实在是太悬殊了。但是队员们并没有被金汉鼎的嚣张气焰所吓倒，他们群策群力，想出了一条对付金汉鼎的巧妙计策。

这一天，从濯田至水口的路上出现了一队人马，为首的那人腰圆膀粗，虎生生地背着长枪，挎着大刀。他就是濯田赤卫队队长王克成。几天来，他协助苏区，发动广大劳苦大众制作了数千箩竹钉，还将竹钉放到大铁锅里干炒，炒得爆热时，再倒进尿水桶里浸泡。经过这样一番加工制作后，竹钉就变得更硬、更利又更毒了。

竹钉制作好后，王克成带领赤卫队和几十个群众，来到梅迳一带山路上，选择好了有利地形，将一箩箩竹钉密密麻麻地埋到地里。埋好后，将地面上的野草扶正，不让敌人发现一点蛛丝马迹。

然后，他们又将梅迳一带的木桥烧毁，将路旁大树一株株砍伐，横放在路上，再将一段路基挖毁……就这样，他们整整干了三天三夜，布下了巧妙的"竹钉阵"。

一夜过去了。第二天上午，藏在山上灌木丛中的王克成和赤卫队员们，都振作精神，注视远方。

"看！来了！"一个眼尖的队员喊道。

果然，来路上敌军的队伍露头了。不一会儿，就看清了敌师长金汉鼎神气地坐着轿子，前呼后拥的敌兵约莫有一千多人。只见敌军在离梅迳不多远的地方，便没法再往前走了。

金汉鼎见河上的木桥烧掉了，只好下令架便桥。敌兵们东找木头西找板，乱了老半天才架好桥。

敌人过桥后，走不多远，又见一根根连枝带叶圆桌般大小的树木横卧在路面上，拦住去路，几十个敌兵一齐动手，将路面上的树木一根根搬开后，不少敌兵已累得腰酸腿痛，叫苦不迭。

金汉鼎急得在一旁大发雷霆地吼叫："快！继续前进！"敌军又往前开动了。哪晓得又遇到一大截路被毁坏了，无法通过。

这段路，好古怪，一边挨着河，一边靠着山，路坏了，队伍要想通过，只有一个选择，要么涉水过河，要么就得爬山。

金汉鼎亲自下轿察看了好一会儿，敌兵们懒洋洋地三五成群凑成一堆堆。

这时，王队长在山上见时机已到，大喊一声："打！"霎时间，子弹雨点般朝敌阵落下，站在前面的二三十个敌兵，有的倒毙在路上，有的掉入河中。

起初，金汉鼎吃了一惊，后来发现是赤卫队，心中好不欢喜，急忙令敌兵们冲上山去，活捉王克成，全歼赤卫队！

殊不知，赤卫队在路上设置重重障碍，又在此处鸣枪狙击，目的就是要诱"鱼"上钩，叫敌人尝尝"竹钉阵"的滋味。果然，金汉鼎不知是计，还一个劲地驱赶士兵们往"阵"里钻。

敌人最害怕的是红军，并不把赤卫队放在眼里。这当口儿，一听到号令，都想抢功争赏，一窝蜂似的拼命往山上冲去。

这一带山坡上长满野草，小小的竹钉，埋在草地里，敌人都没有发现。一眨眼工夫，一群冲在前头的敌兵，已经进入了"竹钉阵"，于是，便丑态百出了。有的敌兵一脚踩到竹钉上，只听得嚓的一声，竹尖从鞋底刺进脚掌，轻的在脚底板上戳个洞，重的鞋底和脚掌刺了个对穿。有刺伤一只脚的，也有两只脚见红的。一下子七歪八斜，倒了三四十个敌兵，一个个脚上鲜血淋淋，"哎呀！哎呀！"鬼哭狼嚎地乱叫，后续的敌人见状，吓得魂不附体，纷纷后退。

不多时，那些受伤的敌人，尿毒发作起来，一只只脚肿得像小水桶似的，寸步难行，只好让人驮猪拖狗般地拉下山去。

这时天黑了，金汉鼎一时弄不清赤卫队用的是什么武器，布的是什么阵，心里直发怵，他看着这群受伤无用的兵丁哭喊不止，只好下令队伍掉头回水口乡去过夜。

敌兵们摸黑回到水口，做好饭，时近半夜。金汉鼎一向养尊处优，吃又吃不多，饿又饿不得，此番一整天还没吃上东西，饿得他肚皮贴背脊，他狼吞虎咽吃完饭，浑身已十分困乏，不管三七二十一，双脚一伸，躺下睡觉。不料眼皮刚合上，四面山上乒乒乓乓响起了激烈的枪声、炮声。

"冲呀！杀呀！"呼喊声震天动地。金汉鼎和敌兵们心惊胆战，以为主力红军打来了，有的吓得缩作一团，有的光着身子瞎窜。金汉鼎也不敢怠慢，赶紧纠集士兵们架起机枪、钢炮向山头猛扫、猛轰！

其实，红军还在江西，这阵子的枪炮声，只不过是濯田赤卫队按照毛委员的十六字方针，展开"敌驻我扰"行动所演出的以假乱真剧。枪弹不够，他们就在洋铁桶内燃放鞭炮；没有钢炮，就放松树炮；人不够，就组织数百名群众在山头摇旗呐喊助威。

这一招，果真奏效，弄得金汉鼎晕头转向，真假难辨。他本想命士兵们冲上山去，但想起白天几十个士兵被竹钉刺伤的惨状，心里不禁打了个寒战，身子也凉了大半截。

敌军从下半夜起就不停地打枪打炮,直到东方泛白才住手。天大亮后,金汉鼎用望远镜对远山近岭瞧了又瞧,但见一面面红旗忽闪在万绿丛中,不是红军,哪来那么多人马和枪弹?"罢,罢,罢!"金汉鼎长叹一声,领着士兵们垂头丧气地抬着伤兵退回城里去了。

(本文原载《岚岛夺城》,福建人民出版社,1986年4月版)

棉 被 阵

1930年9月初，按照闽西苏维埃政府决定，闽西红二十一军出击东江之后，红二十军各个纵队留在各县肃清散匪残敌，保卫红色政权。

9月11日，红二十军第五纵队在司令员王仰颜、政治委员罗化成率领下，前往攻打长汀县河田蔡坊乡。

蔡坊距汀城十五公里，离河田镇五公里是长汀通向连城、上杭、龙岩的交通要道。可是，那里盘踞着刘恩瑞反动民团三四百人，不除掉这个敌据点，就难以沟通与闽西各县的联系。

然而要攻破蔡坊谈何容易！这是一个有上千户人口的大集镇，三面临汀江，构成一道马蹄形的天然屏障。驻守在这里的敌人，沿着江岸构筑了几座土楼、碉堡，以交叉火力网封锁江面，成为远近闻名的易守难攻之地，素有"铜上杭，铁蔡坊"之称。

开始，王仰颜指挥部队进行了一次试探性的进攻，但遭到敌人火力猛烈地阻击，江面被封锁得鸟儿也飞不过去。

当时，红军没有船只，没有大炮，要渡江进攻，怎么个打法？一连几天，王仰颜吃不下睡不着，反复思忖计策。他根据子弹喜硬怕软的特性，琢磨如何用软的东西对付它。王仰颜毕业于北平工业专科学校，又办过长汀实业公司，善于研究物理原理，所以他想到了柔软的棉被，把它放在水中浸湿后，不是具有耐磨耐钻的韧性吗？于是他利用这个原理，想以大摆"棉被阵"，来渡江对付敌人。当时没有更好的办法，因此，王仰颜大摆"棉被阵"的战术，得到战士们的赞同。

渡江战斗重新开始了！敌人借助天险，以密集的火力控制着江面，企图继续阻止五纵队渡江。王仰颜先组织一部分兵力正面与敌人隔江对打了一阵，麻痹敌人意志，消耗敌人枪弹。看看打得差不多了，王仰颜一声令下："棉被阵上！"马上从隐蔽处跳出数百名红军，他们五人组成一个战斗小组，高举着用竹竿扎紧上方两个角的湿棉被，撑起了一堵堵的防弹墙，顶着弹雨，选择浅水处，涉水冲过江去。

刘恩瑞反动民团被红军这一招吓呆了，一个个惊慌失措，等到红军冲过江去，敌人企图还想做垂死挣扎时，已为时过晚了。红军战士们终于一鼓作气，以"棉被阵"攻破了蔡坊，消灭了刘恩瑞反动民团，打破了"铁蔡坊"的神话。

（本文原载《红旗跃过汀江》，北京燕山出版社，2003年9月版）

转战闽西

——铁坚口述峥嵘岁月

1929年3月，闽西反动军阀郭凤鸣在长岭寨被我红四军击毙后，卢新铭出来收拾残兵败将，网罗散兵游勇。他顶替郭的亡灵，当上了敌旅长。从此他统领着易启文、马鸿兴、王月波、钟绍奎、蓝玉田、孔弼成等地方反动民团，对苏区人民不断袭扰破坏，打家劫舍，杀人放火，妄图扑灭革命熊熊烈火。为了消灭这批反动武装，巩固和扩大苏维埃政权和区域，保卫苏区人民，红十二军在上级党的领导下，在工农红军总司令部的指挥下，在长汀、连城、上杭、永定、武平等地与敌展开了上百次战斗，给敌以致命的打击。尽管这些敌人十分狡猾顽固，凭着他们熟悉山区复杂的地形地理的优势，到处抓人，补充兵源，施尽阴谋诡计，与我军不断周旋，但终究逃脱不了被我军歼灭的命运。

追歼易启文

1931年9月，我红十二军从连城回戈长汀，敌团长易启文闻讯，夤夜带领一团人马从长汀县城潜向童坊，想从那里溜往连城，与我军兜圈子，捉迷藏。

泥鳅再滑，也逃不出渔人的手。敌人溜得快，我们追得更快。9月16日，易启文带领人马从童坊来到跟连城仅一山之隔的长坝，以为这下子甩脱了红军，便在村里停下歇息做饭。饭刚做好，还顾不上吃，就发现红军跟踪追来，吓得赶快往连城逃窜。

我们发现敌人潜入深山密林，便紧缩包围圈。在密林中不易发现目标，又不易射击。一〇〇团重机枪连长大钟攀到树上，居高临下射击敌人，别的战士见了，也跟着攀上树去。敌人吃了亏，也想爬到树上跟我们较量。我们见敌人也爬树，就改变战术，利用大树掩护，摸上前去，瞄准树上的敌人，像打鸟一样，一枪一个，打得敌人再也不敢往上爬了。

这一仗从上午十一点打到下午三四点钟结束，毙伤敌一百余人，俘虏敌连长等八十余人，易启文的侄儿（易的秘书），被我们当场击毙，连易启义也差一点被我们活捉。

攻打岩前

离开长坝后，部队转到永定县城，恰逢苏联十月革命节，部队与地方联合开纪念大会，闽西苏维埃政府女部长范乐春在大会上讲了话。

在永定驻了十来天后，我们一〇〇团奉命出发攻打武平岩前，一〇一团攻打象洞。

岩前是武平土皇帝、反动民团团长钟绍奎的老窝，钟绍奎亲率七百余人在他的住宅福佛庵一带企图顽抗。

战斗于拂晓前打响，到九点多钟，敌炮楼全被我们拿下，击毙敌百余人，俘虏敌官兵百余人，捕获土豪一批。钟绍奎只身带十余人逃跑。我红军缴获花机关五挺，驳壳枪三四十支，步枪三百余支、子弹三万余发、手榴弹四箱，以及兵工厂和造币厂的全部机器，并缴获敌团部、营部、连部旗各一面，而我们伤亡不到十人。此役歼灭了闽西最顽固的一支反动地主武装，是一次大胜利。同时，进攻象洞的一〇一团，也迅速攻下敌炮楼，俘敌六七十人，活捉土豪三十余人，缴获水机关一挺、花机关四挺、步枪二百余支，军用品无数。

军民鱼水情

1931年12月底，部队从武平又转到上杭境内。为庆祝1932年元旦，部队开了欢庆会，还给每个指战员发了一块光洋，说是苏维埃政府的慰劳金。我当了一年红军，这是第一次自己有了一块光洋，也是我有生以来，第一次自己有了一块钱，高兴得一夜睡不着。第二天，我一早起来，跑到

273

团部，把一块光洋塞还给何政委。他以为我嫌少，我说，太多了，没处花，留着也无用，还是捐献给"互济会"。也不等他同意，转身就跑开了。那时，将发来的钱捐献给"互济会"的同志很多，都说捐献给"互济会"，慰劳伤病员，慰劳军烈属。要过年了，让家庭经济困难的同志，寄点钱回家去，慰劳红军家属，军民同过一个胜利年！

1932年元旦后不久，打了上杭，我们没参加。领导派我们去打官庄，打了一天，捉到七八十个俘虏，缴获一挺重机枪。

后来又转到连城。有一个下雨天，两个战士抬一袋大米，因为路又小又滑，一不小心，两个人连米袋都跌到稻田里，压坏了稻子。连纪律检查组专门到群众家赔礼道歉，问老乡损坏的那小块稻子能打多少谷子。老乡说："难说，年成好，多打一点；年成不好，少打一点。"我们说："按年成好，最多能打多少？""顶多十多斤谷子。"老乡见我们要掏钱赔偿，忙说："你们又不是故意的，不要赔了！"群众你一言，我一语："还赔什么，卢新铭的兵来了，整丘稻子给踩掉，也不见赔一粒谷。"说到后来让我们赔二三斤米，我们就给了一条米袋的米（约五斤）。我们边给米边说："不损坏群众庄稼，损坏了东西要赔，这是红军的纪律。"在场群众都非常感动，告别时，连声道："保护红军万万岁！"

那年月，虽然天天行军打仗，政治工作仍然抓得很紧，搞得生动活泼，除非火线上或夜行军，不能有一点声响，否则每天一小时的政治课一定要上。红军战士在党的教育下，处处为人民利益着想，自觉遵守群众纪律，加强军民鱼水关系。在庙前打马鸿兴反动民团的时候，战斗正打得火热，突然有一个战士疟疾发作，二排长问我能不能将他安置在群众家里治病。我这时任连指导员，当即表示同意。我们将这个患病的战士送到村里，一个群众说："居住一下可以，就不知白军会不会来，来了怎么办？"另一个群众说："没关系，马鸿兴来了，我们大家想办法。来，到我家去！"他扶着病人又说："红军放心，有我们一家在，就有这个红军同志在！"我们要追击敌人去了，临走时交代老乡，等战士病好后，往新泉方向来找部队。到了第四天，这个战士安全回来了，说是部队走后，老乡煎药给他吃，还煮鸡蛋给他补身子，路上怕他走不动，又找了一架木楼梯，抬着他一路翻山越岭送回来的。像这样群众爱护红军的感人事迹不胜枚举，真正体现了红军处处为穷人，穷人处处为红军，红军与穷人一家亲！

在连城的日子里，举行过一次规模盛大的体育运动会。那是1932年3月18日，我们称它为"三一八"运动会。部队与地方共有五六千人参加，新十二军政委谭震林同志出席了开幕式，并在会上讲了话。他边说边比画手势，双手往胸前一合，又用力朝外一张，说："我们要巩固苏维埃政权，扩大苏维埃政权！"

运动会比赛项目很多，有赛跑、跳高、跳远、武装爬越障碍、甩手榴弹等。团政委何中提参加撑杆跳高比赛。他系着手枪、米袋、文件包，还跳过了二米九二的高度，获得全场热烈掌声、喝彩声。

消灭濯田民团

长汀濯田镇地处闽赣的一条重要走廊上，毛泽东、朱德率领红四军第二次入闽，就是从这里"红旗跃过汀江，直下龙岩上杭"的。1931年，汀连县苏维埃政府机关也曾一度设在这里。濯田镇有一个敌团防局，局长王石东是个大恶霸，有上百条枪，并与武平敌团长钟绍奎来往密切。

我们部队先后去过濯田三次，打了两次仗。有一次是濯田圩日，我们和濯田赤卫队是混在赶圩的群众中向濯田镇去的。这一次战斗，赤卫队王克成同志也参加了。他和我们走到村外石桥头，我拔出驳壳枪朝对面桥头的敌人放了一枪，并大声喊着："冲呀！"没想到敌人飞来一弹，打中我右手腕，枪拿不住掉到地上。我赶快拾起枪，又喊着"冲呀！"冲过桥去。民团抵挡不住，拼命往山路奔逃，我们在后边紧追不放。敌人还没跑进山坑，我们预先埋伏的一路人马，从坑里迎头冲出，把敌人紧紧围堵住。我们用机枪前后猛烈扫射。这个地方上面峭壁凌空，下面大河奔流，敌人上天无路，入地无门。妄想跳河逃命，哪知水深流急，只见跳下去，不见上岸来，大都淹死在河里。濯田镇伪团防局长、大恶霸王石东等六十余人被活捉。劳苦大众对他们极为愤恨，当场将大恶霸王石东、匪首林马金处死。接着，濯田成立第七区苏维埃政府，并正式建立了一支赤卫队，革命斗争更加蓬勃地展开。

红五月"扩红"

向来，我们在红五月要搞"扩红"（扩大红军队伍）。1932年五一节，我奉命前往上杭蓝家渡进行"扩红"。蓝家渡村子边上有一条河，河上有一座木拱桥，村边河坝里有一个固定的戏台，乡苏维埃政府就在这里召开"扩红"大会，有上千男女群众参加，气氛很热烈。会上我讲了话，动员青年踊跃报名当红军。这是我当红军后，第一次作为红军代表参加地方开会，并第一次在这么多群众的场合讲话。

会后，我住在镇子里的红色饭店，店里有一男一女两个招待员。吃饭前，乡苏维埃政府发给我一张粗棉纸做的饭票，吃一餐给一张。饭用饭箅包着，菜是一块豆腐乳，或一小碟青菜。晚上睡门板，没有席子，也没有蚊帐和枕头，我就用文件皮包当枕头，盖一条夹被，还在地上熏了一堆谷壳，驱赶蚊子。

五一节晚上，招待员给我三个熟鸡蛋，说是优待红军。我不肯接，他们又说这是乡主席交代做的。我吃了一个，还有两个，给招待员一人一个，他们也不肯接。我索性剥掉蛋壳，硬塞到他们碗里。

我在那里两天，开过两次会。报名参军的有十二人，走的时候，只有九人，有两个人家里有困难，一个临走时病了。5月3日上午，乡苏主席给参军青年胸前挂一朵大红花，敲锣打鼓欢送到村外小桥边。当天我们就回到了部队。

这一次"扩红"，我们一〇〇团接收新战士一百多人，光我们五连就来了十多个新战友。

火烧涂潭

龙岩县有一个涂潭，是个产纸的山沟沟小集镇。街道是一排单列式的店铺，前面是一条水圳，一架水车在水圳里"吱吱"转。

离街不远，有一个土围，有二层楼，又高又大，大门用铁皮包着，楼上楼下的窗户都当枪眼使。土围子的大门一关，你就拿它没办法，除非你有炮、有炸药。那时，我们一没炮，二没炸药，却偏偏要把土围子拿下来。因为周围远近的反动地主、土匪武装一百多人都窝藏在土围子里，经常四处活动，害苦了群众。

开始，我们断断续续打了两天两夜，土围子就是拿不下来。第三天下午，我们的师长站在土堆旁用望远镜观察敌情，没料到流弹飞来，打中师长头部，师长光荣牺牲了，还有一个副团长也负了伤。这一下，可把战士们激怒得咬牙切齿，发誓非把土围子摧毁不可。没有炮，没有炸药，就用火攻。首先用机枪从四面八方封锁敌炮楼的枪眼，然后两个班抬一架用三架梯子捆接起来的云梯，迅速靠在土围墙上，冒着呼啸的弹雨爬上去，将手榴弹和蘸过煤油的棉花点着后往枪眼里扔进去。

另一路，从正面火烧铁门。我们从群众那里买来两条厚厚的棉被，放到池塘里浸过，然后将两条湿棉被叠在一起，把被角扎在竹杠上，几个战士分两边抬着湿棉被，几个战士躲在湿被后面，冲向土围子大门前。果然湿棉被像"防弹墙"一样，子弹打不穿。靠上大铁门后，战士们用刺刀撬开大门上的铁皮，浇上煤油点着火。顷刻间，土围子变成一片火海。

凶狠的土匪头子企图爬出窗口逃命，一着地就被战士们逮住，还俘虏二十余人。别的土劣地主、土匪通通葬身火海之中，土围子也变成了废墟。

打完涂潭，接着打雁石，共歼敌一百多人。1932年，整年几乎三几天打一次仗，每次枪一响，就打胜仗。正如红军斗笠上写的"铁的红军，百战百胜"。

山泉战斗

1932年5月至6月，蒋介石调遣十九路军到我闽西"剿共"。他们在连城一带，气焰十分嚣张。我团首长连续召开连以上干部会，分析敌情，鼓舞士气，指出他们与卢（新铭）、马（鸿兴）、易（启文）不同，是一支国民党的精锐部队，得要认真对付。号召大家消除畏惧心理，为保卫苏维埃政权英勇作战，我们一定能克敌制胜！

接着，我们连召开支委会、支部会，要求共产党员响应上级党的号召，起模范带头作用，冲锋在前，勇敢与敌人拼刺刀，一定要把敌人的威风打下去！

那一天，我们出发了！当天走了六七十里才宿营。第二天继续走，十点多钟，来到山泉一带与敌遭遇，打了起来。发生战斗的地方有一片树林，有一个小盆地，像斗笠一样，有二三十户人家。敌一个营驻在村子里，听到枪响，都跑到那片树林里。我们看不到他们，他们也看不见我们。

"咕咕！"敌人的枪响了！声音特别怪，好像是机枪，又不大像，会不会是什么新式武器？因为从来没听过这种枪声，心里难免有些惊异。

敌人凭借这一片树林，化整为零，以班为单位打麻雀战。我们是以排为单位行动，等于三比一，敌人占不了便宜。打了半个钟头后，我与连长商定留一个排在正面牵制敌人，连长和我各带一个排迂回到敌左右，设法缴获敌人的"新式武器"。

我们大约运动到离敌近百米处，发现五个敌兵，端着步枪和一挺机枪，都不是什么"新式武器"。为什么打起来声音这样怪？原来，这是一块小盆地，又是在树林子里，产生了奇异的枪声！

这五个敌兵接着也发现了我们，但不开枪，端着刺刀冲了上来。嚯！那股神气，真有点唬人！不过这回敌人想错了，红军战士是吓不倒的。看！二排长把驳壳枪往腰上一插，端起上了刺刀的步枪，随着一声"冲呀！"扑上前去就刺。一下子，五个敌兵都血淋淋躺倒在我们的刺刀下了。

我们继续小心地向前搜索，走了三五十米，来到敌人轻机枪阵地前，四个敌兵端着四挺轻机枪向我们射击。二排长勇敢地站起来连掷两个手榴弹，敌兵倒下三个，剩下一个还在扫射。他又投出了一个手榴弹。四个敌兵，炸死三个，炸伤一个。我们缴获了四挺机枪，还俘虏了阵地上其他七个敌人。

我们继续前进，往山上爬。山不高，敌约一个排守在那里。连长带一个排迂回过去，将敌包围住。因视线不好，包围圈又小，开枪怕误伤着对面自己人，所以又与敌拼刺刀。不到十分钟，敌人一个排，连排长在内被我们通通歼灭。我们牺牲三人，负伤七人。

紧接着，又听到营部号声，命令我们连向敌右翼前进！上去后，才知道一营一个连已在那里，调我们去支援攻打山头。大家一齐向山上的敌人冲去，将山上一个连的敌人，完全彻底解决掉，敌连长顽抗到底，剖腹自杀。我们缴获六挺机枪，四十几支大盖枪。

我们继续前进，直扑山头敌营部。敌营长带了一个连，经不住我们的几次冲击，最后敌营长溜掉，敌连长当了我们的俘虏，全连敌兵基本被消灭。这一仗，从上午十时打到下午二时结束，整整打了四个钟头。我连七位同志光荣牺牲，十一位同志光荣负伤。

这次山泉战斗，是一次短兵相接的硬仗，也是一次思想交锋仗。这一仗，证实红军战士是铁打的英雄汉，哪怕敌人多么神气，武器多么精良，只要我们英勇善战，都可以打败他们，消灭他们！

笔者访问老红军铁坚（左）同志

（本文原载《风展红旗》第二辑，福建人民出版社，1983年2月版）

苏区军民鱼水情

——杨成武和他的乡亲们

1934年9月1日至3日，红一军团和红九军团、红二十四师在松毛岭下汀属温坊（今属连城县）打了红军自第五次反"围剿"以来的第一次大胜仗，歼灭国民党东路军李延年纵队一个旅和一个团共四千多人，并缴获一大批枪支弹药。

在温坊战斗中担任主攻任务的是红一军团第二师第四团团政委杨成武、团长耿飚，他们在该团一营组织了一支三百多人的马刀队，专门负责偷袭敌人旅部，如果用现代的军事术语，就叫作"斩首行动"。

9月1日晚九时，趁修筑工事劳累了的敌人进入梦乡酣睡之时，杨成武、耿飚带领马刀队利用夜色掩护，在熟悉地形的红屋区检察部长钟士松的引路下，像凶猛的猎豹扑向设在上祠堂的敌指挥部。大刀发出一道道惊心动魄的寒光劈向敌人，许多敌兵还未从梦乡醒来就成了刀下游魂。

与此同时，红军各部从四面八方向敌军发起猛烈攻击。敌第八旅在睡梦中惊醒仓惶应战，狼狈不堪。电话线早被红军侦察员全部剪断，失去联系后无法形成统一指挥，再加上指挥部遭到袭击，整个旅像只无头苍蝇，乱成一团。天亮前战斗全部结束，除老奸巨猾的敌旅长许永相只身一人侥幸逃走外，国民党第八旅几乎被消灭殆尽。

红四团一营马刀队在整个战斗过程中，只消耗子弹共四百发，轻重机枪全部未用，主要靠大刀、刺刀、手榴弹结束战斗，自己只负伤三人。

9月3日，不服输的李延年纵队总指挥又派了三个团赶到温坊，寻衅报复，结果又遭到红军迎头痛击，被消灭一个团后，其余狼狈逃窜。至此，松毛岭保卫战的第一战温坊战斗，以红军大获全胜，敌方惨遭失败而告终。

温坊战斗胜利结束后，红一军团开到离温坊五十公里的长汀南山坝休整，并开了两天全军体育比赛运动会。

杨成武的家乡就在离南山坝不太远的宣成下畲村。团长耿飚知道杨政委自1929年参加工农红军后，天天行军打仗，六年了，还没和家里人见过面，认为眼下是一个极好的机会。耿团长和杨政委的关系亲密无间，情同手足，平日里就像一对亲兄弟，打起仗来配合默契，生死与共，勇猛顽强，是一对出了名的悍将。这时，他关心地动员杨成武道："机会难得，不可错过，快回家去看看吧！这里的事有我呢。"

杨成武怎么不想回家去看望父母兄弟呢！他六岁在村里念私塾，九岁到上杭回龙教会小学上新学，都是家里省吃俭用下来的钱用以缴学费。后来父亲通过远方叔伯介绍，让他进到城里长汀省立七中念书，在中学他有幸认识了他的同乡老师张赤男。张赤男是中共长汀地下党创始人之一。1929年4月，杨成武在张赤男带领下，参加了赤卫队，举行四都农民武装斗争，不久参加了红军。这一桩桩一件件都和父母亲含辛茹苦把他养大分不开。他很想家，想见父母。但是，由于第五次反"围剿"仗越打越大，越打越艰难，随时都可能有新的任务，所以他要根据"一切为着前线的胜利"的情况再决定。虽然耿团长情真意切地一催再催，但他还是迟迟没有动身。

这天吃过早饭，突然，团部通讯员气喘吁吁跑进来，说："报告杨政委，他们来了，挑了许多东西来了！"

"谁来了？"

"乡亲，你老家的乡亲。"

这是怎么一回事？原来这次红军在温坊打了一个大胜仗，胜利的消息比信鸽飞得还快，转眼间，就传到了数十里外杨家父母的耳中，据说这次是千真万确有人亲眼看到了杨成武，不仅人回来了，还当了大官。这下杨成武了不得了，为红军立下大功，成了一个大名鼎鼎的英雄啦！

这个消息，杨成武父母听了半信半疑，让他们喜出望外的大好消息，就是他们每日里魂牵梦萦的好儿子杨成武离家六年了,今天果真回来了!这个好消息不胫而走,很快传遍了整个下畲村。

下畲村是长汀县在张赤男领导下,参加全县最早举行农民武装斗争的革命基点村。该村农民的革命觉悟非常高,听说红军在温坊打了大胜仗,村民杨殿华、钟宝莲夫妇的儿子杨成武随红军打仗回来了!全村人欢欣鼓舞之后,一致表示要组织一个慰问队前往南山坝,一是去慰劳红军,二是去看望亲人杨成武。

但是,由于国民党反动派对苏区实行残酷的经济封锁,造成苏区群众生活十分困难。为了慰劳红军,乡亲们尽其所能把自己仅有的一点好吃的东西都捐献出来,不到一天时间就筹到鸡鸭肉蛋和土特农产品十多担。

他们以杨成武父亲杨殿华为首(其母留在家照顾孩子),以及十多位村民每人挑一担慰劳品,代表全村父老乡亲前往六十多华里外的南山坝慰问红军,表达苏区人民与人民子弟兵红军水乳交融、鱼水情深的情怀。他们不怕山高路远,肩挑慰问品,当天傍晚时,找到了杨成武所在的红四团团部。

这时,杨成武从团部里急忙跑到大门外一看,果然,门外站着十多位下畲村老乡,旁边还放着十多个盛满活鸡鸭、兔子、猪肉、鸡蛋、笋干、菜干、红薯干、萝卜干、黄豆、青菜等物品的担子。

乡亲们看到六年不见的杨成武,都争着叫他的小名:"能俊、能俊!"杨成武激动地与乡亲们亲切握手,忽然眼前一亮,他的父亲杨殿华出现在他的面前。他一步跨上前去,高声叫着:"爸爸!"热泪止不住流了出来。杨父的眼里也含着慈爱的泪花,用手抚摸杨成武的头,高兴地说:"能俊,六年了,你长高了,也长结实了,我回去告诉你妈,她会放心的,乡亲们也会高兴的。"

众人在热情愉快的气氛中走进了团部,边喝香茶,边叙衷情。苏区人民无比痛恨国民党反动派的经济封锁,害得苏区群众的生活日益贫困,但是为了慰劳红军打了大胜仗,乡亲们把自家平日里舍不得吃的仅有的一点东西全部送来了。晚上,乡亲们和四团指战员一起吃了顿丰盛的晚餐。第三天,红一军团奉命回师江西,乡亲们该回去了!杨成武前往送行,这时才发现乡亲们身上没有盘缠，他们还要翻山越岭走一天山路，途中吃喝身无分文怎么行呢？杨成武在口袋里掏了掏，掏出了五角钱。战士们见了，大家都把自己的口袋搜寻了一遍，把剩下的一点零用钱拿了出来，一起送给乡亲，作为他们回家途中的饭钱。

杨殿华代表众乡亲双手接过钱时，兴奋而感动地对乡亲们说："这是能俊和红军指战员的一片心啊！我们一定要永远牢记在心，军民鱼水情永远不离分啊！"

浴血鏖战松毛岭

1934年8月间,当中共中央"左"倾错误的负责人博古和军事顾问李德的"六路分兵""全线抵御"的战略战术部署遭到失败以后,博古和李德认为红军已无力夺取第五次反"围剿"胜利的可能,于是准备将红军撤离中央苏区。这样,他们才不得不把军事大权让出,由朱德总司令负责主持中革军委的日常工作。

这时的中央苏区不但北线战场形势严峻,而且在福建的东大门,即东线战场也宣告吃紧,国民党东路军集中了十四个正规师,一个独立旅,共七十一个团,仅李延年纵队就有四个正规师,向中央苏区东线大门——长汀的松毛岭进逼。

当时,红军集中了红一军团、红九军团和红二十四师,共三万多人,守卫在松毛岭一线,于是,中央苏区东大门第五次反"围剿"最后一战松毛岭保卫战的前奏——温坊(今称文坊)战斗拉开了鏖战的序幕。

夜袭温坊

更深夜阑,在瑞金叶坪的中革军委司令部里,身经百战、威震敌胆的朱德总司令,自掌握军委大权后一个多月来,一直为打开东线战场的军事局面而废寝忘食,日夜在运筹帷幄之中。今晚他又一夜未眠,时而掌灯走到张挂在墙壁上的军事地图前查看地理位置,时而伏案思考作战部署,他为了打好温坊战斗,一个多月里,向东线前方发出了二十一份电报,从战略方针直至具体部署,都作出了详细而明确的指示,同时也尊重前方指挥员的意见，有关行动部署就交由红一军团军团长林彪、政委聂荣臻"相机指挥"。

"集中优势兵力，各个击破敌人"。这是毛泽东、朱德等创造的红军作战的一贯方针，红军依靠这一正确的方针，从第一至第四次反"围剿"都取得了辉煌的胜利。可是在这第五次反"围剿"中，由于博古和李德实行所谓"六路分兵""全线抵御"的方针，分散了红军的兵力，使得红军处处挨打，步步退却。

朱德对他们这种消极防御的方针十分不满，曾多次与博古、李德发生争执，甚至联名向他们提出过严肃的批评。如今，他获得机会主持军委工作，便毅然决然抛弃那"阵地战""堡垒战"的打法，而采用"集中优势兵力"，以"运动战"的战略战术来打击消灭敌人。

朱德从8月初开始就密切注视国民党东路军蒋鼎文辖下的李延年纵队，该纵队辖四个师，系蒋介石嫡系主力，自打败十九路军后更为骄傲，不满足于步步为营、筑垒推进，常常采用急进方法，一次行进三五十里。

8月底9月初，李延年纵队四个师集中于朋口、莒溪、壁州、洋坊尾一线，而第三师第八旅旅长许永相亲率三个团，竟然大胆地脱离朋口堡垒区，来到温坊驻扎。许永相认为红军主力已被赶到江西去了，闽西方面只有福建军区的地方红军，他压根儿不把这支地方军放在眼里，所以就没有严格要求各团严密警戒。

为了迷惑敌人，诱敌深入，红一军团曾往西转移，更命十五师伪装红一军团全部由宁化向石城前进，而大部队则留在长汀以北之曹坊、罗溪一带；红二十四师隐蔽在猪鬃岭、桥下、肖坊一线构筑工事；红九军团悄悄转移至童坊、南山地域。各部队在移动过程中，都保持绝对秘密，丝毫不让敌人察觉。

温坊（今属连城），当时是长汀松毛岭东南面山下的一个大村庄，这里一眼就可以看到松毛岭主峰白叶杨岭，成为进攻松毛岭的前哨阵地，但这里离朋口敌军大部队有十余公里。温坊周围均是山地，便于埋伏，而敌人远离大部队则孤立难援，这是一次打运动战消灭敌人的极好机会。

8月31日深夜，朱德向林彪、聂荣臻发出了《关于一、九军团突击李纵队行动部署》的紧急指示。数小时后的9月1日，林彪、聂荣臻向红一、红九军团及红二十四师发出《消灭温坊敌人的部署》的战斗命令。

在此之前，红一、九军团已从连城、朋口以西赶到温坊附近的钟屋村隐蔽集结，指挥部就设在钟屋村观寿公祠堂内；红二十四师也及时赶到集结于南山桥下村。各部都占据了有利地形，做好了一切准备，只等一声令下，随时可向敌人出击。

9月1日晚上九时许，红军各部向敌人发起全面夜袭。红一军团分两路向温坊突进，一路由二师首长刘亚楼指挥从温坊西北面向村内进击，另一路从右翼插进；红二十四师则从温坊东北方向进行袭击。

战斗打响了，刚进入梦乡的敌人忽然惊醒，听见到处是枪声和手榴弹爆炸声，吓得乱成一团，仓促应战了一阵子，即告溃败而逃。

这一役敌人死的死，伤的伤，残存的一部分被俘，一部分自动缴械投降。还有小部分刚逃窜出去，就被红九军团在外围拦截缴械，其余则被红二十四师俘虏。

温坊战斗胜利结束，全歼守敌一个旅。敌旅长许永相在睡梦中惊醒，趁黑夜只身狼狈脱逃。

虽然温坊守敌全部被歼，但是此时李延年还是没有弄清前来夜袭的红军番号。为挽回失败的损失和声誉，9月3日上午，李延年命第九师和第三师抽调三个团向温坊反扑，妄图与红军决一胜负。

朱德获悉情报后，于9月3日凌晨二时，立即给林彪、聂荣臻发出《关于在温坊阵地前突击敌人的指示》电报，文曰："林、聂：（火急）1.（敌）第三、第九两师定今日向温坊推进。2. 我一、九军团及二十四师主力在有利条件下应在温坊阵地前给敌以短促突击，以消灭其先头部队。朱德。"

林彪、聂荣臻接电报后，马上作出了《一军团在温坊消灭由朋口前来的敌人的部署》，命令一师集结于上莒溪、洋坊尾间拦截阻击敌增援部队；二师集结于温坊大湾间山地，担任正面突击和正面守备；二十四师集结于曹坊、洋贝之间，向温坊、洋坊尾突击；九军团集结于曹坊，保障二十四师左翼的安全，并相机加强该师的突击。

战斗于 3 日上午九时十分打响。红二十四师与敌五十团遭遇。半个小时后,红一军团指挥部发出了突击信号,命令二师从八前亭,二十四师从马古头,两个方向同时向敌人突击。刘亚楼亲率二师打得十分英勇,杨成武指挥四团一营连续冲锋六次,占领八个山头和三座半截子碉堡;三营连续冲锋占领敌人六个阵地,成为顽强英勇连续冲锋的模范。

红二十四师以迅雷不及掩耳之势,迅速在洋坊尾攻下敌人几个阵地,与红一军团紧密配合,形成对敌人两面夹击之势。

经九军团顽强地向马古头敌人突击,截断了敌人向洋坊尾的退路。双方激战不久,敌军在红一军团和红二十四师的猛烈夹击下,开始总溃退,至下午四时战斗结束,又歼灭敌人一个团,击溃敌人两个团。

整个温坊战斗,打垮了国民党东路军李延年纵队第三师和第九师共十个团,歼敌官兵四千多人,缴步枪一千六百余支,自动步枪、轻重机枪一百余挺,迫击炮六门,子弹四十四万多发。

关于温坊战斗,朱德总司令说:"这是红军在第五次反'围剿'中打得最好的一役。"[中共中央文献研究室编《朱德年谱》(新编本)上卷,第391页。]但是,由于王明"左"倾冒险主义路线的错误,难以挽回第五次反"围剿"失败的局面,因此继温坊战斗后的松毛岭保卫战,无法阻挡国民党军的全面进攻。

鏖战松毛岭

松毛岭(今属汀、连交界),当年是长汀东南境内的一座大山,是东往龙岩、上杭、连城,西至汀州城、瑞金、赣南的一条必经之路,因此,保卫松毛岭就是保卫汀州,保卫瑞金。

松毛岭从南至北横贯四十多公里,从东至西宽十五公里,山岭重叠,森林茂密,主峰叫金华山;中段有两处,一处叫松毛岭,另一处叫白叶杨岭,地势十分险要。

因兴国军情告急,9 月 8 日,朱德电令红一军团回师江西增援,留下红九军团和红二十四师坚守松毛岭狙击敌人!

红军在金华山和松毛岭、白叶杨岭布下重兵,构筑了坚固的工事碉

巍巍松毛岭

堡，居高临下，严阵以待。此外，在其他几个山峰上也作了周密的部署，大小据点组成火力交叉。阵地内与各主要据点间，挖有交通壕，互相连接沟通。阵地前挖有外壕，并用鹿砦或竹签作为障碍物。主阵地前面的一线高地，也筑了简易工事，作为红军前进或警戒的阵地。

敌人在温坊战斗中遭受严重损失后，蒋介石极为恼怒，将逃回去的旅长许永相枪毙了，师长李玉堂由中将降为上校。又调北路军总司令顾祝同取代蒋鼎文，加强东路军指挥力量，并重新调整进攻部署，以三十六师主攻白叶杨岭，第十师、第八十三师协同进攻松毛岭和主峰金华山。第三师被罚去修公路、筑碉堡。此外，还从南昌派来几十架德制"黑寡妇"轰炸机、战斗机轮番轰炸、扫射助战。

9月23日上午七时，松毛岭保卫战打响。敌东路军第三十六师、第十师、第八十三师等三个师，配备飞机、大炮向松毛岭猛烈进攻，数小时内敌人发射了一二三毫米、一三〇毫米山炮及八二毫米迫击炮等几千发，"黑寡妇"敌机在上空轮番轰炸。

红九军团、红二十四师和数以万计的长汀地方武装，与敌人展开了空前激烈的战斗，枪声、炮声、手榴弹的爆炸声震耳欲聋，喊杀声响彻云霄，鏖战整日，红军扼守的阵地巍然屹立。

25日，红九军团军团长罗炳辉、政治委员蔡树藩奉命到瑞金中央开会。松毛岭战斗仍在激烈进行中，形势日益严峻，双方为了争夺一个山头，不惜付出巨大代价进行拼杀，敌我伤亡都很大，战局形成对峙状态。

9月27日，红军凭着步枪、机枪和手榴弹，大量杀伤敌人。而敌人凭借天上的飞机和地上的大炮，成千上万敌军蜂拥冲上山峰，英勇的红军指战员在阵地上与敌人展开了激烈的白刃战。金华山、松毛岭和白叶杨岭等山上硝烟滚滚，喊杀之声震天动地，双方伤亡极为惨重。敌人一批批拥上来，红军战士用刺刀和石块一次次把敌人打下去。

战斗至下午二时许，因双方力量太过悬殊，红军主阵地工事大多被敌人摧毁，坚守阵地的指战员伤亡惨重。但是敌人也付出了很大的代价。敌三十六师师长宋希濂刚登上主阵地的山峰，即被红军枪弹击中，险些丧命，被急忙送往南京救治。

28日晚，中革军委令红九军团撤出战斗，转移到钟屋村一带待命。红二十四师坚守松毛岭，继续狙击敌人。

29日晨，敌人又向松毛岭发起了新的进攻，炮火非常猛烈，还出动敌机十余架助战。下午二时许，左侧金华山唐古垴高地被敌突破占领，形势十分危急。

当夜，红九军团七、八两团奉命重新投入战斗，支援红二十四师乘敌立足未稳，展开反冲锋，经过反复拼搏，终于夺回左侧唐古垴高地。至此，松毛岭保卫战已整整鏖战了七天七夜。据《长汀县志》记载："是役双方死亡枕藉，尸遍山野，战事之剧，空前未有。"

此后，红二十四师奉命主动放弃松毛岭。部队从松毛岭、钟屋村，尔后南山、河田等地节节阻击和后撤，掩护红九军团转移。

红九军团全体指战员于1934年9月30日傍晚从钟屋村出发，踏上了艰苦卓绝的漫漫长征路。

（本文原载《血沃杜鹃红》第八辑，《闽粤赣边区革命故事丛书》，作家出版社，2001年10月版）

红九军团金华山最后一场殊死战

开国将军林伟以自己的亲身经历出版了一本军中日记《"战略骑兵"的足迹》（战士出版社，1983年10月版，第27页）。书中写道："1934年9月29日，今晨敌人又突然发起进攻，炮火猛烈，飞机十余架助战，与我红二十四师决战整日。下午二时许，我左侧唐古垴高地陷落，形势严重，影响很大。我七、八两团复又参战，晚上乘敌立足未稳，组织反击，战争炽烈。经过多次反复争夺，始将敌击退，恢复了唐古垴760高地。"

巍巍金华山位于桥下村（原桥下乡），是长汀县东南境内的一座大山，森林茂密，山路崎岖，地势险要。国民党东路军为推行"步步为营"战术，在金华山相连的松毛岭上开了一条公路，这是一条东往连城、上杭、龙岩，西通长汀、瑞金、赣南的交通要道！第五次反"围剿"东线战场最后一仗松毛岭保卫战打了七天七夜。第七天即1934年9月29日，下午红二十四师守卫的金华山唐古垴高地被敌军攻占了。红九军团第七、八两团本已于28日晚接到中革军委命令，从金华山撤离战斗阵地到山下钟屋村准备转移（即长征），晚上又奉命留下重新投入战斗，而且军团首长下了死命令，不管付出多大代价都要夺回唐古垴高地，因此，这场战斗堪称是红九军团在"金华山最后一场殊死仗"。当然，这"金华山最后一场"，不包括红九军团走后，红二十四师坚守金华山，曾与敌人展开多次和多日的战斗。

战略转移，红九军团撤离阵地

中央苏区第五次反"围剿"最后关头，国民党东路军调集了十万兵力向长汀东线大门松毛岭逼近。中革军委集中了红一军团、红九军团和红二十四师等三万余人进行松毛岭保卫战。9月1日和9月3日，中革军委主席、红军总司令朱德亲自部署，林彪、聂荣臻在钟屋村观寿公祠总指挥部直接指挥了温坊战斗，大获全胜，打死打伤敌人四千余人，缴获了一大批枪支弹药，获得了自第五次反"围剿"以来的第一个大胜利。后因江西兴国告急，红一军团赶往增援。此后，红九军团挑起重担，与红二十四师以及福建长汀等地的地方武装，和国民党东路军六个师，展开了七天七夜浴血鏖战。当战斗打到第六天晚上，红九军团接到中革军委命令，让其撤出战斗，把阵地交给红二十四师接替。当晚红九军团全部撤到钟屋村附近，准备接受新任务。

2017年1月13日，笔者与桥下村一百零三岁老寿星、当年桥下赤卫队队长、老红军谢远辉（右）合影

风云突变，红军两个团重新投入战斗

9月29日清晨，敌人又突然发起进攻，炮火十分猛烈，敌机十余架助战，与红二十四师及地方武装激战一整天。下午二时许，红二十四师左侧金华山唐古垴高地陷入敌手，形势一下变得非常严峻，因为金华山是松毛岭的主峰，唐古垴是红九军团守卫的主峰中最重要阵地，海拔七百六十米，比松毛岭还高一百九十五米，温坊战斗前，原是红一军团主力第二师师长陈光、政委刘亚楼率领的部队守卫在这里，可见这个阵地的重要性。

一旦丢失，就好像洪水泛滥、堤坝缺口一泻难收，危及整个松毛岭，有被敌人居高临下各个击破的可能，敌军就可以迅速长驱直入，很快占领汀州城，再向红色首都瑞金推进，这样，势必影响中央和中央红军准备战略转移的整个行动计划，后果不堪设想。

关键时刻，红九军团参谋长郭天民和政治部主任黄火青（此前军团长罗炳辉、政治委员蔡树藩已前往瑞金中央开会）当机立断，红九军团大部按原定计划不变，9月30日傍晚实行战略转移。红七、红八两团推迟一天出发，准备投入战斗，重新夺回唐古垴高地！

紧接着，郭天民、黄火青立刻召集红七团团长刘华香、政委吴修权，红八团团长杨梅生、政委谢季芳开会，研究如何夺回唐古垴高地。郭天民认为敌强我弱，高地已被敌占领了，只能智取，不能强攻，而且要乘敌人立足未稳，说干就干。当晚立即行动，以红七团担任主攻，红八团负责夹攻。红八团从钟屋村出发，从东面登上金华山埋伏下来，晚上十二时，听到刘华香发出进攻枪声后，马上在东面以猛烈炮火向敌人发起进攻，将敌人的注意力吸引过来；红七团从桥下村西面爬上去，先隐蔽在石岩下丛林里，等敌人酣睡后，半夜十二点准时开枪。红八团听到红七团发出作战枪声后，马上从东往西，红七团从西往东，两面夹击敌人，一举将唐古垴高地夺回来！

郭参谋长的部署得到大家的一致赞同。事不宜迟，红七、红八两个团团长马上分头去执行战斗行动。红七团刘华香、吴修权回到钟屋村驻地，立即带领全团人马来到桥下村，入驻育成公祠。

桥下村军民鱼水情深

育成公祠是桥下村最大的一个公祠，距今已有三百多年历史，属典型的客家"府第式"牛角屋古建筑，内设三进四摆，外置半月形池塘及围墙、门楼，屋后有一排半圆形的围屋，占地面积三千六百多平方米。育成公祠曾经是东方军红十九师、红一方面军独立二十四师和红九军团第七团、第八团等师部和团部所在地。

当时育成公祠内住了二十多户农民，一看昨晚才下山的红七团又回来了，家家户户都亲热地拉着红军指战员住进自家。团部就设在大厅，其余五六百人住在育成公祠横屋和围屋里，还有一千多人分散住到附近群众家里。

桥下村民为何如此热情接待红军呢？这是因为近二三年来，不仅地方红军，而且中央红军也多次在桥下驻扎过，村民几次与红军生活在一起，知道他们是人民子弟兵，处处为人民着想，严守纪律，为保卫苏区而打仗。

第一次，1933年夏末秋初，东方军红十九师师长寻淮洲、政治委员萧劲光在桥下乡集结。7月28日，红十九师担任主攻从桥下乡出发，与红四师兵分三路迂回包围朋口、莒溪敌人，接连歼灭了敌师两个主力团，获得了朋口战役大捷。红十九师驻扎桥下乡时，全乡人民响应红屋区苏维埃政府号召，热情接待红军队伍，安排住宿，送菜送柴，洗衣缝补。当红十九师前往攻打莒溪、朋口时，青壮年都主动去支前，带路、送弹药、送给养、抬担架，全力支援红军作战。因为全体桥下乡的苏区人民对朋口战役的积极贡献，此战后桥下乡被评为"支前模范乡"。

第二次，是1934年温坊战斗中，由于桥下村东面山上一个叫猪鬃岭的地方，到温坊不远，路径便捷且隐蔽，所以红一军团军团长林彪、政委聂荣臻派红二师师长陈光、政委刘亚楼，红四团团长耿飚、政委杨成武率部于8月底先驻扎在桥下村，团指挥部就设在育成公祠。

第三次，就是松毛岭保卫战。红九军团三师主力七团团长刘华香、政委吴修权率领该团打完温坊战斗后，马上奉命到桥下村集结休整，团部也是设在育成公祠，短暂休整了三天，便奉命从背面蜈蚣地岭登上金华山修筑工事，坚守阵地。这段时间比较长，大约有半个多月，都在金华山上挖战壕、掩体和修筑工事，做好固守阵地，与阵地共存亡的准备。这时，桥下村苏维埃干部带头并动员全村人民精心制作了大量竹钉，从蜈蚣地岭运至金华山背面山脚下敌人可能经过的各条大小道路上埋放，设置一个个陷阱，制造大量障碍，以阻滞敌人进攻。同时，为配合红军挖战壕、修工事，桥下村苏维埃政府主席谢朝廷、政府工作人员谢马孜带领干部群众积极参与，发动乡亲与红军战士们一道，冒着炎热天气，从清晨到黄昏，连续数日，从村里到金华山，把建造及加固碉堡、战壕所需要的砖头、木料、武器弹药等通过肩挑手提搬运上山顶。虽然要抗击数倍于己的强敌，但是大家仍然毫不畏惧，都有誓死抵抗的决心！人人知道保卫松毛岭，就是保卫苏区，保卫党中央。

从以上几次相处，不难看出，桥下村只是区区两百来户六百多人的小乡村，却成了中央红军多次在此集结出击之地，正是因为它符合军事上讲的天时、地利、人和三要素。地利方面，那里有两条乡村古道，一条从桥下、猪鬃岭到吴家坊，另一条从桥下往邓坊、连屋岗绕道到吴家坊，这是两条出击连城莒溪、朋口、温坊敌人的有利通道，进可迂回包围，退可快速分散。这也是红军一次又一次在桥下村集结驻扎的重要原因。

那天，桥下村群众以为红九军团出发长征去了，没想到傍晚红七团又回来了。相见之后，广大村民无不欢欣鼓舞，如同见到久别的亲人一样，争相邀请入住，送饭送菜，妇女们还给红军战士缝补洗衣。刘华香团长对苏区干部说明来意，告知部队这次回来有特殊任务，只能在这里逗留几个小时，并要他们帮找一个向导为部队带路，从西边陡峭的山路爬上金华山石岩下。真是无巧不成书，住在金华山石岩下的村民林雄基刚好从山上抬红军伤员到钟屋村红军战地医院，返回桥下村，正准备上山回石岩下自家去，刘华香一听喜出望外，部队要上金华山，要找的人正是这个林雄基，有道是"踏破铁鞋无觅处，得来全不费功夫"。

金华大山藏人家

金华山是座大山、高山，大山之中住着唯一一户林姓人家，住在最高山顶下一个非常隐蔽的小山坳里，小地名叫石岩下，石岩下位于金华山顶端边处，离金华山最高处金顶上约五百米，距唐古墉高地也很近，大约一千米。

这一家人就是桥下村的林雄基祖孙们。林雄基的父母过世早，他因穷没念过书，虽然是个文盲，但脑子好使，又很勤劳能干。他在上山砍柴时，发现金华山石岩下，有一大片杂木、灌木，长得非常茂盛，便自己动手，做了一个炭窑，开始烧木炭，然后把木炭挑到区里乡外去卖，赚了钱就在石岩下这个地方盖了一栋房子，先盖正栋上、下厅，有了钱再盖左右两边横屋，他把儿子、儿媳和孙子、孙女，祖孙三代共十四人全部迁到山上来住。除了烧木炭，还开荒种竹、种田。

金华山成了红军松毛岭保卫战的主战场后，9月初，刘华香率领全团红军登上金华山主峰唐古垴一线，在这个高地上开始修筑战壕和工事，准备迎接这场空前激烈的鏖战。刘华香在视察阵地周边地理环境时，发现整个金华大山中这唯一一户人家，周围都是浓密的树林，地点又非常巧妙，离唐古垴高地也近，并且很适合隐

图为当年林雄基建造在金华山石岩下的住宅，亦是红九军团七团前线指挥所

蔽，敌人无论从地面还是从空中都很难发现这个目标。

林雄基和儿子、媳妇们在钟屋村圩上和桥下村都见过红军，所以那天当刘华香、吴修权和十多个红军来到他家时，他和孩子们都高高兴兴迎上前，请红军进屋去，这个搬凳子，那个端茶水，还挽留刘华香一行人留下来吃饭。林雄基天天在这一带山里打转，哪里地势险峻，哪里既可隐蔽又利于瞭望打击敌人，他都了如指掌，饭后还亲自带着刘华香他们到实地察看。从那天起，刘华香、吴修权决定将林雄基家当作临时指挥所。之后，一连几天，林雄基都劲头十足地带着刘华香去寻找最佳的战斗支点。除此

之外，他把自家大厅和空房铺上稻草，上面摊开谷笪当床，让这些红军住在他家，他的老婆和儿媳也天天为红军烧饭洗衣，自己和儿子就去帮红军挖战壕、修工事。林雄基受到刘华香的称赞，夸他们一家人都是"拥护红军的好模范"！当晚，刘华香要带领红七团偷袭唐古垴高地的敌人，打算从敌人意想不到的西边陡峭山路、被老乡们称作"天梯"的山崖处爬上山去，此处也只有林雄基一人攀登过，因此，这带路人非林雄基不可。

出奇制胜，夺回唐古垴高地

夜幕渐渐降临，红七团指战员们都吃饱了饭，便轻装出发了，这次不同以往从蜈蚣地岭正面登山，而是跟着林雄基改从陡峭的"天梯"山崖上攀登上去。好在红七团指战员在唐古垴这附近挖战壕、做工事半个多月，对这一带的地貌都不陌生，所以在"天梯"山崖上攀登时虽然极其艰险，但都难不倒具有钢铁意志的他们。在林雄基的带路下，他们走捷径，抄近路，一路上相互搀扶帮助，终于都攀上了山头，悄悄来到靠近唐古垴山顶北面的丛林中隐蔽，静观敌人动静。

唐古垴阵地遗址上挖到的炮弹壳

夜深了，敌人大多已进入梦乡。刘华香手里的怀表一指向十二点整，说时迟，那时快，他便朝夜空砰地开了一枪，大喊一声："打！"那些预先埋伏在战斗有利位置的红军战士们各种武器一齐开火，比较靠近敌人的战士扔出了一颗颗手榴弹，顿时枪声、手榴弹爆炸声响彻夜空。埋伏在东边的红八团杨梅生团长一听到红七团这边发令的枪声，立刻指挥战士们向敌人发起猛烈进攻。

敌人在睡梦中惊醒，双方展开了激烈交火，由于红七团熟悉唐古垴周围地形，这次又早早隐蔽到了有利的位置，发挥了射击的有效性，弹无虚发，经过反复较量，把敌人火力压制住以后，刘华香一声令下，对唐古垴阵地敌人发起了冲锋。他率领二营指战员，个个上了刺刀，跳出战壕，如猛虎般向敌人冲杀过去。只听见刺刀相撞声、喊杀声响彻云霄，敌人抵挡不住，丢下数十具尸体，连滚带爬地逃下山去。战斗中，一发炮弹落在刘华香附近爆炸，一块约两厘米的弹片穿过他的右下胸，打断了他的一根肋骨，但他坚持指挥到最后才让担架抬下山去，送往钟屋村红军医院救护。

双方经过反复激战，战斗终于结束，红七、红八团胜利夺回唐古垴高地。这一仗打得十分惨烈，虽然打伤了国民党军亲自督战的三十六师师长宋希濂，打死敌人一百多人，但因敌众我寡，红军也伤亡近百人。受了重伤的优秀指挥员刘华香，后来根据军团长罗炳辉、政委蔡树藩指示，用担架抬着走上长征路！到了瑞金红军医院，张汝光医生亲自为刘华香动手术取出了弹片，伤口才告痊愈。

胜利夺回唐古垴高地并妥善交给红二十四师固守后，红七、红八两团才陆续撤离阵地，下山回到桥下村歇息。

乘胜迈向长征路

翌日，即9月30日，整日无战事，正好是红七、红八团指战员们趁机歇息之隙，不过红军宣传员可没放过这个好时机，他们提着白石灰水桶，到公祠屋前屋后和群众房屋墙上去刷红军标语，有的提笔蘸墨在屋内大厅墙上书写红军标语。

经过一天的休整后，红七、红八团全体指挥员，又个个精神焕发，斗志昂扬，告别"支前模范乡"桥下村的父老乡亲，10月1日清晨迈出了矫健步伐，追赶军团大部队去了。他们为缩短追赶的路程，选择走捷径，从桥下村西边翻过山路赶到大田乡。这里是当年南山区苏维埃政府所在地，受乡亲们热情款待吃了一顿午饭，后又往河田县苏（当时是长汀县苏所在地）路上直奔。因为路途较短，战士行军速度快，当红九军团直属部队与红九团在河田县苏宿营时，红七、红八两个团也赶到了河田，至此，红九军团全部人马胜利会合。10月3日，红九军团来到了汀州城休整。长汀人民响应上级号召，工人们积极生产，加班加点，赶制出了大批军用品，发给红九军团全体指战员，每人获斜纹布薄棉衣、夹被、鞋子和斗笠等物品各一套，红军以焕然一新的军容踏上了长征路。

红九军团在松毛岭保卫战中浴血鏖战了七天七夜，最后由红七、红八两团指战员们奋勇地将金华山唐古垴高地再夺回，阻滞了敌人加速推进的围追步伐，为中央纵队和中央红军进行战略转移赢得了宝贵时间，胜利地完成了中共中央和中革军委赋予的光荣而艰巨的使命！

10月6日，红九军团跟随刚奉命辞去福建省委书记、改任红九军团中央代表的刘少奇等人，以意气风发的战斗姿态，踏上举世闻名的漫漫长征路！

（本文原载《福建党史月刊》2020年第8期）

红九军团长征前的告别大会

1934年9月30日上午,松毛岭下,长汀县钟屋村观寿公祠堂门口一座木板台上,站着中央主力红军九军团参谋长郭天民,他身旁是钟屋村区苏维埃主席蔡信书。台下的大草坪上,站满了乡亲和头戴树叶伪装圈的红军指战员。今天,中央主力红军九军团在此召开长征出发前的告别群众大会。

大会由蔡信书主持,红九军团长罗炳辉、政治委员蔡树藩到瑞金中央开会去了,大会由郭参谋长讲话。他用坚定而洪亮的声音说道:"乡亲们,红军又要去执行新的任务,要转移到别处去了。我们走后,敌人会跟踪而来。乡亲们要做好坚壁清野。不要担心,红军还会打回来的!"

这天,参加大会的群众从塘背至连屋岗十一个村和涂坊等邻村赶来,有两千多人,当中有一部分红军战士。大部分红军还守卫在松毛岭上。

大会开得很紧凑,郭参谋长讲完话后,红军就向钟屋村赤卫模范连、少先队发放枪支弹药,一共发了三百多支枪和一批子弹。

会后,乡亲们回到家里,也立刻动手收拾东西,进行坚壁清野,不留一粒粮食给敌人。

当天傍晚,红九军团整装向汀州城开拔,钟屋村赤卫模范连、少先队三百多人也全副武装跟随红九军团一起转移。从此,史册记下了中央主力红九军团从长汀钟屋村出发,进行二万五千里长征的历史。

这时,天空响起了震耳欲聋的鞭炮声,老大娘们把煮熟了的鸡蛋、红薯和芋子等食物,一把一把地塞给红军指战员。全村乡亲们依依不舍地拉着红军的手，送了一程又一程，许多群众情不自禁地流下了眼泪，他们千叮咛万嘱咐道："你们要多打胜仗，我们等着你们回来！"然后乡亲们向涂坊、河田、濯田、四都等地疏散。等到国民党军队进占钟屋村时，那里早已十室九空，变成一个"无人村"了。

10月3日，红九军团先后分两路人马会合到汀州城集中休整，军委发给红九军团大批军用物资，每个红军指战员领到一套由汀州红军被服厂生产的斜纹布棉衣、夹被、鞋子、斗笠等物品，军容焕然一新。

9日傍晚，红九军团从汀州西移瑞金，11日到会昌的珠兰埠休整，16日从珠兰埠出发。是夜，在蒙蒙月色下渡过濂江，向西疾进，从此离开了中央苏区根据地。这时，钟屋村赤卫模范连、少先队也全部加入了红九军团，踏上了漫漫长征路。

（本文原载《红旗跃过汀江》，北京燕山出版社，2003年9月版）

红军长征第一村

——钟屋村

一幅赫赫有名的大型红色标语"红军长征第一村"高高矗立在福建省长汀县南山镇中复村（原称钟屋村）大路旁。

题写这幅红色标语者，正是当年亲身参加了著名的中央苏区东大门松毛岭保卫战的红军医生，他就是开国将军、留苏医学博士、神经外科创始人、解放军军事医学科学院院长，现年一百零七岁的涂通今老寿星。

红军长征第一村——中复村，位于中央苏区东大门松毛岭下，离长汀

开国将军当年参加松毛岭保卫战的老红军涂通今亲笔题写的红色标语

县城四十三公里,当年该村只有两百多户、一千多人口,如今有六百多户、四千多人口,因大部分村民姓钟而得名。1932年夏,在该村成立了中共红屋区委员会,区委书记蔡樟子,后是谢炳昌、杨胜标。同时,成立区苏维埃政府,区苏主席吴文标,后是钟锦志、罗寿春,红军长征前区苏主席是蔡信书。

在那如火如荼的烽火年代,钟屋村广大群众热烈响应党和苏维埃政府号召,踊跃扩红支前,奋起"打土豪,分田地",带头建立模范连、赤卫队、少先队和儿童团,妇女积极参加革命,实行男女平等,婚姻自由,动员男人参加赤卫队,扩大红军勇敢上前线。在搞好生产,改善群众生活中,钟屋村积极组织互助组、耕田队和犁牛合作社,加强春耕夏种生产,动员群众开荒扩种,兴修水利陂圳,大力发展农业生产,保证了农业丰收,改善了群众生活。

1934年8、9月间,中革军委集中了红一军团、红九军团和红二十四师等三万多名指战员,与多过数倍的国民党东路军——天上配备轰炸机,地上配备大炮的十四个正规师十多万兵力,展开中央苏区第五次反"围剿"东大门最后一战——松毛岭保卫战。这是一次堪称闽西有史以来规模最大、持续时间最长、战斗最激烈的战役。

1934年8月底,中央红九军团完成护送红七军团"北上抗日先遣队"的光荣任务,返回闽西苏区没来得及休整,立即与红一军团和红二十四师一起投入松毛岭东面山下的温坊(今称文坊)战斗。

8月30日,红九军团第八团在团长杨梅生率领下,参加松毛岭保卫战第一仗温坊战斗。红八团连夜从南山连屋岗迅速来到长汀吴家坊(今连城培田),马上向温坊东北高地投入战斗,猛烈攻击前进。

涂通今是长汀涂坊镇人,贫农出身,高小文化,当时是红八团卫生队的一名医生,其于1932年参加红军,开始在长汀四都福建军区四都后方总医院当看护员。1933年加入共产党,同年7月从兴国红军卫生学校毕业,10月分配到红九军团八团卫生队当医生。此时,八团已展开战斗,卫生队也不敢怠慢,火速找到吴家坊一家大祠堂,马上在祠堂内用一块门板当作手术台,把手术刀、代用剪刀和一些消毒、包扎、固定、止血、缝合等小手术用具都准备好，止血、缝合、取子弹、取骨片等小手术涂通令都可以做，至于断肢和内脏手术，根本无法做，只好用担架把伤员抬往四都后方总医院。

温坊战斗打了两仗，第一仗红八团攻克敌北端堡垒，继而向南进攻，将敌三个堡垒完全攻克，缴获敌人步枪六十余支，轻机关枪四挺。第二天九时许，战斗暂停，部队回到吴家坊集结待命。

第二仗，时隔一天后打响，敌军李延年纵队不甘失败，命令他的第九师和第三师抽调了三个团，于9月3日上午向温坊反扑试图挽回颜面。

这天上午红八团从马古头东北向西北高地的敌人进行猛烈突击，拦截敌人退路，经过约一个小时的激烈交火，敌人被红八团完全击溃，死的死，伤的伤，剩下的全被我军俘虏。

红八团两次战斗都属于温坊战斗外围打援，没有深入温坊村中去战斗，战斗速战速决取得胜利。

这次，国民党李延年纵队原本企图挽回颜面，岂料输得既快又惨。李延年的第九师先头部队一个团，刚与红军交上火，一个小时工夫就被红军消灭殆尽，后面的敌人闻风丧胆，狼狈逃窜。

整个温坊战斗，在中革军委朱德总司令和红一军团直接指挥下，在红九军团和红二十四师配合下，全歼敌人一个旅和一个团，共四千多人，其中打死打伤两千多人，俘虏两千四百多人，缴枪一千六百余支，自动步枪、轻重机枪一百余挺、迫击炮六门、子弹四十四万多发，取得了中央苏区第五次反"围剿"以来的第一次大胜利。

不久，因北线战事告急，红一军团奉命赶往兴国救援。东线松毛岭保卫战的任务，就由红九军团和红二十四师担当。

紧接着备战松毛岭保卫战的防御措施，红八团的设防阵地安排在金华山上。这时，他们卫生队与全体指战员和地方武装以及当地群众，一连半个月夜以继日地在山上挖了很多战壕，筑了不少工事和碉堡，准备和进犯的国民党军决一死战，保卫苏区每一寸土地，誓死不让敌人前进一步！

与此同时，钟屋村广大群众热烈响应党和苏维埃政府号召，踊跃扩红支前，奋起"打土豪，分田地"，带头建立模范连、赤卫队、少先队和儿童团，妇女积极参加革命，实行男女平等，婚姻自由，动员男人参加赤卫队，扩大红军勇敢上前线。在搞好生产，改善群众生活中，钟屋村积极组织互助组、耕田队和犁牛合作社，加强春耕夏种生产，动员群众开荒扩种，兴修水利陂圳，大力发展农业生产，保证了农业丰收，改善了群众生活。扩红支前，组织起运输队、担架队、看护队、洗衣队、做饭队、慰劳队等群众组织支援前线，还和红军一起修工事、挖战壕、抬伤员、运弹药、送茶水，全力以赴做到有人出人、有粮出粮、有力出力、有钱出钱，积极响应党中央号召："一切为着前线的胜利！"

红军桥，就是钟屋村红军征兵处，当年，钟屋村家家户户都有人参加红军，据不完全统计，一共有三百多人参加了红九军团。

红军街，在松毛岭战斗日子里，街上"家家无门板，户户无闲人"，店门都抬去做工事了，塘背村只留下两个男子，钟屋村的长窠头村百分之百的男人参加了支前。

1934年9月23日，松毛岭保卫战继温坊战斗之后，终于又打响了！国民党东路军纠集了六个师，一个炮兵团，几十架飞机，地上放大炮，天上驾飞机，满山遍野到处狂轰滥炸，战斗空前激烈残酷，整整鏖战了七天七夜，敌我双方伤亡极其惨重，战局形成对峙局面。据《长汀县志》记载："是役双方死伤枕藉，尸遍山野，战事之剧，空前未有。"为了保存实力，9月28日，中革军委命令红九军团主动撤出战斗阵地，交给红二十四师接替守卫。红九军团全部指战员利用晚上双方休战时机，悄悄撤离战场，到钟屋村集结，实行战略转移！

1934年9月30日，红九军团在钟屋村观寿公祠前，即原红一军总指挥部、后为红九军团总指挥部门前大草坪上举行告别群众大会后，全军团分两路从钟屋村出发。钟屋村赤卫模范连、少先队和全区少先队、模范连七八百人，全都发到了枪支弹药，也跟着红九军团一起转移，后来他们全部加入红军长征。全村其余男女老少向涂坊、河田、濯田、四都等地疏散。

红九军团司令部在出发之前，曾通知红九军团在宁化县的一个留守处、医院和兵站，同时从宁化往长汀一同出发！

国民党军队于10月21日进占钟屋村时,那里早已坚壁清野,十室九空,变成一个无人村。

10月3日,红九军团顺利抵达汀州城,在汀城水东街一带休整了四天。军委早前通过福建省委书记刘少奇,组织汀州中华织布厂和中央红军被服厂,日夜赶制出一大批军用物资分发给红九军团。每个红军指战员领到一套斜纹布薄棉衣、夹被、鞋子和斗笠等军用品,军容焕然一新。

此刻,在汀担任中共福建省委书记的刘少奇接到中共中央指示,将省委书记职务交给福建军区政委万永诚接任。中央派刘少奇作为中央代表负责督促红九军团实施党的命令和指示,参与军团的领导工作。此前,军团长罗炳辉、政治委员蔡树藩已前往瑞金中央开会,所以,中央代表刘少奇与军团参谋长郭天民、政治部主任黄火青,一起率领中央红九军团于6日晚从长汀向江西转移。

美国著名记者埃德加·斯诺在《西行漫记》这部闻名世界著作中,有一段关于红军长征的话是这样说的:"红军提到它时,一般都叫'二万五千里长征',从福建的最远的地方开始,一直到遥远的陕西北部道路的尽头为止。"这个"从福建的最远的地方开始",指的就是长汀的钟屋村。这是一条红军通往举世瞩目并取得长征伟大胜利之路的起点,这里是距离长征落脚点陕北吴起镇的一个最远的红军长征出发地,中央红军长征零公里处。红九军团也是中央红军率先出发长征的一支中央红军,所以,钟屋村被誉为红军长征始发地,红军长征第一村。

(本文原载《红土地》2009年第11期)

艄公蓝星朗助力"红旗跃过汀江"

"风云突变,军阀重开战。"1929年3月红四军首次入闽,歼灭国民党福建省第二混成旅,击毙旅长郭凤鸣。进驻长汀城后,毛泽东获悉蒋桂军阀大战即将爆发,赣南反动军队大部调离前往两湖参战。这对红四军来说,是个大好消息。红四军在长汀活动十几天后,返回瑞金与彭德怀领导的红五军会合,然后在赣南"打土豪,分田地",建立了于都、兴国、宁都红色政权。红五军则返回井冈山根据地开展恢复工作。

5月中旬,形势发生了变化。蒋桂军阀战争之后,粤桂战争又起,闽南军阀张贞师、闽西龙岩军阀陈国辉旅也卷入了混战。霎时间,闽西、闽南反动势力顿时空虚。

可是,赣南却不同,由于蒋桂战争结束,赣敌驻军纷纷回防,形势对红四军不利。恰在此时,毛泽东收到闽西特委书记邓子恢派人送来的紧急报告,盼红四军速返闽西,抓住当前闽西敌军空虚时机,开展闽西的革命斗争。

于是,红四军前委接受了重返闽西的请求,决定深入闽西腹地,开创闽西革命新局面。

1929年5月19日,毛泽东、朱德和陈毅率领红四军从瑞金武阳越过武夷山脉南麓古城、四都抵达濯田。当天,毛泽东在濯田石桥头召开群众大会,宣传红军宗旨。会后,毛泽东写了两封信,派人火速送给正在上杭蛟洋的中共闽西临时特委书记邓子恢,要求特委迅速在岩、永、杭组织武装暴动,配合红四军第二次入闽。

当晚，红四军在濯田镇上住了一夜，第二天一大早即5月20日清晨吃过早饭，急行军匆匆赶到汀江第一渡口——水口。当时正逢雨季，江水猛涨，江面增阔到一百多米宽，水流湍急，水深过人，倘若没有船只，很难过江。

汀江渡口——水口

赣敌闻讯红四军重返闽西，即令李文彬旅从后跟踪追击，又令盘踞汀城的卢新铭团负责在水口东岸拦截。红四军面临前有汀江、后有追兵的境遇，如果不能及时渡江脱离险境，就有可能犯了兵家背水一战之大忌。此时容不得慢慢琢磨，要解这燃眉之急就要马上找到船只，解决全军尽快渡江问题。

毛泽东和朱德立即商定，马上派出几个小分队四处寻找船只，同时传令全军指战员随时做好战斗准备，严防尾追之敌李文彬旅的突然袭击。

要知道，那时红四军寻找到几只渡江大木船还真不容易。后来红四军是如何渡到汀江彼岸的呢？多亏了年轻的艄公蓝星朗！

1929年5月19日上午9时许，20多岁的艄公蓝星朗正在水口渡口撑船，突然间，渡口码头上闯入几个国民党卢新铭部士兵，对着蓝星朗和几个乘船的当地群众说什么"红毛"快要来了，强令东西两岸码头上停靠的

307

所有船只马上藏起来，否则就要把船炸掉。他们还造谣说红军就是"红毛"，个个长着红头发，绿眼睛，长牙齿，看见男人就杀，妇女就抢，小孩就刺。有几个艄公听了这些鬼话，信以为真，赶紧把木船撑走，找隐蔽地方把木船藏起来，然后，带着家里的人出门避风去了。

蓝星朗也不敢怠慢，迅即把船撑回离水口有五里远的家乡蓝坊村江边，将木船安置好后，心想：天下真会有他们说的这种红魔吗？常言道，"百闻不如一见"，红军如真来了，我倒要瞧个究竟。

蓝星朗家徒四壁，兄弟四人，父亲已过世。大哥大嫂在码头旁开了一家豆腐店，二哥在家务农，三哥和老幺蓝星朗共撑一条渡船维持生计。所以他和三哥留在家里，其余家人都到山里躲避去了。

第二天，也就是20日上午，蓝星朗惦记着木船，正想开门出去看看，听到有人敲门唤着："老乡，不要怕，我们是工农红军，快开开门。"

"红军真的来了！"蓝星朗兄弟俩紧张地靠到门背后，从门缝里往外一看，见到一个红军焦急地对他旁边的一个人说："连长，群众不出来怎么办？什么时候才能找到艄公呢？"那人说："别着急嘛，这里群众受了国民党欺骗，害怕跟我们接触，我们可要耐心呀……"

蓝星朗特别注意观察门外来的两个红军，他们的眼睛和牙齿都和平常人一样，身上穿着灰军装，脚上穿的是草鞋，跟穷苦老百姓差不多，帽檐下两鬓的头发也是黑的。那个连长和小兵说话和气，与国民党军完全不同。有一次，一个凶神恶煞的国

蓝星朗当年居住的木屋

民党军官来叫一个艄公撑船，嫌他开门迟了，就踢开门，把艄公打得当场吐血，病了好几个月……

想到这里，蓝星朗猛地把门打开，对他们说："红军，我是艄公，找我有事吗？"

"太好了，我们就是来找船过江的。"那个连长非常高兴地说。"好，随我来。"蓝星朗说完，就领他们到了江边，待他们上船后，蓝星朗和三哥将竹篙用力一撑就将木船撑入江中，很快就到了水口，蓝星朗看到长长的河堤上站满了红军，原来他们都在等船渡江。

蓝星朗兄弟停好船上了岸，两个像是带队的向他们走过来，一个前额饱满、态度温和的红军对他们说："红军是穷人的军队，是为穷人，打土豪、分田地的。红军不会欺负穷人，也不抓夫，乡亲们不要怕。村里村外有多少船只全部撑来，我们照样付钱。"

蓝星朗听了这一席话，心里好比阳光驱散了乌云一样亮堂舒畅，马上答应一声"好"，就拔腿到附近山上去找同行艄公。那些艄公知道蓝星朗从来不说谎，一个个打消了顾虑，撑来了七条大木船。这样，连蓝星朗的一条，一共有八条船了。

八条大船在水口一字排开。蓝星朗的船头上，插着一面写着"中国工农红军第四军"的鲜红大旗，迎风招展，猎猎作响，红旗下站着那两个带队的。后来才知道，他们就是毛泽东和朱德。

嘹亮的军号吹响了，八条大船上每条两个艄公，一个掌船头，一个把船尾，三十二条粗壮的胳膊，操纵着三十二根丈二长的竹篙，撑着八条满载着红军的木船，乘风破浪直向东岸驶去。

经过六个小时来回横渡，到下午五点多钟，三四千红军和几十匹战马全部渡过了汀江。那企图在东岸拦截红军的国民党卢新铭团，听说来的是朱毛红军，早吓得不知躲到哪里去了。

到了东岸，红军连长拿着一个竹筒匆匆跑来。原来竹筒里装的是银元，他发给每个艄公一块光洋。蓝星朗他们不肯收，有的人也不敢收，但那连长说："这是红军的纪律，你们不要也得要。"说着，便把银元硬塞到他们手里，还向他们表示感谢。艄公们想起国民党军队乘船不给钱，还拳

309

打脚踢的,对比之下,红军这样体恤穷人,他们都情不自禁地流下了激动的泪水。

临别之前,红军连长交代说:"首长让我转告你们,红军走了之后,敌军很快就会到来,你们赶快把木船撑走藏起来,人也趁早躲开,以免遭敌人迫害!"

果然,蓝星朗他们刚把八条大木船撑走,赣敌李文彬旅就紧追来到汀江渡口,只见面前一条大江挡住去路,却没发现一个红军踪影,也没见到东西两岸渡口留下一条船只,李文彬好不气恼,却又无可奈何,望着大江兴叹了一阵,垂头丧气率部退回江西。

红四军安全地渡过汀江。当晚,毛泽东住在刘坊村继节公祠,朱德住在临江的三益店。第二天,毛泽东、朱德和陈毅率领红四军经涂坊、南阳,直下龙岩、上杭。沿途到处张贴毛泽东、朱德和陈毅签发的《红四军司令部政治部布告》,宣传"我们红军受共产党的指导,执行民主革命三大任务,打倒帝国主义,打倒地主阶级,打倒国民党政府,以帮助工人农民,及一切被压迫阶级得到解放为宗旨",并号召"多数人,应该联合起来,打倒这少数豪绅,求得多数人的利益",为闽西人民的革命斗争指明方向。毕占云在《三战闽西》一文中据实记载道:"二度入闽与第一次大为不同,自从红军消灭了敌军阀郭凤鸣之后,闽西人民都称红军是自己的'命根子',是'天兵天将''救命活菩萨'。因此,在红军进军到古城、濯田、水口和涂坊等地时,群众纷纷烧茶水、送干粮(红薯干);青年人争先参加红军,老太太烧香祈祷,保佑红军打胜仗。当时,虽然天气炎热,行军极度疲劳,但在党代表'开辟闽西'的号召下和群众的热情鼓舞下,个个情绪高涨,斗志昂扬。"

红四军二次入闽,曾连续三次攻占龙岩城,前面两次攻占龙岩时,国民党福建省防军第一混成旅旅长陈国辉还在广东参加讨伐桂系军阀战争,听说老巢被抄,便急忙带领主力部队回援龙岩。

这期间,红四军在永定地方武装配合下,消灭了永定县地主团匪胡道南部,攻占了永定县城,成立了永定县革命委员会。

之后,红四军在闽西地方红军配合下,一举攻下上杭白砂重要据点,摧毁了卢新铭手下钟铭清团大部，缴获一大批武器弹药。卢新铭残部逃往上杭城，死守在那里。不久，朱德亲自率领红四军攻打易守难攻的"铁上杭"，歼灭守敌一千多人，缴枪一千余支。敌旅长卢新铭只身潜逃。在前委的缜密部署下，红四军兵分两路，攻入龙岩城，陈国辉见大势已去，化装逃回老家南安。

到了7月，红四军大范围进行"打土豪，分田地"，龙岩、永定、上杭迅速连成一片。此后，毛泽东挥笔填了一首词《清平乐·蒋桂战争》，赞扬闽西革命的大好形势："……红旗跃过汀江，直下龙岩上杭。收拾金瓯一片，分田分地真忙。"

(本文原载《福建党史月刊》2020年第11期)

长汀商人对土地革命战争的历史贡献

长汀，历称汀州，从盛唐至民国历来是州、郡、路、府及专署所在地。贯穿长汀至潮汕的汀江，为福建四大江之一，历史上发挥了繁荣经济的重大作用，长汀成为联结闽粤赣周边十数县的交通枢纽和物资集散地，盐业、粮食、纸业、百货、京果、竹木、船业等各种商业蓬勃兴旺，第二次国内革命战争时期长汀成为中央苏区的经济中心，享誉"红色小上海"之称，为打破敌人对中央苏区的残酷"经济封锁"，发挥了极其重要的作用。

长汀商会始于清光绪三十三年（1907），延续至今已有100多年历史。

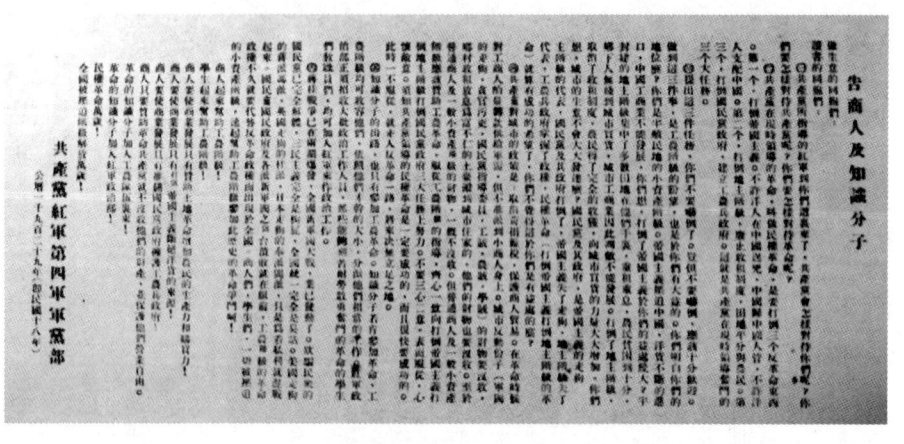

告商人及知识分子

不过中间由于改朝换代曾有过中断，名称亦时有更改，诸如1907年之"汀州商务分会""长汀县商会"，继而"商民协会筹备会""旅栈业商业同业公会""光明电灯股份有限公司"等。直到新中国成立后，才有了统一名称，1949年11月成立"长汀县商会"，1951年成立"长汀县工商业联合会"。

而汀州商人的历史，则更为久远。千年客家文化锤炼出的坚忍不拔，开拓进取，勤劳朴实，忧国怀乡精神影响了一代又一代的汀商。及至第二次国内革命战争时期，大多数汀州商人在中国共产党的政策感召下，竭尽所能服务于革命事业，或为革命军队筹款，或为苏区反"围剿"提供经济支撑，或不断发展工农业生产改善人民生活，革命精神空前强大。汀商精神在长汀革命史上熠熠生辉。

长汀商人为八一南昌起义军救治伤员，筹集军饷，第一次积极赞助革命

1927年八一南昌起义，宣告了中国共产党武装反抗国民党反动派的开始。后南昌起义军在周恩来、贺龙、叶挺、刘伯承、朱德等率领下，在江西瑞金壬田和会昌接连打了两次大仗，歼灭国民党军钱大钧部四个团，俘获敌官兵九百余人，缴获大量枪支弹药。起义军也有不小伤亡，计有起义军第三师政治部主任徐特立，营长陈赓等三百多名伤病员，被送到汀州福音医院治疗。院长傅连暲立即发动汀州城所有医务人员，以福音医院为中心成立临时"合组医院"，紧急抢救伤病员，但是困难重重，首先遇到的一个大难题，就是伤病员的生活费怎么解决。否则伤病员光是开刀、打针、吃药，没有饭吃，没有营养，哪来身体抵抗力？伤病怎能好！对于这些问题，后来傅连暲在回忆录中这样写道："红军在我的医院留下三百多个伤兵，我均为他们医治。我请学校师生做看护，除医药费由医院无代价供给外，并以博爱和人道名义向商人募捐作他们的生活费。想尽方法来照顾他们，并保护他们。"从这里我们清楚地了解到，起义军三百多名伤病员是傅连暲和医生护士们给医治的，而他们的生活费则是长汀商人给予募捐解决的。这次南昌起义军的目的地是广东潮汕，所以在汀州时间不长，前后不过半个月。起义军离汀赴上杭时,徐特立、陈赓和大部分伤病员已痊愈出院跟部队走了,但仍有部分重伤病员留在福音医院继续治疗。傅连暲千方百计保护他们,直到一个多月后痊愈出院。

起义军在汀州治疗伤病员的同时,也在筹军饷。起义军从江西临川至瑞金途中军饷问题日渐突出,筹款方法各行其是,有的按旧政策,每到一个城市即行提款、派款、借款,实际上就是利用当地土豪劣绅来筹款;有的主张实行新的政策,对土豪劣绅采取征发、没收、罚款等措施。

后一种办法虽好,但实行时发现赣东一带全无农民运动,谁是大地主、大劣绅很难调查,采用旧的方法,确能筹到一些现金,所以起义军9月6日开始在长汀城筹款,仍沿用旧方法。旧政权下的长汀商会答应三天内筹款六万元,起义军同意了,结果上了大当。原来,商会在城乡大派款,把筹款摊派到一般小商人身上,甚至小杂货店及十亩以内自耕农都摊派十元八元,而有十万元以上家产的仅出三五百元,因此筹款三天,仅筹得二万余元,还闹得满城风雨。

有鉴于此,起义军革命委员会领导人周恩来立即召开紧急会议,决定抛弃旧的一套方法,实行新的筹款政策,对土豪劣绅采取征发、没收、罚款等措施。同时对阳奉阴违欺骗起义军的商会会长姜济民及另外三个罪大恶极的豪绅召开公审大会,实行镇压枪决,威震全城!长汀商人热情高涨,纷纷捐款捐物,两天时间,起义军又筹款四万元,加上此前所筹二万余元,共计六万余块大洋,为起义军南下广东潮汕解决了军需的大问题。

长汀商人为红四军首次入闽筹款,解决了几项急需经费

1929年3月14日,红四军在毛泽东、朱德和陈毅率领下,在长岭寨击毙国民党福建省防军第二混成旅旅长郭凤鸣,歼敌二千余人,解放长汀城。

彼时红四军面临着与南昌起义军同样的经济困难,可不同的是这次回来的是毛委员,他旗帜鲜明地提出"打土豪,筹军饷"政策,并大张旗鼓开展宣传活动,通过张贴《红四军司令部布告》,印发党的六大文件、《共产党宣言》和《告绿林兄弟书》等,刷写墙头标语,作政治报告,召开小型讲演会、座谈会等方式宣传共产党和红军的方针政策。毛泽东还根据汀州城商人及知识分子云集的实际情况，亲自起草印发了《告商人及知识分子书》，阐明共产党对商人及知识分子的政策，号召商人及知识分子投身革命，支持革命。毛泽东着重指出："共产党对城市的政策是：取消苛捐杂税，保护商人贸易，在革命时期对工商人士酌量筹款供给军需，但不准派到小商人身上。城市反动分子的财物要没收，乡村收租放息为富不仁的土豪搬到城市住家的，他们的财物也要没收。至于普通商人及一般小资产阶级的财物，一概不没收。"

毛泽东在文中号召：

商人起来帮助工农阶级！

商人要使商业发展，只有赞助土地革命，增加农民生产力和购买力！

商人要使商业发展，只有打倒帝国主义，断绝洋货的来源！

商人要使商业发展，只有推翻国民党政府，拥护工农兵政府！

商人只要赞助革命，共产党就不没收他们的财产，并保护他们营业自由。

经过广泛地宣传发动，红四军在长汀县委、县革命委员会积极配合下，在长汀商人积极响应下，不失时机地开展筹款、罚款、打土豪、没收等活动，不到十天便没收十余家反动豪绅财产，罚得光洋二万余元，并向资本千元以上的商人筹借军饷三万元，共得款五万余元大洋。这一大笔巨款如何处置？毛泽东和前委们认真研究后，作出了十分周到的安排：

一是考虑到当时在上海的党中央活动经费很困难，为了帮助党中央解决经济困难，通过长汀地下党安插在长汀邮局的地下党员罗旭东邮汇三万元巨款给上海党中央；

二是派出红四军宋裕和带上五百银元，前往瑞金大柏地，与群众协商红四军在大柏地战斗中损坏的群众的东西，折价给予赔偿；

三是红四军第一次给全军发军饷，每个指战员一律平等发四块大洋零用钱，用于购买毛巾、牙刷、牙粉、袜子等日用品；

四是赶制四千套军装，军衣、军裤、军帽和绑腿，颜色一律为灰色，军装依照苏联式样，帽子采用列宁戴的八角帽，衣领缝上两块红布领章，象征红旗普照，八角帽前缝上红布五星，象征工农兵学商团结一心为革命。

长汀商人为红色小上海与反"经济封锁"，出色地发挥了正能量

1931年9月，工农红军第一方面军粉碎了国民党反动派第三次反革命"围剿"后，闽西、赣南两块革命根据地连成一片，形成了中央革命根据地。10月，汀州市委、市苏维埃政府成立。汀州市成为中央苏区唯一的市，也是中央苏区最大的中心城市。不久，中共福建省委、省苏维埃政府、省军区等机构在长汀相继成立。从此，标志着闽西苏区的巩固和成熟，开始进入了强盛与发展的新时期。

在汀州市委、市苏维埃政府的直接领导和福建省委、省苏维埃政府及中央苏维埃政府的领导下，汀州市的经济建设突飞猛进，日益繁荣昌盛，成为中央苏区的经济中心，被誉为"红色小上海"。革命前，汀州全是私营商业，所以商业基础比较雄厚，商品流通也较发达。红色政权建立后，遵照毛泽东起草的《告商人及知识分子书》及闽西第一次工农兵代表大会通过的《商人条例》，明确规定"商人遵照政府决议及一切法令，照章缴纳所得税，政府予以保护，不准任何人侵害"，允许"商人自由贸易"。在党和苏维埃政府的政策感召下，不仅原来的商店没有减少，还新开了不少商店。从1933年冬有关资料统计，汀州市共有三百六十七家私营商店，其中：京果店一百一十七家、洋货店（百货店）二十八家、布店二十家、油盐店二十家、药店十七家、纸行三十二家、酱果店九家、锡纸店二十七家、金银首饰店十四家、小酒店四十六家、饭店十一家、客栈二十家。规模最大的私营商店王俊丰京果店，资金三千元以上，经营品种多，营业时间长达十五小时。

此外，无店的个体小商、小贩经营农产品，政府在水东街大观庙前和司背街分别开设了红色米市场，主要进行大豆、大米及其他农副产品的交易。每天有邻县及各乡村一千多人，肩挑各类产品前来交易，单大米、豆、麦每天就达七十八万多斤，大大活跃了汀州市场，促进了苏区的经济繁荣。

汀州的经济繁荣，还有一个很重要的因素就是水上交通便利，汀江绕城南流，经上杭、永定、大埔至韩江，在汕头注入南海。主要商品物资往来全靠汀江航运，每天穿梭于汀江上的船只，号称"上三千，下八百"，汀州成为闽西、赣南各县的物资集散地。从1931年开始，在上海的中共中央大多数领导和干部进入中央苏区，都是从上海经香港、汕头、大埔、永定，然后到汀州住宿，再前往瑞金目的地。当时，汀州商店林立，市场繁荣昌盛，商品琳琅满目，在上海能买到的东西，在这里也能买到，所以从上海中央来的领导干部们誉称汀州是红色小上海。

由于中央苏区日益巩固和发展，国民党反动派除军事上对革命根据地加紧"围剿"外，经济上的封锁也越来越残酷。1932年开始，对接近红色苏区的白区实行"计口售盐、售油（煤油）"。"盐每人每天只许买三钱，购时必须凭证。火油办法亦如之，唯重量稍稍不同而已。"1933年5月，国民党南昌行营颁布《封锁办法》，专门在靠近苏区的县设置管理所，各水陆交通要隘设管理分所或检查卡。划定靠近苏区的县为封锁区域，并设赣江、闽江、汀江水道督察处。对米谷油盐布药等必需品，"非有护照及通行证，不准放行"。还野蛮订立"五家连坐法"，规定五家中如有一家将食盐运往苏区，其余四家不报者，以"甘心赤化"罪处置。与此同时，敌人还严禁苏区的货物运往白区，这样就使苏区日常生活必需品如食盐、布匹、药品、煤油等，十分缺乏且昂贵。因此，粉碎敌人的经济封锁，保证军民日常生活的急需供应，就成为中央苏区经济战线重大的斗争任务。

汀州为粉碎敌人的经济封锁，与敌人展开封锁与反封锁的艰苦卓绝的斗争，一手抓大办商业，一手抓发展对外贸易。大办商业就是保护和鼓励私营商业，兴办公营商业，发展合作社商业。汀州市的公营商业由中央、省、市苏维埃政府投资兴办，先后成立了汀州市粮食调剂局、中华纸业公司、中华贸易公司、中华商业公司汀州分公司、中华苏维埃运输管理局福建分局等。汀州市的合作社商业名目众多，形式多样，主要以生产合作社、粮食合作社、消费合作社为主，性质属于群众集资兴办的集体所有制经济，合作社种类齐全细致，据不完全统计，计有造船、农具、铁器、织袜、铸锅、皮枕、雨伞、油纸、斗笠、烟丝、染布、陶器、制糖、榨油、锡纸、理发、硝盐、樟脑、酱油、竹器、木器、砖瓦、石灰、缝衣、竹篓、豆腐二十六个生产合作社，二十多个纸业生产合作社，共计五十多个生产合作社，社员达五千余人。发展对外贸易，主要是对国民党统治区的贸易。在汀州设立了福建省对外贸易局汀州市对外贸易分局，随后，长汀县、兆征县、汀东县也设立了对外贸易分局。汀州福音医院在上海、汕头、峰市（镇）、上杭开设了四个地下药房。中华运输管理局福建分局在汀州的主要任务是控制水陆货物，打通赤白交通运输，以粉碎敌人对苏区的封锁。1933年除原有的紫金山金山下检查站外，增设水口、回龙、官庄等检查站，同时，以汀江的木船为主要交通工具，调集六十多条木船，挑选一百二十多名船工，以七只木船为一组分成九个小组，组成汀江运输队，每星期从长汀至上杭来往运输一次，输出土纸、香菇、笋干、米、豆等土特产，换回食盐、西药、布匹、煤油、蜡纸、油墨等禁运物资。敌人的经济封锁也造成白区商人的货物囤积不通，故他们暗中支持苏区运输，只要有钱，什么货物都肯卖。

第二次国内革命战争时期，汀州商业一直非常繁荣，长汀商人在县总工会领导下，为红色小上海的经济繁荣，为红军一至五次反"围剿"战争的给养，苏区政府人员的供给，发展工农业生产，改善人民生活，特别是为打破敌人的"经济封锁"，发挥了极其重要的作用。

（本文原载《福建党史月刊》2021年第6期，作者：康模生系长汀县委党史研究室副研究员、原主任，程汀贤系长汀县工商联原主席、总商会原会长）

红色医生傅连暲在长征中

中央红军长征前夕,组织上认为傅连暲多病,肺病没好清,还患有胃病和痔疮,难以长途跋涉,劝他回汀州重操旧业办医院,过富裕舒适生活。但是傅连暲抱有坚定信仰,坚决要求参加长征。为什么?傅连暲说:"我是属于一个受压迫的民族和受压迫的阶级;我受了共产党和毛泽东的教育,红军是为祖国为人民最有纪律的军队;红军有许多伤病员,然而没有医生,我责任所在,义不容辞。"就这样,他的要求得到了组织批准,还特殊照顾他坐轿进行长征,当然他很不愿意,很快就不坐轿,学会骑马和坚持走路。

继续担任中央医疗保健工作

长征前夕,毛泽东在于都调查红军突围路线时突然病倒了,高烧41摄氏度,一连三天不吃不喝,肚胀、头痛、咳嗽不止。中央派傅连暲前往救治,他心急如焚地骑了一匹骡子日夜兼程。九十公里山路用了一天一夜就赶到了毛泽东身旁。经他精心检查,毛泽东被确诊为恶性疟疾,立即给打针吃药。由于抢救及时,毛泽东的病情很快转危为安。这件事,人们都认为傅连暲在关键时刻为党立了一大功。

从汀州福音医院改为中央红色医院开始,傅连暲既是院长,又一直担任中央领导的保健医生,长征中仍然不变。长征初期,毛泽东大病初愈,身体虚弱,还要傅连暲给继续看病、吃药;总政治部主任王稼祥腹内弹片还没取出,伤口还在流脓血,每天要他给察看和清洗消毒;人民委员会主席张闻天患重感冒，坐担架吃药打针；长征途中，周恩来也患了重病，傅连暲等医生一同会诊治疗。长征一开始，敌人妄图阻止红军前进，沿途不断派飞机向红军狂轰滥炸，傅连暲与医务人员一起冒着弹雨，为负伤的战友急救包扎。为了躲避敌机，部队改为日宿夜行，到达宿营地时大多是黎明，傅连暲常常放弃休息，背上药箱去给首长和战友们看病，看完之后再回驻地吃饭、睡觉。

战胜伤寒病魔挽救诸多生命

跟着中央红军爬雪山、过草地后，没料到张国焘闹分裂，害得红四方面军将士们南下。这时傅连暲跟着朱德也来到了红四方面军，本来一过雪山草地就是奇迹了，结果傅连暲他们是三过雪山草地，难怪毛泽东再见到他时，惊喜地连声说："傅医生，你还活着，活着！"

红四方面军南下后在藏族地区受到了伤寒病的严重威胁，直到红四方面军离开西康，这种病魔老是与红四方面军为伍。傅连暲对这次防御和治疗伤寒病，有极大的贡献。在高原地区，空气稀薄又缺乏燃料，烧水做饭没有木柴，都用干牛粪，食水往往不易达到100摄氏度，因而不能将水中的细菌全部杀灭。傅连暲认为食水不洁是引起伤寒病症的主要原因。根据他的建议，在火炉旁安装一个牛皮风箱，以此增大火力，使食水和食物能煮沸烧熟。这样，不仅减少了伤寒症的蔓延，还减少了其他疾病。当时药品非常匮乏，对于伤寒病无能为力，傅连暲便采用中草药的医治方法，发动红军战士到山上野外采集中草药煎

傅连暲经过长征到陕北

服，救活了不少人。后来张国焘回忆到这件事时在回忆录中写道："我军在藏族地区曾受到伤寒病的严重威胁，患病的人数不少，时间也拖得很久。傅连暲医生对于这次防御和医治伤寒症，有过极大的贡献。我们缺乏药品，对于伤寒病无能为力。傅医生便采用中医的医治方法，救治了不少人。"其中朱德夫人康克清也患了伤寒病，经他治疗直至痊愈。还有王树声、邵式平患严重肠伤寒，也是傅连暲给治好的。

长征途中，红军因为长途行军打仗，环境恶劣，生活艰苦，常常挨饿，吃冷饭，造成疟疾、痢疾、疥疮、腿部溃疡等四大病症流行，傅连暲一方面尽力为患者医治，另一方面坚持预防为主，做好饮食卫生，不许喝生水、吃不干净食物。爬雪山时，建议每个指战员上山时吃一点辣椒御寒，这些措施都起到了明显的效果。

为"特殊连队"女红军分娩解厄

刚过赤水河，晚上九时，毛泽东夫人贺子珍一阵腹痛，眼看就要分娩了，赶紧找来傅连暲。在他的帮助下，贺子珍顺产了一个小女孩，但戎马倥偬，没办法自己带养，即使是主席的孩子也不能例外，只留了几个小时，就抱给当地农民去抚养，后来下落不明。

到了阿坝的一个夜晚，任弼时夫人陈琮英要分娩了，也是傅连暲为她接生：任弼时高举着蜡烛，傅连暲在烛光下为陈琮英接生了一个女孩，为了纪念长征，取名为"远征"。在会宁，傅连暲为电台台长罗岳霞的妻子接生了一个小男孩。在甘肃岷州三十里铺，傅连暲为红二方面军保卫局长吴德峰的妻子接生了一个女孩。傅连暲还救过一个"特殊连队"的女红军，帮她把小孩接生后，她无法带养，傅连暲还给留下一些钱，把婴儿送给藏民收养。1935年夏，在川北下打鼓，傅连暲行军中因脚肿走不动落在后面，在山顶遇见一个大着肚子的女红军，看样子就要生孩子了，痛得捧着肚子哼哼叫。他赶紧上前扶着她走下山去，路上见到一个牛栏，就在牛栏里，傅连暲帮她接生了一个孩子，他还将自己的青稞粉用一只脸盆煮给她吃。然后他又去找来部队，用一副担架把她和孩子抬走了。这个女红军是谁？连名字也记不得了，因为他救的红军实在太多了，记也记不过来。

为红军培训医疗人才

有句老古话："三句不离本行。"说的是有一种人做起事来非常执着,说话也好,做事也罢,说来说去总离不开他的老本行。傅连暲就是这种人,他喜欢说的一句话就是:"救死扶伤!"

傅连暲三过雪山草地,他首先关心的是中央领导和战友们的身体健康,再者就是培养医疗卫生人员。第三次过雪山草地时,他从何长工领导下的粮食运输连里挑选了陈真仁(后来成为傅连暲的夫人)、林月琴(后来成为罗荣桓元帅的夫人)等四位优秀女红军,加上原来傅连暲领导的卫生人员四女六男,一共十四位男、女同志,组成了一个医疗培训班。傅连暲既是领导,又是教员,不是带领他们行军,就是给他们上课。讲解药物知识,教他们如何治疗、护理。深入浅出地采用实物教学,拿出一种药品,从药名、功能,一直讲到用法和用量,还要每个人闻一闻气味,尝一尝滋味,辨别颜色和性状。一次讲一种药,或讲一种病。采用这种教学方法,大家都觉得易学、易记。他们在十分艰难的条件下,一边过雪山、草地,一边学医,还不能耽误为战友们护伤治病。长征结束时,这个医疗培训班的学员也结业了,这些同志立即走上医疗卫生工作岗位,傅连暲又为红军增添了一批医务骨干人才。

(本文原载《福建党史月刊》2016 年第 10 期)

闽赣走廊的卫士

翻开《中央老根据地印象记》一书的扉页，一张十几位同志立于闽西连城朋口红军烈士纪念塔前的照片，亲切而清晰地展现在眼前。那是中央访问团中央苏区分团第九分队和长汀县出席首都国庆典礼的烈军属代表王克成等同志的合影。

王克成出生于福建长汀县濯田镇下洋村贫农家庭，兄弟姐妹七人，四人参加濯田武装暴动，成为濯田区苏主要干部，大哥王学田任赤卫队队长，二哥王新夫任区苏主席，弟弟王马福任区苏团委书记，王克成排行第三，任过濯田游击大队政委，区苏、县苏财

王克成

政部部长等职务。他在区苏时，一天也没有离开过赤卫队，始终与大哥王学田一起领导赤卫队、游击队与敌人展开顽强艰苦的斗争！

一

1929年9月间，红四军第三纵队支队长王良（后来担任红四军军长）来到濯田打土豪、筹款子。

红军突如其来，把土豪劣绅吓得魂飞魄散，慌忙逃窜。伪团防局长王星海和恶霸王石东是叔侄，两人狼狈为奸，欺压穷人，成为濯田的土霸

王。他们手里虽然有三四十个团丁，二十多条枪，哪里是红军的对手？当时，濉田还没有党的组织，支队长王良就住在王克成家里。眼看王克成家生活困苦，三餐离不开番薯，就把自己的饭给王克成吃。王克成一家很感动，觉得红军真正是穷人的队伍，心里有话就对王良说，这让王良把镇子里土豪劣绅的底细摸了一个透。

当下，王良见王克成掏心窝子的话都对他说，他也非常喜欢眼前这个实心实意帮助红军的穷小子，为了进一步鼓励王克成干革命要勇敢顽强，对为非作歹，欺压贫苦百姓的地主恶霸，不管他当了多大的官，都要把他除掉，为民除害！王良说着说着，也许是一时高兴，他对王克成说："半年前，长岭寨战斗中，我曾亲手把一个逃跑到一个粪橑里躲藏，然后企图化妆逃跑的国民党旅长郭凤鸣，我只用了一枪就将他击毙了，为民除掉了一个大的害群之马！"

王克成听到这里，心中刹那间，仿佛眼前这位红军领导犹如一座偶像变得又高又大，让他整个身心佩服得五体投地。

这时，王良话锋一转，对王克成道："明天就开始打土豪，筹军饷，如果让你带一队武装红军去封伪团防局长王星海家门你敢不敢去？"

王克成斩钉截铁般大声应道："敢，我敢去！"

王良说："好样的，就这样定了！"

第二天，王克成领着一队红军来到伪团防局长王星海家里，原来门庭若市的官宅，只剩下妇孺几个人。他喝令她们退出大门，他反手将两扇黑漆大门"咔嚓"一声上了锁，两张封条贴在门上，罚款单上写着："限令伪闭防局长王星海三天之内向红军交出大洋1000元，逾期不交，后果自负！"

一天二天过去了，土豪劣绅的罚款，有的如数交来，有的求情讨价还价，只有伪局长毫无动静。按王克成的火气，早就一把火把他家烧个一干二净，只因红军已立下限期，他才强忍着怒火，今见限期已到，就说："伪局长还不来交款，王司令，你就下令烧他的房子吧！"

王良觉得他的情绪有点异样，便问："小王同志，这个伪局长还作过那些恶，行过那霸？"

一句话，触动王克成满腹的愤懑，他含着眼泪向王良倾诉了他家受欺凌的往事。

王克成父亲是个老实农民，去世前虽然曾向别人借谷借钱度难关，却从来没向王星海借过分文，那知父亲去世后大年三十的晚上，王星海突然带了4个团丁闯进王克成家中，恶狠狠地说："你父亲向我借了银洋30元，债不过年，否则别怪我王某不客气！"

王克成听了觉得莫名其妙，父亲生前从来没有说过向他借钱的事，他也没有来讨过债，现在死人无对证，却闯来讨债，便质问道："我父亲什么时候向你借过钱？借据拿出来看看！"

王星海有恃无恐地说："你想看借据，那就到我家里去看！"说完使了个眼色，4个团丁上前将克成捆绑起来。

克成母亲眼泪双流，横了一下心说："我家还有二担田，你们拿去吧！"就这样，二担田白白被伪局长强占去。

克成母亲买了一头小猪喂养，准备养大后，替死去的丈夫还出殡欠下的债。小猪整整养了一年，卖给屠户宰杀，得银195毫，伪局长又来敲诈，说他大哥跟王太阳闹纠纷，他还出过200毫子汤药钱。要马上还款，克成与他讲理。他吆喝道："跟他讲无用，先把人带走！"白班长等数人就把他带到伪团防局，"哐"一声锁进牢里。大哥去送饭，劝解道："饭还是要吃，不要气坏了身子，我们弱在千日，旺在一朝！"不料隔墙有耳，被伪局长偷听到，说他兄弟想杀他，用竹马鞭乱抽了王学刚一顿，把他也揍进牢里。第二天，猪款仍旧被伪局长拿了去才罢休放人。还有恶霸王石东，他更罪行累累罄竹难书。

王良听了就启发王克成道："穷人要翻身出头，只有一心跟着共产党闹革命。这样吧，王星海今天不来交款，明天就对他不客气！"

然后，王良支队长沉思片刻，想出了一个计策，授意王克成如此如此，这样这样……

王克成一边听，一边连连点头笑逐颜开称好。

等到王良支队长一说完，王克成急忙说："时间不多了，事不宜迟，说干就干，行不行？"

王良也觉得应该趁热打铁就同意了王克成要求。马上派出几个武装红军，跟着王克成去执行任务。

只见王克成带着几个红军，再次来到伪团防局长王星海家，小心取下大门上红军的封条，王克成取出大门锁匙开了锁，然后推开两扇大门。他和几个红军一起走进大门，来到大厅上。

大厅中央正好摆放着一张供吃饭的大圆桌，王克成和几个红军从堆放木柴的柴房里，搬出一捆一捆有长有短的木柴，长的长汀人称柴杂子（即小杂树），短的即是砍成一段一段的木头。他们把这些木柴，堆放在大厅中央的大圆桌上，从桌上将短的长的还夹插上易燃的路基草，巧妙地串插其中，一直堆放到屋顶。

这期间，来了不少群众，以及伪局长王星海的家人前来围观。

王克成就是要让王星海的家人知道后去报讯。所以王克成他们堆放柴草完毕，把两扇大门关好上锁，仍然贴好封条，王克成就和几个红军大步回去了。

第三天，果然，王良这个计策奏效了。不等天黑，伪局长王星海凑足了1000块光洋，乖乖地派人送来。

王良支队在濯田逗留二十五天，王克成带红军打土豪二十多户，筹得银洋两万多元，开仓分粮上千担，并到十五华里外的昇平村打了土豪赖秀环，开了三大仓谷子分给穷人。

10月15日，王良支队离开濯田开往涂坊。王克成兄弟要求参加红军随军出发，支队领导经过全面考虑认为他们留下就地闹革命更为重要。再三劝说后，支部队依依不舍地和王克成兄弟惜别。

次日，四兄弟也接着分手，大哥王学田投往南阳参加张赤男红军游击队，王克成奔向四都廖洪林赤卫队，留下弟弟王马福守家听候消息。

王克成竟成了三兄弟的救星！

二

10月下旬，二哥从县城到四都邀王克成回濯田与弟弟商量开展革命活动，他们晚上十时摸黑回到家中。

濉田外逃的土豪劣绅一般逃离不远,他们时刻窥探红军的动向,所以红军前脚走,他们后脚回。王星海、王石东被红军罚掉千多块光洋,好不心痛,就怪到王家兄弟身上,扬言捉到王家兄弟非杀不可。

他们派人暗中监视王家住宅,所以,王克成兄弟还未踏进家门,就让狗腿子发现,恶霸王石东带了二十多个团丁包围王家,前门八条枪鱼贯而入,为首一人被王克成当头一扁担,打昏倒地,其余团丁蜂拥上前将他们三兄弟捆住。

当夜,五支枪两把刀子押一个,将王克成兄弟押往河坝里枪毙。王克成毫无惧色,喊道:"要杀就杀,杀了我们,还有大哥和红军替我们报仇!"王石东是只怕死的老狐狸,听着有点心虚,临时改变主意,命团丁将王克成兄弟押往离镇八华里的大山上去杀害。王克成曾学过武功,在路上他使出暗劲,挣断了捆他的棕索,但仍把棕绳抓在手心里,让人看去双手照样反捆着。约莫半个多小时,来到大山脚下,眼看就要上山了,突然,王石东令拐向山脚下的一个村子去,口里说煮点心给团丁们吃。

王克成一听坏了,到村里灯光下,还能不发觉?三兄弟一起亡,还不如他逃出去,将来给报仇。机不可失,他把手中棕索一扔,跳进田里,想从那里跑上山去,不料那是一块才挖过的番薯田,刚下过雨,满田泥泞,跑也跑不动。团丁开枪,子弹从王克成耳皮子擦过,人陷在泥田里,滚得一身烂泥,又被团丁捉住,押进村中土豪四告化家里,三支枪硬指在他三兄弟身上。

王石东与堂兄在楼上嘀咕了半天,吃过点心,吆喝一声:"走!"又从原路押回濉田小学,把三兄弟绑在屋柱上。这天恰好是圩日,乡亲们闻讯都赶来,设法援救。湖头村有个钟三妹,是王克成的母舅,在圩场外放了几个地雷子(鞭爆),故作惊慌失措地奔跑说:"红军打来了!"那时兵荒马乱,人心惶惶,群众不辨真假,霎时间像发妖风似的,到处乱哄哄。王石东也很恐慌,手里拿着短枪,既想一枪一个打死王克成三兄弟,又怕王学田来报仇。半晌,他才假惺惺地对王克成说:"有人指控你们兄弟当了'共匪',姑念你们无知初犯,认个错,规劝你们大哥回家耕田,安分守己,这次就饶赦你们,找个保,保你们回家!"

王克成听了道："我找不到保人！"

"找不到保人？"王石东脸一沉，又咬咬牙说，"算了，找不到保人，我来做保人，只要把你们大哥找回来，下次不去当'共匪'就行……"便向团丁挥手，"放他们回家！"

后来才知道，王石东耍的是欲擒故纵之计，此计出于他的那位堂兄，原来，那天晚上他对王石东说："现在把他们三兄弟杀掉，还不是时候，留下一个在外面当红军是祸根，他有朝一日深更半夜回来报仇，还不知要被他杀掉多少，依我之见，不如放了他三兄弟，把他们的大哥引回来，一并捉拿，杀他个寸草不留。"

黉夜，王克成全家分头转移：母亲与弟弟转移到梅子坝东坝哩，二哥仍到县城活动，嫂嫂回转罗坑头娘家，王克成投往张赤男红军游击队同大哥一道。

三

濯田，素有"小长汀"之称。这里不仅人烟稠密，市镇集中，而且经济贸易相当繁荣，交通也方便，水上，可从汀江直下潮汕，陆路，西接红都——瑞金，东联闽西腹地，南通武平、上杭，形成一条有利革命活动，联结闽赣的重要走廊。

1930年初，为了打通这条闽赣走廊，汀、连、杭、武领导人张赤南带领红军游击队决心消灭濯田反动武装，并在濯田建立一支坚强的赤卫队，捍卫闽赣走廊畅通无阻。

行动之前，先派王克成到濯田建立地下联络站，传递地下情报。王克成接受党的任务，通过湖头村的母舅钟三妹，发展挑担工人钟九妹、钟十妹和钟大头等三人组成湖头村地下接头组。接着，王克成又到上湖村发展锯板工人王林林、石匠工人王基中、木匠工人张玉保等三人，组成上湖村接头组。他们利用挑担、做工、买卖猪仔等方法搜集传递情报，使瑞金至南阳（长汀县苏和红军张赤南活动根据地）上下消息传递非常迅速、灵通，地下工作搞得生动灵活，为张赤男红军游击队提供了许多重要情报。

农历二月底，水口区苏动员群众在汀江河上搭起浮桥十架。消息传到濯田，差点把王星海、王石东吓掉了魂，两人连夜派人送信到武平桃地，请伪团长蓝忠信火速带人马前来濯田救急。蓝忠信与他俩是拜把兄弟，又自恃力量雄厚，满口应承地把人马拉了去。又写秘信给长桥水上警察队，叫他们到水口附近埋伏，专等游击队一过浮桥，马上把十架浮桥砍断，截断游击队退路，企图迫使游击队背水挨打。

王克成探得敌人的毒辣阴谋，刻不容缓派人送情报给张赤男。他自己与钟九妹商量了一条妙计，然后他迅速化了装，立即动身，绕过敌岗哨，天亮前回到濯田家中。

王克成发动钟十妹等人分头放出风声说："武平来的民团不怀好意，剪红布做红旗，私下与红军勾结，里应外合！"

在那动荡的年月，有人说便有人信，尤其那些土豪劣绅，更加神经过敏，听到风声就信以为真，三十六计走为上计，挨到半夜，纷纷逃往苦竹山去了。这样一来，濯田民团也顿起戒心，对武平民团严加防范，由此中了游击队的离间计。

1930年农历三月初一，张赤男率领汀南游击队两百多人，冒雨冲过水口浮桥。由于事前得到了王克成送去的情报，于是突然袭击，消灭了埋伏岸旁的长桥水上警察队，然后兵分两路，由王克成兄弟各带一路迂回包围濯田的敌人。

听到枪声，王石东命人拼命打锣，强迫镇上十六岁至六十岁的男人都要出阵打红军，否则以通匪论处。但是张赤男的信号枪一响，游击队四面八方开枪射击，数百个群众一哄而散，气得王石东嗷嗷乱叫，赶紧逃命。

游击队冲到濯田水口头，同武平民团接上火，王克成带一路游击队从石桥上冲进镇里，反动武装支持不住，边打边退，王克成和游击队在后面紧咬不放，追至下洋广背山上，砰地一枪结果了伪团长蓝忠信，打死伪团丁二十余人，其余狼狈逃回武平去。

王克成兄弟随即冲进伪团防局，活捉敌白班长，缴获步枪四支。

第二天，在濯田河坝哩召开群众大会，成立濯田革命委员会和濯田赤卫队。张赤男在大会上讲话，并代表组织委任王新夫为革命委员会主任，王学田任赤卫队队长，王克成任革命委员会财政部部长，王马福任青年团书记。

这时濯田赤卫队只有十四个人，四杆长枪，十几把刀，这些武器都是王克成亲手从敌人手中缴获的。王克成虽然担任财政部部长，但是他一天也没离开赤卫队，他与大哥王学田一起，与敌人展开斗争，勇敢捍卫这条贯穿闽赣的重要走廊。

四

濯田被游击队攻占，并建立了红色政权和赤卫队的消息，激怒了驻守汀城国民党第十二师师长金汉鼎，农历三月初八，金汉鼎亲自出马，率领一个团前往濯田扫荡，扬言非消灭濯田赤卫队不可。

消息传到濯田，虽然赤卫队刚成立八天，人少武器少，但是他们不但没有被金汉鼎嚣张气焰所吓倒，而且想出了一条对付金汉鼎的巧计。

这一天，从濯田至水口途中来了一队人马，为首两人像一对孪生兄弟，长得腰圆膀粗，虎生生地背着长枪，挎着大刀，他们就是濯田赤卫队队长王学田和王克成。几天来，他们协助区苏发动广大劳苦大众用尿水浸制了一箩箩又利又毒的尖竹钉，密密麻麻埋到山上去。王克成兄弟带领赤卫队和数十名群众，来到水口梅迳一带山路上，先将一座木桥烧毁，将路旁大树砍倒，再将一段路基挖毁。他们整整干了几天几夜，布下了"竹钉阵"，然后，藏进山头灌木丛中，专等"鱼"儿来上钩。

一夜过去了，第二天上午，敌师长金汉鼎领着一千多个敌兵扛着枪支弹药往濯田走来。到了梅迳山路上，木桥没有了，一棵棵大树横倒在山道上挡住去路，金汉鼎正要下令绕山而过，忽然传出一声："打！"霎时间，子弹、土铳雨点般落下，走在前面的纷纷倒毙，有的掉下河去。

金汉鼎起初吃了一惊，后来发现是赤卫队，便下令冲上山去。山上长满路箕草，毒竹钉埋在草地里，一大队敌兵陷入了"竹钉阵"，一个个痛得乱叫。后面的吓得纷纷后退。金汉鼎气急败坏地掉转到水口河东岽去过夜。不料眼皮还没合上，两面山峦上又响起了激烈的枪声，吓得金汉鼎和士兵们心惊胆战，以为红军打来了。金汉鼎也不敢怠慢，赶紧纠集匪兵架起机枪、钢炮向山头猛扫、猛轰！到东方泛白才住手。天大亮后，金汉鼎用望远镜瞧了又瞧，只见远山近岭的万绿丛中，一面面红旗忽闪忽闪地飘动着，不是红军哪来那么多人马？"罢罢罢！"金汉鼎长叹一声，领着匪兵们垂头丧气抬着伤兵窜回汀城去了！

其实红军还在江西，这是汀南游击队声东击西、虚虚实实的游击战。

五

反动军阀金汉鼎虽然被赤卫队赶跑，但是濯田还是土匪当道，百姓不得安宁。除了王星海、王石东的残余民团外，还有五个土匪营：濯田的黄番茄、王老鼠各一营，大三村林马金头一营，刘屋坑刘看牛妹一营，苦竹山钟子良一营。这些土匪名虽五营，实际人数不过两百人，枪不过一百多支。他们占地为王，钩心斗角，各自称霸。王克成兄弟就抓住敌人这些要害，领导赤卫队一步步消灭他们。

首先，打败了王老鼠，活捉他次弟王炳生，击毙他三弟王方生，打得王老鼠落花流水逃窜回汀城。

接着打垮了钟子良。事前钟匪勾结苦竹山等地五个村的反动地主恶霸，企图偷偷包围濯田，消灭赤卫队。这个情况，被王克成出嫁的大姐知道了，星夜送来了情报，赤卫队也连夜开到湖头村半路上伏击。翌日清晨，果然钟匪带了四百多个土匪，向濯田进发。这时，濯田赤卫队已发展到五十多人，分成三路，加上连南村一带群众二三百人参加。赤卫队冲锋号一吹，到处一片枪声，他们弄不清来的是红军还是赤卫队，吓得乱成一团，不战自溃拼命逃窜。王克成手握一柄斗根刀，领先杀向匪群，将一个土匪头目砍倒在地，一口气追杀土匪十余华里，从此以后，钟子良残匪龟缩在苦竹山，再也不敢窜犯濯田了。

黄番茄土匪营像耗子偷吃一样，不断袭扰濯田，总想捞点油水，赤卫队与他有时一天打三仗，有时三天打一仗。1931年3月11日，黄番茄亲自出马偷袭濯田，遭到赤卫队的伏击，一直追到高崇头，当场击毙黄番茄。

五股土匪营中，最老奸巨猾的要算林马金头，他为了扩展自己的势力，首先对刘看牛妹来一个突然袭击，将刘土匪营枪支全部缴去。尝到了甜头，竟打起赤卫队的鬼主意来。

1930年农历六月初二，濯田成立区苏维埃政府，王新兴任区苏主席。濯田赤卫队扩编为中国工农红军濯田第七游击大队，王学田任大队长，王克成任政治委员。

这天，林马金头披挂全副武装前来濯田自动投降，行至村口，蓦地，走出几个荷枪游击队队员，不许他们的队伍进入庆祝大会场，指定他们全部人马开到天后宫去休息，只让林马金头单独一人出席大会，吓得他冷汗涔涔，好容易挨到大会结束，赶紧乖乖带着人马回大丰村去。

原来庆祝大会前，林马金头曾派代表到苏区要求"投降"，但是拒不将队伍受编，另外又接到情报，林是搞假投降，企图趁参加大会之机缴游击队的武装。现在见游击队已有戒备，吓得不敢动弹，才保得他一条狗命。

1931年农历三月二十，红十二军罗团长领一团红军到濯田开展工作。林马金头闻讯后，贼心不死，派人去请罗团长到大丰村去。罗团长麻痹大意，只带武装十二人到大丰村。林匪设宴款待，酒至半酣，远远传来一阵枪声，匪徒报告说：上大丰发现土匪，林匪请罗团长派几名武装人员前去支援，罗团长不知是计，竟当场派去六名武装人员前往上大丰，才出门不远，林匪马上翻脸，一个红军战士奋起反抗，被林匪用枪击中光荣牺牲。其余战士连罗团长通通被抓起来，当日解往长汀县交给反动派。林匪反共有功，被提升为汀南支队长，并赏马一匹。于是林匪自鸣得意，扶持伪团防局长王星海、王石东回到濯田，并开娼设赌。

这时濯田游击队有计划地退往水口村，准备放长线钓大鱼，让更多的土豪劣绅聚集濯田，伺机打歼灭战。

一个月后，红十二军军长罗炳辉亲自率领红军来到水口，布下天罗地网。

4月26日，濯田又是圩日，四乡赶圩的群众向圩场走来。红十二军和王克成游击队战士乔装成赶圩的群众，挑柴草、挽菜篮，十多人一伙，几十个人一群地往镇里走。他们来到石桥头，敌人的岗哨要一个个检查方许过桥，说时迟、那时快，王克成和红军战士从柴草、菜篮里拔出枪支，一排排子弹打过去，几个敌哨兵倒在地下。"冲啊！"龙腾虎跃般的红军战士一下子冲过桥头去。

林匪见状，急忙纠合一帮匪徒企图负隅顽抗，哪知没多久，机关枪密集地响起来，才知道遇上了红军，这帮乌合之众立即四散而逃，林匪如丧家之犬拼命往千工陂方向逃窜，王星海、王石东一对老坏蛋也跟在林匪后面争相逃命。

眼看这帮坏蛋将从千工陂窜向三伯坑逃脱之际，突然前面一声炮响，王克成兄弟带了一路红军和游击队从三伯坑杀出，机枪、步枪像落冰雹似的在敌群中开花。这一处地方偏巧上有峭壁，下有大江，前有红军、游击队阻击，后有追兵。敌人想上天天无路，入地地无门。剩下一条水路，适逢雨季，洪水猛涨，浪大流急，敌人跳落水，只见跳下去，不见上岸来。淹死在河里足足三百多人。林马金头、王星海、王石东等六十多个敌人全被活擒。当天召开群众大会，判处罪大恶极的林马金头、伪团防局长王星海、大恶霸王石东死刑，立即执行。从此，濯田除掉了人民的心头大害。

（本文原载《红旗跃过汀江》，北京燕山出版社，2003年9月版）

百鱼岭阻击战

——铁坚回忆红五连战斗生活片段

1933年初冬,红一方面军独立二十四师在中央苏区瑞金成立不久,就奉命从瑞金奔赴连城,参加保卫连城的战斗。

连城,从当时战略地位来说,处于汀州外围,所以,保卫连城也就是保卫汀州,保卫中央苏区,有重大的战略意义。

出发前的一天,师部召集连以上干部到瑞金中革军委所在地,开了一次重要会议。周恩来总政委亲自到会作了重要讲话,他说:"第五次反'围剿'已经开始了,我们要为保卫连城而战,我们一定要胜利!"他还说:"前一段部队穿插敌后,任务完成得很好。今后打的是大仗。战争是残酷的,我们一定要以革命战争反对敌人的反革命战争!"周恩来的讲话获得全场雷鸣般掌声。最后,师政委黎林说:"我们要多打胜仗,多打大仗,来感谢苏区人民对我们的爱护,感谢周总政委对我们的关怀!"全场又一次热烈鼓掌。

几天后,全师便浩浩荡荡从瑞金出发,中途在古城吃了一顿午饭,然后马不停蹄向汀州前进。傍晚,部队行至离汀城五里的鹅颈,福建省苏维埃政府、福建军区的迎接队伍早等候在那里了。大家亲热见面后,省苏主席张鼎丞与我们师长、政委走在队伍前面引路,一路上夹道欢迎的市民群众很多。我们来到汀州列宁公园,在这里开了一个简短而热烈隆重的欢迎大会。张鼎丞主席和黎林政委先后在会上讲了话。

会后,汀州市群众给部队送来了大量慰劳品,给每个连送了一只半的猪肉,给每个战士送了一双布草鞋,鞋跟上绣了字,一只绣"拥护红军",

一只绣"红军万岁",很结实、美观。那时,敌人对中央苏区实行"经济封锁",苏区人民生活极端艰苦,缺吃、缺穿、缺药,更没有盐。但是,汀州人民一心拥护共产党,拥护红军,怀着对工农子弟兵的深情厚谊,宁愿自己不吃、不穿,省下东西送给我们,每个战士都感到无比温暖,决心以勇敢杀敌、保卫苏区的实际行动来报答苏区人民无微不至的关怀。

第二天出发前,部队抽调了二三千斤盐,送省苏维埃政府转给群众,以表对汀州人民的一点谢意。

部队进入连城境内,在朋口打了一仗,赶跑敌人一个团,然后运动到了新泉,打了庙前、芷溪,消灭敌军一个营。在连城,头个把月运动频繁,几乎都在树林里宿营,很少住村庄。打了四次仗,每次战斗时间不长,用的兵力不多。不久,我们终于接受了一个艰巨的战斗任务。

临危受命

这一天,太阳刚从东山后露脸,七架敌机低空俯冲扫射了一番。敌机走后,约八时许,部队就出发了。才走了一段路,前面传来了枪声,走在前面的七十一团跟敌人交火了。

我们七十团赶紧派人去抓俘虏。这是当时了解敌情的一个重要方法。没多久,押回五六个俘虏,他们供认是敌李延年纵队某团的士兵。部队前进不远,又抓到一个士兵,一经审问,却是敌另外一个团的士兵。这时,我们七十团也跟敌人交了火。战斗中,又抓到几个士兵,经过审问,真相大白,原来敌人来了两个师。

这样,我们师首长认为不能再打了。敌人正想找我军决战,再打就落入敌人的圈套。

我军转移前,师长把我们七十团项团长找去,商定留下我们二营五连狙击敌人,掩护大部队转移。当时我在五连担任指导员兼连长,师长派人把我叫去。我到了师部,师长将他的望远镜递给我,告诉我敌人在哪里,我们部队在哪里。然后,指着前面一座像笔架样子的山头说:那是百鱼岭,命令你们全连坚守在那里阻击敌人。师政委黎林同志问我:"傅胜三同志,有什么问题没有?"我说:"没有。我们坚决完成任务!"师长还交代，要指定一个通讯员，专门听团部的号令，听到号令立即撤出战斗归回部队。当时，我连没有司号员，是我自己吹号，所以我既是指导员兼连长，又是司号员。

接受了任务，我飞也似的赶回连里，向全连战士传达战斗任务。话还没说完，就发现敌人正从百鱼岭的另一面向山顶运动。兵贵神速，我马上吹起冲锋号。全连战士如脱弦的箭一般，从这一面飞奔山头，与敌展开抢占百鱼岭的争夺战。我们刚冲上山头，敌人也到了跟前。我们立即给予迎头痛击，步枪、机枪一齐开火，子弹像骤雨般射向敌人，手榴弹如雹子似的在敌群中爆炸。前面敌人立刻倒下一片，后面的敌人还想爬上来，遭到我们的猛烈扫射，又伤亡了一批，这才老老实实退下山去。这一仗，我们打退了敌人一个营的兵力。

巍然屹立

百鱼岭有三个小山包，远远看去像一副笔架。山腰长着稀疏的树木，山头光秃秃的，地势非常险峻。我们的阵地就筑在山头上。阵地右侧有一道又宽又陡的山沟，从山顶一直蜿蜒到山谷。这条陡峭的山沟，形成一道天然的堑壕。

这天天气阴沉沉的，但还是隐约可见山下有大批的敌人正在集结。原来，敌人抢占山头被我们打退后，后面的敌人都被我们阻挡住，无法通过，连夜调集了两个团，准备向我再次攻击，打开道路。一场恶战即将开始。

我们一面抓紧时间修筑工事，一面召开党支部紧急会议，号召全体共产党员发挥模范作用，无论出现什么情况，决不能有丝毫动摇，决不能让敌人前进一步。人在阵地在，坚决完成掩护大部队转移的光荣使命。

哐——咣！敌人用迫击炮向我们阵地猛烈开炮了。我们的战士知道这是敌人进攻的"前奏曲"，便躲在临时挖的掩体里做好战斗准备。敌人炮火狂轰滥炸了几分钟，山下敌人开始行动了。我们一看，嚯！比浇窝的蚂蚁还要多，向我阵地冲了上来。走在前面的，全部穿白衬衣、短裤，多半人拿大刀，也有端轻机枪的。看样子，敌人想孤注一掷，决一死战。

我叫战士们沉住气。当敌人往上爬呀，爬呀，爬到离阵地只有一百多米了，喊声"打"，全连轻重武器一齐向敌人开火。敌人倒下一群，又上来一群，凭着人多势众，拼命往上冲。四班长江忠斌（连城人，共产党员）一贯作战勇敢、机灵。这时，他站起来接连投出五颗手榴弹，杀伤了几十个敌人。但是他的左腿两处负伤，倒在血泊里。二、三排长也负伤了，还牺牲了几个战士，情况十分危急。

突然间，敌阵中"轰！轰！轰！"几声震天动地巨响，炸死炸伤敌人一大片，幸存的敌人慌了手脚纷纷后退。抓住这个战机，我吹起冲锋号。"冲呀！"战士们端起刺刀、跃出掩体，像洪水决堤般扑向敌人。这一下，那些穿白衣短裤、拿大刀的敌人，当场死伤一百多人。敌团长来不及逃跑，被七班长赖宗金（长汀童坊人，共产党员）赶上捅了两刺刀，躺在地上不动了。另一个敌营长也当了俘虏，其余的敌人仓皇逃下山去。

打退敌人的冲锋后，被俘的敌营长问我们，哪里来的新式武器，炸得他们晕头转向。我们听了都觉得很好笑。在那时，我们哪里有什么新式武器？那是七班长赖宗金，他看敌人成群结队向山上拥来，便将八个手榴弹捆成一团，捆了三捆，利用陡峭山势，将三捆手榴弹滚向敌群，不等敌人看清，就炸得他们血肉横飞。在这次战斗中，这种集束手榴弹发挥了巨大威力。

我们从中午一直打到天黑，打退了敌人七次冲锋。我们全连也牺牲十七人，其中最使我们感到不幸的是，打仗一贯机智勇敢，像只小老虎的七班长赖宗金，在第三次反冲锋中光荣牺牲了。同时还有二十人负伤，加起来差不多减少一个排的战斗力。但是，我们始终巍然屹立在百鱼岭山顶，没有后退一步。而敌人在我们坚强有力的痛击下，一次又一次狼狈溃败，并在我们阵地前丢下二三百具尸体。

金蝉脱壳

天黑后，敌人停止了进攻，四周一片寂静。我们召开支委会，五个支委负伤三个，支委兰如进（上杭人）大腿骨被打碎，负了重伤。剩下我和一排长未受伤。支委会着重研究突围问题。当时我们只顾战斗，没有听到团部叫我们撤退的号令,但是,曾一度听到大部队转移时的枪炮声。估计大部队早转移了。

现在我们要撤,怎么撤?四面八方都是敌人,硬冲硬打,杀开一条血路,冲出去的可能性很小。如能找到一条路,不惊动敌人,神不知鬼不觉撤出重围,那是最好不过的了。但哪里有这条路?我们想来想去,只有右翼那条陡山沟。这沟多深多长,白天没看清。沟通向哪里,外面有无敌人,也无从知道。但是,除了这条路,别无他路了。最后决定先试试,从山沟突围。八个重伤员怎么办?我们要组织人背着他们突围,但伤员们都不肯,江忠斌和兰如进同志说:"我们负了重伤,让同志们背着走,就要拖累部队的行动,不如把我们留下,还可以掩护你们转移,让你们来个金蝉脱壳!"开始我们都不同意,都说死活要在一起。但是他们一次又一次坚决要求道:"为苏维埃牺牲是最光荣的!你们就答应我们吧!"我们听了无不潸然泪下。我们也确实想不出别的办法来,最后只好接受他们的要求,留下四挺轻机枪、几箱子弹和一些手榴弹作为掩护的武器。

突出重围

夜黑得像锅底,这对我们的行动非常有利。我们怀着极其沉痛的心情和重伤员一一握手告别后,便马上行动起来,撕开布条搓了一根根布绳,一头绑在松树上,我拿着另一头,先下到沟里去侦察。

我一步一步沿着沟壁往下滑到沟底。沟深大约一丈,沟底是一条小溪,水不深,只到小腿肚子。我在沟底走了一段路,没发现敌人,便轻轻击掌向沟上发暗号,战士们听到暗号,便一个一个摸下沟来,然后一个跟一个往沟外摸着走。走了三里多,越往前走沟越浅,原先只有头露出沟外面,后来只能掩住半个身子了。又走了一段路,忽然发现不远处尽是敌人,有的在支帐篷,有的在做饭。电筒光、马灯光晃来晃去,一片忙乱。

我们弯着腰悄悄地沿着沟底又走了一段路,敌人完全没料到我们会从沟里出来,虽然靠得近,却没被发现。我们走过低洼的那段沟,又拐进另一条山沟,继续往前摸出去。

天亮前,天空阴沉沉下着小雨。沟里怪石嶙峋,加上路径不熟,我们艰难地走着，走走停停，好一会儿才走出沟口，来到一个村庄边。只见迎面走过来一个五十多岁的老乡，身上挂着良民证，一只手拿着猪屎夹，一只手提着畚箕。他发现我们后，就不住地打量着我们。我叫一个连城的战士上前向他问路。他一听本地口音，就知道我们是红军。因为李延年敌军中还没有本地人。于是他走上前来悄声告诉我们，他是军属，他的儿子在一〇一团。

这个地方是游击区，照理不该挂良民证。我问他为什么挂。他说不挂敌人会抓。我问他哪里有敌人。他转过身去抬了抬头说："前面村里就是敌师部。"我又问："敌人有多少，哪时到的？"他说："昨天下午到的，不知道有多少，反正周围都是敌人。"

听老乡说完，我认真地向他作了几句交代，叫他千万不能走漏风声。他也叫我们千万小心。然后，我们借助雨雾蒙蒙，视线不清，迅速转到另一条山沟。从这条沟翻上一座大山，到山顶往下看，山下有一条公路，路上大约有一个师的敌人在冒雨行进。

这时从百鱼岭方向传来激烈的枪炮声。昨夜，我们在沟里也听到山上断断续续响过枪声，估计是江忠斌、兰如进等同志在迷惑敌人。这一次，又响起这样激烈的枪炮声，公路上的敌人听到枪炮声，马上跑步前进。我们断定那是敌人向百鱼岭发起进攻了。激烈的枪炮声持续一阵之后，就再没听到什么了。这时，我们的心比刀绞了还难受，眼泪和着雨水簌簌地往下流。

突然，一排长霍地站起来说："指导员，我们要跟敌人拼！为江忠斌、兰如进等同志报仇！"一排长话音刚落，身旁的战士也说："对，我们要跟敌人拼！"战士们一个个端起枪来向山下的敌军瞄准。我急忙把一排长按倒，制止道："不能开枪！"接着我向战士们耐心地说："我也恨不得一下子冲下山去，把敌人通通消灭掉。但是，我们不能这样做！我们如今要保存自己，就是为了以后更多地消灭敌人，为光荣牺牲的同志们报仇。"战士们听了我这番话，才克制住满腔怒火。

与敌周旋

等敌人大队人马过去后,我们立即跑步下山,越过公路,爬上了对面一座山。沿山腰蜿蜒走过,那里有一个小村庄,十多户人家。只见屋檐下站着十三四个群众,手里打着欢迎国军的纸旗子。哟!把我们当成国民党军队了!我们装着挺神气的样子,不理不睬走过去。有一位同志小声催促后面掉队的同志:"快走,快走!"当地群众听出连城口音,觉得诧异,再仔细一看,我们虽然打扮了一下,但仍有个别战士不够注意,让老乡看出了破绽。一个老乡便从后面追上来,问:"哪个是连长、指导员?"

我停住脚,警惕地反问他:"有什么事?"

他说:"前面不能去了,翻过山就是李家凹,那里前前后后都有敌人。"

"你是……"

"我是这个村的支部委员。"他指了指刚走过的村子,并从身上掏出一张总支叫他去开会的通知给我看,还解释说村里上午来了国民党军队,还叫他们打着旗子继续迎接"国军"。

我听后,才知我们虽然远离了百鱼岭,但还没有走出敌人的包围圈,还没有脱离险境。我们人不多,不适宜作战,应避免与敌人接触,悄悄转移出去。往何处转移呢?我知道长汀方向没有敌人,长汀在连城西面,朝西走比较安全。

我们找到一个山沟隐蔽。在这里,我向这位地下党同志问明去长汀的路线后,他才告辞回去。

在山沟里,我们又开了支委、排长会,分析研究敌情。战士们一天一夜没吃没喝,已精疲力竭,加上初冬时节,浑身湿透,直打哆嗦。粮食还剩下一点,想做饭又没锅没灶,大家只好饿肚子。

黄昏后我们开始行动,朝长汀方向前进。来到一座凉亭,柱子上贴着布告,当时怕暴露目标,没把布告撕下,也没打手电看。后来才知道,那是敌总指挥李延年出的赏格,声言一定要活捉我们,还说活捉连长、指导员赏光洋多少多少。

我们白天隐蔽,晚上走路,遇山过山,遇河过河。

一天傍晚，一排长带了一个班到山下小村子里找粮食。敌团部采买队驻在一所祠堂里，他们有的做饭，有的在赌博。一排长摸进去，未发一枪，十一个敌人全当了俘虏。煮好的一锅饭和大半桶鸡、鸭、猪肉，成了给我们的"慰劳品"。从俘虏口中得知，周围山上还有敌人，公路上也有敌人巡逻。敌人传说有一营红军在包围圈溜走了，他们正在到处封锁，到处找。这里地处汀、连交界，离长汀边界不过二三十里。这些俘虏老实地向我们提供了情况。

我们美美地吃了一顿好菜好饭，眼光也有神了，精神格外抖擞，于是又悄悄上路。走了十多里，东方泛白了。这是突围后第六天。翻过一座山，要进山谷时，发现敌人在运动。双方相距不到一千米，敌人已发现我们，从后面追来。我马上带领部队跑步前进。山谷不能进了，就往山上跑。哪知，上到半山腰，山顶突然有人开枪向我们射击。我看上面人不多，便叫一排上刺刀往上冲，我们在下面用机枪掩护，同时我又吹起了冲锋号。"乒乒乒乒"打了一阵，忽然山顶不响枪了，却也吹起了军号。不过，不是冲锋号，而是问号。我们用军号这么一问一答，山上跑下来七八个人。我们一看，原来是自己人。这里是长汀童坊境内的山区，山上有一个连哨。这时，山下追来的敌人向我们开枪了。我们一起掉转枪口猛烈地向敌人射击。敌人发现我们山上有援军埋伏，不敢恋战，仓皇地退走了。

久雨初晴，天空湛蓝，山村显得格外秀丽。我们红五连经过六天五夜的辗转突围，终于胜利地回到了部队！

师、团首长闻讯都亲自跑到我连驻地来看望和慰问，细心地关照我们的饮食和休息。各兄弟团、营、连队也纷纷派了代表来慰问我们，并送来许多慰问品，充分体现了首长和同志们对我们无微不至的关怀和爱护，以及兄弟般的团结友爱精神。

由于这一次我们出色地完成了阻击任务，受到师、团部的表扬，并在全军的《红星报》上登载了《胜利属于红五连》等文章，使我们受到极大的鼓舞和鞭策。

（本文原载《风展红旗》第一辑，福建人民出版社，1982年9月版）

温坊战斗中的红二十四师

红二十四师的前身是在闽西成立的新红十二军，后来新、老合并又改称红十二军。第四次反"围剿"结束后，红十二军一度改编为红一方面军直属总部第一团。1933年冬，在江西瑞金扩编为红一方面军直属总部独立第二十四师。最后，改为中革军委直属部队。扩编之时，第五次反"围剿"已经开始，于是，由闽西优秀子弟为主组建的红二十四师奉命从瑞金回到闽西，执行"保卫连城"的战斗任务。连城处于汀州外围，保卫连城就是保卫汀州，保卫瑞金。

在汀城短暂停留了一天，立即启程进入连城境内，在朋口打了一仗，赶跑了敌人一个团。然后运动到新泉，打了庙前、芷溪，消灭敌军一个营后，红二十四师和国家政治保卫大队到连城县城，发动群众一起做好反"围剿"的准备工作。

1934年4月，广昌战役结束。6月，蒋介石命令东路军总司令蒋鼎文率领李延年第九师、李玉堂第三师、李默庵第十师、宋希濂第三十六师、陈明仁第八十师、刘戡第八十三师等，外加一个独立旅、一个炮兵团、一个汽车团和南昌机场几十架飞机出战。仅李延年纵队就辖有四个正规师打先锋，气势汹汹地向中央苏区东线大门——长汀松毛岭逼进。

国民党东路军攻占了新泉县后，紧接着进攻连城县。红二十四师、国家政治保卫大队、福建军区部队和席湖营、林坊隔川等区游击队多次与敌军展开阻击战。接着，又继续与敌军激战了一天一夜，曾给敌军以重创，但我军也付出了重大牺牲，最后因寡不敌众，连城县城沦陷被敌占领。

奉命入驻桥下村设计诱敌深入

根据工农红军总司令、中革军委主席朱德《在堡垒主义下的遭遇战斗》一文中所说，为了阻挡国民党东路军夺取汀州城，为中共中央机关和中央红军进行战略转移赢得时间，1934年8月，当时"红军集中了一、九军团和二十四师，约三万多人"，守卫在长汀松毛岭一线，于是，松毛岭保卫战的前奏——温坊战斗拉开了一场大战的序幕。

红二十四师于1934年8月"三十号下午四时奉'小岭'（指林彪）命令主力由钟屋村移至桥下集结待机"。

桥下村育成公祠当年是红二十四师指挥部。随后，亦是红一军团二师，红九军团第七、第八团指挥部（已列为福建省级文物保护单位）

桥下，当年是长汀红屋区苏辖下一个有名的"县、区苏支前模范乡"（乡的建制时间不长，群众习惯叫桥下村）。地处长汀、连城交界处，背靠松毛岭主峰金华山麓下，战略位置十分险要，革命群众基础牢靠，成为红军多支部队驻扎和特殊任务出没之地。

红二十四师亦是一支强悍的中央红军，辖下有三个团：红七十团、七十一团和七十二团。该师有两个智勇双全的优秀指挥员，一个是师长周建屏，另一个是政治委员杨英。

师长周建屏，1892年生于云南宣威，1927年由朱德介绍加入中国共产党。1927年参加南昌起义，1929年任江西红军独立第一团参谋长、团长。1930年6月任江西红军独立师师长。7月成立红十军，任军长。1933年1月率红十军到中央革命根据地，改编为红一方面军十一军，任军长兼红十九师师长。参加第四次反"围剿"作战。9月任红七军团十九师师长。参加东方军入闽时，曾率红十九师驻扎桥下，并从桥下出发，与东方军红四师一起消灭了朋口、莒溪守敌丁荣光团之后，参加第五次反"围剿"作战。1934年2月被选为中华苏维埃共和国中央执行委员。3月任独立第二十四师师长。中央红军长征后，率部坚持游击战争。

政治委员杨英，湖南宝庆（今邵阳）人。1928年参加革命，1929年加入中国共产党。同年冬在上海中共中央军事部工作。同年12月参加百色起义，任中共红七军前敌委员会委员、第二纵队一营指导员。参加转战湘桂粤边的各次战斗，在江华城突围时身负重伤，伤痊愈后，1931年7月转移到中央革命根据地，部队编入红三军团。不久任闽西红十二军政治部主任。1933年5月，福建地方红军成立红十九军，任军政治部主任。同年冬任福建军区政治部主任。1934年夏任红军独立第二十四师政治委员。中央红军长征后，他同师长周建屏率红二十四师留在中央革命根据地坚持斗争。

松毛岭保卫战从始至终是在中革军委主席、工农红军总司令朱德亲自部署指挥下进行的。此次，也就是松毛岭保卫战一开始的温坊（今称文坊）战斗，红二十四师和红九军团统归红一军团军团长林彪、政治委员聂荣臻直接指挥。

当时，周建屏师长接到红一军团军团长林彪、政治委员聂荣臻命令后，马上下令该师红七十团、红七十一团和红七十二团立即整装出发前往桥下。原来红二十四师驻扎在钟屋村，从钟屋村至桥下村四公里，不到一个小时该师就全部抵达。师部设在桥下育成公祠，这是一座具有客家典型风格的建筑，深宅大院，三进四摆，半圆围拱，内有数十间房，可容纳数百人。此外，该村还有十几座规模宏大的祠堂，主要有朝经公祠、朝昆公祠、淑清公祠、御元公祠及祖基公祠等。其余三个团就分别住在这几个公祠内。

第二天即 8 月 31 日，林彪又指示红二十四师伪装成地方部队至猪鬃岭、肖坊，还留下一部分部队与苏区政府组织的赤卫队、突击队分散在桥下村、蔡屋村、黄家庄、钟屋村一带山上挖战壕、修工事，制造成是一支"地方武装"要在这一线据守的假象，以迷惑敌人放松警惕。为此，本文笔者于 2021 年 3 月 16 日上午前往桥下村走访了该村八十四岁村民谢仰煜，他小时候听父亲谢庆辉说，打温坊前他参加了担架队，还与侄子谢三佬一起到桥下村金华山上与红军一起挖战壕。十七岁的谢三佬后来参加了红军长征，作战勇敢，当上了红军连长，长征途中作战时英勇牺牲，成为革命烈士。当日下午笔者康模生、谢仰锋、谢各各三人乘小车来到离汀城六公里的大同镇师福村长汀普亲老年养护院，又采访了住在该院养老的桥下村参加过抗美援朝的老军人谢星明，他今年九十八岁高龄，身体尚健，眼还明，耳稍背，脑尚好，记性强。他说，小时听父亲讲，打温坊时，他家左边一连三座房子，右边一连三座房子，都住满了红军。小时他参加了儿童团，父亲参加了担架队，堂叔谢汝汀是桥下少先队队长。打温坊前一天，他的父亲和谢汝汀都去金华山与红军一道挖战壕。后来，谢汝汀参加了松毛岭战斗，战后加入了红军，在江西瑞金战斗中牺牲，成为革命烈士。

果不其然，国民党东路军总司令蒋鼎文麾下李延年纵队率第三师、第九师、第八十三师、第三十六师等四个正规师驻扎连城朋口后，骄横跋扈，轻狂地以为红军主力还远离长汀松毛岭一线，轻信眼前只是一些地方武装，于是下令李玉堂第三师第八旅旅长许永相大步推进至松毛岭下不远处的温坊。

原来温坊战斗我军只准备打一场速战速决仗，哪知李延年不服输，又派国军从朋口赶来报复，我军将计就计，结果，温坊战斗一战再战，连续打了两战。

第一战，夜袭温坊，歼灭敌旅

国民党李延年纵队总指挥狂妄自大地认为红军主力还远在几十里外区域，眼前松毛岭一线只是为数不多的福建地方武装而已，所以大胆地向前推进，将第八旅许永相旅孤军派往远离国军大部队三十华里的一个大村庄温坊驻守。

敌军这一轻举妄动，其实中了朱德和林彪、聂荣臻早先布下的"诱敌深入"圈套。

原来中革军委大权控制在共产国际派来的顾问李德以及中共领导人博古手里。但因到了1934年4月，广昌保卫战失败，接着7月间，他们制定的所谓"六路分兵""全线抵御"，实行"短促突击"又失败以后，博古、李德就打算放弃中央苏区，所以背着中央政治局去研究撤退计划，又说李德借口生病，而将中革军委一摊子交给朱德负责。

这样一来，朱德在战术上马上改变了李德的"短促突击""拼命主义"、阵地战和堡垒战的一套，而是采取机动灵活的"运动战"战术来消灭敌人的有生力量。例如9月1日至3日，两次温坊战斗，就是朱德同意林彪、聂荣臻提出放弃"短促突击"战术，采取"运动战"战术，歼灭国民党第八旅许永相旅，以及打败李延年纵队组团前来报复的军队，创造了第五次反"围剿"以来取得最大胜利的一个典型战例。

当时，林彪、聂荣臻的作战计划得到朱德同意后，即火速下令隐藏在周边的红一军团和红九军团于8月29日悄然行进至南山、大田屋、桥下、蔡屋、黄家庄和童坊隐蔽集结，并把红一军团司令部设在钟屋村观寿公祠。

为了实现战斗的突然性，以收到奇效，林、聂决定采取夜袭温坊战术。夜战，这是红军最擅长惯用的战术，也是敌人最忌惮的战术，短兵相接，刺刀见红，敌人的飞机、大炮也就无法施展。

夜袭时间定在9月1日晚上九时开始，红一军团作为中央红军主力中的主力从钟屋村由西向东，突入温坊村，红二十四师从桥下、猪鬃岭、冈坊等地由西北向东南攻击敌侧翼，红九军团作为预备队负责打援截击，从童坊、水头坪、吴家坊等地直插敌后，牵制在那一带活动的曹半溪团匪，防止敌人增援，三支部队从三面包抄温坊守敌。战斗由红一军团第二师（师长陈光、政治委员刘亚楼）和红二十四师担任主攻，一左一右分别从八钱亭、马古头两个方向夹击温坊之敌。

9月1日中午，伪装红军地方武装的红二十四师又派出一部分部队到前沿修筑工事。国民党第八旅旅长许永相也派出了三个团大摇大摆闯进红军预先设下的"口袋",不知大祸临头的敌军一到温坊也开始修筑工事,还派出人员到松毛岭前沿侦察。无论是许永相还是李延年,做梦都没想到,一张大网正在收缩,红二十四师主力已悄悄地迂回到洋坊尾、马古头之间截断了第八旅的退路,扎住了"口袋"。

那么,红二十四师如何夜袭温坊,扎住敌人"口袋"呢?

9月1日晚上九时准,夜袭温坊战斗开始,红二十四师兵分两路,一路由师长周建屏率领红七十团两个营跟着温坊赤卫队员项义老古、项报子古带路,从上莒溪沿山路至月郎塘,抄小路到洋坊尾、邓排凹;另一路由师政委杨英率领红七十一团、红七十二团由桥下少先队队长谢汝汀和温坊赤卫队员黄克勤两人带路,从桥下出发,经黄沙坑的小溪下至项公桥及老虎窠崇插入敌后,截断其退路。

师长周建屏遵照林、聂命令,率领红七十团两个营作先锋,其余部队随后紧跟,及时赶到温坊与洋坊尾之间地带,此地离朋口十多公里,离温坊六公里,而后立即向林彪报告。经请示,红七十团即转向温坊东南攻击敌人侧背,接连攻破敌人几个阵地,除打死打伤敌人外,俘虏敌人一百多人;缴枪一百多支,并乘胜向敌军旅指挥部阵地温坊村东南端高地攻击。这时,敌人做垂死挣扎,倾巢出动集中火力向该团射击,红七十团参谋长和二连长不幸英勇牺牲,眼看一营长也渐渐难以顶住之时,在此关键时刻,周师长挺身而出,命令部队先向敌人阵地投出一颗颗手榴弹,紧接着周师长高喊"为战友报仇,冲呀,战士们冲呀"的口号,指挥部队发起勇猛冲锋,闪电般突破敌人防线,一下子将敌阵地拿下,歼灭和俘虏了一大批敌人,缴获一大批枪支弹药。

师政治委员杨英率领红七十一团、红七十二团与师长周建屏分开各走一路后,他率领两个团占领洋坊尾与马古头中间地段,拦腰堵截敌人退路,双方交火后,消灭敌人一个排火力武装,俘虏敌人一百多人,缴获长短枪六十余支,轻机关枪三挺,重机枪一挺。

就在此时,周师长指挥红七十团在左翼进攻敌人野外碉堡。杨政委马上指挥红七十二团投入战斗,配合加强火力攻击敌堡,第七连连长果断指挥战士秘密攻入敌阵地,摧毁了顽固阻挡红军前进的拦路虎。这时,已是凌晨四时，天将黎明，杨政委与周师长两军终于胜利会师，红二十四师夜袭温坊，经过一场激烈战斗，伤亡人数二十余人，光荣牺牲了团参谋长、连长各一人，出色地完成了这次从右翼夜袭的战斗任务。

与此同时，红一军团第二师从左翼夜袭敌人，更为神勇，特别传奇！左翼按照林彪、聂荣臻的决定采取了黑虎掏心战术。在该师红五团、红六团密切配合作战的有利情况下，红二师红四团团长耿飚、政委杨成武担任西面突击温坊村内的主攻任务，按指令一开战就端掉敌人的旅部。耿飚、杨成武就在一营组成了三百多人马刀队，专门负责偷袭敌人旅部。当晚九时，因修筑工事劳累了半天的敌人早已进入梦乡，我参战各部队趁着夜色掩护，朝着指定的攻击目标运动，赶到了发起攻击的指定位置。负责偷袭敌人旅部的战士们把早已磨得雪亮锋利无比的大刀，紧握在手，在熟悉地形的红屋区检察部部长钟士松的引领下，像一群凶猛的猎豹扑向设在上祠堂的敌旅指挥部，率先实施斩首行动。大刀发出一道道惊心动魄的寒光劈向敌人，许多敌兵还未从梦乡醒来就成了刀下游魂。一时间，惨叫声、爆炸声、枪声、喊杀声四起，红军各部从四面八方向敌军突然发起猛烈攻击。敌第八旅在睡梦中惊醒仓皇应战，狼狈不堪。电话线早被红军侦察员全部剪断，失去联系后无法形成统一指挥，再加上指挥部遭到袭击，整个旅像只无头苍蝇，乱成一团。天亮前战斗全部结束，除敌旅长许永相只身一人乘黑夜逃走外，国民党第八旅整个旅几乎被消灭殆尽。

而作为主力的红四团一营马刀队，他们在整个战斗过程中，只消耗子弹四百发，轻重机枪全部未用，主要靠大刀、刺刀、手榴弹结束战斗，自己只负伤三人。

后来，逃回去的敌旅长许永相，也被恼羞成怒的蒋介石枪毙了。敌第三师师长李玉堂由中将降为上校。

第二战，伏击骄兵，重创而逃

李延年自恃在镇压"福建事变"中，关键之战打得不错，为老蒋立下了汗马功劳，来到闽西苏区后，又连续拿下新泉、连城、朋口，一路顺风顺水，很是嘚瑟。如今他的纵队下辖四个师：第三师、第九师、第三十六师、第八十三师，都是老蒋的嫡系部队，装备精良，训练有素，虽然许永相旅遭歼，让他脸上蒙羞，好不气恼，但这口怨气他实在咽不下，凭着他这个纵队的兵力优势，非要和红军再次决战，非把红军打败不可，如打不赢，打成了消耗战也在所不惜。他认为自己人多势众，红军则不同，消耗不起，最终胜利应属于自己。盘算到此，李延年主意已定，立即下令他兼任师长的第九师、李玉堂第三师、刘戡第八十三师各抽调一个团，共三个团组成一支所谓"精锐旅"，由第九师勇猛著称的第五〇团作为先头团，其余两个团一左一右跟进，外表全副武装威风凛凛，内心各怀鬼胎心有余悸，前来温坊找红军"算账"，欲与红军决个胜负高低，为许永相第八旅被歼报仇雪耻。

然而，李延年只抽调了三个团就企图与红军决战，或以此拖住红军来打消耗战，这只是李延年一厢情愿打的如意算盘，红军却完全不买他的账。完全出乎他的意料之外，红军这回打的是速战速决的运动战。

林、聂首长对这回温坊第二次战斗，仍与第一次战斗一样，命令红一军团第二师和红二十四师担任主攻。红二师从左翼的八钱亭，红二十四师从右翼的马古头，一左一右两个方向向敌突击，决心先消灭这个精锐先头团，打他一个下马威。然后，红一军团第一师切断敌温坊和洋坊尾之间联络，阻止和打击援敌截断其先头团的归路。红九军团的主要任务是切断敌向洋坊尾退路，保证红二十四师右翼的绝对安全，在该师后面推进，相机协助该师进行突击。

以上为林、聂首长总体部署。具体战斗经过是，作为右翼主攻的红二十四师，凌晨从桥下村出发，悄悄来到马古头，九时十分时发现敌李延年第九师当作先锋的五〇团已进入温坊，随即向黄沙坑、科里延伸，将温坊东北之尖山（当地人称笔架山）占据作为主阵地。紧随其后的两个团，也不敢怠慢，迅速抢占温坊一左一右两侧高地。

九时四十分，当红二十四师听到红一军团首长在八前科山上发出突击开始讯号时，马上命令部队向敌猛烈进攻，重点对准攻击敌主阵地尖山的敌人。在突击时红七十一团三营受敌三面火力射击，团长、营长负伤，伤亡甚大，其余两团亦有伤亡，然而，红二十四师指战员们不顾一切牺牲，团长、营长负伤了，临时代理人立即挺身而出，指挥队伍奋勇向前将尖山顽敌击溃，然后乘胜追击，杀伤大量敌人。大约战斗至下午四时三十分，敌人开始退却，红二十四师猛攻猛追敌人至黄昏才奉令撤退。

再说红一军团作为主攻的第二师第四团，团长耿飚、政治委员杨成武各率领一个营作连续冲锋，交替前进。一营连续冲锋六次，占领八座山头，以及三座半截子碉堡。三营六次冲锋，夺下敌人六个阵地，从而完成了"拦头"的任务，主力合拢，将敌全歼。

战士们乘胜追击。午后四时许，马古头岭敌人阵地最后被红二师四团联合红二十四师共同占领，战斗遂告结束。追了十多里，把少数溃兵无一漏网地抓了回来，这时天已大亮，还缴获了十几匹战马，几十捆新军服，以及很多食品。

至此，李延年第九师先头部队一个团被红军全部消灭，后面的两个团闻风丧胆，狼狈溃逃。

整个温坊战斗，全歼敌人一个旅和一个团，共四千多人。其中打死打伤两千多人，俘虏两千四百多人，缴枪一千八百余支，自动步枪、轻重机枪一百余挺，迫击炮六门、迫击炮弹三百四十一发、手榴弹三千余颗、子弹四十四万多发。

1935年，陈云在"遵义政治局扩大会议传达提纲"中写道："在退出苏区以前不久之东方战线上打击李延年纵队之温坊战斗是极大的胜利（俘虏人枪千余），但是这个胜利的获得，正是由于一军团首长不照军委命令——死守温坊来打击敌人——而自动地进行机动，从温坊推进苏区二十里路（可是他们担心军委的责备而两天两晚睡不着觉），才能使敌人大胆前进、远离堡垒，而给予打击。"

温坊战斗是中央红军第五次反"围剿"以来取得的最大一次胜利！红二十四师入驻桥下村后和红一军团第二师在两次温坊战斗中都光荣地担任主攻任务，与所有参战部队齐心合力、机智勇敢地战胜了貌似强大的敌人，成为一次放弃"短促出击"，采取灵活机动"运动战"，战胜敌人的典范之战。

温坊战斗是松毛岭保卫战的第一仗，这场战斗的胜利，使国民党东路军进攻松毛岭从9月1日改为9月23日,整整推迟了二十二天的时间,为党中央和中央红军充分做好战略转移赢得了宝贵时间,所以,温坊战斗的胜利具有深远的历史意义!

2021年3月

(作者:康模生系长汀县委党史研究室原副研究员、谢仰锋系长汀县南山镇桥下村党支部书记、谢各各系长汀县南山镇桥下村村主任)

消灭团匪李七孜

"消灭团匪李七孜"这条红色标语拍摄于长汀县南山镇桥下村谢淑清公老屋。恶贯满盈的团匪头子李七孜最后就是在桥下村被红军击毙的,这条红色标语见证了匪首李七孜的可耻下场。

李七孜系连城朋口池溪村人,依仗连城朋口民团总团长曹半溪的豢养,混了个小头目,羽翼丰满后,拉了一帮人马,自封了个民团团长,盘踞在长汀南山中复一带,不断网罗地痞流氓和土匪,发展到四百多人枪。李七孜带领这帮团匪到处袭扰周边乡村,杀人抢掠,无恶不作,人人恨之入骨。

1929年夏秋,塘背乡地主豪绅两次三番勾结民团团长李七孜,对塘背乡抗租抗税抗捐的劳苦大众下毒手,进行残酷的镇压,害得塘背乡村民家破人亡,不敢在家居住,纷纷逃往山上避难。

1931年5月,团匪头目李七孜带着手下团匪约两百人袭击桥下村,桥下赤卫队与团匪经过一场激战,终因敌众我寡,难以抵挡,不得不放弃桥下村父老乡亲,退往他方。此战桥下赤卫队打死匪徒十余人,但是桥下赤卫队也英勇牺牲十多人。自此,李七孜民团白天盘踞在连城山里,一到晚上就沿着金华山、凹背岭等地山路,举着火把,前往桥下村进行洗劫,他们窜进村民家中翻箱倒柜,见到财物就抢,见到牛就牵,见到猪就捆,见到油盐米谷就装,甚至木柴、蔬菜也要,这帮强盗如同一伙饿狼,把桥下村抢了个精光。

那李七孜还是个好色之徒,每到一地见到美貌女子就要抢走。这次在桥下村发现村民谢席春的老婆林细娘长得极为标致，李七孜便下令将林细娘抢回连城山区老巢，并声称只要林细娘答应与他成亲，李七孜就让林细娘当压寨夫人。

但是，林细娘寻死觅活就是不答应。李七孜见她不肯驯服，勃然大怒，正要动粗之时，有个桥下村叫谢朝漳的内奸前来劝阻，告知林细娘的丈夫谢席春肯花钱来赎。

见钱眼开的李七孜一听，心想他身边已抢来几个女人，只要有钱，少她一个林细娘也无所谓，万一有事少了个通风报信之人，反而恐怕坏了大事，不如卖个人情，只要谢席春肯出十筒大洋（一筒十个大洋），他就放人！

在那反动团匪横行，扰得穷人衣难遮体、食不果腹的动乱年代，谢席春哪来十筒大洋，就是一块大洋他也拿不出！哪知这都是那个坏蛋谢朝漳设下的奸计。他假惺惺同情地对谢席春说："留得青山在，不怕没柴烧，当下救人要紧，十筒大洋你拿不出，不必担心，我来帮你出，帮你赎回林细娘。"

世上有这样的好人吗？既然会当内奸，阴险狡猾是他的本性。其实，谢朝漳早就没安好心，他自己早就对林细娘垂涎三尺，只是过去没有机会，如今机不可失。他就单刀直入，向谢席春提出："钱，我可以出，人，我可以赎回，不过今后林细娘就是我们两个人的老婆！"就这样在谢朝漳的软硬兼施下，谢席春不得不就范。

当李七孜稳稳当当拿到谢朝漳送来的十筒共一百元白花花大洋后，就把林细娘给放了，从此，林细娘也就成了这场肮脏交易的牺牲品。

1931年9月的一天，李七孜团匪流窜到童坊的彭坊一带抢掠。福建军区警卫连配合童坊、大埔、新桥、馆前、四堡（当年四堡属长汀）的模范赤卫队，把团匪头目李七孜和团匪们包围在离连城仅一山之隔的长坝，击溃了匪首李七孜带领的团匪四百余人，当场击毙了四十五人。战后，召开群众大会，宣布成立彭坊乡苏维埃政府。

1932年正月十四日，反动民团团长李七孜带领残余团匪一百多人逃到桥下苟延残喘，桥下农会在赤卫队配合下，利用有利地形拖住敌人，一面与残匪李七孜展开战斗,一面派人快速前往红十二军一〇二团报告请求支援,红一〇二团闻讯,迅速赶到桥下村,四面包抄将李七孜残敌围困在桥下布济堂庙内,英勇的红十二军一〇二团战士冒着匪徒枪弹,冲入庙内击毙企图顽抗的土匪后,活擒匪首李七孜,并当众枪毙在布济堂大门外大院内,这就是一个歹徒作恶多端最终的可耻下场!

从此,桥下秘密农会改称乡苏维埃政府,并建立了桥下村党小组。桥下劳苦大众个个扬眉吐气,欢欣鼓舞,他们自编了一首山歌四处传唱:

　　　　新做红旗角叉叉,
　　　　正月十四打桥下。
　　　　活捉恶霸李七孜,
　　　　将他打到泥底下。

1932年正月十四日,红十二军一〇二团冲入布济堂庙内,活捉反动民团团长李七孜,并将李七孜押出庙门枪毙于大院内

兆征县抗敌大队配合留守红军后卫团开展牛岭阻击战

——赖荣光口述

1934年10月初，当时我是中华苏维埃中央工农检察委员会巡视员，一天傍晚，项英同志（中央政府副主席、工农检察委员会主席）从中革军委开会回来，和董必武同志（党中央监察委员会主席）商定派我立即前往福建，协助省、县苏维埃，支援东线河田阻击战。开始，董必武不让我去，因为工作走不开。项英同志强调说："赖荣光同志原是福建兆征县工农检察委员会主席，对福建情况比较熟悉。"这才得到董必武的同意。

临行时，项英同志对我说："你去福建的任务是动员群众支援东线河田阻击战。"

赖荣光

董必武爱抚地用双手扶着我的肩膀说："荣光同志，现在中央各部都派人下去发动群众，支援红军打仗。你在检察委员会工作不错，进步很快，下去后，要努力学习，积极工作，做好发动群众、支援前线的工作。我们以后还会见面的。"我怀着依依不舍的心情告别了董必武、项英同志。连夜出发奔赴福建兆征县（即长汀城关）。

由于王明"左"倾军事路线的错误，中央苏区第五次反"围剿"失利，中央被迫进行战略转移。为保证中央机关和中央主力红军胜利地突破敌人封锁线，中革军委命令直属红二十四师担任东线阻击战，阻击东线之敌,并明确指出:"十月份汀州城不能丢失。"

我回到福建向省苏和兆征县委报到后,在县委领导下立即投入战斗动员,组织群众支援东线阻击战。不久,我又接到董必武寄来的一封信,亲切而又明确地说:"现在红军要出征,组织上决定你留在长汀工作,在县委领导下,组织群众,发动群众支援东线河田阻击战,坚持开展游击战争,保证中央主力红军胜利出发,突破敌人封锁线,到敌人后方去,发展苏维埃政权。三年后红军大反攻,我们一定会打回来的。"

10月初,红二十四师以多于我五六倍的敌人,在松毛岭经过一场十分激烈的战斗后,立即撤到钟屋村、连屋岗、大田湖、河田、白叶岭一线,有计划地边打边撤,节节阻击敌人前进。在这段时间,我们动员了大批模范少先队和模范营参军参战,并组织动员赤卫军上前线参加担架队,转运粮食、武器弹药和伤员,大力配合红二十四师顽强阻击敌人前进的脚步。

10月下旬,兆征县成立了游击司令部、政治部,邱轩勋任司令员,我任政治部主任。从各区调来一部分模范少先队和模范营两百多人,命名为"抗敌大队",其中大部分人配合红军参加过河田阻击战,战斗力很强,个个都会打仗、爆破、埋地雷、埋竹钉。当时我们的好枪不多,主要的武器是土枪、土铳、九节狸和地雷、竹钉等。

福建省委、省苏机关原计划撤到铁长、张地一带,事前还运了不少的粮食到那里去。后来那里发生反水,我从大埔区带了两个班到翠峰、张地一带侦察,发现那些地方不能去了,省委和省军区才决定迁往梁屋头,尔后转移到四都一线。

10月25日、26日,我们分几路撤出县城。一路往七古树下、天井山,一路从西门往雁湖、镇平寨,一路从罗坊往马栋岭等大山里疏散。离城前家家户户做好坚壁清野,将水井填掉,使敌人进城后,找不到吃的、喝的。

10月31日,形势特别紧张,敌人已经兵临城下。为了切断敌人来路,县委决定我和岳得义(兆征县苏主席)、吴秀英(女,县苏副主席)带抗敌大队的一个班去执行特殊任务——炸毁水东桥。平心而论,我们谁也不忍心去干这种差事。水东桥是一座古老而坚固的石桥,桥中高耸着一座桥墩，两边各有一个高大的拱门，远远看去宛如一只展翅的雄鹰兀立江心。它是沟通城内外的主要桥梁，一旦炸毁，将给市民往来带来极大困难。但是这是战争的需要，军令如山，岂能违抗！怎么炸呢？我们谁都没有当过工兵，看来看去找不到一个放炸药的地方，我们就爬到桥墩上，挖开石板，放进黑色炸药，一连炸了三次都没有把桥墩炸毁，只把桥墩炸了几个洞，原想再炸一次，但敌人已迫近城关，这时我们才撤往西门西塔山上。

在完成河田阻击任务后，红二十四师转移到古城一线。我们在11月1日拂晓撤出城关后，县委决定我带领抗敌大队配合红二十四师后卫团，在九里岭一带狙击敌人。国民党李延年的部队于11月1日上午进入汀城，我们就从西山经七里桥撤到牛头坳（即牛岭）。

原来敌人扬言，要在10月占领汀州城，11月1日会师瑞金，敌人的美梦被我们打破后，这时敌人又扬言，11月5日要到达瑞金。

为了再一次打破敌人的梦想，我们兆征县抗敌大队和红二十四师后卫团，密切配合，凭借牛头坳、九里岭一线的有利地形，开展游击战争，继续对敌人展开阻击战。

我们在牛头坳，经过一天一夜紧张的准备，构筑好工事，布置下了地雷阵和竹钉阵。敌人于第二天（即11月2日）上午经七里桥向九里岭进发。当接近牛头坳山脚下，就特别小心。敌人尖兵拿着长竹竿，弓着腰战战兢兢地顺着路面探测地雷，发现一点可疑现象，敌人就马上埋下脑壳，翘起屁股趴在地上，动也不动，后续部队跟着立即卧倒。就这样，敌人像乌龟一样往上爬，上午十点多钟，才爬到牛头坳的半山腰，当敌尖兵接近山坳，敌人大队已进入伏击圈时，我瞄准敌人先发一枪，大喊一声"打"！顿时地雷的轰隆声、步枪的砰砰声响成一片，赶来增援的红二十四师后卫团用机枪从高处狠揍敌人，敌人倒下一片，没有死的敌人掉头就跑，这时二三组的地雷也拉响了，一颗接一颗，像连珠炮似的炸得敌人东倒西歪。我提枪大吼一声："同志们冲啊！"战士们闻声一跃而起，冲向敌群，抡着大刀，扬着梭镖，左挥右砍，真如猛虎下山，势不可当，没有被炸死的敌人，慌慌张张往两边山上乱跑，不料又踩上我们埋下的竹钉，想跑也跑不掉了。就这样，我们接连打垮敌人的多次进攻，使敌人不能前进一步。

我们还在敌人必经的山路上，砍倒很多的大树，并埋上地雷，阻挡敌人的去路。当敌人上去搬树时，碰上了我们埋设的地雷，炸得敌人血肉横飞，敌人只好绕道而走。

我们狙击敌人不断变更花样，出其不意，杀伤敌人。例如我们在路旁的大树干上挖一个洞，把地雷埋往洞里，外面贴上"打倒国民党反动派"的标语，敌人看了就上去撕标语连带拉响了地雷，炸倒了敌人；再如，我们用竹片写上标语，制成标语牌，把拉动地雷的导火线拴在标语牌的下端，把地雷埋在标语牌下，敌人看见标语牌，就上去拔。轰的一声巨响，地雷爆炸了！一个地雷虽小，却能炸死炸伤好几个敌人。就这样，炸得敌人心惊胆战，看到我们的革命标语，敌人再也不敢去动它了。

我们兆征县抗敌大队在前面狙击敌人，红二十四师后卫团在后面掩护我们，在关键时刻，他们组织出击，杀退敌人。敌人始终摸不清我们的虚实。我们在九里岭一带配合红二十四师后卫团狙击敌人七八天，敌人难以通过，不得不爬大山绕到古城。在古城又遭到我红二十四师的狙击，直到11月10日敌人才狼狈地进入瑞金。

我们按照毛泽东的战略战术开展游击战争，一次又一次狙击敌人、打击敌人。胜利地完成任务后，我们的部队进入汀瑞大山区，后来合编为汀瑞游击队，继续发动群众开展游击战争，不断地牵制敌人、打击敌人。

赖荣光，长汀大同镇人。1928年参加闽西农民暴动，1929年加入共青团，1930年团转党。历任区苏主席、县、省政府工农监察委员、江西瑞金中心县委书记。1934年1月21日，出席"二苏大"，当选中央工农检察委员会执行委员，后任中央巡视员、特派员。中华人民共和国成立后，曾任西藏军区后勤部部长，福建前线指挥部后勤部部长、党委书记。1989年在南昌干休所病逝，享年79岁。

（本文原载《长汀文史资料》第八辑，原题目《河田阻击战》，1985年6月1日）

活跃在闽赣边的汀瑞游击队

1934年,中央主力红军长征后,活跃在闽赣边的陶古、瑞金、武阳和兆征等四支游击队,开展了艰苦卓绝的三年游击战争。

1936年12月,西安事变发生后,闽赣边形势也发生了很大的变化。为了更好地开展游击战争,1937年1月,这四支游击队,以陶古游击队为主,组成了汀瑞游击队。司令员彭胜标,政委胡荣佳,主要领导成员有钟德胜、刘国兴、张开荆等,共有八十多支枪。他们与敌人展开了机智顽强的游击战,打了一个又一个漂亮仗,既打击了敌人,又壮大了自己。

彭胜标

智取青山铺

长汀的青山铺是位于县城与古城镇之间闽赣公路旁的一个小镇,地理位置很险要。

20世纪30年代,国民党反动派在此专门设置了一个联保办事处,驻有民团四十多人。联保办事处以一座大院为中心,建了三座炮楼,成三足鼎立之势，四周还筑起围墙，成了一个反动据点。平日里，四处搜查游击队，抢掠群众的财物，勒索来往客商和行人，"鸟过也要拔毛"。远近群众无不恨之入骨。

汀瑞游击队认为青山铺这个反动据点不拔除，对这一带发动群众进行革命武装斗争是十分不利的。

但是汀瑞游击队缺少重型武器，更没有炸药，设若打硬仗，自己定会吃亏。因为青山铺敌人虽然不多，却有可以固守的三座炮楼。枪声一响，汀城的敌人也可乘汽车，在半小时内赶到增援；驻守古城的百多个敌人，来得会更快。所以青山铺的战斗只能智取，不能硬攻，而且要速战速决，不能打草惊蛇。经过缜密侦察，发现据点炮楼里白天只有哨兵，枪支全放在大院隔壁房里，晚上集中住宿。于是决定利用白天，智取青山铺。

汀瑞游击队派人下山，采购了几匹白洋布。再从山上采摘黄栀子，将它捣碎调水后，把白布染成黄色，晾干再洗，再晒，反复几次后就成了半新半旧的黄军装，然后请可靠的裁缝师傅到山上裁剪制作军装，佩上国民党的帽徽和领章。经过这样一番精心制作，居然和国民党兵的军装一模一样，看不出什么破绽。至于民团穿的军装，早先缴获不少，有现成的，自然不成问题。

1937年农历五月，汀瑞游击队在彭胜标、胡荣佳、钟德胜、张开荆等人率领下，挑选四十余名游击队员，化装成国民党广东军的一个排，正副排长和民团团长由张明、钟德胜和杨洪才三位外地人装扮，他们都会打"官腔"（当时，讲普通话称打"官腔"），别人一律不准讲话，以免被敌人听出口音。还有四十余人，则化装成民团三个班，领导干部也都伪装成白军军官，见机行事。

他们下山到离青山铺不远的公路上以后，立刻整好队伍。"广东军"在前，"民团"在后，一行八十多人，大摇大摆地朝青山铺走去。

时值盛夏，烈日炎炎，午后的气温更热不可耐。游击队员们学着白军的样子，扮军官的在大盖帽下垫上一条大手帕，来遮着脸庞。士兵们敞开上衣，有些人还学着"中央军"油腔滑调地哼着小曲儿。

不料，刚走到镇上，就碰到一个意外情况：古城民团一个班刚好这天来换防，比游击队早一步先来了。

在这危急关头，只见人高马大身穿军官服走在队伍前面的张明，威风凛凛地走上前去，喝问道："你们是哪个部分的？"

那时，地方民团都很怕广东军，这一喝，古城民团领头的一人胆战心惊地连忙向张明敬礼，答道："是古城民团。"

张明接着喝道："你们给我站着，我们要验枪！"

这一招，大大出乎民团意外，领头的搞不清楚为什么要验枪，喏喏嚅嚅不敢答应。

张明火了，厉声骂一句："你奶奶的！"伸出五指大掌，对领头的没头没脸地一连打了几个耳光。

领头的哪里敢还手？急忙点头哈腰连声说："是，是！"并马上转身，对他的部下高喊："验……验枪！"

这会儿，游击队员急速跑上去一人夺过一杆枪，并将枪口对准敌人，喝令他们解下子弹带。

紧接着，彭胜标带领十名游击队员，冲进大院隔壁的屋子里。那里只有一个看家的，其余的都到镇上赌钱、酗酒、逛荡去了。墙上挂了二十多支枪，铺上堆放着二十多条子弹带。彭胜标令人把那个看家的团丁带出屋去，收缴了屋内全部枪支弹药，随即冲向联保办事处。

守卫在联保办事处门前的两名兵丁，稀里糊涂地被下了枪，嘴里还不住嘀咕："弟兄们，别误会，我们是自家人呀！"

吵嚷中，只见一个身穿白夏布短衫短裤肥头大耳的家伙，提着一支二十响驳壳枪，从室内向外探望，接着，便迎出门来，毕恭毕敬地向彭胜标行了一个鞠躬礼，低声下气地说道："贵军光临，有失远迎，兵丁无礼，长官恕罪！"

"少废话，你们联保主任陈书林在哪里？怎么不出来？我们有话要当面跟他谈！"彭胜标见他没有看出什么破绽，仍然以军官的身份跟他说话。

胖家伙听了，翻眼仔细地向彭胜标望了望，吓得退后一步说："你是……"后面的话还没说出口，便想掏枪顽抗。

霎时间，彭胜标也认出来了，他是古城区一个姓倪的大地主。他的驳壳枪还没有掏出枪套，几支乌黑的枪口就对准了他的脑袋。游击队员刘国荣眼疾手快一把夺过他的驳壳枪。此刻，他大声嚷叫起来："共产党游击队来啦，快跑啊！"躲在后院的联保主任听到喊叫，慌忙翻墙逃跑了。

此刻，化装成民团的游击队员，已封锁住全镇各个路口，把闲散在街头和躲藏在大炮楼内、民房内的兵丁四十余人，连同古城民团十余人，全部抓来，押到街上。

钟德胜把化装衣服一脱，站在一家店铺门前，对着众多群众讲演。后来又向俘虏训话，俘虏们表示要改恶从善，重新做人，于是，将他们通通释放回家。

太阳落山前，汀瑞游击队把三座炮楼点燃起熊熊大火后，扛着缴获的枪支，背着沉甸甸的子弹带，迅速撤离，胜利地回到山中。

奇袭武阳镇

武阳镇距瑞金县城十九公里，东连长汀四都，西南与会昌西江、珠兰埠相接。境内有一条河，分河西、河东两个自然村，一座木桥把这两个自然村连接起来，组成一个大集镇。

河西的圩场为集镇中心，国民党在这里设立区公所，住有一个排的保安队。

河东也有一个反动民团，团长刘祺照是个反动透顶、杀人不眨眼的刽子手。汀瑞游击队第三大队长刘国兴的一个年仅七岁的儿子，就被刘祺照杀害于木桥上，惨不忍睹。

红军主力北上后，武阳区公所和反动民团狼狈为奸，积极配合瑞金驻敌金汉鼎部对汀瑞游击队进行疯狂"清剿"，同时，肆无忌惮地迫害汀瑞游击队的家属，害得许多革命家庭妻离子散，家破人亡。

1937年农历七月，汀瑞游击队彭胜标、胡荣佳、钟德胜、刘国兴等领导人一致决定奇袭武阳镇，消灭这些作恶多端的保安队和反动民团，为民除害。

行动前，刘国兴派了一个游击队员，化装成农民，天天提着石蛙到区公所去卖，每次将又肥又大的石蛙便宜卖给保安队。果然，敌人不知是计，熟悉后便让这个"农民"进区公所去交货拿钱，"农民"乘机观察，摸清了敌人的底细。

七月初三晚上，汀瑞游击队兵分三路：一路由刘国兴带领埋伏在游击队一班长邹日祥家的楼上。他家后门与区公所大门相对，相隔只有一个篮球场宽，且左右邻居都是革命群众，利于隐蔽和观察。一路由钟德胜带领，埋伏在区公所附近的一座破炮楼里，另一路由胡荣佳带领到河东去抓土豪劣绅。

第二天，正好是圩日。上午九时左右，赴圩的群众大部分进入了圩场，区公所保安队像往常一样，又上街"敲竹杠"去了，只留下少数队员在区公所看家。

这时，躲藏在邹日祥家里的队长刘国兴，从墙洞中窥见区公所大门口的敌哨兵，正与敌区长的小男孩嬉耍。他瞅准这个好机会，带领游击队冲上前去，一枪把敌哨兵撂倒在地。在大院屋里的敌人，还来不及拿枪，就被刘国兴冲进屋里，用机枪扫倒十多个人，其余当了俘虏。

枪一响，住在楼上的敌区长老婆刚把身子探出窗口，想看个究竟，就被游击队一枪击中，人从楼上栽到地面，当场毙命。敌区长吓得连忙越窗爬屋顶逃跑了。

埋伏在河东的游击队，听到河西的战斗打响后，迅速包围河东村庄，然后到村里搜捕土豪劣绅，击毙和活捉了地主邹日祺、大土豪邹皮千眼、狗腿子刘祺胜等七人。

这天，正巧反动民团团长刘祺照也到圩上敲诈勒索群众来了，听到枪声激烈，知道情况不妙，想过河东溜之大吉。偏偏仇人路窄，逃跑中遇上了刘国兴。刘祺照吓得丧魂失魄，拼命往木桥上跑，哪知游击队早已把木桥板拆除了一半，断绝了两岸交通。刘祺照见前无进路，后有追兵，在走投无路的情况下，纵身跳入河中逃命。

此时，刘国兴赶到桥上，枪口瞄准这只落水狗的脑袋，砰的一声，刘祺照的脑袋开了花，这就是这个反动分子恶有恶报的可耻下场。

奇袭武阳镇战斗结束了，共歼敌四十余人，缴获长短枪四十余支、手榴弹一批，胜利地拔掉了武阳敌区公所。

伏击三箭脑

1937年农历七月，汀瑞游击队接到汀城地下党一个重要情报：国民党汀州第七行政督察专员兼保安司令秦振夫，准备叫他的老婆黄柳梅将搜刮人民得来的金银珠宝等不义之财运回老家广西桂林去。

秦振夫自1936年接任汀州专员兼保安司令后，大肆搜刮民脂民膏，滥杀无辜，残害人民，汀州人民无不怨声载道。秦振夫做五十寿辰时，有人匿名送给他一副楹联，上联：五旬无子天有眼，下联：三年不滚地无皮，横批：无道秦。这副楹联刻画出他的丑恶灵魂，也反映了汀州人民对他的无比仇恨。他的部下对他也十分不满。一天晚上，自卫队中队长张作文纠集中队一百多人叛逃，投奔河田刘源呐匪霸刘宗孟（外号刘豪猪）。这个中队叛逃时，刘豪猪率部来到城郊东关营接应。秦振夫以为他要来攻打县城，吓得他心惊胆战。事后，他一面急电省城派兵来驻防，一面调曹坊乡武装壮丁一百余人来城协防。但是省里虽然嘴上答应派兵，却迟迟不来，汀城兵力空虚，不堪一击，万一有失，如何是好？这就是秦振夫为什么收拾金银珠宝，急急忙忙要将老婆送回老家去的"症结"所在。

秦振夫对其妻子此行安排非常周密，专门派了一辆蓝色小包车和一辆大卡车负责护送，蓝色小包车上坐着携带财宝的秦妻，还有担任保镖的小舅子及两个警卫，另外派了二三十名武装士兵乘大卡车紧随其后保卫。早饭后，这一小一大两辆汽车从汀城出发，向瑞金方向驶去。

这天，汀瑞游击队在彭胜标、胡荣佳、钟德胜、刘国兴等人率领下，把队伍分别埋伏在长汀往瑞金二十多华里的三箭脑公路侧旁，这一段公路全是陡峭的盘山道，坡陡、弯急、路险，有利于打伏击。

八时许，远远传来了马达声，没过多久，一辆蓝色小包车缓缓驶上山来，跟在后面的大卡车，上山爬得慢，还掉在后面一大段路。

当小车进入游击队伏击圈时，游击队从山上滚下几根大木头，拦住小车去路，随即开枪射击，经过一阵排枪直打横扫后，当场击伤车上的保镖和警卫，秦妻也被击毙。

二三十名武装保卫人员，听到前面响起激烈枪声，跑在后面的那辆大卡车，不仅不加足马力赶去救援，反而把车子停住，纷纷跳下汽车，四散而逃。

汀瑞游击队迅速追击，在缴获长短枪二十余支和一批金银珠宝等贵重财物后，顺利撤离。

事后，秦振夫因失去太太和一批贵重财物而极为痛心恼恨，但由于汀瑞游击队这场伏击战打得非常迅速巧妙，来无影去无踪，弄得秦振夫搞不清是谁干的，他虽然对汀瑞游击队有所怀疑，但总认为是河田的刘豪猪所为。因此，对刘豪猪一伙更是恨之入骨，他横下一条心，不管三箭脑事件是不是刘豪猪所为，决计要除掉他，一为自己消除心腹之患，二为其妻报仇。汀瑞游击队这次伏击成功，算得上是"一箭双雕"。

（本文原载《血沃杜鹃红》第三辑，龙岩市原闽粤赣边老同志联谊会编，作家出版社，1998年11月版）

俞炳辉：负责组织护送瞿秋白等人过江前后的一段往事

俞炳辉是个老红军，新中国成立后，曾任安徽省军区副司令员。他是连城新泉良坑村人，1929年4月参加连南十三乡农民暴动，5月参加红军，1931年4月加入共青团，1932年3月加入中国共产党。1931年后先后任红独立七师青年科长、中共福建省委巡视员、汀州市委宣传部部长等职。1932年春当选为汀州出席中共福建省委党代会和福建省苏代表大会代表。开完这两个大会后，便调到福建省苏保卫局当特派员。

俞炳辉

中央红军长征后，原设立在长汀城内的中共福建省委、省苏、省军区及其所属单位都先后撤离汀城，陆续迁往东街、梁屋头、陂溪、元口、四都等山村僻壤。

1934年11月1日，红色汀州被国民党占领。

1935年2月间，国民党军驻汀第三十六师又发动第二次"清剿"，福建省级机关被迫撤出四都镇，分散到周边的谢坊、琉璃、汤屋、小金、乌泥等边远小村庄去。

由于形势异常严峻，福建省苏保卫局连村庄都不住，而是住在与瑞金、会昌交界的凤凰山（又称鸡公山）上。这里到处都是茂密的森林，四周荒无人烟，战士们自己搭盖了几座茅草寮栖身。由此可见当时艰苦斗争的环境是多么险恶。就在此时，他们接到上级指示，立即组织护送队准备护送瞿秋白、何叔衡、邓子恢等五人过境的任务。

福建省保卫局组织武装护送队的任务就交给俞炳辉负责。

1934年4月，俞炳辉在连城山下反国民党第五次"围剿"战争时负重伤，被送到四都红军后方医院治疗，伤好转后，组织上又调他回到省保卫局工作。

这时，领导派他负责组织一支敢死队（即护送队）。这支敢死队共三十六人，全是共产党员，人人身强体壮，个个都打过仗。队长叫丁正平，是省保卫局执法队长，河南人，由红五军团暴动过来的。每个敢死队员配备一支二十响快慢机，二百发子弹，四至六颗手榴弹，还有一把大刀；吃的每人六斤干粮（炒米），三双草鞋，被子两人合用一条，轻装简从。此外，全队还有一挺花机关枪。护送抵达目的地是永定张鼎丞同志游击地。后来才知道只有邓子恢一人到永定去，其余四人都是经香港到上海的。

2月21日下午，江西省苏保卫局派出一支二十多人组成的武装护送队冒着初春严寒，从江西瑞金九堡出发，两三天后经武夷山南麓来到长汀县四都区琉璃乡的小金村，歇息一宿后，在当地地下交通员带路下，才找到福建省保卫局栖身的山上来。

当天，这边刚把武装护送队组建好，那边江西武装护送队就找上山来了。按照规定，他们认真地将瞿秋白、何叔衡、邓子恢、周月林和张亮等五人交给福建武装护送队负责人俞炳辉后，决定在非常时期不逗留，他们二十多人就急匆匆地回江西去了。

这边，在俞炳辉和护送队的护送下将瞿秋白等五人安置到一座茅草寮里，在这里瞿秋白等五人见到了福建省委书记万永诚同志，万书记对他们说省委已接到中央分局的电报，我们也做好了准备武装护送你们出境。又说：现在敌人很猖狂，封锁很严，为了能安全将你们护送出境，我们想了一个办法，把你们化装成红军抓来的"犯人"押送出境。这件事要严守秘密，除了你们和我，谁也不让知道，也不能让护送你们的战士们知道。这只是我个人的意见，也不知好不好。瞿秋白等人听了，以目传神互相看了看，都没作声，可能提不出更好的办法，就按万永诚的武装护送办法决定了。以上这些情况，当时俞炳辉也不知道，而是出事之后万永诚告诉他的。再说其他人包括护送队也都不知道这五个是什么人，真以为他们是"要犯"，因为这几个人乔装成"犯人"，有的还捆绑着。一路上，就像押送犯人一样，护送队变成了押送队。经过一些村庄时，群众也看不出什么破绽，就连护送队自己也不知其中的奥秘，只是觉得这几个"犯人"非同寻常，因为出发前，曾让他们宣誓，保证完成任务，如发生意外，战斗到死，流尽最后一滴血，决不生还！

2月23日傍晚，护送队出发了！俞炳辉因为身上负过重伤，还没痊愈，所以没让他参加护送队。

第三天，也就是2月26日这天，意外之事发生了，护送队跑回来十几个人，其中有队长丁正平，还有一个马金德，作过司号员，过去俞炳辉也做过司号班长，所以记得他，他是当地水口村人，由于路径较熟，也被他逃了回来。省保卫局纪律极为严格，立即将丁、马等十几个人全部抓了起来。

经过审问，才知道护送队一行出发后，一路上情况是这样的：当时处于白色恐怖笼罩下，护送队一行人只能晓宿夜行，晚上摸黑走路，为了照顾年老体弱的何叔衡同志，给他准备了一盏美最时牌的马灯，马灯四周用黑布蒙住，只留几个小孔，透出微弱光照着前行，并派了两个队员负责沿途照顾他。第一天从凤凰山（鸡公山）出发至福建省军区驻地汤屋，走了二三十里山路。第二天晚上从汤屋再出发，平时只要一天就能到达水口，这时不得不翻山越岭绕来绕去走山间小道，避开了三四个村庄，躲过了五六处敌人哨卡，藏了两个白昼，走了两个夜路。26日凌晨，终于来到水口乡汀江岸边，水口有一座小木桥，但有敌人日夜守着，无法通行。沿江往下找到了一处水流较浅处，邓子恢、周月林二人涉水过了江，其余三人由护送队临时扎副担架，一趟一趟来回把他们抬过了江。于是大家继续往前走。走了大约一个小时，来到了水口乡梅迳村，这时天将破晓，大家的肚子都觉得饿了，便停下来准备烧点开水，吃干粮充饥。由于烧水冒了烟，被远处民团发现，跑到水口敌人处报讯，说是梅迳有共军。水口敌人一个营赶来围歼红军。马金德提议往宣成方向撤退，当时如果肯听他的提议，就可突出敌人包围圈。可是丁正平不从，指挥大家往山上跑。上山后，又遭到从后面赶来的美溪反动民团的包围。在敌人前后夹击下，结果护送队抵挡不住，被打散了，押送的五个"犯人"也丢了，都不知去向。

正在此时，组织上派人来说，何叔衡跳崖光荣牺牲了，瞿秋白和周月林、张亮也被敌人抓去了。只有邓子恢带领十几个红军战士向宣成方向冲出敌人的重围，往永定去了。

审问的第二天，丁正平被执行枪决，马金德曾提过建议，狙击敌人还负了伤，从宽处理。

（本文原载《红旗跃过汀江》，北京燕山出版社，2003年9月版）

一面珍贵的奖旗

在福建省博物馆展览厅里，陈列着从革命年代保存至今的一面奖旗，虽然由于年代久远，奖旗的颜色陈旧了，但是字样依然清晰，上面写着"扩大红军奖旗送给中坊乡"，中间题词"为保卫苏区而战"七个遒劲大字，下面落款是"福建军区司令员叶剑英"。说起这面奖旗的来历，还真有意义呢！

福建军区司令员叶剑英

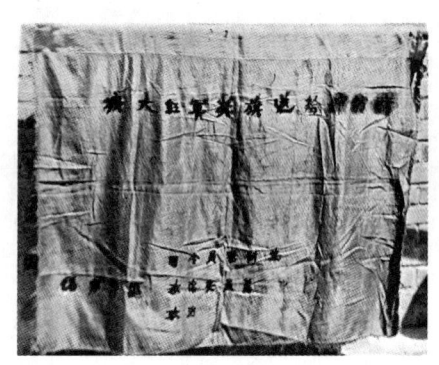

一面奖旗

那是炮火纷飞的1933年底，中央苏区军民同仇敌忾，保卫中央革命根据地，保卫苏区人民的胜利果实，与国民党第五次反"围剿"展开了生死搏斗。苏区人民热烈响应党的号召，把自己的优秀儿女，送去当红军。那时，叶剑英同志担任了福建军区司令员。

这是一个艳阳高照的日子，山花散发出沁人的芬芳，叶剑英风尘仆仆来到了河田。当时，长汀县委设在河田。县委负责人向叶剑英汇报说：中坊村的老贫农郑俊义，在扩红中表现得很突出，他想送儿子当红军，因为年纪小不合格，就在乡里宣传扩红。在扩红会上，经他动员的侄儿领头报名当红军。在他的带动下，只有一二十户人家的中坊村，一下子就有二十多个青年报名参加了红军……

叶剑英听了，高兴地对县委同志说："这是扩大红军的模范，要做一面奖旗给中坊村，要表扬郑俊义同志。"叶剑英的话是对中坊村的赞扬，也是对长汀人民的鼓励。县委同志激动极了，忙问："叶司令员，奖旗上写什么字好？"叶剑英想了想，说："就写'为保卫苏区而战'，好不好？"

这个题词，正表达了苏区军民团结起来、坚决粉碎国民党反动派第五次"围剿"的决心，大家异口同声地说："太好了！"

在扩红运动中，叶剑英跋山涉水去过宁化、连城，又来长汀辛勤工作。碧绿的汀江水，映照叶剑英英武的身影，连绵的松毛岭留下了他的足迹。现在，他又来到了河田扩红大会会场。

叶剑英热情赞颂中央苏区取得了第一、二、三、四次反"围剿"的伟大胜利，分析第五次反"围剿"的严峻斗争形势，讲述了扩红的重大意义，赞扬中坊村的模范事迹，表扬老贫农郑俊义。最后，叶剑英号召说："我们要为保卫苏区而战！"

叶剑英讲完话，微笑地走向台前，给中坊村授奖旗，并与郑俊义热情地握手。会场上发出一阵阵的口号声："为保卫苏区而战！""勇敢的工农当红军去！"

大会以后，苏区各地掀起了轰轰烈烈的扩红运动，涌现了无数兄弟争当红军、父送子、妻送郎的动人场面。

奖旗先由区委特派员荣生保存，后来他要调到补充团去，便交给郑俊义，郑俊义手捧奖旗激动而郑重地对荣生说："我一定把它看成自己的生命一样保存好，请放心吧！"

红军长征后，中坊村受到严峻的考验。白狗子来了，残酷地屠杀苏区人民。只要被搜查到有一点嫌疑的东西，或革命标语、书籍和物品，人就要遭殃。但是，郑俊义毫不畏惧，他把奖旗用油纸一层一层包好，藏在瓮子里，放上麦种。不知有多少回深更半夜，为了避开敌人的搜查，把它转

371

移了一个又一个地方；也不知有多少回，他怕旗子虫蛀霉烂，借着从屋顶天窗上透下来的阳光，偷偷地将它晒一晒。看到旗子，他就想起授旗的叶剑英。

他日夜盼望解放，盼望红军回来，终于盼到了1949年中华人民共和国成立。同年10月19日，长汀县人民政府成立后，郑俊义高高兴兴地把他像保护生命一样保存了十七年的福建军区司令员叶剑英亲手授予中坊乡的一面奖旗，毫发无损地转赠给长汀县人民政府。此事传到省里，省里文物部门如获至宝，于是又从长汀县转赠给福建省博物馆，成为展现当年苏区人民踊跃扩红为保卫红色江山的历史见证。

（本文原载《闽西日报》2006年9月14日）

草地茫茫八昼夜
——老红军胡久保等过草地的故事

这是一个真实的故事。

故事的主人公胡久保，1911年2月出生，家住长汀县铁长乡洋坊村，过去这里是一个偏僻的山多竹多森林多、没农田的穷山沟。胡久保出身贫苦，从小没上过学，跟着父兄到纸槽下学做土纸。后来凭着他的一颗红心，积极响应党和红军号召，在革命斗争中表现突出，于1931年8月，他二十岁时加入了中国共产党，9月参加了红军。他所在的部队就是中央红军主力红一军团第二师，他参加了第四、五次反"围剿"战争，从红军战士升任副班长、班长到副排长。还被组织上选送到彭杨军校学习了三个月，后来在延安又上了抗大，通过这两次上军校学习以后，具有相当小学文化水平。

胡久保

长征开始后，中央红军闯关夺隘，突破敌军前堵后截重重围剿，渡过金沙江，跨过大渡河，转战一个星期后，他们来到贵州仁怀的茅台镇，享誉国内外的名酒茅台就出产在这里。正好部队天天行军打仗了好长一段时间，需要歇息歇息，于是就在此地住了四五天，胡久保生平第一次品尝了一盅茅台酒，果真名不虚传，这白色液体一进入腹中，过了许久打一个嗝还是香喷喷、甜丝丝的。等到跟在红军屁股后面的敌人追上来时，红军已经歇足了精神，便离开茅台镇继续北上。这时，听说红四方面军也朝他们这个方向靠拢，两军会合有希望了。没过几天，希望变成现实，红一方面军和红四方面军终于在草地边界的懋功县城会师了！

会师后，部队进行整编，胡久保被调到红一军团第二师司令部通信连通信排当副排长。长征前，他在红一军团第二十三师通信排也当过副排长，广昌大会战后，部队整编，他被调到瑞金中央彭杨军校学习。学习半年，于1934年9月毕业，分配到红一军团保卫局侦察科当侦察员。红一军团保卫局长罗瑞卿，说话幽默风趣。记得部队过了于都河，开了一个动员大会，这天正好老百姓杀鸭子过重阳节，所以他印象很深。罗瑞卿在动员大会上说："敌人打到我们苏区来了，我们也要打到敌人后方去，革命嘛，不能老在一个地方，要换换房子。"瞧，他说得多么轻松乐观！

懋功整编后，第二师师长陈赓、政委刘亚楼，就开始向部队动员，要求做好过草地的准备。准备什么？说起来很简单，就是准备好粮食、食盐、辣椒、草鞋和一根拐棍。怎样准备？一句话："自筹！"可是部队这样多，懋功名义上是一个县城，其实那时顶多不超过一百户人家，那里老百姓受国民党的造谣欺骗，早在红军到来之前就跑光了，留下几十间用牦牛屎糊柳条当墙的牛屎房子，除了能住外，屋里空荡荡的，哪里还有什么可吃的东西，怎么办？中国有句古话"八仙过海，各显神通"，这个"八仙"就是群众路线，所谓"神通"，就是发挥集体的智慧，就是让同志们都来想想办法，总不能坐以待毙、空手过草地呀！

起初，战士们跑到野外去采野果、野菜，后来在野外发现了两座神庙，他们好奇地走进庙里去瞧一瞧，两个庙里各有一二十尊菩萨，个头比人还要高大，每尊菩萨神龛上摆有一些供品，有的还用油纸包成一团，里面有青稞麦，也有盐巴。看到这些食物，同志们个个喜出望外，刘排长兴奋地说："红军北上抗日感动了上帝，所以天赐我们这些粮食。"话虽这么说，但我们还是照章办事，写好了一张借据，压在神龛上，因为当时庙里同样找不到一个人，只好采取这种办法。

经过整编，他们通信排配置了三个班，每班十二人，加上刘排长和胡久保，一共三十八人，完完整整一个排。他们每个人自筹到十斤八斤青稞麦和三四两盐巴，在当时一个排每个战士都有这么多的粮食，恐怕还是占少数的。

整编过后没几天，部队从懋功出发，走不多远就开始进入草地，远远看见前面有一座小山，尘土飞扬，弥漫了一大片天空，他们以为是红四方面军走在前面扬起的尘土，号手一次又一次吹号联络，都不见回答，转而以为前面有敌人，这一天时时令人迷惑不定，所以走得很慢很谨慎。其实，前面既不是红四方面军，也不是有什么敌人，而是凝聚在草地上空的雾气，不过这种似雾非雾的怪异状态，若不到草地，平常是难以见到的。

再往前走，草地到处是沼泽，就像海绵一样，乍见似乎没有什么水，一脚踩下去软绵绵的，草陷进泥里，水就冒出来，真是一步一个脚印，一步一个水印。走在前面的人还好，后面走的人多了，草地就变成了湖洋田，这样就没法走了，如果再走，比在湖洋田里莳田还困难。因此，自然而然就会选择没有被人踩过的水草走，于是，横向距离越拉越宽，有的宽到一二里地。

草地的气候也恶劣极了，四季不分，雨晴不定，时值六月盛夏，仍像寒冬腊月一样，真飞起了"六月雪"，有时还噼里啪啦下冰雹。这里的空气也很稀薄，不走路还好，一走路就感到呼吸困难。第一、二天，同志们的精神面貌还好，上级通知不准掉队一个人，也不准丢掉一根枪。到了第三天就不行了，班长报告有一个战士走不动，班里的同志扶他，抬他走了一段路，抬的人自己也走不动了，没办法，只好留给后续部队去收容。当时，我们红一军团在前，红三军团在后，中央纵队在红一、红三军团的中间，相距各一天的路程。

第四天走不动的又有三个同志，更糟的是有的同志开始没有粮食吃了。前面说过，我排的粮食比别的同志多，为什么这样快吃完？说起来有一点成正比的道理，人的体力负担愈重，消耗就愈快。本来部队有通知，每个战士一条粮袋，没有命令不准吃，要吃只能吃自己衣服口袋里装的粮食。可是太辛苦了，口袋里吃完了，肚皮饿得慌，又没有别的东西吃，只好吃粮袋里的青稞麦。这时上级通知能走的就走，不能走的留给后面收容。

又有五六个同志走不动。粮食吃光了,到处找野菜、草根吃的人越来越多,加上风里吹,雨里淋,衣服干了又湿,湿了又干,体质差一点的难免病倒,原来身体很强壮的,抵抗力会好一些,但是也感到累极了,疲乏极了,时刻想坐下歇息歇息,有的一坐下去,就起不来了。因此,上级有交代,没有命令不准休息,也不准坐。第六天,上级的通知是能走的一定走,走不动的动员走,实在走不动的留给后面收容。可是后面谁来收容?大家不也是一样在艰难地过草地!

到了第七天,胡久保通讯排还剩下十二位同志,他们的刘排长第四天就走不动了,他对胡久保说:"我实在不行,这个排的任务需要你去完成了!"胡久保听后心如刀割,但是他也心有余而力不足,他身上背的东西够多了,除了粮袋和一支驳壳枪外,还背了陈赓师长、刘亚楼政委的一个大号望远镜,还有一支信号枪,并且胡久保还有一个特殊任务,出发时,司令部命令他保护一个藏族通司在前面带路做翻译。这个通司有四十多岁,他的家住在川藏边界,所以会讲汉语。这个人对我们很重要,司令部对他特殊照顾,给了他一匹马当坐骑。胡久保天天跟他在一起,久而久之他们之间建立了革命感情,因此胡久保走不动时,通司就跨下坐骑,把胡久保的东西给马背,他俩一块步行,胡久保的粮食没了,他的粮食有多,也分一点给胡久保吃,所以,胡久保才能咬着牙根跟着走。当时,连长和指导员一人一边,搀扶刘排长走了大约半个钟头,后来排长叫他们不要扶了,否则三个人都会倒下。多好的排长,他还会说话,神智也清清楚楚,就是双腿像灌了铅一样不会走路,连长、指导员也累得难以支持,几个人相对无言站了一会儿,还是指导员善于做思想工作,他好言好语安慰了刘排长一番后,他们不得不挥泪告别。

黄昏,他们走到一处山洼洼草地上宿夜,此时的胡久保就像喝醉了酒似的,又像做梦一样,迷迷糊糊看见左右两边突起的地方是一块山坡,上面长着一些小树,如果到那山坡地宿营,当然最理想,但是一听到宿营令时,胡久保累得多一步也不想迈,身子往草地上一倒便昏睡过去,等到他醒过来时,已经是第八天的上午。这天,天气很好,天空出现了太阳,胡

376

久保从地上挣扎着爬起来时，浑身已湿透，冻得直打战战，这才发觉，他睡过一夜的地方，早已陷进泥里，成了一块水洼洼。其他的同志和他一样，浑身是水，有的爬了起来，有的还一动不动，胡久保清点一下人数，使他大吃一惊，一夜之间，十二个同志只站起来了五个，一个班长、三个战士和胡久保。那个通司不用说还好端端的，他在同志们的保护下始终安然无恙，只不过没把他算在通信排战士之列而已。还有一个战士会说话，他对我说："副排长，我革命快成功了，如果怕我被敌人俘虏，你就给我一颗子弹吧！"胡久保听后，难过得一句话也说不出，眼泪汪汪地向指导员报告，指导员深为惋惜道："不会走了真可惜，要不我们快走出草地了，你告诉他今天的路程不远，从后面慢慢跟上来！"

果然，第八天只走了半天，就又看见一片牛屎房子，这个地方叫班佑，它是草地尽头的一个村庄。红一军团广大指战员从懋功进入草地以来，经过八个昼夜，他们一个通讯排三十八位同志最后还有五位战士，终于英勇、顽强地通过了被称为"人间绝境"的荒漠草地！

半个世纪过去了！当我们纪念红军长征胜利五十周年之际，古稀之年的老红军胡久保无限深切地缅怀长眠于草地上的英雄战友，他们的革命精神将永远光照人寰，与日月同辉，与山河共存，千秋万代，永垂不朽！

老红军胡久保同志参加过数十次战斗，负伤多次。长征胜利后，历任红一军团骑兵团排长、指导员，抗大学习后，在东北西满铁路局任科长，东北军区军械处任副政委，东北军区后勤部五龙背疗养院任党委书记。1962年转业地方工作，先后任辽宁鞍山市药政处处长、鞍山市商业局经理等职。1979年12月离休回家乡福建长汀县安置，根据中组部文件规定，胡久保同志离休后享受地（专）级待遇。2000年9月，胡久保同志因病医治无效逝世，享年89岁。

（本文原载《汀江红旗》第三辑，中共长汀县委党史征集委员会编印，1986年10月）

附录　红色记忆

南昌起义军入汀打响了闽西武装反抗国民党第一枪

贺龙率领的南昌起义军二十军在长汀驻地墙上写的革命标语

2022年8月1日是中国人民解放军建军95周年。95年前，八一南昌起义军获得胜利后，遵照党"迅速先取东江，次取广州"的决定，在周恩来、贺龙、叶挺、刘伯承、朱德等同志率领下，自南昌出发，拟经临川、宜黄、广昌、石城、瑞金、会昌、寻邬，直入东江。8月25日，起义军在瑞金、壬田击溃敌右路总指挥钱大钧部前来堵截的两个团。8月30日，起义军分两路攻取会昌，歼灭钱大钧部六千人，剩下三千人向南逃窜至梅县，企图与中路敌总指挥黄绍竑部前后堵截起义军。

起义军审时度势，认为虽然已经赢得瑞、会两仗的胜利，但是如仍按原计划由寻邬入东江，势必对己不利，因为有一大批伤员和缴获的辎重难于处置。再说取道汀、杭更安全。经起义军前委研究决定，改变原来南进的路线，不经寻邬，改由长汀（当时称汀州）、上杭入东江。

9月2日，贺龙指挥的第二十军先头部队从会昌向长汀挺进。当起义军首次入闽进入长汀境内古城镇时，就遭到国民党第十四军赖世璜第二师谢杰部队的阻击，贺龙马上指挥先头部队抢先占领一左一右制高点山头，向敌人展开猛烈攻击，经过一阵激战，谢杰部抵挡不住，丢下数十具尸体，其余狼狈四散溃逃。9月6日，起义军进入长汀城。叶挺指挥的第十一军9月5日由会昌出发，9月9日也到达汀城。真可谓，八一南昌起义军一入汀就打响了闽西武装反抗国民党反动派第一枪！

实行土地革命，广泛宣传群众

起义军在中共前委书记周恩来领导下，根据八七会议精神制定了实行土地革命和武装反抗国民党反动派的方针，在汀城广泛开展革命宣传活动，四处散发有"实行土地革命""没收大地主土地""耕者有其田""打倒国民党反动派""铲除贪官污吏"标语的传单，张贴革命委员会的宣言、告示，刷写"革命者来"等墙头标语。上街演讲的政工人员手执小红旗，站在小板凳上，号召广大民众参加革命，鼓励农民协会团结起来抗争，"不交租项于田主"。宣传活动搞得很热烈，大街上整齐的步伐声、口号声，沸腾的欢呼声，在远离大街的福音医院病房里都可以听到。在横岗岭师范学校礼堂，起义军举行了政治报告会，到会三四百人，郭沫若、恽代英在大会上作了报告。郭沫若作报告时第一句话就说"三百年前，我也是汀州人"（郭沫若祖籍宁化，隶属汀州）。他亲切和蔼的话语，给听众留下深刻的印象。恽代英穿一身蓝布制服，戴一副近视眼镜，脖子上系一条红领巾，说起话来，精神抖擞，声音洪亮，充满激情，加上有力的手势，听众们都不由自主地被深深打动。政治报告会在群众中产生了很大的革命影响。

汀州福音医院在院长傅连暲带领下，以极大热情联合汀州所有的医务人员，成立临时"合组医院"，长汀商人以博爱和人道精神募捐伤病员生活费，为徐特立、陈赓等三百多名起义军伤病员治疗。同时，动员了几所中学教员和学生来当看护。许多伤病员身体好转后即随军南下，暂时不能走的，傅连暲就让他们留在福音医院继续治疗，并以教会名义保护他们，免遭敌人的迫害，直至起义军伤病员全部归队。

起义军除忙于开会、筹款、宣传、安置伤病员外,一些领导人如吴玉章、张曙时、李立三、彭泽民等同志还分别接见长汀共产党员和革命分子,向他们了解情况和指示工作。革命委员会秘书长吴玉章在汀会见了北阀时在他领导下工作过的秘书干事毛钟鸣。毛钟鸣因蒋介石"四一二"政变,被迫从武汉回至长汀毛铭新印刷所从事印刷工作。见面后,吴玉章让毛钟鸣任秘书厅总务科长,协助筹款、后勤供应,并把在会昌、瑞金缴获的五千支枪支及弹药用木船运往上杭。毛钟鸣接受任务后,积极组织四百多名船工和一百多条木船,运送伤员和武器弹药到上杭,再由上杭的船工接手,顺利运往潮汕。

打土豪筹军饷,镇压贪官污吏

起义军革命委员会在汀城开过两次重要会议。第一次详细讨论了关于取东江的计划。当时有两种意见:一种主张以主力由三河坝经松口取梅县,再经兴宁、五华取惠州;另一种主张以主力取潮汕,留一部分兵力于三河坝监视梅县之敌,再经揭阳出兴宁、五华取惠州。讨论结果多数赞成后一种意见,遂照此决定。第二次会议是讨论筹款问题。原来对筹款也有两种意见:一种主张沿用旧约政策,就是每到一城,即进行提款、派款、借款等,实际上就是利用一般土豪劣绅来筹款;第二种主张要完全抛弃旧的方法,应该是征发、没收土豪劣绅财产,并对土豪劣绅罚款等。谭平山等主张前一种意见,周恩来、李立三、恽代英等都主张后一种意见。可是到了长汀,因为长汀商会答应三天内筹款六万元,所以谭平山还是照他的老办法筹款,放弃了惩办土豪劣绅的政策,结果上了大当。长汀商会袒护大商劣绅,有十万元以上家产的仅出三五百元,却把负担摊派给一般工农小商人,连十亩以内的自耕农及很小的杂货店都派十元八元。因此,筹款三日仅得两万余元,还闹得满城风雨。所以周恩来立即召开紧急会议,会上,大家都批评这种不正确的政策,立即取消旧的政策和方法,采用新的政策,在汀城大捉土豪绅士,实行没收与罚款,并发还许多贫苦工农已出的派款。

长汀的共产党员和进步青年对起义军的到来无比兴奋,积极响应和协助起义军在汀的革命活动。王仰颜、段奋夫、罗化成、黄亚光等同志主动与起义军政治保卫处联系，提供了全城军阀、官僚、土豪、劣绅的详细情况，并化装成起义军士兵，带领政治保卫处捉拿土豪劣绅，进行打土豪筹军饷活动，拘捕了国民党防务局长、警察局局长、商会会长和劣绅等人。根据广大群众要求，起义军在府学坪召开群众大会，镇压了四个官吏豪绅。由于起义军采用了新的政策和方法，仅两天时间就筹款四万余元，连同先筹得的两万余元，五天时间，共筹得六万余元大洋。起义军的燃眉之急，得以及时妥善解决。

建立党的组织，传播革命火种

长汀在南昌起义军到来之前，已有王仰颜、段奋夫等共产党员。还有从武汉、广州等地高等院校回乡的共产党员张赤男、傅维钰（女）、李国玉、吴炳若、胡轶寰、阚宝兴、廖惠清（女）等同志。他们之中虽然有的早有相交，但是因为尚未建立支部，也就没有组织领导。

吴玉章、彭泽民、许苏魂等同志还前往毛铭新印刷所了解情况，亲切地与工人交谈，鼓励他们搞好印刷工作。吴玉章、张曙时还通过毛钟鸣的介绍，多次接见在南阳、涂坊搞秘密农会的罗化成，随即罗化成被吸收入党。与此同时，李立三接见了在新桥组织秘密农会的王仰颜，并拨给步枪六十支，用木船运往新桥隐藏。从日本留学回至故乡长汀七中任教的黄亚光，在主动协助起义军打土豪筹款中，革命意志坚定，工作积极热情，遂被李立三、周肃清两同志介绍入党。

这时，起义军前委书记周恩来亲自派出招募处长周肃清帮助长汀创建中国共产党的组织。傍晚，在汀城水东街仙隐观王仰颜私人开的万兴昌盐铺里，召开支部成立大会，参加会议的有段奋夫、王仰颜、黄亚光、罗化成、曾炎、罗旭东、傅维钰（女）等人。周肃清代表起义军宣布正式成立中共长汀支部，指定段奋夫为支部书记。从此，长汀真正有了共产党的组织，长汀人民的革命斗争开始走向蓬勃发展的新阶段。

之后，起义军要求中共长汀支部加强联系汇报，并由李立三、周肃清亲自示范面授黄亚光书写秘密文件的方法。自此以后，长汀地方党为党做了大量秘密情报工作。红四军首次入闽时，毛泽东、朱德的《红四军前委关于攻克汀州及四、五军江西红二、四团行动方针等向福建省委和中央的报告》，就是黄亚光用密写方法，书写在上海商务印书馆的教科书上字与字行间，然后通过邮局地下党邮递员罗旭东同志秘密寄给中央的。

9月9日，起义军二十军先头部队开始离开长汀，开往上杭。接着起义军陆续离开汀城，直至9月14日左右，担任后卫的朱德、陈毅率领的第二十五师才最后离开长汀。起义军在汀停留时间先后共八天。

高举革命红旗，影响重大深远

南昌起义军在汀的时间虽然很短，但是开展了大量活动，做了大量工作，其重要历史意义和深远影响有如下几点：

其一，南昌起义军挺进闽赣边陲长汀县古城镇时，打败了国民党第十四军赖世璜部谢杰一个师的阻击。进入长汀城后，开展了"打土豪，筹军饷"活动，镇压了恶劣的官吏豪绅，在闽西长汀首次实行了土地革命运动，打响了武装反抗国民党反动派的第一枪，从此开创了闽西土地革命及武装反抗国民党反动派的革命历史新纪元。

其二，打击了国民党反动派官吏豪绅的嚣张气焰，解决了起义军的军饷问题，并唤起了民众，鼓舞了斗志。蒋介石"四一二"反革命政变后，实行白色恐怖，迫使轰轰烈烈的大革命转入低潮。南昌起义军在瑞、会接连打胜仗，长驱直入长汀拘捕和镇压了一批反动分子，大杀了土豪劣绅的威风，迅速解决了军饷，大长了革命人民的志气，人心大快。群众反映说："共产党不可不来，一年来一次也好，可以使土劣们永远不敢抬头。"

其三，组织群众，武装群众，推动了农民运动的开展。在起义军指导下，罗化成与张赤男在宣成、南阳、涂坊一带，王仰颜在新桥、馆前一带积极从事农运工作，使这些农村的秘密农会大量地建立。起义军拨给的六十支枪对后来古城暴动的成功起了重要作用。

其四，为革命播下了火种。起义军入汀后帮助长汀创建中共长汀支部，是起义军对长汀人民的重大功绩。由起义军亲手创建的长汀地方党在斗争中迅速发展壮大，到了1929年春，红四军在毛泽东、朱德和陈毅率领下首次入闽解放长汀时，长汀地方党已经在汀南、汀东、汀西和城关建立了四个工作区，并发展了党组织，中共长汀支部已发展为中共长汀特别支部、中共长汀临时县委，1929年3月20日在辛耕别墅举行的前委扩大会上，毛委员亲自批准正式成立为中共长汀县委。从此，中共长汀县委带领长汀人民在革命斗争中茁壮成长。后来，长汀成为了中央苏区核心区、经济中心"红色小上海"、中央红军长征出发地之一、全国著名的革命老区。

（本文原载《党史资料通讯》1987年第8期，中共中央党史征集委员会编，原题目《南昌起义军入汀与长汀地方党的创建》）

南昌起义军进军潮汕途中几个
重大政策的制定与更改

八一南昌起义胜利后，起义军进军广东，建立革命根据地，依靠海口取得外援，重新进行北伐。

起义军在挥师南下、转战千里的途中，前敌委员会和革命委员会在临川、瑞金、长汀、上杭等地召开会议，对一系列重大政策，以及入闽、粤路线，作了反复的讨论，建立和更改了有关的政纲与决策，从而使南昌起义军高举的土地革命旗帜更加鲜明璀璨。

一、起义军在临川

起义军到了临川以后，军饷一天天困难起来（因纸币不能用），急需设法筹集现金，因此召开关于财政政策的大讨论。这次讨论归纳起来总的有两种意见：

1. 主张沿用旧的政策，就是每到一个城市，即行提款、派款、借款等，实际上就是利用一般劣绅土豪来筹款。实行这种政策的结果，自然是摊派到一般贫苦的工农小商人身上，大商劣绅反可以从中渔利。

2. 主张完全抛弃旧的方法，实行新的政策，应该征发（如征发地主的粮食）、没收（没收劣绅、反动派等的财产）和罚款（对土豪劣绅罚款）等。

谭平山、林伯渠等主张前一种意见，而周恩来、李立三、徐特立、恽代英等都主张后一种意见。如果采用前一种旧的政策，和军阀筹饷没有什么区别，而且会动摇起义军的根本政策，如建立工农政权、镇压土豪劣绅等，所以，在会上有较大争论，但因理由都不充分，最终决定采用新的财政政策。可是到了实行的时候，却又发生问题了。在赣东一带无农民运动，谁是大地主和土豪劣绅很难确定。而采用旧的方法确实可以筹到少数的现金，因此从临川至瑞金途中的筹款方法不一，极为混乱。

二、起义军在瑞金

8月26日，南昌起义军在离瑞金一百五十里的壬田击败钱大钧部三个团后，于当天占领瑞金城。此时，获悉会昌之敌钱大钧、黄绍竑两部计十八个团计划攻击起义军。起义军遂决定先攻破会昌之敌，再折回瑞金。因战事及军队迂回往返的关系，在瑞金停留约一星期之久（前委在这个星期中开过几次会议，一切政策都有很大的改变）才到汀州。

起义军前委会在瑞金对哪些重大政策作了制定和改变呢？

1. 关于建立工农政权问题

在暴动之前，决定在原则上须建立一个无产阶级领导的工农小资产阶级民主革命政权，实际上便是组织一个以共产党员占多数的与国民党左派的联合政策。名义上使用中国国民党革命委员会，以"继承国民正统"来号召，反对武汉政府。暴动的第二天，即以中国国民党各省党部及特别市、海外党部代表联席会议的名义，产生了革命委员会。

到瑞金后得到上海报纸，方知不但张发奎（革命委员会委员）等已经旗帜鲜明反共，即所谓各省左派分子，亦完全投降了武汉政府，而武汉政府又实际上投降了蒋介石，同时各省军阀都用国民党名义封闭工会、农会、残杀工农群众，因此国民党实际上已为工农群众所唾弃，所以联合国民党左派，继承国民党正统已从事实上证明是当时机会主义者的一厢情愿。

因此，起义军前委会在瑞金开会决定："对于政权的性质，须根本改变，应该建立以无产阶级领导的工农政权，不过在工农政权之下须有联合贫苦小资产阶级的政策，实际上便是工农分子占多数和共产党员占多数的政府。同时决定乡村政权应完全归于农民，并须以贫民（农）为中心，城市政权，工人须占绝对的多数，县政权工农分子占绝对的多数。"

2. 关于土地革命政纲问题

南昌起义后,革命委员会明确宣布:"中国的国民革命,第一个使命就是要实行土地革命。"起义军的文告也指出:我们此次的革命行动"是实行土地革命,解决农民问题而奋斗"。中央对南昌起义的伟大意义及时作了肯定,指出:"南昌八月一日叶贺军队起义,……这一武装斗争的革命意义,便是这些军队能在土地革命的政纲上为民众作战。"

但是,起义军内部在实行土地革命问题上,一直存在激烈的斗争。第一次在九江会议上讨论时,李立三、恽代英主张没收大地主的土地实行土地革命。邓中夏、谭平山提出没收大地主土地的政纲,担心因此引起反动势力的联合攻击和军队内部的分化。当天两种意见争论不下无结果。好在第二天周恩来赶来传达了中央的意见,认为应该以土地革命为主要口号,这才确定下来。

南昌起义后,对土地政纲第二次开会讨论,针对农工委员会提出农民解放条例中有"没收二百亩以上大地主土地"一条,展开了激烈争论,有人认为限制二百亩还是太低,主张没收三百亩到五百亩以上的土地;有人则赞同实行武汉决议后被搁置的土地政纲"肥田五十亩,瘠田一百亩";甚至还有人主张什么也不要提。最后恽代英说:"我们这次八一革命主要是实现土地革命,所以我们决定了土地政纲,在沿途就要开始实行。只要真能实行,就是没收两百亩以上的大地主都是好的。"因此遂照原案通过了。

可是此项政纲决定后,在行军路上就听到来自广东的农民战友们说:"如果是没收二百亩以上的大地主,便是耕者无其田。"因为在广东二百亩以上的大地主实在太少了。

因此,前委会在瑞金又召开第二次讨论会,经过讨论,决定废除原有的农民解放条例,另提出一条修正条例,即将"没收二百亩以上的大地主的土地"改为"没收土地",不限制没收土地的亩数。

3. 关于劳动保护政策

南昌暴动前后,很少注意工人问题,直到瑞金以后,前委会才讨论了一次关于劳动保护的政纲。结果,由农工委员会提出了一个共有十九条的劳动保护暂行条例，其中规定产业工人八小时工作制，手工业工人每日十小时工作制，因公伤亡的赔偿，因疾病死亡的抚恤，失业保险及童工女工的保护，产前产后的八星期休息等，条文很简略，所以没有太多争论，讨论便通过了。

4. 关于南进路线问题

起义军的南进路线原定由赣东经寻邬直取东江，以为由此路线可以避免敌人攻击。8月31日，起义军研究决定南进路线不经寻邬，而改由长汀、上杭入东江。因何要改变原定计划呢？其理由如下：

（1）探知敌军在会昌失败后，黄绍竑在洛口不动，有截留起义军之模样，攻他则其有退路安全，必扑个空，反延迟起义军到东江时日，使敌在东江有充分准备；不攻他而追敌由寻邬入东江，则敌军必尾追其后，取长汀、上杭路线，则无此顾虑。

（2）可顺汀江而下韩江，利用木船运载大批战利品——枪支（五千支左右）和大批伤员迅速到东江，否则枪械、伤员无力去运输，无力过寻邬山路。

（3）寻邬地区瘠苦，汀、杭较富裕，不仅能解决米粮给养，而且可得现款分给士兵零用。

（4）起义军到寻邬集中的计划，被第二十军叛逃参谋长陈裕新告知武汉政府，披露各报，所以有改变原计划之必要。

（5）福建还没有实力较强的军阀驻兵闽西，真可谓无主之地，因此取道长汀、上杭，后方安全。

三、起义军在长汀

1. 关于财政政策问题

9月初，起义军进驻长汀城后开始筹款，因为长汀商会答应在三天内筹款六万元，所以起义军仍然按照旧的财政政策筹款，放弃了惩办土豪劣绅的政策，结果上了大当。原来长汀商会在城乡大派款，把负担摊派给一般工农小商人，连十亩以内的自耕农及很小的杂货店都派了十元八元，而有十万元以上家产的仅出三五百元，因此筹款三天，仅筹得两万余元，还闹得满城风雨。

因此，革命委员会在汀城召开紧急会议讨论，李立三、徐特立等极力批评这个政策不好，于是决定完全取消旧的筹款方法，采用新的筹款政策。然后，起义军与长汀地下党取得联系，地下党员王仰颜、段奋夫、罗化成、黄亚光等人热情支持，提供了全城军阀、官僚、土豪劣绅的详细情况，并带领起义军保卫处在汀城大捉土豪劣绅，还镇压了四个罪恶昭彰的官吏豪绅，实行没收与罚款，并发还许多贫苦工农已出的派款，仅用两天时间，就又筹得四万余元，加上此前筹的两万余元，共计筹得巨款六万余元光洋。这样一来便决定到广东后也全部采用新的财政政策筹款。

2. 关于进军东江的计划

在长汀，周恩来同志还召开了军事会议，决定：进入广东后，由朱德军长率二十五师前往三河坝附近阻击梅县东来之敌，以掩护我军侧背。同时，详细讨论了进军东江的计划。会上有两种不同意见：

第一种意见：主张以主力军由三河坝经松口取梅县，再经兴宁、五华取惠州，以小部分军力（至多两团）往潮汕，预料敌人已极为恐慌，潮汕空虚，可以不战而取。并且经潮汕再取兴宁、五华攻惠州，过于迟缓，敌人有集中兵力攻击起义军之可能。

第二种意见：主张以主力取潮汕，留一部分兵力于三河坝监视梅县之敌，再经揭阳出兴宁、五华取惠州。因恐敌人死守，潮汕不得，便难取得外面的接济。周恩来、希夷（叶挺）均主前说，俄顾问与贺龙、刘伯承等均主后说。同时一般军官长期行军之后，均欲得地休息，多赞成后说，遂照后说意见决定。

四、起义军在上杭

9月中旬，起义军从长汀抵达上杭。在上杭讨论国民政府政纲时，又一次讨论土地革命的政纲，这是第四次讨论此问题了。会上，多数同志主张将地主的土地全部没收。因为觉得农民暴动起来了，不但二百亩以上地主的土地会实行没收，就是二十亩以内自耕农的土地也会没收，甚至平均佃权，湖南许多地方的农民对土地的处置便是前例，我们政府当然不能因为超过了土地政纲限制和侵犯了小资产阶级的利益便压制他们。所以应根本提出"没收土地"和"耕者有其田"的口号。徐特立的意见，对小地主仍当有相当的保障，所以主张改为没收五十亩以上大地主的土地。因为多数的意见都主张全部没收，所以当时的决定还是"没收土地，耕者有其田"。

第二天，广东省委来了一份详细的政纲，对土地问题，是"没收三十亩至五十亩以上的土地"，对依靠田租为生活者不没收，并已经在各地宣传。因此，再召集会议，遂照徐特立的意见通过了"没收五十亩以上的大地主的土地"的决议。

南昌起义军在南下潮汕的军事行动中，逐渐认识到了解决农民土地问题的重要性，但由于我党处于幼年时期，缺乏经验，对如何进行土地革命问题，还处于探索过程中，所以存在这样那样一些问题，不仅不足为怪，更值得称颂的是尽管戎马倥偬，条件极其艰难，他们却以高度的革命热情，根据途中遇到的实际情况，不断进行讨论研究，总结经验教训，从而制定和更改重大经济政策，在闽西长汀、上杭决定和实行"打土豪，筹军饷，分田地"这一具有重大而深远革命意义的政策。1929年春，毛泽东、朱德和陈毅率领红四军首次入闽，继承南昌起义军的土地革命政策，也在长汀实行"打土豪，筹军饷，分田地"活动，取得巨大成功，也筹得巨款五万余元光洋，大大解决了红四军的给养军饷问题。

南昌起义军南下途中，始终高举武装斗争，实行土地革命的旗帜，对创建伟大的人民军队，实行土地革命斗争，作出了伟大而光辉的历史贡献。

（本文原载《闽西党史》2017年第2期）

中央红军第九军团长征从福建长汀出发始末

中央红军长征出发地的争论,早在1951年版的《毛泽东选集》注释就清楚说明是"从福建西部的长汀、宁化和江西南部的瑞金、于都等地出发,开始战略性的大转移"。可是,近些年在报纸杂志上不提福建长汀、宁化,而只说江西的瑞金、于都是中央红军长征出发地。显然,这是不够全面客观的,也不是实事求是的。所以,在这里将中央红军第九军团从福建长汀出发长征始末作一简要论述。

一、中央红军第九军团于何时在何地成立

中央红九军团隶属红一方面军,是其中五个军团之一。

1933年10月,由红三师和红十四师在福建建宁附近地区合编为"中国工农红军第九军团",并于同年11月7日在福建将乐县举行了成立大会。

红九军团军团长罗炳辉、政治委员蔡树藩(遵义会议后为何长工)、参谋长郭天民、政治部主任李湘怜(不久为黄火青),全军团九千余人。红九军团经常配合红一、红三主力军团作战,是一支机动部队,人员精干,轻装简从,机动灵活,善于配合作战,也曾单独完成了许多惊人的战斗使命,如广昌固守战、鸡公山守备反击战、两次进入东方作战、金华山防御战等等,一次又一次出色地完成了战斗任务,曾受到周恩来的赞扬,被誉为"战略骑兵"。

罗炳辉　　　　　　　　蔡树藩

那么，红九军团何时因何来到长汀呢？

二、长征前在福建长汀的中央红军

长征前在福建长汀的中央红军有红一军团、红九军团和红二十四师等三万多人。

红一军团是在广昌战役后的1934年6月，在国民党凭借军事上的优势，以北、东两路军分六路向中央苏区推进时，奉命东进福建，转战建宁、泰宁，而后来到长汀的。

红九军团也是参加广昌战役后，执行中革军委命令，护送北上抗日先遣队红七军团而留在福建长汀的。1934年7月，红九军团从广昌转移到石城，7月11日，从石城大獒出发，经宁化、清流到达永安，接替红七军团包围永安之敌，掩护红七军团顺利通过敌防线后，即突破永安之围，向前推进至尤溪，8月1日，占领闽江沿岸重镇樟湖板，并沿江上下展开攻势，以保证红七军团继续前进，俟红七军团渡过闽江，一举击溃国民党第八十七师王敬久部。8月7日，占领罗源县后，遂向浙江方向前进。至此，红九军团胜利完成护送任务，满载缴获的炸药、食盐等大量物资，于8月28日回到苏区姑田，尔后来到长汀。

红二十四师的前身是在闽西成立的新红十二军，1931年12月，新老红十二军合编仍称红十二军。第四次反"围剿"结束后，红十二军一度改编为红一方面军直属总部第一团。1933年冬，在瑞金改编为红一方面军直属总部独立第二十四师。红二十四师成立不久，便奉命执行"保卫连城"的战斗任务而来到长汀。

三、长征前夕中央红军在福建长汀进行的战斗

1934年4月，广昌战役后不久，蒋介石命东路军总司令蒋鼎文辖李延年第九师、李玉堂第三师、李默庵第十师、宋希濂第三十六师、陈明仁第八十师、刘戡第八十三师等，一共集中了"十四个正规军，一个独立旅，共七十一个团，仅李延年纵队亦有四个正规师"，向中央苏区东线大门——长汀松毛岭逼近。

松毛岭保卫战自如至终是在中革军委主席、工农红军总司令朱德亲自部署领导下进行的。在前线，红九军团、红二十四师归红一军团军团长林彪、政治委员聂荣臻直接指挥。

当时，"红军集中了一、九军团和二十四师，约三万多人"，守卫松毛岭一线。于是，松毛岭保卫战的前奏——温坊战斗拉开了序幕。（朱德：《在堡垒主义下的遭遇战斗》）

红军温坊战斗遗址

1. 温坊战斗

温坊（今属连城）当时是长汀松毛岭东南面山下的一个大村庄，这里与松毛岭主峰白叶杨岭遥遥相望，是进攻松毛岭的前哨阵地。担任主攻松毛岭的李延年纵队总指挥命第三师第八旅进驻温坊，作为进攻松毛岭的桥头堡。此时，红一军团、红九军团和红二十四师从朋口敌军以东的连城的姑田，永安的小陶、洪田一线，悄悄迂回到朋口敌军以西的长汀的南山、童坊一带。8月底，红一军团侦察到敌第三师、第九师、第八十三师、第三十六师等四个师于朋口、莒溪、璧州、洋坊尾一线，有向汀州前进的迹象。（《聂荣臻回忆录》）而温坊守敌已远离朋口敌军主力，相距还有十五公里，这是一次我军消灭温坊敌人的极好机会。红一军团当机立断，与红九军团和红二十四师准备夜袭温坊，摧毁敌第八旅这个桥头堡。

战斗于1934年9月1日晚九时开始秘密发起。在此之前，红一军团已运动到钟屋村一带。钟屋村设有乡苏维埃政府，村子较大，有两百多户，一千多人口。军团长林彪、政治委员聂荣臻率领的主力在钟屋村，军团司令部亦在此（林彪、聂荣臻：《温坊战斗之结果与一军团守备布置的报告》），就设在观寿公祠堂内。这时，指挥部队从钟屋村由西向东，正面出击；红二十四师从猪鬃岭、冈坊、桥下等地，由西北向东南攻击敌侧翼；红九军团作为预备队负责打援截击，从童坊、水头坪、吴家坊等地直插敌后，防止敌人增援，三面包抄温坊守敌。

由于事前敌人没有发现我军运动，加上过去我军只搞"短促突击"，敌军完全没有料到这次我军采取了运动战的战术，因此思想麻痹松懈，不作严密部署和警戒。等到我军打进温坊村里，敌人还在睡大觉，虽然曾匆忙应战，负隅顽抗，但已为时过晚。战斗不过两个多小时，我军就把敌第三师第八旅全部消灭，旅长许永相趁黑夜只身逃脱。

温坊战斗失败后，敌李延年纵队总指挥命他的第九师和第三师抽调了三个团，9月3日向温坊反扑，欲与我军决胜高低，结果，经过一场激战，李延年的第九师先头部队一个团，又被我军全部消灭，后面的敌人闻风丧胆，狼狈溃逃。

整个温坊战斗，全歼敌人一个旅和一个团，共四千多人。（《聂荣臻回忆录》）其中打死打伤两千多人，俘虏两千四百多人。缴枪一千六百余支，自动步枪、轻重机枪一百余挺，迫击炮六门，子弹四十四万多发。（孔永松等：《中央革命根据地史要》，1985年2月）

中央红军"退出苏区以前不久之东方战线上打击李延年纵队之温坊战斗是极大的胜利（俘获人枪千余），但是这个胜利的获得，正是由于一军团首长不照军委命令——死守温坊来打击敌人——而自动地进行机动，从温坊退进苏区十公里路（可是他们恐军委的责备而两天两晚睡不着觉），才能使敌人大胆前进，远离堡垒，而给予打击"（陈云：《遵义政治局扩大会议传达提纲》）。但是，温坊战斗的胜利，补救不了整个战略指导方针的错误。因此继温坊战斗后不久的松毛岭保卫战，我军受到严重损失。

林彪、聂荣臻电报

9月9日，红一军团、红九军团和红二十四师主动撤离温坊。因兴国告急，红一军团奉命往兴国增援。在长汀只留下红九军团和红二十四师坚守松毛岭，根据朱德总司令9月8日三时电令，红一军团转移后，红二十四师归红九军团指挥。这天，福建军区从长汀、上杭动员来新战士约两千人补充红九军团。

2. 松毛岭保卫战

松毛岭是长汀东南境内的一座大山，海拔783米，长汀县南山区和宣和区以松毛岭山顶为界分别管辖。1956年6月19日，长汀县划宣和区归连城县管辖，仍以松毛岭山顶为界，向西方向的松毛岭仍归长汀县管辖；向东方向的松毛岭归连城县管辖。松毛岭是东往龙岩、上杭、连城，西通长汀、瑞金、赣南的一条必经之路，为兵家必争之地。因此，当时在坚持打阵地战者的心目中，保卫松毛岭就是保卫汀州，保卫瑞金。

397

巍巍松毛岭

　　松毛岭从南至北横贯四十多公里，从东至西宽十五公里，到处都是崇山峻岭，形势险要，山上到处都布满红军。中段是全线要冲，唯有两个突破口，一个在主峰叫白叶杨岭，另一个叫金华山崟，两地相距数公里，山高路险，易守难攻，是中央革命根据地东线的重要门户。红九军团和红二十四师在这两处布下重兵，构筑了坚固的工事碉堡，居高临下，严阵以待。另外，在其他几个山峰上也作了周密布置。大小据点组成火力交叉。阵地内各主要据点间挖有交通壕，互相连接沟通。阵地前挖有外壕，并用鹿砦或竹钉作为障碍物。主阵地前面的一线高地，也筑了较为简易的工事，作为红军前进的阵地或警戒的阵地。

　　温坊战斗敌人丢了一个旅和一个团后，蒋介石极为恼怒，将蒋鼎文、李延年严厉训斥了一顿，把逃回去的旅长许永相枪毙了，师长李玉堂由中将降为上校，改派筑碉堡、修公路。同时调得力的北路军总司令顾祝同取代蒋鼎文，加强东路军指挥力量，并重新调整进攻部署，以第三十六师主攻白叶杨。（宋希濂：《第五次"围剿"中的朋口战役》）以第十师、第八十三师主攻金华山和松毛岭，第九师、八十师分别进攻刘坑口和寨背山。此外，还从南京调来第一、第二两个最好的炮兵团，各有德国造卜福斯山炮三十六门。蒋介石还唯恐炮兵难以摧毁红军的阵地工事，又从南昌派来几十架德制"黑寡妇"轰炸机、战斗机轮番作战。

1934年9月23日上午七时，松毛岭保卫战开始，敌东路军第三十六师、第九师、第十师、第八十三师等四个师，配备飞机、大炮向松毛岭猛烈进攻，数小时内敌人发射了德国造卜福斯一百二十三毫米榴弹炮、一百三十毫米山炮及八十二毫米迫击炮几千发炮弹，"黑寡妇"敌机周而复始地轰炸。接着，我红九军团、红二十四师和数以万计的长汀地方武装，与敌人展开了空前激烈的战斗，枪声、手榴弹和炸弹的爆炸声震耳欲聋，喊杀声响彻云霄。鏖战整日，我红九军团、红二十四师扼守的阵地巍然屹立。

"9月25日，罗炳辉和蔡树藩奉命到瑞金开会，由参谋长郭天民和政治部主任黄火青指挥部队继续保卫金华山。"（《罗炳辉将军传》，解放军出版社1986年9月版）形势日益严峻，双方为了争夺一个山头，不惜付出巨大代价进行拼搏，敌我伤亡都很大，战局形成对峙状态。（林伟：《"战略骑兵"的足迹》，战士出版社1983年10月版）

28日，中革军委命令红九军团撤出战斗，转移到钟屋村一带待命。坚守松毛岭阵地的任务，交给红二十四师接替。这天福建军区动员了经过四个月训练的新战士一千六百人，从长汀濯田开到钟屋村补充红九军团。

29日晨，敌人又向松毛岭发起新的进攻，炮火非常猛烈，还出动敌机十余架助战。下午二时许，左侧金华山唐古垴高地被敌夺占，形势十分严峻。红九军团七、八两团奉命重新投入战斗，支援红二十四师乘敌立足未稳，展开反冲锋，经过反复较量，终于夺回左侧金华山唐古垴高地。至此，松毛岭保卫战已整整打了七天七夜。（林伟：《"战略骑兵"的足迹》，战士出版社1983年10月版）在这次战斗中，国民党第三十六师师长宋希濂被红军轻机枪击成重伤，被立即送往南京治疗。（宋希濂：《第五次"围剿"中的朋口战役》）

据《长汀县志》[民国二十九年（1940）修纂]第一卷第28页记载："九月，东路军第三纵队指挥李延年，率六师进攻汀连交界之松毛岭，先是红军总司令朱德督重兵驻守，防御巩固。后是东路军用飞机大炮猛烈攻扑，红军败退，是役双方死伤枕藉，尸遍山野，战事之剧，空前未有。此后东路军渐向汀地推进，而钟屋村，而南山坝，而河田，兵力所及辟公路以利运输，筑碉堡于要隘以资防守。"

另据钟屋村老人反映，瑞金至长汀约五十公里，骑马不过一天时间，来回很方便。朱德总司令曾亲临东线指挥松毛岭战斗。他就住在钟屋村观寿公祠堂的"官厅"屋子里。[1984年12月15日，笔者走访中复村钟忻古（98岁）、钟汝忠（71岁）、钟春生（67岁）、郑从孜（65岁）等人访谈录。当年他们都是少先队员、儿童团员]

四、中央红九军团于何时从福建长汀的何地出发长征

1934年9月28日，红九军团奉中革军委命令撤出松毛岭保卫战的战斗，到钟屋村集结待命转移后，9月30日上午，红九军团在钟屋村"观寿公"祠堂门前大草坪上，召开全村群众大会，参加大会的有赤卫模范连、少先队和从塘背至连屋岗十一个村和涂坊等邻近村的群众两千多人。红九军团一部分指战员也参加了大会。大会由钟屋村区苏区主席蔡信书主持。红九军团参谋长郭天民在大会上向到会群众作告别讲话，说"红军马上要转移，去执行新的任务"，并叮咛道："我们走后，敌人会跟踪而来，乡亲们要做好坚壁清野！"最后他充满信心坚定地说："乡亲们不要担心，红军还要打回来的！"话毕，红九军团当场向钟屋村赤卫模范连、少先队发枪三百余支，还有一箱箱子弹。[1984年12月15日，笔者走访中复村钟忻古（98岁）、钟汝忠（71岁）、钟春生（67岁）、郑从孜（65岁）等人访谈录。当年他们都是少先队员、儿童团员]当天下午三时，红九军团兵分两路，九团随军团直属队为一路，从钟屋村出发，经河田前往汀州城。出发前曾通知红九军团在宁化的一个兵站和一所医院同时从宁化前往汀州城一同出发长征。红七、红八两团因左侧唐古垴高地陷落，形势严峻，重新参战，推迟一天出发。红七团团长刘华香率领部下冒着枪林弹雨，冲锋陷阵，经过多次反复争夺，将敌击退，重新占领了唐古垴高地，但刘团长在激战中不幸被一发炮弹的弹片击中右下胸，打断了一根肋骨，负了重伤（后来被送往医院取出弹片，又要求重回部队，坚持进行了长征）。深夜，红七、红八两团悄悄撤离战场,仍由钟屋村经河田到汀州城。沿途敌机临空盘旋,寻觅我主力的行踪,为避开敌机,每天夜间行军,白天宿营。(林伟:《"战略骑兵"的足迹》,战士出版社1983年10月版)当红九军团离开钟屋村时,钟屋村赤卫模范连、少先队和全区的少先队、模范连七八百人,全部领到了枪支弹药,也跟着红军一起转移,后来全部加入红九军团长征。其余全村男女老少向涂坊、河田、濯田、四都等地疏散。国民党军队于10月21日进占钟屋村时,那里早已坚壁清野,十室九空,变成一个无人村了。可是,国民党为标榜炫耀"战绩",以谐音将钟屋村改为中复村,即中央军光复之意,但群众不予理睬,至今仍习惯称钟屋村。〔1984年12月15日,笔者走访中复村钟忻古(98岁)、钟汝忠(71岁)、钟春生(67岁)、郑从孜(65岁)等人访谈录。当年他们都是少先队员、儿童团员〕

中央红一军团、红九军团总指挥部暨红军长征出发地遗址——钟屋村观寿公祠。(全国重点文物保护单位)

10月3日,红九军团两路会合到达汀州城集结,这时,接到通知从宁化赶来的红九军团宁化兵站和一所医院也及时赶到汀州城,全军在汀城水东街一带休整了四天。军委发给红九军团大批军用物资,每个红军指战员领到一套斜纹布薄棉衣、夹被、鞋子、斗笠等物,军容焕然一新。此时,在汀担任中共福建省委书记的刘少奇接到中共中央指示,将省委书记职务交给福建军区政委万永诚接任。中央派刘少奇作为中央代表负责督促军团实施党的命令和指示,参与军团的领导工作。这时军团长罗炳辉、政治委员蔡树藩已前往瑞金中央开会。所以中央代表刘少奇与军团参谋长郭天民、政治部主任黄火青一起率领红九军团从长汀出发长征。(王建英编:《中国共产党组织史资料汇编——领导机构沿革和成员名录》,红旗出版社1983年5月第1版,第230页)6日傍晚,全军从汀州城西移,于7日凌晨四时左右抵长汀古城宿营。

这时,红九军团收到朱德的电报。从这个电令中我们清楚地看到红九军团奉命从钟屋村出发长征,其一切行动路线都是在中革军委部署下进行的。电报全文如下:

朱德关于红九军团转移到古城、瑞金间地域的部署致罗炳辉、蔡树藩电(1934年10月7日)。

罗、蔡:

甲,李(指李延年)敌到达河田后,主要是构造碉堡和路。

乙,九军团(医院、兵站及轻伤病员均在内)准备转移方向,并应于九日晨到达古城、瑞金之间的地域,其行动部署如下:(A)今七日夜应秘密转移到汀州地域,八日即在该处隐蔽配置。(B)八日夜向古、瑞间前进,九日即在该地隐蔽配置。

丙,罗、蔡应于九日晨赶到军委,部队即交参谋长指挥。

丁,二十四师主力仍留河田以北地域,并向河田、大田屋、南山坝进行积极的游击活动。河田以西汀州河的桥梁应拆毁之。在河田之东端及南端,应于夜间派得力便衣队埋设踏发地雷。

戊,九军团的移动应在二十四师掩护下,保守绝对的秘密,除二十四师首长可知道外,不得使其部属知道。

己,九军团的移动必须在黄昏的夜间行之。如行至早晨尚未到达目的地时,必须采取办法使敌人空军侦察不能知道九军团的移动。

庚,二十四师从今晚起,应令其直受军委指挥并电告其部署。

(朱 七日十时)

1934年10月7日入夜，红九军团继续西移，经古城至瑞金二十多公里，于当晚八时许到达红都瑞金。8日，白天在瑞金歇息，黄昏从瑞金夜行军，于次日拂晓抵武阳。当天，军团长罗炳辉、政委蔡树藩从中央开会回来，军委已决定将粤赣军区主力红二十二师及于都补充第一团均拨给红九军团建制。这时，全军共有一万一千五百三十八人。但是，红二十二师仍驻守在会昌的站塘、中村一带，没有到武阳与红九军团集结。10日晨，红九军团南移会昌朱子坝、狮子坝一线。11日，折向会昌西北面的珠兰埠，在此休整六天后，于10月16日下午四时许，全军从珠兰埠（红二十二师从安远河之长沙圩附近渡河）同时出发，是夜，从工兵连架起的浮桥上大步迈过濂江，向西疾进。从此，离开了中央革命根据地。（林伟：《"战略骑兵"的足迹》，战士出版社1983年10月版）

　　为配合中央主力红军胜利地突破敌人封锁线，中革军委命令红二十四师（师长周建屏、政委杨英）留守中央苏区，并担任东线阻击任务，明确指出10月份汀州不能丢失。于是，红二十四师和长汀地方游击队、赤卫队为了掩护红九军团和中央红军顺利转移，坚持沿途边打边撤，先后在南山、河田两地展开了激烈的阻击战。原来敌人扬言，要在10月占领汀州，11月1日会师瑞金。结果，敌人因遭到红二十四师和地方游击队的有力阻击，11月1日才占领汀州，10日才到达瑞金。（赖荣光：《纪念中央红军突围长征》）

五、中央红军长征出发地不是在一个地方，而是在福建、江西的几个地方

　　1. 取胜中央红军保卫东线门户之战，一度成为敌军整个战局的重中之重

　　1933年9月，国民党蒋介石调集一百万兵力、两百架飞机向各苏区发动空前规模的第五次"围剿"，其中以五十万兵力分成东、南、西、北四路军"围剿"中央苏区。顾祝同为北路军总司令，何键为西路军总司令，陈济棠为南路军总司令，东路由十九路军蒋光鼐、蔡廷锴负责。

　　1933年底至翌年初，蒋介石亲自指挥其嫡系部队约十个师入闽，平定

十九路军"闽变"后,立即掉过头来,将其入闽"讨逆"部队组成东路军,任命蒋鼎文为东路军总司令,依然分东、西、南、北四路军进攻中央苏区。其实,名为四路,实际发挥作用重点进攻的是北路军和东路军。因为何键指挥的西路军穷于对付突围西征、开创湘鄂川黔革命根据地的红二、红六军团;陈济棠指挥的南路军与蒋介石矛盾尖锐,后来又与我党和红军建立了抗日反蒋统一战线,达成了秘密停战协议。所以,西路军和南路军对中央苏区的五次"围剿",只是配合防守而已。

重点进政中央苏区的敌北路军和东路军在广昌战役之前,敌北路军是重中之重。广昌战役后,由于中央红一、红九军团和红二十四师在温坊战斗中,消灭敌人一个旅和一个团共四千多人,取得了第五次反"围剿"以来一次极大的胜利,使蒋介石极为惊恐,所以将北路军总司令顾祝同调到东路军取代蒋鼎文,指挥东路军作战。因为长汀的松毛岭是中央苏区的东线门户,只要打开了这个东线门户,再往汀州城,一路都是丘陵地带,向前推进就不成问题了。反之,如果这个东线门户迟迟不能打开,那么北路军和东路军的"分进合击"就难以实现。因此顾祝同在东路军师长以上会议上,郑重地代表蒋介石说:"这次大举'进剿',其成败关系到党国的安危存亡,大家必须抱定'有敌无我,有我无敌'的决心,务必于短期内歼灭共军的主力。北路军现正以全力进攻宁都、石城,东路军应迅即击破当面的共军,进取长汀,配合北路军的作战。"因而,能否打开松毛岭这个东线大门,这时就成了敌军整个战局的重中之重,否则北路军总司令顾祝同就不必调到东路军取代蒋鼎文了。

2. 中央红军分别在东、北两个主战场抵御敌军,所以中央红军不在一处,而从福建、江西几处出发长征

中央革命根据地是由江西的赣南和福建的闽西连成一片组建而成的。敌人的五次"围剿"也是以赣南、闽西为重点进攻的。敌军以北路军和东路军作为重点进攻,我中央红军也以北线和东线作为重点抵御防线,而且,这种局面一直保持到进行战略大转移,因此中央红军不单在江西的一两处,而应该是从福建、江西的几处出发地出发长征。

中央苏区第五次反"围剿"广昌战役失败后,党中央和中革军委就开

始决定中央红军撤离中央苏区，进行战略转移。只因"左倾"中央领导过分强调保守秘密，不准向广大干部战士传达动员，所以才秘而不宣。但是随着战局越来越不利，甚至到了危急的情况下，中共中央和中革军委不得不在继续组织兵力拼死抵御敌人进攻的同时，开始着手进行战略转移的一些具体准备工作。例如，1934年9月中旬，因兴国战事告急，林彪、聂荣臻率红一军团从长汀抵达瑞金时，周恩来向林彪、聂荣臻两人传达了中央关于主力红军实行战略转移的决定，要求秘密做好准备。时隔不久，9月25日，红九军团军团长罗炳辉、政治委员蔡树藩奉命到瑞金中央开会，听取决定实行战略转移。这次会议在史沫特莱《伟大的道路》一书中也有记载：9月初，李德曾召集"各部队的主要政治和军事干部到瑞金，通知撤退计划"。所以，9月28日，中革军委命令红九军团撤出松毛岭战斗，30日，红九军团从长汀钟屋村出发进行战略转移，应该确定这是福建方面，也是所有中央红军中率先出发长征的一支中央红军，也是唯一一支不在于都境内集结，也不在于都河渡河离开中央苏区的中央红军。实际情况是红九军团从福建长汀钟屋村出发，前往瑞金武阳，并在武阳补充了红二十二师和于都补充第一团，然后，红九军团前往会昌珠兰埠休整了六天，随即连夜从会昌晓龙乡渡过濂江（这是一条从安远流向会昌的河，又称安远河），离开了中央革命根据地。

为什么其余中央红军都在于都境内集结，又在于都河渡河离开中央苏区，唯独红九军团例外呢？显然绝非偶然，而是有其特殊原因的。这是因为中革军委已决定红九军团作为中央野战军的左翼后卫，从会昌渡过濂江，然后紧随红一军团，担任左路后卫，直插桃江（信丰河），突破敌人第一道封锁线，这是一条十分有利于红九军团保障中央野战军左翼安全的近道。

综上从实而论，中央红九军团长征出发地是长汀，具体地点是钟屋村。告别中央革命根据地的离开地是会昌，具体地点是珠兰埠。

（本文原载《党史资料征集通讯》10，中共中央资料征集委员会编；《福建党史月刊》2016年第2期）

长汀人民对红军长征胜利的突出贡献

2016年10月是中国工农红军长征胜利80周年纪念日，回顾1934年10月，由于王明极"左"路线的错误，导致中央革命根据地第五次反"围剿"接连失利，中央红军被迫进行战略大转移——长征。在中央红军长征前后，长汀（当时划分为汀州市、长汀、兆征、汀东、汀西等县市，后来又同属长汀县）人民支持和配合主力红军与敌人展开了无私无畏、可歌可泣的英勇斗争，作出了巨大的牺牲与贡献。

"猛烈地扩大红军"

"猛烈地扩大红军"——这是1934年4月党中央和中革军委发出的号召。这时，因为国民党调集了五十万兵力向中央革命根据地大举进攻，红军在抵御敌人进攻中又连遭失利，损失相当严重，为确保第五次反"围剿"的胜利，中央苏区各地广泛深入地开展了扩红运动。长汀在这场猛烈扩红运动中，成绩显著，名列前茅。例如4月中央一发出扩红号召，第二个月，长汀县在全苏区扩红竞赛中，就荣获中央革命军事委员会奖励，被授予"五一扩大红军的模范长汀县"大红奖旗一面，并荣登中央机关报《红色中华》予以表彰。紧接着7月7日《红色中华》又报道，长汀、汀东、兆征三县扩大红军七千一百六十一人，其中有整团、整营的模范团、营、连和模范少先队参加红军。9月26日再报道："长汀县正向着超过计划的道路上迈进，送到补充团的新战士已达一千二百九十二名。"与此同时，长汀县涌现出一批又一批扩大红军的模范乡、模范区，如红坊区（今涂坊镇）在扩红运动中成绩突出，荣获福建省苏维埃政府授予"扩大红军模范区"的光荣称号；河田中坊乡扩大红军运动掀起高潮，全乡青壮年百分之百加入红军，福建省军区司令员叶剑英亲临现场召开表彰大会，亲自授予中坊乡"为保卫苏区而战"奖旗一面（此旗今仍在福建省博物院展出）。有些县、区整团整营的模范营、模范连和模范少先队积极参加红军，如濯田区模范营整连加入红军，南阳区（今属上杭）一次六十一人报名当红军，该区从1932年至1934年，参加主力红军的就有两千五百多人。出现了许许多多父送子、妻送夫、兄弟争当红军的动人事迹，场面十分感人，催人奋进。1934年9月，松毛岭保卫战关键时刻，福建分两次给中央红九军团输送兵员，一次由福建军区从长汀、上杭输送新兵两千人，再一次由福建省委输送长汀濯田经过4个月训练兵员一千六百人。以上所有这一切都体现了长汀人民为红军的胜利作出了无私无畏的贡献。

"紧急动员二十四万担粮食供给红军"与"秋收借谷六十万担"运动

为了保证红军第五次反"围剿"和准备战略转移的粮食，1934年6月2日，党中央和中央政府人民委员会发出指示信，要求各级党组织和苏维埃政府"紧急动员二十四万担粮食供给红军"，长汀、兆征、汀东等县采取征发、借谷、节省等办法收集粮食。在节省粮食运动中，中共福建省委书记刘少奇号召机关工作人员每人每月节省三升米支援红军。刘少奇自己带头吃"包包饭"，同志们也跟着改吃"包包饭"，以此积少成多，节省出大量粮食支援红军。到7月中旬，福建省已收集到粮食七千五百多担。其中，长汀和兆征等县都超额完成了任务。7月22日，党中央和中央政府又发出《关于在今年秋收中借谷六十万担及征收土地税的决定》。于是长汀苏区各地再次掀起借谷运动高潮。长汀县策田区下江乡妇女指导员自动借谷六十担，除了把自己一年中收成的三十多担谷子全部借出外，还将自家饲养的一百多斤猪卖掉，买来谷子借给红军。在她影响下，全乡群众争先恐后借谷给红军。1934年9月4日，《红色中华》报以《卖猪买米借给红军》为题，表扬了她的先进事迹。长汀赤田区委于8月1日召开党团员大会，赤上乡主席黄振明首先表态借谷二十担，接着江下乡党支书赖勇富报名借谷十九担，燃起了与会干部的借谷热情，最终这次党团员大会共完成借谷一百余担。根据 8 月 8 日统计，长汀县完成三万零九百五十四担，兆征县完成两万零五十担，汀东县完成一万六千二百五十九担，共计完成六万七千七百一十七担，比原计划的五万九千担，超额完成八千七百一十七担。

加紧筹备军需搞好生产支前

长汀历称汀州，从盛唐至民国，一千多年来曾是州、郡、路府和专署所在地。长汀至潮汕的汀江，发挥了繁荣经济的重大作用，成为周边十数县的交通枢纽和物资集散地。汀城商店林立，商品琳琅满目，党和苏维埃政府在这里建立了一批公营商业、合作社商业和私营商业，成为中央苏区的经济中心，被誉称为"红色小上海"。长汀名不虚传，在五次反"围剿"、反"经济封锁"和筹备军需、保障供给、生产支前中发挥了重要作用。

在红军准备长征前的一段日子里，长汀人民在积极筹粮的同时，加紧生产军需产品，努力做好生产支前工作。长汀中华织布厂有织布机、手摇纺纱机一百余台，两千三百多人，月产供染色白布、被单、医疗纱布等一万八千多匹。长汀红军被服厂生产军衣、军帽、绑腿、被单、夹被、子弹袋、干粮袋等，为了响应党和政府"要多做衣服，支援前线，让前方战士有衣服穿，安心打仗"号召，工人们每天自动加班两小时，生产劲头非常高涨。红军斗笠厂有工人一百零八人，后来从南山谢屋村、童坊胡岭村招收工人一百多人，共计两百多工人，使斗笠产量激增。1934 年仅生产九个月，产量超过二十万顶，确保红军指战员长征时人人都有一顶红军斗笠。

此外，长汀人民热烈响应中央政府关于"募集二十万双草鞋"支援前线的号召，县保卫局人员自己动手做草鞋两百余双；赤男区一次就编制了一千七百余双草鞋送给红军。城乡各处广大干部群众都纷纷开展编制草鞋运动，很快就超额完成了二十万双草鞋送红军的任务。

红九军团从中复村出发来到汀州进行四天休整，全军指战员每人都领到斜纹布薄棉衣、夹被、鞋子和斗笠等物品，军容焕然一新地迎接长征。

从军事上大力支援和配合主力红军对敌作战

1934年8、9月间，中央苏区第五次反"围剿"到了最后关头，国民党东路军六个师和一个炮兵团向长汀东南境内的重要屏障松毛岭逼近。中革军委调集了中央主力红军红一军团、红九军团和红二十四师等三万多兵力进行松毛岭保卫战。

为了保卫土地革命胜利成果，保卫红色政权，保卫革命根据地，苏区军民万众一心，同仇敌忾，在党和苏维埃政府领导下，县、区、乡苏维埃政府普遍组织了运输队、担架队、看护队、洗衣队和慰劳队，他们不管晴天雨天，不怕山高路远，自带伙食，义务抬担架、搞运输。福建军区还调来一个工兵连到红军前线松毛岭参与修工事。长汀、兆征、汀东三县管辖的区、乡组织了大批模范少先队和模范营到松毛岭前线参加作战，和红军一起修工事、挖战壕、抬伤员、运弹药、送饭菜、送茶水。圹背乡只留下成年男子两人，其余全部参加支前工作。长窠头乡所有男人都参加支前工作，人人都全力以赴支援红军。9月6日，中央红九军团护送抗日先遣队红七军团北上，一回到苏区长汀钟屋村，每个指战员就领到刚运来的第二套单军衣。9月18日，大批粮食源源运到钟屋村，供应红九军团和红二十四师。同时，长汀、连城两县曾两次到钟屋村慰劳红军。9月19日，由长汀、上杭两县动员来的新战士约两千人开到钟屋村，补充红九军团。9月28日，福建军区在长汀濯田集训了四个月的新战士一千六百人，开到钟屋村，补充红九军团。

1934年9月23日，松毛岭保卫战打响了！国民党三个师和一个炮兵团，配备几十架轰炸机、战斗机向松毛岭疯狂进攻。中央红九军团和红二十四师以及长汀等地的地方武装坚守松毛岭几个主要山峰及要隘，与敌军浴血奋战了七天七夜，战局形成相持状态。9月28日，红九军团奉命撤出松毛岭战斗。30日，实行战略转移。为了保障中央机关和中央红军集结转移能顺利实施，中革军委命令红二十四师留守苏区与福建地方武装担任东线狙击敌人的任务，并强调指出10月份汀州城不能沦陷于敌手。

福建省委书记刘少奇在红军长征前夕，为加强领导，统一省、县领导的认识，亲自主持召开干部会议，部署当前紧急任务："要求各县加强独立领导，准备在被敌人切断联系时能独立作战；加强地方武装的建设，广泛开展游击战争；建立党的秘密组织，积极准备开展地下斗争；加紧组织提运粮食到汀瑞边境，以备坚持游击战争。"

在中央和省委部署下，福建军区所属第十九团、二十团布置在汀南至汀西一线；汀东游击队坚守在汀连交界的童坊、馆前一带；长汀河流游击队在汀江与濯田河抢运粮食和转运伤病员；兆征县成立游击司令部，组建抗敌大队，配合红二十四师在松毛岭、钟屋村、南山坝、河田、白叶岭、长汀城、牛岭、古城等地展开大大小小的阻击战，迫使敌人五里一堡、十里一站，如乌龟爬行般向汀城逼近，打破了国民党预期10月占领汀州，11月1日会师瑞金的美梦，直到11月1日国民党才进占汀州城。

之后，兆征县抗敌大队与红二十四师后卫团凭借牛头坳、九里岭山势崎岖险峻，茂密隐蔽的森林，不断狙击敌人，与敌周旋了七八天之久，敌人摸不清红军游击队的虚实，不得不舍近求远翻山越岭绕道到古城，在古城又遭到红二十四师的袭击，拖到11月10日才狼狈进入瑞金。而这时，我中央红军早已踏上战略大转移的征途，并已突破了敌人第二道封锁线。

（本文原载《闽西文史资料》第十五辑，2016年10月）

"南阳会议"的历史作用

1930年6月初，毛泽东、朱德和陈毅率红四军第三次入闽。从寻邬经上杭才溪、通贤进驻长汀南阳（解放后划入上杭县）。自6月11日至13日在毛泽东主持下，在南阳龙田书院召开了中共红四军前委、中共闽西特委联席会议（史称"南阳会议"），参加会议的有毛泽东、朱德、陈毅、谭震林、邓子恢、张鼎丞、蔡协民、曾志、方方等红四军前委委员，闽西特委委员和部分红四军、闽西地方干部共七八十人。南阳区乡干部也列席了一天一夜的会议。

会议讨论了政治、军事、经济等问题，总结了中共闽西第一次代表大会以后，党在领导根据地建设和武装斗争各方面所取得的成就和经验，分析了闽西革命斗争形势，着重就对待富农的政策和对待流氓的政策问题进行了讨论，通过了《富农问题》和《流氓问题》决议案。会议也适当地解决了闽西革命根据地建设中还存在着的若干问题。对有关闽西的婚姻、经济、财政等政策作了重要的补充和修改。

会上，邓子恢代表中共闽西特委作了关于土地问题、财政经济问题、流氓无产者问题的报告。一年来，由于红四军两次入闽，在闽粤赣边取得了革命战争的伟大胜利，开辟了闽西和赣南苏维埃革命根据地，闽西党"一大"以后，"工农武装割据"得到迅速地扩大和发展，主力红军和地方武装日益壮大。土地革命出现了"收拾金瓯一片，分田分地真忙"的大好形势，在很短的时间内，就在长汀、连城、上杭、龙岩、永定纵横三百多里的地区，解决了五十多个区、六百多个乡的土地问题，约有八十多万贫

411

苦农民得到了土地。广大群众欢欣鼓舞，大大发展了生产，改善了生活。到1930年春，六个县六十九个区三百九十个乡先后建立了工农民主政府，各县还成立了赤卫军总部，闽西革命根据地呈现一派欣欣向荣的景象。但是在分配土地过程中，由于从原耕农民手中自愿抽出来的土地往往比较瘠瘦，因而无地、缺地的贫雇农所补进的土地也就质量较差。在土地分配以后，贫雇农成为主人翁，发现土地肥瘦不均，收获量相差很大。因此，合理地调整土地就成为广大群众的要求。闽西特委和苏维埃政府为解决土地分配中肥瘦不均，富农占便宜、贫雇农吃亏等问题，采取了"抽多补少，抽肥补瘦"的原则。

毛泽东结合在寻邬调查中了解到的情况充分肯定了闽西党组织在分配土地中创造的"抽肥补瘦"经验。

《富农问题》决议案是中国土地革命史上第一个专门解决富农问题的文件。这个决议案总结和肯定了土地斗争中的一些好的成功的经验，作出了以下正确的规定：（一）在分配土地原则上，除肯定"抽多补少"外，正式肯定了闽西党创造的"抽肥补瘦"的原则，使富农"不得把持肥田"；（二）反对了借口"调查未清、研究未好"而迟迟不分配土地的错误，继续坚持了"土地要很快分配的原则"；（三）坚持了以人口为标准分配土地，指出"以劳力为标准分配土地是与富农有利的"；（四）肯定了红四军在赣南创造的无偿分清的经验，规定"何时分田，何时得禾"，改变了"本届的生产归原耕人收获"的决定；（五）在政权建设上规定了不得使富农当选为苏维埃代表及其他一切政权机关职务等一系列限制富农的政策。这些正确规定，进一步丰富了党的土地政策，推动了闽西土地革命的深入，使闽西革命根据地呈现一派欣欣向荣的新局面。

但是，"南阳会议"受过"左"的富农政策的影响，制定了一些错误政策。如决议指出：（一）中国除有半地主性的资本主义性的两种富农之外，又提出第三种"初期性富农""即不出租土地，又不雇用工人，单以自己劳力耕种，但土地劳力农具充足，每年有多余粮食出卖或出借的一种人"。这实际上充其量只能算是富裕中农，被错指为富农了。（二）认为经济上富农的剥削比地主"更厉害""更加残酷"；政治上富农"自始至终是反革命的""富农决不会'中立'",并说:"这种使富农中立的幻想,必然要妨碍无产阶级发动贫农雇农的猛烈斗争,并争取中农与之结成同盟的任务。"因而决议进一步提出:"贫农雇农的敌人绝不止地主一个,地主的剥削固然是厉害,富农的剥削却是更厉害""我们的策略便应一起始就宣布富农的罪恶,把富农当作地主一样看待"。(三)由此出发,决议规定了一些过重打击富农的政策,如没收富农的土地,废除富农的债务,分富农的谷和耕牛、农具等等。

《富农问题》决议案产生上述错误,有其历史的原因,主要是中共中央硬性贯彻共产国际的6月指示所致。1929年6月7日,共产国际写了《共产国际执委给中共中央关于农民问题的信》,指示中国共产党要"加紧反富农的斗争"。国际来信指责中共"六大"在富农问题上"犯了最重大的错误",认为"中国的富农,在大多数情形之下,都是小地主",对农民的剥削比地主"更加残酷","富农分子照例到处都是公开地钻到反动势力方面,来反对农民群众的革命斗争"。因而,应该与富农作"坚决无畏的斗争。"对于"自己经营农业的那种富农",即使是"参加抗税运动或反对军阀运动的时候,也不应该向富农让步"。这封指示信生搬苏联的经验,不从中国的实际情况出发,过分夸大了中国富农的半封建性剥削,把他们和地主同样看待,从而提出了过"左"的消灭富农经济的政策,给中国土地革命带来了严重的后果。

《流氓问题》决议案,全面地分析了流氓成分的社会地位及其作用,正确地解决了扩大红军和地方武装中的理论和政策问题。

在土地革命初期,有一批流氓群众参加了革命队伍,这批人勇敢奋斗,但有破坏性,他们烧、杀、抢、嫖、吃、喝;他们有着流寇主义的游击思想,不是忙着建设政权和分配土地,而是扯起红旗到处乱跑。他们这些主张和行动,都是与我们的主张和行动不一致的,所以我们要坚决地反对这些主张和行动。决议案制定的党对流氓的策略是:"把流氓从统治阶级底下夺取过来,给以土地和工作,强迫其劳动,改变其社会条件,使之由流氓变为非流氓。"《流氓问题》决议案,把争取流氓的斗争,建立在对这个社会阶层的阶级的、历史的分析之上;把争取流氓的斗争同健全红军和赤卫队相联系；把克服流氓的影响同坚持从思想上建党的原则结合起来；要求争取流氓、改造流氓，使之成为自食其力的劳动者，成为革命的力量；等等。这些都对纯洁党、纯洁红军具有重要意义。

其次，会议制定了财政经济政策。当时闽西苏区受反动派的经济封锁，造成了苏区的土产——纸张、烟丝、木柴、茶叶等不易输出；而需要输进的布匹、油盐和药材又不易进来，价格昂贵，形成工业品和农产品的"剪刀差"，影响了人民的生活。会议认为，财经问题与战争问题有密切关系，只有积极向外发展游击战争，开辟新区，并征收土地税，厉行节约，紧缩开支。在经济方面，保护纸厂、烟厂，保护贸易自由，奖励输出输入政策，成立闽西银行，发行钞票，以维持金融和发展手工业和农业生产，准备与敌人作长期斗争。

"南阳会议"后，闽西处在非常有利的时期，中共闽西特委正在贯彻毛泽东正确的战略方针和路线政策时，却遇到了立三路线在闽西贯彻执行，破坏了这种有利的革命形势。

主要资料来源：

1. 《关于"南阳会议"的资料》。
2. 《闽西革命史文献资料》第三辑。

福建省苏维埃政府领导汀州市反经济封锁的历史功绩

1932年3月18日，福建省苏维埃政府在汀州市正式成立，张鼎丞当选为省苏维埃主席。"这次大会检阅了过去闽西苏区的工作，接受了全苏大会的法令与中央政府的指示，决定了福建苏区今后斗争的方针"。大会以发展革命战争的议题为中心，先后讨论和通过了关于土地、劳动、军事、财政、经济、苏维埃建设问题决议案。

1931年10月，经中共闽粤赣特委批准在汀州（即今长汀）成立了汀州市委、市苏维埃政府。1932年福建省苏维埃政府成立之际，根据1931年11月"一苏大会"通过的

张鼎丞

《中华苏维埃共和国划分行政区域暂行条例》的要求，福建省苏维埃政府作出决定，"报告中央政府备案"，再一次正式地宣布成立汀州市。汀州市是福建省苏维埃政府的直辖市。从此，汀州市成为中华苏维埃共和国有史以来第一个市，也是中央苏区的中心城市，享誉有中央苏区"红色小上海"美称。

由于中央苏区日益巩固和发展，国民党反动派除了在军事上对革命根据地加紧"围剿"外，经济上的封锁也越来越残酷。1932年开始，对接近红色苏区的白区实行"计口售盐、售油（煤油）"。盐每人每天只许买三

水东街——"红色小上海"商业街

钱,购时必须凭证;火油办法亦相同,唯重量稍稍不同而已。1933年5月,国民党南昌行营颁布《封锁办法》,专门在靠近革命根据地的县设置管理所,各水路交通要隘设管理分所或检查站。划定靠近苏区的县为封锁区域,并设赣江、闽江、汀江水道督察处,对米谷油盐布药等必需品,"非有护照及通行证,不准放行"。还野蛮订立"五家连坐法",规定五家中如有一家将食盐运往苏区,其余四家如有不报者,以"甘心赤化"罪处置。与此同时,敌人还严禁苏区的货物输往白区。这样就使苏区日常生活必需品如食盐、布匹、药材、煤油等十分缺乏和昂贵。因此,粉碎敌人的经济封锁,保证军民日常生活的急需品供应,就成为中央苏区经济战线上一个重要的斗争任务。

这时,汀州市委、市苏维埃政府在福建省委、省苏维埃政府的领导部署下,在中央政府及其有关部门的精心指导下,中央苏区"红色小上海"——汀州为打破敌人的经济封锁发挥了重要作用,取得了显著的成效,作出了重大贡献。当时采取的举措主要有如下几个方面。

一、兴办公营商业

汀州市的公营商业是中央、省、市苏维埃政府投资兴办的,是人民所有制的社会主义性质的经济实体。其任务,一是为人民生产生活服务;二

福建省苏维埃政府遗址

是为革命战争服务。立足点是打破敌人对苏区的经济封锁。于是先后成立了汀州市粮食调剂局、中华纸业公司、中华贸易公司、中华商业公司汀州分公司。

汀州市粮食调剂局于1932年春开办,由福建省苏维埃政府粮食调剂局管辖,共有资金十五万元。主要任务是收购粮食、储备粮食、调剂粮价、组织出口。主要经营粮、油、豆。通过购、销、调、存业务,严厉打击了奸商,平抑了粮价,保证了红军及城市居民的给养。还在古城开办了一所直属福建省粮食调剂局领导的十三区粮食调剂分局,经营粮、油、豆、盐,附设豆腐作坊,资金由省粮食调剂局贷借,代省粮食调剂局在江西的瑞金、会昌、壬田寨等地采购粮、油、豆和耕牛;代江西粮食调剂局在古城收购土纸;负责过往部队、地方干部、红军家属的粮食供应。粮、油、盐都凭票供应,印制有面额一百斤、五十斤的谷票,一斤、半斤的油票。这个分局办理粮食业务直到主力红军长征后才终止。

中华纸业公司成立于1932年冬,由汀州市纸业合作社和纸行老板入股成立,并发行了纸业合作社股票,共有资金二十万元。公司每年春天将生产资金发放给纸业合作社,由合作社转贷款给纸农或槽户,并向他们订购土纸。夏季后就可以大量收购土纸。公司把购来的土纸,一部分卖给各印刷厂,刊印各类书籍、报刊。其余通过突破国民党的封锁线外运到广东潮汕一带销售，据统计，年销量达八千五百七十担。上海《申报》曾以《长汀造纸概况》一文报道："瑞金中央政府之中华公司特组织纸业公司一所，委一兴国人为经理，资金二十万元，曾将其出口一部……运至潮汕出售，获利甚丰，此造纸公司设长汀。"当时，仅四都区就有纸槽六十余个，年产纸一万余担，造纸工人的工资，由革命前每月最低工资三元提高到三十元。因此，中华纸业公司购销土纸盈利成为汀州市的主要财政收入之一。

中华贸易公司于1933年初在汀州成立，是一家购销结合的商业性的公司，主要负责收购根据地出产的茶叶、烟叶、香菇、木材、药材、樟脑油、农副产品等土特产，运到白区销售，又从白区购回大量的西药、布匹、煤油、食盐、印刷材料、手电筒等紧缺物资，销往根据地各县，供军需民用。

其实，汀州的对外贸易在正式成立公司前就开始了，早在1930年6月，毛泽东曾派卢肇西到上海等地联系，为苏区购买紧缺物资。1931年春后，开辟了红色交通线，解决了大批急需物资。汀州福音医院在上海汇丰银行有大笔存款，为了取出存款，购买奇缺药品，毛泽东与福音医院院长傅连暲商定，派共产党员曹国煌医生乔装成商人，经工农通讯社前往上海取钱、购药，并在上海、汕头、峰市、上杭组织开设了四个地下药房，一方面买卖药、运药，另一方面掩护来往的干部。

1933年冬至1934年春，国民党十九路军宣布抗日反蒋，不但不执行蒋介石对苏区实行经济封锁的禁令，反而与临时中央政府签订协定："双方恢复输入之商品贸易，并采取互相合作原则。"于是赣南出产的钨砂，经长汀运往龙岩，然后换回食盐、布匹、药品。汀州市苏维埃政府还发动群众反经济封锁，特别是运盐的方式无奇不有，如有的把挑柴草的竹杠节打通装进食盐，再用竹尖塞住；有的把食盐装进双层底粪桶的下层，瞒过敌人的检查；有的妇女将食盐装进布袋，捆在肚皮上，伪装怀孕走亲戚，把食盐带进红区；有的打鱼船工用铁箱装药材、食盐，密封捆好后沉在船底，船头放几只鹭鹚伪装打鱼驶进苏区，等等。敌人只好哀叹："天下事，往往不能尽利而无弊，封锁之布置愈严，偷运之诡计亦愈巧。"中华贸易公司商业资本最雄厚，购销两旺，购销数额巨大，沟通了汀州市与邻近的瑞金、石城、宁都、会昌、宁化、上杭、连城等县的经济往来，使汀州成为赣南、闽西主要的农副产品集散中心。

中华商业公司汀州分公司于1934年初成立，资本全靠政府投资，约十万余元。其业务主要是派员到白区采购灰气氧（造子弹的原料）、印刷油、金鸡纳霜、阿斯匹林、奎宁、碘酒、布匹、食盐、火柴、煤油等，主要供应苏区各军队、政府机关使用。

二、保护和鼓励私营商业

革命前，汀州全是私营商业，其商业基础比较雄厚，商品流通全靠私营商业。1929年3月，红军首次入闽解放汀州后，颁发了毛泽东起草的《告商人及知识分子书》，指出："共产党对城市的政策是取消苛捐杂税，保护商人贸易。"7月，中共闽西一大通过的《政治决议案》规定"对大小商店应取一般的保护政策（即不没收）"。1930年3月，闽西第一次工农兵代表大会通过的《商人条例》也明确规定："商人遵照政府决议案及一切法令，照章缴纳所得税，政府予以保护，不准任何人侵害"，允许"商人自由贸易"。在党和苏维埃政府的政策感召下，部分私营商店关闭后又开业了。同时，还新开业部分私人商店。据1933年冬的有关资料统计，汀州市共有三百六十七家私营商店。其中京果店一百一十七家，洋货店（百货店）二十八家，布店二十家，油盐店二十家，药店十七家，纸行三十二家，酱果店九家，锡纸店二十七家，金银首饰店十四家，小酒店四十五家，饭店十一家，客栈二十家。规模最大的私营商店王俊丰京果店，资金三千元以上，经营品种多，营业时间每天长达十五小时。

为了让无店的个体小商人经营农作物产品，汀州市苏维埃政府在水东街大观庙前和司背街分别开设了红色米市场，主要进行大豆、大米及其他农副产品的交易。每天有邻县及各乡村一千多人，肩挑各类产品前来交易，单大米、豆、麦每天就达七万多斤，大大地活跃了汀州市的市场，调节了苏区的工农产品剪刀差幅度，促进了苏区的经济发展。

三、组织和发展合作社商业

由于敌人对苏区实行经济封锁,致使苏区出现工业品物资紧缺,价格迅速上涨,农产品价格猛跌的不良现象。为了解决工农业产品价格"剪刀差"的问题,尽快恢复和发展手工业生产,保障革命战争的需要,改善人民生活,打破敌人的经济封锁,福建省苏维埃政府号召大规模地发展合作社经济,于是,汀州市掀起了大办合作社商业的高潮。汀州市的合作社商业名目众多、形式多样,主要以生产合作社、粮食合作社、消费合作社为主,其性质属于群众集资兴办的具有社会主义因素的集体所有制经济组织。

生产合作社。汀州市的各类生产合作社尤为突出,据不完全统计,组织了造船、农具、铁器、织袜、铸锅、皮枕、雨伞、油纸、烟丝、染布、陶器、制糖、榨油、锡纸、理发、食盐、樟脑、酱油、竹器、木器、砖瓦、石灰、缝衣、竹篾、豆腐等二十五个生产合作社,组织了二十多个纸业生产合作社,共计五十多个生产合作社,社员达五千余人。在汀州市,纸业生产合作社最为突出,在中华纸业公司的领导下,发行了纸业生产合作社股票,让社员一起办纸业,加快了纸业生产的发展。

粮食合作社。于1932年春大规模地兴办粮食合作社,汀州市五个区(中心区、东郊区、南郊区、西郊区、北郊区)都办有粮食合作社,它是由经营粮食的个体户入股组成,业务上归粮食调剂局领导,行政上区苏维埃政府派干部指导,合作社主任由社员大会民主选举产生,并成立管理委员会。管委会每三个月召开一次社员大会,审查三个月的预结算,决定三个月的经营方针。其任务是调剂粮食、稳定粮价。在新谷登场时以高于市价的价格向社员籴谷,在青黄不接时又比市价较低的价格粜给社员,收购多余的粮食运往粮价高的地方卖,或组织出口国民党统治区,收取盈利给社员分红。每区的粮食合作社有社员一千余人,有股金两千余元。中心区粮食合作社设于水东街10号。为了巩固粮食合作社的发展,1933年苏区中央国民经济部制定了《粮食合作社简章》,对社员代表会、管理办法、红利分配、公积金的提成、职工奖励等都作了详细规定。因此,到1933年秋，汀州市、长汀县、汀东县、兆征县几乎每个乡都成立了一个粮食调剂合作社。

消费合作社。普遍发展于1932年夏，主要成立于汀州市及各区所在地的集镇。汀州市区每条主要街道都办有一个消费合作社，一般的资金在三千元以上。为了管好消费合作社，中央国民经济部制定了《消费合作社简章》。福建省苏维埃政府成立消费合作总社，县、市也成立总社。其任务是帮助、指导各社的业务工作，为各社提供购货信息，设法解决各社的银行贷款。汀州市的消费合作社办得很活，购进的货较多，组织销售的土特产也多，基本上可以解决社员和周围群众日常必需品的需求。其价格比市价低些（一般比市场价减百分之五），规定红军家属凭优待证，社员凭购买证购货。缺货时，照顾红军家属先买。红属及社员有困难的，允许赊账，限期十天到一个月。还账时可用米、豆或其他土产折价卖给合作社。社员反映这样的合作社既方便又灵活。

这一时期，各种类型的合作社在苏区内迅速地组建，先后建立的还有农具购买合作社、石灰购买合作社、纸业贩卖合作社、茶油豆油贩卖合作社、中药材贩卖合作社等等。

综上所述，中央苏区"红色小上海"的商业乃至整个福建苏区和中央苏区的商业是由合作社商业、公营商业和私营商业构成的。在福建省苏维埃政府主席张鼎丞直接领导和大力支持下，"红色小上海"汀州市的商业特别繁荣，搞得也特别出色，为红军五次反"围剿"战争的给养、苏区政府人员供给、发展工农业生产、改善人民生活，尤其是为打破敌人的经济封锁，发挥了重要的作用，作出了重大的贡献。

（本文原载《纪念福建省苏维埃政府成立80周年理论研讨会论文集》，2012年3月；《福建党史月刊》2012年第24期）

中华苏维埃运输管理局福建分局的往事

一

1932年3月18日，福建省苏第一次工农兵代表大会在长汀召开，成立了福建省苏维埃政府。嗣后，即成立了中华苏维埃运输管理局福建分局。它的主要任务是控制水陆两路货物，打通赤白交通运输，以粉碎敌人对苏区的封锁。

1933年2月，省苏监察委员黄兴发任运输管理局福建分局局长，并成立了领导小组，除了原有的金山下检查站外，增设水口、回龙、官庄等检查站，接着又成立了两个造船厂，一个设在汀城，一个设在水口。领导小组由黄兴发、王逸群、温必权、叶宝仁、刘祥云、兰六老、张必发、刘九文、张来成等九人组成领导机构，黄兴发任福建分局局长。其余分工：叶宝仁负责审查证件及收发文件，张必发负责物资及出口证明，王逸群负责对白区宣传，温必权负责苦力运输工作，刘九文负责造木船和修理木船，张来成负责水口检查处，兰六老负责金山下检查处。

中华苏维埃运输管理局福建分局设在汀城半片街上杭会馆。造船厂设在旱桥头，有二十二个造船工人常住在厂里。水口检查处和造船厂设在濯田水口市场。金山下检查处设在紫金山下。这两处关卡不单检查水运，也要检查陆运，严防不法奸商逃私漏税、贩卖金银等不法行为。

这时，第四次反"围剿"已经开始，分局工作重点是以汀江为交通运输命脉，千方百计解决苏区人民的食盐、西药、布匹等生活物资急需。

二

为了打破敌人的经济封锁，福建分局以汀江的木船为主要交通工具，调集了六十多条木船，挑选了一百二十多名船工。七只木船为一组，分成九个小组，组成汀江运输队。每星期从长汀至上杭来往运输一次，输出土纸、香菇、笋干、米、豆等土产，换回食盐、西药、布匹、煤油、蜡纸、油墨等禁运物资。

那时的食盐奇缺，一块光洋只能买到七钱三的食盐，相当于一块光洋的重量，所以称盐用厘戥。群众中对食盐有"戥戥七钱三"之说。

经济封锁也造成白区商人的货物囤积不通，白区商人也想趁机发财，暗中支持我们去偷运，只要有钱，商人什么货物都肯卖给我们。那时上杭是敌占区，隔一条汀江，东边红，西边白，敌人在西岸驻敌一个排。挨到深夜，我们将船撑到西岸——东门城脚下，将禁运物资装上船后，偷渡至东岸，那里早有人守候，马上搬运肩挑上山去。

一次，黄兴发亲自在上杭偷运了一船布匹、油墨、蜡纸等禁运物资，虽然经过伪装，还是被水西渡敌检查站发现了，当场把黄兴发等5人扣留起来，押到上杭城里钟绍奎匪部。敌人审问道："谁叫你们偷运物资？"黄兴发沉着答道："昨日，我们的船一到码头，就有一位货主跑来接洽，问我载货一船要多少钱。我说三元半，货主没有还价，并叫人立即将货物搬上船来。"

敌人又厉声喝道："我问你货主是谁？"

"我不知道。"

"你明明知道货里藏了违禁品，还想抵赖找死吗？"

"他的货物都经过包装，我们怎么知道是违禁品？好比叫我们抬花轿，我们怎知道花轿里坐的是小姐还是太太？"

敌人被黄兴发驳得哑口无言，不得不放他们走。其实，船上还有一位陈××，衣服穿得褴褴褛褛，头发也乱蓬蓬，似乎有点呆头呆脑，敌人上船搜查时，他蹲在船头，敌人见他那副模样，也不去理他，只顾将黄兴发等人抓走，独留他在船上，岂知陈××才是白区运输组的负责人，这一次运输任务就是他布置的。黄兴发等人回到船上，连夜启程，将一船货物运回了长汀。

三

1932年广东军阀陈济棠占领上杭后，采取突然袭击，没收了长汀停泊在上杭的木船两百多只，从此以后，凡进入上杭白区关卡的船只就被扣留，因而长汀木船日益减少。福建分局采取有效措施，在汀城桥下坝成立了造船厂，不断生产木船，继续进行反经济封锁。具体做法是：从粤东的潮汕地区秘密运进，以及在永定筹集、采办的物资，在峰市下船，运到大沽滩起岸，转陆路肩挑至芦丰、泮境、白沙、旧县、涧交石、才溪、官庄转运回长汀。另一条路线：从涧交石陆运经通贤、南阳、涂坊、河田到长汀。

福建分局在领导反经济封锁的同时，还通过汀江运输开展革命宣传和游击斗争。如出口毛边纸时，事前组织写好三四担的革命传单标语，分别藏在一篓篓毛边纸中，经过敌人检查站时，敌人所看到的是整船的篓纸，就是拆开，里里外外摆着一刀刀毛边纸，何曾想到革命传单标语就藏在最中间。船到上杭，城里设有一家过驳行，招牌叫"邱日升"，那里有我们的地下党，一个姓谢，一个姓郭，没有紧要事，一般不去找他们，只要将纸交给驳行，由那里发往潮汕、广州、香港等地。哪里收到毛边纸，哪里就有革命传单标语。

在上杭散发传单标语多半是船工自己。他们从纸篓中抽出一部分宣传品，利用傍晚商店关门时，将传单悄悄塞进店铺门缝里，或半夜将标语贴到街头巷间，甚至敌人的大门上。除了散发传单，还配合游击活动，如他们多次用地雷炸上杭城墙，把地雷用油纸包起来，藏在船板下，深夜爬到上杭城脚下装好地雷，"轰隆"一声，把城墙炸塌一个口子。敌人在睡梦中惊醒，以为红军打来了，赶紧出动大批军队，而我们早就躲得无影无踪了，扰得敌人终日不得安宁。

1933年11月，第五次反"围剿"开始。在王明"左"倾错误领导下，我军斗争形势日益险恶。为解决部队给养，福建分局组织成立了一支河流游击队，共有武装八十多人，队长谢猴子，政委刘源枝（露潭人），突击队长张思垣（福建省苏维埃政府副主席），党小组长黄兴发为总负责人。他们的主要任务是护送运输粮食三十万斤至四都山区，供给红军部队和伤病员。木船从水口逆水上滩，运到安宁、坪埔一带，然后起岸靠肩挑爬过大山，挑往四都山区。敌人多次来偷袭抢粮，都被河流游击队击溃，他们胜利地完成了这次运粮任务。

1934年，松毛岭战斗失利，福建省苏转移至四都，福建运输分局至此结束了它历时两年多的光荣使命。

（本文原载《福建工运史研究》1985年第11期）

闽西红旗不倒的启示

闽西从 1926 年建立党组织，至 1949 年全国解放，这二十三年间，闽西在中国共产党领导下，一直存在省、地、县的党组织领导，存在人民武装，还有十余万人口，保住了土地革命果实，闽西党和人民一直坚持革命斗争，红旗始终不倒，在我党革命史上写下了光辉的篇章。当今，我国正在建设一个具有习近平新时代中国特色的社会主义时期，如何加强党的领导，继承发扬革命传统，为实现中华民族伟大复兴的中国梦而继续奋斗，历史的经验仍具有现实意义，值得学习和研究。本文试对闽西二十多年红旗不倒的历史经验，作一次初步探讨。

一、有党的坚强领导

第一次大革命失败后，邓子恢、张鼎丞等遵照党中央八七会议精神，领导龙岩、平和、上杭、永定等地农民举行了著名的闽西暴动，创建地方武装，实行土地革命，建立苏维埃政权，揭开了创建闽西根据地的斗争序幕。

1929 年春，由毛泽东、朱德率领的红四军入闽，英勇善战，所向披靡，迅速消灭了闽西军阀郭凤鸣、陈国辉等部，开辟和发展了闽西土地革命运动，壮大了红军主力和地方人民武装。

接着，由毛泽东亲自指导召开的中共闽西第一次代表大会，为闽西党和人民制定了"为实现闽西工农政权的割据而奋斗"的总任务，同时，大会所制定的土地法，以及后来召开的"南阳会议"制定的关于"抽多补少，抽肥补瘦"的原则，受到广大群众积极的拥护，所以在很短的时间，就在长汀、连城、上杭、龙岩、永定纵横三百多里的地区内，解决了五十多个区、六百多个乡的土地问题，约有八十多万贫苦农民得到了土地，大大发展了生产，改善了生活。（张鼎丞：《中国共产党创建闽西革命根据地》，1982年6月）毛泽东亲自主持召开的古田会议决议成为中国共产党建党建军的指针。闽西革命斗争实践为古田会议决议的制定提供了重要经验，同样，古田会议决议又为闽西党和地方红军的建设指明了方向。

但是，后来由于推行王明"左"倾冒险主义路线，苏区错误进行肃清社会民主党和反对所谓罗明路线运动，给革命造成极大的危害，加上未能粉碎国民党第五次反革命军事"围剿"，中央主力红军被迫撤离中央苏区，进行长征。

艰苦卓绝的三年游击战争中，闽西在张鼎丞、邓子恢、谭震林、方方等同志领导下，粉碎了敌人多次的"清剿"，获得了伟大的胜利。

在抗日战争、解放战争时期，闽西保持和发展了党的组织，保存了广大干部，保住了土地革命的果实。总之，胜利地保持了闽西二十多年红旗不倒的伟大成果，这是闽西人民在中国共产党正确领导下所取得的伟大胜利。

二、有人民武装的坚强力量

1928年闽西暴动后，为了在各乡建设苏维埃，实行抗租，并集中队伍到各处游击，闽西党组织从参加暴动农民中，挑选了一部分最勇敢、最坚定的分子，组成了红军营，张鼎丞任营长，邓子恢任党代表，这是闽西创建的最早的一支红军队伍。

1930年春，闽西苏维埃政府成立后，组建红军被当作是建立、巩固和发展革命根据地的头等重要大事来抓，各地普遍建立了未脱产赤卫军、少先队，担任镇压反革命、配合红军、游击队作战、军事侦察、交通联络、运送伤员、输送粮食等任务。苏区建立脱产的游击队，它的任务是消灭当地的散匪和配合独立团作战。县苏建立赤卫团（独立团），每团三百至七百人，具有一定的战斗力，能单独作战，保卫苏维埃政权，巩固和发展土地革命成果。地方武装又是扩大红军主力的兵源。第二次国内战争时期，闽西红军组建为红四军第四纵队、红十二军（即老十二军）之后，闽西红二十军与红二十一军合并，又改编为十二军，它们都为闽西根据地的开辟和发展立下了丰功伟绩。后来，新老十二军合并为红一军团第十二军。在群众运动中创建地方武装，逐渐上升为主力军，地方主力又编到中央红军主力去，这就是毛泽东一贯在地方革命运动中军事建设方面的基本政策。（邓子恢、张鼎丞：《闽西暴动与红十二军》）闽西长期坚持了这个建军政策，有力地打击了敌人，同时发展壮大了自己。在三年游击战争中，闽西南军政委员会领导的红八团、红九团和汀瑞游击队在敌后坚持游击战争，粉碎了国民党四次"清剿"，保存和发展壮大了游击队力量，为闽西南实现第二次国共合作作出了重要贡献。在抗日战争中发展起来的王涛支队，随后又在解放战争中和粤东总队合并上升为中国人民解放军闽粤赣边区纵队，成为战斗在敌后的主力游击部队，1949年在南下解放大军的配合下，胜利地解放了二十九个县城和汕头市。

历史经验证明，毛泽东的英明论断"枪杆子里出政权"是无比正确的。在敌人屠刀面前，没有人民的武装，党就不能生存、发展，人民革命就不能胜利。历史经验证明，必须"党指挥枪"，人民武装应当掌握在党的手中。只有在党的正确领导下，才有正确的政治方向，才能成为一支英勇顽强、战无不胜的人民队伍。

三、有广大群众的支持和拥护

在封建统治阶级长期压迫和剥削下，"闽西的社会经济是落后的、破产的，广大人民的生活艰难竭蹶，日益贫穷，灾难深重"。（张鼎丞：《中国共产党创建闽西革命根据地》，1982年6月）其间，虽然有许多仁人志士不断地起来反抗，但是每次都遭到血腥镇压。只有在五四运动和中国共产党成立之后，闽西的革命斗争才走上了胜利的道路。

第二次国内革命战争开始以后，闽西人民真心实意地拥护共产党，支持和参加革命，使革命运动在闽西各县迅速蓬蓬勃勃地开展，不过短短的三年时间，闽西苏维埃政府于1930年成立了。在纵横三百多里、五十多个区、六百多个乡，八十多万贫苦农民分得了土地，实现了农民千百年以来梦寐以求的夙愿，农民由衷感谢共产党，决心跟着共产党干一辈子革命。

在闽西处于敌强我弱的三年游击战争和解放战争时期，由于始终保持了党与人民群众的密切关系，能根据群众"避免敌军烧杀迫害，抵抗敌人苛捐杂税，保持土地不被收回"的要求，正确开展广泛的、灵活的、群众性的、胜利的游击战争。（邓子恢、张鼎丞、谭震林：《闽西三年游击战争》）因此红军游击队得到闽西群众无私的支持援助，群众与党和红军游击队的关系发展到血肉相连、互相依存、密不可分的程度，当党和红军游击队最困难的时候，群众就冒着生命危险，采取一切办法，支援党和红军游击队。

龙岩后田村的陈客嫲就是众多舍生入死支援党和游击队最突出的一位女英雄。有一次，特委几个领导在陈客嫲家里开会，突然来了一队敌军，陈客嫲马上发出暗号，于是特委领导立即脱离险境，从她家后门跑上山去了。陈客嫲却被敌人捉了去，敌人严刑拷问她，还惨无人道地用烙铁燃烧她的胸脯，割去了她的两只乳房，并撒上盐巴折磨她，她忍受住一切痛苦，始终未吐半句真情，敌人毫无办法，就把她拖到荒郊枪毙。子弹未击中要害，她死里逃生，伤未养好，她又回到村里继续为山上的游击队送粮，送寒衣，结果又被敌人抓住，敌人要把她活活烧死，临死前陈客嫲还高呼着："红军一定会回来，白狗的天下不久长了！"群众不惜用自己的鲜血和生命来支持党和游击队，党和游击队也时时刻刻为人民的利益着想，千方百计保护群众土地革命果实，领导群众进行保田斗争，更加密切了党和游击队与人民群众血肉相连、互相依存的关系。

当中央红军撤离苏区后，反动的豪绅地主进行复辟倒算，各县纷纷组织"农村兴复委员会"，向农民收租夺田。闽西党及时发出保卫土地革命果实，反对地主收租倒算的文告、标语，庄严地宣布：收租者杀！当时地主对收租有三种态度：一种是比较顽固的，有反动武装做后盾的，就坚决要收；一种是经过红军和群众几年斗争和打击，知道红军厉害，公开声明不收；还有一种介于两者之间，他们心里想收，又怕当"出头鸟"，抱着看一看的态度，别人收他也收。我们根据地主不同的态度，实行不同的政策。对于公开声明不收租的地主，派人到他家里，赞扬他的正确态度，鼓励他们自食其力，改造成为劳动人民，对其中确实有困难的，由群众采取适当的办法，解决他们的生活出路。对于坚持反动立场，坚决要收租的反动地主，我们就把他杀掉，达到杀一戒百的作用。谭震林就亲自带领游击队包围了大田乡公所，当场打死"兴复委员会"主席。红八团团长邱金声化装为敌人军官，带了二十多人到龙岩石粉岭收缴了民团六十多支枪，杀死为地主收租夺田的首恶分子、民团团总和团副，有力地打击了反动地主收租夺田的嚣张气焰。经过长期激烈复杂的斗争，不管敌人要什么阴谋，变换什么手段，有了广大农民的支持，都能及时地采取对策，戳穿敌人的阴谋。通过打击"业主团"、反掉"农场"、反对收"军米"、抵制"扶植自耕农"等一个又一个回合的斗争，终于获得了保田斗争的胜利，在十余万人口的地区，二十多万亩田，一直保留在农民手中，保存了土地革命果实，这是全国罕有的奇迹，是闽西红旗不倒的重要标志之一。（魏金水：《奇迹从何而来》，1983年2月）保田斗争，使党和人民建立了永远同生共死的血肉关系，使党和游击队在任何艰难复杂斗争中都立于不败之地。

四、建立和发展革命根据地

闽西位于福建省西南部，到处崇山峻岭，丘陵起伏，交通不便，敌人势力薄弱，山路崎岖，树林茂密，便于分散隐蔽，神出鬼没，打击敌人，保护自己。这些自然条件加上这些地方群众基础好，非常有利于开展持久的游击战争。第二次国内革命战争时期，闽西十几个县建立了红色政权，组成闽西革命根据地，它是中央苏区的重要组成部分。中央红军长征后，国民党重新占据了闽西，在恶劣形势下，独立红八团和独立红九团分别独立坚持游击战争。红八团在邱金声、邱织云、魏金水、伍洪祥等率领下，在漳龙公路沿线积极活动，不断骚扰打击敌人，在永定、龙岩、南靖、漳平、平和等广大地区建立了二三百里的游击区。红九团在方方、吴胜等率领下，在连城、宁洋、龙岩边界消灭了华仰桥、周焕文等许多地方武装，成立了革命委员会，领导农民分了田，组织了游击队与赤卫队，建立了方圆三百余里，人口四五万的根据地。

1935年4月，闽西南军政委员会成立，此后在张鼎丞、邓子恢、谭震林、方方等率领下，正确坚持了"从局部恢复小片根据地到大面积发展根据地，以开展新的局面"（邓子恢、张鼎丞、谭震林：《闽西三年游击战争》）的方针。以红九团的第一营和岩、连、宁独立营成立闽西南第一军分区，罗忠毅为司令员，方方为政治委员，温含珍为政治部主任，在岩、连、宁一带活动。红八团和龙岩游击队成立闽西南第三军分区，以邱金声兼司令员，邱织云为政治委员，魏金水为政治部主任，在岩、南、漳一带活动。这两个分区的任务，是要尽可能扩大游击区，选择条件较好的地区发展和建立新的游击根据地。以红九团第二、三营和永东游击队成立闽西南第二军分区，以吴胜兼司令员，谢育才兼政治委员，赖荣传兼政治部主任，开辟永定、平和、大埔、饶平、云霄、漳浦各县边区，与闽南红三团取得联系。曾经一度失去联系，以后又恢复联系的闽西南军政委员会领导的汀瑞游击队，由钟德胜、彭胜标、胡荣佳、张开荆等率领在闽赣边猪子崀、岭背山、上稳地、天门崀等地建立游击根据地，成立了汀瑞县委、区委和三十多个地下支部。

在闽西南军政委员会的正确领导下，我们建立和发展了游击根据地，进，可以出击消灭敌人，退，可以进行隐蔽、休整、积蓄和发展自己的力量，这对我们在敌人的包围中能够站稳脚跟，坚持游击战争起了很大作用。以后，随着全国解放战争胜利形势的发展，这种分散的据点，在长期斗争中又逐步发展，逐步扩大，到新中国成立前，已经形成了大片的闽粤赣边区根据地，不仅完全恢复了原来闽西的老根据地，而且解放了广东的大埔、蕉岭、梅县、丰顺、潮安、饶平等县的广大地区。

五、正确执行党的抗日民族统一战线的政策

在中华民族面临生死存亡的危急关头，中国共产党从中华民族的根本利益出发，提出了"停止内战，一致抗日"的主张，以国共两党合作为基础，建立了抗日民族统一战线。

为了正确执行党的抗日民族统一战线的政策，闽西南军政委员会经过艰苦不懈的努力，于1937年4月，开始同国民党福建军政当局进行合作抗日谈判，在一次又一次的谈判过程中，与国民党顽固派进行了复杂、曲折的斗争，不断挫败了其企图利用谈判消灭和"收编"红军游击队的种种阴谋。至1937年7月29日，邓子恢、谢育才再进龙岩城同国民党157师旅长陈惕生、第六区行政公署专员张策安谈判，双方终于达成协议，实现了闽西抗日民族统一战线的局面。

在汀瑞边，1937年11月间，在江西池江的中共中央分局派陈丕显前往找到了汀瑞游击队，传达了国共合作的指示精神。之后，陈丕显和彭胜标以新四军代表身份与瑞金当局进行了团结抗日的谈判。尽管瑞金当局故意刁难、拖延时间，但汀瑞党组织和游击队顾全大局，不记前仇，在收编、集结、筹划、给养等方面，都表现了合作抗日、共赴国难的诚意。因此，双方代表于同月11日正式达成合作抗日的协议。

但是，由于国民党顽固派背信弃义，推行"消极抗日，积极反共"的方针，不断制造摩擦事件，致使民族矛盾与阶级矛盾犬牙交错，形成极其错综复杂的局面。为了保存革命力量，坚持长期抗战，闽西和汀瑞边党组织大力发展党的统一战线，大量争取了民主人士以至保、甲长为我工作，有效地孤立了少数派顽固分子；大胆使用起义过来表现较好的进步分子，对敌人开展强有力的政治进攻，抓住敌人的弱点，利用一切可以利用的力量同敌人进行合法斗争，团结了尽可能多的人去夺取胜利。（刘永生：《闽粤赣边区人民革命武装斗争回忆》，1980年1月11日）

综上所述，闽西获得二十多年红旗不倒的胜利，是由于闽西党和人民坚持了毛泽东关于中国革命发展的正确道路，坚持武装斗争，实行土地革命，放手开展群众性的游击战争，切实建设革命根据地，实行统一战线的结果，这是中国共产党和毛泽东思想的伟大胜利，是闽西党和人民的光荣！

（本文原载《福建党史月刊》1991年第7期）

傅连暲与中华医学会

中华医学会成立于 1914 年。新中国成立前,中华医学会不受重视,组织涣散,会员很少,活动很难开展。

傅连暲 1925 年加入该会,他热心致力于中华医学事业,1931 年 8 月,曾为中华医学会购置上海池滨路 MA 七号会所,自愿出资会所购置费大洋一百元。(《中华医学会概况》,1964 年)

新中国成立后,在中国共产党的领导下,中华医学会才有了显著的发展。1950 年 8 月,中华医学会举行第八届代表大会进行改造,通过新会章,选举了新的理事会,傅连暲当选为理事长(后称会长)。从此以后,中华医学会成为中央卫生部指导下的医药卫生界的群众学术团体,它根据卫生工作的各项方针原则,以促进医学技术的发展,有效地保障人民健康,为社会主义建设服务。

继 1950 年后,在 1952 年和 1956 年举行的第九届和第十届大会中,傅连暲接连三届当选为中华医学会会长。1954 年 1 月,中华医学会成立党组,傅连暲任党组书记,直至"文化大革命"前。

与此同时,傅连暲担任中央军委总卫生部第一副部长和中央人民政府卫生部副部长。他除了做好这些工作外,还为中华医学会呕心沥血,做了大量重要的贡献。

一、团结中西药人士和实行中西医结合治疗方针。这是党和毛泽东、周总理一贯指导的卫生工作方针,也是学会的工作重点。傅连暲深刻认识到这一方针的重要性。1954 年,他在《人民日报》《中华医学杂志》发表

《关键问题在于西医学习中医》的文章，把团结中西医提高到"是关系到人民健康问题，是关系到我国医学发展问题，是关系到我国对全世界人民的科学贡献的问题"的高度来认识。

医药卫生界知识分子很多，傅连暲在工作中注意全面贯彻执行党的知识分子政策，尊重、信任和爱护知识分子，尤其注意团结中西医老专家，常跟他们谈心、交朋友，帮助他们了解党的政策。如著名妇产科专家林巧稚为人正直，从不过问政治，起初对党缺乏认识，后来她在傅连暲的真诚帮助下，逐渐靠近党，对党建立了正确的认识和深厚的感情。

内科专家、中和医院院长钟惠澜，1958年在医药卫生界开展所谓"拔白旗"期间，中央派他到四川，那里有四个专区出现了一种大面积的流行瘟病，来势迅猛，死亡者甚多。当地政府及有关部门均认为这是鼠疫合并亚洲型流感，封锁了疫区，断绝了成都市内外及川藏公路的交通。钟惠澜前往现场调查后，很快判明该流行病实为钩端螺旋体病，并非鼠疫合并亚洲型流感。因而两天后即解除封锁，恢复交通，并采取了有效的预防和医疗措施，制止了该病的流行。可是，钟惠澜在四川辛勤工作期间，他所在北京单位却把他当成了"拔白旗"的对象，他受到大字报的讨伐。

傅连暲从南方养病回到北京知道此事后，及时进行纠正，并亲自带人到钟惠澜家中，代表组织向他赔礼道歉。对此，钟惠澜深为感动，他从傅连暲正确贯彻党对知识分子的政策，感到了党的关怀和温暖。（钟惠澜：《正气长存》，1980年2月28日）还有内科专家张孝骞、外科专家周泽昭、研究鼠疫的老专家方石珊等，傅连暲都能从政治上关心他们，充分信任和支持他们的工作，从而调动了他们的工作积极性。傅连暲还与北京四大名中医肖龙友、施今墨、孔伯华、蒲辅周结为好友，常来常往。专家们都把傅连暲当做自己的好领导，又当做自己的知心朋友，他们心里有什么话，都愿意跟傅连暲说。傅连暲对专家们有什么不对的看法，总是当面讲，真诚帮助，从不背后议论，因而深受中西医广大知识分子的拥护和爱戴。

傅连暲强调西医学习中医，认为只有这样"才能真正做到中医西医的互相贯通，最后发展为一个医，这一个医就是具有现代化自然科学基础，吸收了中外一切医学成果的中国新医学"（傅连暲：《关键问题在于西医学习中医》，1954年11月）。他自己是个西医，为了带头学好中医，他虚心拜中医为师。1953年，成立中西医学术交流委员会，他支持老中医彭泽民当主任，自己当副主任。他给中央领导看病，也请中医一道参加会诊。他只要有空，就抓紧学习中医书籍，用自己的行动来推动中西医结合。

二、抗美援朝，粉碎敌人的细菌战争。1950年10月，中国人民志愿军开赴朝鲜抗美援朝。傅连暲发动中华医学会会员组成首都志愿手术队奔赴朝鲜战场，在首都志愿手术队的带动下，各地志愿手术队、医疗队、医防队、公共卫生队纷纷奔赴朝鲜前线。

1952年1月，美帝国主义为挽救其军事惨败，竟不顾人道，违反公约，在朝鲜北部和我国抚顺、新民、安东、宽甸、临江等地撒布大量带有细菌的昆虫、毒物，向中朝人民发动罪恶的细菌战。美帝国主义的罪行激起了中朝人民和全世界人民的无比义愤，周恩来总理为此发出严正声明和抗议。毛泽东发出"动员起来，讲究卫生，减少疾病，提高健康水平，粉碎敌人的细菌战争"的伟大号召。3月，成立中央防疫委员会（后改为爱国卫生运动委员会），周恩来亲自担任委员会第一任主任委员，傅连暲担任防疫委员会办公室副主任，主要负责反细菌战的科研工作和宣传工作。为此，他从全国各地抽调了一批优秀的细菌专家、昆虫专家、植物专家、病理专家、临床专家、流行病学家组成防疫检验队，前往疫区考察，一方面以科学的证据揭露美帝细菌战的罪行，另一方面对反细菌战作卫生防疫指导。美帝国主义在国际舆论压力下，企图抵赖细菌战的罪行时，傅连暲立即组织二十余位专家参加抗美援朝总会组织的美帝国主义细菌战罪行调查团，奔赴我国东北和朝鲜进行实地调查，收集了大量确凿的细菌实证。之后，派出代表参加世界和平理事会柏林特别大会，在大会上作了揭发和谴责美帝国主义发动细菌战罪行的报告。由六国科学家组成的"调查在朝鲜和中国的细菌战事实国际科学委员会"来到我国后，傅连暲大力协助他们进行工作，为他们提供了大量科学确凿的细菌战材料，使调查委员会及时写出了调查报告书，公诸于世。

傅连暲在繁忙的日子里，废寝忘食地认真调查有关反细菌战的电影、幻灯、书报、画册等宣传工作，领导和布置"反细菌战展览会"。之后，又将此展览会送到维也纳世界人民和平大会展出。所有这些，对粉碎美帝细菌战，对保卫世界和平都起了重大的作用。

三、重视医学学术及科普工作的开展和提高。在傅连暲的领导和努力下，中华医学会自1949年至1959年的十年中，组建了内科、外科、儿科、妇产科、公共卫生、眼科、耳鼻咽喉科、结核病科、放射、皮肤性病、神经精神科、口腔科、病理、医史、针灸和理疗等十六个专科学会和一个医院行政管理研究委员会。全国各地建立分会五十四个，并设立了分会的专科学会，会员人数从解放初四千人，发展为一万八千四百七十二人。特别从1954年起发展中医入会，迄1959年，拥有中医会员三千人，这是中西医结合的历史新开端，也是我国医学学术蓬勃发展的新标志。

在组建学会和发展新会员的同时，中华医学会又陆续增办了中华医学杂志外文版、内科、外科、妇产科、儿科、皮肤科、神经精神科、病理学、耳鼻咽喉科、口腔科、卫生、眼科、放射学、防痨、中级医刊、医学史与保健组织等十六种医学杂志，这些杂志成为我国广大医务工作者重要的学术交流园地，也是医学学术界的高级理论刊物。

但是办这些杂志并不是一帆风顺，也经历了办办停停的曲折道路。1953年，在一次学会全体理事会议上，有人提出《中华医学杂志》不应出外文版（英文版），还荒谬地提出英文是敌人的语言，出英文杂志是放毒。这种极"左"的言论吓得当时的外文版总编也坚决不当总编了。然而傅连暲不以为然，他鼓励说："这个杂志我们很重视，要通过它来对外宣传新中国医药卫生方面的成就，这也是和帝国主义进行斗争的一个有力工具，同时，不用外汇可交换世界各国的医学杂志，得到很多很多科学情报。"（钟惠澜：《正气长存》，1980年2月28日）在傅连暲的支持和关怀下，才一次次把各种杂志恢复起来。

为了提高我国医疗水平，促进学术交流，1953年开始，中华医学会举办综合选题学术讨论会。4月至6月，最先由傅连暲发起并亲自主持举办了四次高血压症的学术座谈会。继而又于7月至8月，主持举办了五次糖尿病专题学术座谈会。

1953年4月，人民卫生出版社收集了傅连暲近两三年在《人民日报》

等报纸杂志发表的文章汇总成集，取他的第一篇文章《我热爱自己的医生职业》作为书名出版。全书共十九篇文章，每篇文章都充满傅连暲强烈热爱自己职业的高尚思想。他写道："我在革命队伍里做医生，将近三十年了。我热爱自己的职业，在任何困难情况下从未想过改行。我最喜欢人家称呼我傅医生，这使我将特别感觉到我对人民健康所负的责任。"接着，他深有体会地写道："当我置身于病床之侧，面对病人的时候，我会感觉我责任的重大和我所从事的业务的神圣。帮助病人战胜死亡的威胁，帮助病人解除痛苦，使倒下的病人重新站起来……这不是很神圣的业务吗？"此书发行后，受到广大读者的热烈欢迎，先后再版四次。

1959年10月1日，傅连暲选择他过去积累的二十七篇医学科普文章集为一书，以《养身之道》为书名出版。这本书中的《如何用脑》《工作与休息》等篇详细阐述了养身之道，在《蔬菜的营养》《谈谈吃辣椒》中就烟酒嗜好等问题提出了自己的看法，对一些较为复杂的疾病也有论及，如《谈癌》《高血压》《动脉硬化和心肌梗死》《什么是糖尿病》等篇，介绍了防治这些常见病的常识。

傅连暲写这些文章的动机，他在前言里写得很清楚："我经常收到许多同志从祖国各地寄来的信件，向我询问关于一些疾病的发生、预防和治疗的道理，我很感谢这些同志们对我这个老医生的信任，同时我也感觉到，如果用一种通俗的语言，介绍些保健与疾病作斗争的常识，对于广大的群众来说也许是有益的事，因此我连续在《人民日报》等报纸杂志上写了一些短文。"

《养身之道》以饱满的革命热情，严谨的科学态度，深入浅出，通俗易懂，既富有科学性，又洋溢着诗情画意，生动形象地向读者宣传"活着是为了革命，为了劳动，决不苟且偷安"的革命情操和马克思的人生观，提出防衰老和对付老年性疾病，要有革命的斗志和乐观主义精神，要参加劳动锻炼，要搞好卫生保健。这本书使广大读者从中汲取许多宝贵的医学知识和精神力量，先后再版六次。"文化大革命"期间，林彪、"四人帮"把这本好书诬蔑为"大毒草"，肆意攻击和歪曲。但是，真金不怕火炼，林彪垮台后，该书在广大读者要求下，又于1975年5月第六次重新再版。

1980年，该书荣获全国首届医药卫生科普创作一等奖。

　　1961年3月，中华医学会与中央广播事业局联合成立医学广播委员会，傅连暲任主任委员，由他主持在中央人民广播电台开辟了"卫生知识讲座"，向广大人民群众普及卫生科学知识。此外，为了加强中华医学会与国际的医学交流合作，自1960年至1964年，傅连暲亲自接待了亚洲、非洲、拉丁美洲、大洋洲等二十多个国家的许多医学专家，包括神经外科、放射、肿瘤、结核、寄生虫、药物等各种医学专家前来我国进行友好访问，为建立和促进我国与国际间医学交流与合作奠定了基础。

　　新中国成立后，傅连暲除了做好中央保健工作外，就是专心专意地搞好中华医学会的工作，他为中华医学会的茁壮成长和蓬勃发展兢兢业业，呕心沥血，作出了卓越的贡献。

（本文原载《史论探秘》，鹭江出版社，1993年9月版）

从历史档案看唐义贞何时入党

唐义贞，湖北武昌人，1927年4月加入共青团，5月由团转党，担任了中共武昌市委山前区委干事，积极参与党的秘密工作。

关于唐义贞1927年5月由团转党之事，当时是很秘密的，知道的人极少，就连她以后的丈夫陆定一也以为她在武昌时只是加入了共青团，后来在中央苏区才转为党员，因此，在回忆唐义贞在莫斯科中山大学与王明宗派集团作斗争时，陆定一说她被开除了团籍。

日前，笔者从唐义贞在莫斯科中山大学的同学周肃清的儿子周太和先生那里看到了唐义贞当年在中山大学留下的一些原始资料，其中有唐义贞的党团员登记表和她与王明宗派集团作斗争的一份声明，这些珍贵史料是周太和先生因撰写父亲周肃清传记而数次前往莫斯科苏联中央档案馆收集到的，它见证了唐义贞在莫斯科中山大学一段不平凡的经历。

1927年9月，为了培养和积蓄革命力量，中共武昌市委将唐义贞派往莫斯科中山大学深造。那张联邦共产党"中国共产主义劳动大学"（即莫斯科中山大学）党团员登记表当时是由唐义贞亲笔填写的。从中可以得知，她的俄文名是卡斯特露娃，证号808，于1927年4月由李玉珍介绍加入共青团，1927年5月由陈绍植、李永光介绍转入中国共产党。另有两个证明人白仲莹、刘子载也用中文和俄文亲笔签名。因此，唐义贞在莫斯科中山大学被王明把持的"清党委员会"开除的是党籍。

在莫斯科，经同班同学陈修良介绍，唐义贞认识了陆定一。陆定一当时是驻共产国际的中共代表团五个成员之一，又是少共国际代表。一对怀抱共同革命理想的有志青年成为了亲密的革命情侣并结婚。

1929年夏初，在莫斯科中山大学的"十天大会"期间，唐义贞与周肃清、周保中、余笃三等学员一起公开反对米夫—王明一小伙宗派集团所控制的支部局及其错误路线。陆定一后来曾就此回忆："六百多学生，只有二三十个人（即所谓'二十八个半布尔什维克'）坚决赞成支部局。在米夫的支持下，王明等人给凡是对学校支部局有意见的人都戴上政治帽子……有的开除党籍，开除团籍，开除学籍。"唐义贞等人对王明宗派集团无中生有罗织的罪名坚决不屈服认错，因此，唐义贞也遭到无辜开除党籍的打击。

被开除党籍后，唐义贞与同样遭到王明宗派集团打击的周肃清、周保中等一起被下放到一个名为"红色无产阶级工厂"进行劳动改造。期间她一边劳动，一边思考了许多问题，她觉得有很多不解的疑团，自己为什么无辜被开除党籍？难道王明一伙在"中大"可以一手遮天吗？她是个爱憎分明、敢说敢干的人，于是向共产国际监察委员会写了一份长长的"声明"书，这是一篇与王明宗派集团针锋相对的斗争檄文。其部分译文如下。

国际监察委员会：

在听取了清党委员会关于"第二小组"的结论以后，我不认同由清党委员会出具的关于我个人部分的结论。我没有机会为自己而申辩，所以我只好写下这份声明，请求您看过后能重新审查我的党员资格。

清党委员会用以下几个原因开除我：

1. 我没有如实申报我家庭的社会关系：

（1）我的一个兄弟是买办。

（2）我还有一个兄弟是官僚成员。

（3）我的家庭收租。

2. 我是一个反抗党的领导和共青团地方委员会决议的活跃分子。

3. 我和右派反党分子，比如方乐舟等人关系密切。

以上这些原因均和事实不符。

1. 关于我的家庭社会关系：

（1）我第三个兄弟就职于一个金属商业公司（我兄弟并不拥有那个公司）。他经常和外国人有业务来往，所以我称他为买办。在我的清党过程中，我如实报告了这个信息，并没有任何不清楚和保留的地方。

（2）在我的兄弟中并没有官僚成员，我最大的哥哥是一个艺术学校的教师，第二个哥哥没有工作，第四个哥哥是共产党员，第五个哥哥在武汉时期在国民党军队的艺术部门工作，该部门隶属国民革命军的政治宣传部。他的工作就是画宣传画。我后来听说他辞去了这个工作，在我的清党报告中清楚地写明了这些。

（3）我家只有一个面积很小的房子，全家人都住不下，所以一部分人租别人的房子生活。他们在村庄里有一小块贫瘠之地。但是有两代人都忘记了这个地方的存在，也从来没有用这个地收过租金。以上这些家庭的社会关系我在清党的时候已经都交代过了。除此之外，我的家庭并没有任何其他财产，所以也没有任何租金可收。

2. 在大学斗争期间，我的立场一直就是批评和帮助支部局，纠正其在实际工作中发现的错误，以便能更好地反对一切的不良倾向。我全心全意地支持联共（布）发给大学的指示以及调查委员会的结论指示。但是我在斗争工作中犯过错误，同意调查委员会的结论即支部局只是犯了严重的政治错误。我从来没有积极地对抗党的领导，对党的领导进行批评是每一个党员的责任。

……

在我的清党过程中，以上这些内容及细节我都全部汇报了，那时我已经真心地认识到了我在调查委员会结论基础上的错误，所以我不能同意上面开除我的第2条理由。

3. 自从我加入党，我从来没有和任何反党分子或集团有过联系，并一直和反党分子或集团进行积极斗争。在我的清党过程中，有几个同志完全不按照自我批评的原则，说一些关于我的废话以及造谣。……情况恰恰相反，我经常与那些对党有害的理论或观点进行坚决的斗争。

对于清党委员会提出的那些与我有关的其他右派反党活动，我甚至不知道那些是什么，所以也就无法说明这些。我记得在我们党小组的一次会议中，瓦日诺夫（即郭妙根，这个人并不属于我们党小组，我不知道他能参加会议的原因是什么，而且还准许他在那次会议中发言）进行了一次激烈的长时间发言，他说阿拉金（即李剑如烈士）右派小组织一直是在中共代表团的直属领导下。代表团发起了这个右派小组织的计划，代表团一直在和共产国际进行持续的斗争，代表团一直在和党的正确路线进行系统的抗争，……说我和曹舒翔在当时为代表团工作。……对于我，他还特别指出我不坦白认错，因为我的丈夫陆定一也是中共代表团的成员。……在郭妙根这次发言后，我的党小组组长（此人才在该小组工作2周）在没有考虑这个发言的真实性的情况下，宣布我、曹舒翔和白仲莹参与了右派李剑如活动并拒绝坦白错误。我当时就站出来反对这个决议，要求组长出具我具体参与右派活动的事实证据。我声明，如果一个同志参与了反对党的路线的活动，是一个非常严肃的事情，并不是一个玩笑。我指出郭妙根的论点只有一个，那就是我参加中共代表团的右派小组织活动，如果说中共代表团真的是在和共产国际的路线进行系统对抗，为什么国际仍然允许他们在此代表中国共产党。我说了我对这个问题不明白，希望组长给我一个解释。同时，有几个本组的同志也提出要调查郭妙根的发言，不能将同志武断地定罪。党小组长并没有给出回应，只是说这些将交给清党委员会决定。这个决议的投票结果是十四票赞成，六票反对，三票弃权……

除了上述两个无根据的指控传闻，我反驳并强烈驳斥并没有任何事实证明我参与了反党的右派活动或组织。我并不知道清党委员会是根据什么做出我和右派反党组织有关联的结论。

最后我想简单介绍一下我入党以来的活动。我在1927年4月加入中国的共青团，并于同年5月入党。我在特别情报部门工作了一段时间。那时候我在军情委员会的直接领导下工作。我还担任过党的地方委员会的助理，作为地方团支部的一个成员负责在一所个人学校教书。我也曾短暂参与过决议工作。我自身能力有限，但是尽自己的全力进行工作，从来没有任何松懈或者偷懒。自从我来到莫斯科，大学生活和学习对于我来说都是十分有趣的，我在大学的记录可以说明这个。我在学校的这段时间发生过的多次斗争中，我一直都是坚定地站在党的路线上，和所有反对党的分子或集团进行抗争。在这些斗争中，我也曾经犯过错误，但是我已经通过调查委员会的决议，完全清楚地认识到这些错误并改正了错误。在我的报告中和清党过程中我也陈述了这些。清党委员会并没有全部了解我（在清党以后，发布结论以前，委员会并没有向我询问过任何问题）就草草发布从党内开除我的结论，这些结论的依据都是没有事实证明的，我要求恢复我的党籍。

祝好

唐义贞（卡斯特露娃）
中国共产主义劳动大学
第 2 小组学员
1930 年 4 月 14 日

在这份"声明"中，唐义贞针对开除她党籍的三个"原因"，一个一个地以雄辩的事实进行了反驳。她心里很清楚，前面两个所谓"原因"并不重要，重要的是第三个，完全是无中生有、阴险毒辣的阴谋，所以对它进行了有力驳斥。明确声明自己入党后，从来没有和任何反党分子或集团有过联系，并一直和反党分子或集团进行积极斗争。

"声明"中提到一个叫郭妙根的，不和唐义贞一个党小组，却被王明一伙别有用心安排到她的党小组会上作了一番奇谈怪论，无中生有指责唐义贞参加了中共代表团领导的右派小组织活动，而郭妙根居心叵测的话终于道破天机，其矛头是指向中共代表团。正如后来陆定一所指出的，实际上是"项庄舞剑，意在沛公，开除义贞同志是为了打倒我，打倒代表团，最终目的是篡夺党中央和团中央"。

1930 年 7 月，陆定一回国，仍担任团中央宣传部部长。同年 10 月，唐义贞也回到上海，参与党的地下工作，并恢复了团籍。1931 年她奉命与党的一大代表何叔衡扮成父女从上海到达中央苏区瑞金，后转为中共党员。

1934 年 10 月中央红军长征时，唐义贞因怀孕九个月，无法进行长途行军，被留在中央苏区。11 月，唐义贞在四都圭田村生下一个男孩小定。未及一月，唐义贞与福建军区一部被敌军包围，她不幸被捕，敌人诱降不成，于 1935 年 1 月 31 日将她杀害，时年二十五岁。

1982 年，陆定一发表署名文章《关于唐义贞烈士的回忆》，文中高度评价称："唐义贞烈士的心，是金铸成的。唐义贞烈士的灵魂，是水晶刻成的。唐义贞烈士是真正的革命者，真正的马克思主义者。"

（作者：康模生、周太和）

（本文原载《福建党史月刊》2014 年第 5 期）

"朋口战役"与"福建事变"

1933年夏,蒋介石不顾日本帝国主义对东北三省的侵略,实行"攘外必先安内"的反共政策,积极准备对革命根据地进行第五次反革命"围剿"。他吸取四次"围剿"红军失败的教训,强调这次要实现"三分军事,七分政治"的方针,在经济上严密封锁,军事上采取"堡垒主义""步步为营"的新策略。他先后调集一百万军队向各个苏区进攻,集中五十万军队重点"围剿"中央苏区。

蒋介石趁此"剿共"之机,行坐收渔人之利,下令调十九路军由沪入闽。其一,利用红军之手,来消灭异己;其二,利用十九路军来削弱红军和消除福建省内杂牌军及地方势力;其三,制造和利用广东地方实力派与十九路军之间的矛盾,来抑制十九路军的活动。

十九路军军长蔡廷锴对蒋介石的阴谋有所觉察,但为了保存十九路军的实力,避免在京沪一带被蒋介石嫡系部队"吃掉",于1932年6月率十九路军从京沪沿线陆续入闽。

十九路军入闽后,改变了以往与红军短兵相接、硬打硬拼的做法,不愿让蒋介石"火中取栗"。蒋介石十分恼火,于1933年5月,下令八省总动员进行"清剿",屡催十九路军进占连城、朋口、莒溪一线,限期到达具报,并派督战官坐镇十九路军总部。蔡廷锴无法违抗,乃令区寿年七十八师乘红军转移之际进占连城,另派丁荣光率四六七团驻守朋口、莒溪一带。区寿年受人怂恿,虎视眈眈窥视长汀,对中央苏区构成严重威胁。

在蒋介石积极准备"围剿"中央苏区之时,1933年6月,中共临时中央决定红一方面军的红一军团组成中央军,在抚河、赣江之间作战;红三军团组成东方军,入闽作战,以图在两个战略方向上同时求得速胜。

红军东方军由红五军团的红四师、红五师和福建军区所属的红十九军组成,以彭德怀为指挥,滕代远为政委。为配合作战,闽西红三十四师、宁清归军分区所辖各部以及闽赣区部分武装,统归彭、滕指挥。

7月2日,彭、滕率东方军从江西广昌的头陂等地出发,分两路经石城等地东征入闽。7月5日抵达宁化以西地区集结,执行"收复闽西沦陷的连城、新泉苏区和开辟闽北新苏区"的战斗任务。

7月19日,红军东方军攻打宁化泉上的土堡告捷,全歼守敌一个团,拔除了泉上土堡,解放了清流、归化。从此,宁(化)、清(流)、归(化)、建(宁)红色苏区连成一片。

接着,红军东方军挥师南下,夺取连城。连城守敌区寿年师部辖两个旅六个团,共有兵力万余人,武器精良,训练有素,堪称国民党第一流部队,加上据守连城的野战工事坚固,易守难攻。

为找到突破口,彭德怀冒着酷暑,亲自带领侦察排到前线侦察了一天,终于摸清了敌情。事后请求中央批准,确定以朋口为突破口,采取围点打援的战略战术,在机动中消灭敌人。

7月28日,东方军红四师和红十九师兵分三路向朋口、莒溪守敌进攻。当驻守莒溪敌丁荣光第四六七团发现东方军时,已成了瓮中之鳖,走投无路,很快被全部消灭。驻守朋口敌人虽然只一个营,可是占据着蛤蟆庙背头山三面环山、一面靠水的制高点,并在山上修筑了坚固的碉堡和战壕,负隅顽抗。当晚,红军东方军利用善于夜战的特长,组成小分队在北面冲锋,吸引敌人的火力,南面部队则摸黑登山,当敌人发觉上当,急忙掉转火力时,为时已晚,红军东方军南北夹攻,全歼了山上黄康一个营。

当天下午,区寿年闻讯丁团被消灭,立即从连城派出第四六六团钟瑞金部火速增援莒溪、朋口。东方军命红四师第十三团从北团出发抄小道,在29日拂晓前先于钟团抢占了朋口东侧的高贵仞制高点,援敌钟团在东方军腹背夹击下,无路可逃,全部被歼。这样,东方军采用彭德怀围点打援的战术,充分调动了原打算固守的敌人,经过一天半的奇袭,便全歼七十八师四六六、四六七两个团，取得了"川口战役"大捷。

7月29日下午，红军东方军所辖红四师、五师、十九师、三十四师在连城莒溪桥头胜利会师，以"朋口战役"大捷作为献礼，欢庆"八一"建军六周年，彭德怀司令员出席了大会，并作了讲话。

区寿年获悉朋口、莒溪已失，其两个主力团被歼，极为恐慌，急电报请示漳州十九路军总部。蔡廷锴十分震惊，担心区师全部被歼，即令其放弃连城，撤往永安，并令驻闽中的六十一师毛维寿派1个旅赶去增援，策应、掩护区师退却。

30日，区师4个团及师直属部队弃连城往永安撤退，当晚宿营于姑田镇。8月1日清晨，红军东方军红四师、五师、十九师、三十四师连夜追击，及时赶到，一阵猛打猛冲，区师顿时大乱，夺路向永安溃逃。东方军咬住敌军，一直追打至小陶，再歼区师一个团，打得敌人惊慌失措，一夜狂奔一百七十余里，狼狈不堪地逃往永安县城。

朋口、莒溪大捷和姑田追击战中，红军东方军共歼灭敌七十八师区寿年部一个旅三个团，俘敌官兵两千余人，其中旅长一人、团长两人，缴枪两千余支，军粮一千五百担。据《红色中华》报载："是役，险些儿白鬼的七十八师长都成活捉了！""朋口战役"是国民党十九路军参加反共内战以来受到最大打击的一次战役。

红军东方军收复连城苏区后，驻守朋口以南的十九路军第六十师沈光汉部，惧怕红军继续南下，急忙率部从新泉一线撤回龙岩。红军东方军遂顺利收复新泉一带苏区。

十九路军遭红军打击时，蔡廷锴急电南昌行营，要求增援。蒋介石不但不派援兵，反而一再追究军事责任，通令全国，斥责十九路军"剿共"不力。这就使蒋光鼐、蔡廷锴再一次认识到进攻红军策略的错误，认识到这是蒋介石借红军之手来达到他消灭十九路军的真正目的。

在红军的打击和蒋介石威逼面前，蔡廷锴等人十分苦恼，进退维谷。按事后发展的形势，"朋口战役"起到了两个加速作用：

（1）"朋口战役"加速了十九路军走上联共反蒋抗日的道路。

从十九路军入闽到"朋口战役"之前这一年多的时间里，十九路军既反对蒋介石反动统治集团,又反对中共领导下的苏维埃运动;既主张抗日救国,又压制群众爱国抗日运动。"朋口战役"之后,十九路军将领蒋光鼐、蔡廷锴决心联合国民党反蒋势力李济深、陈铭枢以及第三党的黄琪翔等,共同走联共反蒋抗日的道路。

9月22日,蒋光鼐、蔡廷锴决定派陈公培为十九路军代表,秘密前往延平王台会见彭德怀、袁国平等人。会谈中,根据中央的指示,彭德怀、袁国平向陈公培重申了共产党的"共同抗日三条件"。10月间,蒋光鼐、蔡廷锴又委派十九路军总参谋长徐名鸿为全权代表前往瑞金会谈,受到毛泽东、周恩来和朱德等热情接待。中共派出苏区中央局宣传部长潘汉年为全权代表,同徐名鸿进行具体商谈。双方于10月26日签订了《反日反蒋的初步协定》。其主要内容是:双方立即停止军事行动,暂时划定军事分界线;双方恢复输入之商品贸易,并采取互助合作原则;福建省政府及十九路军方面,立即释放在福建各牢狱中政治犯;福建省政府及十九路军方面,赞同福建境内革命的一切组织之活动,允许出版、言论、结社、集会、罢工之自由;根据订立本协定原则,发表反蒋宣言,并立即进行反日反蒋军事行动之准备等。为加强双方的合作,中央派潘汉年为常驻福州代表,负责与福建省政府和十九路军的联络。

(2)"朋口战役"加速了"福建事变"的历史进程。

十九路军与中共签订了《初步协定》后,解除了后顾之忧,加紧策动"福建事变",先后在香港、鼓山召开秘密会议,作出最后决策。11月20日,十九路军举事,李济深、蒋光鼐、蔡廷锴及来自全国二十五个省市的代表一百余人,以及驻福州的十九路军官兵和各界民众十万人,云集福州公共体育场,召开了中国人民临时代表大会,发表了《人民权利宣言》,宣言痛斥了"以蒋介石为灵魂之国民党南京政府,公然积极勾结日本帝国主义,出卖国家,残杀人民与彻底变为帝国主义者统治中国人民的工具"。接着,大会主席团宣布脱离国民党,成立中华共和国人民革命政府(即福建人民政府),推举李济深为主席。

11月22日,福建人民政府正式宣告成立,改元,改国旗,政府设于福州。政府委员会下设三会、两部、一院、一局。由蔡廷锴任人民革命军第一方面军总司令兼十九路军总指挥。将福建划为闽海、兴泉、汀漳、延建四省。先后发表了《政府成立宣言》《对外宣言》《中华共和国人民政府最低纲领十八条》等重要文件，决定了政治、经济、军事、文化、外交等方面的方针政策。

"福建事变"发生后，蒋介石决定立即兴师入闽，讨伐十九路军。蒋介石自任"讨逆军"总司令，坐镇建阳指挥。令蒋鼎文、张治中、卫立煌等率领原"围剿"中央苏区的北路军主力部队十一个师，由赣东、浙南入闽北，迅速进占建阳、建瓯、浦城、邵武、顺昌一带集结；令毛邦初为空军指挥官，集中战斗机、轰炸机30余架投入战斗，还有2个德式炮兵团大部，以及海军舰队等。

"福建事变"发生在蒋介石对我中央苏区发动第五次"围剿"之后两个月，给中央苏区红军粉碎第五次"围剿"极为有利的时机。但是，由于王明"左"倾错误路线执行者对"福建事变"的性质作了错误的判断，犯了"左"倾关门主义的错误。当时，在中央苏区北线指挥作战的彭德怀打电报给总政委周恩来转博古，建议"留五军团保卫中央苏区，依方志敏、邵式平根据地威胁南京、上海、杭州，支援十九路军的福建事变，推动抗日运动，破坏蒋介石的第五次'围剿'计划"。接着，毛泽东向中央提出比彭德怀更进一步的建议，指出："红军主力无疑地应该突进到以浙江为中心的苏浙皖赣地区去，纵横驰骋于杭州、苏州、南京、芜湖、南昌、福州之间，将战略防御转变为战略进攻，威胁敌之根本重地，向广大无堡垒地带寻求作战。用这种方法，就能迫使进攻江西南部、福建西部地区之敌回援其根本重地，粉碎其向江西根据地的进攻，并援助福建人民政府。"可是"左"倾错误领导者拒绝了毛泽东、彭德怀的正确建议，斥之为"脱离中央苏区根据地的冒险主义"，以至红军未能及时主动地援助十九路军，错失了有利战机。

由于蒋介石嫡系讨伐部队大军压境，十九路军虽曾兵分三路迎击敌人，但终因寡不敌众，节节溃败。1934年1月15日，福州沦陷。至此，成立不到两个月的福建人民政府宣告失败。"福建事变"虽然失败了，但是，十九路军将士在反帝反封建民主革命中的功绩是应充分肯定的。

同样，红军东方军"朋口战役"大捷战绩显著，功绩意义深远。"朋口战役"促使国民党十九路军将士认识到不能再上蒋介石的当，同红军打内战是没有出路的，从而转变立场，从"拥蒋剿共"转变为"联共反蒋抗日"，并由此加速了"福建事变"的历史进程。所以说"朋口战役"是彭德怀、滕代远率领红军东方军入闽的一次重大胜利，具有重要的现实意义和深远的历史意义，在革命史上写下了光辉的一页。

（本文原载《连城党史资料与研究》第13辑，中共连城县委党史研究室编，2003年9月）

福建查田运动的前前后后

中共长汀县委党史资料征集研究委员会

第二次国内革命战争时期,从临时中央机关迁入中央苏区到主力红军撤离中央苏区开始长征这一段时间内,中央苏区开展了一场激烈的以贯彻王明"左"倾错误路线和政策为内容的查田运动。福建苏区是中央苏区的重要组成部分,所以,查田运动也毫无例外地在福建各地普遍开展。

在毛泽东领导下,福建的土地革命制定了正确的路线和政策,发展是健康的。可是,到了六届四中全会之后,王明"左"倾教条主义路线统治了中央,改变了行之有效的土地革命路线和政策,开展了以"地主不分田,富农分坏田"为特征的查田运动,使福建的革命形势受到严重破坏。在查田运动中,毛泽东为了纠正查田运动中所产生的"左"的错误,亲自起草和主持制定了《怎样分析农村阶级》和《关于土地斗争中一些问题的决定》两个具有伟大历史意义的文件,但由于王明"左"倾错误的阻挠,文件未能得到很好的贯彻。查田运动越查越"左",越查越糟,终于造成整个苏区社会惶惶不安、人人自危的局面,使闽西苏区处于严重困难之中,教训是深刻的。

1929年春,红四军入闽以后,毛泽东、朱德和陈毅等老一辈无产阶级革命家,把马克思主义的普遍真理和中国革命实践相结合,领导赣南、闽西的广大人民群众开展了轰轰烈烈的"打土豪,分田地"的斗争,取得了土地革命初期的伟大胜利。

在毛泽东同志指导下,1929年7月,中共闽西"一大"和1930年赣南的"二七陂头会议"及六月闽西的"南阳会议",先后制定了"以乡为单位，按人口平均分配"及"抽多补少，抽肥补瘦"的正确土地政策。随后，毛泽东又写信给赣南特委，指示土地等革命要坚决"依靠贫农，团结中农，限制富农，保护中小工商业者，消灭地主阶级"，逐步形成了正确的土地革命路线和政策。"由于党的政策正确，广大群众积极拥护，所以在很短的时间中，就在长汀、连城、上杭、龙岩、永定纵横三百多里的地区内，解决了五十多个区、六百多个乡的土地问题，约有八十多万贫苦农民得到了土地，大大发展了生产，改善了生活"。

但是，这一正确的土地革命路线和政策受到"左"倾土地政策的干扰和破坏。1931年2月，王明发表《为中央更加布尔什维克化而斗争》的小册子，提出了一整套"左"倾的路线、方针和政策，其中包括"重分富农土地"和"富农分坏田"的主张。3月5日又以中共中央的名义在《红旗周报》第一期上发表《土地法草案》，全文十四条。主要提出：（1）"被没收的旧土地所有者，不得有任何分配土地的权限"（即地主不分田）；（2）"富农在被没收土地后，可以分得较坏的'劳动份地'"（即富农分坏田）；（3）按照劳动力和人口的混合原则，进行分配；（4）不仅在苏维埃区域，而且在新夺取的疆土内立即施行。这个土地法草案，为后来"左"倾路线的土地法定下了政策的基调。

4月，临时中央代表团进入中央根据地，召开苏区中央局第一次扩大会议，通过了《接受国际来信及四中全会决议》和《土地问题决议》，虽然这一次会议不得不承认"过去的解决土地问题一般的是正确的"，但又决定对地主家属等"在原则上不分配土地"，开始贯彻王明"左"倾政策。8月21日，苏区中央局根据中共中央传达的共产国际指示精神和中央的土地法草案，通过了《关于土地问题决议案》，规定"在分配土地时，地主豪绅及其家属根本无权分得土地""富农的土地也应当没收；可以分得一份较坏的土地"。但这个决议案也肯定了在江西、闽西等地的苏维埃区域中，"实行了平均分配一切土地，执行了'抽多补少，抽肥补瘦'，这是土地革命中的一个成绩"。苏区中央局通过《关于土地问题决议案》之后不久，中央在8月30日《中央给苏区中央局并红军前委的指示信》中就已批评苏区中央局与前委"容许地主残余租借土地耕种，对于富农只是抽肥补瘦，抽多补少，而不实行变换富农肥田给他坏田种的办法"等是"对于消灭地主阶级与抵制富农政策还持着动摇的态度"，是"缺乏明确的阶级路线与充分的群众工作"。但到11月10日，临时中央在《中央为土地问题致中央苏区中央局的信》中，对苏区中央局在《关于土地问题决议案》中肯定"执行了'抽多补少，抽肥补瘦'，这是土地革命中的一个成绩"这一点，进行了更加严厉的批评。

11月，苏区中央局在瑞金召开的苏区党第一次代表大会，即"赣南会议"，通过了《政治决议案》，批评"抽多补少，抽肥补瘦"，"分配土地给一切人"的原则"是模糊土地革命中的阶级斗争"，犯了"富农路线的错误"，至此，苏区中央局也完全否定了以毛泽东为代表的正确的土地革命路线和政策。随后召开了全苏"一大"时通过的《中华苏维埃共和国土地法》，则是王明教条主义者3月5日发表的《土地法草案》的翻版。

"赣南会议"和全苏"一大"后，"左"倾教条主义者立即要求各级苏维埃政府以《中华苏维埃共和国土地法》的规定，进行"土地检查"。名为土地检查，其实就是查田。"左"倾教条主义者对"检查土地工作"抓得很严厉，要求各地"绝对执行"，"不能稍有疏忽和怠工"，否则将受到"法律裁判"。

1932年4月，东路军胜利攻克漳州，红十二军又乘胜出击，收复、发展了大片苏区，福建省苏维埃拥有龙岩、永定、上杭、平和、南靖、漳平、宁洋、连城、武平、长汀、宁化、清流、归化等十余县的大部分地区及永安、大田、沙县的部分游击区。6、7月，福建局势空前稳定，出现了全盛的局面。

在这个形势下，7月，福建省苏维埃政府根据苏区中央局的指示精神，颁发了《检查土地条例》，宣布在福建苏区开展一个检查土地的运动。福建查田运动的初期，广大干部和群众仍然坚持以毛泽东为代表的正确土地革命路线和政策，因此，检查土地工作较为慎重、认真，差错也比较少。经过半年的工作，1932年冬，福建省苏张鼎丞、温必权、范乐春、阙继明（后叛变）、吴兰甫等人前往瑞金的叶坪，向毛泽东、项英、胡海、邓发等中央领导人汇报了福建检查土地工作的情况。省苏主席张鼎丞说：福建的查田有三种类型的地区。第一种是暴动区。经过暴动的地区，斗争较深入，谁家有钱，谁是地主，谁是富农比较清楚。群众觉悟也较高，斗争性较强，工作较好开展，如古城、四都、新桥、河田、涂坊、南阳、才溪等地。第二种是游击区。所谓"七月红、八月白"的地区；群众斗争不很坚决，有点动摇观望，工作就较棘手，如红山的腊口、山车，涂坊的河甫，新桥的叶屋岭，古城的南严一带地区。第三种是斗争比较落后的地区。如：濯田地方大、人多、反动头子多，阶级成分复杂，这种地区的工作特别难以开展。几位中央领导同志听完张鼎丞同志汇报后还作了指示，毛泽东强调说查田是查阶级，各个县、区要组织查田工作组搞调查，要组织建立贫农团、雇农工会。

为了指导查田运动的开展，1933年初，中央苏维埃政府主席毛泽东指派王观澜在瑞金叶坪乡搞了查田运动试点。福建省苏维埃政府在长汀的南山大田屋也搞了查田运动试点。

1933年6月1日，在王明"左"倾路线的指导下，中央苏维埃政府发布了《关于查田运动的训令》。训令错误地抹煞了当时中央苏区土地革命的成就，指出中央苏区还有"百分之八十的面积，群众在二百万以上"没有彻底解决土地问题，因而决定在"这个广大区域内"进行普遍的查田运动"是各地苏维埃一刻不容缓的任务"。在查田运动中，要求"把一切冒称'中农''贫农'的地主富农完全清查出来。没收地主阶级的一切土地财产，没收富农的土地及多余的耕牛农具房屋""富农则分与较坏的劳动份地"。同时，"要在查田运动中改造地方苏维埃，洗刷地方苏维埃中一切阶级异己分子及其他坏分子出去"。6月2日，苏区中央局发布了《关于查田运动的决议》，内容和训令基本相同。

接着，中央苏维埃政府于1933年6月17日至20日、6月25日至7月1日在瑞金叶坪分别召集瑞金、会昌、于都、胜利、博生、石城、宁化、长汀八县区以上苏维埃负责人会议及八县贫农团代表大会。福建省参加八县区以上苏维埃负责人会议的代表有：省苏副主席兼工农检察部长阙继明（后叛变）、省苏副主席兼福建军区动员武装部长温必权、土地部长范乐春、保卫局长吴兰甫，长汀县苏主席涂作义，县副主席兼工农检察部长张仁标、土地部长游荣长、保卫局长阙初茂，宁化县苏主席曹寿一，还有吴茂品、张国海、张新华、吴登海、范衍泮。

这次大会在王明"左"倾错误路线指导下，从政治、思想、组织、方法上对查田运动作了动员部署，并通过了《查田运动大会的结论》。当时，还发生了范衍泮反对查田运动的事件。范衍泮是福建宁化县禾口区土地部长（《结论》中误写为黄衍泮）。他在回答什么样的人叫流氓时说，如禾口地方穷，田少人多，山上不长树木，许多人以砍柴、挑担为生，每天要跑到江西边界去砍柴，这些砍柴、挑担的人到处流浪就是流氓，依靠这些流浪的人来搞查田运动，会弄出鬼来。当时会议气氛很紧张，听不得半点不同意见，不仅把范衍泮押起来，还有人要求杀掉他，毛泽东不同意，但是大会认为"范衍泮是完全站在帮助阶级敌人抵抗广大群众查田斗争的立场上，完全污辱苏维埃的职务，建议中央政府撤销范衍泮的禾口区土地部长职"。6月25日至7月1日又召开了八县贫农团代表大会，作出了《八县贫农团查田运动大会决议案》。这样，中央苏区一场激烈的查田运动开始了！

但是，此时福建苏区形势有很大变化：国民党积极准备发动第五次"围剿"，广东的敌人已进至寻邬、安远，福建的敌人盘踞在上杭、连城、清流一带，威胁汀州重地，闽西的局势日趋困难。加上福建省苏区受王明"左"倾错误路线的干扰破坏，大肆反"罗明路线"，闽西的领导干部遭到严重的打击摧残。因此，查田运动进展缓慢。

为了使查田运动能迅速掀起高潮，省苏从长汀、兆征、宁化、汀东等县苏挑选积极分子二三百人，在兆征县东街赖宜伦家举办查田运动检举训练班，由省苏土地部长范乐春主持，中央苏维埃政府副主席项英主讲，主要学习中央的政策法令。学后，分派各地督促开展查田运动。与此同时，长汀、宁化县苏分别开会传达中央八县查田运动大会精神。

会后，宁化县在淮土区田背、大王、凤山等三个乡，七天中查出了土地一千多担。

长汀濯田区经过十九天，查出六十多家地主富农。古城区在三四天内，查出地主十二家、富农四家、土豪一家、反动富农三家，没收了土地三百多担，山林纸料二百余担。

7月中旬，中央派出巡视员到福建的宁化、长汀、汀东等县视察查田工作。

8月，中央作了《查田运动的初步总结》，对福建的查田运动进展缓慢、成绩不大表示不满。当讲到有些地方放弃查田运动领导时，批评福建"在中央局查田决议发出之后，在中央政府查田训令及召集八县查田大会之后，查田运动在各县的开展，并没有普及到一切地方"，"福建全省查田的成绩还只当得博生一县的成绩。"

中央政府通知福建省苏政府在8月内召集各县苏执委扩大会及各县乡苏主席大会，中央政府派人参加，要在这两种会上检查各县、各区、各乡查田工作进行得是否适当，领导是否得力。

8月4日召开了福建省苏第四次执委扩大会，接受中央的检查。会议一方面肯定查田运动已经在各地开展起来并取得了相当的成绩，另一方面检查出查田运动仍犯了许多错误，最主要的是：（一）大规模地发动群众不够，只是由上而下或由少数人去进行发动。（二）有些地方仍犯了侵犯中农利益的错误（如古城、新桥、大埔之七里桥等地）。（三）没收出来的土地不迅速解决。（四）尚没有与各部的工作协调一致地进行，如肃反工作、检举工作、扩大红军与地方武装的工作等，仍甚缺乏以查田运动为基础而得到很大的成绩。（五）查田运动进行的成绩仅在各县某些区域如宁化之城市、禾口、曹坊区有成绩。如汀东仅新桥，长汀濯田赤（策）田等区有成绩，尚没有在各区乡普遍发动起来。要求福建省苏立刻彻底纠正这些错误缺点，加强对查田运动的领导，并要求对查田运动在9月15日以前，以县为单位进行检查，在省苏代表大会召开以前，进行大检查。

这样，福建查田运动在中央三令五申并派巡视员检查督促下，8月在各县全面铺开。省苏组织了查田工作组，中央特派员杨岳彬（后叛变）、省苏副主席温必权到宁化，省苏副主席阙继明、土地部长范乐春到长汀指导查田运动。省、县、区也都派出大批工作组下到各区、乡指导查田运动。查田运动大体分这么几个步骤：首先召开各种会议，如代表会、贫农团会、群众会，宣传查田、查阶级。接着，依靠党团员、干部，先摸区干部的成分和表现，后摸乡干部的情况。嗣后，贫农团吸收贫农参加，雇农工会在贫农团里起领导作用，依靠贫农团骨干摸清以下情况：哪户有多少土地？哪里的田租给谁？有无请长工？有多少高利贷剥削？有没有管公堂？查清楚填表报到区苏；区苏批下来后，由贫农团开大会宣布；没收委员会没收地主财产，富农罚款；并根据"地主不分田，富农分坏田"的法令，进行土地分配，对罪行轻的地主富农强迫劳动或送往长汀中央第四劳动感化院，罪行重的交县保卫局处理。

福建省经过8、9两个月查田运动，宁化县查出地主、富农五百六十四家，没收土地一万四千五百余担，汀东查出地主、富农二百二十家，没收土地三千一百担，长汀查出地主富农一百八十多家，没收土地两千余担。每户平均被没收的土地，宁化是二十五担半，汀东是十四担半，长汀是十一担。据1930年3月闽西第一次工农兵代表大会通过的《土地法案》规定："按照该乡人数及田地面积为比例计算，每人平均分配得实谷六担以上者，照人口分配。"说明中农占有的土地在六担左右，超过六担者平分土地。以一般五口人家为例，就有土地三十担，人口多的还不至此数。而福建查田查出来的地主、富农平均每户的土地，没有一个县可达此数。宁化县低于此数，汀东县少于此数的一半，而长汀少得出奇，差不多只有此数的三分之一，说明当时的土地革命是比较彻底的。怪不得1933年9月发表于《红色中华》的《福建查田的经验与教训》一文中指出，汀州市"有将中农、贫农认作地主、富农没收的，以及没收工人、雇农、红军家属的财产"。这就更清楚地告诉我们，福建查田运动查出的地主、富农，其中大部分是中农、富裕中农，还有相当一部分是贫农，甚至雇农。

福建8、9两个月的查田运动，从全局来看，"左"的错误占了主导地位，主要表现在如下几个方面：

一、相当严重地侵犯了中农利益，混淆了阶级阵线。

长汀县濯田乡上坊村把做小生意或有点放债的也查为富农，如做过乡主席的王雪峰，因平时炸灯盏糕卖，被划为富农。王在庆因种蔗自榨糖自卖，也被划为富农。结果，这个村的中农、贫农被错划为富农、地主的就有十一家。涂坊慈坑乡有坑村有一户因借了一担谷子给别人，就被认为放债，划为富农。宁化县上曹乡曹球姊因女儿年幼没有劳力，就说她不劳动划为地主。自行规定地主、富农的界限是以耕地多少为标准，但不分自耕还是佃耕，凡耕田三十至五十担的划富农，五十担以上划地主。

因为运动中侵犯中农利益的现象非常严重，引起中农的恐慌，他们担心劳动积极，收成多，生活好过后，又被打成富农、地主，还有不少中农逃到白区。如福建宁化上曹乡溪背村有二十户左右，多数人家有些土地，生活也较富裕，他们害怕查田运动，全村人都跑光。新泉县新泉、芷溪两区逃到北四、五区或白区的群众，就占全区人口总数的三分之一。

二、乱抓乱杀地主富农，不给地主以生活出路，不给富农以经济出路。

在8、9月查田运动中，凡是被划上地主、富农的，就把人抓起来，没收其家产，轻则强迫劳动或押往长汀劳动感化院，重则杀掉。地主阶级是民主革命的对象，要消灭的是地主阶级，而不是人身。"左"倾政策使查田运动一再升级，越搞越左，企图从"肉体上消灭地主，经济上消灭富农"。结果许多地主、富农被逼上绝路，有的做乞丐，有的上山为匪，投靠敌人反对我们，给根据地带来损失和危害。

三、运动不走群众路线，而是搞神秘化、简单化，必然会搞错。

不少地方查田运动没有开展宣传发动，群众也不明确怎样划分地主、富农。查阶级时，有的事先没有经过调查摸底，只有召开贫农团大会，当场提名一个，举手表决一个，也不经上级批准手续，立即进行捕人、抄家、没收财产，如兆征县大埔乡。有的只凭个别干部秘密开会决定，然后交贫农团大会通过，就算确定谁是地主，谁是富农，如新泉县陂坑口、长汀县濯田。有的地方查田运动简单草率，如兆征县古城区苏，要求古城乡苏三天内完成查田任务。《红色中华》登载的《福建查田的经验与教训》一文，承认了查田运动不走群众路线的事实，说："除宁化的淮土、南城及长汀的濯田区、大埔区等外，一般的都没有依靠群众经过群众来进行查田查阶级的斗争。有的仅经过党支部会通过没收，有的由政府用命令的方式执行（汀州及宁化某某乡），更有仅由土地部长或主席个人去封房子没收家产的（汀州及古城），至于没收和分配的方法，有的由政府直接没收，不分给群众而拿来拍卖（如才溪），有的没收以后由查田委员会自己分得了（如长汀）。"

四、大搞"唯成分论"，破坏了党的干部政策，破坏了革命队伍的建设。

在所谓"对内查阶级异己分子，对外查地主、富农"的"左"倾政策下，不仅在各级机关，而且在红军部队也开展了"查阶级运动"。但是，"当时的查阶级运动，实际上是大搞'唯成分论'，甚至对于当了几年红军的富农家庭出身的人，也不问表现如何，政治坚定与否，都开除了军籍，这是错误的"。如"温晴波同志是上杭县政府的秘书长，因他是地主出身，他的家被查了三四次，什么都查光，还把他母亲抓起来"。（张鼎丞：《中国共产党创建闽西革命根据地》）1929年参加革命，汀东县新桥乡的彭立中，原是汀东县苏秘书。他父亲被国民党马贤康杀害，房屋被烧毁，查田运动中说他是混进党内的阶级异己分子，欲把他杀掉。幸好张鼎丞同志来到新桥，把他释放并调去省里工作。有许多参加机关、部队工作者，家庭被查田划为地主、富农后，机关、部队也不管其错与不错，本人是分子还是子女，把他们统统当作不纯分子清洗回家。如长汀濯田乡王鸿盛原为中农，四个儿子三个参加红军，一个在濯田区委工作，叫王金兴，家庭成分划上地主后，三个儿子从部队清洗回家，王金兴上吊自尽。当时从部队、地方清除的所谓"阶级异己分子"各地都有，相当普遍。如果谁为这些人说话，就会被指责为阶级妥协分子，而受到严重处理，所以，大家只好不说为佳。

1933年10月福建的查田运动实行复查纠偏。

这时，第五次反"围剿"开始，查田运动中问题很多，搞不下去了，又请毛泽东来扭转局面。为了使各地分清地主、富农、富裕中农、中农等阶级成分的界限，纠正7、8、9三个月以来侵犯中农利益、消灭富农的极"左"错误，1933年10月10日，中华苏维埃政府颁布了由毛泽东撰写和主持制定的《怎样分析农村阶级》和《关于土地斗争中一些问题的决定》两篇重要文件，并宣布"凡在1933年10月10日以前各地处置阶级成分有不合本决定者，应即依据本决定予以变更"。

于是，福建省苏又开了一次查田运动总结会，检查纠正一些地方过"左"的问题。会后，各地进行了一次复查，纠正了一批被错划的成分，如：

1. 把中农当作富农，把富农当作地主的纠正过来。如宁化禾口乡张邦万、张启徐两户中农，因土地较多，生活较好，查为富农。复查时按人口算，平均土地不算多，又都是自耕，改正为中农。还有四五户过去祖上土地很多，破产后土地卖掉了，运动中划上"破产地主"，复查纠正为其他成分。兆征县古城元坑乡马角寨邱元亮是一位教书先生，游击队的接头户，全家六口，有田三十多担，四个劳力自耕，其兄和侄原来分开吃饭，后来合为一家。运动中认为邱元亮雇工剥削其兄、侄的劳力，被划为富农，复查纠正为中农。

2. 把轻微放点债、收点租、雇点工，主要靠出卖劳动力维持一家生活而被错划为富农的纠正过来。如古城王凤林会篓纸做生意，自家无田地，六口人，租种十二担田，因其母放过一点高利贷，便划为富农。王不服，古城离瑞金又很近，他跑到瑞金上诉于中央工农检察部，经批准纠正为贫农。另一户胡十二妹，全家六口，无田地。胡的丈夫做木匠，大儿开油盐店，两个媳妇砍柴做家务，也因胡十二妹放过高利贷，被划为富农。她向中央上诉后，纠正为中农。汀东县馆前康宏年一家三口，仅十担田左右，平日勤俭节约，生活较好过，被划为富农，复查纠正为中农。长汀县河田卢竹乡有将亲戚帮工当做雇工，如范昭汉九人吃饭，五人劳动，没放债，只大忙雇过临工，也划为富农、纠偏后仍保持其中农成分。

3. 把因姓氏房族斗争而借机报复，以泄私愤被错划成分的纠正过来。如福建省白区工作部江兴本，在家乡新桥探亲时，对当地干部提了一点意见，他说："查田工作要查得认真一点。"因此得罪了当地干部，要划他为富农。但他家总共不到二十担田，划不上就将他堂叔的七担田划为他的，故被划为富农并停止工作。复查纠正为中农后，调二十四团任政治处主任。汀东县新桥乡李应生给李家当长工，后被招郎入赘继承李家家业，有田二十五六担，四五口人吃饭，全部自耕自种外，还蒸酒卖。乡苏干部向他赊了酒吃，一二年不还。因李应生向干部要酒钱，干部将他打成地主，人抓走，家产全没收，复查纠偏改为中农。

但复查纠偏还没有一个月，1933年10月下旬以后，查田运动继续执行"左"倾错误路线。王明"左"倾冒险主义者把复查纠偏作为右倾的表现，强调"更普遍地开展查田斗争，特别要深入落实区的查田工作"。于是，省苏副主席阙继明率领一工作组进驻武平，各地查田运动中的所谓落后区又普遍开展起来。至10月底，在宁化、长汀查出地主富农九百多家，没收土地二万一千三百余担，在汀东、上杭、兆征等县共查出地主富农四百余家，没收土地九千多担。

1934年2月至4月闽赣省开展突击运动，经过五十天，查出地主五十余家，富农六十余家，查出田二千三百余担。

建宁在战争环境中开展了查田突击运动，在建宁县城、巧洋、里心、安仁等区，中农贫农被误打成土豪的共计有五十余家，建宁城市还有一个工人被打成土豪的。

1934年5、6月以后，由于第五次反"围剿"形势越来越险恶，各地全力以赴搞扩大红军、支前运输等工作，查田运动无法进行。10月，红军主力被迫撤离中央苏区，一场错综复杂的查田运动至此不了了之。

回顾过去这段历史的时候，张鼎丞在他的《中国共产党创建闽西根据地》中指出："那时候，由于错误地进行肃反和'查田查阶级运动'，造成了党、政、军、民的离心离德，使闽西处于严重的困难中。我们对于这些痛苦的教训，应该好好地总结，切实引以为戒！"

（执笔：康模生）

（本文原载《中共党史资料》21，中共中央党史资料征集委员会编，中共党史资料出版社，1987年3月版。此外，本文首先在中共福建省委党史征委会编《福建党史通讯》1985年第1期发表。同时，还编印一本《福建查田运动的前前后后专题附件》（共79页）在内部发行）

后 记

本书的出版，首先要感谢福建教育出版社林春森主任、朱蕴茝老师的高度重视支持，来因是2021年由他们组稿出版了本人编著的《福建中央苏区民间歌曲选集》。之后，他们通过征询，约我写一部比较有红色长汀特色的《红色小上海革命故事集》，当然，我非常乐意地接受了约稿。此书撰稿历时3年，其间，他们经常联系笔者交流审稿事宜，花了不少时间与精力，令笔者感动不已。

同时，特别要感谢全国著名的党史专家黄修荣主任为本书作序，他对本书作了全面而精辟的述评，并给予很高的评价，称其为一部优秀的福建长汀地方党史教材，也是一部有关长汀历史文化名城、客家首府、革命圣地的优秀导游书。

本书的出版受到了中共长汀县委书记赖进益、县长吕莉和县委常委、宣传部部长邹建佳等县领导同志，以及县委党史方志研究室、县教育局、县文化体育和旅游局、古韵汀州文旅集团公司、县文学艺术界联合会、县退役军人事务局等单位的重视和支持。

本书有数十幅插图，大多来自1982年福建人民出版社出版的《福建革命史画集》，参加采访、摄影的主要人员有：赵肃芳、林国栋、林承武、陈尔忠、周映丁、胡国钦、谢明坤、夏念长、沈彧、林年华、杨湘贤、黄顺、袁松树、陈章松、周在祥等；绘画作者有谢成水；摄影人员有：木森、康亦敏、邓木榕、陈伟田、谢永锴、胡晓钢、陈水木、陈子亮、谢仰锋等。

在此，对以上县领导和单位领导以及摄影、绘画作者一并表示衷心的感谢。

同时，由于个人水平有限，本书存在不妥之处，甚至差错等问题，恳请读者批评指正。

康模生

2023 年 11 月